전북대 개인기록 총서 12

금계일기 3

이정덕 · 소순열 · 남춘호 · 임경택 · 문만용 · 진명숙 · 박광성 · 곽노필
이성호 · 손현주 · 이태훈 · 김예찬 · 이정훈 · 박성훈 · 유승환 · 김형준

편저

지식과교양

이 책은 2014년도 정부(교육부)의 재원으로 한국연구재단의 지원을 받아 연구되었음
(NRF-2014S1A3A2044461).

서 문

일기는 개인들의 일상적인 경험이 재구성되는 사적인 사유와 글쓰기의 내밀한 공간이다. 우리는 일기를 통해서 개인들의 일상성을 관찰할 수 있다. 일상성은 보통 사람들의 사소하면서도 지속적으로 반복되는 생활의 모습과 예측 불가능하고 뜻밖의 사건들이 등장하는 불확실한 생활의 모습이 겹쳐지는 평범한 인간 삶의 현상학적 속성을 의미한다. 개인의 실존적 바탕을 이해한다는 것은 일상성을 발견하고 추적함으로써 가능할 것이다. 또한 급격히 변화해가는 사회변동의 사회적 조건과 역사적 진보에 대한 이해도 일상성을 통해서 심화시킬 수 있다.

우리는 일기를 통해서 인간의 보편적 특성인 '만드는 인간 호모 파베르(homo faber)', '생각하는 인간 호모 사피엔스(homo sapiens)', '놀이하는 인간 호모 루덴스(homo ludens)', '경제적 인간 호모 에코노미쿠스(homo economicus)', '이중적인 인간 호모 듀플렉스(homo duplex)', '광기의 인간 호모 데멘스(homo demens)', '이야기하는 인간 호모 나랜스(homo narrans)', '이동하는 인간 호모 모벤스(homo movence)', '정치적 인간 호모 폴리티쿠스(homo politicus)' 등을 보게 된다.

어찌 되었건, 우리는 일기의 형식을 빌려 질투하는, 고뇌하는, 절망하는, 미워하는, 욕망하는, 억압하는, 협력하는, 사랑하는, 공존하는 인간의 구체적이고 숨겨진 인생사의 면모도 발견하게 된다. 인간의 존재방식은 사람과 사람의 상호작용이라는 사회적 관계 속에서, 그리고 세상과의 관계 속에서 이해될 수 있다. 우리는 일기에 나타난 보편적이고 구체적인 일상성을 통해서 인간의 과거-현재-미래를 이해할 수 있고 '어마어마한' 한 사람의 일생을 통찰할 수 있다. 인간과 세상의 손님인 인간의 실존적 조건에 대한 해석과 공감의 지평을 확장할 수 있는 리듬으로 정현종의 시 〈방문객〉이 있다.

사람이 온다는 건
실은 어마어마한 일이다.
그는
그의 과거와
현재와
그리고
그의 미래와 함께 오기 때문이다.

한 사람의 일생이 오기 때문이다.
부서지기 쉬운
그래서 부서지기도 했을
마음이 오는 것이다-그 갈피를
아마 바람은 더듬어볼 수 있을
마음,
내 마음이 그런 바람을 흉내 낸다면
필경 환대가 될 것이다.

『금계일기』는 평생을 교육자의 외길을 걸은 곽상영(郭尙榮)이 1937년부터 2000년까지 작성한 일상생활 기록이다. 그는 1921년 충북 청주시 흥덕구 옥산면 금계리에서 3남 2녀의 장남으로 태어났으며, 2000년 청주시에서 사망하였다. 곽상영은 5남5녀의 가장으로 모든 자녀들에게 고등교육을 시키고 평생을 '인자(仁者)의 삶'을 영유하였다. 또한 그는 교사 8년, 교감 8년, 교장 30년이라는 46년간 교직생활을 통하여 '사랑의 교육' 철학을 몸소 실천하였다. 그에게 '사랑의 교육'은 남의 아픔을 공감하고 배려하며 타자의 이득을 우선시하는 것이다.

곽상영은 타고난 기록광으로, 『금계일기』뿐만 아니라 〈가계부〉, 〈사도실천기〉, 〈교단수기〉, 〈학교 경영일지〉, 〈교무일지〉, 〈아침 방송일지〉 등을 통해 지속적인 글쓰기의 의지를 불태웠다. 그에게 글쓰기는 일종의 일상성의 기록에 대한 열정적인 사랑이었다. 그의 기록에 대한 열정은 '사랑의 교육' 철학과 만나게 됨으로써 일상성을 바탕으로 삶을 성찰하고 사유를 진전시키는 내적 소통이 가능한 생성적 양식으로 거듭나게 된다. 곽상영은 일기를 통하여 자신(자아)과 기록(대상)과의 관계에서 일상생활에서 잠시 벗어날 수 있는 휴식이자 낭만적 자기취미로 자리매김한다. 낭만은 원래 "이야기를 한다" 혹은 "중세의 이야기나 시의 문학성"을 의미한다고 한다. 그에게 일기는 자신만의 개인화되고 유일한 이야기가 기록에 대한 낭만적 열정으로 승화되는 길이었다. 우리는 『금계일기』를 통하여 저자의 서술적 자기고백의 목소리를 들을 수 있고, 저자의 '어마어마한' 과거-현재-미래를 상상할 수 있다.

『금계일기 3 · 4 · 5』는 전북대학교 「SSK 개인기록과압축근대 연구단」의 세 번째의 성과의 일부이다. 우리 연구단은 개인기록연구 총서 시리즈로 『창평일기 1 · 2』(2012, 지식과교양), 『창평일기 3 · 4』(2013, 지식과교양), 『아포일기 1 · 2』(2014, 전북대학교 출판문화원), 『아포일기 3 · 4 · 5』(2015, 전북대학교 출판문화원), 『금계일기 1 · 2』(2016, 지식과교양) 등을 입력 · 해제 · 출판하는 작업을 하였다. 『창평일기』는 전북 임실의 농민인 최내우가 1969-1994년까지 약

26년간 농촌지역 주민들의 삶을 구체적으로 기록한 것이다. 『아포일기』는 경북 김천의 농민인 권순덕이 1969-2000년까지 쓴 약 70여권의 원고를 엮어 낸 것이다. 『금계일기 1 · 2』는 1937년부터 1970년까지의 일기 내용을 반영한 것으로 저자 곽상영이 경험한 일제강점기, 해방, 한국전쟁, 4 · 19 등의 역사적 사건들과 학교생활이 고스란히 담겨져 있다. 이번에 출간되는 『금계일기 3 · 4 · 5』는 1971년부터 2000년까지 기간에 곽상영이 쓴 일기로 학교전체의 조직체를 책임지는 교육자이자 행정가로서의 학교장의 면모를 만날 수 있다.

그 외에도 주물기술자의 이야기인 『인천일기』(2017, 지식과교양), 조선족 이야기인 『연변일기』(2017, 지식과교양)가 개인기록연구총서 기획물로 출간될 계획이다. 우리 연구단은 일기 자료의 범위를 농촌에서 도시로, 남성 중심에서 여성으로, 국내에서 동아시아로 확대할 것이다. 그리하여 도시와 농촌, 남성과 여성, 한국과 동아시아에 대한 일상성을 비교함으로써 한국과 동아시아의 근대성을 비교하고자 한다. 또한 지역간, 성별간, 국가간의 비교를 통해서 전해지는 미묘한 차이점을 발견할 수 있을 것이다.

『금계일기』에 나타는 다양한 표현 양식과 내용은 옛날 고향의 골목길, 냇가 옆 방둑길에 심어져 있던 포플러의 흔들거림이나 아카시아 향기를 연상시킬 수도 있다. 일기에서 발현되는 공간은 떠나온 고향을, 허물어져가는 농촌 마을을, 재잘재잘 되던 초등학교 시절의 집합적 체험을 불러올 수도 있다. 추억의 대리물로서 일기가 제공하는 정서적인, 상징적인, 가치적인 양상들이 우리를 새로운 세계로 동참하도록 도와준 많은 분들이 계신다.

먼저, 〈한겨레신문〉의 곽노필 기자에게 감사의 말씀을 전한다. 그는 일기와 관련된 모든 자료를 제공하였다. 심지어 원고를 꼼꼼하게 검토하고 교정해 주셔서 일기의 흐름을 제대로 파악할 수 있도록 도와주었다. 또한 자료를 입력하고 교정하는데 시간을 아끼지 않고 투자한 연구단 소속의 이태훈, 김예찬, 박성훈, 유승환, 이정훈 보조연구원들에게 감사의 마음을 전한다. 일기는 단순히 입력만으로는 그 가치가 살아남지 않는다. 일기의 의미를 되살리고 독자들에게 큰 그림을 그릴 수 있도록 하는 것이 해제작업이다. 이러한 해제작업을 함께 한 연구단의 공동연구원들에게도 감사의 말씀을 드리고 싶다. 다양한 사람들과 함께 하는 연구와 작업은 학문의 전문적 지식, 관점, 기대가 부닥칠 수밖에 없다. 이러한 간극을 해결하고 새로운 학문적 지평을 열 수 있도록 실천적 지혜를 발휘한 책임연구원 이정덕 교수에게 감사의 마음을 전한다.

마지막으로 어려운 상황에서도 『금계일기』의 출판을 맡아주신 도서출판 「지식과교양」의 관계자들에게도 감사드린다.

2017년 6월

연구단을 대표하여 손현주 씀

화 보

▲ 저자 곽상영의 젊은 시절 독사진(연도미상)

▲ 교육가정을 이룬 공로로 '장한아버지상' 수상(1973년 9월 20일)

곽상영은 한국명예상위원회 주최로 '장한아버지상'을 수상하게 된다. "相別은 孝子賞을 비롯 9個種別, 受賞者 85名. 나의 賞 內容은 오로지 敎育에 專念하면서 여러 子女를 敎育界에 投身토록 하여 敎育家庭을 이룩했다는 것이 主. 賞狀 메달 트로피 받았고." 〈1973년 9월 20일 목요일 일기 중에서〉

"선데이서울" 75.9.21

(11) 선데이서울

한해 세번씩 여는 家族 教務회의

아버지 校長밑에 아들·딸·며느리 6명이 教師

보다 큰 재산은 가르치는 것

「7父子 효자 훈장집」이름나

럭키 세븐 家族 萬歲

7이란 숫자는 널리 알려진 대로 행운의 숫자. 創刊 7주를 맞는 「선데이 서울」은 「7자」와 관계되는 家族을 찾아 봤다. 한 집안에서 한의사가 7명, 教師가 7명, 海兵 7명을 배출한 3家門의 「즐거운 우리 가족」을 찾아 냈다. 핵가족 시대에 가족의 원만하고 화기애애한 情景은 創刊 7주를 맞는 「선데이 서울」家族에게도 더할 나위없이 즐겁고 보람찬 이야기가 아닐 수 없다.

▲ "한해 세 번씩 여는 가족 교무회의", 1975년 9월 21일자 『선데이서울』

▲ 아내 회갑기념 제주도 여행(1980년11월28~30일)

"10時 半에 KAL機 떠 濟州市엔 11時 半쯤 着陸. 1시간 所要. 高麗旅行社 主管에 手續되어 案內하는대로 行動. 点心 後 濟州市內 自由로 求景하고 KAL호텔 18層17호에서 留宿. 호텔 投宿 처음 經驗. 이모저모로 가슴 벅찼기도." 〈1980년 11월 28일 금요일 일기 중에서〉

▲ 1986년 8월, 은퇴에 대비해 청주에 지은 단독주택 완공 직후

▲ 칠순기념 가족사진(1991년 1월 15일)

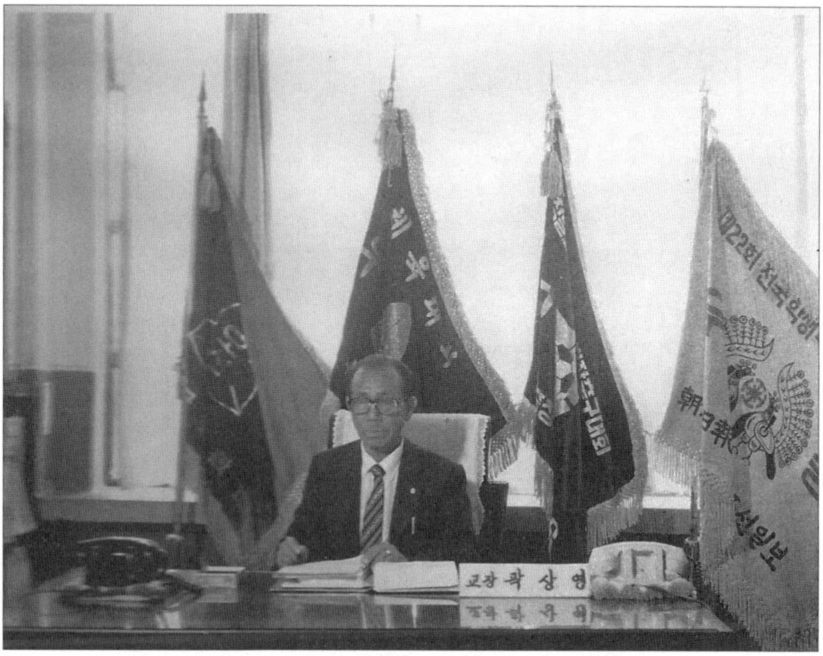

▲ 1987년 2월 오선초등학교 39회 졸업앨범

▲ 1987년 2월 20일 오선초등학교 정년퇴임식

"午後 1時 半부터 來客. 郡內 校長団과 遠近 各級 校長을 비롯 約 200名 程度 式에 參席. 退任人事에서 三多, 三無, 三福 말한 것이 特異한 듯…46年의 教職生活 마치고 停年退任式 無事 完了. 天地神明께 合掌 深謝." 〈1987년 2월 20일 금요일 일기 중에서〉

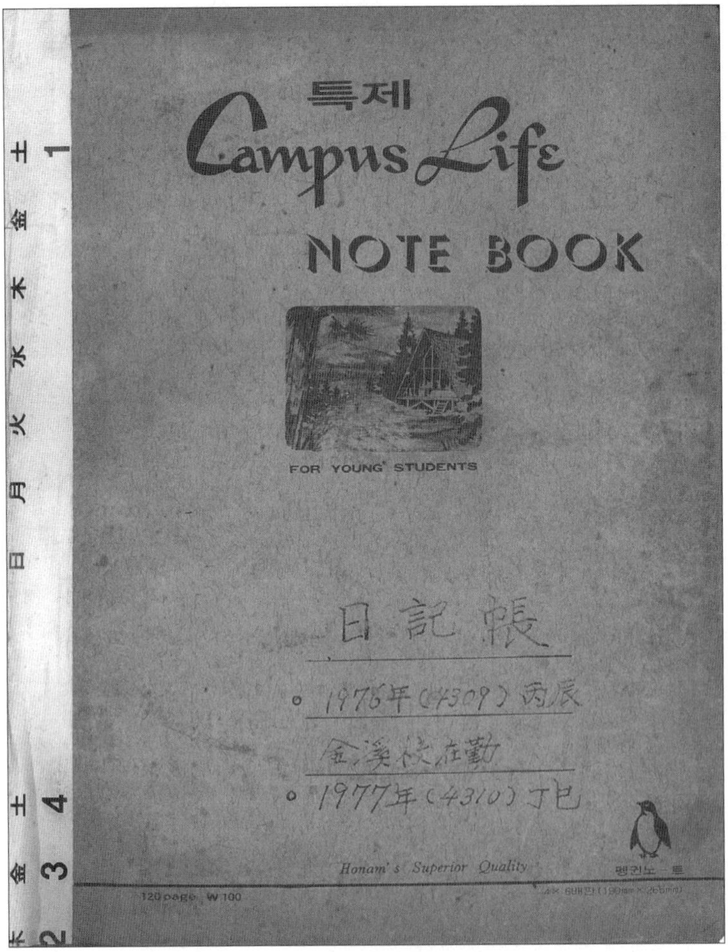

▲ 1976-1977년 일기장 표지

곽상영은 1961년 5월 5일 이전에는 한글을 위주로 일기를 쓰되 한자를 섞어 쓰거나 괄호 안에 한자를 다는 국한문혼용체를 썼다. 이후에는 한자를 위주로 하고 한글을 섞어 쓰되 한자에 음을 달지 않는 한자 중시의 국한문혼용체를 사용한다. 곽상영의 이러한 한자 위주의 국한문혼용체는 마지막으로 일기를 썼던 2000년까지 39년동안 계속된다.

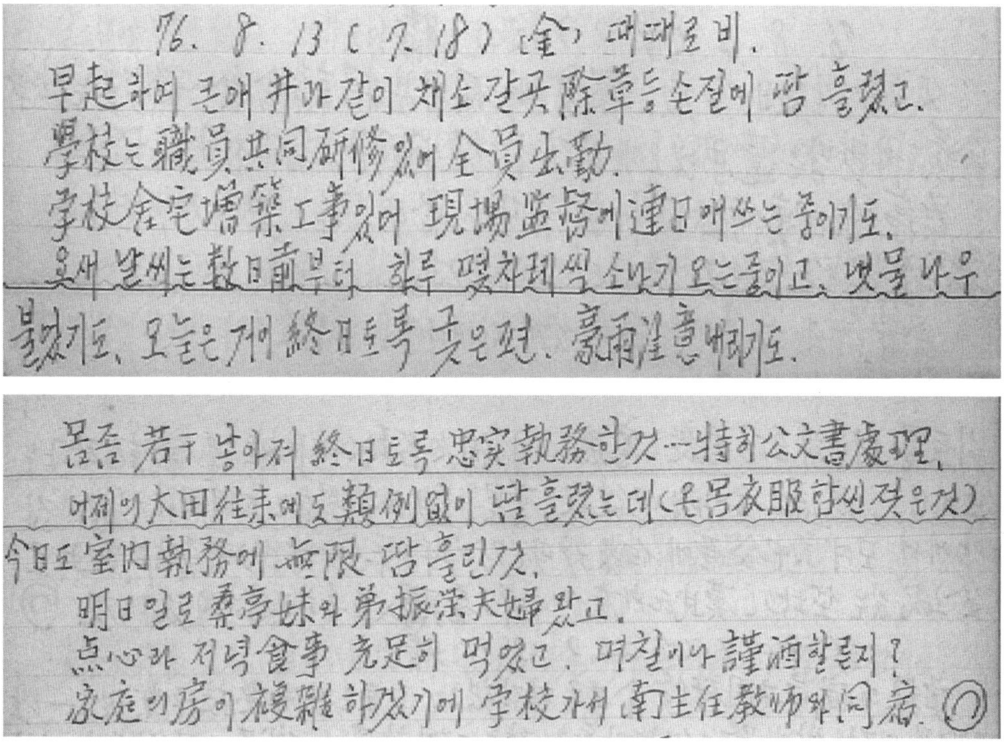

▲ 1976년 8월 13일 일기

早起하여 큰 애 井과 같이 채소 갈 곳 除草 등 손질에 땀 흘렸고.

學校는 職員 共同硏修 있어 全員 出勤.

學校 舍宅 增築 工事 있어 現場 監督에 連日 애쓰는 중이기도.

요새 날씨는 數日 前부터 하루 몇 차례씩 소나기 오는 중이고, 냇물 나우 불었기도. 오늘은 거이 終日토록 궂은 편. 豪雨注意 내리기도.

몸 좀 若干 낳아져 終日토록 忠實 執務한 것…… 特히 公文書 處理.

어제의 大田 往來에도 類例없이 땀 흘렸는데(온몸 衣服 함씬 젖은 것) 今日도 室內 執務에 無限 땀 흘린 것.

明日 일로 桑亭 妹와 弟 振榮 夫婦 왔고.

点心과 저녁食事 充足히 먹었고. 며칠이나 謹酒할른지?

家庭의 房이 複雜하겠기에 學校 가서 南 主任 敎師와 同宿. ⓒ

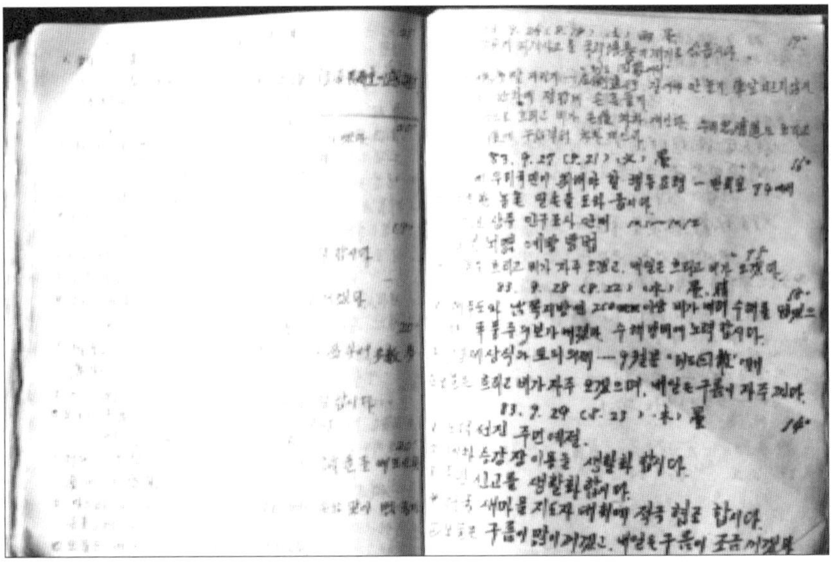

▲ 아침 방송일지(1985)

"1970년대 중반부터는 학교 방송시설을 이용해 아침마다 마을방송을 했다. 아침 6시에 시작해 약 20분간 계속된 마을방송의 내용은 일기예보, 농사정보, 국내외 소식, 학교 소식 등으로 구성했다. 이는 당시 전국에서 벌어지던 새마을운동과도 관련이 있어 보인다."(『금계일기』1권, p. 36)

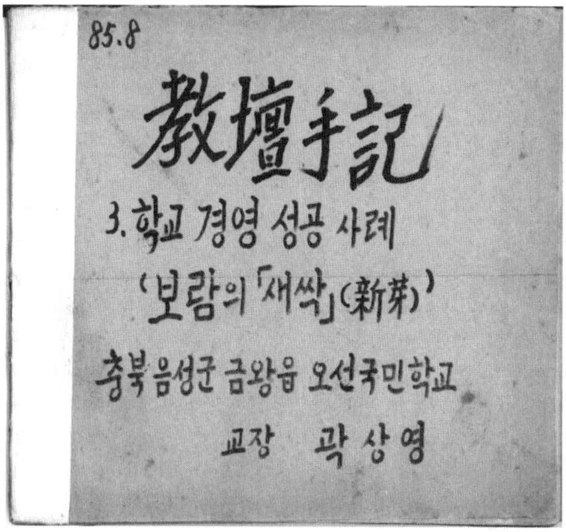
85.8

教壇手記

3. 학교 경영 성공 사례

'보람의 「새싹」(新芽)'

충북 음성군 금왕읍 오선국민학교

교장 곽상영

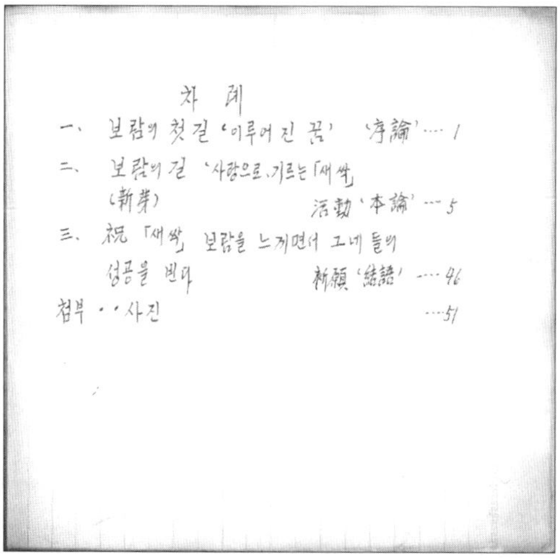
차례

一、보람의 첫길 '이루어진 꿈' '序論'…1

二、보람의 길 '사랑으로 기르는 「새싹」(新芽) 活動' '本論'…5

三、祝 「새싹」 보람을 느끼면서 그네들의 성공을 빈다 祈願 '結語'…46

첨부 · · 사진 …51

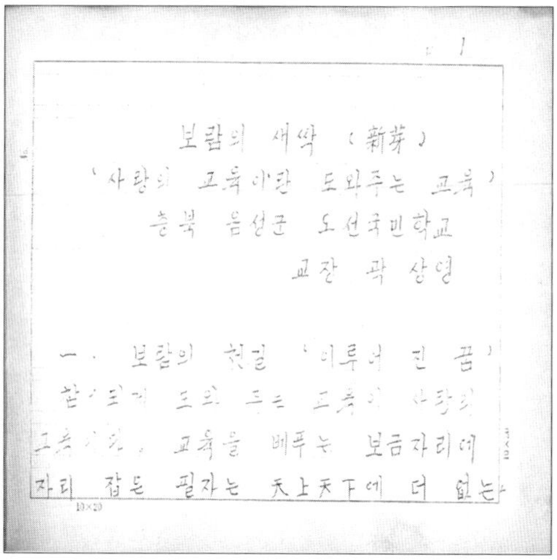
보람의 새싹 (新芽)

'사랑의 교육이란 도와주는 교육'

충북 음성군 오선국민학교

교장 곽상영

一. 보람의 첫길 '이루어진 꿈'

자리 잡은 필자는 天上天下에 더 없는

▲ 교단 수기(1985년 8월)

새벽 3時에 起床하여 今日 提出할 作品(教壇手記) 編綴 끝마무리 깨끗하게 마치고 8時 半 發 高速버스로 上京. 汝矣島洞 大韓教員共濟會館 찾아가서 14層에 있는 教員福祉新報社에 作品 提出한 것. 寫眞包含 61枚 教壇手記「보람의 새싹」(新芽) 3學校 經營 成功事例, "사랑의 교육이란 도와두는 교육"을 事實대로 經驗, 實踐한 것을 엮은 것.

歸路는 13時 半 發 直行버스로 城南市 光州, 利川, 長湖院을 通하여 無極 와서 學校 도착하니 16時 되고. 學校 단속, 舍宅 단속하고. 杏의 발목 십부用 호박 갖고 入淸하니 日暮頃.

軍의 魯弼도 초저녁에 오고. 今日 急한 遠距離 다녀온 탓인지 나우 고단했고. ⓒ

〈1985년 8월 31일 토요일 일기 중에서〉

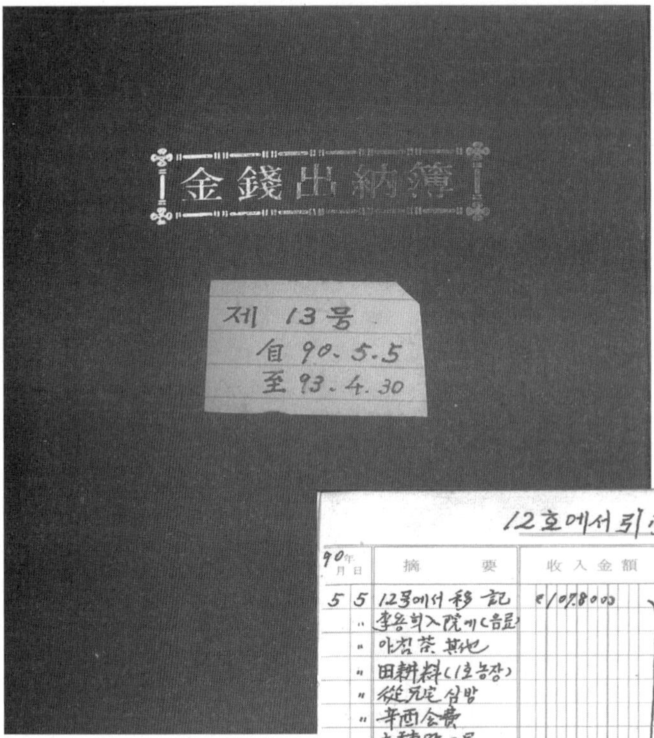

12호에서 引受 1990. 5.

90年 月	日	摘要	收入金額	支出金額	殘額
5	5	12号에서 移記	₩107.800		107.800
	〃	李용희入院에(음료)		1.200	106.600
	〃	아침茶 其他		1.000	105.600
	〃	田耕料(1호농장)		10.800	
	〃	從兄宅 심방		2.000	
	〃	辛酉会費		9.000	
	〃	土種鷄 2尾		18.000	
	〃	맥주. 바나나 等. 딸기		9.100	
	〃	沐浴料 기타		1.000	56.500
	6	둘째子婦(어버이날)	20.000		76.500
	〃	李鎭文子婚		5.000	
	〃	李桂榮子婚		5.000	
	〃	버스표 30		4.200	62.300
	〃	孫子 '正旭' (어린이날)		2.000	60.300
	〃	金溪往來차비추가등		500	59.800
	7	粉乳(미수用) 一包		4.300	
	〃	카메라 필름 74.100		1.800	53.700
	〃	잔돈用		1.000	52.700
	8	(감기 약 等)		2.500	
	〃	移舍人事([illegible])		4.800	45.400
	〃	딸기 2斤		2.200	43.200
	9	先祖考忌祭祭物代		15.000	
	〃	바나나		3.000	25.200
	10	(昨日. 今日 감기약)		4.100	21.100
	〃	引出(농협)	300.000		321.100
	〃	李長遠 모친喪 37.600		5.000	316.100

▲ 1990년 가계부(1990.05~1993.04)

▲ 곽상영 교장 송덕비 제막식

2002년 11월 24일 충북 청주시 흥덕구 옥산면 금계리에 청주 곽씨 대종회는 고 곽상영 교장 송덕비를 세웠다. 송덕비의 내용은 다음과 같다.

公은 청주 곽씨 시조 祥의 33세손으로 1921년 이곳 옥산면 금계리에서 부 윤만과 모 박순규의 장자로 태어나, 평생 仁者의 삶을 실천하다 2천년 9월 80세로 타계하였다.

어려서부터 총명한 자질을 보여 빈농의 가장으로 생계를 책임지면서도, 주경야독 끝에 교원검정고시에 합격한 공은 이후 교사, 교감 16년, 교장 30년 도합 46년간을 초등교육에 봉직하면서 교육자로서의 초심을 지키며 사랑과 정성으로 후세를 육성하는 데 앞장섰다.

그 공로로 여러 차례 교육공로상 및 국민훈장을 수상하였다. 효성이 지극하여 부모 봉양을 위해 고향의 금계교로 자원근무하기를 수차례 하였으며, 외지 부임 중에는 밤마다 고향의 부모를 향해 만수무강을 기원하는 拜를 올리고, 부친이 노환으로 기동을 못할 때엔 대소변을 수년간 직접 받아내며 지성껏 보살폈다. 잔칫집에서 부친이 토해낸 음식을, 부모의 존엄이 상할세라 두 손으로 훑어 든 일화는 지극한 효심의 징표로 인구에 회자되었다. 그리하여 효자상을 세차례 받았다. 빈한한 살림살이에도 불구하고 평생 물욕이 없이 검약하고 근면한 생활을 실천하면서 정 깊은 부부애와 속 깊은 자녀사랑으로 5남5녀 모두에게 고등교육을 시켰다. 그리하여 아들, 딸과 사위, 며느리를 포함해 가족 중 10여명이 교편을 잡는 교육가정을 일구었다.

자녀 앞에서 항상 독서하는 모범을 보여주었고, 부단한 자기성찰로 64년간의 일기와 교육일지를 남겼다. 그 공로로 장한 아버지상을 받았다.

교직에서 퇴임한 뒤에는 청주 곽씨 대동보 성촌파 收單을 자필로 작성해 손수 나눠주고, 매월 초하룻날 상당사 참배를 하였으며, 대종회 부회장으로 제향 행사를 비롯한 종사에도 정성을 다함으로써 마지막까지 조상 섬기기의 본보기를 보여주었다.

천성이 어질어 욕설이나 거짓말을 입에 담지 않았고. 신분의 높고 낮음에 관계없이 겸손과 친절로 맞았으며, 남녀노소를 가리지 않고 항상 존대말로 대했으니, 公을 칭송하지 않는 사람이 없었다. 이에 송덕비를 宗事로 건립해 公의 얼을 기리고, 우리 청주 곽문 후학들의 귀감으로 삼는 바이다.

2002년 11월24일

성촌파 종손 33세손 성영 撰

목 / 차 /

『금계일기 3』

제2부 금계일기(1971년~1978)

일/러/두/기

1. 원문의 한글 및 한자 표기는 교정하지 않고 원문을 그대로 입력하는 것을 원칙으로 하였다.
2. 뜻풀이가 필요한 경우에는 [ ], 빠진 글자는 { } 표시를 하여 뜻풀이를 하거나 글자를 채워 넣되, 첫 출현지점에서 1회만 교정하였다.
3. 설명이 필요한 용어나 문장에는 각주를 달아 설명하였다.
4. 해독이 불가능한 글자는 □ 표시를 하였다.
5. 앞 글자와 동일한 글자는 반복 기호로 '〃'를 표시하였다. 원래 저자는 '々'이라는 형태의 반복부호를 사용하였으나 입력 편의상 '〃'로 변경하였다.
6. 일기를 쓴 날짜와 날씨는 모두 〈 〉 안에 입력하되, 원문에 음력 날짜가 기입되어 있는 경우에는 〈 〉 밖에 입력하였다.
7. 날짜 표기 이외의 문장 안에서 ( ) 또는 〈 〉 표시가 나타나는 경우는 저자가 기입한 것으로, 이는 따로 바꾸지 않은 채 그대로 입력하였다.
8. 원문 안의 ( )는 저자가 기입한 것이다.
9. 저자는 음주습관을 나타내기 위하여 1968년부터 매일 자신의 음주량을 일기에 기록하였다. 음주량 표시 방식은 다음과 같다.
   1) 1989년 12월 31일 이전(예외- 1984년 4월 21일∅, 4월 22일∅, 4월 25일⊗, 4월 27일∅)
      ※: 만취
      ×: 술 많이 마심
      ○: 보통
      ⓒ: 술 적게 마심
      ◎: 술 마시지 않음
   2) 1990년 1월 1일 이후
      ※: 만취
      ×: 술 많이 마심
      ⊙: 술 적당히 마심
      ○: 술 마시지 않음
10. 자료에 거명된 개인에 관련된 정보는 학술적 목적 이외의 용도로 사용할 수 없다.

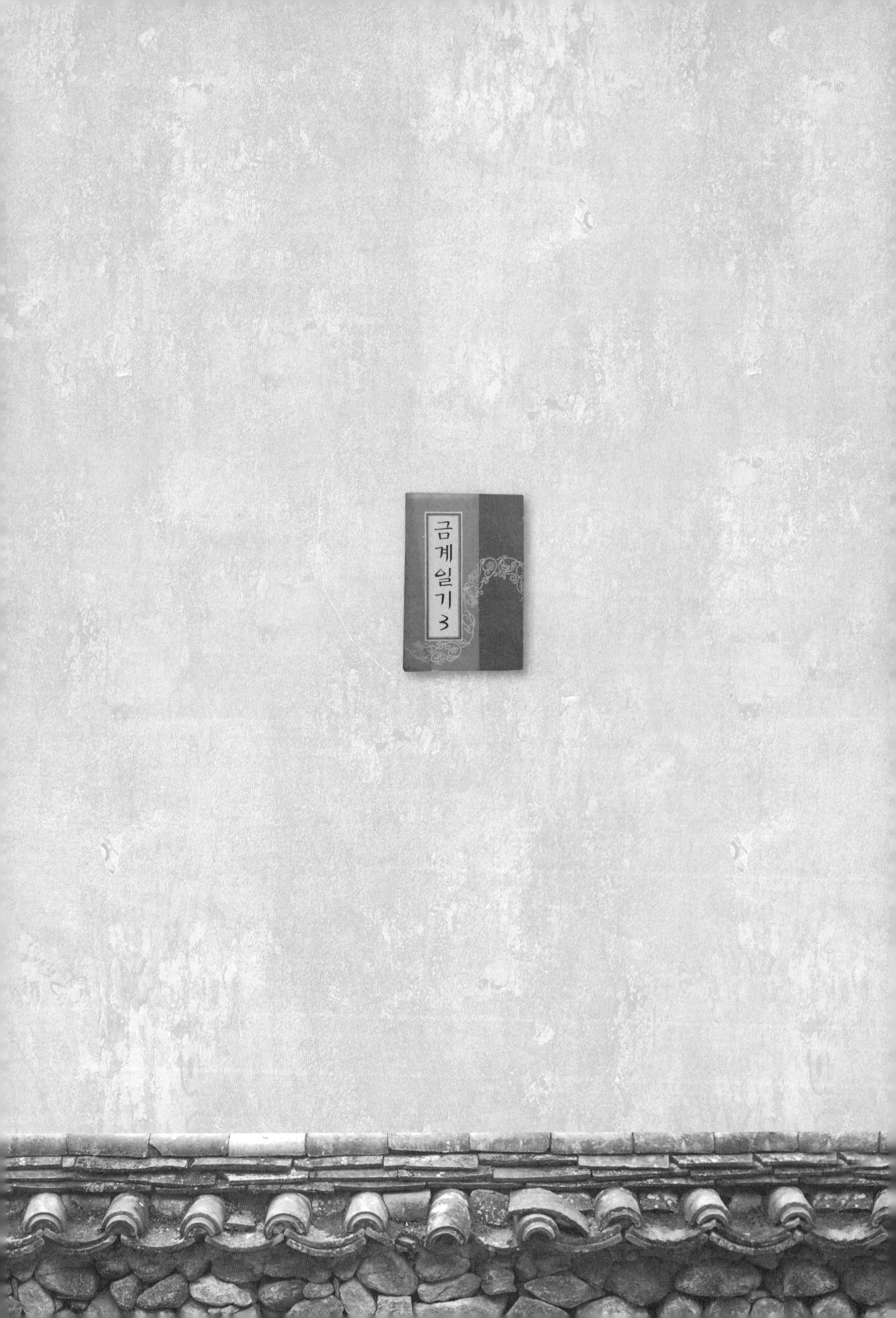
금계일기 3

제1부

해제

•• 손현주

이중언어적 상상력, 유교적 세계관, 그리고 미래이미지[1)]

1. 들어가는 말

한국 사회의 근대화 과정은 기본적으로 합리적 사고방식의 주관적 내면화와 제도적 사회화 과정이라고 할 수 있다. 합리주의 발전은 인간의 상상력, 이미지, 감성 등과 같은 비합리적인 것으로 간주되는 요소가 문화의 영역에서 사라지는 효과를 가져왔다. 경제적 합리성과 합리주의에 기반한 사회활동은 물질문명의 발달에 지대한 공헌을 하였지만, 반면에 한국 사회에서 이미지나 상상력을 무익한 것으로, 회피의 대상으로 몰아세웠다.

이러한 상상력의 결핍 내지는 외면은 단지 한국만의 현상이 아니었다. 서구의 경우에도 17세기 합리주의의 전면화를 통해 상상력의 사회적 기능이 약화되고 상상력은 인간의 합리적인 판단을 가로 막는 요소로 전락하였다.[2)] 다시 말해, 진리를 추구하는 이성의 발달은 합리성으로 설명할 수 없는 이미지와 상상력은 이상과 대립되는 "주변적 가치"로 취급되었다.[3)] 이처럼 이성의 상상력에 대한 비난은 다음과 같은 표현의 대립항으로 나타난다.[4)]

- 일자 대 다수
- 항구성 대 일시성
- 자연의 투명한 거울 대 비틀린 거울

---

1) 이 논문은 『지역사회연구』에 투고한 글을 수정, 보완한 것임.
2) 홍명희. 2002. "프랑스 상상력 연구의 제 경향." 『불어불문학연구』, 50: 577-603, p. 577-578.
3) 같은 글, p. 577.
4) 김혜숙 · 김혜련. 2007. 『예술과 사상』. 이화여자대학교출판부, p. 161.

• 객관적 질서와 진리 대 개인적인 성향과 우연적인 상황.

한국의 근대화는 전통, 근대, 탈근대의 특성이 섞여 있는 혼종화 경향을 갖고 있다. 일반적으로 상상력은 전통사회에서 더 큰 의미를 갖는 반면에 산업사회에서는 상징적 기반이 퇴보되었다고 주장되고 있다.[5] 전통사회에서는 상상력이 의식이나 주문의 형태로 녹아있다고 보고 있으며, 재화의 가치는 상품가치나 이용가치보다는 미학적 기준이 중요한 요소로 되어 있어서, 상징적 이미지가 삶의 중요한 자산이 되었다. 반면에 산업사회의 "추상화된 작업 양식과 사회적 소외는, 작업에 있어서의 몽상의 기회를 박탈하고 상상력에 있어서 빈혈에 걸린 인류"를 양산했다.[6]

상상력의 결과는 이미지의 형태로 등장하게 된다. 그 중에서도 미래 이미지는 한국의 압축적 근대화를 이해하는데 두드러진 특징의 하나이다. 급속한 산업화의 빠른 기술의 도입, 그리고 사회변동은 미래에 대한 관심과 전망을 증폭시킨다. 급속한 사회변화는 개개인들에게 직면하는 불안과 생존의 문제를 야기한다. 이러한 불확실성이 미래 이미지에 대한 관심을 유도 한다. 미래에 대한 이미지는 개인의 행동을 변화시키고, 바람직한 상태로 나아가게끔 동기화시키는 변수가 된다.

일기 저자에 대한 깊은 이해는 말, 언어, 행동 등과 같은 외적으로 들어난 표상도 중요하지만 들어나지 않은 상상적인 측면도 중요하다. 상상력과 미래 이미지는 숨어 있는 인간의 내적 욕구와 욕망을 추론할 수 있는 기제가 된다. 상상력의 구조와 미래 이미지는 무의식 속에 존재하는 진정한 가치를 표현하는 간접적인 수단이다. 오늘날 탈근대화의 시대, 무한경쟁의 시대에 상상력의 부족은 인간이 갖추어야 할 덕목의 부재와 직결된다.

이 글이 의도하는 것은 저자의 일기에 존재하는 상상력, 세계관, 미래 이미지의 성격과 전개과정을 살피는 일이다. 상상력, 세계관의 내용이 무엇이며 내용을 구성하는 요소들의 관계는 무엇인가를 밝힘으로써 저자의 미래 이미지의 심층 의미를 알아보고자 하는 것이다.

2. 상상력

상상(想像, imagination)은 추상적인 개념으로 이미지와 깊은 관련이 있으며, '마음속에 이미지를 그리는 것' 혹은 사전적 의미로 "실제로 경험하지 않은 현상이나 사물에 대하여 마음속으

---

5) 홍명희. 2002. 앞의 글, p. 578.
6) 같은 글, p. 578.

로 그려 보는 힘"이다. 공상은 상상의 내용이 현실에 없는 것을 나타내는 용어이고, 망상이나 환상은 존재하지 않는 것을 현실에 존재하는 것으로 생각하는 것이다. 상상의 개념을 좀 더 구체화하면 다음과 같다.[7)]

- 정신적 시간여행(mental time travel): 과거로 돌아가 사건을 재경험 하거나 미래로 앞서가 사건을 미리 경험하는 것.
- 일화적 미래사고(episodic future thinking): 미래 속으로 자신을 투사하여 한 번도 경험해보지 못한 새로운 사건을 정신적으로 경험하는 것.
- 사후가정 상상(counterfactual imagination): 과거사건에서 실제로 일어났던 선행조건을 바꾸어 새로운 결과와 인과적으로 조합하는 논리적인 조작.
- 정신적 시뮬레이션(mental simulation): 사후가정(counterfactuals), 상향식 또는 하향식으로 새로운 사건을 구성하는 것.

고대 유럽에서는 상상을 비이성적인 활동으로 생각하였다.[8)] 플라톤은 상상을 단순한 가상, 망상, 사이비 지식 등과 같은 비이성적인 것으로 간주한다. 반면에 아리스토텔레스는 상상을 지각과 사고의 중간에서 독립된 위치와 기능을 갖는 이성적 활동이라고 정의하여 체계적인 분석을 시도하였다.[9)] 상상의 가치가 인정받게 된 것은 칸트에 의하여 달성되었으며, 그는 "지각적 경험으로부터 자유로운 초월적인 능력에 기반 하여 이루어지는 것으로" 정의하였다.[10)] 로고스 중심에 의거하여 "유치한 인식 단계" 혹은 "오류와 거짓의 원흉"으로 인식되었던 상상력은 점진적으로 인간의 자연스러운 활동이라는 원래의 기능으로 제대로 평가 받게 되었다. 이러한 생각을 요약하면 다음과 같다.[11)]

첫째, 프로이트(S. Freud), 융(C.G. Jung), 카시러(E. Cassirer), 리쾨르(P. Ricoeur), 엘리아드(M. Eliade), 코르벵(H. Corbin), 바슐라르(G. Bachelard) 등은 상상력이 인식의 하위개념이 아니라 원초적이며 모든 인간의 사유 바탕에는 상상력이 존재한다고 주장한다.

둘째, 뒤랑(G. Duran)에 따르면, 상상력은 무한히 자유로운 것이 아니라 일정한 구조를 갖는

---

7) 이시은 · 정영주 · 박병기. 2014. "상상의 재개념화: 구조와 과정을 중심으로." 『교육심리연구』, 28(1): 89-115, p. 90-91.

8) 이시은. 2016. 『상상의 구조와 과정 분석』, 전북대학교 박사논문, p. 7.

9) 같은 글, p. 7-8.

10) 같은 글, p. 8.

11) 진형준. 2001. "상상력 연구방법론1: 상상력과 예술적 창의성." 『불어문화권연구』, 11(1): 112-123, p. 113-114.

다. 또한 상상력은 무의식적 층위와, 문화적 · 사회적 층위가 공존하고 그 구조는 역동적 · 비유적 · 다원적이다.

셋째, 합리성과 상상력은 대립되는 것이 아니다. 인간 이성의 활동은 상상계의 제한적이고 부분적인 활동이다.

넷째, 인간 상상력은 인간학 자체를 이미지 중심주의, 상상력 중심주의를 유도하고, 새로운 인류학, 새로운 인식론을 낳는다.

상상의 종류는 크게 4가지로 나눌 수 있다.[12] 첫째, 수동적 혹은 현실도피적 상상으로 백일몽(白日夢)이 대표적이다. 둘째, 상징적 상상(象徵的 想像)이다. 어린 아이들이 놀 때, 막대기에 올라타고 말을 탄 것으로 간주하는 형태이다. 셋째, 목적적 상상으로, "토기를 만드는 사람이 완성된 질그릇을 상상하면서 소재(素材)를 가지고 토기를 만들어가는 것이다." 넷째, 예술 · 과학 · 발명 등과 같은 생산적 상상이다.

상상의 유형으로는 문학적 상상력, 역사적 상상력, 사회학적 상상력, 지리적 상상력, 우주적 상상력, 시적 상상력, 회화적 상상력, 음악적 상상력, 만화적 상상력, 생태적 상상력, 동양적 상상력, 동화적 상상력, 신화적 상상력, 유기체적 상상력 등이 있다.

3. 이미지와 미래 이미지

오늘날 사회는 이미지 문명의 시대에 살고 있다. 이미지 문명시대란 사진, 영화, 비디오, 만화, 광고, 스마트폰, 컴퓨터 등의 이미지 재생산과 전달 수단의 눈부신 발달로 다양한 이미지들의 팽창 현상을 가리킨다.[13] 이러한 과도한 이미지 소비시대를 가리켜, 장 보드리아르(J. Baudrillard)는 "현실 자체가 사라진 현실"이라고, 롤랑 바르트(Roland Barthes)는 "믿음을 소비하는 사회, 한 마디로 육체가 없는 눈만 가진 인간의 사회"라고 진단하였다.[14]

이미지란 "인간이 어떤 대상에 대해 갖고 있는 신념(beliefs)이나 인상(impression) 등의 집합

12) 두피디아: http://m.doopedia.co.kr/mo/doopedia/master/master.do?_method=view2&MAS_IDX=101013000716126(2017. 03. 28).

13) 김무경. 2007. "상상력과 사회: 질베르 뒤랑의 '심층사회학'을 중심으로." 『한국사회학』, 41(2): 304-338, p. 305.

14) 진형준. 2000. "이미지론" 『불어불문학연구』, 43: 285-317, pp. 285-286.

으로서, 자신이 지각하고 중요하게 고려하는 관점에 대한 평가"라고 정의한다.[15] 하지만 이미지가 무엇인지에 대한 정의는 쉽지 않다. 그 이유는 이미지가 갖고 있는 어중간한 위치와 성격 때문이다. 다른 한편으로는 이미지가 갖고 있는 추상적이고 주관적인 측면이 강하기 때문이다. 뷔넨뷔르제(Wunenburger)는 이미지를 정확히 개념 짓는 것이 어려운 것은 "구체와 추상, 현실과 사고, 감각적인 것과 지적인 것의 중도(中道)에 있는 혼란스럽고 혼합된 범주를 구성하고 있기" 때문이라고 보고 있다.[16] 그럼에도 불구하고 뷔넨뷔르제는 이미지를 다음과 같이 정의하고 있다.[17]

> 우리는 지각(知覺)의 관점에 따라 현존 혹은 부재하는 물질적 대상(의자 등)이나 관념적 대상(추상적인 숫자)을 (이 대상들이 바로 지시 모델이다) 구체적이고 감각적으로 재현해낸 것을 (재생산이거나 복사를 통해) 이미지라고 부르는 것이 타당할 것이다.

여기에서 알 수 있는 것은 이미지란 실재해 있는 어떤 존재도 아니고 그렇다고 어떤 개념을 나타내지도 않는 재현되어 있는 특정 양식을 의미한다. 이미지는 감각적이면서도 지적인 양면성을 내포하고 있다. 이미지는 사물의 상징적 의미로 정의할 수 있지만, 일반 대중들에게는 시각적 형태를 뜻하는 경우가 많다. 그리하여 시각적 이미지를 유일한 이미지로 인식하곤 한다.[18] 표출 형태에 따라, 주체의 특성을 나타내는 심리적 · 정신적 이미지와 개관적인 물질화의 형태를 나타내는 물질적 이미지가 있다.[19] 심리적 · 정신적 이미지는 무의식적 이미지, 모태(母胎) 이미지, 언어적 이미지 등으로 구분할 수 있고, 물질적 이미지는 표현 매체, 표현 형태 등에 따라 세분될 수 있다.[20]

이미지는 그 속성상 기준에 따라 다양하고 이질적이다.[21] 이미지의 유형을 시간이라는 기준에 따르면 과거와 관련된 '기억이미지', 현재와 관련된 '지각이미지', 미래와 관련된 '예견 이미지' 등이 있다.[22] 이미지의 탄생을 기준으로 보면, 재현적 이미지(개인이나 집단의 경험을 바탕으로

---

15) 유재웅. 2016.『이미지관리』. 커뮤니케이션북스.
16) 진형준. 2000. 앞의 글, p. 288.
17) 같은 글, p. 288.
18) 홍명희. 2013. "제1장 상상력과 이미지란 무엇인가." 박치완 · 김성수 등 저,『상상력과 문화콘텐츠: 바슐라르와 뒤랑을 중심으로』. 한국외국어대학교 출판부, p. 3.
19) 김무경. 2007. 앞의 글, p. 307.
20) 같은 글, p. 307-308.
21) 같은 글, p. 307.
22) 같은 글, p. 307.

사물을 재현)와 창조적 이미지(기존의 경험의 틀을 벗어난 새로운 의미)로 나눌 수 있다.[23)]

위에서 언급한 여러 가지 형태의 이미지 중에서 시간과 관련된 예견 이미지 혹은 미래이미지는 사회변동과 세계관을 형성하는 데 중요한 역할을 한다. "어떤 미래의 순간에 도달할 상태에 대한 예상"을 의미하는 미래 이미지는 인간 행위를 방향 짓는 역할을 한다.[24)] 미래 이미지가 낙관적인 사람은 어려움이나 불확실성이 증가할 때 적극적으로 문제를 해결하려는 의지와 행동을 보여준다. 반면에 비관적인 사람은 스트레스를 많이 받고 개인적으로 문제를 해결하거나 좌절하는 경향이 강하다. 그리하여 낙관적인 사람은 일을 성실히 수행하고 성공적인 인생을 누릴 수 있는 가능성이 높다. 인간행위는 미래 이미지에 의해 방향 지워진다고 할 수 있다. 미래 이미지는 온전히 개인의 자유로운 상상력의 결과가 아니라, 집단의 가치와 이해를 반영하는 경우가 많다.

4. 이중언어적 상상력과 낭만성의 결여

곽상영의 일기쓰기의 특징은 1961년 5월 5일부터 본격적으로 한문을 사용하기 시작한 점이다. 그가 왜 이 때부터 국한문혼용을 하기 시작했는가는 명확하지 않다. 5월 5일 이전에는 사람이름, 명칭, 상호명, 장소, 날씨 등과 같은 경우에만 한자를 사용하거나 한자를 병기하였다. 예를 들면, "〈1954년 1월 21일(12. 17.) (목요일), 雨後雲〉", "〈1954년 1월 30일(12. 26.) (토요일), 晴〉", "구청 정 藥學士도 나오셨다."(1954. 7. 12.), "부산의 부두 기적소리와 함께 장춘여관(長春旅館)에서 유숙."(1954. 11. 22), "동기동창인 오필석(吳弼錫)군이"(1957. 8. 17.), "8월분 급料와 7월분 보건수당 수령. 회의는 諸반 급여분 지연으로 불만 일색"(1957. 8. 30.), "장소는 군내 사찰로 유명한 각연사(覺淵寺)로"(1957. 9. 15.), "39주년 三.一절 祝賀式을 거행하였다."(1958. 3. 1.), "횡성(橫城)을 지나 목적지 원주(原州)에 도착하니 밤 9시가 되었다"(1958. 11. 23.), "*연와(煉瓦): 기와"(1960. 5. 5.) 등이 있다.

곽상영의 일기는 국한문혼용체인데, 1961년 5월 5일 이전에는 한글을 위주로 일기를 쓰되 한자를 섞어 쓰거나 괄호 안에 한자를 다는 성격을 띠었다면, 이후에는 한자를 위주로 하고 한글을 섞어 쓰되 한자에 음을 달지 않는 양상을 보여 주고 있다. 곽상영의 국한문혼용체의 일기는 마지

23) 홍명희. 2013. 앞의 글, pp. 3-4.

24) 라우어, R.H.(정근식 · 김해식 옮김). 1985.『사회변동의 이론과 전망: 변동의 유형 메커니즘 전략』. 한울 아카데미, p. 175.

막으로 일기를 썼던 2000년까지 39년 동안 계속된다. 1961년 5월 5일 이전과 이후를 비교하면 다음과 같다.

> 신대 거주 김병호(金丙鎬) 교사 작일부터 독감으로 결근중 오후에 문병하다. 병중에도 김교사는 아동들 걱정에 교육자적이다.(1961. 5. 2.)

> 어린이날 行事 마치고 金昌月 小魯里長과 梧倉農銀에 同行. 債務 條로 갔으나 室効 못 이루다.(1961. 5. 5.)

> 三時五十分 車로 忠州向發. 때는 새벽. 水安堡를 거쳐 前任地인 槐山 長豊教에 들려 人事 後 親知 車玉珍 里長宅에서 留함.(1961. 5. 12.)

곽상영은 1920-1930년대에 출생한 전후세대로 식민지 시대에 교육을 받아서 쓰기와 읽기는 일본어로 먼저 배웠다. 한글은 해방 이후에 세련되게 익히게 된다. 또한 그가 일본어를 배우기 전인 6살 때에 천자문을 큰아버지로부터 배웠다. 9살 때에는 6촌 할아버지가 운영하는 서당을 다니게 되면서 한자의 폭 넓힐 수 있게 되면서, 『논어』, 『주역』, 『사기』, 『노자』의 핵심 내용을 배우게 된다. 그런 의미에서 곽상영은 다중언어를 구사할 수 있는 전후 세대에 해당한다.

곽상영이 국한문혼용체를 쓰게 되는 것은 이중언어의 정체성을 갖게 됨을 시사한다. 그가 민족주의가 결여되었거나 한글을 사랑하지 않았다거나 한글의 효용성을 무시해서 한문 위주의 글쓰기를 한 것이 아니다. 그에게 한자는 의미를 축약적으로 사용할 수 있고, 보편적 의미를 드러내는 개념어로 인식되었다. 1961년이면 박정희 군사정부가 권력을 장악하여 국민국가를 수립하였고, 해방과 한국전쟁을 통하여 한문의 언어적 지배력이 상실되는 시기였고, 한글이 국어로서 정착되어 가고 있었다. 곽상영의 국한문혼용체 사용은 그의 언어적 정체성을 드러낸 것으로 관념어와 짧은 문장의 사용은 구체적인 삶의 서술이 부족하여 낭만성의 결여를 가져왔다.

곽상영은 일본어와 한글로 일기를 썼던 시기와 국한문혼용체를 주로 이용했던 시기의 글쓰기에 상당한 차이가 있음을 발견할 수 있다. 국한문혼용체 이전에는 낭만성의 표상을 직접적으로 표현하거나 우회적으로 드러내는 경향이 있었다. 그는 다수의 낭만적 소설을 읽기도 하였다. 예를 들면, 방인근 『눈물의 편지』(1946. 10. 21.), 김동인 단편소설(1946. 10. 26.), 이광수 『그 여자의 일생』(1946. 10. 30.), 박계주 『순애보(殉愛譜)』(1946. 11. 10.), 방인근 『새길』(1946. 12. 24.), 김동인 『왕부의 낙조』(1946. 12. 24.), 이태준 『사상의 월야』(1946. 12. 26.), 이태준 『청춘

무성』(1946. 12. 30.), 『허생전』(1947. 1. 13.), 이광수 『사랑(후편)』(1947. 2. 3.), 박종화 『다정불심』(1947. 2. 5.), 이광수 『사랑(전편)』(1947. 2. 14.), 현진건 『무영탑』(1947. 2. 17.), 홍효민 『여걸 민비(女傑閔妃)』(1950. 1. 5.) 등이 있다.

이 시기에 그는 학교 선생님으로써 과다한 업무, 2남 2녀의 아버지이자 장손으로서 집안의 대소사를 관장할 정도로 바쁜 나날이었음에도 불구하고 독서를 한 것은 그의 낭만적 욕구에 대한 관심의 증거라 할 수 있다. 그가 소설을 읽는 것은 공감을 훈련하는 행위라 할 수 있다. 소설의 다양한 이야기와 메시지를 통해서 소설에 등장하는 인물의 처지와 상황을 이해할 수 있기 때문이다. 낭만성은 "자유로운 감성의 표출과 기존 현실에 대한 불만 속에 미지에 대한 동경과 불안, 열정 등을 표출하는 속성"으로 정의할 수 있다.[25] 낭만성의 특성은 자유로움이다. 어디에도 얽매이지 않는 활달함과 분방함이 낭만성의 정신이다.

곽상영은 이광수의 소설 『사랑(후편)』을 읽고 아가페적 사랑의 어려움에 대해서 토로한다. 그리고 그는 근대적 사랑이 갖고 있는 실존의 조건에 대해 담담하게 관조한다. 그는 현실에서 나타나는 헌신적 · 인간애적 사랑과 본능적 · 성적 욕망의 긴장감을 공감하고 있다. 현실적 존재로서의 에로스적 사랑과 이상적 존재로서의 이타적 사랑의 어려움을 다음과 같이 기술하고 있다.

> 남녀 간의 사랑은 이성의 성욕 사랑이 태반이었만 원수를 사랑하고(간호부가 어느 병자이거나 같은 마음으로 사랑의 치료를 하는 것과 같이) 세상 사람에게는 누구에게든지 차별없는 사랑이어야 한다는 것이다. 이광수 지음 「사랑」의 후편을 읽었다. 안 박사와 순옥 사이의 사랑은 서로 앞길을 사랑하는 마음씨었다. 몸을 서로 멀리 하려는 사랑은 인간의 사랑 중에 썩 두물이라고[드물리라고] 생각하는 바이다.(1947. 2. 3.)

곽상영의 낭만성은 이국적 환상성이나 신비한 낭만성을 그려내고 있지 않다. 그의 낭만성은 정신적 자유를 추구하는 문학적 상상력을 통해서 혹은 책 읽기라는 삶 속에서 심미적 자기취미로 작용한다.

> 밤부터 나린 비는 아침까지 계속되며 낮 12시까지 나린다. 농가에서 몹시 기다리던 차 금비, 은비와도 같이 반가운 비다. 또 순하게 나린 까닭에 참으로 고마운 비였다. 보리에 대하여는 약간 늦은 것이라고 한다.(1957. 5. 24.)

---

25) 오태호. 2008. "『황진이』의 "낭만성"". 『북한 문학의 지형도: 대표 작가와 대표작으로 본 북한 문학의 어제와 오늘』. 이화여자대학교 출판부, p. 191.

날이 밝아 해가 뜨니 각 동네의 새닥내와 각씨들은 꽃이 되여 떼를 저서 다닌다. 늘도 뛴다. 남자들은 술과 떡을 진탁 먹고 춤추고 노래한다. 사랑 간에서는 윷을 놀고도 있다. 오늘은 누구의 집에서도 음식이 풍족한 모양이다. 학교도 휴업하였었다. 오늘도 기쁘게 잘 노랐다. 소설 「다정불심」을 읽어본 나는 이 보름명절에 더욱 취미를 얻은 것이다.(1947. 2. 5.)

국한문혼용체 이후로 낭만적 소설 읽기도 거의 관심을 갖지 않고 역사소설이나 유학의 경전인 사서오경에 심취한다. 그는 가끔 신문의 연재소설인 박종화의 『세종대왕(世宗大王)』의 내용을 소개하거나(1970. 11. 21.; 1970. 12. 5.), 『난중일기』와 『부모은중경(父母恩重經)』의 글을 일기에 옮겨 적곤 하였다(1970. 12. 31.). 1976년부터 사서오경(四書五經)의 하나인 논어(論語)를 읽기 시작하여(1976. 8. 14.), 1995년까지 사서오경을 2차례에 걸쳐 완독을 하였다(1995. 3. 5.). 또한 유주현(柳周鉉)[26]의 역사소설을 즐겨 통독하였다(1987. 12. 31.). 유학의 경전인 사서오경과 역사소설을 통하여 곽상영의 글쓰기는 감정을 폭발하거나 강하게 드러내는 내적인 긴장을 거의 볼 수 없고 건조한 문체로 일관한다. 한문 중심의 국한문혼용체는 관념어 중심의 서술, 구체적 서사의 부족으로 낭만성을 상실하였고, 간단히 사실을 기술하고 자신의 삶의 모습에 미사여구를 덧붙이지 않는다. 감정에 대한 투사가 없이 현실에서 일어나는 세계에 대한 충실한 묘사나 사건에 대한 재현으로 만족하는 곽상영의 글쓰기를 다음에서 확인할 수 있다.

金旺邑에 새마을指導者協議會에서 主催하는 새마을運動 16周年 記念 行事로 學區單位 體育大會가 있대서 祝賀 및 激勵次 無極까지 다녀왔고.

今日도 退勤 後에 井母 하는 일 도와 勞力 많이 한 것. 마늘밭 물 주기, 人糞재 만들기, 얻어온 鷄糞 말려 부수기 等(來年 淸州用 準備라나). ⓒ(1986. 4. 22.)

夫婦 농장 가서 約 5時間 勞動~동부, 녹두, 호박 따서 搬入. 풀 뜯기도.

서울 文井洞 전화번호 變更 消息…404~0171. ○(1990. 9. 13.)

---

26) 유주현(1921-1982)은 소설가로 경기도 여주 출생이다. 일본 와세다 대학 전문부를 졸업했다.1948년 '번요의 거리'가 '백민'지에 추천됨으로써 문단에 등장했고, 1958년 '언덕을 향하여'로 자유문학상을 받았다. 유주현은'조선총독부'(1964년), '대원군'(1965), '대한제국'(1969), '황녀'(1972) 등을 저술했고, 1960년대 장편 대하소설과 역사소설로 한국문단에서 최고의 성공을 거두었다.

5. 유교적 세계관

곽상영의 삶을 통해서 관통하는 시각은 유교적 세계관이라 할 수 있다. 그의 행동과 삶의 방향성을 제시하고 재구성하는 중요한 원리가 유교사상이다. 유교사상이 갖는 특성은 위계질서, 조직에 대한 충성, 가족중심주의, 교육에 대한 강조, 강력한 정부의 권위를 인정하는 것 등이 있다. 특히 제사를 비롯한 의례와 가족 · 친족 관계는 핵심 요소가 된다. "가정-가족의 의미는 유교적 인간 이해, 인간관계의 질서, 그리고 개인적 차원과 사회-국가적 차원을 연결하는 매개"가 된다.[27] 곽상영의 유교적 세계관은 자신의 정체성을 학교-가족-친족 범위로 한정하는 기제로 작용한다.

곽상영은 일제시대인 1941년에 교사가 된 이래로, 해방 후인 1949년에 교감, 1957년 36살에 교장이 되었으며, 1987년에 정념퇴임을 하기까지 거의 46년을 교육가로서 헌신을 하였다. 그의 교육에 대한 열정과 헌신은 개인적인 성실함과 더불어 조직에 대한 충성을 중요하게 생각하는 유교적 덕목과 깊은 관련이 있다. 그는 가정 · 친족생활을 제외하고는 모든 활동이 학교와 관련된 것으로 집중되어 있다. 다른 사교활동은 거의 전무일 정도였다. 학교일과 가정일 외에는 거의 신경 쓰지 않고 있다. 그의 학교 교육과 조직에 대한 헌신은 그의 교육 철학인 "사랑의 교육"에 기반한다. 그는 교사와 학생의 관계가 "형제 간 같고, 친구 간 같고, 친자 간 같다"고 생각하였다(1942. 12. 31). 그는 교감에서 교장으로 발령이 나게 되었을 때, 전 교직원들을 대상으로 하는 훈화말씀에서 학생들을 사랑으로 대할 것을 강조한다.

> 직원에게, 아동에게 정식 인사를 하였다. 직원에게는 "1. 우리는 교육자이다. 교육자는 선구자인 것이다. 사람을 사람답게 만드는 책임이 부여되어 있는 것이다. 그렇다면 부단한 노력이 있어야 하며 아동을 진심으로 사랑해야 하는 것이다. 동 직원 형제자매와 같은 생각을 갖고 융화 단결하여 나가야 한다."는 요지로 말하였다.(1957. 4. 12.)

"사랑의 교육"은 곽상영의 교육철학으로 "도와주는 교육"(1985. 8. 31.)을 의미한다. 그는 "사랑의 교육" 철학을 대한교원공제회 산하 교원복지신보사에 「보람의 새싹」(新芽)라는 제목의 교단수기(教壇手記)를 제출하기도 한다. 이 수기는 그 동안 사랑의 교육을 실천한 학교의 성공사례를 사실대로 경험한 것을 엮어 낸 것이다(1985. 8. 31.). "사랑의 교육"은 "교육=사랑=살게끔

27) 심백섭. 2005. "한국 유교 문화와 가족". 『종교학 연구』, 24: 53-72, p. 54.

하는 것=도와주는 것=칭찬"과 같은 의미로 이해할 수 있다. 이러한 교육정신은《논어》(論語) 안연편에 나오는 '애지욕기생(愛之欲其生)'이라는 말과 통한다. 애지욕기생의 유래는 이렇다.[28]

『자장(子張)이 어떻게 덕(德)을 높이고 미혹(迷惑)을 제거하느냐고 물었다.

공자가 말했다.

"충성과 신실을 기본으로 삼고 행위가 예에 부합하는 것, 이것이 바로 덕을 높이는 것이다. 사랑할 때는 그 사람이 살기를 바라다가 미워할 때에는 그 사람이 죽기를 바라는 것(愛之欲其生 惡之欲其死), 바로 이것이 미혹됨이다."』

愛之欲其生(애지욕기생), 惡之欲其死(오지욕기사), 旣欲其生(기욕기생), 又欲其死(우욕기사), 是惑也(시혹야).

또한 그는 부모의 마음으로 학생들을 대하여야 한다고 생각하고 있다. 곽상영의 사랑철학은 그의 평소 생활이 "인자(仁者)의 삶"으로 점철된 것과 무관하지 않다. 유학의 핵심 덕목인 인(仁)의 측은지심(惻隱之心)은 곽상영의 남에 대한 사랑과 남을 위한 이로움의 실현으로 나타난다. 그는 남이 곤궁한 상황이 되면 자발적으로 도와주려고 하였고, 남이 잘못되는 것을 싫어하며 잘되었을 때 행복감을 느꼈다. 고아원을 방문하였을 때에도 측은지심의 마음이 저절로 흘러 나왔으며, 어떤 상황이든지 남의 어려움을 그냥 보아 넘길 수 없었다.

사주면 개신(四州面 開新)에 있는 혜화보육원(惠化保育院)이란 고아원에 초대가 있어서 오후 3시에 몇 직원이 갔었다. 신年년 경축회로 고아들의 학예회(노래, 춤, 극)가 있었고 그 다음에 연회가 있었던 것이다... 이 고아원에 두 번채 간 것인데 내 학교에 다니는 학생들이 반가워하는 그 모습은 눈물이 나올 지경이다... 끝마치고 돌아올 때 나는 속으로 빌었었다. "이 치근히[측은히] 불상한 고아 전원의 행복됨을……."(1953. 1. 2.)

남의 곤경에 빠진 사정과 딱한 처지에서 헤매고 있는 정상을 볼 때마다 그 사람이 늙으니거나 어린이거나 남자거나 여자거나 동정하여 주고 싶은 이 승격이 내 나이 어렸을 때부터 천성으로 태어난 모양인지 참지 못할 사랑의 마음으로 며칠 밤(내 눈에 불상하다고 볼 때)은 잠조차 편히 이루지 못

28) [EBS 인문학 특강] 논언4강〈군자의 삶을 설계하라〉, 2014년 6월 9일 방영: http://blog.naver .com/PostView.nhn?blogId=metalenigma&logNo=220028249325(접속일: 2017. 3. 28)

하는 심정이기 때문에 지금도 제 심정을 억일 수 없음을 깨닫는다.(1950. 1. 6.)

"사랑의 교육" 철학은 교사, 교감, 교장으로서의 학교조직에 대한 헌신으로 구체화되고 확대된다. 학교행사로 추석 명절에도 고향을 가지 못하고 학교 일에 전념하고, 학교의 대소사를 모두 챙기고, 매일 아침 학교방송을 실시하였다.

오늘은 추석 명절. 명일 학교행사 형편에 의하여 고향행 불능. 오전 중 정태동 교사 댁에서 초대. 그 후 신대 정록영 구장 댁에서 초대. 오후에 전 직원과 함께 운동장 설비 완료.(1957. 9. 8.)

몸 快치 않지만 學校가 궁금하여 억지로 井母와 함께 富潤行. 아니나 다를까 學校 가니 不安, 不快한 말 들려오는 것. 苦悶 생겨 坐不安息과 일 안잡혀 終日토록 거의 右往左往하다가 마음을 바로잡고 公文 處理. 學校 內外巡視, 煖爐 狀況 等 極力 努力한 것. 退勤後 舍宅에 가서는 新聞읽기, 帳簿 整理, 日記 쓰기 等으로 거의 徹夜한 것. 食事는 어느 程度 口味 당겨가는 중이고. 밤中에 상쾌하게도 쥐차귀로 큰쥐 한마리 잡은 것. ◎(1982. 12. 7.)

모처럼 아침行事 施行~아침體操, 아침放送. 終日 執務. 밀린 일 어지간히 마쳐지고. 某種으로 苦悶하는 것으로 兼事하여 權○○ 敎務와 閔敎監(校監)이 午後에 敎育廳 갔다가 저물게 와서 報告에 依하면 內容 모를 大事가 아니니 過한 不安感을 갖지 말라는 것이어서 많이 마음이 누구러진데다가 듣는 感銘 그리 시원치 않으나 어쨌든 앞으로 나갈 바는 敎育觀이 變함 없는 사랑의 敎育이며 다만 謹酒할 것만이 나의 나갈 바임을 決心할 뿐임. ◎(1982. 12. 8.)

유교에서 가장 중요한 인륜적 규범은 효이다. 효는 자식의 부모에 대한 자연적인 사랑이다. 곽상영은 부모에 대한 지극한 효심을 보여 주는데, 결혼 후 18살 때 가정형편상 중등학교 진학 시험을 포기해야 할 때 "눈에서 눈물이 흘렀지만 그러한 태도는 보이지 않고 시험을 보지는 않겠다고 말씀드렸습니다."(1939. 12. 27.)라고 순종한다. 부모님 생신을 고기와 술 등으로 축하하고 친척과 마을 어른들을 초대하여 즐거운 시간을 함께 한다.(1952. 8. 27.; 1954. 8. 7.; 1957. 8. 4.; 1958. 8. 23.; 1958. 8. 28.; 1960. 8. 30.) 아버님 회갑 축하연은 3박 4일 동안 진행되었다(1961. 3. 27.-3. 30.). 생신을 축할 수 없을 때에는 한탄하며(1954. 8. 12.) "아- 아버님 이 불효를 용서하소서. 객지의 자식은 이렇게도 여의치 못합니다."(1951. 9. 27.)라며 자책을 마다하지 않는다. 아버님 돌아가신 후 장례를 거행하고(1978. 7.21.-7. 24.), 부모님 기일 제사도 철저히 지키셨다(1979 .7. 10.; 1981. 7. 17.; 1983. 7. 25.; 1984. 7. 14.; 1989. 7. 18.; 1992. 7. 15.; 1994. 7. 24.;

1998. 8. 7.; 1999. 7. 28.).

곽상영의 인(仁)에 기반한 사랑은 부모님을 넘어서서 집안 어른과 친족에 대한 공경으로 발전한다. 효의 원리가 사회로까지 확장되었으며, 군자(君子)다운 덕성과 인격이 함께 갖춰진 것이다. 곽상영은 시간 나는 데로 친척들과의 교류를 게을리 하지 않았고 집안 애경사를 적극 챙겼다.

곽상영의 유교 사상은 자녀들에 대한 애정과 자녀교육으로도 나타난다. 그는 1940년대부터 1980년대 막내 아들이 대학을 졸업할 때까지 조카와 남동생을 포함하여 모두 12명의 교육을 책임진다. 어려운 교육환경 속에서도 교육비를 해결하기 위하여 각고의 노력을 한다. 현대 부모자녀관계의 특성이 아버지는 바깥 일에 치중하고 어머니가 집안일과 아이들 교육을 담당하여 가정에서는 아버지의 역할이 상대적으로 어머니에 비해 축소하는 경향이 있다. 그러나 곽상영의 경우에는 모권의 약화와 부권의 강화로 귀결된다. 그러한 현상이 가능했던 것은 곽상영의 "사랑의 교육" 철학이 자녀들에게도 전이되었기 때문이다. 그의 자녀들은 대부분 똑똑하고 공부를 잘하여 특별히 문자교육을 시키지는 않았지만 장남한테 "읽는 법, 쓰는 법, 생각하는 태도와 그 처리에 대하여"(1948. 1. 3.) 교육시킨 경우가 있다. 곽상영은 아이들과 정서적 친밀감을 높이고 자녀들에 대한 공감능력에 항상 관심을 갖고 있었다. 자녀들이 어렸을 때에는 곽상영은 아이들 머리를 잘라주고(1947. 4. 14.), 동요를 불러 주고(1948. 1. 3.), 자녀들 병간호(1948. 1. 11.-1. 12,) 등을 하였다.

아이들이 성장하면서 곽상영은 다양한 형태로 자녀들과 정서적 교류, 상호친밀성을 통해 자녀들에 대한 이해의 폭을 넓히면서 자녀들의 감정 및 인격형성에 큰 영향을 미친다. 부모의 역할로서 가장 중요한 것이 자녀와의 의사소통이다. 곽상영은 자녀와의 화목을 증진시키기 위하여 많은 시간을 자녀를 위해서, 자녀의 입장에서 정서를 공유하는 노력을 많이 기울인다.

팔 다쳤던 魯弼 今日은 登校. 생기 있고 차도 많은 듯. 多幸〃〃(1968. 11. 28.)

오랜만에 월남 간 魯明 앞으로 편지 써 발송 준비.(1970. 9. 3.)

魯明한테 편지 온 內容 보고 坐不安席. 長項서 海岸守備中 괴로운 點 많은 듯. 休日인 明日에 直接 가보기로 決意.(1971. 6. 5.)

點心後 淸州 와서 敎大 養成所 應試書類 提出…… 3女 魯妊, 着實한 살림군이나 職場 없어 딱하기

에 마음 먹은 것.(1971. 6. 8.)

魯姬 松面 가는데 가방 보따리 갈미까지 갖다줄 겸 鎭川까지 바례다주고.(1971. 8. 8.)

1950-60년대 자녀들이 청주에서 자취생활을 할 때에도 월세, 교육비, 생활비, 자녀들 학교방문 등 자녀교육에 관한 대부분의 일을 곽상영 본인이 전담을 하였다.

김장거리 배추, 무를 약간 짐으로 싸서 청주 아해들(노정, 노원)한테 갖다 주웠다.(1957. 11. 16.),

次女 魯姬(淸女中 一年生) 中間成績 發表에 제 班에서 第二位인 通知 接受.(1961. 11. 18.)

아해들 燃料 解決과 魯絃의 學費 免除 手續을(1962. 2. 11.)

參男 魯明의 淸高 入學式에 參席."(1962. 3. 5.), "昨日에 온 魯杏과 入淸. 淸州서 아이들과 留.(1971. 5. 23.),

入淸~ 5女 魯運 轉學에 中學配定 추첨. 淸中에서 實施. 추첨結果 '忠北女中'으로 落着.(1971. 6. 2.),

點心後 淸州 와서 敎大 養成所 應試書類 提出…… 3女 魯妊, 着實한 살림군이나 職場 없어 딱하기에 마음 먹은 것.(1971. 6. 8.),

晝食後 梨月 거쳐 淸州까지. 轉入學한 魯運의 住民登錄謄本 手續次 西門洞事務所와 北門洞事務所에 들려 일 봤으나 井 母의 寫眞 없어 未畢.(1971. 6. 29.),

6. 미래 이미지: 현재주의와 대동사회(大同社會)

곽상영은 사상적으로 유교에 기반하여 도덕적 리더십, 가족주의, 사랑의 실천을 강조하고 있다. 곽상영의 유교사상은 미래를 보는 관점에서도 발견할 수 있다. 미래와 관련하여 시간개념을 살펴보면, 곽상영은 먼 미래, 장기적인 관점에서 미래를 생각하기 보다는 가까운 미래, 혹은 단기 미래에 많은 관심을 갖고 있다. 1939-2000까지 곽상영이 일기에서 사용한 미래의 시간을 인식할 수 있는 어휘를 살펴보면 다음과 같다(표 1. 참조).

표 1. 『금계일기』의 미래 시기에 관한 어휘의 빈도 (빈도수, %)

	미래 · 未來	장래 · 將來	전망 · 前望	계획 · 計劃	총계
1939-2000년	3 (1.7)	41 (23.3)	5 (2.8)	127 (72.2)	176 (100.0)

미래의 시기에 따라 단기 · 중기 · 장기 3가지로 구분되는데, 단기는 보통 5년 미만, 중기는 5-10년, 10년 이상은 장기로 표현할 수 있다. 곽상영은 장기적 관점을 나타내는 미래 · 장래 · 전망(27.8%)과 같은 단어보다는 단기 미래를 나타내는 계획(72.2%)이라는 어휘를 더 많이 사용하고 있다. 곽상영은 가난한 소작농의 자식으로 어렵게 학교 교사가 되어 교장이라는 관리직까지 올랐고, 부모, 형제들뿐만 아니라 10명의 자녀들에 대한 생계와 교육을 책임져야 했기 때문에 미래를 생각하고 미래를 위한 준비보다는 현재의 생존을 먼저 생각할 수밖에 없었다. 단기간에 경제적 안정과 안정적인 생활이 중요했기 때문에 장기적 미래에 대한 생각은 쉽지 않았다. 미래와 장래를 생각할 때는 자신의 미래에 대한 비전이나 바람직한 상태에 대한 미래 이미지를 그리기 보다는 다른 사람의 미래와 장래를 나타내거나 미래의 사건에 대한 현상을 설명할 때 주로 이용하였다.

漢先 氏 女婚에 人事. 虎竹分校 親睦 擲四[擲柶, 즉 윷놀이] 大會에 잠간 參席 人事. 밤엔 아해들 全員 다리고 家庭 狀況 이야기. 未來事도 相議~ 特히 井의 結婚과 媛의 約婚 問題 熟考. 明朝에 井은 上京한다고.(1968. 1. 1.)

延老人과 함께 리라病院 靈安室 가서 故 朴福男 女史 명복 빌며 落淚. 그 家族들 함께 서러워 했고. 「過去之事 고마웠고 부디 極樂世界에서 幸福 이루소서 未來 그 세상에서 만날 수도 있는 것인지?」(1990. 7. 15.)

제5학년 교과는 경영대로 금일에 완전히 끝났다. 방과 후 내가 가르치는 아이들 73명과 기념사진을 찍었다. 이 조를 받은 국교 3년 시절은 매우 유쾌했었다. 아이들의 좋은 장래를 기원하며!!(1945. 3. 20.)

교실에서 일단 떠나 동리 들판 같은 데서 그네들을 대하면 일종의 귀어움을 더 느끼게 되더라. 더 가까이 내 집 방안에 앉지고 보니 더욱 귀어워지더라. 그네들의 장래를 나는 소리 없이 비렀다.(1947. 10. 2.)

이와 같이 현재 지향적인 관점은 곽상영이 처해 있는 사회적, 경제적 상황과 더불어 유교사상과도 관련이 있다. 명심보감(明心寶鑑) 성심편(省心編)에 보면 "欲知未來(욕지미래)하면 先察已然(선찰이연)하라"는 말이 있다. 미래를 알고 싶으면, 먼저 지나간 일을 살펴야 한다는 의미이다. 다시 말해, "미래는 과거에 어떻게 살았느냐에 달려 있으므로 과거를 반성하고 하루하루 열심히 살라"는 것이다. 미래는 과거에 삶에서 연유하기 때문에 미래를 생각하고 바람직한 비전을 굳이 만들고 노력할 필요가 없이 하루 하루의 삶이 중요하다. 이러한 유교사상이 곽상영이 미래보다는 현재에 더 관심을 갖는 현재주의 태도를 가능하게 했을 것이다.

곽상영이 관심을 갖는 미래는 국가나 민족의 미래보다는 개인과 가족의 미래이다. 가족주의 중심의 세계관과 관련이 있다. 가족주의는 공동체보다도 가족 전체를 우선시한다. 이러한 가족주의는 국가나 민족의 미래와 성공보다는 개인과 가문의 성공, 사회적 지위의 획득이 무엇보다도 중요하게 된다. 또한 무엇이 올바르고 나쁜가에 대한 기준은 개인 · 가족의 생존과 관계 유지에 있게 된다. 곽상영이 국가의 미래에 대하여 관심이 전혀 없는 것은 아니다. 1958년 새해를 맞이하여 아이들과 글쓰기를 하면서 자신의 새해다짐과 소원을 "祈願~兩親康寧 家族健在" "所願~國土 統一, 教學誠心"이라고 적는다(1958. 1. 1.). 그러나 주로 전망, 장래, 미래 등과 같은 단어를 사용할 때에는 개인적, 가족적 차원과 관련이 있다.

오늘은 태양빛도 참으로 따사롭고 봄이 시작 되는 것 같습니다. 세상은 또 점점 진보해 가고 오늘을 맞이하여 저의 장래를 생각하니 눈앞이 캄캄해집니다.(1939. 3. 31.)

신문에 제3종 시험 합격으로 발표되었다……기쁜 반면 미래를 다짐했다.(1942. 7. 2.)

虎竹分校 親睦 擲四[擲柶, 즉 윷놀이] 大會에 잠간 參席 人事. 밤엔 아해들 全員 다리고 家庭 狀況 이야기. 未來事도 相議~ 特히 井의 結婚과 媛의 約婚 問題 熟考. 明朝에 井은 上京한다고.(1968. 1. 1.)

教育廳 가서 學校現況(宿直室, 倉庫, 水道, 舍宅) 報告와 協議. 水道와 舍宅 件 前望 있고.(1983. 9. 10.)

곽상영이 생각하는 미래사회는 상상력이 풍부하거나, 종교적인 측면과 같은 초월적인 세계이거나, 사회적 · 자연적 조건이 잘 갖추어진 이상사회가 아니라 현실적인 사람에 대한 사랑과 배려가 있는 공동체사회와 건강하고 행복한 가정이 가장 이상적이고 바람직한 사회로 생각한다.

그가 추구하는 미래의 이상사회는 유교에서 추구하는 대동사회(大同社會)와 닮아 있다. 대동사회는 공동체를 바탕으로 이웃에 나눔과 배려가 실천되는 사회로, 공자(孔子)가 쓴 『예기(禮記)』의 "예운(禮運)"에서 유래한다.[29]

> 대도(大道)가 있던 시대에 인간은 다른 사람의 부모를 나의 부모처럼 생각했고, 다른 사람의 아이를 나의 아이처럼 귀여워했다. 노인은 편안한 여생을 보낼 수 있었으며 성인들에게는 일한 여건이 보장되어 있었다. 아이들에게는 길러주는 사람이 있었으며 병든 자도 모두 부양 받았다. 사람들은 과부들, 고아들, 자식 없는 사람, 병으로 무기력한 사람을 불쌍히 여겼고 잘 보살펴주었다. 사람들은 일하는 것을 싫어하지 않았으며, 자기만을 위해서 일하지도 않았다. 재물을 사적으로 저장하지 않았기 때문에 도둑도 없고 집집마다 바깥문을 닫을 필요가 없었다.

곽상영은 권력이나 재물보다는 사랑의 실천에 관심을 갖고자 했다. 그는 유학자로서 선비의 기질이 있으며, 권력이 있거나 사회적 · 경제적 지위가 있는 자보다 이웃이나 학생들에 사랑과 배려를 갖고 있다. 이와 같은 경향은 그가 직접적으로 계급 없는 사회를 언급하지 않았지만 지배계급보다는 피지배계급에 더 많은 비중을 두고 있음을 알 수 있다.

7. 맺는말

상상력과 관련해서 아일랜드 극작가 겸 소설가인 조지 버나드쇼(George Bernard Shaw)는 "상상력은 창조의 시작이다. 당신은 원하는 것을 상상하고 상상하는 것을 실행에 옮길 것이며, 결국은 실행에 옮길 것을 창조하게 된다."라고 하였다. 브레인스토밍(Brainstorming)을 만든 알렉스 오스본(Alex Faickney Osborn)은 "상상하는 능력은 곧 세계를 재구성하는 능력"이라고 말함으로써 상상력과 현실의 관계를 잘 설명하고 있다. 상상력은 우리 일상생활에 새로운 창의성을 발휘할 수 있는 긍정적인 요소이자 다른 한편으로 삶을 부정적인 측면으로 유도하는 역기능

29) 김참. 2012. 『현대시와 이상향』, 한국학술정보㈜, p. 38.

의 역할도 한다.

전후세대로서 곽상영의 이중언어 사용은 정체성의 혼란과 더불어 부정적 상상력으로 작용한다. 일기 글쓰기에서 한글 중심의 국한문용체를 사용했을 때에는 문장이 수려하고 구체적인 감정과 일상에 대한 상념이 풍부했다. 그러나 한문 중심의 국한문혼용체를 주로 사용하였을 때에는 사건 중심의 서술이 지배적이고 감정이 잘 드러나지 않아서 낭만성이 결여되었다. 그리하여 사실 중심의 정보만을 전달하는 딱딱하고 건조한 일기가 되곤 하였다.

현재 한국 사람들은 유교적 전통에 의해 끊임없이 영향을 받고 있다. 곽상영도 유교적 세계관으로부터 자유로울 수가 없다. 그의 유교적 세계관은 "애지욕기생(愛之欲其生)"으로 집약할 수 있으며, "사랑의 교육" 철학으로 내면화되고 사랑=도와주는것=칭찬으로 구체화되고 실천된다. 그의 인(仁)에 대한 신념은 보편적 사랑을 지향하여 부모의 마음으로 학생, 이웃을 대하고, 부모, 자녀, 친척에 대한 효와 박애정신으로 확대된다. 그리하여 선비로서의 유교의 철학을 실천하는 일상에 천착하게 된다.

곽상영의 유교적 세계관은 미래 지향적인 욕망과 이미지에 영향을 끼친다. 곽상영에게 삶의 궁극적인 의미는 미래의 비전이나 희망보다는 현재의 삶에 있다. 잡을 수 없는 미래의 세계에 가치를 두지 않는 현재주의를 강조한다. 그리하여 오늘의 세상 삶과 이익에 집중한다. 또한 곽상영은 국가의 희망이나 비전보다는 가족과 이웃의 공동체적 이익과 미래를 우선시하게 된다. 곽상영은 미래 이미지로 대동사회를 지향한다. 그는 나와 남이 차별 받지 않고 보편적 사랑이 구현되는 사회를 원했으며, 지위와 신분에 따른 차별이 없는 대동의 세상을 꿈꾸었다고 할 수 있겠다.

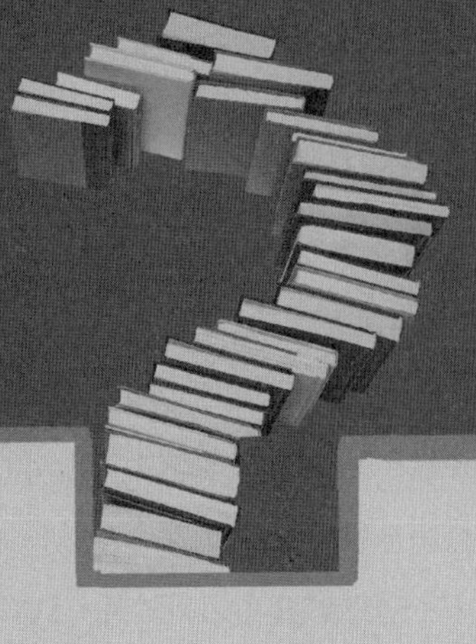

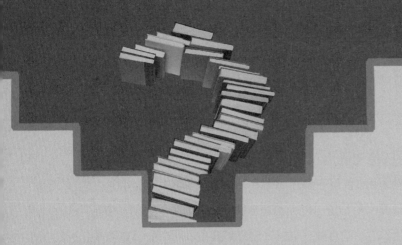

•• 이정덕 · 임경택

압축근대화 시기의 문중, 장례, 제례

1. 근대화와 친족관계의 변화

전통사회에서 친족, 특히 부계 친족은 생활에서 절대적인 역할을 해왔다. 강력한 부계친족은 조상에 대한 의례를 중심으로 재확인되며, 마을에서의 부계친족끼리의 다양한 협조와 교류관계를 통하여 그 모습이 드러난다. 또한 가까운 부계친족끼리의 절대적인 협동관계와 직계 조상신을 돌보는 초자연 세계와 이어지는 가까운 부계친족의 종교적 의례적 공동체성을 확인해주는 4대조 봉사로 나타나는 직계 조상의 집안제사는 강력한 혈연공동체의 모습을 보여주었다.

그러나 1960년대부터 급속하게 이루어진 압축근대화 과정에서 농촌에서의 친족관계도 빠르게 변하였다. 점차 먼 부계친족과의 관계가 약화되고 사라졌으며 가까운 친족들도 서로 다른 도시로 이사 가면서 공동체로서의 역할을 수행하기가 어려워졌다. 또한 이러한 사회적 관계의 변화에 따라 가까운 곳에 사는 부계친족들도 점차 혈족공동체적인 성격은 약화되고 사적인 이익집단으로서의 관계로 변하게 되었다.

친족들이 도시에서 직장을 구하여 도시로 이주하여 나가면서 점차 먼 친족들이 모이고 협동하고 서로를 확인하는 과정 자체에 문제가 생기기 시작하였다. 먼 도시로 이주한 친족들도 초기에는 혈족공동체를 확인해주는 시제나 문중회의의 참석이 적극적으로 이루어졌으나 점차 참여도가 떨어지면서 혈족공동체에서 떨어져 나가게 된다. 또한 장손으로 이어지는 혈통의 유지도 이전처럼 강력한 의미를 지니는 것으로 생각하는 경향이 계속 줄고 있다.

하지만 가까운 친족과의 관계는 상호 정보교류, 협동, 결혼식과 장례식의 참여로 계속 이어지고 있다. 물론 서로 소식을 주고받고, 어려울 때나 평상시에 다양한 도움을 주고받고, 결혼식과 장례식에서 만나는 것이 지속되고 있지만 이러한 관계를 강력하게 유지하는 가까운 친족의 범위가 조금씩 축소되고 있다.

많은 사람들이 도시로 이주하여 결혼을 하면서 부부를 중심으로 핵가족을 운영하는 경우가 크게 늘었다. 지속적으로 소식교환, 협동, 의례참여가 이루어지지만 가족의 일상생활은 점차 부부에게만 맡겨지고 따라서 부부사이의 사적이고 내밀한 관계가 또는 부부관계나 사랑이 가족생활에서 차지하는 역할이 매우 커졌다. 도시로 이주하면서 각각 별도의 가족생활을 하게 되고 소득도 개별 가족마다 전혀 다른 원천으로부터 개별적으로 이루어지게 되었고 가족마다의 재산의 사적 소유도 더욱 분명하게 되었다. 이렇게 소득과 소비 그리고 일상생활에서 각각 별도의 가정경제를 운영하는 온전한 의미에서의 핵가족으로서 작동하게 된다.

물론 압축근대화 시기 이전에 나타나는 농촌에서의 공동체생활과 상당한 공유경제가 친족관계에서 사라졌다고 할지라도 또한 개별 가족마다 각각 독립된 소득과 소비생활로 전환되었다고 하더라도 가까운 가족의 관계에서, 이전의 공유적 삶에 기초한 가족의 의무감이 약화되기는 하였지만, 다양한 의례적 모임(부모생신, 할아버지 제사, 가까운 친족 결혼식이나 장례식 등)과 계속 되고 있고 서로를 지원하고 교류하는 것이 가족 사이에 계속 도덕적 의무로서 느끼도록 작동하고 있어 형제나 3촌이나 4촌의 관계는 상당한 강도를 가지고 지속되고 있다.

『금계일기』에서도 해방 후 특히 압축성장이 가속화된 1960년대 이후 아주 빠르게 농촌지역에서 혈연공동체가 약화되는 모습을 보여주고 있다. 일기의 주인공은 다양한 시제와 혈족 모임에 참석하기도 하지만 또한 교장으로서 학교 일에 바빠 참석하지 못하는 경우가 많았다. 일가친척들이 빠르게 도시로 진출하여 친족과 가족이 다양한 도시로 확장되는 모습을 보여주고 있다.

이 일기의 주인공인 곽상영은 1937년부터 일기를 쓰기 시작하여 2000년 돌아가실 때까지 계속 일기를 써왔다. 평생 초등학교의 교사, 교감, 교장으로 지내왔고 따라서 직장생활에서 이러한 교육계의 공적인 관계가 가장 중요하게 작동한다. 농민의 경우에는 농사, 마을일, 집안일, 가족경제, 문중에 이르기까지 일상생활에서 같은 마을에 거주하는 일가친척과의 일상적인 협동이 빈번하게 이루어지던 시기이지만 주인공은 교사로서 각 학교의 사택이나 그 부근에서 거주하면서 학교와 관련된 다양한 관계가 우선적으로 작동하게 된다. 직장인 교육계의 관계와 일에 몰두하다보면 혈연 공동체의 관계는 조금씩 약화될 수밖에 없다. 마을에서의 농업은 지속적으로 혈연의 관계 속에서 이루어져야 하지만 교육계에서 능력(교사로서의 학생교육능력, 교감/교장으로서의 학교운영능력)은 혈연관계와 어느 정도 분리된 것이고 능력과 업적이 바로 눈에 띄기 때문에 교육계에서 인정받기 위해서는 혈연관계보다 교육능력과 학교운영능력 그리고 교육계의 관계에 더 신경을 쏟아야 한다. 그래서 동료나 상사나 그 자제들이 관련된 결혼식이나 잔치나 제

사나 장례식이 먼 혈족의 결혼식이나 잔치나 제사나 장례식보다 훨씬 중요해진 것이다. 따라서 평생 학교의 선생님으로 지낸 곽상영이 종사한 교육계에서는 혈연관계가 농민들에게서처럼 중요한 역할을 하는 것은 아니다.

공공학교의 체계에서는 마을일이나 농사일과 비교하여 혈연관계보다는 직장과 관련된 다양한 연줄, 학연, 상하관계가 더 영향을 미친다. 교사들은 이미 농민보다 낮은 혈연의 필요성의 맥락에서 사회생활을 하였기 때문에 이러한 맥락을 고려하면서 곽상영의 혈연관계나 조상숭배에의 참여를 이해할 필요가 있다.

2. 부계친족과 종회

백부 집에 가서 명절, 차례, 제사를 지낸다. 동네 어른에게 세배를 다니는 모습은 계속 되고 있다(1947.1.22.; 1978.1.28.). 1947년에는 동네 어른에게 세배를 다녔다고 되어 있고 1978년에는 同派之親에 세배를 다닌다고 한 것으로 보아 세배의 범위가 가까운 친족으로 축소된 것으로 보인다. 1980년대에 이르면 전통적인 혈족조직이 상당히 약화된 상황에서 살고 있는 모습을 보여준다. 따라서 먼 친척들보다도 6촌 정도까지 범위의 사람들과의 관계가 주로 나타나고 있다. 1970년대에도 동네에서 어머니의 생신에 6촌의 가족들도 초대하는 모습을 보이고 있다(1977.11.27.), 자신의 51회 생일(1973.1.4)에도 6촌까지의 가족을 불러와 식사를 하느라 딸들이 음식을 장만하느라 바쁘다. 이렇게 많은 사람들을 초대하여 생일잔치를 하니 "父親께서 매우 기뻐하시기도" 한다. 따라서 학교장이라는 지역유지로서 광범위한 사회적 네트워크와 친족 네트워크를 유지하느라 연하장도 백매를 쓴다(1974.12.31.). 지역의 유지들과 중요 일가들에게 보내는 신년 인사장이다. 그러나 85년 이후에는 6촌에 대한 언급이 줄었으며, 80년대 말에 이르면 6촌형의 서울 장례식에 참석하지 않기도 한다. 하지만 11촌 아저씨인 四從叔은 2000년까지 계속 자주 만나고 있다. 문중의 일에서는 촌수를 알 수 없는 먼 친척 등도 만나기 때문에 훨씬 넓은 범위의 일가들과 관계를 갖게 된다.

부계친족에서 중요한 조직의 하나가 동갑계이다. 일기의 저자가 참여하는 동갑계는 모두 마을 출신의 동갑인 부계친족으로 구성되어 있어 6명에 불과하다. "宗門 辛酉生 同甲稧에 參席. 稧員 全員 參集~大鐘, 宗榮, 秉鍾, 昌在, 俊榮, 尙榮 總 6名. 70年 有司를 벗고 稧長 大鍾氏 宅에서 修稧. 稧資 殘額은 不過 幾千 원 程度. 稧後 順番訪問코 歡談타 보니 夜深되기도(1971.1.3.)." 매년 동갑계가 구성되기 때문에 동갑계가 수 십 개가 구성되어 있지만 참여자는 하나의 동갑계에

만 참여하게 된다.

일기 저자의 동갑계는 65년부터 시작되어 마을의 동갑내기 일가로 구성되었지만 도시로의 진출을 적극 반영하고 도시로의 이주자들이 농촌과의 연계를 위해 중요한 역할을 한다. 이들은 이미 도시로 이주를 하여 가까운 교통이 편리한 도시에서 모임을 갖기도 한다. 도시로 진출한 사람들의 네트워크를 적극 활용하기도 한다. 소수의 네트워크로 먼 곳에서 모여도 적극 참석하는 모습을 보여준다. "同甲契 있어 鳥致院 갔고. 主管이 宗榮 兄. 事情 있어 飮食店에서 修稧. 서울 있는 昌在도 와서 全員 參席. 春季 野遊會를 3月 26日로 協議 決定(1972.1.3.)." "宗親 同甲稧 서울 昌在 집에서 있게 되어 새벽에 나섰으나 車 便 不如意하여 淸州서 高價 택시로 上京. 城東區 君子洞 運좋게 집 잘 찾아 修稧 잘 했고. 6月 末까지 稧金 3,600원(白米 3말 6升) 增資키로 한 것. 下午 4時頃에 稧行事 끝내고 高速으로 淸州 와서 留(1974.1.3.)" "宗親 同甲稧 第12回. 有司이기에 내집에서 開催. 全員(6名) 參席. 修稧 後 稧財 現金으로 約 4萬 원쯤. 晝食땐 洞里 有志 數名 招待하여 同席 會食했고. 今日用 料食 만들기에 서울 큰 子婦 새벽부터 큰 勞力(1976.1.3.)." "宗親同甲(69歲)稧에 參席~郭大鍾 有司 宅인 金溪, 6名 全員 參席 財 46万 원(1989.1.3.)." 동갑계 6명의 일가 친목 모임으로 해마다 만나서 안부를 나누고 식사를 하고 술을 마시는 식으로 계속 돼왔다. 자금은 쌀은 없고 현금으로 우체국에 예금하고 있었다. 동갑계는 매년 1월3일에 모이지만, 위친계는 매년 12월31일에 모였다.

이에 비해 위친계는 마을에서 장례식마다 중요한 역할을 하였다. 장례와 관련하여 가장 중요한 역할을 하는 모임이다. 이 위친계는 67년부터 시작한 모임이다. 이곳은 곽씨 집성촌이라 위친계도 주로 곽씨로 구성되어 있다. 계원들의 부모가 돌아갈 때 계원들이 물질적으로나 노동으로 협심하여 장례를 잘 치루기 위하여 만들어진 조직이다. 1974년 12월 31일 위친계 모임에는 25명이 참석하여 안건을 상의하기도 하고 식사와 술을 마시면서 친목을 도모하였다. 1975년 4월 20일에는 金溪里 爲親稧에서 戶當 2人씩 약 60명이 버스를 대절하여 俗離山 逍風을 갔다. 위친계가 보유한 쌀 5가마를 써서 경비로 사용하였다. 위친계원은 장례에 참석하여 부고를 쓰고 연락을 하고 장례절차를 진행하고 묘지를 만드는 산일을 하는 등 여러 가지 일을 해줘야 하고 또한 위친계의 쌀을 제공하여 장례를 잘 치르도록 돕는다. 위친계의 정기모임은 매년 12월31일에 행하였다. 1977년1 2월 31일에 행해진 위친계의 모임내용을 보면 아래와 같다. "場所는 안말 全秀雄 집. 午前 11時부터 始作하여 午後 6時에 끝난 것. 點心 食事들 잘 했고. 稧員 總 人員 27名. 客地人 除外하곤 全員 參席한 셈. 稧財는 白米 46말. 現金 22萬 원~總財 約 35萬 원 程度(第12回 總會)." 쌀이나 현금을 계원들에게 빌려줘 이자를 받으며 이러한 회계적인 내용도 년말 정기모임에서 결산을 한다. 위친계는 계장, 부계장, 총무, 유사를 두고 있다. 1978년 12월 31일 모임에서는 "本洞 27人 爲親稧에 參席. 場所는 金相熙 집. 稧財 약 46万 원쯤. 任員改善에 係長에 郭時榮, 副係長에 郭棒榮, 總務엔 郭俊榮, 郭漢弘"로 조직을 재편하였다. 82년에도 위친계의 재산이 70만원이라고 쌀은 타나나지 않고 돈 액수만 나타나고 있고 86년에는 쌀이 1가마니이고 돈은 36만원이어 위친계의 재산도 점차 쌀에서 돈으로 바뀌는 모습을 보여준다. 이 일기의 주인공의 부모가 돌아갈 때도 위친계가 2, 3일 동안 열심히 도와준다. 일기의 저자는 마을에서 살지 않기 때문에 위친계가 모인다는 연락이 오지 않기도 한다. 1983년 1월 2일 일기에는 위친계의 연락이 없어 유감이라고 썼다. "爲親稧는 昨日施行했대서 不參된 셈(連絡없었던 것이 遺感된 일)." 위친계의 참석인원은 점차 줄어들고 있어서, 예를 들어 80년대 초반까지 거의 전원이 참석하고 있었지만 1986년 1월 모임에는 27명 중 19명만 참석하였다. 위친계의 재산도 82년도에 70만원이었던 것이 86년에는 쌀 한가마니와 36만원으로 88년에는 쌀 10말과 22만3천원으로 91년 쌀 한가마니와 돈 24만5천원으로 92년 쌀은 없고 현금이 32만6천원이어 전체적으로 재산이 줄어드는 경향이 있고, 88년과 91년에는 참석인원을 적지 않았고 92년에는 25명 중 21명이 참석하였다고 적었다. 적지 않은 해수가 많이 나타나고 있어 일기의 저자가 위친계에 첨석하지 않는 경우가 점차 늘어난 것으로 보인다. 80년대 들어 연락도 하지 않는 경우도 생기고, 인원도 참석자도 조금씩 줄고, 재산도 줄어드는 모습이 나타나는 것은 그만큼 마을의 청장년층이 도시로 떠나간 상황을 보여준다.

이 일기에서는 종중, 門中, 종답, 재실이라는 용어가 나타나고 있지 않다. 대신 宗稧, 派稧, 門長, 位土, 時祀가 나타나고 있다. 1971년 이후 派稧 3번만 언급되어 그렇게 중요한 역할을 하지는 않았다. 저자의 아버지가 자주 派宗稧에 해마다 참석하지만 저자는 이러한 모임에 몇 년에 한 번 정도나 참석하고 있다. 논의사항은 주로 위토답 등의 재산이나 제사에 관한 것이다. 三派 宗山 賣渡事件으로 재판이 진행되었지만 내용이 명확하게 언급되고 있지 않고, 宗稧나 宗會에 대한 내용은 매우 드물게 언급되고 있다. 이를 인용하면 다음과 같다. "臨時 四派宗稧에 參席次 故鄉 金溪 다녀온 것~門長 仁鉉氏 宅 20名 程度 參與. 墻東山 13代祖考 位土畓, 金坪派, 金東派 爲土 關聯까지 墻東人 尹병태가 小作人. 竝作 稻租로 決定. 時祀 마련은 東林 漢福氏가 自進 引受. 故鄉 金溪 案山 工事 關聯 三從姪 魯殷 山條 解決로 族叔 漢虹氏 外 有志 數人 來淸하여 對話 結果 個別的 相對할 것을 一任하기에 甘受한 것(1989.1.25.)." "三派稧 있대서 參考로 參席하여 發言했고 三派 會長과 本部 門長과의 關聯 山 事件의 溫和的 마무리(1990.1.21.)." "四從叔 漢斌氏 宅 들러서 小宗稧 關聯 宗土 一切 問議 確認 討論 相議하였고... 再堂姪 魯旭 집(淸高 뒤) 찾아가 둘러보고 宗土 登記簿 찾아놓도록 當付하기도. 奉事公 및 小宗稧 關聯 宗土 內譯 一切 취합 記錄하여 보았고(從兄님 付託)(1991.2.2.)." "從兄님과 함께 玉山面 財務係에 가서 小宗稧 所屬 宗土

別 內容을 正確히 把握하기에 時間余 奔走했던 것(1991.3.6.)." "清原郡廳 地積係에 提出한 清州郭氏 城村派 小宗稧 所有 不動産 '登錄番號 賦與 申請'했던 것이 3月 14日字로 登錄 決裁가 되어 今日 찾아 왔으니 시원하고 개운했던 것(1991.3.20.)." "外銀 가서 小宗契 통장 確認 後 清原郡廳 들려 四派 宗山의 台帳과 圖面(금계리 20번지) 떼어보았고(1993.11.2.)." 등 재산을 확인하는 경우가 가끔 나타나서 宗稧의 재산 관리가 아주 중요한 일임을 알 수 있다.

일기의 저자가 특히 관심을 갖는 부분은 저자가 참여하는 시제와 관련된 조상묘들의 관리와 관련된 소종계에 대한 것이다. "우리 小宗稧派 立石事業에 洞人들 많이 手苦 勞力에 感謝할 따름. 飮食 準備는 從兄 宅, 再從兄(憲榮氏) 宅에서 했고. 經費는 宗財에서 한 것. 9, 8, 7, 6代祖 山所에 床石과 望頭石 設置한 것(1979.3.11.)." 소종계는 가까운 친척들로 구성되어 이들의 조상의 묘를 잘 관리하는 데 목적이 있다. 돈을 마련하고 관리하고 산소나 시제와 관련하여 돈을 쓰는 것이 주 내용이다. "城村派 小宗稧에 參席. 參席 人員 四從叔 漢昇氏를 비롯 9名. 場所는 司倉洞 漢斌氏 宅이었고. 宗財 現金 33万 원整. 修稧 責任져서 記錄. 明年 有司 맡았기도(1988.1.19.)." 일기의 저자는 교장으로서 학식과 판단력을 가지고 있는 것으로 받아들여져 有司 등의 중요한 역할을 맡기도 한다. 이러한 유사를 맡는 것은 모든 행사를 주관하여야 하기 때문에 가족들이 총동원되어 음식을 장만한다. "奉事公派 小宗稧(우리 집안계) 行事로 終日 안팎으로 바빴고~11時부터 14時 半까지. 12名 參集. 稧財 57万 원.…井母가 3日 間 過勞力. 큰 妹와 季嫂 와서 助力. 有司 責任 잘 한 것(1989.1.17.)." 이들의 범위가 넓을수록 집단의 규모도 크고 재산도 많다. 점차 대종회의 일을 맡아 일의 범위가 넓어진다. "金溪 故鄕에 四派 宗稧 있어 夫婦 다녀왔고~從兄이 有司여서 큰집에서 稧한 것. 約 30名 參集…墻東 도조 11叺半余으로 56万 원. 水落 도조 35万 원 合 91万 원 宗財 收入. 總決算에 四派 宗財 86万 원 殘高에서 起鍾氏에 70万 원 貸與. 16万 원 預金토록. 郭周榮 23万 원, 郭有鍾 20万 원(1989.12.15.)." 大宗會는 더 큰 예산과 전국적인 조직을 가지고 있다. "大宗會 任員會 있어 上京 參席~11시-15시. 롯데호텔(乙支路 入口) 兵使公派 參席者(漢奎, 漢虹, 尙榮, 一相). 運營理事인 院谷派 敏錫이가 進行 司會. 宗財 綜合 2億 2仟萬원 中(通帳 140,000,000. 500,0000 別途 支出分, 75,000,000은 會長이 現金保管證 作成中, 25,000,000은 總會日까지(1997.7.10), 50,000,000은 任期中 完納키로). 元老 門長에 漢奎氏(1997.6.11.)."

대종회에 참여하면서 청주곽씨의 고려시대 명신 연담공을 모신 청원사의 제향에도 자주 참석하게 된다. "清原祠 祭享에 參席~일찍 가서 陳設. 山神祭, 祠堂祭享에 唱笏 等 바쁘게 活動한 셈. 모든 行事 마치고 歸家하니 下午 3時 半(1994.11.5.)." 청원사가 상당사로 명칭을 바꾼 후에도 열심히 제향에 주도적으로 참여할 뿐만 아니라 대종회의 대동보를 비롯한 다양한 사업에 참여

한다. "淸原祠 時享에 參席하여 執礼로서 唱笏했고. 漢鳳氏의 誠意 있는 推進力으로 6분(29代祖 文成公, 27代祖 順顯公, 26代祖 眞靜公, 22代祖 蓮潭公, 傍 20代祖 壯元公, 18代祖 文良公)의 彫刻 額子 歷史版 完成 揭示한 事業을 紹介하였기도(1996.11.13.)" "大宗會 일로 年中 나우 活動하였고~上黨祠 重修 事業. 大宗會 運營에 三年 間의 決算問題. 第七刊 大同譜(甲戌譜) 完成 分配에 勞力(1996.12.31.)." 여가도 있고 학식을 갖추고 있으며 지역에서 다양한 문중활동을 해 와서 그의 활동범위가 더욱 넓어졌다.

3. 장례와 제사

부모가 돌아가면 선영에 산소를 모시며 대체로 부모를 같은 장소에 모신다. 누군가가 돌아가면 마음으로 슬퍼한다. "큰 어먼님 장례식을 지냈다. 행여가 마당을 떠날 때 어찌나 섭섭한 지 통분에 죽겠었다. 어머니께서도 기둥을 부여잡고 처량에 우신다. 어머니 우시는 것을 볼 때 나는 저절로 더욱 슬허워졌다(1950.6.25)." 부모가 돌아가면 슬퍼할 뿐만 아니라 무언가 자신의 잘못으로 생각하는 경향이 있다. 그래서 어머니가 돌아가실 때도 "어머니도 永〃 가신 것. 어쩐지 마음에 不孝한 듯(1979.2.17.)"이라고 표현하고 있다. 또한 기절을 하기도 한다. "(丈母) 葬事 中 제 妹(妊)가 氣絶하여 鳥致院 病院까지 急行 治療에 제 兄, 제 큰 姑母, 제 從妹(先)가 保護하느라고 가즌 誠意와 애썼다는 것(1985.2.11.)."

사망하면 먼저 각처로 전화, 전보, 부고를 알린다. 위친계의 사람들이 각처로 연락하고 직접 돌아다니면 알리기도 한다. 각종 의례, 장례절차, 음식준비, 묘지작업 등으로 위친계가 적극 나서서 주도해서 해결한다. 洞人들과 爲親稧員들은 장례식 그리고 이어지는 삼우제까지 며칠씩 고생을 많이 한다. 장례식이나 매장 그리고 그 3일 후에 행하는 삼우제에 이르기까지 6촌 친척들까지 참여하고 삼우제가 끝나면 이들 친척들도 떠난다. "早朝에 삼우제(三虞祭) 올리고 家族一同과 四, 六寸 모두 墓所까지 다녀온 것. 他處家族, 堂內 親戚 모두 떠나고(1979.2.19.)."

장지는 고향의 宗山(선영)에서 구하고 외지에서 오는 경우 영구차로 운반하고 있다(1978.8.27.). 묘를 만들 때는 먼저 先塋 前 告祀式(1993.8.12.) 또는 山神祭(1990.3.1.; 1994.1.22.)를 지낸다. 즉, 선영에 묘를 만들 때 산신에 고하는 제 그리고 선영에 고하는 고사를 지내는 것을 알 수 있다. 1996년11월12일의 일기에는 時祀에 '山神祝' 썼다고 나와 있다. 시제를 지내기 전에 산신에 축원하는 내용을 읽고 있다는 점을 보여준다. 다른 날 일기(1995.4.11.)에는 평토제라는 단어를 써서 묘지의 광중을 채워 평평해지면 제물을 진설하여 제를 지낸 것으로 보인다. 또한 봉분을 다 만들고 지내는 제사인 성분제도 언급하고 있어(1993.8.12.; 1993.10.22.) 전통적인 의례를 거쳐 묘지를 만들고 있음을 보여준다. 또한 같은 날의 일기에 묘소에 대한 좌향을 "甲坐庚向"(갑방인 동쪽을 등지고 경방인 서쪽을 바라보는 방향으로 뒤쪽에 물(용)이 흐르고 빼어난 산이 있어 고관대작이 나올 길한 곳으로 알려져 있다)이나, "庚坐甲向(1996.12.31.)," "고단한 몸 무릅쓰고 故 從弟 夢榮 葬礼에 參席 노력~7時에 弟 振榮 車로 故鄕 가서 큰집 잠간 들러 葬地 가서 終日 내리는 비 맞으면서 地官代理 活動한 것. 前佐 宗山 東편 山 北麓 중턱 乙坐辛向 잡아 安葬(1997.2.28.)," "큰 再從兄嫂(延安 車氏) 葬禮 無事히 잘 치른 셈. 早朝 玉山 가서 約束대로 金昌月 地官 맞아 朝食 待接 後 金溪 가서 從兄 모시고 內洞(안골) 가서 山神祭와 先塋 前 告祀式 지낸 것. 乾坐巽向(1993.8.12.)" 등으로 표현한 것으로 보아 명당에 대한 관념을 가지고 있다. 하지만 이러한 명당이 후손과 어떻게 관련되는지에 대한 언급은 하지 않고 있다.

초우제(1993.10.22.; 1994.4.11., 장사지낸 당일 혼령을 위안하기 위해 지내는 제사), 재우제(1990.1.26., 초우제를 지낸 다음의 첫 유일의 날이 밝을 무렵에 지낸다.), 삼우제(1968.8.6., 재우제를 지낸 다음의 첫 剛日의 날이 밝을 무렵에 집에서 지낸다)를 지내고 상중에는 음력 초하룻날과 보름날에 집에서 朔望奠이라고 하여 아침 일찍 제물을 올리고 곡을 했다(1978.8.3. 등). 부모의 朔望奠은 1년 동안 지켰다. 일기에 卒哭祭(죽은지 3달 후 곡을 끝내는 제, 1968.10.13.; 1978.10.10.; 1978.10.11.), 小祥(1979.7.3.), 大祥(1979.7.10.), 大忌(1973.7.14.), 脫喪(1985.4.28.)가 언급되고 있어 전통적인 방식으로 제례를 지내고 있었지만, 卒哭祭는 1978년에 小祥과 大忌는 1979년에 마지막으로 언급되고, 大祥은 1980년에 마지막으로 언급되고, 禫祭는 전혀 언급되고 있지 않아 제례가 점차 간소화되고 있음을 보여준다. 1978월 10월 15일 아버지의 졸곡제를 행하였다. "堂內(堂內) 집안 食口 一同 모여 午前 7時에 祭尊 올렸고. 祭禮後 몇 애들 데리고 山所도 다녀온 것"이다. 이후 졸곡제에 대한 언급이 없어 다른 여러 용어들과 마찬가지로 졸곡제도 더 이상 행해지지 않은 것으로 보인다.

묘지에 석물을 하는 모습은 자주 일기에 나타나고 있다. 상석을 하고 망주석을 하고석물에는 '通德郎 淸州 郭公 義鍾之墓, 乙坐 配恭人 全州 李氏 合室' 등으로 묻힌 사람에 대해 쓰고, 옆면에 작은 글씨로 제작자 '宗孫 浩榮, 次子 潤萬, 孫 尙榮, 曾孫 魯奉' 등으로 쓴다(1978.1.25.).

조상의 장례와 제례에 정성을 다하여 증조할아버지 제사에 참석하지 못하여 한탄을 한다(1980.5.19.). 제대로 조상을 모시지 못하는 것을 제대로 부모를 모시지 못한 것과 비슷한 표현으로 언급하고 있다. 제사를 준비하느라 잠도 제대로 자지 못하기도 한다. "1時 半에 起床하여 몇 가지 일 보니 날 샜고……. 時祀 祝文(10, 11, 12代祖) 쓰고, 祭物 몇 가지 손질 等~간밤 거이 徹夜. 새벽에 가랑비 내려 念慮 되더니 낮 동안은 괞한 걱정 되었으나 終日토록 참아서 家庭

일인 先祖 時祀行事 無事 遂行되었을 것(1975.11.13.)." "2時에 起床하여 밤(栗) 생미치기에 바빴고 오늘은 나의 집에서 時祀祭物 차린 것으로 奉事公(12代祖), 護軍(11代祖), 訓練僉正(10代祖)의 祭享 올리는 날. 비가 오락가락하여 困難했으나 無事히 지낸 것. 井母의 手苦 많았고(1977.11.21.)."

한식에 성묘 가서 차례를 지내는 관습이 여러 번 나오고 있다. 곽상영의 부는 한식에 차례를 지내러 성묘를 다니고 있었다.(1976.4.2.) 조상의 무덤에 가서 제사를 지내는 것이다. 76년4월2일 곽상영 父親께선 5代祖와 高祖의 寒食 차례 있어 曲水山 다녀왔다. 곽상영은 80년4월5일에는 고조할아버지와 6촌 할아버지의 한식 차례에 참석하였다. 시제는 가을에 이루어지고 있는데 다양한 시제에 참석하고 시제에 필요한 축문을 썼다. "藥水터" 가서 22代祖 密直公 時祭에 參祀했다(1979.11.22.). 조상들의 제사와 시제에 참여하는 것을 중요시하여 가능하면 이에 참여하려고 하였다. 제사나 시제 등으로 아내가 고생을 많이 한다고 쓰고 있지만 제사 자체를 줄이거나 없애야 한다는 생각은 전혀 하지 않고 있다. "집에서 차리는 11, 10, 9代祖의 秋享 있었는데 끝무렵에 잠간 參與했던 것. 祭物 준비에 母親과 井母가 無限 勞力했을 것(1976.12.2.)."

그러나 인격신으로서의 조상신에 대한 언급은 나오지 않으며 조상신의 신으로서의 역할에 대해 별다른 관심을 가지지는 않지만 여러 가지를 빌거나 축원하는 정도로 나타나고 있다. 지신에 대한 언급도 3자의 투로만 언급하고 있어 초자연적인 신에 대한 적극적인 신앙을 보여주지는 않고 있다. 마음속으로 어떻게 되었으면 좋겠다는 소망을 생각하는 정도이지 신으로서 적극 들어줄 것이라고 생각하고 신에 적극 비는 정도는 아니다. 地神도 다음과 같이 언급하고 있다. "陽陰村 農樂隊 學校 와서 노는 中. 運動場 새로 닦아 地鎭의 뜻이라나.(1972.9.22.)." 장례식에 참석한 것은 부정탄다고 하여 제사에 참석하지 않은 것으로(1978.8.31.) 봐서 부정에 대한 관념을 가지고 있었다.

조상신도 특별히 신적인 행동을 보여주는 것으로 표현하는 경우가 없었다. 일기의 저자는 막연한 다신적인 생각을 가지고 있지만 이들에게 적극적으로 어떤 것을 하도록 열심히 비는 모습은 나타나지 않는다. 조상묘도 두루 그리고 자주 성묘를 가지만 특별히 어떤 것을 비는 모습을 별로 보이지 않고 있다. "서울 큰 애 家族들 10時 發 高速으로 上京. 밤 9時頃 電話로 無事 上京됨을 確認. 社稷洞 俊榮兄과 함께 金溪行 버스로 故鄕 간 것. 前佐山 가서 省墓*父母, 祖父母, 큰祖父母, 伯父母, 내안 堂叔, 三從兄 山所 두루 성묘했고(1985.1.2.)."

이는 불교에서도 유사한 형태로 나타났다. 석가탄신일인 초파일에 부부가 같이 절에 다녀오지만(1977.5.25.) "貳女 姬가 出家 佛弟子가 되어서인지 절(寺)에 가고 싶었"다는 정도이고, 1979년 5월 3일 초파일에도 龍華寺에 올라가 求景을 하지만 적극적인 종교적 행위를 한 것으로 보이지는 않는다. 가족들과 함께 딸이 있는 암자를 방문하여(1980.5.21.), "부처님께 合掌拜禮도 하고 供養錢도 若干 表示. 法講에서…六戒, 百戒, 守口, 供養, 觀燈, 香, 茶, 火, 金, 香花 等 귀에 들렸고" 1982년 5월 1일 초파일에는 아내와 함께 "急작스런 計劃으로 俗離山 法住寺 간 것... 燈도 한 개 사서 '松, 杏, 運, 弼' 4男妹 名義 써서 달기도. 밤에는 淸州 某人과도 함께 深夜에 龍華寺 다녀오기도" 하였다. 1985년 5월 27일에 "井母와 함께 旧 龍華寺 거쳐 牛岩山 용화寺까지 가서 大雄殿에서 奉祝祈禱 올렸"다. "井母와 함께 臥牛山 龍華寺에 가서 大雄殿에 들어가 家族 無故를 祈願하고. 소 뜻으로 觀燈用 手續도 한 것(1986.5.16.)," "井母와 함께 龍華寺(社稷洞) 가서 觀燈料와 福債 若干 내고 부처님께 合掌拜禮(5祈禱)(1987.5.5.)," "새해 첫 날의 念佛祈禱했고(1997.1.1.)"라고 쓰고 있어 딸이 불교에 귀의하면서 조금 더 절에 가서 등도 사고 福債도 내고 불교식으로 기도하는 모습으로 발전하고 있다. 그렇지만 아직 적극적으로 불교도가 되었다기보다 조상신과 마찬가지로 부처에게도 여러 가지 배례와 축원을 행하는 정도로 보인다.

이에 비해 천지신명께 빈다는 표현은 자주 나오고 있다. "辛亥 새해 맞고, 家庭, 學校 共히 國旗를 揭揚코 日出時 東向하여 合掌祈願. 天地神明께 祈願事項은 昨日와 同一(1971.1.1.)."“天地神明께 感謝 드리고 就寢(1971.1.21.)." "放學 最終日을 마치며 教職員 兒童 無事했음을 天地神明께 深謝하고 就寢(1971.1.31.)." "天地神明께, 父母님께 望鄕拜禮(1971.4.12.)." "平和家庭 이룩되길 天地神明께 再次 빌 따름이며(1971.4.22.)." "天地神明께 비노니 돕고 도와 內者의 健康回復이 速히 이루어지길.(1974.4.18.)." "四女 杏은 教育視察團으로 서울空港에서 今夜 9時頃에 '유우럽' 向發. 못가봐서 마음 찐하나 無事歸國하기를 天地神明께 祈願(1984.8.4.)." "天地神明과 부처님께 祈願하외다(1994.7.10.)." "天地神明의 도움인지 無事 多幸(1997.8.9.)." 하지만 실제 천지신명에게 적극적으로 비는 행동을 외부로 하지는 않고 마음속으로만 기원하고 있다. 조상신이나 부처에게서와 마찬가지로 마음속으로 어떻게 되었으면 좋겠다는 소망을 비는 정도이다.

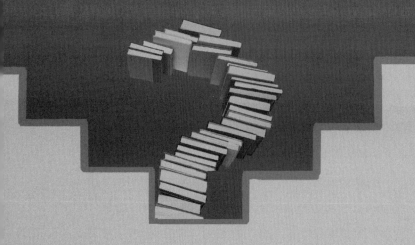

•• 이성호 · 문만용

1970년대의 사회 변화와 초등학교의 역할

저자 곽상영은 1941년 교사로 발령을 받은 이후 1987년 정년퇴임을 할 때까지 만 46년을 고스란히 교단에 바쳤다. 그는 학생이던 1937년부터 일기쓰기를 시작하여 퇴임 이후까지도 기록을 계속하였는데, 특히 교사로 재임하던 기간 중 기록한 그의 일기에는 우리나라 학교 교육의 변천 및 발전 과정을 온전히 담겨 있다. 여기에서는 그의 기록에 나타나는 1970년대의 농촌 학교와 학교교육의 변화를 정리해보려 한다.

1. 마을 사회와 학교

1970년대에도 농촌학교의 운영은 지역사회와 밀접한 관계를 가지고 이루어졌다. 1971년 진천군 이월면 소재 상신교로 발령이 난 곽상영은 임지로 떠나기 전, 마을을 돌면서 이임인사를 나누었다(1971. 3. 5.; 3. 6.). 그리고 새 학교로 출근하여 교직원들과 인사를 부임인사를 나눈 다음날부터 이월면과 상신교 학군 내의 각 마을을 돌아다니면서 부임인사를 잊지 않았다. 첫 날(1971. 3. 10.)과 둘째 날(1971. 3. 11.)은 학교로 찾아온 면장, 전 · 현 육성회장 등 지역 유지들과 인사를 나누고, 셋째 날(1971. 3. 12.)은 이월면 소재 각 기관을 찾아가 인사를 하였다. 그리고 학교 사택으로 이사를 마치고 부임 일주일 뒤부터는 교감과 교원의 안내를 받아가면서 각 마을을 돌아다니며 부임인사를 하였다(1971. 3. 19.; 3. 22.; 3. 23.; 3. 25.).

이렇듯 신임 교장이 마을 사회의 주민들, 특히 지역의 유력자들과 긴밀하게 교류하고 친밀한 관계를 유지해야 했던 데에는 크게 두 가지 이유가 있었던 것 같다. 그 하나는 1960년대 이전과 마찬가지로 학교 재정의 부족으로 학교 시설이나 각종 행사들을 지역 주민의 도움을 받아 해결해야만 했기 때문이다. 해방 이후나 전쟁 직후는 물론이고 1960년대 이후에도 농촌 학교는 마을 사회로부터 지원을 받아 시설을 확장하거나 행사를 치룰 수 있었다. 그래서 학교는 주민들로 구성된 사친회(1970년대 이후에는 이것이 육성회로 바뀌었다)를 개최하고 학교 주요사업에 대해 설명하고 지원을 요청해야 했다(1960. 9. 10. 등). 이런 사정은 1970년대에 와서도 크게 변하지 않았던 것으로 보인다. 물론 1970년대 이후에는 교사들의 급료나 수당이 미뤄지는 일은 없게 되었고 교실 개축, 현관 부설, 급수 시설(1971. 8. 11.; 8. 13.) 등 학교 시설의 신축이나 증축은 국가 예산으로 처리할 수 있을 정도로 교육 예산 사정도 호전되었다. 또한 삼일절, 광복절 등 국경일마다 학교에서 개최하는 기념식 등도 학교 스스로 해결할 수 있게 되었다.

그러나 교육 예산에서 감당하지 못하는 학교시설이나 학교와 관련되는 학교 외부의 사업, 봄 · 가을의 운동회와 같이 주민들과 함께 하는 학교 행사 등에서 필요한 경비, 그리고 운동선수 육성에 필요한 경비 등은 주민들의 후원금이나 학교 육성회의 지원을 통해서 해결해야 했다. 심지어 교육예산으로 진행하던 학교 시설사업도 예산 부족으로 완공하지 못하는 상황이 되면, 주민들의 지원에 의존하여 사업을 진행해야 했다.

> 학교 수도공사에 사택까지 시설 못하겠다는 당국의 말에 흥분과 분개. 지방에서 하겠다고 기술업자에게 부탁(1971. 9. 18.).

주민들의 지원은 금전적인 것에만 그치는 것이 아니었다. 학교 운동장 정비, 학교 앞길의 정비 등은 주민들의 노력 지원이 없으면 해결할 수 없는 일이었다. 예를 들어 곽상영은 학교 운동장 확장 공사에 필요한 예산을 확보하기 위해 교육청을 여러 차례 찾아다니고, 서울에 가서 지역 국회의원을 방문하여 청탁하기도 하였다(1971. 12. 8.). 마침내 운동장 확장 공사가 가능해지자, 그는 사전 정비 작업을 위해 "내기동 정 (육성회) 회장 댁 심방하여 명일 학교 일로 부형 동원을 상의"(1972. 4. 25.)하고, 그 다음날에는 "내기동 부형 30명 출역. 서편 동산 언덕 정지"(1972. 4. 26)하였다. 그리고 그 며칠 후에는 "마흘 부락 부형 5명이 출역하여"(1972. 5. 2.) 학교 우물 바닥공사를 정리하였다. 다시 8월에는 "육성회 임원회 열고 운동장 확장공사 후의 학부형 동원하여 위 마무리 작업하기로 타합"(1972. 8. 28.)하였다. 이러한 필요 때문에 곽상영은 학교 행정을 위해 전 · 현직 육성회장이나 각 마을 이장 및 마을 유력자들과 학교 일을 항상 상의하고, 같이 술을 나누었다.

농촌학교가 마을사회와 긴밀한 교류관계를 유지해야 했던 두 번째 이유는 국가의 지역정책과 관련이 있다. 1970년대는 농촌사회에 대한 국가의 관리 · 통제가 강화되고 체계화되는 시기였다. 국가의 지역사회에 대한 통제는 수직적 관료조직체계를 통해 전개된다. 중앙정부에서 도, 시 · 군, 면, 리 등 행정단위를 통해 농촌사회의 주민들에게 연결되는데, 농촌사회 현장에서 이러한 수직적 관료조직은 행정, 치안, 교육 등 부문별 협력체계를 통해서 한층 조밀해졌다. 당시 각 면단위로 면내 기관장회의가 조직되고, 그 주요 구성원은 면장, 지서장, 농촌지도소장, 우체국장 그리고 학교장 등이었다. 기관장회의는 매월 개최되었으며, 여기에서는 지역 내의 안전, 보건, 치안 등 각종 현안 뿐 아니라 농법, 작물 등 농업생산과 관련된 경제적 문제들과 주민동원, 선거, 사상 등 정치 · 사회적 주제들도 논의되었다. 이러한 점에서 1970년대 농촌학교는 아동의 교육기관인 동시에 주민의 삶에 깊숙이 뿌리내리고 있는 국가기구의 하나였다.

2. 1970년대 국가 지배와 농촌학교

1) 정권과 학교

1971년 2월 말, 내신도 하지 않은 타군으로 인사발령을 받은 곽상영은 "내신도 안했는데 의외"라며 "앞의 양대 선거 있어 정치 바람 탄 것"(1971. 2. 27.)이라고 생각한다. 이미 그는 교육청으로부터 선거를 앞두고 "야(野)에 동조한다는 지목을 받고 있다는 것. 곽 교장과 변 교감에 대하여 주목을 하고 있다는 정보가 있으니 십분 조심해야 한다"(1970. 11. 17.)는 경고를 받은 바 있었다.

국가에게 학교는 국가 이념과 지배 체제의 정당성을 교육하는 가장 중요한 이데올로기 기구이다. 지난해에 출간된 『금계일기 2』(지식과교양, 2016)에서 확인했던 바와 같이, 1961년 군사쿠데타 직후 교장을 비롯한 전 직원은 혁명공약 6장을 완전히 외워야 했다(1961. 6. 19.). 그리고 3선 개헌 이후, 1971년 치러질 7대 대통령선거를 앞두고, 곽상영은 야당에 동조한다는 혐의를 받고 원하지도 않았던 타 군으로 전출명령을 받게 된 것이다.

1971년은 제7대 대통령선거가 있는 해였다. 선거일인 4월 27일을 앞두고, 교육청에서 곽 교장에게 "특별여비 조로 2만원 주기에 받고, 시국에 맞도록 대선거 앞두고 교제하라는 것일 것"(1971. 4. 13.)이라고 해석한다. 이틀 후에는 진천군수가 학교를 방문하고, "직원 위로하라고 탁주대라는 명목으로 2,000원을"(1971. 4. 15.) 주었다. 그는 부임인사를 겸해 각 마을을 부지런히 방문하였으며(1971. 4. 16.; 4. 19.; 4. 21.), 학교 직원들도 부락에 출장을 다녔다(1971. 4. 23.)

그해 12월 6일 박정희 정권은 '국제 정세의 급변과 북한 괴뢰의 남침 준비 등으로 인한 안전보장 상 중대한 차원의 시점'에 처했다는 이유로 국가비상사태를 선포하였다. 박 정권은 정부의 시책은 국가 안보를 최우선으로 하며, 일체의 사회불안을 용납하지 않겠다고 선언하고, 우리가 향유하고 있는 자유의 일부도 유보할 결의를 가져야 한다고 선언했다. 이것은 영구집권을 위한 '10월 유신'을 준비하는 작업이었는데, 이때부터 학교를 포함한 지역의 각 공공기관은 비상체제에 돌입하였다. 12월 23일 연말 교장회의가 소집되고, 그 자리에는 도교육위원회 간부, 군수, 경찰서장이 참석하여, '국가비상사태' 선포에 따른 안보교육 문제를 주요 안건으로 다루었다(1971. 12. 23.).

이듬해 1월에는 겨울방학 중에 전 직원이 소집되어 각 부락으로 시국 계몽을 위하여 출장을 나갔다.(1972. 1. 10.) 2월 22일에는 진천군 교장회의가 소집되어, '비상사태에 따른 안보체제'를 재차 강조하는 등 각 학교는 비상근무체제가 유지되었다. 이때의 상황을 곽상영은 "전통 오면 만사 제쳐놓고 전력해 보고서 작성해야 하는 비상시국. 금 조도 명일 회의에 작성 제출할 것 만드느라고 교장, 교감 종일 바빴고. 여러 직원 각종 서류 작성에 수업 많이 희생되기도"(1972. 3. 28.) 했다고 적었다.

그로부터 약 10개월 뒤인 1972년 10월 17일 비상계엄이 선포되었다. 그 이틀 후의 일기에는 "17일 19시에 비상계엄 선포로 개헌안을 27일까지 공고. 한 달 안에 국민투표를 실시. 연내로 헌정을 정상화한다고. 각 기관장들은 이의 계몽에 나스도록"(1972. 10. 19.) 하라는 지시사항이 적혀있다. 10월 21일에는 긴급 교장회의가 소집되었는데, "회의 안건은 10.17. 비상계엄 선포에 따른 대통령 특별선언에 있어 교직원의 자세"(1972. 10. 21.)였다.

곽상영은 비상계엄 선포 이틀 뒤인 10월 19일부터 매일 아침 학교 확성기를 통해서 10월 유신에 대한 계몽 방송을 시작하였다(1972. 11. 1.; 11. 2.; 11. 4.). 11월 7일 일기에는 10월 19일부터 매일 아침 6시 50분경에 약 20분간씩 방송을 하고 있다고 적혀 있다. 비상계엄과 10월 유신에 대한 홍보와 국민투표 참여 독려 방송은 유신헌법 투표일인 11월 21일까지 계속되었다. 그 사이에 교직원들은 10월 유신 계몽 차 각 부락에 출장을 다녔다(1972. 11. 9.). 한편 교육청으로부터 학구 내에 주민 성분 불온자 많다는 지적도 받았고, 약간의 잡 경비를 줘서 받기도 했다(1972. 11. 12.). 국민투표를 통해 유신헌법을 통과시킨 후, 그해 12월 15일에는 통일주체국민회의 대의원 선거가 있었다. 12월 10일부터는 아침 방송에서 "15일은 통일주체국민회의 대의원 선거라는 것"(1972. 12. 10.)을 알리고, 선거 당일에는 "기권없이 투표하라고 학교 확성기를 통하여 몇 차례 방송을 하였다(1972. 12. 15.).

곽상영은 이후에도 새벽에 나가 학교방송을 계속하였는데, 여기에서 10월 유신 과업에 관한 내용은 한동안 빠지지 않았다. 1972년 일기의 마지막 장에 곽상영은 〈임자년 연중사 약기〉를 적고 있는데, 거기에는 1년여의 기간에 대해 다음과 같이 기록하였다.

> "12월 6일에 비상사태가 선포되어 그의 교육계획 수립 실천에 눈부신 바쁨이 있었고, 10월에 비상계엄령이 선포됨에 따라 국민투표를 거쳐 유신헌법에 의하여 통일주체국민회의 대의원을 선거했으며 대의원들은 8대 대통령을 박정희 대통령으로 선출하여 10월 유신헌법의 기능을 발휘토록 했고. 신춘부터 새마을운동이 전개되어 지정된 부락 지도와 후원에 힘썼을 뿐 외라 교육엔 새마을 교육 정신으로 온 교육계는 눈코뜰새 없을만큼 바빴고."(1972년 〈임자년 연중사 약기〉)

유신체제에 대한 불만과 사회적 저항이 계속되자 1975년 1월 22일, 박정희는 '대통령 특별담화'를 발표하였다. 이날의 일기에서 곽상영은 "'박대통령 특별 담화 발표'의 내용을, '유신헌법을 개헌해야 하는가. 개헌해야 한다면 박정희 대통령을 국민이 불신임하는 것이어서 깨끗이 하야하겠다'는 국민의 의사를 묻겠다는 국민투표인 것"이라고 요약하여 적었다. 그 이틀 후 교육청에서 긴급교장회의가 열렸고, 이 자리에서 "박대통령 특별담화 발표 관련 '국민투표 실시에 따른 자세를 공무원 특히 교육공무원으로서 엄정 중립과 공정한 국민투표 방법 계몽이 주요 안건"(1975. 1. 24.)으로 논의되었다. 국민투표는 그해 2월 12일에 실시되었는데, 이날까지 교장을 비롯한 학교의 교직원들은 저녁에 각 부락으로 출장을 나가 국민투표의 실시에 대해 설명하고 계몽하는 일을 해야 했다(1975. 2. 5.).

2) 반공 이념과 학교

농촌학교는 아동과 주민을 대상으로 반공 이념을 습득케 하는 교육기관이었다. 일기에 의하면 학교의 이러한 기능이 한층 강화된 것은 1960년대 이후의 일이다. 1970년대에 들어와서 반공 및 안보 이념의 강화가 본격적으로 제도화되는 모습을 보여주고 있다. 일기를 통해서 보면, 그 대표적인 양상은 한편으로 반공 교육이 정례화, 제도화되기 시작한 것이고, 다른 하나는 주민 동원이 제도화된 것이다.

곽상영의 일기에서는 교사들에 대한 반공 교육과 연수 프로그램이 1971년 이후 정기적으로 실시되고 있음이 확인된다. 1971년 7월 곽상영은 승공강습 수강 차 서울로 향하는데(1971. 7. 4.), 교육의 주제는 승공론(1971. 7. 5.)이고 대남간첩 영화도 관람하고(1971. 7. 6.) 자수간첩의 특강도 들었다(1971. 7. 9.). 1973년 5월에는 통일원에서 '자유센터'가 주최하는 반공연수에 일주일 간 참가하였다. 참가자들은 전국에서 모인 초등학교 교장 70명이었는데, 자신들이 제28기였다. 여기에서는 일주일 동안 전방을 시찰하고, 북한 실정과 반공을 주제로 한 교육이 실시되었다(1973. 5. 28.). 1976년에는 삼청동 중앙교육연구원에 입교하여 일주일간 교육을 받았는데(1976. 5. 16.), 매일 새벽 점호를 받고, 구보와 체조로 일과를 시작하여, 유신이념, 통일문제, 새마을 정신 등이 교육의 주제였다(1976. 5. 17.-5. 21.).

박정희 정권은 1968년 예비군을 창설한데 이어, 1975년에는 민방위대를 창설하였다. 그리고 1972년 1월부터 매월 15일을 '방공 · 소방의 날'로 지정하여 민방공훈련을 실시하였다. 예비군과 민방위대, 그리고 민방공훈련은 주민들을 반공 이념에 직접적으로 동원하는 군사훈련 제도였다. 곽상영은 이미 예비군 소집대상이 아니었지만, 젊은 교사들은 예비군 훈련에 참가하였고, 지역에서 매년 4월 1일의 예비군의 날 행사나 향토방위 시범훈련에는 기관장으로서 참석하여, 술이라도 내야했다(1972. 4. 1.; 4. 3.; 4. 17.). 학교에서는 매월 민방공훈련을 실시하였다. 뿐만 아니라 민방공훈련은 군과 경찰, 민방위대 등이 주관하였는데, 관련 회의나 교육에 곽상영은 단장 자격으로 참석했다(1973. 8. 14.). 1975년 민방위대가 창설되면서 곽상영도 군사훈련의 대상이 되었다. 1975년에는 옥산면 민방위대 발대식이 있어서 전 직원과 함께 참가하였다(1975. 9. 26.). 그해 11월에는 옥산면 직장민방위대 1차 교육이 있어서 참석하였는데, 이때 참석자는 모든 직장의 예비군을 제외한 전원이었다(1975. 11. 29.). 학교에서는 교장과 교감이 직장민방위대 대장과 부대장을 맡고 있었고, 지역민방위대는 이장과 따로 뽑은 부대장이 있어서, 이들은 민방위대 대장급 교육에도 참석하였다(1976. 9. 24.).

아동과 주민을 동원하는 일은 군사훈련에 동원하는 것 이외에도 각종 강연회, 궐기대회, 보고대회 등의 이름으로 수시로 진행되었다. 당시 이처럼 주민을 반공행사에 동원하는 일은 도, 시 · 군, 면, 마을 단위로 셀 수도 없이 많았지만, 1970년대 초중반에 곽상영의 일기에 등장하는 행사만을 간단히 요약해 보면 다음과 같다.

(면) 지서 주최 반공교육 강연. 학교에서 개최 (1971. 2. 14.)
(면) 승공연합회에서 개최하는 반공강연회. 아동들을 대상으로(1971. 10. 28)
(도) 10시부터 있는 반공단합대회에 참석. 장소는 중앙극장. 도내 지도유지층 약 일천 명 참집. 12.6(국가비상사태)선포, 반공영화, 반공 설명 등(1971. 12. 28.)
(군) 승공 홍보요원 강연회에 군내 기관장도 참석케 되어 조조에 출발. 강사는 '승공연합도단장 황인태'. 제는 '승공의 길(비상사태 선언을 중심으로)'(1972. 4. 12.)
(면) 승공강연 있어 이월행. 강사는 경찰서 보안과정. 장소는 면 회의실. 주제 '승공의 길, 북괴

실정' '국제정세'도.(1972. 4. 21.)

(학교) 전교생에 반공영화 관람시켰다(1972. 5. 10.)

(군) 진천에서 승공강연(1972. 5. 11.)

(군) 반공계몽 강연회(1973. 9.17.)

(군) 안보정세보고회 있어 군내 각 기관장 및 새마을 지도자 소집하는데 참여(1975. 1. 17.)

(면) 총력안보궐기대회에 전직원 참석(1975. 5. 10.)

(면) 면내 기관장간 국가안보협의회(1975. 6. 24.)

(도) 도 주최 안보강연회. 시국강연회 참석(1976. 4. 12.)

(군) 시민회관에서 있는 경찰서 주최 '거리질서 확립' 행사에 참석(1976. 2. 14.)

3) 주민 통치와 학교 - 반상회

반상회 조직의 출발은 일제의 식민지 국민 통치수단으로 활용한 '반' 조직에서 찾을 수 있다. 해방 이후에도 애국반, 국민반상회, 재건반 등으로 명칭이 변화되면서 유지되다가, 1976년부터 반상회라는 이름으로 시행되었다. 해방 이후에도 이 조직은 국민의 상호 감시, 민심 통제, 정책 홍보 등의 목적을 지니고 시행되었다. 오늘날의 반상회는 1976년 4월 30일 내무부가 매월 말일을 '반상회의 날'로 지정하면서 전국적으로 시행되기 시작하였다. 그해 5월 31일 전국적으로 첫 반상회가 열렸다. 그해 9월부터 반상회 개최 날짜가 매월 25일로 바뀌었다.

그런데 일기에서는 1975년 5월부터 반상회가 등장하고 있다. 일기에서는 반상회라는 용어가 1975년 5월부터 6월까지 다섯 차례 등장하는데, 반상회라는 명칭이 등장하지 않지만 동일한 모임인 경우가 한 차례 있어, 모두 여섯 번의 반상회 모임이 언급되고 있다.

반공계몽 반상회에 국내외 정세에 대한 강연하게 되어.... 석식 후 8시 반부터 10시까지(1975. 5. 16.)

밤에 하동림 가서 반공계몽 강연(1975. 5. 19.)

반공계몽 반상회 수락 담당일(1975. 5. 21.)

야간(21시-22시 반)엔 금계리 새마을회관에 나가 1, 2, 3반(번말, 아그배, 안말) 주민 모아 놓고 시국강연과 농가소득증대 등 당면 문제에 대하여 강조했고..... 반상회 한 것(1975. 6. 14.)

석반 후 곡수부락 가서 반상회에 임석하여 조언 계도했고(1975. 6. 25.)

금야에도 부락에 나가 시국강연 등 반상회에 조언 협조코져 금성부락 갔었으나(1975. 6. 26.)

이러한 사실로 미루어, 반상회라는 명칭은 1976년 내무부에 의해서 공식명칭으로 지정되기 전에도 국민반상회, 재건반상회 등으로 사용되고 있었던 것으로 보인다. 다만 1975년의 반상회는 일기에서 '반공계몽 반상회'라고 이름 붙여져 있다. 그리고 반상회 날짜가 지정된 것이 아니라 마을 별로 돌아가면서 열리고 있었고, 곽상영 교장은 하루 한 마을씩 방문해서 반공계몽 강연을 하고 다녔다. 1976년 이후의 반상회가 '주민 간 친목 및 상호부조, 지역발전, 주민의 요망사항 파악' 등의 목적을 표방하고 있는 데 비하여, 1975년의 반상회는 반공 의식의 고취, 계몽 등의 목적으로 진행되고 있었음을 일기 기록을 통해 확인할 수 있다. 물론 이 시기에도 학교의 교원은 주민에 반공 사상을 주입하는데 동원되고 있었다.

1976년 5월 31일, 처음으로 열린 반상회에 학교 교사 전원이 출장을 나갔다. 곽상영은 백동 마을 담당이었다. 즉 "석식 후 백동 가서 반상회 참석. 밤 9시부터 11시까지. 이제부터 매월 말일은 반상회. 매월 초 일일은 청소일"(1976. 5. 31.) 반상회가 열리기 전에 면내 각 기관은 사전타합회를 가지고, 반상회의 주요 안건을 정했던 것으로 보인다. 1976년 6월 30일 일기에 곽상영은 "말일이어서 전국적으로 반상회. 거월부터 실시케 된 것. 면 주최의 사전타합회에 이 교감 다녀오고. 임시직원회 열고 오후에 전원 부락에 나간 것"(1976. 6. 30.)이라고 적고 있다. 그리고 그 해 9월부터는 매월 25일에 반상회가 열렸는데, 학교 교원들의 반상회 참여는 여전하였다.

1975년의 반상회를 '반공계몽 반상회'라고 적고, 거기에서 어떤 강연을 했는지를 적고 있는 데 비해, 1976년 5월 이후의 반상회에 대해서 곽상영은 학교 교원들이 반상회에 참여하고 있고, 자신이 어느 마을 반상회에 참여했는지에 적고 있는데 비해, 그곳에서 어떤 역할을 했는지에 대해서는 자세히 기록하지 않고 있다. 다만 공무원과 교원들은 반상회 지도공무원의 자격으로 반상회에 참석하였다는 점(1979. 7. 25.)과 반상회 지도공무원의 협의회가 개최되고 있었다는 점(1979. 7. 25.), 그리고 생활 질서, 새마을운동 추진 등이 주요 의제가 되고 있었다는 점(1978. 9. 25.) 등이 일기를 통해서 확인 가능하다. 이런 점에서 1976년 이후의 반상회 제도는 이전의 국민반상회, 재건반상회 등과는 구별되는 특징을 지니고 있는 것으로 보인다. 그러나 여전히 주민의 감시와 통제를 목적으로 하고 있었으며, 안건의 상당 부분은 관의 개입을 통해 결정되고 있었던 것을 확인할 수 있다. 그리고 농촌학교가 그 역할의 상당부분을 담당하고 있었다는 점도 확인된다.

3. 경제개발과 학교

경제개발은 1970년대에 박정희 정권이 반공 이념과 함께 국민 동원에 활용한 가장 강력한 지배 이데올로기였다. 당시 교원 및 공무원 연수나 중학생들의 수학여행에는 산업시찰 프로그램이 빠지지 않았다. 곽상영이 1972년 삼청동의 중앙교육행정연수원에서 일주일 동안 받은 연수 프로그램(1972. 7. 9.)은 '제3차 경제개발과 국민생활'(1972. 7. 10.), '산업시찰'과 '70년대 경제성장'(1972. 7. 11.), 그리고 '새마을 교육'(1972. 7. 12.) 등으로 구성되어 있었다.

농업 개발과 농업생산 증대는 1961년 집권 이후 박정희 정권이 줄곧 추진해 온 농촌개발 계획이었다. 군사쿠데타 직후 처음으로 내놓은 농촌개혁안이 '고리채정리사업'이었다면, 그 10년 후인 1972년부터 시작된 농촌의 대대적인 개혁안이 '새마을운동'이었다. 새마을운동 이전에도 농촌사회를 마을 단위로 조직하기 위한 활동이 추진되었고, 학교와 교직원은 이러한 활동을 위한 교육과 계몽활동에 동원되었다. 뿐만 아니라 농업 생산의 증대를 위해 학생들의 동원도 체계적으로 이루어졌다. 한 예로 1972년 1월 이상기온으로 보리 웃자라게 되자 "(교육청으로부터) 교직자가 선두에 나서 학생을 비롯한 모든 사람을 동원하여 보리밭 밟기와 흙넣기 운동을 전개하여 보리 다량 생산에 이바지하라"(1972. 1. 20.)는 지시사항이 각 학교에 하달되었다. 그 다음날 전 교직원과 학생이 등교하여, 보리밟기 작업을 진행하였다. 또 새마을운동이 본격화되기 이전에도 농촌지도소가 중심이 되어 농민에 대한 농업교육이 정기적으로 실시하였으며(1971. 1. 12.), 학교는 언제나 마을 주민 교육을 위한 교육장을 제공하였다.

1) 농촌개발과 학교

새마을운동은 1970년 대통령의 특별지시로부터 태동되었다 한다. 그해 10월부터 전국 각 마을에 시멘트를 무상 지급하여 마을환경개선사업을 추진하도록 하면서 시작되었고, 1972년부터 마을 지도자의 발굴, 의식계발 사업 등이 추가되면서 전국적인 종합계획으로 확대되었다. 곽상영의 일기에는 1971년 4월부터 농촌 계몽사업의 일환으로 '온마을 운동'이 등장하고, 교장을 비롯한 전 교직원이 야간에 각 마을에 나가 '온마을 운동 사랑방 학교'의 운영을 지원하기 시작한것으로 나타난다(1971. 4. 20.; 4. 23.). 그해 11월부터는 전 교직원이 매일 저녁 근무시간 후에 학군 내 모든 마을을 방문하여 주민 좌담회를 열고 사랑방 학교 개설을 독려하였다(1971. 11. 22－11. 26.; 12. 6.). 이러한 활동이 새마을운동과 직접 연관되어 있는지에 대해서는 아직 확실하지 않지만, 적어도 농촌 개발운동의 조직화를 위한 작업이었음에는 틀림없다.(흔히 새마을 가꾸기 사업이 새마을운동으로 확대되었다고 하는데, 일기에서는 1970년대 중반까지 새마을운동과 새마을 가꾸기 사업이 구분되지 않고 사용되고 있다.)

일기에 의하면 각 학교가 새마을운동에 본격적으로 동원되기 시작한 것은 1972년 3월 이후이다. 그해 3월 20일 교육청에서 주관하는 교장회의에 참석한 곽상영은 새마을운동의 추진에 관한 지시사항을 하달 받았다(1972. 3. 20.). 이후 학교는 새마을운동에 교사, 아동 등의 인적 지원과 학교 교실의 제공 등 물적 지원에 동원되었다. 교장회의는 새마을운동 지원 사업을 주로 논의하는 자리가 되었고, 학교장들은 새마을 사업 현장을 방문하여 견학하고(1972. 4. 24.), 마을 새마을운동의 심사에 심사위원으로 참여하였다(1972. 5. 19.; 6. 14.). 외부 인사들이 학군 내 마을에 시찰을 오면 행사에 참석해서 기관장으로서 인사를 해야 하기도 했고(1972. 3. 22.), 마을 새마을사업의 준공, 기공식 등에 참석하여 인사말을 하거나(1973. 5. 29.), 국민교육헌장을 낭독하기도 했다(1972. 8. 7.). 때로는 인근 마을의 학부형들이 "농로확장공사(새마을가꾸기) 하는데 탁주 3두(를) 제공"(1973. 3. 4.)하기도 했다. 교사와 아동들은 새마을 사업에 동원되어 직접 노력을 제공하기도 하였다. 학교 교육 내용에도 새마을운동이 추가되었다. 수업시간에 새마을 슬라이드를 보여주기도 하고(1972. 6. 27.), 근면, 자조, 협동의 주요한 수업 주제가 되었다.

> "새마을 가꾸기 협조로 5, 6학년 동원하여 담임과 함께 인솔하여 신정부락의 광장에 흙넣기와 농로 확장 작업 도왔고."(1972. 4. 15.)

1973년부터는 매년 방학을 이용하여 새마을학교를 개설하여 농민 교육을 실시하였는데, 언제나 그 장소는 마을의 학교였다. 일기 내용으로 보아, 새마을학교의 교육 내용은 농업기술교육보다는 주로 정신계발에 중점이 두어진 것으로 보인다. 예를 들어 1983년 여름방학에 곽상영이 재직하는 상신교에 개설된 '상신 새마을학교'(1973. 8. 10.)의 교육 내용은 " ①새마을운동이란 근면, 자조, 협동 하자는 것에 누가 하며 무엇을 하자는 것이며 보다 잘 살자는 것과 ②금번의 교육 내용인 즉 ㄱ. 소득증대, ㄴ. 생활개선에서 가정의례 식생활 개선, ③승공통일이 주이니 모두 뭉쳐 일 잘하자고 강조"(1973. 8. 11.)하는 것이었다. 새마을학교는 매년 겨울방학(1974. 1. 5.)과 여름방학(1974. 8. 1.; 1975. 8. 14.)을 이용하여 지역 학교에서 개설되었다. 곽상영은 새마을학교 개설 때마다 저녁에 마을을 돌면서 주민의 참석을 독려하고, 새벽 학교방송에서도 학교개설 소식을 알렸다(1974. 1. 5.). 또한 1970년대 초중반 각 면 단위로 4H연합회가 구성되어 있었는데, 해마다 농촌지도소 주최로 각 마을별 4H경진대회가 열렸다. 이 자리에도 학교장은 참석하여 인사하였다.

2) 녹화사업과 학교

박정희 정권은 1973년부터 산림녹화 사업을 본격 추진하였다. 녹화사업은 즉각적으로 학교에 영향을 미쳤다. 1973년 3월부터 각 학교들은 나무심기, 꽃길 조성, 통일동산 조성, 유실수 재배(1973. 3. 5.) 등 학교환경개선사업을 추진하기 시작하였다. 교육청은 각 학교를 돌면서 조경사업을 확인, 점검하고(1973. 3. 20.), 학교는 주민들의 노력을 동원하여 플라타나스, 소나무 이식 작업을 실시하고(1973. 3. 8.; 4. 2.), 학교 공한지에 개나리, 대명화, 불두화 등을 삽목(1973. 3. 20.)하는 등 나무심기 작업에 본격 착수하였다. 학교 유실수 묘포장을 만들어 밤나무 묘목을 심고(1973. 3. 24.), 주민들로부터 나무를 기증받아 학교 조경용으로 이식하기도 하였다(1973. 3. 26.). 그리고 개나리 500여 주를 심기도 하였다(1973. 3. 28.). 나무 심기 작업은 계절적 이유로 주로 3월과 4월에 집중되었다. 그러나 1973년부터 1974년까지 추진된 오동나무 묘목 식재는 계절과 관계없이 추진되었다. 1973년 6월과 7월의 두 차례 교장회의에서는 오동나무 심기와 기르기가 주제가 되었다. 이에 따라 1973년부터 1974년 6월까지 곽상영이 재직하는 학교에서는 전 직원이 나서서 오동나무 씨앗을 파종하고(1973. 4. 19.), 오동나무 묘목 수천그루를 식재하였다(1973. 7. 10.; 1974. 6. 21.). 그리고 묘포장 관리를 위해 매일 점검하고 손질을 했다. 오동나무 관리에는 교사들 뿐 아니라 아동들도 동원되었다. 아이들은 오동나무 묘포장에 물을 주고(1973. 7. 27.; 8. 15.), 잡초를 뽑고(1973. 8. 4.), 밭에 모래를 깔아주는 작업에 땀을 흘렸다(1973. 7. 28.). 교육청에서는 각 학교를 방문하여 오동나무 묘포장을 점검하였다(1973. 5. 25.; 6. 25.). 일년 동안 나무심기에 주력했던 곽상영은 1973년 일기장의 마지막 장에 〈73년 약기〉에 다음과 같이 적었다.

> "유신과업 첫 해라 공적 사업면으로 말할 수 없이 다망했던 것. 특히 '오동나무' 묘 기르기엔 멍청이도 잊지 못할 일."(1973. 〈73년 약기〉)

•• 진명숙

곽상영 아내(김유순)의 삶과 일상, 그리고 생애: 1인칭 재현

곽상영 생애는 크게 두 축을 이룬다. 한 축이 46년 교육자로서의 생애였다면, 다른 한 축은 아내와 열 자녀를 둔 가장으로서의 생애였다. 필자는 곽상영 전반부 일기(1937~1970)에서 가족에 관한 해제를 썼다. 이번 후반부 일기(1971~2000) 해제도 마찬가지로 가족에 관한 내용이다. 그러나 전반부 일기의 해제가 '곽상영 눈'에 비친 가족 이야기였다면, 이번 해제는 곽상영 아내인 '김유순 눈'에 비친 가족 이야기이다. 더 정확하게는 김유순 생애에 관한 내용이다.

전반부 일기에서 아내에 대한 기록은 상대적으로 다른 가족 구성원에 비해 적다. 그러나 후반부에는 '井 母(장남인 노정의 어머니, 즉 곽상영의 아내)' 단어가 많이 등장한다. 청주 아이들 자취방이나, 장남이 사는 서울에 식량을 자주 갖다 주는 내용, 노년에 약을 자주 복용하고, 병원에 드나드는 내용, 금계 본가에 살림을 합한 이후 농사짓는 내용이 많이 발견된다.

김유순 생애는 가족, 특히 남편과 자녀를 중심으로 이루어져 있다. 곽상영이 교사와 교장으로서의 삶을 살면서 자아 성취나 개인의 정체성을 이룩했다면, 아내는 그렇지 못했다. 17세에 곽씨 집안으로 시집 와서, 77세에 생을 마감할 때까지 그녀는 곽씨 집안의 며느리이자, 곽상영의 처, 그리고 아이들의 어머니로서의 삶을 살아왔다. 이것이 당대 여성의 젠더적 숙명이었을 것이다.

필자는 곽상영 아내를 '1인칭'으로 설정하여, 그녀의 생애를 재구성해 보았다. 무척 평범했으나, 사실은 무척 치열했던 아내의 생애를 그녀의 관점에서 재현해 본 것이다. 물론 일기를 쓴 이가 곽상영이기 때문에, 아내를 1인칭으로 하여 그녀의 시선과 감정을 도출하는 일은 자칫 '허구'나 '왜곡'을 만들어내는 것일 수도 있다. 그리고 필자의 느낌을 완전히 배제하지 않을 수도 없다. 하지만 이러한 위험을 무릅쓰고서라도 1인칭 화법을 선택한 까닭은 굴곡진 한국의 근현대를 살아낸 이름 없는 수많은 여성들, 수많은 김유순들을 주인공으로 앉히고 싶은 필자의 바람 때문이다.

1. 결혼하여 10여 년 후 분가(分家), 다시 20년여 년 후 합가(合家)하여, 시부모를 모시다

나는 충북 청원군 북일면 오동리에서 태어났다. 내가 혼인할 당시 우리 집은 궁핍했으나, 전에는 내로라하는 부농이었다고 한다. 곽상영과 중매를 서 준 이는 나의 큰고모였다. 비록 내가 가진 건 없지만, 성실하고 똑똑한 성품 때문이었다. 신랑은 나보다 한 살 어렸고, 옥산보통학교 3학년에 다니고 있었다. 늦은 나이의 학업이었으나 남편은 교사로서의 꿈을 이루기 위해 정진하는 중이었다.

내가 금계리로 시집오던 1936년 11월, 금계 시댁에는 식구가 시부모와 시동생, 갓 난 시누이 등 단출하게 다섯 밖에 되지 않았다. 시댁은 땅 한 뙈기 없이 소작으로 생계를 꾸려 나갔다. 소출을 계산하고 남은 것으로는 한 해 식량은 턱없이 부족했다. 봄에는 식용 나물을 캐어다가 끼니를 이어갔고, 여름에는 사방 공사장에서 번 품삯으로 식량을 구했다. 남편보다 일곱 살 어린 시동생(곽운영)은 부모의 농사일을 돕고, 아기인 누이를 돌보았다. 나도 시댁 식구들과 함께 농사를 짓고, 시어머니와 함께 살림을 해 나갔다. 밖에서는 논일, 들일을 했고, 집 안에서는 보리를 찧고, 실을 뽑고, 재봉일을 했다. 남편도 학교를 마치고 돌아오면 집안일을 거들고, 생계를 도왔다. 하지만 가난은 참으로 오랫동안 지속되었다.

시집 와서 10년이 채 지나지 않은 1945년, 식구는 12명으로 크게 늘었다. 시동생이 결혼을 하였고(1946. 2. 15.), 나와 어머니가 각각 아이 셋을 낳았기 때문이다. 내가 시집 온 해 어머니가 딸(곽재영)을 낳고, 3년 후 내가 첫 아들(곽노정)을 낳았다(1939. 4. 14.). 다시 어머니가 둘째 딸(곽난영)을 출산한(1941. 5. 1.) 이듬 해 나도 첫 딸을 낳았다(1942. 2. 21.). 그리고 1945년 4월에 내가 둘째 아들(노현)을 낳고 여섯 달 뒤엔 어머니가 막둥이 아들(진영)을 낳았다(1945. 10. 24.) 어머니와 나는 주거니 받거니 임신과 출산을 반복했던 것이다.[1] 시어머니로서는 당신의 젖

1) 김유순이 결혼한 후(왼쪽. 1936년) 채 10여 년이 지나지 않아(오른쪽. 1945년) 식구수가 아래와 같이 늘었다.

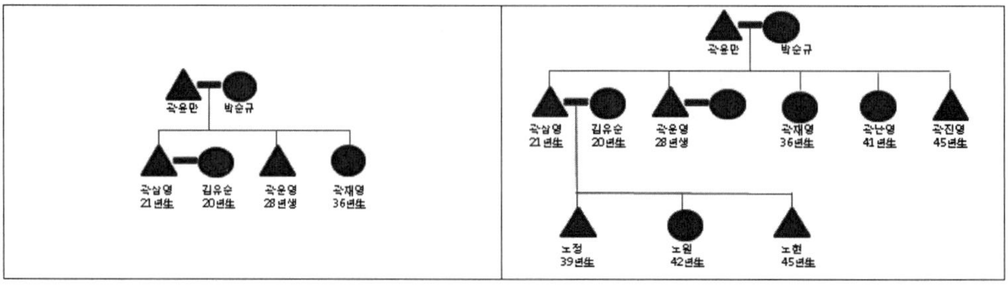

먹이가 계속 태어나는 마당에, 비슷한 시기에 태어나는 손주들에게까지 관심을 기울일 여력이 없었을 것이다. 특히 시어머니도 애를 낳고 일을 하는데, 며느리인 내가 산후조리한답시고 농사와 살림을 뒷전으로 할 수도 없었다. 내게는 시어머니뿐만 아니라, 내 자식들과 함께 자라나는 시동생들까지도 돌봐야 하는 의무가 있었다. 그 때는 그런 시절이었다.

옥산보통학교를 졸업한 남편은 1941년 9월 보은의 삼산초등학교에서 교사를 시작했다. 남편은 하숙을 하다(1941. 11. 29.), 학교 사택으로 거처를 옮겼고(1942. 6. 22.), 나는 금계 시댁에서 계속 살았다. 남편은 형편상 자주 다녀가지 못했고, 가끔 부모님과 내게 편지를 보내주고는 했다. 그로부터 몇 년 지나 1945년 남편 사택으로 살림을 옮겼다(1945. 5. 2.). 결혼 후 10년 만에 이뤄진 분가인 셈이다. 사택으로 이사 온 후 해방을 맞았고, 얼마 지나지 않아 남편은 옥산초로 발령을 받았다(1945. 11. 10.). 남편은 삼산초를 시작으로 오선초에서 퇴직을 할 때까지 무려 근무지를 열네 번이나 옮겼다. 학교를 옮길 때마다 살림도 옮겨야 했다. 하지만 사택은 시댁의 중압감에게서 벗어날 수 있는 해방구였다.

사택에 거주하면서도 나는 자주 금계 본가를 찾아 살림을 도왔다. 부모님의 생신이나 명절에는 남편보다 2~3일 앞서 금계에 갔다. 아버님 생신은 고향의 종친과 동리 어르신 수 십여 명을 모시고 식사를 했기 때문에 음식 장만이 고되었다. 어느 때는 100여 명이 식사를 하기도 했다. 이를 본 장남 노정이 '이 같은 허례허식 생신 잔치를 없애고 간소하게 치를 것'을 제안하기도 했다(1975. 8. 15.). 남편으로서는 아들의 뜻을 모르는 바는 아니지만, 노양친을 위해서는 부득이 어쩔 수 없는 모양이었다. 아버지의 생신을 그렇게 정신없이 치르고 나면, 닷새 후에는 어머니의 생신이 돌아왔다. 어머니 생신 때의 초대 규모는 아버님만큼은 아니었지만, 당내(堂內) 식구와 안노인들을 초대하면 20명 안팎은 되었다.

매년 11월에 모시는 시제도 음식 장만에 신경을 써야 하는 행사였다. 나는 시제가 돌아오기 전 금계에 가서 음식 장만을 도왔다. 남편은 학교 때문에 시제에 참석하지 못할 때도 많았다. 이외에도 치총(置塚)을 한다거나, 이장(移葬)을 한다거나, 시동생들 혼례를 치른다거나 할 때 금계를 찾아 시어머니를 도왔다.

분가하고 20여 년이 지난 1974년 다시 합가를 했다(1974. 3. 7.). 그 전에도 합가를 했었으나(1968. 3. 7.), 내가 도저히 견디지 못하고 몇 달 만에 나온 적이 있다(1968. 9. 2.). 그러나 이번 합가는 더 이상 거부할 수 없는, 받아들여야 할 운명이었다. 양친이 쇠약해진데다, 오래 전부터 금계로 옮기고 싶어 하던 남편의 간절한 바람을 저버릴 수 없었기 때문이다. 예상했던 대로 시댁에서의 생활은 편치 않았다. 살림을 합친 후 긴장된 생활 때문인지 얼마 지나지 않아 복통으로 크게 고생했다(1974. 3. 30.). 심지어 동네 아주머니가 와서 푸닥거리를 해주기까지 했다(1974.

4. 1.). 시부모와 긴장 관계는 쉽게 풀리지 않았다. 나는 자취하는 청주 아이들 집에, 서울 사는 장남 집에, 병원에, 시장에 가기 위해 외출을 할 수밖에 없었다. 그러나 양친 눈에는 내가 쓸 데 없이 들락거리는 것으로 보였는지, 눈치를 주셨다. 나는 되도록 청주에 두 번 갈 것, 한 번으로 줄이고, 청주에 가더라도 아이들 집에서 자지 않고 바로 돌아오려고 애썼다.

금계에서의 노동은 고되었다. 집을 고치고, 새 구들을 교체하는 동안 새참을 내느라 애를 먹었다(1975. 4. 14.; 1975. 6. 9.). 여름에는 김매기로, 가을에는 추수로 쉴 날이 없었다. 몸이 너무 고되어 눈물이 나오기까지 했다(1975. 6. 8.). 특히 양친이 연로해지면서 농사는 내가 거의 도맡다시피 했다. 게다가 시부모는 내게 불만을 자주 표현했다. 어머니는 과음하는 날이 늘어났고, 취중이면 나를 크게 꾸짖고는 했다. 며느리 사랑은 시아버지라는데, 시아버지도 내 편은 아니었다. 울기도 많이 울고, 남편에게 하소연도 해보았으나, 방법이 없었다. 참는 것 외에는.

그러던 중 시아버지가 갑자기 중풍으로 몸져누웠다(1977. 11. 10.). 어머니가 대소변을 받아내며 고생을 했다. 집안에 환자가 생기니, 분위기가 무거워졌고, 나는 더욱 몸과 마음을 사렸다. 아버지는 결국 이듬 해 여름 돌아가셨고(1978. 7. 21.), 어머니도 그로부터 반년을 채 못 사시고 돌아가셨다(1979. 2. 14.). 나는 시부모로부터 스트레스를 받으며 몸고생, 마음고생을 했으나, 정작 양친의 병수발 때문에 큰 어려움을 겪지는 않았다. 어머니가 아버지의 병수발을 들었고, 아버지 돌아가신 후 어머니는 크게 병치레 하지 않고 돌아가셨기 때문이다. 어머니는 서서히 시력이 감퇴되더니, 눈이 아예 안 보인다고 한 다음날, 갑자기 눈을 감으셨다. 어찌됐든 나는 금계의 시부모에게 감사할 수밖에 없다. 10남매를 키우는 데 금계 본가는 남편이나 내가 기댈 수 있는 유일한 곳이었기 때문이다.

2. 나의 사명은 10남매를 굶기지 않고 키우는 것

시댁은 빈농이었다. 시부모님은 열심히 농사를 지었으나, 소작농 집안에서는 늘 식량이 부족했다. 1939년 나는 장남을 시작으로 줄줄이 아이를 낳았다. 내가 10남매를 낳고, 시부모는 내가 시집오기 직전 후 셋을 더 낳았으며, 시동생은 딸 하나를 낳았다. 새끼들 안 굶기는 게 엄청난 과제였다.

남편은 10남매와 막내 동생, 아우가 낳은 조카까지 총 12명을 가르쳤다. 아이들은 홍역이나 감기로 고생을 하기는 했지만, 큰 병치레 없이, 무럭무럭 잘 커주었다. 그러나 가난한 형편에 아이들을 먹이고, 입히고, 가르치는 일은 쉬운 일이 아니었다. 남편이 아이들의 학비를 대기 위해 고군분투했다면, 나는 아이들을 굶기지 않고 먹이는 일에 고군분투했다.

아이들은 하나, 둘 아버지가 근무하는 초등학교를 졸업하고, 청주시내에 있는 상급 학교로 진학했다. 우리 부부는 1957년 장녀 노원이 여고에 입학한 시점에 청주에 작은 방을 얻어 자취를 시켰다. 이때부터 청주의 자취방은 아이들의 새로운 거처가 되었다. 청주에서 아이들은 10여 차례 이사를 했다. 환경이 너무 열악했고(1962. 10. 21.), 때로는 주인이 괴롭혔으며(1967. 6. 17.), 그리고 학교가 너무 멀었기 때문이다(1972. 12. 10.). 살림이 좀 펴지자, 사창동 사직아파트 13평으로 옮기면서(1977. 3. 20.), 아파트 생활이 시작되었다. 청주의 자취방은 비록 비좁고, 궁색한 환경이었으나, 이곳은 아이들의 학업에 대한 열망과 꿈이 자라나는 보금자리였다.

청주 아이들 자취방에 식량을 대는 일은 오랫동안 지속되었다. 1957년 시작한 아이들의 자취는 우리 부부가 청주시에 가옥을 신축하고 옮긴 1986년 끝이 났으니 말이다. 나는 청주 아이들에게 식량을 대기 위해 열심히 농사를 지었다. 금계 본가의 농작물만으로 그 많은 아이들의 식량을 대기에는 부족했으므로, 사택에 딸린 땅 뙈기도 놀리지 않고 부지런히 가꾸었다.

철에 따라 파종을 하고, 수확을 했다. 무, 배추, 상추, 아욱, 쑥갓, 시금치, 감자, 고구마, 오미자, 땅콩, 팥, 참깨, 들깨, 토마토, 고추, 옥수수, 당근, 도라지, 토란, 결명자, 고들빼기, 마늘, 호박 등 갖가지 작물을 재배했다. 특히 감자, 고구마, 옥수수는 부족한 식량을 대용할 수 있는 중요한 먹을 거리였다. 나는 호박을 잘 키워 말려 한 겨울 늙은 호박으로 호박죽을 자주 끓여주고는 했다. 사택 울안에 어린 돼지를 키워 팔기도 했고, 남의 집 김매기를 다니며 품삯을 벌기도 했다. 사택을 옮길 때마다, 나는 곧바로 밭을 일궜다. 나는 사택 울안의 땅을 기름지게 가꾸었고, 갖가지 작물을 풍성하게 재배하여 수확하였다. 갑작스런 발령으로 학교를 옮기는 때도 이전 사택 울안에서 재배한 작물을 거둬왔다.

아이들이 중학교, 고등학교 입학과 졸업을 반복하는 1950~60년대, 아이들 식량을 대는 것은 녹록치 않는 일이었다. 금계 본가에서 대주는 쌀은 아이들에게는 넉넉하지 않는 양이었다. 아이들이 쌀을 아끼려고 여러 끼를 굶은 것을 알고 눈물을 훔친 적도 있다(1966. 6. 26.).[2] 나는 여타의 식재료와 반찬들을 하여 자주 가져다주었다. 겨울이 돌아오면 금계 본가 김장을 끝내고, 양념을 들고 청주에 가서 김장을 해 주었다. 큰 애가 서울 살림을 시작한 이후에는 서울에 식량을 가져다주는 것도 하나의 일이었다.

나는 아이들 생일이 찾아오면 조금이라도 떡을 빚어 청주 아이들에게 가지고 갔다. 아이들은

2) 필자는 2016년 2월 12일 곽상영의 다섯째 자녀이자, 딸로서는 둘째인 재응스님(곽노희)을 만나 인터뷰를 한 바 있다. 재응스님은 도시락을 싸갖고 가지 않는 날이 많았다고 했다. 한 번은 선생님이 도시락을 왜 안 싸오냐고 묻자, "저희 식구는 다 안 싸가는데요!"라고 답변했던 기억을 들려주었다.

내가 해주는 송편 떡을 참 좋아했다.[3] 가끔은 빵도 만들어다 주었다. 담북장[4]도 남편과 아이들이 좋아하는 음식이었다. 나는 여름이 끝나갈 무렵이면 메주를 쑤어 담북장을 담그곤 했다.

1974년 남편이 금계초로 발령받은 이후 우리 부부는 사택 생활을 청산하고, 금계 본가로 들어갔다. 금계로 이사한 후로 농사 강도는 더 높아졌다. 봄에는 파종을 하느라, 여름에는 김매기와 고추를 따느라, 가을에는 김장용 배추를 재배하고, 타작을 하느라, 겨울에는 땔감을 하느라 사계절 쉴 틈이 없었다. 인부를 불러 일을 하는 날에는 새참을 만들어 내는 일도 고되었다. 1957년 나는 교장의 사모님이 되었지만 사실 몸빼[5] 하나로 생활하는 농사꾼이었다.

사택의 손바닥만 한 땅도 허투루 놔두지 않고 식량을 일구었던 나는 어느 날부터 꽃을 가꾸기 시작했다. 사택 화단에 자목련, 장미, 해당화, 작약 등 꽃씨를 심었다(1986. 7. 4.). 생계가 펴고, 경제적 안착을 이뤘을 때 내게도 꽃을 가꾸고 아름다움을 발견하는 여유가 생겨난 것이다.

3. 10남매는 저마다의 목표를 갖고 잘 자라주었다

나는 24년 간 임신과 출산을 반복하면서 아들 다섯, 딸 다섯, 총 열을 낳았다. 열 남매는 모두 한 배에서 태어났지만 서로 다른 성격과 개성을 지닌 아이들로 성장했다. 장남 노정(1939년생)은 영락없이 제 아버지를 닮은 효자였다. 어렸을 때부터 공부에 두각을 보인 장남은 서울대를 졸업하고, 서울에서 교직을 시작하면서, 계속 서울에 거주하였다. 신혼 초 부부불화로 부모의 애를 태우기도 했으나 곧 안정을 찾고 잘 생활해 나갔다. 나는 장남 생일에는 꼭 떡을 해서 서울에 갔다. 그 즈음은 장을 담그는 철이어서, 장을 담아 주기도 했다. 장남 부부는 평생 부모를 극진히 챙겼고, 동생들 대소사에 발 벗고 나서 우리에게 큰 힘이 되어 주었다.

1969년 9월 20일, 장손인 영신이 태어났다. 송편을 빚어 서울 아들네를 찾아(1969. 9. 30.), 꼼지락거리는 손주를 품 안에 안아보았다. 그 때의 기쁨은 형언할 수 없었다. 뒤이어 둘째 손주가 태어났고(1970. 12. 19.), 그 녀석들은 우리 부부에게 큰 행복을 안겨다 주었다. 10남매를 낳아 키울 때는 오로지 굶기지 않겠다는 일념으로 정신없이 살아서였을까. 내 새끼들도 그 때는 이렇

---

3) 곽상영 일기에는 '호주에서 8년간 생활한 후 돌아온 노행은 어머니가 해 준 송편 떡을 먹으며 눈물을 흘리고 말았다'는 내용이 기록되어 있다(1993. 3. 23).

4) 담북장은 햇장이 만들어지기 전 급히 만들어먹는 된장이다.

5) 재응스님은 어느 날 어머니와 함께 시장을 가는데 어머니가 몸빼뿐인 옷을 입고 시장에 가는 처량한 자신을 한탄하며 내 뱉은 말('내가 교장 마누라면 뭐하냐. 장에 갈 옷도 없는데..')을 들려주었다. 그 말을 듣고 아련한 슬픔 같은 게 느껴졌다고 한다.

게 예쁘고 귀여웠을 텐데, 그 귀여움을 제대로 만끽하지 못하고 세월을 보낸 듯하다. 영신, 창신은 제 아빠의 명석한 두뇌를 물려받아 한 놈은 서울대 약대를, 한 놈은 서울대 의대를 졸업했다.

노원(1942년생) 역시 듬직한 장녀였다. 노원이 청주여고에 입학하면서 우리 부부는 노정과 노원이 머물 자취집을 마련하여 주었다(1957. 4. 26.). 노원은 여고를 졸업한 후 간호사로 일을 하다(1962. 8. 22), 학교 보조 교사로 일 년 여 근무하였다(1966. 5. 8.). 우리 부부는 노원의 여러 혼처를 알아본 끝에 백천 조씨와 백년가약을 맺어주었다(1969. 5. 4.). 나는 결혼 후 3개월 만에 친정에 다녀간 노원을 보며, 노원이 이제는 조씨 집안의 사람이 되었음을 실감했다. 노원이 1969년 첫 딸을 낳고(1969. 11. 8.), 또 딸을 낳았다는 소식에(1971. 5. 29.) 마음이 편치 않았는데, 셋째는 아들을 낳게 되어(1973. 5. 17.) 다행이라고 생각했다. 서울에 신접살림을 차린 노원은 계속 서울에 거주하였다. 노원은 시어머니 병간호하느라 오랫동안 고생하기도 했다. 그런 딸을 보며 마음이 짠했다. 노원은 착하고 마음씨 고운 딸이었다. 결혼할 때까지 청주 자취방의 동생들을 돌보았으며, 남편을 잃은 동생을 곁에 두었고, 내가 늙고, 병이 들었을 때 자주 들여다봐주었다.

셋째인 2남 노현(1945년생)은 시어머니가 막둥이 시동생을 낳은 해에, 제 막내 삼촌보다 6개월 먼저 태어났다. 그러다 보니 아무래도 같은 나이의 삼촌에 양보를 해야 하는 경우가 많았다. 그렇지만 성격이 착한 두 사람은 서로 사이좋게 어울려 잘 지냈다. 노현이는 고등학교를 졸업하고 한 번 가출을 하여 부모 속을 썩이기는 했으나(1964. 5. 16.), 마음을 잡고 교대에 들어가 교사가 되었다. 하지만 결혼 전에 알던 여자와의 매듭이 잘못되어 억울하게 경찰서에 붙잡혀 들어가 집안을 발칵 뒤집어 놓은 일이 있다. 노현이는 그 일로 교직을 그만두어야 했다(1976. 1. 28.). 이후 여러 회사를 다니고, 사업도 해 보았으나, 경제적으로 잘 풀리지는 못했다. 저 녀석을 낳고 미역국을 제대로 못 먹어서인가, 제대로 젖을 못 물려서인가, 라며 한탄했다. 그러나 교사인 착한 아내를 만나, 두 남매를 낳고, 평범한 가정을 꾸려 나갔다. 노현 부부는 노년이 된 우리 부부를 극진히 챙겨주었다.

3남 노명(1947년생)도 아버지처럼 교대를 졸업하여 교사가 되었다. 그 녀석을 생각하면, 가장 슬픈 날은 월남에 간 날이고(1970. 3. 19.), 가장 기쁜 날은 월남에서 돌아온 날이(1971. 4. 12.) 아닌가 한다. 시동생 진영이 자진하여 기어이 월남에 가겠다고 하여(1969. 11. 2.) 가족이 만류하던 중, 노명으로부터도 월남행을 허락해 달라는 서신을 받자(1970. 1. 14.) 깊은 근심이 엄습해왔다. 나는 남편에게 안 된다는 답신을 서둘러 쓰게 했으나, 노명은 제 고집을 꺾지 않고 기어이 월남행을 택하였다. 다행히 노명은 서신으로나마 자주 안부를 전해줬지만, 나는 월남에 가 있는 아들이 항상 걱정되었다.[6] 마침내 월남에서 돌아온 아들을 만났을 때(1971. 4. 15.), 죽었던 아들이 살아 돌아온 것 마냥 나는 너무 기뻤다. 그 날도 어김없이 떡을 빚어 노명을 맞았다. 노명은 몇 달 후 제대를 했고(1971. 8. 10.), 바로 교직으로 돌아갔다. 노명은 2녀 1남을 낳고 청주에 거주했다. 뒤늦게 술버릇이 안 좋아져, 부부 불화가 있는 날에는 만취가 되어 우리 집을 찾아와 꼬장을 부리곤 했다. 그런 일이 벌어질 때마다 사과를 하고, 제 아버지로부터 훈계를 듣고, 가정 평화를 이루겠다고 약조를 했으나, 약속은 잘 지켜지지 않았다. 그러나 내 몸이 점점 안 좋아지고, 나중에는 암 진단을 받자 속 썩이는 일은 잦아들었다.

▲ 2녀인 노희와 함께(1965)
생활관 실습 참관 때 찍은 것이다. 노희는 7년간의 교직을 그만두고 비구니가 되었다. 인생이 이란 정해진 항로가 없다는 것을 이 녀석을 통해 새삼 깨달았다.

노명이 태어나고 2년 여 후, 2녀인 노희(1949년생)가 태어났다. 노희는 청주여고를 졸업하고 청주교대에 합격했다. 그러나 금계 본가의 시부모는 노희의 상급학교 진학을 반대했다. 밥 먹는 문제도 해결하지 못하는 궁핍한 살림에 딸까지 대학에 보낼 필요가 없다는 것이었다(1967. 2. 1.). 우리 부부는 부모의 반대를 무릅쓰고, 노희를 대학에 보냈다. 이제 세상은 변했고, 앞으로 변해야 한다고 생각했기 때문이다. 교대를 졸업한 노희는 벽지에 있는 학교에서 교직을 시작했다(1969. 3. 3.). 구석진 곳에서 자취하는 딸이 가여웠으나, 노희는 씩씩하게 잘 생활했다. 이후 화곡교로 옮기면서 그나마 교통이 좀 편해져 다행이라 생각했다. 그러던 어느 날 노희로부터 놀라운 편지 한 통이 날아들었다. '학교 사표를 내고 수도의 길을 걷기 위해 출가를 했으며, 일 년에 한 두 차례는 소식을 전하겠다'는 내용이었다(1976. 8. 21.). 주소를 알지 못하도록 발신지도 쓰지 않았다. 남편은 나보다 더 충격을 받은 듯했다. 술만 마시면 노희 생각에 눈물을 흘렸다. 노현이 수덕사 등 인근

6) 곽상영의 아우(운영)가 6.25에서 전사하였기 때문에 가족은 진영, 노명이 월남에 가는 것을 크게 걱정하지 않을 수 없었다.

몇 사찰을 둘러보았으나 허사였다(1976. 8. 27.). 청주 아이들이 편지봉투 일부에 불국사 자국이 남은 것 같다고 하여, 우리 부부는 실낱같은 희망을 안고 무작정 경주로 향했다(1976. 9. 10.). 남편은 노희 소식을 접한 후로 연신 술을 마셔 몸이 극도로 나빠진 상태였고, 버스에서 계속 토하고, 여관에서도 밤새 앓았다. 겨우 몸을 추스려 불국사를 둘러보았으나 노희는 찾지 못하고, 사흘 만에 집으로 돌아왔다. 아들들이 여기저기 사찰을 더 뒤져 보았으나, 헛수고였다. 얼마 후 노희로부터 다시 '뜻한 바대로 수학중이라는' 편지를 받고는 마음이 약간 놓였다. 노희는 일 년여 만에 충남 서산에서 수도하고 있다는 서신을 보내주었다(1977. 7. 23.). 이듬해 우리 부부는 노희가 있는 서산의 개심사를 찾았다(1978. 1. 15.). 노희가 뛰쳐나와 '엄마'하고 외치는 소리가 지금도 가슴에 먹먹하게 남아 있다. 우리 부부는 삭발의 법복을 입고 재응스님이 된 노희를 1년 반 만에 상봉했다. 나는 딸 앞에서 눈물을 보이지 않으려 무던 애썼고, 딸도 애써 참는 듯했다. 세속의 끈을 풀고, 부처님의 세계로 들어간들, 하늘이 맺어준 천륜의 정을 어찌할 수 있으랴. 노희를 두고 돌아오면서, '이제 노희를 놓아 줄 수 있겠다고, 아니 놓아 주어야 한다'고 생각했다. 여자로 태어나 모두 결혼하여 애를 낳는 길을 걷지 않을 수도 있는 법. 재응 스님으로 인해 우리 부부는 자연스럽게 초파일이 되면 절을 찾았고, 재응 스님 주선으로, 시부모, 6.25 때 전사한 아우 운영, 셋째 사위의 위폐를 인천의 용화선원에 두어, 매년 음력 3월 16일 법보제에 참석하였다. 우리는 그렇게 자연스럽게 불교에 가까워졌고, 재응 스님은 우리 집안의 정신적 버팀목이 되어 주었다.

여섯째이자 3녀 노임(1950년생)은 6.25가 발발한 해인 1950년 마지막 날에 태어났다. 노임은 다섯 딸들 중 가장 순하고 착하면서도, 살림을 잘 하는 아이였다. 노임은 여중에 합격하고서도 경제난으로 바로 진학을 하지 못하고, 일 년을 쉰 후 다시 시험을 쳐 청주여중에 들어갔다. 노임은 불만 없이 뜻을 따랐다. 여고를 졸업하고 대학에 진학하지 않고, 서울 오빠네 집에 기거하면서 살림과 육아를 도왔다. 다른 아이들 같으면 제가 원하는 길을 찾아 고집을 피울 법도 한데, 노임은 가족 형편을 헤아릴 줄 아는 대견한 아이였다. 서울행을 앞두고 제 오빠 집에서 고생할 노임을 생각하니, 가슴이 짠하여 눈물이 났다(1970. 1. 24.). 노임이 상경할 때 노운도 함께 딸려 전학을 시켰다. 그러나 서울 큰애의 신혼 생활이 안정을 찾지 못하면서, 노임과 노운을 다시 청주로 내려오게 했다(1971. 5. 31.). 노임은 청주에서 결혼할 때까지 동생들 뒷바라지를 했다. 노임은 내가 서울이나 본가에 갔을 때, 사택에 와서 제 아버지 밥을 살뜰히 챙겨주었고, 금계 본가에서 음식을 장만하는 날에는 내 수고로움을 크게 덜어주고는 했다. 노임은 결혼하여 인천에 신접살림을 차렸다. 그런데 아들 하나, 딸 하나를 낳고 평범하게 살던 노임에게 큰 시련이 닥치고 말았다. 남편인 신의재 사위가 갑작스런 심장마비로 세상을 뜬 것이다(1985. 2. 10.). 9세, 7세밖에 되지 않은 어린 것들을 두고 말이다. 왜 그렇게 착한 딸에게 불행이 닥쳤는지, 하늘이 원망스러웠다. 노임은 서울의 큰 언니 곁으로 집을 옮겼고, 직장 생활을 시작했다. 아이들 둘을 데리고 집에 다녀가는 노임을 볼 때마다 가슴이 시리고 아팠다. 다행히 노임은 강한 생활력으로 꿋꿋하게 살아나갔다.

4남 노송(1953년생)은 열 남매 중 가장 뒤늦게 제 자리를 잡은 아이다. 고교 진학을 포기하고 한동안 방황하는 날들을 보냈기 때문이다. 검정고시를 준비했으나(1971. 8. 25.) 통과되지 못했다. 서울에서 택시운전을 하겠다며(1971. 11. 24.) 자동차 학원을 다녔으나(1971. 12. 4.), 그것도 오래가지 못했다. 서울에서 돌아와 입대 전에 하사관학교에 들어가겠다며(1973. 4. 19.) 공부를 했으나 야무지게 하지를 못하고, 또 중도에 포기하고 말았다. 서울 형 집에서 1년 여 허송세월을 보내고, 결국 입대했다(1974. 4. 9.). 제대한 후에는 검정고시를 준비하다 그만두고, 특수작물로 성공을 해보겠다며 금계에서 농사를 짓기 시작했다(1978.2.4.). 노송은 집안 농사에 큰 힘이 되어 주었으나, 항상 마음 한 구석에는 금계에서 저러고 있는 게 안타깝기만 했다. 그런 노송이 이듬해 방통고를 등록하더니(1979. 4. 1.) 진득하게 공부를 해 나갔다. 마침내 고등학교를 수석 졸업하고(1981. 2. 14.), 우수한 성적으로 전액 장학금을 받고 대학에 입학했다(1981. 2. 11.). 대학에서도 좋은 성적으로 장학금을 받아, 우리 부부의 등록금 부담을 덜어주었다. 제 아버지는 노송이 탁월한 성적으로 임용시험에 합격되었다는 소식을 듣고는 기쁨의 눈물을 흘리기까지 했다. 아들의 오랜 방황의 시절이 주마등처럼 지나가면서 한없이 회한이 밀려들었기 때문이다. 노송은 대성여고에서 교직을 시작했고(1986. 2. 20.). 마흔 셋의 늦은 나이에 배필을 찾았다(1995. 12. 20.).

4녀 노행(1955년생)도 노희언니처럼 평범한 길을 걷다가, 다른 길을 찾아 인생의 방향을 선회한 딸이다. 노행은 공부를 퍽 잘했다. 반에서 늘 1~2위를 놓치지 않았고, MBC 주최 고교생 퀴즈대회에서 주말퀴즈왕이 되어 부모를 기쁘게 했다(1973. 10. 28.). 하지만 몸이 약해 보약을 자주 해 먹여야 했다. 노행은 충북대를 졸업하고 인천 영종도에서 중학교 선생으로 교직을 시작했다(1979. 6. 22.). 이후 청주로 학교를 옮겼다(1980. 2. 1.). 그렇게 평범하게 교사의 길을 걷는 듯했으나, 다른 적성을 찾아보겠다며, 갑자기 학교를 그만두고 호주로 떠났다(1985. 9. 22.). 일 년 전 막내 딸 노운이가 사우디아라비아로 가서 헛헛했는데, 넷째 딸마저 타국에 보내려니, 마음이 편치는 않았다. 우리는 호주에서 간간히 보내오는 편지와 선물로 마음의 위안을 삼았다. 그리고 노행은 호주 생활을 접고, 8년 만에 한국으로 돌아왔다(1993. 2. 28.). 이후 영어학원 강사를 시작했으나(1993. 7. 15.), 아직 제가 원하는 길을 찾지 못한 듯해 안타깝기도 했다.

5녀인 막내딸 노운(1958년생)은 간호전문학교를 졸업하고, 경찰병원 간호사로 직장 생활을 시작했다(1980. 7. 6.). 첫 월급을 받아 부모에게 건네줄 때는 막내딸이라서 그런지 더욱 기특했다(1980. 8. 2.). 사회생활을 시작한 노운은 부모를 잘 챙겨주었고, 학교 다니는 제 오빠에게도 가끔 용돈을 주었다. 그런 살가운 막내딸이 사우디아라비아에서 간호사로 근무하겠다고 했을 때는 무척 놀랐다(1984. 5. 20.). 그 때만 해도 이역만리 타국에 결혼도 안한 여식을 보낸다는 게 흔치 않던 시절이었다. 노운이 사우디로 떠났을 때 그 서운함은 이루 헤아릴 수 없었다(1984. 8. 7.). 다행히 노운은 그 곳에서 잘 적응했고, 휴가를 받아 정기적으로 한국에 다녀갔다. 그러던 어느 날 사우디에서 한국 남자와 약혼을 하겠다는 편지를 보내왔다(1987. 7. 3.). 우리는 약혼자가 어떤 사람인지는 알아보아야겠기에 약혼을 서두르지 말라고 바로 답신을 보냈으나, 노운은 얼마 안 있어 그와 약혼을 했다(1987. 7. 17.). 그리고 그 해 12월 결혼을 했다. 노운은 그렇게 씩씩하게 이역만리 타국에서 배필을 찾아 결혼을 하고(1987. 12. 17.), 또 아들까지 낳았다(1988. 10. 8.) 아들을 낳았을 때 나는 노운에게 고추장, 미역, 기저귀 등을 보내주었다(1988. 10. 13.). 노운은 아들을 데리고 일시 귀국하여(1990. 9. 16.), 우리 집에 잠시 머물렀다. 노운이 다시 출국한 후 외손주가 놀던 흔적들이 곳곳에 남아 있어 한동안 무척 쓸쓸했다(1991. 11. 17.).

막둥이 노필(1962년생)은 10남매 중에서 내 손을 가장 많이 탔던 아들이 아닌가 싶다. 위의 형, 누나를 키울 때는 입에 풀칠하는 것조차 버거웠던 시절이어서 애정을 줄 여유가 없었는데, 노필을 가르칠 때는 그나마 숨통이 트였기 때문일까. 나는 노필의 늦은 어리광도 받아주고, 학교 소풍도 항상 따라가 주었다. 노필이는 5학년 때 청주시의 교동국민학교로 전학했다. 그 때부터 청주 자취집에서 누나들과 함께 생활했다. 노필이 고3이던 때 누나들이 모두 취업으로 타지에 머무르면서, 나는 매일 청주를 오가며 노필의 밥을 해주었다. 노필이는 어렸을 때부터 명석한 두뇌로 두각을 보였다. 각종 대회에 나가 수상을 했고, 중, 고교를 우수한 성적으로 졸업했다. 노필은 서울대 시험에 한 차례 고배를 마시고, 재수하여 서울대 법대에 입학했다. 우리 부부는 노필이 법관이 되기를 바랐으나, 노필은 법관의 길을 걷지 않고, 언론사에 취직해 기자의 길을 걸었다. 대학 때 사귄 여자친구와 결혼하여 딸 둘을 낳았다.

이렇게 10남매는 자기 나름대로의 뜻을 가지고 제 길을 걸어갔다. 아버지의 영향을 받아 노정, 노현, 노명, 노송, 노희, 노행이 교대나 사대를 졸업하고 교사가 – 셋은 중도에 다른 길을 걸었지만 – 되었다. 나는 평생 이 애들을 키우는 데 헌신했고, 내 인생은 이 애들을 떠나서는 존재하지 않았다. 10남매는 저마다 크고 작은 사건, 사고로 부모의 애를 태우거나, 놀라게 했다. 그러나 10남매는 우리 부부에게 소소하지만 큰 감동과 기쁨을 선사할 때가 수없이 많았다. 아마도 그런 행복이 있었기에 일상을 영위해 나갈 수 있었을 것이다. 하나 둘 손주가 태어나면서, 그 어리고 귀여운 것들이 가져다주는 즐거움도 쏠쏠한 행복이었다. 일제강점기, 해방, 6.25라는 절대 빈곤의 시대에 그래도 나는 꽤 운이 좋은 축에 속했다. 세상에 태어난 10남매 중 누구 하나 세상을 먼저

뜨지 않았고, 큰 병치레 없이 잘 자라주었기 때문이다. 내가 눈 감을 때 모두 모여 슬퍼해 주었으니 말이다.

4. 남편을 만나 60년을 해로하다

남편은 고모가 짝지어준 사람이다. 고모 말대로 남편은 똑똑하고 성실했다. 사범학교를 나오지는 않았지만, 임용시험에 합격해 교사가 되었다. 남편은 영락없는 선생 체질이었나. 독서를 무척 즐겼으며, 매일 일기와 가계부를 쓰며 메모하고, 정리하면서 규칙적인 생활을 실천하였다. 교장이 되어서도 일부러 도덕 수업을 진행했다. 시대 변화에 발맞춰 가르치는 방법을 끊임없이 연구하고, 교사들과 함께 학습했다.

남편은 아이들에게 관대하고 너그러운 아버지였다. 아버지의 권위를 내세우지 않고, 자식들의 뜻을 존중하고 받아들여줬다. 4남 노송이 장발에, 깔끔하지 못한 옷매무새로 다니는 것이 눈에 거슬렸으나, 제지하지는 않았다. 노송이 오랜 동안 방황하며 이것저것 해보려 했을 때도 반대하지 않았다. 노명이 취중에 찾아와 술주정을 해도 너그러운 훈계로 달랬다. 노희와 노행이 순탄한 교직의 길을 접고 힘든 인생의 항로로 접어들었을 때도 만류하지 않았다. 노운이 이역만리 사우디아라비아에 가겠다고 해도, 노필이 법관이 아닌 기자가 되겠다고 해도 그 뜻을 존중해줬다. 남편은 자식들에게 어떤 전공을 선택하라고, 어떤 직업을 가지라고, 강요하지 않았다. 자식들의 선택을 이해하고 지지해 주었다.

한편, 남편은 시부모에게는 믿음직한 장남이자, 효자였다. 남편은 전란에 동생을 잃은 슬픔을 오랫동안 거두지 못하고 살았다. 부모의 아픔은 자기보다 더하였을 것이기에 그는 부모를 더 살뜰히 챙겼다. 그는 죽은 아우의 여식을 거두어 교육시켰고, 어린 동생들의 뒷바라지도 도왔다. 양친의 생신 때는 늘 동리 친인척과 어르신을 모시고 식사 대접을 했고, 본가 대소사를 직접 이끌었다. 월급을 한두 푼 모아 부모에게 밭 한 뙈기를 사드리기도 했다. 소작농의 고충을 조금이나마 덜어드리고 싶어서이다.

남편은 사택에 살면서 금계 본가를 자주 들여다보려고 애썼다. 항상 금계 본가의 부모님을 그리워했고, 사택에서도 매일 부모가 있는 곳을 향해 인사를 올리고 잠이 들었다. 특히 부모가 연로해지면서 금계국교로의 발령을 학수고대했다. 부모를 모시고 살기 위해서다. 금계 발령이 무산될 때마다 그는 크게 낙담하며, 부모에게 죄를 짓는 심정이라고 했다(1973. 9. 16.). 마침내 금계국교 발령을 받아 본가로 살림을 합한 이후, 남편은 아침, 저녁과 주말에는 집안 농사를 돕고,

궂은일을 했다. 그러나 나는 효자인 남편으로 인해 섭섭할 때도 많았다. 합가 후 시부모와의 긴장, 시부모로부터 잦은 꾸짖음으로, 마음고생이 심할 때 남편은 나보다 부모를 더 위하는 것 같아서였다. 그런 남편에게 '당신은 부모님만 알지' 하며, 서러움을 내뱉은 적도 있다(1975. 3. 9.).

사택은 살림을 하는 사적인 공간이 아니었다. 교직원을 접대하고, 학교 행사의 연장선상에서 공간을 내주어야 하는 공적인 공간이었다. 사택에서는 회식이 자주 열렸다. 학교 소풍 후 사택에서 회포를 풀기도 했다. 나는 설 명절 전후로 직원들에게 떡국을 끓여주었다. 또 학교 시찰을 나온 장학사에게(1973. 5. 22.), 직원의 교감 승진 날이나, 운동회, 직원 친목 배구대회 때 교직원들에게(1972. 5. 1.; 1972. 9. 23.; 1973. 7. 5.; 1978. 9. 12.), 학부형들에게(1972. 5. 15.; 1971. 4. 17.), 소년체전 참가한 선수나 교사들에게(1981. 9. 21.) 식사를 대접했다. 특별한 행사가 없어도 직원들을 초청해 음식을 차려 주었다. 어느 날 양수기를 손보러 온 박씨에게 아침을 해 드렸더니, '교장댁에서 식사를 대접받기는 처음이라며'(1972. 6. 28.). 겸연쩍어했다. 이렇듯 나는 따뜻한 밥 한 끼로 학교를 위해 애쓰는 사람들에게 고마움을 표했으나, 이는 한편으로는 부담스런 일상이기도 했다.

남편 때문에 가장 속앓이를 많이 한 것은 '술' 때문이었다. 과도한 음주벽으로 학교나 마을에서 마찰을 빚은 적도 있었는데, 술을 끊지 못했다. 남편은 연일 과음한 후에는 식음을 전폐하고 많이 앓았다. 젊은 나이에는 그래도 견딜 만 했는데, 점점 나이가 들면서, 술을 이기지 못하고 끙끙대는 날이 늘어났다. 과음으로 며칠간 정신을 잃고, 몸져누운 날이 한 두 번이 아니다. 그럴 때마다 나나 딸들이 갖가지 좋은 음식으로 기력을 보충하려고 무던히 애를 썼다. 밉기는 하지만 앓아누운 모습이 측은했기 때문이다. 술 때문에 물건을 잃어버리기도 했고, 잦은 술로 손 떨림이 심해 숟가락질조차 힘든 때도 있었다. 남편은 매번 금주를 다짐했으나, 평생 술의 유혹을 떨치지 못하고 살았다.

그럼에도 나는 남편이 평생 나를 아껴주고 챙겨주고자 노력했던 사람임을 인정하지 않을 수 없다. 내가 아플 때마다 약을 지어 왔고, 기력이 쇠해졌다 싶으면 보약을 지어다 주었다. 내 생일 때는 무언가를 사 들고 왔다. 머리 염색이 잘못되어 피부병이 생겼을 때, 온천에 가보고 싶다는 나의 제안을 흔쾌히 받아주고, 동행해 주었다. 내 생전의 첫 온천 여행이었다(1972. 5. 21.). 무더위에 시장으로 석유곤로를 사러 갔는데, 허탕 치고 그냥 온 것을 기억하고, 다음 날 곤로를 사갖고 들어왔다(1973. 7. 26.). 노현이 경찰서에 붙잡힌 사건으로 무척 놀랐을 때, 내가 놀란데 는 보리수나무가 좋다고 했더니[7], 그 나무를 구하려고 2시간 이상을 헤매기도 했다. 남편은 나와 함께

7) "아침결엔 '뽀리똥'나무 求하려고 2時間 以上 헤매어보기도. 井 母가 삶아먹겠다기에 놀랜 데 먹는다고. 前에도 삶

채소를 다듬고, 콩 꼬투리를 까고, 떡방아를 찧고, 송편을 빚고, 곶감을 깎고, 같이 시장에 가 주었다. 여자가 하는 일이라 치부하지 않고 가사를 자주 도와주었다.

▲ 봉명동 신축한 가옥에서 남편과 함께(1986)

봉명동 가옥을 신축하고 나는 정성들여 화단을 가꿨다. 채송화, 봉숭아, 개양귀비, 분꽃을 심으니 금세 꽃이 피었다. 아이들 굶기지 않으려고 아등바등 밭을 일궜던 시절이 주마등처럼 스쳐 지났다.

생계로부터 어느 정도 자유로워지고, 경제적 여유가 생기면서 기관장 모임, 교장단 모임의 부부동반 여행에 함께 갔다. 덕분에 속리산, 설악산, 수안보 등의 관광지에 가보기도 했다. 남편은 은퇴를 기점으로 각종 친목 모임에 활발하게 참여했으며, 부부 동반 소풍이나 회식에는 나를 꼭 데리고 갔다. 특히 1980년대부터 우신회에서는 일 년에 한 차례씩 소풍을 갔다. 그때 전국 곳곳을 구경하는 호사를 누리기도 했다.

우리 부부는 시부모가 돌아가신 후 금계 본가를 정리하고, 은퇴에 맞춰 청주시에 가옥을 신축했다(1986. 8. 1.). 은퇴 후 남편과 나는 같이 시간을 보내는 날들이 많아졌다. 수삼을 사러 금산에, 초정리 명암 약수터에, 청주 시장에 함께 가곤 했다. 또 우리는 금계 두무샘 밭에 대추농사를 시작했다(1989. 3. 11.). 대추는 손이 덜 타면서도 한 번 잘 키워놓으면 수확물을 계속 얻을 수 있기 때문이다. 남편과 꼬박 내리 나흘을 식재한 후 물을 주고 나니 마음이 뿌듯했다. 이후 우리는 거의 매일 금계에 가서 밭을 돌봤다. 점점 욕심이 생기면서 텃밭에 갖가지 채소를 심고 가꿔나갔다. 마늘, 고추 농사도 지었다. 남편은 금계 밭을 '농장'이라 불렀다. 청주에서 금계로 출퇴근을 하며 농사를 짓는 일상이 다시 펼쳐졌다. 그러나 시부모와 함께 농사를 지었던 때와는 달리 마음도, 발걸음도 가벼운 금계행이었다.

아먹은 적 있는 것"(1976. 3. 10.).

5. 77년, 생이 이울다

시부모가 돌아가시고, 며느리들이 늘어나면서, 자식들은 나를 챙겨주는 날들이 많아졌다. 회갑 때는 제주도 여행을 시켜주었고, 간간히 가족 여행으로 콧바람을 쐬어 주었다. 자식들이 초청하여 식사 대접을 받고 오는 날도 많았다. 생일, 시부모의 제사, 명절 때는 찾아오는 자식들과 손주들로 즐거운 북새통을 이뤘다.

남편과 금계 농사를 시작한 후로 청주에서 버스를 타고 금계로 가서 밭일을 하는 게 일상이 되었다. 남편이 볼 일이 있어 못 갈때는 나 혼자 갔다. 그러던 중 몸의 이상을 느끼기 시작했다. 허리가 몹시 아팠다. 나이 들면 그러려니 하며 예사로 넘겼으나 점점 요통은 심해졌다. 남편과 함께 정형외과를 찾았더니 신경통이라고 했다(1994. 2. 4.). 약을 먹어도 잘 듣지를 않자 남편은 한방병원에 데리고 다니며 침 치료를 받게 했다(1994. 2. 21.). 그래도 좋아지지 않아, 김○○ 의원에 가서 허리 사진을 찍어 보았다(1994. 5. 10.). 뼈가 약해졌다는 말을 듣고, 몇 차례 김 의원에서 치료를 받았다. 하지만 증세는 호전되지 않았다. 장남 노정의 손에 이끌려 서울 백병원에 가서 검사를 하니, 골수암이라고 했다(1994. 7. 7.). 나는 항암 주사를 네 차례 맞고 퇴원했다(1994. 7. 12.).

아이들은 수시로 이런저런 보약을 가져다 먹여주었고, 남편도 지극정성으로 나를 돌봤다. 나는 정기적으로 백병원에 입원하여 항암 치료를 받았다. 온갖 주사와 치료에 지치고 짜증이 나는 날이 많았으나, 나를 낫게 하려는 남편과 자식들의 성의를 외면할 수 없었다. 나는 그렇게 병원을 오가며 조심조심 생활해나갔다. 컨디션이 좋을 때는 시장에도 가고, 김치도 담그고, 남편의 부부 동반 모임에 참석하기도 했다. 남편과 아침 산책도 하고, 용화사에도 다녀오고는 했다.

암 진단을 받은 지 일 년여 만인 어느 날 나는 금계에 가보고 싶어졌다. 금계에 가보자는 나의 말에 남편은 좋아하는 낯빛을 했다(1995. 8. 2.). 오랜만에 금계 농장에 와 보니 감회가 새로웠다. 농장은 내 손을 타지 않은 흔적이 역력했다. 나는 몸이 괜찮은 날에는 노정 차를 타고 금계에 와서 가볍게 농장 일을 했다. 그 해 연말에는 4남 노송을 여의는 경사스런 날을 맞았다. 노송의 함이 들어오는 날, 나는 가족들에게 축하 인사를 건넸다. "오늘은 참으로 기쁜 날이구나. 우리 집에 새 사람이 들어오는 날이니 말이다. 또 올해는 축하할 일이 더 있구나. 노필 둘째 딸이 세상에 태어났고, 손주 창신이가 의사 시험에 합격했으니, 나는 참으로 즐겁구나"라고(1995. 12. 9.).

그러나 이듬 해 봄부터 내 몸은 이울어 갔다. 어지러움을 자주 느꼈다. 식욕도 없어지고, 가슴이 아프며, 숨이 찼고, 심하게 토하기도 했다. 나는 충북대 병원에 입원했다(1996. 8. 24.). 나는 집에서 임종을 맞고 싶었으나, 아이들은 내 생명이 하루라도 연장되기를 바라면서, 모든 치료를 다 해보고자 했다. 그러나 모든 생명은 태어나면 이울기 마련. 젊은 시절 10남매를 키우기 위해 갖은 고생을 다 했으나, 10남매는 내게 더 없는 축복이요, 행복이었다. 부처님은 자식들이 더 이상 부질없는 노력을 하지 않도록, 77년간 이승에 살던 나를 극락의 세계로 인도했다(1996. 10. 6.).[8]

곽상영은 (노)정 모가 떠난 후, 10여 년 전 신축한 봉명동 가옥을 처분하고(1996. 11. 30.), 아파트로 입주하였다(1996. 12. 26.). 그는 정 모를 잃은 자리를 자주 실감했다. 금계에서 정 모가 쓰던 농기구를 보면서(1997. 2. 13.), 정 모와 함께 아침마다 산책하던 길을 지나면서(1997. 6. 20.), 금계에서 재배한 옥수수를 수확하면서(1997. 8. 2.), 고추를 손질하면서(1997. 8. 20.) 정 모의 부재가 주는 헛헛함과 상실감으로 괴로워했다. 그러나 그의 일상은 다시 반복되었고, 점점 제 자리를 찾았다. 배드민턴을 치러 체육관에 나갔고, 친목 모임에도 참석하였으며, 금계에 가서 농장 일도 했다. 재응스님과 노행뿐만 아니라, 결혼한 자식과 손주들이 자주 찾아와 주었다. 그러던 중 그 역시 암 진단을 받는다(1998. 6. 10.). 장남인 노정은 금계에 새 집을 짓기로 결심한다. 금계 고향에서 아버지와 함께 살기 위해서다. 기초 공사를 시작한 지(1999. 7. 22.) 석 달 만에 새 집이 완공되었고, 마침내 곽상영과 노정 부부는 금계 새 집으로 입주했다(1999. 11. 8.). 그리고 새 집에서 밀레니엄 명절을 맞았다. 그러나 금계 고향에서의 생활은 오래가지 못했다. 이듬 해 여름부터 복수가 차기 시작했고, 그는 운명할 날을 직감하며 장남 부부와 노행에게 유언을 남긴다. '큰 병원에서 요란스러운 치료를 하지 말고 청주 시내 병원에서 잔잔하게 운명하겠다'는 것이다(2000. 7. 18.). 곽상영은 뜻대로 청주의료원에서 마지막 투병생활을 하다 퇴원해 금계 새 집으로 돌아온 지 몇 시간 만에 운명했다(2000. 9. 23.).

8) 김유순의 마지막 생전(1996년)까지 식구가 크게 늘어났다. 그녀는 증손주가 태어난 것도 보았다.

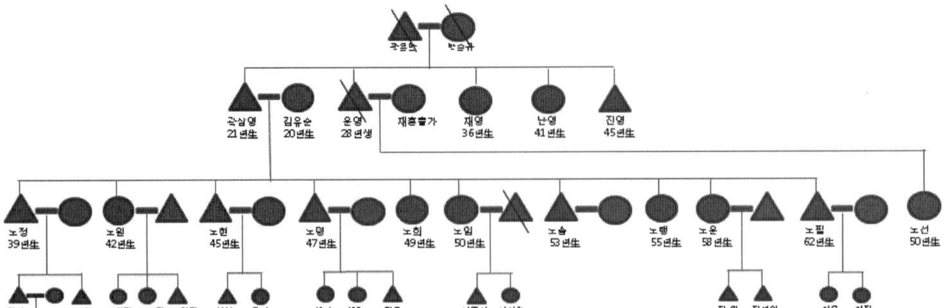

필자는 곽상영 일기를 바탕으로 김유순을 1인칭 주인공으로 설정하여, 그녀의 삶과 일상, 생애를 재구성해보았다. 1937년에 시작하여 2000년에 끝나는 곽상영 일기는 가족의 의미를 되새기게 한다. 곽상영 가족은 전통적 가부장제의 틀 속에 위치해 있었으나, 곽상영은 남녀를 차별하지 않고 교육시켰고, 아내의 가사 노동을 도와주면서 성 역할 고정 관념에 조금씩 균열을 냈다.

그렇다 하더라도 김유순이 감당해야 할 시댁과 가부장제의 무게는 무척 무거웠을 것이다. 그녀는 올곧이 시댁 가족과 자녀에 헌신하는 삶을 살았다. 김유순 개인으로서, 여성으로서 가질 수 있는 욕망은 아예 존재하지도, 존재할 공간도 없었다. 곽상영 일기에는 시부모를 돌보고, 남편을 내조하고, 자식들을 키우는 데 한 평생을 보내온 당대의 수많은 어머니들, '김유순들'이 생생하게 그려져 있다. 이제 한국 근현대사에서 소홀한 것으로 간주되었던 어머니들의 역사, 여성 생활사를 중요한 연구 과제로 삼아야 할 것이다.

•• 소순열

퇴직 후 노후 생활

곽상영은 1987년 2월 20일 정년퇴임을 하였다. 퇴직하기 전까지 교직에 몸 담그면서 여러 네트워크를 가지며 성실한 삶을 살았다. 교육자로서 정부로부터 일정한 급여를 받고, 주변인으로부터 적절한 예우를 받았다. 일반사회와 다소 유리된 학교사회에서 교직생활을 하였다. 교직생활 46년 동안 '교육은 사랑이다. 사랑은 돕는 것이다'라는 교육관을 갖고 오랜 경험을 제자, 후배들에게 보여주었다.

정년퇴직이 되면 자신의 경험, 지식, 권위, 역할 등의 가치가 급격히 떨어지며 사회적, 심리적인 영향을 받기 마련이다. 곽상영 또한 정년퇴직 후 새로운 환경에 놓이게 되었다. 그의 노후생활도 의도적이든 비의도적이든 새로운 생활환경을 맞게 된 것이다. 과연 퇴직 후 곽상영은 어떤 노후생활을 보냈을까. 이 글은 청주 이사부터 아내와의 작별까지 9년간 곽상영의 노후생활을 간단히 정리한 것이다.

1. 천지신명과 부처님

"아침부터 온 집안 분주. 수배완료 후 출근하여 진입로, 식장, 사택 등 일주 순회. 예정대로 서울서 접대용 음식물 싣고 11시경 도착. 청주 갔던 종일 대절차는 12시 지나서 왔고. 오후 1시반부터 내객. 군내 교장단과 원근 각급 교장을 비롯 약 200명 정도 식에 참석. 퇴임인사에서 3다, 3무,3복 말한 것이 특이한 듯. 2시에 시작하여 3시20분에 마치고 40분간 칵테일파티. 4교실 사용. 서울 음식 깨끗하고 맛있고 풍족했고. 뒷처리 잘한 다음 청주에 일동 도착했을 땐 18시쯤. 46년의 교직생활 마치고 정년퇴임식 무사 완료. 천지신명께 합장 심사"(1987.2.20.).

곽상영은 무사하게 끝난 퇴임식에 천지신명께 합장을 하였다. 이런 마음은 노후 생활의 정신적 토대로서 한결같이 일기 전체에 나타난다. 장손 영신의 서울대 약대 시험을 잘 보도록 심령적 기도 (1987.12.22.)를 하고, 오남 노필 면접시험의 통과를 위해 '관세음보살 보궁수 진언' '옴아자 미례 사바하'부르며 기원하기도 한다(1987.10.14.). 이런 불교적 믿음은 10년 전에 출가한 이녀 제응스님의 영향을 자연스럽게 받아드렸다. 취침전과 기상후 108염주를 헤아리면서 108번 외우는 "관세음보살 보욱수 진언 '옴아자미례사바하'도 재응스님의 부탁에 의해 시작된 것이다(1987.5.19.). 꿈 속에 "황폐된 고사찰 승려, 공포, 재응"(1988.11.11.)을 보기도 하고, 종정 성철 큰 스님 영결식을 TV에서 시청하기도 하였다(1993.11.10.). 지인의 영안실에 가서 "그 가족들 함께 서러워 했고. 과거지사 고마웠고 부디 극락세계에서 행복 이루소서. 미래 그 세상에서 만날 수도 있는 것인지?"(1990.7.15.)라고 생각하였다.

곽상영은 아내와 함께 청주시내로 흐르는 무심천 옆 사직동 용화사에 자주 다녔다. 석가탄신일 뿐만 아니라 새벽기도, 초하루기도, 보름기도, 백일기도, 추석기도 등을 위해 일상적으로 용화사에 가서 부모명복, 자손행복, 아내 건강, 자신 관리를 빌었다. 경기도 인천시 주안에 있는 용화선원 법보당 법요식에도 정기적으로 갔다(1990.4.11.;1992,4,18;1993.4.7.;1994.4.26; 1995.4.15.). 청주에서 용화선원까지는 청주에서 13시간 걸린다. 청주에서 노량진까지 버스, 그리고 지하철을 이용하여 신도림에서 국철로 주안에서 하차하는 먼 거리이다. 용화선원에는 부모님, 아우 운영, 셋째 사위 위폐가 모셔져 있다. 다녀온 날의 일기에는 반드시 영가의 위치가 적어져 있다. "영가위치…총 10단중 왼쪽부터 3칸, 상하 16줄 중 밑으로부터 5줄, 오른쪽부터 4절행~6980 부모, 6981 운영, 6982 사위 신의재. 금일 현재 영가 위 수 28784"(1992. 4.18.).

아내의 생각은 더욱 불심을 깊게 만들었다. 아내의 청으로 "법주사 가서 미륵불 3회 돌며 기원. 별상전과 대웅보전서도 분향하고 합장배례하며 기원~'10남매의 무고와 행복', '건강과 가사 형통'"(1993.5.18.)을 빌기도 하였다. 아내는 넷째 딸과 함께 청주시 봉명동에서 개원한 대한불교 조계종 "한마음선원에 다녀오기도 하였다(1993.12.12.). 사남 노송은 5일간 전남 해남 대흥사(1991.1.27.), 4박 5일 송광사(1993.7.25.), 해인사(1994.8.9.)로 참선을 갈 정도로 큰 영향을 주었다. 해남 대흥사에서 사남 노송이가 "공교롭게도 제 누나 재응 스님을 그 절에서 만났다는 것. 인연인가"(1991.2.1.)라고 일기에는 이미 정해진 운명에 의한 것처럼 적고 있다.

이런 분위기는 곽상영 아내의 투병생활에서 애절하게 나타났다. "스님 비롯 여러 여식들 "관세음보살" 서럽게 지성껏 부르짖으며 낙루."(1996.9.2.), "정모 첫 면회~약 30분간 염불기도"(1996.9.4.), "식당 가서 재응 스님 주선으로 한식으로 점심. 법당 가서 여식들과 함께 염불 기도"(1996.9.10.), "부자는 장시간 염불 "관세음보살"(1996.9.12.), "4시에 기상. 염불 기도. 차 1잔 들고 의료원 가서 불교실 들어가 염불 기도. (중략) 큰애비 와서 권고로 3녀 집에서 쉬던 중 급보(오후 3시)로 노정모 자리로 다가가 상황 보며 모두 전신 주무르며 "나무아비타불" 염불 기도 약 1시간"(1996.10. 4,), "딱하도다, 불쌍하오. 회복 못하고 그냥 가는 구려. 나무아미타불 찾으며 왼팔 왼손등, 오른팔 오른손등, 이마, 얼굴, 코 쓰다듬으며 어느새 그 몸을 몇바퀴 돌았는지 3시가 넘은 듯"(1996.10. 6.),

그리고 아내가 세상을 떠난 뒤, 자녀들 사이에 기독교를 믿는 자녀가 좀 문제제기를 하였으나 자연스럽게 아내의 혼백(위폐)를 충남 서천군 광곡사에 가져 가게 되었다. 곽상영은 "광곡사에 제 모친 혼백을 안치하고 지성껏 명복 밀벼 염불기도를 받게 되면 노정모의 영혼은 행복인 것~ 그래서 재응 스님을 낳았는지 참으로 우연한 일이 아닌지 그런지…"(1996.10.8.)하며 이를 이미 정해진 것처럼 받아들였다. 재응 스님은 모친의 혼백(위폐) 사진을 스님 자신이 자리 잡은 광곡사에서 직접 모시게 되었다.

2. 금계리 고향밭 농장

퇴직 후 곽상영은 1987년 청주시로 이사하였다. 고향 금계리에는 35여년전 교감시절 구입한 밭이 있었다. 1987년 겨울에 "노정 모와 함께 고향 금계 가서 소작료 받아 완결 짓기도~두무샘밭(쌀 1가마반 작정을 작황 좋았으나 결실 나빴다고 1가마값분치 7만원 쳤고). 둑너머밭(집터 쌀 6말을 5말을 변경하여 말당 8500원씩 쳐서 42500원. 경작료는 쌀 아끼바레 5말 가져왔기에 청주로 운반"(1987.12.27.)해 왔다. 다음 해부터 아내와 함께 청주에서 오가며 두무샘밭, 둑너머밭 양편 밭에 농사를 짓기 시작하였다. 재배 작물은 대추, 참깨, 땅콩, 옥수수, 열무, 호박, 파 고추, 도라지 등으로 매우 다양하였다. 이 수확물을 거두기 위해 땅 경운, 모종, 제초, 병충해 제거, 비료 주기, 수확, 탈곡, 운반 등 많은 농사일을 하였다.

곽상영은 금계리 고향밭을 농장이라 불렀다. 1990년부터는 양편 밭을 1농장, 2농장으로 나누었다. 1989년 봄 "신품종 대추나무 묘 재확인"(1989.3.9.)하고, "금계 두무샘 밭에 가서 나이론 줄로 면적을 알아보기 위해 측량"(1989.3.10.)하였다. 그리고 이틀 뒤 밭에다 처음으로 "복조 대추나무 묘 150주 식부"(1989.3.12.)를 3시간에 걸쳐 하였다. 대추라는 과일은 곽상영에게 상당한 지식을 필요로 했다. 그는 "대추나무가 고사하는 것을 보고 청주농고에 가서 담당 선생님을 만나고 대추나무병 치료법과 관리법을 듣기"(1990.6.5.)도 하고, 대추재배법이라는 책을 읽기도 하였다(1991.1.9.). "보은읍에 가서 상록상회 유사장을 찾아 대추나무 관리방법과 병해치료에 대해 배우기도 하였다(1992.11.30.).

고향밭 농장은 궂은 날씨에 민감하게 만들었다. "큰애 차로 노정모와 자부와 함께 4인은 금계리 대추밭 가본 것~대추나무 발아 정도 보통이나 가므름 계속으로 각종 식물 갈증 목불인견에 안타까웠고"(1989. 5. 7,), "노정 모는 단신 농장 가서 작업 좀 하는 중 비 내리는 바람에 일찍 귀가한 턱. 오랜만에 특히 나만이 가장 기다리던 비 나우 내렸으나 만시지탄격으로 작물 다 타 버린 뒤라서 별무신통일 듯"(1989.8.20.)하며 좋지 않고 변덕스런 날씨를 안타까워 했고 원망하기도 하였다. "숙망이던 농장용 양수기 설비가 완료되어 최초로 양수"(1993.5.29.)하게 되어 물 문제는 해결되었다.

고향밭 농사일은 "고향밭 1,2농장 직영에 부부 연중 왕래... 로동에 무한하게 힘듬"(1990년 약기)이라고 쓸 정도로 만만치 않았다. "참깨 말려죽어 취는 것 골라 베기에 노력했고, 특히 "정모는 바랭이풀 뽑고 다음어 최종 들깨모 하기에 기나긴 한두둑 완료하는 데 극한 노력하는 데 딱해 보였고, 노농경력이 그리 없는 큰 애비도 무한 노력에 안쓰러웠고"(1991.8.5.)라는 생각이 들었다. 그러나 고향밭 일은 "5시에 3부자(큰애비, 노송) 2농장 가서 수일전에 노타리 친 200여평에 들깨 모종하는데 만 3시간 걸려 완료했고. 땀 무한히 흘렸지만 노력의 보람 느낀 마음"(1994.8.6.)의 장소이었다.

매년 말일에 그 해에 중요한 사항을 약기(略記)형식으로 금계리 고향농장에 대해 썼다.

> 고향밭 1,2 농장 직영에 부부 년중 왕래 로동에 무한 로고(폭양 중). 금년따라 최고기온 장기간. 농작 수확은 괜찮은 셈 (1990년)
>
> 부부 연중 농장 가서 노동하여 각종 작물 어느 정도 씩은 수확 (1991년)
>
> 연중 부부 고향 농장 왕래 경작하여 보통 수확. 부부 건강상태 량호한 셈.특작 대추나무 성장은 량호하나 수확은 소량(2말 정도). 우분으로 시비 우수했고 병충예방 계획 중(1992년)
>
> 정모의 노력으로 마눌을 비롯 참깨 들깨 등 농작물 수확 서운찮았고.(1993년)
>
> 고향밭 작물 노력불족으로 불황. 대추 결실 아직 불실하여 까닭에 의문. 정모 신양으로 작물수확 대불진 (1994년)
>
> 연중 고향 전원에 나가 대추 1가마 정도 (1995년)

3. 배드민턴과 독서

곽상영은 정년 퇴임 후 "6시50분부터 40분간 새벽운동"(1987.1.1.)을 하였다. 새벽운동은 먼저청소년체조를 하고, 4~5킬로 구보를 하고 난 뒤, 국민체조로 마무리를 하는 것이다(1987.3..10.). 구보는 곽상영이 퍽이나 열심히 하고 잘하는 운동이었다. 실제로 "제1회 도민건강달리기대회 참여~6시50분까지 참집 등록. 무심천 체육공원. 500명 정도 참여. 준비체조로 에오로빅. 양편 제방 달려~체육공원~서문대교~모충동~꽃다리 건너서 제방~운천교 건너서~체육공원…5.5㎞. 45분 소요됐고. 60세 이상자 중에선 선두일 것. 전체 중 50차쯤 될 듯. 완주기념메달 받았다"(1987.6.28.). 다음 해 "제69주년 3.1절. 8시부터 있는 88서울올림픽 성화봉송로 달리기대회에 참여(4킬로)하며 기념메달과 기념품 받기도"(19088.3.1.) 하였다. 이어 광복 43주년 경축일에 개최되었던 "KBS주최 광복 43주년 건강달리기대회에 참석 참여하여 4km 18분에 완주해서 기념메달"(1988.8.15.)을 받았으며, 충북발전연구소 주최 시민 무심천 달리기 대회에도 시민건강달리기 대회에도 참가하였다(1992.9.20.;1992.10.11.).

배드민턴은 곽상영이 가장 재미를 느끼고 즐겨했던 운동이었다. "제… 건강을 위하여 '배드민턴'운동을 권장한다라는 제목으로 충청북도 교육 삼락회의 삼락지 원고(12쪽 분량)을 낼 정도로(1994.6.18.) 건강을 유지한 "취미 담뿍"(1988.6.15.)한 운동이었다. 배드민턴을 다시 배우기 시작(1987.10.28.)하여 "새벽운동으로 배드민턴을 배우기 위해 종합체육장"에 다녔다(1987.10.31.). 아침운동으로 "30분간 4킬로 구보, 1시간 배드민턴"(1988.4.6.)을 계속하면서 배드민턴 청주클럽 회원으로 등록하였다(1988.4.7.). 그리고 꾸준히 배드민턴 실력을 키워 생활 배드민턴 대회에 적극적으로 참가하여 많은 상을 받았다.

"극히 고단했으나 요청에 의하여 체육관 나가서 도연합회 회장기 쟁탈에서 배드민턴 경기에 동메달 받은 것. 도내에선 청주클럽이 우승"(1989. 4.30.)

"드디어 배드민턴 천안시 행사서 금메달 획득"(1990.8.26.)

"10시부터 있는 충청북도 생활체육 배드민턴 연합회장기 대회에 참석하여 남자 장수부에서 제천팀과 중앙팀을 2대0, 2대1로 이겨 우승한 것. 도 연합회에서 주는 공로패도 받았고"(1991.6.2.)

"YMCA주최 전국 배드민턴대회에 참석~서울 종로 3가 YMCA회관. 청주서는 청주크럽에서만 12명 출전. 60대 노장반에서 준우승했고. 일동 호텔에서 숙박"(1992.5.23.)

"제1회 충청북도 한가족 생활체육배드민턴대회에 참석(8.30~18시40분)하여 장수부 혼합복식에서 우승 금메달. 100세 게임에서(장경철 선수와 짝). 동메달 획득"(1995.5.28.)

"도 주최 배드민턴 대회에 형편상 노년부에 출전하였어도 동메달 받았고"(1996. 4.14)

또한 곽상영은 배드민턴 운동 후 "월례회 석상에서 '배드민턴 맨들의 10계명과 기타 사항'을 강조"(1989.5.24.)하면서 청주클럽 회원들의 화합을 도모하였다. 청주클럽 공로자인 전경환이 와서 충북체육관에서 배드민턴 운동을 같이 하기도 하였다(1992.8.2.), 이러한 노력으로 곽상영은 배드민턴 청주클럽의 고문(1989.2.14.), 생활체육 배드민턴 중부권 대회 충북연합회장기 쟁탈 행사 부대회장(1991.9.1.), 도연합회장기 생활체육배드민턴대회 부회장(1992.4.
19.)을 지냈다. 배드민턴은 회원들간의 교류의 장이기도 하였다. 곽상영은 만리포 해수욕장 야유회(1988.8.5.), "배드민턴 청주크럽에서 단합대회 겸 소풍 뜻으로 음식 마련하여 괴산군 청천면 후평리 야영장"(1989.8.30.)"을 다녀오기도 하였다.

배드민턴을 하면서 나머지 시간은 독서를 꾸준히 하였다. 독서는 교직 생활 동안 '새교육' 월간 교육지를 꾸준히 읽을 정도로 일상적인 취미였다(1987.11.11.). 퇴직 후에는 "어제 아침까지 사서오경 통12권 수년간에 걸쳐 통독 완료하고, 이어 '한국의 자기발견' 재독하기 시작"(1987.9.2.), "파천무(유주현 저) 읽기 시작"(1987.11.1.)하여 "유주현 저 파천무 금일로서 3권까지 완독. '통곡(慟哭)' 제1권 읽기 착수"(1988.1.13.)하였다. "'통곡' 첫째권 읽는 중"(1988.2.2.), 이었으며 "여러 시간 독서하여 밤 8시쯤에 군학도 11권 독파하여 유주현 저 역사소설 8권째 뗀 것. 다음은 '대원군' 1호이었다"(1989.11.28.). "연화일기 상, 하권 오늘 새벽으로 통독 완료"(1990.12.1.)하였으며, "조선총독부 1호 통독"(1992.1.12.), "사서삼경 제2회 통독"(1995.3.5.)하였다. 곽상영은 출가한 둘째딸 재응 스님의 영향으로 불경을 많이 읽게 되었다.

4. 함께하는 가족

퇴직 후 곽상영은 아내와 함께 금계리 고향 농장을 오가며 여러 작물을 재배하였다. 아침운동을 열심히 하면서 많은 생활 체육 배드민턴대회도 참가하여 좋은 성적을 거두기도 하고, 독 서를 게을리 하지 않았다. 친밀감과 사랑을 바탕으로 가족에 대한 더 많은 관심을 가졌으며, 여러 모임에도 적극적으로 참여하여 소속감과 일체감을 강하게 나타냈다. 이 시기 일기에는 다양한 인물이 등장한다. 곽상영을 중심으로 인물의 출현빈도에 기초하여 인물 네트워크를 그려보면 가족이 우선적으로 등장한다. 아내(정모)을 비롯하여 노정(첫째), 영신(장손), 노명(넷째), 노운(아홉째), 노행(여덟째), 노필(열번째), 재응(다섯째), 노송(일곱째), 운영(동생), 영신(장손) 등이 많이 등장한다. 이에 비해 종형님, 재종형, 곽광영 등 친지와 종사, 소종계, 대종회 등 혈연조직단체 용어는 다소 출현 빈번도가 떨어진다.

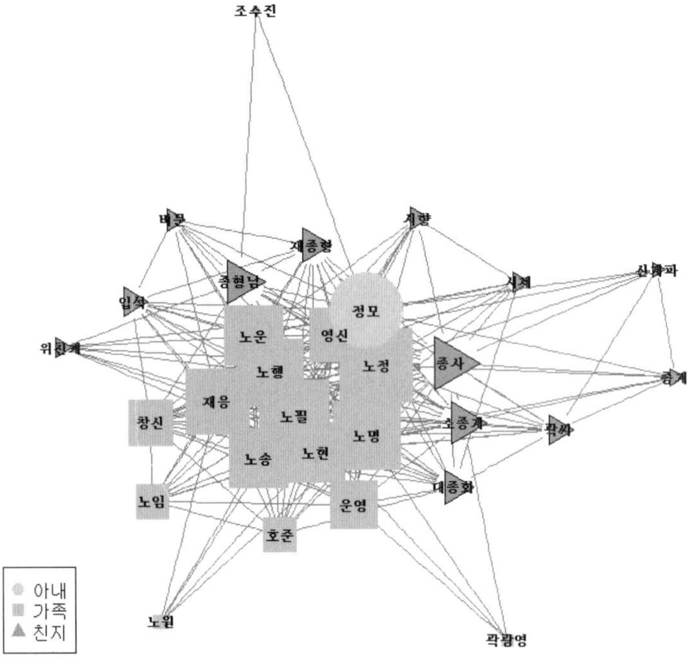

〈그림〉 곽상영을 중심으로 한 주요 인물(및 단체) 네트워크(1987.3~1996.10)

곽상영은 한국전쟁 때 안동지구에서 23세의 나이로 전사한 동생 운영에 대해 아주 각별하였다. 동생이 국립묘지에 안장된 것을 확인하고 오기된 이름을 정정해달라고 육군본부에 신청하였다. "육군본부로부터 망제 명의 오기된 국립묘지비 곽광영을 곽운영으로 정정토록 조치했다는 등기 서신을 받다. 원을 이루어서 개운하고 흡쾌"(1991.3.5.)하였다. 같은 해 4월에 동생의 묘을 찾아 주위를 청소하고 기도하면서 통곡하였다. "묘비 '광'자를 '운'자로 고친 것 확인…비 표면 '육군하사 곽운영의 묘', 이면 '15433. 1950년8월2일, 안동지구에서 전사'"(1991.4.13.)을 확인하였다. 현충일에는 큰아들 부부와 질녀, 동생 아들 형제 등과 함께 제를 지냈다(1991.6.6.). 큰 아들은 작은 아버지 묘지에 헌화참배하곤 하였다(1993.6.6.).

가족 가운데 큰아들 노명은 효자상을 세 차례 받은 곽상영처럼 효심이 깊었다. 부모님이 계시는 청주집에 자주 가기도 하고, 부모님과 함께 금계리 고향농장에서 농사를 도와주었다. 아픈 모친을 병원에 모시고 가기도 하고(1993.12.2.4.), 화장실 변기 수세통을 고치기도 하였다(1990.6.6.10.). 금산에 가서 인삼을 사오기 하고(1989.5.7.; 1994.10.16.), "색갈 고은 래디오"(1991.1.10.), "어버이날 선물로 대형 칼라TV"(1994.5.7.)를 사드렸다. 큰 아들은 부모님을 잘못 섬긴다는 마음이었으나, 곽상영은 "서울에 큰애 왔다가 곧 상경했다나… 두통과 소화용 약지어 가지고 온 것. 효심"이 있다고 생각하고 있었다(1988.2.2.). 큰 아들은 집안의 기둥이기도 하였다. 5남 노필의 신접살림 최초 차림을 도우려 급히 상경하기 하였고(1988.12.11.), "모든 일 애비 대리 보면서 보식 사오기도"(1991.11.10.)하여 부친의 일을 서서히 대신해갔다. 1994년 추석차례부터 큰 아들은 조상제사를 맡아 올리기로 하였다(1994.9.12.).

곽상영은 연중 약기형식으로 "어린 것들의 수학 일람"을 손주 14명에 대해 연말에 기록하였다(1991,12,31,), 손주들에 대한 깊은 관심을 나타낸 것이다. 손주 가운데 가장 관심을 기울였던 것은 장손 영신이었다. "큰 손자 영신과 둘째 창신의 전국고교생 모의고사성적 우수~휘문고 1위, 전국 85000여명중 18위. 300점 만점에 284점. 모두 기뻐했고"(1987.10.12.), "장손 영신의 고교졸업식 참석-서울 휘문고 제80회 졸업식. 3년간 우등생 수상"(1988.2.12.)에도 기뻐했다. 영신의 고교 졸업 및 서울대 기념으로 대통령 하사품인 옥돌인장을 마련해 주기도 하였다(1987.12.25.). 대학 입학식, 결혼식에 가서는 장손의 모습을 보며 무척 대견스러워 했다.

> "장손 영신의 자랑스런 입학식. 신사복으로 최초로 변복한 장손 영신은 어여쁘기도 했고 늠름했던 것, 할애비를 금일도 극진히 위하며 대했고. 완만히 안내했던 것. 식이 끝난 후 제 모친이 와서 식당에서 '불고기'로 주식 만족히 먹고 작별"(1988.3.3.)
>
> "여정대로 낮 1시부터 장손 영신의 결혼식. 주례는 서울대약대 교수 문창규 박사. 늠름하고 씩씩하고 거대한 신랑 나의 장손 영신, 영리해 보이고 아리따운 나의 장손부 김유미. 장기간 기원해 오던 그대로 결혼식은 일길 순성한 것"(1995.4.30.)

장손이 처음으로 직접 운전해 온 차 번호를 "1711호"(1993.7.2.)로 기록하고, "첫 월급 탔다고 하복 내의 선물 보내왔기에 뜻깊은 물건으로 고맙게 받았기도. 자랑스런 마음으로 잘 입겠다고 즉시 전화"(1994.8.1.)하여 고마움을 표시하였다. 펜실베니아 유학 중 "장손 영신의 자 출산…장증손(가명 호준)순산이라고"(1996.3.9.), 증손 호준의 백일(1996.6.16.)울 기록하였다. 차손 창선이 서울대 의예과 지원하여 합격한 것을 보고 곽상영은 두 손자의 서울대 진입학에 대해 우리집 일대경사라고 하며 앞으로 더욱 정진할 것을 당부했다(1989.1.7.).

종손 철신의 서울대 공대 입시 차 출발에 장원 엿을 사주기도 하고(1992.12.20.), 손녀 혜신 입시 합격을 기원하면서 충북대 사회과학대학 가서 주위를 돌며 입시에 합격을 기원하였다.(1992.12.22.). KBS 전국노래자당 재연에서 외손녀 조수진이 '호랑나비 노래와 율동'으로 인기상을 탄 것을 보며 기쁜 눈물이 돌았으며(1989.12.17.), "고삼들 수능시험일(새실,혜신,혜란, 중환) 우량하기를 기원"(1994.11.23.)하며 친손, 외손들에 대한 사랑 역시 지극한 할아버지로서의 모습을 가졌다.

5. 각종 모임과 교류

> "명관 식당에서 점심시간에 칠순 잔치. 가족 전원, 친인척 40명, 교장단 신유회, 영락회, 청우회, 재청 동창회, 동갑종친회 30여명. 기타 5명 초대. 음식 깨끗하고 풍부했고. 경비 90여만원 소요. 자녀들 물심양면으로 무한히 애쓴 것"(1991.1.1.5)

1991년 1월 곽상영 칠순잔치가 열렸다. 이날 자리에는 친인척을 비롯하여 교장단 신유회, 영락회, 재청 동창회, 동갑 종친회 등 회원이 초대되었다. 퇴직에 따른 신체적 활력의 감퇴와 사회적 활동을 이들 단체를 통하여 유지하면서 노후 생활을 보냈다.

교장단 신유회는 전직 교장 10명으로 구성된 월례회 부부모임이다. "교장단 신유회에 참석. 장소는 북일면 외평리(오근장 옆) 치재숭 동갑 집. 10명 전원 참석. 부부 합동 대형사진 촬영~사창동 대원사진관서"(1987.3.1.) 찍었다. 모임일은 매달 21일로 고정하였으나, 토 · 일요일인 경우엔 금요일로 앞당기기도 하였다. 회원들이 돌아가면서 구성원을 초대하는 경우도 있었다. 곽상영도 자신의 생일날 "낮엔 교장단 신유회원 10명 전원 초청하여 융숭히 대접"(1988.1.18.)하기도 하였다. 소풍도 자주 가서 오대산 월정산(1987.10.24.), 계룡산 동학사 관광(1988.8.19.), 가야산 해인사, 금오산 관광 (1988.10.21.) 춘계소풍으로 여수 오동도(1989.4.25.), 철도여행을 이용한 양양 낙산사 · 설악산 관광(1089.10.4.), 내장산 관광(1989.10.31.) 등을 다녀왔다. 1989년말 이후 신유회는 원활하게 운영되지 못하다 쌍용사무실에서 교장단 신유회의 재발족회의를 열었으나 별로 분위기는 좋지 못하였다. 다시 모임을 계속하여(1991.11.21.;1991.11.26.), 유성온천(1992.12.30.), 대전엑스포 구경도 다녀왔다(1993.10.17.). 곽상영은 신유회 운영문제에 불참의 뜻을 전하기도 하였으나(1994.4.8.), 회원의 청에 의해 신유회에 계속 참여하였다(994.12.16.). 이후 동해안 강포 · 경주불국사 여행을 다녀왔으나 (1995.5.22.), 신유회는 회원이 잘 모이지 않아 끝내 해체되었다(1997.7.24.).

영락회 또한 월례회로서 매달 12일에 모이는 부부모임이다. 처음 영락회는 네 쌍으로 출발하였으나(1988.8.12.), 다섯 쌍이 되었다가 일곱 쌍(1989.6.12.), 열 쌍(1991.4.17.), 나중에 열한쌍(1993.7.12.)으로 회원이 늘었다. 친목도모를 위해 매달 한번씩 부부가 만나 회식을 하는 것이 주요 행사이었다. 친목회 윷놀이 대회(1990.12.12.;1993.12.13.)도 열었으며 부부모임 관광도 하였다. 주요 관광은 독립기념관 · 수덕사 등 (1989.9.7.) 전북 진안 마이산 · 유성온천(1990.8.9.), 태안반도(1991.5.22.), 설악산(1991.10.17.), 강릉 · 울진 · 백암온천(1992.4.14.), 용인자연농원(1993.5.10.), 괴산 · 백봉 부여(1993.7.12.), 부여 국립박물관(1993.10.12.) 등이다. 1994년 12월부터 곽상영은 회칙 순에 의해 회장직을 맡기도 하였으나, 1995년부터 아내는 병환으로 참석하지 못했다. "노정모 입원에 마음 편치 않으나 금일 행사(영락회 월례회식)에 참석하여 인사하고 받기도" (1995.1.10.)하고, "영락회 월례회에 단신 참석. 노정모 와병으로 못가서"(1996. 8. 10.) 아쉬워했다. 아내가 세상을 뜬 뒤에는 "노정모 없는 여행이어서 마음 괴로웠고"(1996.11.11.)라고 서글픔을 표현하였다.

동창회 행사는 회원 상호간의 정보교환 및 유대를 강화하는 것이 목적으로 월 1회 정도 만나 회식을 하였다. 퇴직 후, 곽상영은 모교 옥산교 출신 총 재청동창회에 가입하였다(1987.6.30.). 같은 해 동창 11명 모임을 만들고(1987.7.25.), 8월 동문회 총회에 참석하여 새 임원을 뽑는 전형위원을 하였다(1987.8.15.). 동창회 행사로 충남 아산 · 온양온천 등(1988.5.17.), 여주 영릉(세종대왕) · 신륵사(봉미산) · 양평 용문산 용문사 등(1988.10.28.), 부영 및 공주 무령왕릉(1990.4.24.), 군산(1991,4,26,), 경주 불국사 등(1992.5.25.), 정읍 내장산(1995.4.13.) 등의 여행도 다녀왔다. 회원들의 문병이나 조문, 축하 등 애경사 방문도 이루어 졌다. 망년회를 겸하여 다섯째 노필 결혼 축하 답례 차 석식을 제공(1988.12.26.)하기도 하고, 아내가 아플 때 동창회원들의 내방을 받기도 하였다(1996.8.27.).

곽상영은 조상을 추모하고 공경하는 종친회 일에 전력을 다하였다. 격월제로 열리는 재청종친회에 자주 참석하기도 하고, 청주곽씨 대종회 · 대종회 이사회에도 적극적으로 참여하여 "대종회 임시임원회에 참석~대동보 제7간 발행 검정"하기도 하였다(19935.8.18.). 또한 "재청 종친회 주최 18대조 문양공 위패 모셔진 전남 영암군 영암읍 구암동에 참배차 소풍"(1991.5.12.), 부부 동반 초청(1992.3.15.), 부곡온천 여행(1995.5.21.) 등에 참가하였다. 위선사업으로 선조고묘비를 건립(1988.3.30.)하고, 13대조고 정릉참봉공 시향에 참석하여 초헌관을 하기도 하였다(1991.11.12.).

가장 노력을 한 일 하나는 청주 상당산에 있는 청원사 중수건 및 관리였다. 곽씨 문중 사당인 청원사와 연담공(蓮潭公) 곽예(郭預) 묘소참배를 자주하였다. 청원사 지붕이 장마로 피해, 연담공 영정이 망그러지고 수리공사 할 곳 많다(1991.8.4.)는 이야기를 듣고, 수리상황 파악(1991.8.20.;,1991. 8.28), 지붕천장 단청공사(1991.9.17.), 연담공 영정 봉안 행사 참석(1991.9.19.)하였다. 뿐만 아니라 청원사에 사당 호장지를 거의 하루종일 바르고(1992.10.19.), 청원사제관 전원에게 나누어 줄 홀기(笏記, 제례 봉행 순서) 원장을 밤 11시까지 정서하여 150매를 복사(1992.10.22., 10.23.)하여 나누어 주었다. 이어 축문 삼통(문성공 29대손, 진정공 26대조, 연담공 22대조)을 정서한 축문 110매를 정서하여 봉행 순서 제관들에게 나누어 주었고(1992.10.26.)하였고, 청원사 제향에 가서 직접 집례하였다(1992.10.28.).

또 노력한 일 한 가지는 종사 특히 성촌파, 소종계 일(1991년 년중 약기)이었다. "성촌파 수단(修單) 책자로 완성 발간~노력 후 소망 성취한 셈. 고진감래"(1993.7.3.) 하여 서울에 있는 청주 곽씨 대동보 제칠간 병사공파 '성촌파' 수단 132 족보사무실에 제출하였다(1993.7.19.). "수단 명화전에 이론이 맞서 의사가 원활하게 소통되지 못해 불쾌감이 해소되지는 못하였지만(1993.7.19.), "소종계에 세대별로 1권씩 족보수단, 계보표 몇 권씩 나누어 주었다"(1994.1.15.).

6. 아내와의 작별

1996년 10월 곽상영의 아내는 2년여 투병 끝에 세상을 떠났다. 곽상영 그 자신도 담도암으로 투병생활을 하다가 2000년 9월 아내를 따라 세상을 떠났다. 곽상영은 전립선비대(1992.9.3.:1992. 9.5.)로 전립선비대증 초극단파 시술을 받은 바(1993.10.2.)있으나 건강에는 비교적 자신이 있었다. "한약 10첩 지어오면서 '피보약국'에서 부부혈압 아내는 90-140.곽상영은 80-120"(1987.6.17.)으로 혈압을 재기도 하고, "체중 50키로이나 건강 정상"(1990. 4. 10.), "체중으로 보아 건강 정상화(51.5키로)"(1996. 2. 9.)처럼 건강에 관심이 많았다. 3천명이 참가하는 군민 건강달리기대회에서 4km를 달려 완주기념품을 받았으며, 이것도 '건강유지 증거의 한 가지' (1989.12.10.)라고 생각하였다. 영양제 주사 한 병 맞으면서 "처음 있는 일"(1991.12.14.)이라고 자신의 건강을 대견스러워 하였다.

그러나 음주는 그에게 끊지 못한 유혹이었다. 1989년부터 과도한 음주생활을 체크하기 위해 아침, 저녁으로 조(오늘도 맑게), 석(내일도 맑게)로 일기에 표시하였다. 그러나 "피로하나 금일도 음주"(1989. 5.1.), "노정 모의 만류에도 음주하는 것 반성할 여지 다분함을 극복 못한 것"(1989.5.2.), "식사 전혀 못하고 금일도 음주. 한밤중부터 신음 와병"(1989.5.3.), "운신 곤란. 두통으로 못견뎌 좌불안석"(1989.5.4.)이었다. 연말에 "근주한다고 금년에도 수차 과음으로 신음사경 넘겼으니 큰탈"(1991,12, 31.), 그 다음해에도 "지각없어 연중 6차계 과음으로 와병신음 하니 후회 막급"(1992.12. 31.)할 정도로 음주의 연속이었다. "1주간의 과음으로 와병신음 또 겪는 것. 모친 기제일인데 자식들에 또 미안. 가까스로 기제는 마친 것. 무슨 짝인지 앞으로 큰 탈"(1992.2.21.)이라고 자신의 허물을 잘 알면서도 "어제까지 3일간 과음한 듯. 새벽부터 기동 불능. 종일 와병 신음"(1992.9.15.), 그 다음날 까지 "식사 전혀 못해 글력 전혀 없고. 점심부터 흰죽 약간 드는 셈"(1992.9.17.)이었다. 막내 노필이의 '애비 음주하지 말라'는 당부(1993.2.8.)에도 불구하고 "3월 28일부터 4월 1일까지 속음하였던지 기억 상막"(1994.3.28.) 하여 실제로 일기를 쓰지 못하였다.

아내는 몸이 좋지 않는 편이었다. "노정 모의 왼손에 쥐가 나고 가려워서 침을 요구하기에 연수당 약방 가서 침 맞고 한약 10첩 짓기도"(1987.6.12.)하고, '노정 모 덴고 청주병원 가서 통증치료과에서 좌측 무릎 침맞고 약"(1988.3.14.), "노정 모와 함께 사창동 연수당한약방 가서 노정 모의 좌슬통증에 침과 약 1제"(1988.3.24.) 지어오기도 하였다. 1989년 아내는 "오후 2시부터 복통 시작. 드링크 약 등 몇 가지 먹어봤으나 통증 심하기만. 4시부턴 우측 옆구리부분 심히 아파 맹장염 우려로 4남 노송과 마침 내방했던 진영의 부액 받아 남궁외과 거쳐 리라병원에 밤 10시에 입원하여 의사 진단 판정에 의하여 11시에 맹장수술~1시간 걸려 12시에 수술"(1989.11.18.)을 하였다.

아내는 두통, 불면, 속쓰림으로 힘들어 했다(1992.11.24.). "복통약으로 해바라기 몇 대공 꺾어다 닳여 복용케 하니 마음 시원"(1992.12.1.)하였다. "아침 일찍 노정 모 허리, 흉부 통증으로 심한 곤란을 겪음에 온습포하여 주는데 시간여 노력했던 것. 양한설의원에도 다녀 온 것. 흉부 사진 찍어 봤으나 이상 없다기에 다행이었고. 지네 닭과 지네 술 복용 중에서 차도 왔다기에 다행인 듯"(1993.9.2.)하였다.

아내는 무릎 이하에 골다공증(1994.1.31.), "노정모 몸은 허리 및 무릎 밑 통증이 좀처럼 낫지 않아 큰 걱정 중. 약 1년이 가까운 셈"(1994.5.6.)을 고생하였다. 1994년 5월 하순경 큰 아들이 서울로 모셔가 아내는 큰 딸 집에 머물며 통원치료를 받았다. 그러나 아내의 병세악화로 서울 백병원에 입원하여 정밀검사를 받았다(1994.7.6.). 혈액종양내과 정밀검사를 받고 병명을 듣고 곽상영은 가슴이 무너졌다.

> "정모 병명 듣고 낙심. 가슴 울렁. 눈물 나오고~골수암. 암중에도 난치병(불치병)이라나. 수명 앞으로 6개월~1년이라고. 앞이 캄캄. 가슴 무너지는 듯. 갑자기 정모가 불쌍해졌고. 큰애비의 애원으로 목동으로 손자 영신과 함께 류. 큰애비가 철야 보호"(1994.7.7.)

7월 9일 아내는 닝겔과 함께 최초의 항암주사를 맞았고(1994.7.9.), 이후 1년 동안 7차례 백병원에 입원하여 치료를 받았다. "노정 모 획기적 뜻있는 것 같아 아침산책을 함께 하기로 결의하고 오늘 아침부터 시행~5시 정각부터 약 3, 40분간 걷기, 서편 산 다녀오니 35분 소요되었다(1995. 7. 5.). "2년만에 노정 모는 우리 고향 금계 가보겠다기에 대환영 기분으로 동반"(1995.8.2.)하여 금계리 고향 농장에 갔다.

아내는 좌측 어깨로 통증이 집약된 듯(1996.7.19.)하여 아프다가 주방서 어지러워 졸도하였다(1996.7.26.), 이후 "식욕 없고 속 쓰리고 가슴 아프며 숨이 차고 전신 운신 어려워서 종일 와병 신음. 김내과 약, 한약중 지네가루 복용중"(1996.8.1.)으로 수차례 토사를 하였다(1996.8.10.; 1996. 8.11). 이에 아내는 청주의료원 6일간 있다가 퇴원, 충북대 병원에 입원(1996.8.24.) 하다가 서울 삼성의료원에 입원하게 되었다(1996.8.30.).

"새벽 3시에 노정모 상황 보니 가슴 심히 뛰고 열 높고, 맥박 176. 의사 없어 겁났고. 같은 상태 10시 경까지 연속. 10시반 이방훈 의사 왔고. 실정을 말했고. 약물 치료에서 결과 따라 별도 방법 취할 터라고. 12시경 심장 초음파 검사와 엑스레이 촬영. 약 1시간 후 상태 악화…맥박 호흡 곤란. 마스크 겸한 산소호흡기 설치. 청진기 진찰 후 처치실로 이동~보호자 참여 막는 것. 재응 스님과 단 둘. 실내서 칵! 칵! 소리 요란. 가슴 떨리는 것. 끝무렵 약 1시간도 넘게 고초 막심~목불인견. 큰애비 왔고. 인공호흡 참상. 오후 3시반에 중환자실로 이동. 스님 비롯 여러 여식들 "관세음보살" 서럽게 지성껏 부르짖으며 낙루. 큰애비, 큰딸, 스님, 노임, 넷째 자부, 노필 모두 모이고. 첫 면회는 큰애비와 노필. 안정 상태라며 용무 있어 노송과 노행도 잠간 다녀오고. 잠자는 중이라서 눈 뜨는 것 못보는 것. 보호자 숙직은 큰애비와 막내. 낙루하며 3녀 집에서 머물고. 상운 스님도 멀리서 오시고. 불침. 회생은 기원" (1996. 9. 2).

이틀 뒤 아내는 "눈 조금 뜨는 것. 의식 조금 있는 듯. 큰애비인 줄도 안다는 턱 움직임. 얼굴은 흰색 말랐고 쭈굴쭈굴. 잠자는 듯"(1996. 9. 4)하기도 하였으며, "가슴 아파 못견딜 지경이니 얼굴에 손대고 눈물만. 막내 보고 싶으냐는 말에 턱 끄덕이기도"하였다(1996.9.10.). 시간이 지남에 따라 아내의 병세는 더욱 악화되었다. "어제에 비해 악화. 폐렴 재발로 호흡난이라고. 열 좀 높고. 부증 더한 셈. 숨 자주 쉬는 것. 운명 직전인 듯?"(1996.10.3.) 하였다. "큰애비 와서 권고로 3녀 집에서 쉬던 중 급보(오후 3시)로 노정 모 자리로 다가가 상황 보며 모두 전신 주무르며 "나무아비타불" 염불 기도 약 1시간"(1996.10.4.)을 하였다. 그런 뒤 "0시30분에 긴급 가족 소집~위출혈, 호흡곤란, 심장 뛰고. 1시부터 1인씩 교대 제 모친 옆 지키고(스님, 노현, 노필, 큰애비) 계속 떨며 출혈(입,코). 몸 괴롭고 불편하나 3녀 집 가서 조식. 큰누이와 아우 진영 오고. 가는 길은 결정적인 듯"하였다(1996.10.5.). 마침내 10월 6일 아내와 작별을 고하였다.

> "자녀식들 10남매, 아우 누이 모두 오래서 지켜보는 가운데 "가슴 심장은 이제 멎었다" 말하며 시계 보니 새벽 4시. 잠시 후 담당의사 와서 청진기로 가슴, 배, 겨드랑이 등에 꽂아보더니 '끝났습니다'의 운명 선언. 병원 실내이니 큰소리 내지 말고 '아이고 아이고'로 곡하라고 자녀식들에게 말하고 함께 울먹이며 마지막 작별. 77세를 일기로 나와의 동거생활 만 60년. 꿈결 같이 보내진 듯. "원통하고 가엽서라. 공로 많은 노정 어머니 안심하고 잘 가소서…." (1996.10.6.)

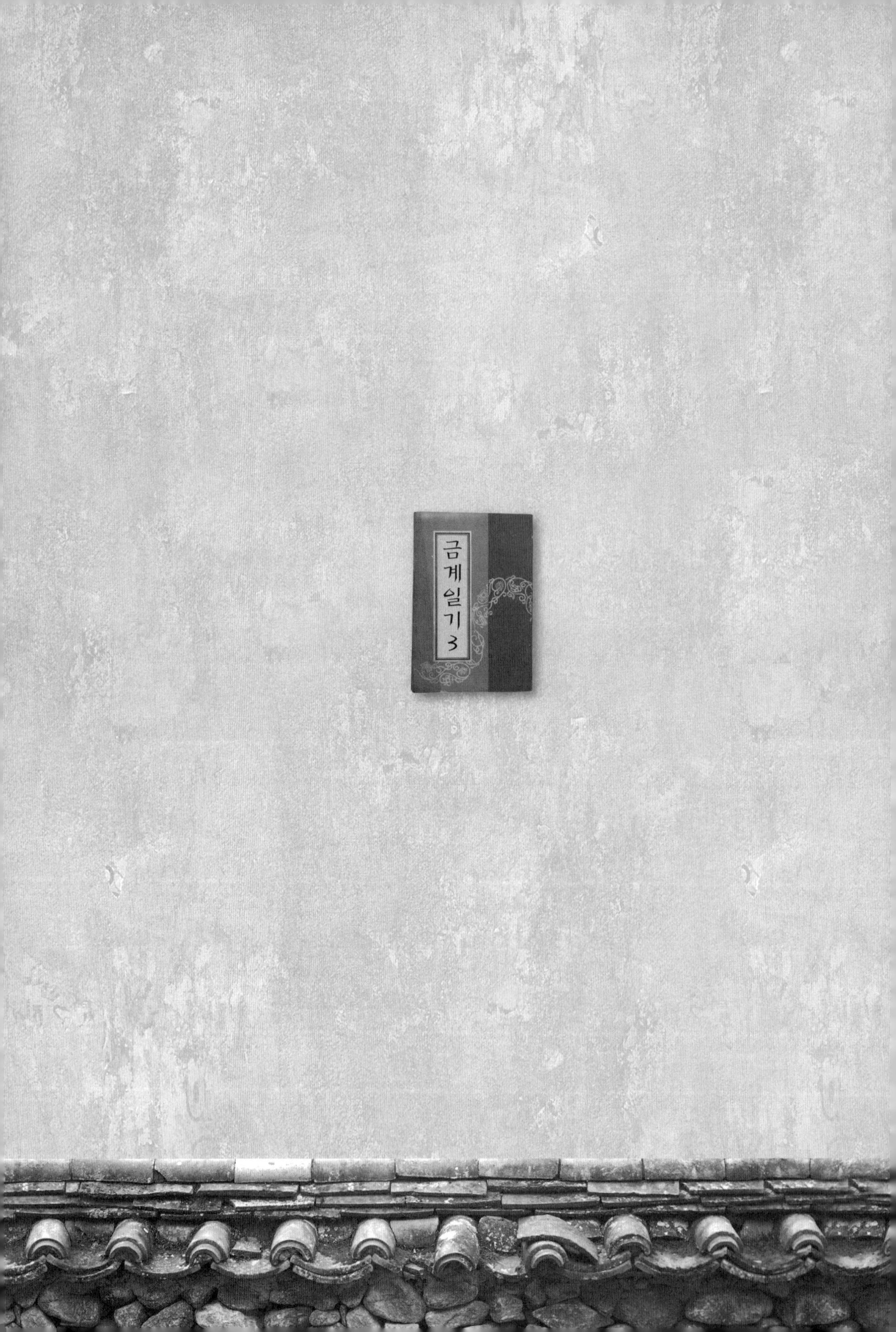
금계일기 3

제2부

금계일기
(1971년~1978년)

1971년

〈앞표지〉
日記帳
※ 附錄
1. 民族賞 候補 推薦書類
2. 家訓集 移記
1971年(단기 4304) 辛亥
佳佐校 在職
上新校로 轉出

〈뒷표지〉
通信錄

〈1971년 1월 1일 금요일 晴〉(12. 5.)
辛亥 새해 맞고, 家庭, 學校 共히 國旗를 揭揚코 日出時 東向하여 合掌祈願. 天地神明께 祈願事項은 昨日와 同一.
學校 日直 李恩鎬 教師와 함께 教務室에서 執務.
69年分 日記 末尾에 附錄으로 '父母恩重經'을 計劃대로 記錄. 日字는 어젯날자로
밤 늦게까지 새 日記 等 마련코. 住所錄, 通信錄까지 整理 記載.
올해부턴 좀 잘 살아보자고 다짐해보기도. ◎

〈1971년 1월 2일 토요일 晴〉(12. 6.)
며칠 間 날씨 繼續 좋았고. 今日도 零下이지만 따시한 편. 例年엔 聖誕日 又는 陽曆 元旦을 前後하여 積雪 또는 강취였는데 今年은 異常日氣로 느끼게도.
日直 教師와 終日토록 教務室에서 着實 勤務하니 爽快. '새교육' 12月號 數十面 읽기도.
사위 泰彙는 明日 上京한다고 出發. 今日은 杜陵에 用務있다나.
井母 周旋으로 金 氏한테 장작나무 5짐 사기도. 엊그제는 화다지[1]도 사고, 짐當 200원씩이라고.
집엔 큰 女息 母女와 魯姬, 魯杏, 魯運 있는 中. 精米한 집 없어 쌀 못 求하고. ◎

〈1971년 1월 3일 일요일 晴, 曇〉(12. 7.)
宗門 辛酉生 同甲稧에 參席. 稧員 全員 參集~大鐘, 宗榮, 秉鍾, 昌在, 俊榮, 尙榮 總 6名. 70年 有司를 벗고 稧長 大鍾 氏 宅에서 修稧. 稧資 殘額은 不過 幾千 원 程度. 稧後 順番訪問코 歡談타 보니 夜深되기도.
女息 5名 全員 金溪 本家에 오고. 서울 있었던 魯妊도. 出嫁한 큰 女息은 제 딸 熙珍 다리고 陰 11月末께 왔다가 金溪에 오늘 온 것. 老兩親께서 반가워하시고.

---

1) 화다지: 화라지의 잘못. 땔감으로 쓰는 가로 퍼진 나뭇가지. 활대(가로 퍼진 긴 나뭇가지)의 비표준어.

母親께선 數日 前에 생선까시 잘못 잡수셨는지 속이 나우 찌르신다고. ×

〈1971년 1월 4일 월요일 雪, 曇〉(12. 8.)
새벽부터 나린 눈 今年들어 가장 많이 싸이어 10㎝ 程道. 昨日 過飮에 被困하나 早朝 起床하여 除雪作業하느라 流汗 勞力.
女息들이 지은 朝飯 나우 먹고 淸州 用務 있어 步行으로 佳佐 着. 雪中 行裝 꾸리어 步行으로 梧倉까지. 入廳하였을 땐 午後 4時쯤. 교육廳 職員에 新年人事.
乘暇 來廳하라기에 姜課長 面會하니 또 不快한 消息. 特殊地方임에 鑑하여 時代的 時局에 맞는 活動 벌여야 하겠다는 것. 野側 同調者란 消息 있으니 一月十日까지 機待려 보기로 했다나.
鄭 教育長은 意外로 親切했고 慰安되는 말 많았을 따름.
退廳 後 不快感 不安感 不禁. 卞 校監 찾아 受講 中 慰勞. 밤늦도록 座談타가 '금왕旅館'에서 卞 校監과 同宿. ○

〈1971년 1월 5일 화요일 晴〉(12. 9.)
食 前 氣溫 零下 17度로 나렸다고. 卞 校監과 作別 後 科學社 申社長의 厚意 받음에 꼬리 생겼음인지 過飮 後 某人에게 過分한 衣類 膳物도 한 듯. 2人에 同等 선사에 多額 所要된 樣.
臾心 後 梧倉 와서 빙판임이 두려워 택시로 歸佳佐. ※

〈1971년 1월 6일 수요일 晴〉(12. 10.)
今日 最低溫度도 영하 11度나 되었다나.
金涑植 校監 來訪. 數人 職員과 가게에서 歡談.
昨日 저질른 일로 終日토록 不快. 이모저모로 心情 不安. ×

〈1971년 1월 7일 목요일 曇〉(12. 11.)
구름은 끼었으나 날씨 확 풀린 셈. 아침부터 零上 維持.
柳 會長과 함께 元佳 柳允相 弟婚 招待 있어 人事. ○

〈1971년 1월 8일 금요일 가랑눈, 曇〉(12. 12.)
入淸. 井母도, 魯杏도, 梧倉까진 3人 共히 步行.
井母는 杏의 寢具 손질 計劃과 下宿處 마련 때문에 入淸한 것.
沃川行~ 下午 4時 半쯤에 沃川郡 教育廳 들려 許 奬學士 만나 振榮의 歸國 後 復職問題와 魯絃의 後援 件도 付託.
大田 '천미전파사' 들려 振榮이가 보내온 '선풍기' 찾는 手續도. 現品 引受는 月末頃이래야 된다고.
梧倉서 步行으로 佳佐 着하니 밤 十時 좀 지나서이고. 미끄러운 雪上이라서 허벅다리 몹시 아팠고.
食慾 오늘 저녁서야 나우 도라선 셈.
去 4日, 5日에 있었던 일로 아직도 不安 不快中. ⓒ

〈1971년 1월 9일 토요일 晴〉(12. 13.)
아침결에 學校 周圍길 가랑눈 쓸기도. 數日 前부터 學校 朴君이 年暇로 出他하여 잔일에 隘路 있는 中. 今日의 當直 李教師는 믿음직하게도 早朝出勤해서 兒童들을 出校시켜 全校 낭하 淸掃까지 指導했고.
밀렸던 新聞通讀하기도. 우편물도 整理.
魚物까시로 腹痛을 겪으시는 母親에 드릴 藥 地方醫師 出他 故로 購求不能으로 金溪行을 中止. 明日로 延期.
次男 魯紘이 오고, 昨日 金溪로 가자고 온다는 것. 祖父母님 뵈이러 간 것임을 믿업게 生覺.
夕食엔 솜씨 있는 參女 魯壬이가 만든 만두국으로 온 家族 맛있게 잘 먹었고, 料理法은 제 올케한테 배웠다고.
오늘 날씨 豫報보다는 푹하여 零上 維持. ◎

〈1971년 1월 10일 일요일 曇〉(12. 14.)
昨日 豫定했던 母親 藥 마련하여 金溪 本家行.
母親께선 忍耐性이 强하신 분이라서 오늘 말씀에도 完快하다는 말씀 如一.
下午 5時 半쯤에 歸 佳佐 着.
舍宅에는 큰 女息 母女, 魯姬, 魯妊, 魯杏, 魯運, 魯紘, 魯弼, 노井母 있는 中. 平素엔 內外와 弼이만 있었던 處地. 요샌 家內가 벅신벅신하는 셈. ⓒ

〈1971년 1월 11일 월요일 曇〉(12. 15.)
寒冷한 天氣는 아니나 松木을 비롯한 各 樹枝葉은 雪花로 珍風景.
教務室 暖爐 피우기에 金成煥 教師 助力으로 順調로왔고~ 朴君 不在 中이라 이모저모 不便하면서도 짜증 아닌 짜증만 나는 中.
數日 前의 氣分 少했던 點 어느 程度 解消~ 當直인 李南均 교사와 執務 中에 鄭德相 教育長과 金泗洙 管理課長 來校 視察에 彼此 圓滿했음에 數日 前에 받은 不快感 今日에서 가라앉은 셈. 柳 會長 來校 座談에도 時間만은 圓滿 消耗. 自身의 過한 神經性에서 온 것이었던가. 多情多感에서 온 탓이었던가? ⓒ

〈1971년 1월 12일 화요일 晴〉(12. 16.)
農村指導所 主管으로 冬季 農民教育 實施함에 積極 協助~ 本學區內 家戶主 約 300名 參集. 講堂으론 2學年 教室을 提供. 開會時에 人事하기도…… 年始의 修人事, 休暇 中인 學生 〃活指導, 實效 있는 農民教育을 誠意있게 받도록 等〃.
夕飯에는 아해들 먹이려고 큰 닭 한마리 잡기도. 夕食 後에 魯紘은 金溪 本家行.
眼鏡테 고치려고 불 쬐이다가 過熱되어 도리어 燒失~ 火氣에 危險하였기도.
날씨는 類例없는 高溫度. 零上 10度를 넘었고. ◎

〈1971년 1월 13일 수요일 曇, 가랑눈〉(12. 17.)
魯姬는 朝飯 後 任地 向發. 數個月 만에 처음 들어온 合乘車 있어 잘 가고.
學校는 第一次 월샾 있어 全職員 出勤~ 全校廊下 各處 環境物 補完 作業.
魯紘이 어제 本家에 갔다가 夕食 무렵에 歸 佳佐.
永登浦 큰 女息과 魯妊 明日 上京한다고 井母는 떡 빗기에 終日토록 勞力 많이 했고. 魯妊이 많이 거들기도.
싸락눈 나우 나리어 明日 일(女息들 上京)이 걱정되기도. ⓒ

〈1971년 1월 14일 목요일 曇, 晴〉(12. 18.)
朝食은 柳 里長 집에서 그의 父親 生辰이라고 招待.

永登浦 큰 女息 熙珍 다려다 채비 차려 向發. 魯妊도 出發. 昨日은 車 往來하더니 今日은 不通이어서 梧倉까진 步行으로, 熙珍은 井母가 龍頭까지 업고 가고 그곳서는 魯妊이가 업고 갔다고. 가방 等 봇다리는 魯絃이가 梧倉까지 自轉車로 실어다 주었고.

한 동안 벅석이던 집안이 대단히 휑하니 조용해져 섭섭하기도. 어린 魯弼이가 제 생질녀 어린이를 퍽도 귀어워 했기도 했는데. ⓒ

〈1971년 1월 15일 금요일 晴〉(12. 19.)

學校의 休暇 中 第一次 共同硏修의 磨勘日. 三日 間에 全職員 誠意있게 活躍했던 것. 나도 '챠드' 一枚를 作成~ '休暇 中 學校 運營과 職員 動態表' 所屬長들 來校 視察時에 브리핑할 資料로 할려는 것.

一月分 俸給 受領, 硏究補助費도. 意圖 아니었던 物品代(厚生社) 控除 憂慮했으나 後月로 되었던 모양. ⓒ

〈1971년 1월 16일 토요일 晴〉(12. 20.)

入淸하여 淸中에 들려 魯松의 高校 入學願書 作成. 崔鐵洙 先生의 親切함에 深謝했고, 庶務課 職員 없어 願書 完結은 못 지었고.

興業無盡會社에 들려 四回分 拂入.

今日로 長期講習 마친 卞文洙 校監 만나 慰勞意로 濁酒 交盃. 慰勞酒로서 歸途 中에 梧倉우체局 우체夫 一同한테 待接. 豫算보다는 超過됐으나 보람있게 썼다는 느낌. ○

〈1971년 1월 17일 일요일 晴〉(12. 21.)

松溪 洞稧에 濁酒 1말 扶助. 洞人들이 고마워 여기고. ×

〈1971년 1월 18일 월요일 晴〉(12. 22.)

金溪 本家行~ 越南서 歸國하는 振榮 出向次 明日 釜山 向發의 旨를 父母님께 仰告하기 兼 서울 보낼 食母 交涉도. 食母 절충은 前佐洞 方 氏인데 確答은 못 본 셈.

歸家 中엔 藩溪 들려 父兄 몇과 濁酒 나누기도. ×

〈1971년 1월 19일 화요일 晴, 曇〉(12. 23.)

번천 金在喆 父兄집 招待에 應. 그의 先考 忌故였다고.

午後 三時頃에 釜山 向發. 淸州선 淸中에 들려 未完結이었던 魯松 書類 完備하여 登記로 發送. 淸中 崔先生에 感謝.

下午 5時 半쯤에 鳥致院 着. 經費 節約한다고 普通列車 타기로. 밤 11時 半까지 待機.

車內는 深夜 완행인데도 超滿員. 高速뻐쓰 等 〃을 豫測하여 汽車는 餘裕 있으리라 生角했던 것 큰 誤算했고.

大邱까진 거이 立勢로 오금과 무릎 온몸이 아팠고. 大邱서도 궁둥이 若干 걸친둥 만둥 程度……. ⓒ

〈1971년 1월 20일 수요일 雨〉(12. 24.)

7時 半에 釜山鎭驛에 到着. 새벽부터 비는 부슬부슬 나리고. 地方人에게 問議하여 第三부두까지 速步로. 今日 入港 豫定인 軍艦이 明朝로 遲延된다는 것. 落望 끝에 明朝라도 入港된다면 多幸으로 下宿屋에 와 同類 群山人 徐氏와 함께 投宿 休養, 徹夜 車內 旅行으로 過勞되어 終日토록 疲困함을 느끼고. 終日 降雨로 釜山 求景도 不能. 明朝 無事入港만을 祈願했고. ◎

〈1971년 1월 21일 목요일 雨, 曇, 雨〉(12. 25.)
날씨는 아직 흐리며 가랑비. 10時쯤에 비는 그친 程度.
喜消息, 軍艦 入港, 出向 父兄(家族) 雲集. 歡迎團인 女學生群 및 軍隊들도 多數. 名牌 看板 많았고, 난 큰 白色 풍선을 準備. 說에 依하면 10,000t級 軍艦이라고. 猛虎部隊편에서 振榮 소리 크게 났고, 반가워 뜨거운 눈물 나오기도. 映畵 뉴스에서 본 적 있는 光景 直接 내가 겪기도 하는 것.
補充隊에서 直接 面會도. 모레 休暇되어 全員 歸家한다는 것. 振榮은 今次 滿期 除隊까지 되는 것. 올 땐 14日에 魯明한테도 連絡 電話도 했다고.
모든 安心한 채 나와 下午 3時 發 高速뻐쓰(그레이하운드)로 大田 着하니 下午 七時 半. 다시 비와 눈은 많이 나리고, 직행뻐쓰로 淸州 着하였을 땐 밤 9時 가까웠고. 佳佐까지 着하려든 豫定은 날씨 關係로 不可能. 下宿屋에서 留. ◎

〈1971년 1월 22일 금요일 曇〉(12. 26.)
새벽에 沐浴. 朝食 後 佳佐 向發. 廳에 들려 公文도 持參.
아침 溫度는 영하 9°라더니 낮엔 영상 5, 6°까지도 푹한 날씨. 歸校하니 모두 無事.
点心 요기하고 卽行 金溪. 父母님께 經過 報告~초조하셨던 老兩親께서 安心 喜色 滿面. 桑亭妹도 와 있었고.
明日 校長會議 있어 佳佐 回路, 다리 좀 아픈 셈.
井母는 아이들(杏, 운)과 헌떡 빚기도.
天地神明께 感謝 드리고 就寢.
어젯날 振榮이가 사준 6種(T.V 2, 양복지 2, 녹음기 1, 냉장고 1)의 引換證 父親께 드리며 說明 올리기도~ 總 300弗 程度. ⓒ

〈1971년 1월 23일 토요일 晴〉(12. 27.)
校長會議에 參席코져 일찍이 朝食코 自轉車로 梧倉까지 50分에 달리니 땀 많이 흐르고. 질은 땅 얼어서 길바닥 울퉁불퉁.
會議時間 겨우 맞게 댄 편. 下午 四時에 閉會 …… 指示事項 20余個項 中 '교육공무원 인사관리 지침' 解說과 鄭 교육장의 學校운영 잘해 보자는 訓示 時間이 길었던 것.
學校運營에 '앞장서자'의 스로간 生覺하며 歸校.
內者는 梧倉市場 다녀왔다고……舊正用 附食物 몇 가지 사왔다는 것. ◎

〈1971년 1월 24일 일요일 晴〉(12. 28.)
어제 있었던 會議內容 대충 傳達~ 異動希望 教師의 內申 方法과 主任教師制에 따른 職制 大改革問題 等. ○

〈1971년 1월 25일 일요일 晴, 曇, 雪〉(12. 29.)
서울 갔었다는 次女 魯姬 온다는 날 지났어도 아니와 궁금하기도.
休暇도 며칠 안남았는데 計劃된 生活 亦 못 다 하여 괴롭기도. ○

〈1971년 1월 26일 화요일 晴, 曇〉(12. 30.)
舊正 歲暮品 몇 군데서 들어와 若干씩 答禮하기도.
下午 四時쯤 內者와 함께 金溪行. 老親들께서 大端히 기뻐하시고. 振榮과 魯絃이 와 있어 더

욱 반가운 일~ 魯紘은 任地에서 23日에 왔다나. 越南 갔었던 振榮이 豫定대로 釜山서 23日에 歸家했다는 것. 모두가 多幸한 일. ○

〈1971년 1월 27일 수요일 雪, 曇, 晴〉(舊正. 1.)
舊正. 설 氣分 내느라인지 새벽에 눈 나려 나우 싸이고. 日出 前에 몇 차례 쓸기고 쓸어도 날리는 눈 繼續.
이번 설은 振과 紘이 있어 잘 센 셈. 特히 兩親께서 無限이 기뻐하실 일.
淸州선 魯先이 오고. 井母는 저녁나절에 佳佐行.
洞里 歲拜 다니느라 過飮한 듯. ※

〈1971년 1월 28일 목요일 가랑눈, 晴〉(正. 2.)
午前 中 아랫마을 다니며 人事.
鳥致院에 짐 가질러 갔던 振榮과 魯紘이 그냥 도라오고. 아직 未着이라서.
저물게 歸校. 道中에 藩溪 들려 놀다 오느라고. 佳佐선 柳哲相 집 들려 醉한 中에 深夜토록 座談. ※

〈1971년 1월 29일 금요일 晴 ,曇〉(正. 3.)
舊正부터 氣溫 降下되어 추운 날씨 아직 繼續. 영하 7, 8度.
서울 갔었다는 魯姬 왔다가 學校일 있다고 任地로 向發. 金溪선 振榮과 魯紘이 오고.
校下 部落 老人 몇 분 찾아 人事. ×

〈1971년 1월 30일 토요일 晴, 曇〉(正. 4.)
開學準備로 數名 職員 急務하는 듯. 卞 校監은 昨日까지 2日 間 會議있어 出張했고. 今日은 登校하여 執務에 熱中.
舊正 前後 繼續 過飮에 일에 支障 있는 셈.
振榮은 魯運 다리고 서울 向發. 休暇 中 잘 놀던 運이 또다시 上學길 들어서니 바쁠 터.
魯紘이도 任地 沃川 向發. 집은(舍宅) 점점 한산.
저녁나절에 上佳 넘말도 다녀오고. ⓒ

〈1971년 1월 31일 일요일 雪, 曇〉(正. 5.)
간밤에 많이 나린 눈 魯杏과 魯弼이 早朝하여 말끔이 쓸고. 고단한 몸 억지로 움직여 若干 活動.
井母는 魯杏과 함께 入淸~洗濯한 寢具 갓다 주려는 것. 附食物 몇 가지 사 가지고 해질 무렵에 着家.
点心은 李용구 宅에서 招待 있어 應待. 午後부턴 運身에 輕快해진 셈~ 學校일, 家庭일 많이 치우기도. 食慾도 생기고.
어젯날까지 법석거리던 家內가 바람잔 듯 고요하니 뿔뿔이 헤어진 子息들 생각나서 서운한 感 不禁. 無事함을 빌 뿐. 杏의 下宿집 變更 不成과 큰 애들 食母 交替 못한 것 마음에 꺼림.
밤엔 內者와 '만두' 만들기에 夜深토록 거들고, 막내 魯弼도 재롱 떨며 助力~ 明 開學日에 職員들 待接하려는 것.
放學 最終日을 마치며 敎職員 兒童 無事했음을 天地神明께 深謝하고 就寢. ◎

〈1971년 2월 1일 월요일 가랑눈, 晴〉(正. 6.)
今朝도 早起한 魯弼은 庭園과 學校 가는 길의 눈을 제법 쓸고 치우고. 어젠 제 누나 魯杏과 合心하였었는데……. 제 누나 兄들 다 가버리고 저 하나만이 있을 뿐, 그러나 제 母親에게 어리광이 과한 편.
學校는 放學 끝나고 開學~ 職員 兒童 全員 無事함이 나의 큰 福. 71년의 生活을 알차게 하자고 다짐도 당부도.
當面問題에 關한 職員會 마치고 衷心 食事(떡국)를 全員에게 달게 待接하니 떳떳하기도. 內者가 혼자서 많이 手苦한 것.
終日토록 心中으로 不忘 祈禱함은 서울 있는 四男 魯松의 高校入試에 合格되기를.[2] 志願은 普成校[3]. 가장 比率 높아 自信하기 難. 16.5:1이라고 發表. 今日이 重要科目 試驗이라고. 五日이 發表日. ◎

〈1971년 2월 2일 화요일 晴〉(正. 7.)
學校運營 綜合診斷評價라는 本郡 單獨行事인 大課業을 앞두고 全職員 作業計劃에 依해 奔走히 일 보는 中. 고마운 생각 뿐.
11時 半頃 前報받고 경악 "부친 상경 요망, 노정" 2月 1日인 昨日 11時에 친 것. 어제는 高校入試 第一日. 昨年의 經驗濟라서 또 魯松의 문제 아닌가고 가슴이 뛰기 시작. 入試 不應코 逃亡? 死亡? 事故?
學校일 바빠서 安心코 떠날 수도 없는 立場. 坐不安息 못해 諸般을 부탁하고 서울 向發. 急한 마음에 高速뻐쓰도 느린 感 뿐. 망우洞 집에 到着했을 땐 午後 7時 半쯤.
豫測과는 相反의 일. 큰 애가 친 것이 아니고 子婦가 친 것. 魯松은 意外로 沈着히 受驗했고, 發表前이라서 모르지만 잘 봤다는 評. 終日토록 근심했던 것은 解消됐으나 걱정 계속. 큰 애 夫婦 나우 싸웠[4]다는 것. 英信 母는 집에 안 도라오고, 徹夜토록 三女 魯妊의 苦勞는 非普通~ 어린 것 兄弟 고신하기에 誠意 다하는 聖스러운 그 모습은 나의 生前 必히 不忘. 本人 속눈물 나올 것이나 一切 겉表示 없어 더욱 고맙고 딱하고.
큰 애 魯井도 恒時 妊의 同情 說 不禁. 今日도 깊게 말하고.
큰 孫子 英信 많이 달라졌고~ 말도 재롱도 놀이도, 제 삼촌 魯松에게 잘 따르기도. 노운한 테도.
어젯밤 꿈에 범한테 쫓긴 생각 되새기며 今日 經驗을 맞춰보기도. 然이나 不幸 中 多幸으로도 自慰해 보기도.
當本人 큰 애의 心情을 心中으로 慰勞할 뿐. 魯運 옆에서 就寢. 단잠 안오고 뒤숭숭한 꿈만 몇 차례. 건너房에선 乳兒 보채는 소리 자주 나기도. 아기 달래는 애비의 소리와 妊의 소리 끝잖고. 어서 에미 불러와야 하겠다는 마음 뿐. ◎

〈1971년 2월 3일 수요일 晴〉(正. 8.)
어제 밤에 에미 만났으면 밤車로 歸校할 豫定인데 不能.
아이들에게 細〃한 注意 시키고 魯運과 出發. 독점서 뻐쓰타고 徽慶校까지. 며누리 불러보고 慈愛스럽게 타일르기도. '今日은 꼭 집에 들어가라고' 하기야 에미도 골 날만치 된 것도 無理는 아닐 것임을 理解. 맞기도 했다나. 거기에 性格도 팔팔한데.

2) 원문에는 붉은색 색연필로 밑줄이 그어져 있다.
3) 원문에는 붉은색 색연필로 밑줄이 그어져 있다.
4) 원문에는 문장 앞에 '√' 기호가 표기되어 있으며 붉은색 색연필로 밑줄이 그어져 있다.

心情 安定 깊이시키고 廻路. 좀 속 가라앉은 셈. 歸校 佳佐 着하니 13時. 學校 無事라서 安心 되고.
어제 온 振榮은 서울行 中止 請하려 佳佐까지 왔다가 留하고서 今朝에 入清했다는 것. 서울서 겪은 그 光景 老親께도 말 아니했다는 너그러운 點 讚揚할 바 많기도. 疲困하기도 짝이 없을 것인데. 거듭 過勞한 것. 믿을 만한 人間性.
評價 對備 一覽表 作成 揭示하니 日暮. ◎

〈1971년 2월 4일 목요일 晴〉(正. 9.)
昨今을 通해 全職員 勤務狀況 거듭 充實.
下午 4時頃에 評價委員인 賢都 李賢雨 校長과 南一 金태길 校監 虎竹校에서 來校. 호죽 朴校長이 案內 同行.
一同 舍宅에서 夜深토록 座談하고 就寢. ○

〈1971년 2월 5일 금요일 晴〉(正. 10.)
70學年度 學校運營綜合診斷評價 行事로 이모저모 慈味있게 바빴고. 指導助言에 好評 많았고. 本校 卞 校監은 同格으로 南日面에 간 것. 下午 3時에 評價行使 마치고 入清. 昨日 저녁 食事時부터 內者가 혼자서 많이 手苦했고. ×

〈1971년 2월 6일 토요일 晴, 曇〉(正. 11.)
竝川 出張~ 第6學年 進學者의 無試驗 추첨에 關하여 協議會가 竝川國校에서 있기에.
天原郡 敎育長 車 先生과 初面 人事. 熟知인 趙源正 장학사 만나 반가웠고. 歸路엔 修身面 松汀校 金 校長의 厚待 받기도. ○

〈1971년 2월 7일 일요일 雪, 曇〉(正. 12.)
昨日에 竝川서 購買한 肉類와 魚物 若干 가지고 淸州 거쳐 玉山서 잠간 일보고 金溪 本家行. 去 2日에 급작이 서울 다녀온 經過之事 父母님께 仰告하고 밤에 歸校(8日의 일). ※

〈1971년 2월 8일 월요일 晴, 曇〉(正. 13.)
낮에 親知 任國彬 만나 歡談하기도. 松의 後期校 手續. ※

〈1971년 2월 9일 화요일 雪, 曇〉(正. 14.)
校長會議에 參席. 71學年度 奬學方針(施策) 示達이 主. 저녁食事는 國會 閔機植 議員이 全員을 待接하고.
卞 校監과 同行 歸校. 밤 10時頃 着.
아침엔 積雪되어 長靴 신은 步行으로 梧倉까지. 새벽 6時쯤에 起床하여 끓인 밥 억지로 한 그릇 했고. 어젯날까지 過飮되어 몸은 極히 疲困 中. ※

〈1971년 2월 10일 수요일 晴〉(正. 15.)
美國宇宙人 3人 '아폴로' 14號로 달에 着陸한지 9日만인 今日 5時41分에 돌아왔다는 報道(우리나라론 어제라고.).
金昌明 교사와 함께 竝川行~ 進學兒童들의 추첨行事 있어서. 今日은 女兒, 明日은 男兒. 서울서 5女 魯運도 추첨에 參加했을텐데~ …… 어데로 落着될른지?
今日은 大보름. 出張 中이라서 별 멋 모르는 편이나 歸路에 松汀里서 金相喆 사돈 만나 歡談 飮酒했던 것. '大關嶺 다래술' 먹기도. 歸校해서도 술 마신 듯. ※

〈1971년 2월 11일 목요일 晴, 曇〉(正. 16.)
金 교사와 竝川行. 男兒 추첨日. 어젠 女兒 4

名. 今日의 男兒는 8名. 추첨 番號에 依한 學校配定 發表는 17시에 있다고.
學校번호 1번이어서 일찍이 마쳤기로 15時쯤에 歸校.
서울 妊과 運한테서 편지, 玉川 絃한테서도 …… 서울의 아이들 平溫히 잘 지낸다는 것. 食母 人選에 어려운 듯. 絃한테선 사람 하나 求하게 됐다는 消息도. ⓒ

〈1971년 2월 12일 금요일 눈, 曇〉(正. 17.)
今日 새벽에도 若干의 눈 나려 싸이기도.
저녁 땐 金溪 가서 漢豪 親喪에 人事. 父母님 拜謁코 歸校는 저물게. 振榮도 滯家~ 아직 休暇 中. 完全除隊는 今月 20日頃이라고. ◎

〈1971년 2월 13일 토요일 晴〉(正. 18.)
數日 前의 過飮으로 疲困하던 몸 完全 復舊되어 食事 正常. 公私 間의 業務도 進陟 잘 되고 ~ 學校運營評價 對備抄 移記 等 順調로웠고, 退廳 後는 井母의 助力 받아 舍宅 人糞 12통 퍼내어 實習地에 뿌리기도. 자귀 等 연모 손질도 착착.
魯杏 올 것으로 機待렸으나 아니오고.
學校 宿直次 왔던 李恩鎬[5] 敎師 來訪하여 밤 10時까지 座談…… 運營計劃書 作成 等〃. ◎

〈1971년 2월 14일 일요일 曇, 雪〉(正. 19.)
'새교육'誌 多讀의 計劃이 支署 主催 反共敎育 講演이 學校에서 있게 되어 不能. 被敎育者는 各 里마다 代表者 中堅靑年 2名씩. 나에게도 付託하기에 6年 道德책에 나오는 "잘못을 깨달은 교포"와 "나는 공산당이 싫어요!"란 이승복 어린이의 敎材를 紹介하고, 支署長이 濁酒도 靑年들에 待接.
龍頭 吳봉교 親忌에 人事.
魯松 學友(淸中)인 이영입, 백한현 來訪~ 거이 終日토록 눈 나리는데 淸州부터 自轉車로 오느라고 苦生 많았을 터. 井母가 夕飯까지 誠意껏 했고, 形便상 잠은 宿直室로 마련. 松은 서울서 아직 안와 만나지 못해 섭섭한 일. ◎

〈1971년 2월 15일 월요일 曇〉(正. 20.)
어제의 진눈개비로 살작 솔은 겉面은 싸리비론 듣지 않아 넉가래로 食 前 내내 길 티우기에 努力.
어제 왔던 李君과 白君은 朝食 後 淸州 向發. 人事 밝았고.
第27回 卒業狀 授與式 豫行練習. 簡素한 茶菓會 있기도.
主任 敎師制 實施로 因한 該當者들 學校일에 誠意 적어지는 편. 동요됨이 無理는 아닐 것. 然이나 끝까지 잘해야 할 일인데……. 安鍾泰(校規敎務) 敎師만이 倍加 努力하는 셈. ◎

〈1971년 2월 16일 화요일 晴〉(正. 21.)
卒業狀 授與式 擧行~ 佳佐校 第27回 卒業生 95名. 意外로 內賓과 父兄 字母 많이 參席.
內賓의 点心 接待는 舍宅에서, 井母 또 手苦 많이 겪고. 卒業生 父兄들이 濁酒도 例外없이 多量 待接하고 가기도.
職員間 밤 늦도록 윷놀이 하기도. 校下 父兄 몇 사람도 親睦의 意으로 合勢하기도.
轉出 豫想者 뜻 아닌 주정 若干 하기도. ×

---

5) 원문에는 '李 ? 恩鎬'로 쓰여져 있다.

〈1971년 2월 17일 수요일 曇〉(正. 22.)
學校 急한 일 대충 마치고 入淸~ 人事 〃務로 廳에 들리기도. 無진會社에 積金 5回分 拂入. 藥酒와 豚肝 사 가지고 金溪 本家行. 從兄 生辰이어서 待接하기 兼. 面에 가선 둘째 孫子 '昌信'으로 出生 申告…… 1970.12.14生.
집에선 마침 金溪校 職員과 父兄 相對로 윷놀이 親睦行事로 大盛況 이루기도.
밧데리用 T.V(테레비) 7吋짜리가 昨日부터 振榮이가 設置하여 신기한 求景도 되는 셈. 越南서 現品으로 直接 가져온 것. 전축도 틀어 놓아 參集人 全員이 興있게 놀은 셈. 老親의 기뻐하심도 宜當之事. 아직 못 온 明이 生覺도 하시며.
큰집엔 堂姪들 위로 兄弟 모이기도. ○

〈1971년 2월 18일 목요일 晴〉(正. 23.)
振榮은 曾坪師團으로 除隊證 찾는다고 出發. 老親의 理髮 마치고 歸校 中 栢峴 들려 오고. ×

〈1971년 2월 19일 금요일 曇〉(正. 24.)
晝間에 柳 會長 집에서 몇 사람 모여 滋味있게 座談.
藩溪 親知 金溶植도 와서 濁酒 받기도. ×

〈1971년 2월 20일 토요일 曇〉(正. 25.)
魯松이 高校 後期 應試 結果 通知 없어 궁금 中. 松은 17日에 와서 있고.
淸州 가서 松의 入學金 마련으로 '홍업無盡'에 들려 5万 원을 貸付받고 上京. 밤 9時頃에 양원 到着.
때마침 今朝에 井은 英信 데리고 歸省했다는 것. 魯松은 後期校 入試에도 失敗.
振榮이가 越南서 갖고 온 통조림 한 가방 넣어 간 것 몇 개 따서 서울 食口들 먹기도.
밤 늦도록 T.V에서 나오는 映畵 求景하고 就寢. ⓒ

〈1971년 2월 21일 일요일 曇, 雨〉(正. 26.)
비 올 듯한 날씨. 雨水도 지났고, 完全히 풀리는 날씨.
忘憂洞서 10時頃에 出發. 永登浦 중앙예식장에서 있는 藩溪 金溶植 女婚에 人事.
17時 20分 發 高速뻐쓰로 淸州 向發. 19時경에 淸州 着. 不得已 淸州 하숙집에서 留. ○

〈1971년 2월 22일 월요일 曇, 雨〉(正. 27.)
大成女高 朴 校長 만나 座談后 道 地域計劃課長 鄭經模도 相面. 道 構內食堂에서 3人 같이 晝食. 鄭 課長 짚車로 米院中學에 가 金鴻培 校長님 停年 退任式에 參席. 金校長님은 校長으로서 玉山校 時節의 恩師. 同期 李炳億도 만나 合勢하여 紀念品代로 金一封 드리고, 四人 짚車 同乘 淸州 着하니 下午 4時 半.
梧倉서 自轉車 끌고 佳佐까지. 길바닥은 진수렁. 탈 곳 全無 程度. 內衣 겉까지 함신 땀으로 젖었고.
英信 父子는 어제 아침결에 서울 向發했다고.
20日에 淸州 주차장에서 만난 魯姬는 金溪 갔었다가 昨日에 다시 任地로 갔을 것. 서울 보낼 食母 아이는 姬가 松面서 25日에 다리고 上京한다는 것.
魯松의 就學問題로 깊이 考慮할 餘地 있을 듯. ◎

〈1971년 2월 24일 수요일 曇〉(正. 29.)
70學年 修了式~ 修了者 總 605名. 優等賞 64名, 皆勤賞 187名.
職員慰勞會 舍宅에서 開催. 經費는 學校 育成會에서 負擔. 豚肉 2人當 一斤 程度씩 準備했다는 것.
70學年度 學校生活 反省하기도. ○

〈1971년 2월 26일 금요일 晴〉(2. 2.)
金成換 교사 慈親 回甲. 朝食應待. 獻壽하는 것 求景하기도. 日氣 意外로 화창. 밖 마당에서 來客 받기도.
魯杏[6] 淸州서 오고. 優級賞과 皆勤賞 받고. 席次 年中 亦 1位[7]. ○

〈1971년 2월 27일 토요일 晴〉(2. 3.)
梧倉面 機關長會議에 參席. 主管 葉煙草 生産技士 擔當.
突然 異動發令 消息 듣고 驚嘆. 鎭川郡 上新校로 所謂 左遷. 內申도 안했는데 意外. 앞의 兩大 選擧 있어 政治 바람 탄 것. 또는 믿는 도끼에 발등 찍힌 點도 있음이 分明. 學校長 中心制 學校經營에도 關聯 있을 터. 믿었던 卞 校監은 學校長으로 陞進 發令되고. 槐山郡 長岩校로.
人生은 無常. 人事舞臺에 同窓 없는 서름을 또 느껴보기도. 그러기에 子息들과 弟姪에겐 어느 線까진 修學시킨 것. 그러나 普通學校만이라도 學究하게 된 것은 그 當時로선 우리 父母가 아니고서는 이루지 못했을 것.
老親을 더 멀리함이 뼈 아픈 일. 아직 이 젊은 이들이야 無關.
面內 기관장들 督勵 同行하여 金敎師집 잔치에 同參席. ×

〈1971년 2월 28일 일요일 晴〉(2. 4.)
井母 金溪 간다기에 잘 生覺했다고 동행. 父母님께 人事. 老親의 섭섭한 表情은 平生 不忘. 速히 가까이 오도록 努力해 볼 생각 뿐. 서이한 생각 不禁한 채 夫婦는 佳佐로 回路.
四男 魯松은 圖書箱 一切 짐 꾸려놓고 上京~ 工夫하려고. ×

〈1971년 3월 1일 월요일 曇, 雨〉(2. 5.)
異動發令 消息濟이나 豫定대로 職員 兒童 登校하여 第52回 3 · 1節 慶祝式 順調로이 擧行. 父兄 金東烈 氏 招待로 座席 벌여지고.
上新校에서 盧敎務 來訪 人事. 支障없는 限 3, 4日에 鎭川 敎育廳 들리고, 搬移하여 學校 赴任은 8日쯤 하기로.
몇 親舊 勸誘로 濁酒 나우 먹기도.
井母는 魯杏 데려다 주려고 淸州 往復. ※

〈1971년 3월 2일 화요일 雨〉(2. 6.)
終日토록 비 나리고. 몸 고단해서 쉬기로.
찾아오는 職員과 親知와 談話하면서 酒類 待接하기도.
主任敎師도 發令. 이 點도 모순 있어 不快感 있고.
井母가 닭 한마리 삶아주기에 두어차례 먹기도.
밤 10時경부턴 몸 많이 回復되어 가는 듯. ○

〈1971년 3월 3일 수요일 雨, 曇〉(2. 7.)

6) 원문에는 붉은색 색연필로 밑줄이 그어져 있다.
7) 원문에는 붉은색 색연필로 밑줄이 그어져 있다.

上京 前에 魯松이가 꾸렸던 책짐 再次 짐 매고.
李해익, 金溶植, 柳在河 來訪하여 待應. ⓒ

〈1971년 3월 4일 목요일 晴〉(2. 8.)
發令校 任地에 赴任코져 早朝에 佳佐 出發. 于先 淸原郡 教育廳에 들려 서운타는 修人事와 아울러 任用狀을 받고 앞으로 協助를 바라면서 다시 오기를 다짐하며 退廳.
鎭川교육廳에 가 人事하니 親分있고 多情한 申玉鉉 교육長의 印象 좋은 同情의 말은 잊지 못할 일. 管理課 孫根相 課長의 厚意로 廳의 찦車로 上新校行. 德山부터 學校까지의 붉은 찰흙길을 運轉해 가던 李 氏의 勞苦 亦 感謝不禁.
學校 둘레 一切가 진 찰흙으로 步行으론 寸步도 옮길 수 없는 엉망의 진수렁. 到着되었을 때가 午後 5時가 지나서 無理는 아니지만 校監외 몇 사람만이 남아 있을 뿐. 室內는 엉성하고 淸掃狀況도 形便無.
開校 以來 老校長만이 있었다는 것. 前任 校長도 停年退任한 지 10余日 前. 난들 무슨 힘 있어 學校 經營 잘 했을가만 이 學校 建設에 힘을 傾注할 때라고 스스로 느껴짐 크고, 또 그렇게 하여야만 할 생각 뿐. 정남은 떨어지나 어찌할 수 없는 일.
前任校의 明日 行事와 本校의 現況으로 보아 職員들의 立場을 생각하여 回程. 鎭川 거쳐 梧倉 着하니 下午 8時. 步行으로 佳佐 왔을 땐 밤 10時.
시장하여 저녁밥 달게 먹고 井母에 今日之事 告하고, 억울한 말 들어 左遷당한 분한 생각하면서 再建의 覺悟 後 就寢. ⓒ

〈1971년 3월 5일 금요일 晴〉(2. 9.)
校下 松溪部落과 藩川部落에 다니며 戶〃 訪問하여 離任人事. 男女老少 모두 惜別人事 하는 듯. 兒童 및 職員에게 告別 人事.
下午 3時부턴 地方有志와 學父兄 一同의 送別宴會 있어 술 나우 먹기도. 陞進된 卞 校長도, 同 安教務主任도 함께. ×

〈1971년 3월 6일 토요일 晴〉(2. 10.)
午前 中 몇 家戶에 人事. 上新校 李万淵 教師 佳佐까지 와 舍宅 비우기 難한 處地 말하므로 그 말대로 移徙함을 一週日 程度 延期.
12時쯤에 馬校長한테 事務 引繼.
오후 4時부턴 教職員 單位 告別 宴會 있기도.
去 5日(昨日)에 있었던 人事 中 職員에게 告別人事할 時엔 彼此 全員 落淚햇던 惜別感과 서운한 感 아직 가시지도 안했고. ×

〈1971년 3월 7일 일요일 晴〉(2. 11.)
佳佐里 山林係 總會에 參席. 孝子, 孝婦, 烈女 表彰있어 行事 多彩로웠고.
밤엔 松溪部落 單位로 送別宴會 있어 感謝했고. ×

〈1971년 3월 8일 월요일 晴〉(2. 12.)
上新校의 舍宅 事情上 當分間 單身赴任. 學校에서 盧主任教師 갈미까지 出向 나와 無難히 學校찾고. 道路에서 步行 距離 멀어 50分 間 걸렸고.
職員들에 赴任人事 마치고 歡迎宴會 받기도.
舍宅에 사는 李 教師用 새 寢具 주어 잘 잤기에 深謝.
數日 間 飮酒繼續에 口味 잃었고. 夕食 缺. ※

〈1971년 3월 9일 화요일 晴〉(2. 13.)
朝食 못한 채 鎭川 가서 첫 校長會議에 參席.
奬學方針 具現과 學年初 運營 正常化가 主.
晝食은 會食이라서인지 나우 먹은 셈.
歸校 길에 학성 林 校長의 厚待 받기도.
搬移時까지 宿直室에서 留하기로 되었고. ×

〈1971년 3월 10일 수요일 晴〉(2. 14.)
兒童한테 첫 人事. 學校 內外 細密히 둘러보기도.
昨日 있었던 校長會議 傳達.
梨月面長 奉 氏, 舊 會長 李甲珪 氏外 地方人 十數名 來校 人事.
教務室 環境構成에 尹 校監 等 夜間까지 難色 없이 勤務. 明日은 申 教育長 年頭巡視次 來校 한다는 것.
今日 朝食부턴 正門 앞 蔡 氏 집에서 食事하기로.
本家 父母님께나 各處 아이들에게 消息 못 傳해 罪悚感 未安感 不禁. 이모저모로 安着 안되어 수심 뿐. ◎

〈1971년 3월 11일 목요일 晴〉(2. 15.)
昨日도 今日도 地方人事 來訪 人事~舊 會長 李甲珪, 奉 面長, 金 醫師, 鄭 會長, 蔡수종 外 10余名.
10時頃 申 教育長 年頭巡視次 來校. 節次 밟아 迎接 잘 하고. 學校 現況과 要望 事項 9個條도 强力히.
申 教育長, 郭 校長 讚辭도 많이. 研究室 校長室 資料室 圖書室 等 全校 清掃整頓 잘 된 點에 감탄한 것. 數日 間에 全職員 活動相이 旺盛했기도. 視察官 大喜 退校.
새 校長 만나 氣分轉換된 것도 事實. 校下 父兄도 同. ⓒ

〈1971년 3월 12일 금요일 晴〉(2. 16.)
面內 機關長會議에 參席. 梨月面 所在地엔 처음 간 것. 時間 前에 몇 機關 다니며 人事.
機關長會議에 參席한 人員은 總 12名. 會議 骨子는 兩大選擧 앞두고 與黨票 많도록 努力하자는 것이 主 目的. 自由黨 末期 方法이 想起되어 寒心한 생각 뿐. 中立을 固守해야 한다는 公務員이기에……. 그러나 外表는 못하는 現況. 今般 左遷도 그러한 點에 오해받았음이 큰 原因.
晝食 마치고 林 校長과 함께 鄭 校長 案內로 梨月國校도 가 보고. 이學校는 近者에 校長이 거듭 最不幸 當한 일 있기도. 全職員에 人事. 外戚 朴吉順도 있고.
佳佐行 途中에 梧倉面에 들려 住民登錄票 옮기려고 退去 申告 手續도 畢. 佳佐엔 下午 8時頃에 到着. ⓒ

〈1971년 3월 13일 토요일 晴〉(2. 17.)
數日 後 搬移 準備하겠기 짐 매기도. 朝食은 親知 柳哲相 집에서 待應.
井母는 入淸하여 魯杏의 校納金 等 整理하고. ○

〈1971년 3월 14일 일요일 晴〉(2. 18.)
豚肉 좀 산 것 가지고 金溪 本家行. 上新校 實況도 말씀 올리기도. 搬移日은 16日이라는 것도. ×

〈1971년 3월 15일 월요일 晴, 曇〉(2. 19.)

朝食은 從兄 宅에서 하고.
振榮은 3月1日字로 發令되어 上旬에 赴任했다는 것. 마침내 前 勤務地인 沃川郡 青城國民學校로 도루 갔다고.
俊兄, 大鍾 氏를 尋訪하기도.
歸 佳佐길에 柳 會長, 金 溶植 만나 過飮하기도. ※

〈1971년 3월 16일 화요일 雪, 晴〉(2. 20.)
간밤에 눈 나려 今日 搬移에 支障 憂慮. 鎭川 貨物車 契約되었어도 안 오기에 梧倉 가서 電話. 亦 길 길어 延期하자는 것. 同行했던 柳 會長도 걱정해주고.
햇김에 入淸하여 딴 車 交涉했으나 不能. 精神 잃고 酒店에서 過飮. 過飮끝에 旅館에서 不順한 짓 하기도. ※

〈1971년 3월 17일 수요일 晴〉(2. 21.)
아침결에 梧倉 나와 三輪車로 交涉되어 佳佐 와서 짐 싣기도. 洞人 親知 多數많이 手苦한 것.
작별時에 彼此 惜別의 落淚하기도.
上新校行 新道路부턴 亦是 길이 엉망. 車는 白洞부터 신강, 洞人 덕분에 떡점까지 왔으나 빠져 永〃 前進不能으로 下車. 때는 밤 10時頃. 寒心 無限.
몸은 極度로 疲困하나 잠 아니오고. 職員들 周旋으로 內者와 魯弼 함께 宿直室에서 同宿. 한숨만 나오며 탄식으로 呻吟하며 徹夜. 한밤 中에 짐 異狀?도 근심.
딱한 일은 尹 校監과 職員 數人이 部落有志 몇 사람과 함께 이삿짐 下車한 것 守備하느라고 完全 徹夜한 일 平生 못잊을 것. 밤에 비람과 氣溫 險하기도 甚했던 것. 同載했던 장작으로 불 놓아 손만을 쪼였던 것. ×

〈1971년 3월 18일 목요일 晴〉(2. 22.)
洞人들이 食 前에 總動員하여 下車된 이삿짐 運搬. 지게로, 손구루마로(니아까.), 自轉車로. 多幸히도 짐엔 異狀 없는 듯. 傷한 것도 別無인 程度.
舍宅은 房은 큰 2間이지만 半破에 가까운 完全 흙집. 살아나갈 勇氣 적어지기도. 근심걱정만 되살아지기도.
누구 탓하랴는 生覺 뿐. 모두를 自責할 따름.
앞으로의 努力과 救援을 빌면서 就寢. ⓒ

〈1971년 3월 19일 금요일 晴〉(2. 23.)
午前 中 執務. 点心 後는 尹 校監 案內로 部落人事~ 마울, 도정, 新도정모두 新月里.
井母는 짐 풀러 房內 整理에 昨日부터 애쓰고, 부엌 整頓에도 勞力하고.
今日 午後서야 사람 사는 家屋인 듯 變化된 듯. ⓒ

〈1971년 3월 20일 토요일 晴〉(2. 24.)
淸州行하여 淸女中 3年生인 魯杏의 育成會費 免除願 書類 提出, 異動關係로 因한 事情으로 期限經過이나 當校 沈 校長과 擔任 金 先生의 厚意로 通過됨을 感謝히 生覺할 따름.
興業無盡에도 들려 金錢 整理하고 点心 接待도 잘 받고.
松面의 魯姬 온다는 消息 있었으나 交通上 時間을 못 댐인지 못 와 궁금하기도.
下午 6時頃 歸校하니 意外로 前任校 會長인 柳在河 先生 來訪에 반가운 心情 無雙. 學校

周旋으로 酒類 接待 後 舍宅에서 夕食하고 同宿. 고마움 不忘之事. ⓒ

〈1971년 3월 21일 일요일 曇,晴〉(2. 25.)
早朝食하고 서울 向發에 몹시 奔走했고. 同宿한 柳 會長께도 大端히 未安. {　}까지 同行코 分路[8].
舍宅은 學校 尹 서방한테 付託하고 井母, 弼이 一同이 서울行~ 今日은 마침 長子 魯井의 生日이지만 27日(陽 3月23日)이 둘째 孫子 昌信의 百日이어서 이것저것 持參物 많다고 同行하자기에 同意한 것. 이곳 鎭川서 上京함은 最初이므로 當然한 일.
梨月서 9時에 乘車 出發. 終着地인 龍山 着時는 下午 1時. 가까스로 택시 잡아 忘憂洞 집에 갔을 땐 2時 半頃.
맛있게 만든 各種 飮食 잘 먹고, 孫子 둘 다 健實한 편.
해질 무렵 淸凉里市場에 나가 아이들 먹을 것 사다 주기도. ⓒ

〈1971년 3월 22일 월요일 晴〉(2. 26.)
昨日 回路 下行하려다 時間上 不能. 9時에 出發. 井母는 今日은 장 담고 明日 行事 보고 24日에 오기로 合意.
梨月 着時는 下午 3時. 面에 들려 住民登錄證 整理. 振榮 것도 整理 發送.
學校 와선 李圭申鳥[李圭鳥] 教師 다리고 新定 部落 金 家屋에 尋訪 人事(家庭人事).
舍宅에 들리니 쓸쓸하고 조용하고 적적하기만. 숫닭이 어떻게 된 것인지 종적 몰라 궁금하기도. ⓒ

〈1971년 3월 23일 화요일 晴〉(2. 27.)
李起俊 教師의 案內로 部落人事~ 新月里 열마지기, 다래촌, 三龍里 안터, 본동, 용절. 여러 父兄들의 厚待와 歡迎 받기도. 적절한 座談에 꽃피기도.
엊저녁과 今夜 獨宿에 낯설은 舍宅에서 적적했든 것. ⓒ

〈1971년 3월 24일 수요일 가랑비, 曇〉(2. 28.)
全校 朝會 最初로 參席. 生活面에서 칭찬 2, 注意事項 4. 井母 今日 오기로 約束되어 梨月까지 出向. 마침 가랑비 내리므로 快치 못하고.
晝食은 梨月校 鄭 校長으로부터 應待.
下午 2時 半 지나서 井母는 弼과 함께 下車. 食鹽 2말 받아 自轉車에 싣고 歸校.
井의 內外 若干의 다툼 있었다는 이야기 듣고 不安不快하나 沈默 忍耐. 性格은 天性인지. 修養에 따라 差異도 있으련만……. 있을 수 있는 일. ◎

〈1971년 3월 25일 목요일 曇, 晴〉(2. 29.)
盧 教務主任 案內로 地方人事~ 美蠶里……미리실 주먹거리 새동네 美定.
歸校 後 卞時變 主任 만나 尹 校監 同席하여 四距離서 一盃.
職員 體育에 첫 번 參與로 排球 審判하기도. ⓒ

〈1971년 3월 26일 금요일 가랑비〉(2. 30.)
淸原郡 校長團 親睦會로부터 餞別金 15,000

8) '까지' 앞의 목적지가 공란으로 비어 있음.

원 보내온 것 받고.
어제 온 魯明의 편지에 依하면 4月6日에 歸國出發하여 11日頃에 釜山港에 到着할 것이란 기쁜 消息~ 손 꼽아 기다릴 뿐. 前任地인 佳佐校 地域의 親知, 父兄 諸賢에게 人事狀 써 謄寫.
무애 三從兄嫂 氏 女息 就職 件으로 用務 있어 다녀가고. 날 궂어 길 질은데 苦生 많으실 것.
放課 後에 李萬淵 교사 母親喪 當했다는 기별 있기도. ◎

〈1971년 3월 27일 토요일 曇〉(3. 1.)
昨日의 가랑비로 운동장을 비롯하여 學校 주위 또 질어졌고. 이만연 教師 모친상에 人事. 夕食후 歸校. ⓒ

〈1971년 3월 28일 일요일 晴, 曇, 雨〉(3. 2.)
李 教師 宅 葬禮式에 參禮~ 護喪. 全職員 活躍 많이 하기도.
下午 5時부터 書架 整頓과 사랑방 짐 보따리 整理. 밤 十時頃에 一段落. 前任地 人事狀 發送 準備로도 極深夜까지.
本家 老兩親 생각에 눈시울 뜨거워지기도(장례式 볼 때……)[9]. ⓒ

〈1971년 3월 29일 월요일 曇, 晴〉(3. 3.)
今日도 人事狀 發送 準備로 바빴든 편. 梧倉所在地로는 보내고, 다레촌 陽地 林 氏가 回甲宴에서 全職員 招待에 同行. 晝食時間엔 學校앞 가게에서 開業 턱으로 濁酒 待接 있었기도. 井母는 最初로 德山장 갔다오고~ 鐵製 도구통等 사오고. ⓒ

〈1971년 3월 30일 화요일 晴〉(3. 4.)
梨月行~ 前任地와 清原郡內 校長團, 교육청, 教育委員會 其他 約 250通의 人事狀 發送. 魯姬의 退去 申告. 井母의 住民證 訂正 等.
下午 2時부턴 70年度 育成會 感謝 있었고.
同 6時頃에 申교육長 來校 喜消息 傳達~ 3個教室 增築과 玄關 附設. 給水施設로서 물탱크 모타 等 水道式으로 設置한다는 것. 奥地에 온 郭 校長을 特別 考慮하는 듯? ⓒ

〈1971년 3월 31일 수요일 晴〉(3. 5.)
育成會 總會~ 會費 1人 200, 2人 300, 3人 以上 350원으로. 學校長 人事에 赴任人事. 學校經營 方針, 施設 消息, 付託 等 興味있게 이야기 無려 1時間 半 所要.
閉會 後 全會員에게 濁酒 待接. 모두 興있게 먹고. 父兄 姉母 歡待의 人事에 꽃 피고. 舍宅에 와 內者한테도 인사하기도.
밤엔 學校 앞 金 氏 家의 지데미 行事에 職員 一同 人事하고. ×

〈1971년 4월 1일 목요일 曇〉(3. 6.)
鄭樂三 父兄한테 고추 갈을 밭 100坪쯤 얻고, 人糞풀이 20통쯤. ⓒ

〈1971년 4월 2일 금요일 曇〉(3. 7.)
赴任 後 不便不安만이 감돌은 心情 뿐이더니 이젠 나우 安着된 셈. 學區內 人事, 總會, 前任地와 關聯機關 等에 人事狀 發送을 끝내서일가. 職員들과 校下父兄들의 極限 精神的 慰安

9) 원문에는 문장 앞에 붉은색 색연필로 '√' 기호가 표기되어 있다.

때문일가? 安着되어야 함이 當然한 일. 그러나 故鄕의 老兩親이 딱할 뿐.
뒤 울 안에 봄 菜蔬 씨앗 若干 播種. 井母는 갈퀴나무도 하고. ◎

〈1971년 4월 3일 토요일 晴, 曇〉(3. 8.)
面內 機關長會議에 參席(梨月)~ 大選擧 對備가 主.
前庭 끝에 오이씨 播種. 잘 안맞는 겉門짝 잘 여닫게 대패로 修繕. 明日은 姬와 杏이 온다는데 날 흐려져 걱정되고. ◎

〈1971년 4월 4일 일요일 晴〉(3. 9.)
天氣 快晴에 상쾌. 두 딸애들 온다는 날이어서 날씨 多幸.
'갈미' 停留所까지 마중. 姬와 杏 9時 半에 下車~ 上新校로 轉任해 온 後로 家族 中엔 最初로 온 것.
큰 숫닭 一尾 있던 것 잡고, 가든히 떡도 두어 되 하여 주기도.
本家行 豫定을 變更하여 明日 가기로. ⓒ

〈1971년 4월 5일 월요일 晴, 曇,가랑비〉(3. 10.)
植木日이어서 休校. 各己 家庭에서 10株씩 심기로 指示.
杏과 姬 出發에 同行. 点心은 淸州서 국수로 同食. 杏은 社직洞 自炊집으로, 姬는 松面行.
玉山 거쳐 金溪 本家行. 老兩親 글력 그만해서 多幸.
저녁엔 族叔 漢雄 氏 回甲宴에 人事.
從兄님께 中古나마 홀목[10]時計 선사하기도.

○

〈1971년 4월 6일 화요일 晴〉(3. 11.)
昨日 사온 닭 과서 父母님께 奉養. 堂叔장과 從兄도 待接.
從兄과 같이 漢弘 氏 宅 人事. 月前에 回甲 지냈기에.
<u>三男 魯明이 11日께 釜山港 入港의 旨 報告</u>[11] 드리고 拜退. 어제부터 먹은 술로 因하여 玉山, 淸州, 梧倉 거쳐 鎭川서 택시로 올 무렵은 相當히 醉했을 터.
各種 有價證券 通帳이 가방 안에 없으므로 큰 근심으로 徹夜. 집에 빠뜨리고 온 듯도 하나 不分明. ※

〈1971년 4월 7일 수요일 晴〉(3. 12.)
井母를 아침 일찍이 金溪 보내고 通帳 所在를 알려 하던 中 下午 5時에 歸家해 온 井母 집에 놓은 通帳 一切 持參하였으므로 眞實로 마음 개운.
職員들 午後에 梨月갔다가 저물게 歸校~ 面內 親睦排球 試合次 갔던 것.
몸 고단하나 申得雨, 金鍾甲, 權 氏, 洪갑보, 채수종 父兄 만나 놀기도. ○

〈1971년 4월 8일 목요일 曇, 小雨〉(3. 13.)
今日의 가랑비 잘 온다는 것…… 春季 種子 播種期라서. 밀보리에도 좋고.
鄭德海 會長, 李甲珪 有志와 함께 敎育廳 가고…… 謝禮人事와 아울러 各種 工事 施工 促求로. 順調로이 일 보고 일찍 歸校. ⓒ

10) 손목의 방언

11) 원문에는 붉은색 색연필로 밑줄이 그어져 있다.

〈1971년 4월 9일 금요일 晴〉(3. 14.)
朝食 前에 勞力 많이 한 편. 舍宅 앞의 約 150坪 밭에 複合肥料 堆肥 얹고 고추씨 播種. 甘藷 갈 곳도 손질.
井母 終日토록 남새밭 일로 勞力한 것. 날씨는 寒風이 甚한 편. ⓒ

〈1971년 4월 10일 토요일 晴〉(3. 15.)
終業 後 釜山向發. 越南간 三男 魯明 歸國한대서. 淸州서 族兄 宗榮 氏 만나 一盃 待接받기도.
鳥致院驛에서 밤 11時 半 普通 急行列車로 釜山行. 자리는 있으나 複雜하고 고단하지만 단잠은 아니온 채 달리기만……. ⓒ

〈1971년 4월 11일 일요일 晴〉(3. 16.)
새벽 5時 좀 지나서 釜山驛 着. 驛 待合室에서 날 밝기를 바라다가 7時쯤에 第3부두行. 關聯兵한테 들으니 歸國兵將의 배는 明日 早朝에 入港한다는 것.
'항도 下宿집'에 留宿토록 定하고 國際市場을 求景. 午後엔 東萊 가서 溫泉 沐浴도. 갖고 간 '새교육'誌 읽으며 徹夜. ⓒ

〈1971년 4월 12일 월요일 晴〉(3. 17.)
今日이야 魯明을 無異相面되기를 心中 祈願하면서 向 부두. 派兵 將兵들의 家族 雲集. 昨日 마련한 '노명 표식대' 들고 9時에 入港. 雄壯한 美艦 틀림없이 入港되어 있고. 甲板에 白馬部隊, 비둘기부대, 십자성부대, 靑龍부대別로 법석대는 것 보고 또 눈시울이 뜨거워지기도. 去 一月 에 振榮 出迎 時가 自然想起되고.
한참 만에 魯明을 발견. 저는 일찍이 애비를 찾았을 것.
歡迎行事 마치고 九補充隊에 가서 下午 2時 半에 面會하고 無事歸國됨을 無限히 喜悅. 몇 가지 茶菓 입맛 다시고서 이야기 나눈 後 作別. 今般에 除隊는 아니고 2, 3日 後에 休暇 歸家한다는 것. 하여튼 또 天地神明께 感謝 드릴 따름.
下午 5時 高速뻐쓰로 大田까지. 大田서 밤 9時 뻐쓰로 淸州 오니 同十時頃. 택시로 갈미까지 1,300원에 달리고. 舍宅에 到着되었을 때는 밤 12時 좀 지냈고. 弼 母子 無故 多幸.
天地神明께, 父母님께 望鄕拜禮. 今日도 勵行코 就寢. ⓒ

〈1971년 4월 13일 화요일 曇, 가랑비〉(3. 18.)
職員朝會 後 入淸~밤나무苗 追加 申請. 學校 施設 事業 再確認. 申 敎育長으로부터 特別旅費條로 2万 원 주기에 받고~ 時局에 맞도록 大選擧 앞두고 交際하라는 것일 것. 하여간 職員을 爲하여 또 親知들을 爲하여 쓸 豫定. 當局의 意思에 어긋날른지는 모르나?
鄭 學務課長과 李 奬學士와 함께 晝食 같이 하고.
敎育監 來臨한다기에 急히 歸校하였으나 아니오고. 學校일 끝내고 職員들과 一盃…… 1,500원 程度 내 個人이 負擔 支拂. ○

〈1971년 4월 14일 수요일 가랑비, 曇〉(3. 19.)
國會議員 出馬者 李丁錫 氏 來校 相談. 運動場 擴張工事 推進에 積極 協助하기를 要望.
職員간 돼지 돌부리[12]한다고 舍宅에서 放課

12) 돼지 돌부리: 돼지를 잡아 잔치를 벌이는 것을 일컬음.

後에 법석대기도. ○

〈1971년 4월 15일 목요일 晴〉(3. 20.)
鎭川郡 白龍基 郡守 來校 對談. 職員 慰勞하라고 濁酒代라는 名目으로 2,000원 주기에 尹校監에게 넘기고.
魯明이 歸家. 越南 갔다가 滿 一年 만에 온 것. 저의 母親 無限 반가운 듯. 떡도 若干 빚고. 2個月 程度 37師團에 服務하게 되었다고. 그라곤 除隊될 것. 이젠 完全 安心. 深謝〃〃. ○

〈1971년 4월 16일 금요일 晴〉(3. 21.)
三龍里 部落 出張. 靑龍말은 처음 간 것. 會長宅에서 晝食.
魯明은 淸州 거쳐 京기道 方面 갔다 온다고 出發. ○

〈1971년 4월 17일 토요일 晴〉(3. 22.)
魯明이 歸國 따라 卽時 金溪 本家에 다녀왔다지만 兼사 問安 드리고져 學校일 마치고 金溪행. 淸州서 魚物 等 몇 가지 사기도.
玉山서 裵校長과 安先生 만나 맥주 多量 待接받기도.
집에 到着하니 밤 깊었으나 洞人 多數테레비 觀覽에 滿員.
마침 振榮도 와 있고. 釜山 다녀온 經過 事 父母님께 報告. ×

〈1971년 4월 18일 일요일 晴〉(3. 23.)
玉山서 俊兄, 大鐘 氏 만나 一盃. 玉山서 振榮과 分手.
淸州 와서도 몇 親知 만나서 交盃하여 滿醉되었던 듯 낭비하기도.
上新校 到着하니 밤 12時頃. ※

〈1971년 4월 19일 월요일 晴〉(3. 24.)
아직 못가 본 學區 變更된 쌍호, 蠶頭 部落에 다녀오고.
井母는 德山 가서 菜蔬類 좀 사오기도.
京기도 갔던 魯明이 魯先과 함께 오고. 今日은 4.19 記念日. ○

〈1971년 4월 20일 화요일 晴〉(3. 25.)
校長會議에 參席. '온마을 운동'이 主 案件. 會議 마치고 일찍 歸校. 노명이 越南서 부친 것 淸州驛에 到着되었다고.
魯先은 勤務日이라서 淸州 가고. ○

〈1971년 4월 21일 수요일 晴〉(3. 26.)
梨月서 奉面長 問病. 梧倉서 耕耘機 交涉하여 淸州역에 가서 魯明의 짐 찾아 실어보내고. 上新까지 運賃 3,000원. 淸原郡 교육廳, 道敎育委員會 들려 人事. 道 李燦廈 校長이 가장 인상 좋게 人事받고 慰安해 주기도.
朴候補 遊說講演 있어 工高 校庭은 人波로 滿員. 잠시 들은 後 解散되어 歸途. 梨月 거쳐 왔을 때는 어두무레했고.
魯明의 짐 까딱없이 無事 到着. 12인치 '테레비'를 비롯하여 食品類 等 多量 있고. 完全無變됨을 多幸. ×

〈1971년 4월 22일 목요일 晴〉(3. 27.)
아침결에 3女 魯姙이 서울서 오고. 망우동 집에서는 2日 前에 떠나서 제 큰 언니 집 永登浦서 한밤 자고 어젠 淸州 魯杏한테서 同宿했다는 것. 초인상 不安해 보이고. 까닭이 分明 있는 것.
제 올케 英信母의 甚한 家庭不和에 참다 못하여 一時 나려온 것. 그러면서도 어린 제 동생 魯運을 생각하며 落淚하는 모습 보니 눈시울 뜨겁고. 많은 子息 떼맡기려는 심사가 아니었만 그렇게 생각하는 듯. 마음씨 고운 큰 애 井이가 얼마나 애태울가. 몹시 딱하기만. 지금까지 英信 母에게 온 家族이 힘을 또는 情을 기우렸건만……. 그 中間에는 어떠한 무슨 謀事가 끼어있는지가 알고도 모를 일. 家庭은 좋아져 가는 處地인데 福의 限인가 8子인가 한심한심.
밥맛과 단잠 못이룰 心情 가슴이 무너지고 精神이 멍해질 뿐.
그 心思 어느 環境에 빠져 잠시 誤解이리라. 촉 빠르고 過給한 性格 때문이리라. 하루빨리 明朗化되어 平和家庭 이룩되길 天地神明께 再次 빌 따름이며 自慰하면서 就寢. 明은 제 兄한테 선물 갖고 上京. 낮에 退廳 前엔 全職員 招待하여 越南서 가져온 맥주 等 대접하기도. ⓒ

〈1971년 4월 23일 금요일 曇, 晴〉(3. 28.)
粗雜하게 整理 안돼 있는 職員이력서 및 名簿 整理.
職員들 部落 出張~ '사랑방 學校' 운영이 主. 申 教育長 來校 相談. 鄭 會長 來訪하였기 舍宅에서 歡談. ⓒ

〈1971년 4월 24일 토요일 晴〉(3. 29.)
學校 春季逍風 實施에 井母는 막내 4學年짜리 魯弼 데리고 갔다 오고. 職員들 待接은 三龍里 父兄들이 했다는 것.
日直은 내가 맡고 傳達夫 尹 서방 데리고 本館 花壇에 '측백' 8株 移植하는 데 같이 流汗.
서울서 不安한 生活하다 못해 잠시 내려온 3女 魯妊은 제 母親 도와 朝夕과 家內整頓 等 살림 알뜰히 하기에 바쁜 中. 서울 ○○이 밉기는 하나 現在 狀況이 어떠한지 궁금함도 事實. ⓒ

〈1971년 4월 25일 일요일 晴〉(4. 1.)
아직 못가본 部落에 나가 人事~ 白統의 9班, 10班…… 朴魯鈍, 김두영, (金윤배, 朱七孫, 李能世, 김창남). 歸途에 鄭建永, 朴魯鈍 父兄한테는 待接받기도. 德山도 잠간 가보고. 閑川지서 한천國校도 구경. 올 땐 德山 貯水池 옆길로. ○

〈1971년 4월 26일 월요일 晴〉(4. 2.)
校庭의 벗나무의 幼蟲에 石油 솜방망이로 지져 驅蟲했고.
魯明과 魯妊 줄려고 母鷄 잡아 삶았으나 어둘 때까지 서울 갔던 魯明이 아니오고. 明日은 七代 大統領 選擧日. ⓒ

〈1971년 4월 27일 화요일 晴〉(4. 3.)
七代 大統領 投票. 昨日까지의 遊說에서 與黨인 民主共和黨에서는 더 잘살게 하겠다고 三選되기를 호소. 野黨인 新民黨에선 長期執權 不可하니 政權交替하기를 호소. 當落 어느 편일가 궁금.
서울 갔던 魯明이 下午 6時에 겨우 到着하여 이곳 5投票所로선 最終으로 投票했다는 것. 棄權 아니하려고 停留所부터 거이 뛰다 싶이 急速步 하였다니 主權行事 잘 한 일.

서울 消息은 더 以上 惡化는 아닌 듯하나 正常은 아닌 듯.
午後에 鎭川 나가 구두 修繕. 歸途에 鶴城 林校長 만나 歡談하기도. 昨日 잡은 닭 아이들과 같이 먹고. ⓒ

〈1971년 4월 28일 수요일 晴, 雨〉(4. 4.)
새벽 3時 現在의 放送에 依하면 150万票 開票中 朴候補가 85万 票, 金候補가 65万 票로 20万票 差. 朴후보는 慶尙道에서 거이 몰표 程度. 金후보는 서울과 全羅道에서 리드되는 편.
食 前부터 나리는 비 終日토록 繼續. 2개月이 가깝도록 가므렀으므로 봄철 씨앗 부친 것 發芽 못하던 中 금번 비는 甘雨.
職員들의 勤務狀態 好調롭지 못하다고 처음으로 꾸짓고.
下午 7時頃쯤 七代 大統領 거이 當選 確定線 드러나고~ 投票者 數1,200万 中 朴후부[후보] 650万 票, 金후보 550万 票로 100万 票 差.
朴大統領 改憲으로 三選. 共和黨 再執權. 野黨 將來 餘望 없을 듯. 서울 것들 어린애 볼 사람 없다니 걱정 中일 것……. ◎

〈1971년 4월 29일 목요일 曇, 晴〉(4. 5.)
어젯비에 모든 植物(作物) 생기나고.
學校 校務 當面問題 必行事項으로 36項을 大字로 揭載 說明. 금방에 職員들 많이 活動.
放課 後엔 蠶頭部落 洪 氏 宅 待應(回甲에 人事).
明과 妊은 淸州行. 松面, 沃川 다녀온다고. ⓒ

〈1971년 4월 30일 금요일 晴〉(4. 6.)
教室 新築關係로 申 教育長 다녀가고.
今夜 先祖考 忌祀 있어 집에 밤 11時에 到着.
魯明이가 越南서 갖고 온 맥주 等 膳物도 갖고. ○

〈1971년 5월 1일 토요일 晴〉(4. 7.)
郭漢世 慈堂 回甲에 祝儀 人事. (西原校 앞 福台서)
父母님과 從兄嫂 氏 모시고 淸州 明岩堤 藥水湯 가고. 下午 4時에 父母님 집에 가시고 난 밤 9時쯤에 上新 到着. ×

〈1971년 5월 2일 일요일 晴〉(4. 8.)
盧主任 교사와 洞里 무당집에 가서 4월初8일 놀이했기도. ×

〈1971년 5월 3일 월요일 雨〉(4. 9.)
새벽부터 나리는 비 終日 오고. 가므렀던 田畓에 水分 豊富할 것.
鄭德海 會長 來訪에 學校行事 相談. ⓒ

〈1971년 5월 4일 화요일 晴〉(4. 10.)
三龍里 李 氏 家 喪事에 人事. 盧教務 生日이라고 夕食에 招待 있어 全職員 應待.
教委로부터 教育者 家庭 調査로 一家庭 四人以上 教員 있는 조사 있어 本 郡內는 단 나 하나 뿐이라고 電通連絡으로 急작이 書類 作成하여 特使로 鎭川 다녀오게 하기도~ 스승의 날 待行事 있을 듯. ○

〈1971년 5월 5일 수요일 曇〉(4. 11.)
49回 어린이날 井母는 魯弼 等 줄려고 찰떡 若干 빚기도. 學校선 2時間 동안 小體育會 갖

고. 兒童 全員에게 食빵과 菓子 한 개씩 配食하기도.
去 29日에 淸州 方面 갔던 明과 妊이 아니와서 궁금 中. ◎

〈1971년 5월 6일 목요일 雨, 曇〉(4. 12.)
日出 前 3時間 程度 비 내리어 또 運動場 길어졌고.
豫定대로 郡敎育廳 李殷緝 奬學士 來校 定期視察. 各種 敎育推進 計劃書와 새 學習法 硏究를 더 하라는 것. 晝食은 舍宅서 하고. ◎

〈1971년 5월 7일 금요일 曇〉(4. 13.)
기다려졌던 魯明이 아침결에 와서 安心되고. 其間에 靑城, 池灘, 松面校 다녔다는 것. 모두 잘 있다고. 明은 朝食 後 테레비用 받데리 購入하려 入淸. 서너時間 만에 왔으나 室外 안테나 組立法 未及하여 現象 不能. ◎

〈1971년 5월 8일 토요일 晴〉(4. 14.)
放課 後에 尹 校監, 盧 敎務, 朴 敎師와 같이 꽃샘거리 앞 德山 저수지 옆山으로 消風. 소주 두어병과 붕어회하기도.
T.V는 안테나 裝置하였어도 方面의 不安定인지 現象 不分明하고.
서울서 子婦 意外로 나려오고~ 家內事 제 나름대로 밝힘과 謝過하기도. 過去의 希望과 主婦로서 內助者가 되어야 함을 타일으며 相扶相助하고 溫和하고도 愛氣 자자한 家庭 이루도록 訓戒. ○

〈1971년 5월 9일 일요일 晴〉(4. 15.)
子婦 昌信 母는 깊은 회의 품은 듯 反省의 여지 있는지 공손한 人事하고 서울 向發. 魯明이가 갈미까지 전송하였고. 가서 잘 하라고 부탁.
面內 機關長會議 있어 梨月 다녀오기도. 會議後 老隱里 가게 되어 前에 작심한대로 老隱影堂[13] 求景과 參拜도. 渡來鷺집도 보고.
T.V 現象은 魯明의 진땀 끝에 正常으로 나타나게 되고. 日暮 무렵 魯妊이 오고. 淸州에 12万 원짜리 전세房 얻었다나. ○

〈1971년 5월 10일 월요일 晴〉(4. 16.)
淸州로 自炊次 出發하는 魯妊의 짐 가방 自轉車에 싣고 갈미까지.
梨月 우체局에서 魯姬 돈 찾고 梧倉 나가 定期貯蓄 數 件 受領하여 淸州 가서 福德房 李대규 通해 家主 朴明洙한테 전세 12万 원 完拂. 房 얻기 努力한 3女 魯妊은 돈 많이 支拂한 아비가 딱함인지 억울함인지 落淚까지…… 그걸 보니 더 가엾게만 느껴지기도.
房구경 後 서울 魯運의 轉學節次 밟으려고 女中 沈 校長과 淸中 金 校長님을 尋訪 相議. 魯明은 휴가마치고 37師團에 入隊.
同甲稧 行事 計劃 있어 저녁에 鳥致院 나가 旅人宿에서 留. ×

〈1971년 5월 11일 화요일 晴〉(4. 17.)
10時에 天安驛에서 集結한 人員 事情 있어 3名 뿐(郭秉鍾, 郭俊榮, 郭尙榮). 溫陽 가서 현충사 參禮. 저수지 놀이터 가서 一盃하고 求景

13) 조선 선조 때 신잡(신립 장군의 형)의 영정을 모신 곳. 그가 말년에 이곳에 낙향하여 살았다 하여 이곳을 노은(老隱)이라 불렀음.

數時間. 沐浴 後 点心 먹고 歸家. 途中에 오미 鄭 우체국장 집 들려 술 待接 받기도. 本家엔 저물어서야 到着. ×

〈1971년 5월 12일 수요일 晴〉(4. 18.)
大鍾 氏 女婚에 人事. 今日도 終日 술타령 한 편.
밤엔 祖母 忌故 들어 祭祀 지내기에 고단도 했고. ×

〈1971년 5월 13일 목요일 晴〉(4. 19.)
오미장 通過하다가 親知 많이 만나 數次 交盃 하기도.
歸校하니 낮 15時晉. 學校는 無事. 去 11日에 道 公報室長과 교육廳 孫 課長 來校 舍宅까지 와서 7人 教育者 家庭이라고 記事 및 寫眞 資料 蒐集했다는 것.
마침 出他 中이었으므로 重한 資料 몇 가지 傳達 不能.
全職員 舍宅에 案內, TV 觀覽시키던 中 現畵 不現되어 질래 속썩이기도. 內者 홰 그치잖고 있는 것도 無理는 아닐 것. ※

〈1971년 5월 14일 금요일 晴〉(4. 20.)
午後에 全職員 鶴城校 가서 面內 學校 親睦 排球 試合했으나 得點 못하고. 農組 金容植 조합장 와서 聲援. ※

〈1971년 5월 15일 토요일 晴〉(4. 21.)
第8回 '스승의 날' 6學年 男兒班의 待接 받기도. 미실部락 李 氏 父兄집, 열마지기部落 蔡 氏 父兄집, 內基 鄭 氏 父兄집에도 職員 招待 했고.
"스승의 날 맞아 7人 教員 家庭의 話題"가 '忠淸日報' '朝鮮日報'에 記事 寫眞 실렸기도. 不明分과 誤植이 있었고 過讚 있기도. 누락 事項도 多分히. 하여간 老親 어른들에게 無限한 深謝할 일.
本人, 長男, 子婦, 2男, 3男, 2女, 振榮 모두 실려 반갑기도. 이 애들의 發展있기를 祈願할 따름. ×

〈1971년 5월 16일 일요일 晴, 曇〉(4. 22.)
집의 TV는 故障이 아니고서 받데리 電力消耗로 現象 不能임이 分明. 德山 가서 充電 依賴. ○

〈1971년 5월 17일 월요일 晴〉(4. 23.)
德山서 받데리 갖고와 TV 現相 正常化.
今日 받은 新聞 '대한일보'에도 내 가정 7人 教員 家族이 寫眞과 아울러 記事 크게 났고.
今夜도 昨夜와 같이 魯弼 母子와 함께 밤 10時까지 TV 觀覽. 親知들 學生兒童들에게 뵈어 주고 싶은 생각 간절하나 場所와 時間 關係로 當分間은 不能일 것이어서 안타깝기만. 새새(사이사이)에 兒童들 거이 와 봤다는 것.
新聞에 난 家族 7名 寫眞 보고 井母와 弼이 기뻐하기도. ⓒ

〈1971년 5월 18일 화요일 晴〉(4. 24.)
'忠北교육신보'에도 7人 教員 家族이 실린 것 나왔고.
10日에 37師團으로 入隊한 3男 魯明한테서 아직 書信 안와 궁금. 서울 큰 애와 出嫁한 큰 女息한테서도 長期 消息 없고.
退廳 後엔 井母와 함께 옥수수와 고추밭에 人

糞주기도. ◎

〈1971년 5월 19일 수요일 晴〉(4. 25.)
5月分 校長會議 있어 參席. 會議 일찍 끝나 下午 4時에 歸校하여 終禮時間에 1時間 동안 會議事項 傳達.
曾坪 있는 37師團에 歸隊했던 魯明한테서 10日 만에 첫 편지. 몹시 기다렸던 中인데 意外로 服務地는 忠南 舒川郡 馬西面 桂東里라고. 西海岸 警備員으로 任務한다는 것. 隊除[除隊] 歸家日까지 武運을 빌 따름. ◎

〈1971년 5월 20일 목요일 晴〉(4. 26.)
在京忠北協回로부터 '스승의 날'에 新聞에 揭載된 것과 7人 敎員의 寫眞을 要請해 왔기에 淸州…鎭川의 新聞社 및 支社에 들려 人事. 15日字 新聞 求하여 卽送~ "충북의 벗"이란 會誌에 실린다는 것.
興業無盡에 가서 積金 및 債金 一部도 整理.
轉出 關係로 밀렸던 各處(東邦, 興國, 高麗) 保險會社 支社 訪問코 內譯 解明과 振替[14] 用紙도 求. ×

〈1971년 5월 21일 금요일 晴〉(4. 27.)
淸州 아이들(妊, 杏)과 同宿했으나 早朝에 歸校. 途中에 "갈미"서 尹 校監 만나 一盃……校監은 日本 있는 父親 歸國하는 데 出迎차 서울行.
午後엔 梨月 가서 金容植 等 親知 만나 待接받기도. 歸途엔 李강 敎師의 父親 찾아 慰安酒 待接하기도. ×

〈1971년 5월 22일 토요일 晴〉(4. 28.)
魯杏이 淸州서 오고. 키우는 병아리 一尾 잡아주기도. ×

〈1971년 5월 23일 일요일 晴〉(4. 29.)
新民黨(野黨) 국회의원候補 李忠煥 氏 學校 옆에서 遊說講演.
內基部落 천렵 招待에 잠간 다녀오기도.
昨日에 온 魯杏과 入淸. 淸州서 아이들과 留. ×

〈1971년 5월 24일 월요일 曇, 雨, 曇〉(5. 1.)
첫 뻐쓰(高速)로 서울行. 車內서 孫喜成 氏 만나기도.
師大附女中校에 가서 長男 魯井 만나 魯運의 轉學手續의 旨를 말하니 不贊의 뜻 表明~ 實際相을 말해 달래고 徽慶國校에 가서 子婦 만나 平和家庭 이룩토록 當付하니 溫和 實況으로 回復되었다는 것 듣고 安心 大喜. 망우洞事務所에 가서 魯運의 住民登錄을 淸州로 退去手續.
양원 집에 가서 英信, 昌信 잠간씩 안아주고. 魯松에겐 課工에 熱意 더할 것과 兄 夫婦에 속썩여주지 말라고 신신 當付. 애기 볼 食母格 少女 두었기에 安心 多幸. 卽時 歸校. 청량리 四寸도 만났고. ×

〈1971년 5월 25일 화요일 晴〉(5. 2.)
第8代 國會議員 選擧. (地域區 15席, 全國區 5席…… 合 204席).
第7代 大統領엔 4.27選擧에서 朴正熙 氏 三選

14) 진체(振替): 어떤 금액을 한 계정에서 다른 계정으로 대체하는 일.

으로 當選된 것. ※

〈1971년 5월 26일 수요일 晴〉(5. 3.)
近日 連日 飮酒되어 머리 아프고 몸 衰弱. ×

〈1971년 5월 27일 목요일 曇, 晴〉(5. 4.)
鎭川 陰城地區에선 共和黨(與黨) 補候[候補] 李丁錫 氏가 當選 確定. 李忠煥(新民黨) 후보는 千余票 差로 落選. ×

〈1971년 5월 28일 금요일 晴〉(5. 5.)
魯姬가 사 보낸 '鹿角大補湯' 한제 井母는 다려먹기 始作. 鎭川 常山校庭서 郡內 國民學校 聯合 體育大會가 있어 上新校 兒童選手 뒤따라 全職員 自轉車로 가고.
女敎師 100m에 李在淑 교사가 多幸히도 優勝.
魯運 전학手續 關係로 清州 西門洞事務所에 들려 노운의 住民登錄抄本 만들고. 女高에 가서 姙의 卒業證明書도 떼고.
서울 到着하니 밤 9시경. 永登浦行 豫定을 포기하고 清凉里 下宿집에서 留…… 明朝 德花女中 가기 빠르게. ⓒ

〈1971년 5월 29일 토요일 曇〉(5. 6.)
朝會 前에 德花女中 들려 運의 擔任 李先生께 부탁하여 轉學書類 선듯 꾸몄으나 擔任 李先生이 큰 手苦했음을 深謝.
11에 있는 魯運 잠간 만나고 망우洞 가서 英信 昌信 잠간 안아주기도. 運은 學校서 보니 제 班에서도 어린 편.
姙은 昨日에 永登浦 제 언니집에서 자고 오늘 망우동에 왔다는 것. 出嫁한 큰 딸(노원) 今般에도 生女했다고. 마침 어제였다고. 온 家族이 生男하길 바랐었을 것인데 몹시 섭섭할 일.
清州 또는 鎭川에 사정 있어 今日도 歸家次 下午 1時쯤에 서울 出發. 舍宅에 왔을 땐 下午 7時頃. ⓒ

〈1971년 5월 30일 일요일 曇〉(5. 7.)
尹 校監 춘부장 日本서 잠시 歸國 中이래서 人事. TV용 밧데리 充電依賴次 德山 다녀오기도. ⓒ

〈1971년 5월 31일 월요일 曇, 晴〉(5. 8.)
清州 가서 魯運 전학書類 추첨委員會에 接受시키고. 12시에 出發하여 일 보고 歸校하니 下午 5시 채 안되었고.
어제 서울서 清州까지 왔던 노운과 노임 上新校 舍宅까지 오고. 운과 임 約 2年 間 서울 있었던 것.
放課 後엔 尹 校監 宅에서 全職員 招待.
日暮頃에 德山 가서 충전된 밧데리 찾아오기도. ⓒ

〈1971년 6월 1일 화요일 曇, 雨〉(5. 9.)
鄭德海 會長과 같이 栢谷行. 鎭川선 孫課長 나오래서 晝食 같이 하고. 오랜만에 쏘낙비 연상되는 폭우 20分 程度 쏟아지기도.
栢谷中學에 들려 李 校長 만나 "도오쟈車[불도저]" 運行에 對하여 詳細한 內容 알아보았으나 別貿신통. 上新校 운동장 擴張工事 있는 까닭.
歸途에 鶴城校 들려 環境도 求景. 酒席의 鄭會長 態엔…? ⓒ

〈1971년 6월 2일 수요일 晴〉(5. 10.)
入淸~ 5女 魯運 轉學에 中學配定 추첨. 淸中에서 實施. 추첨結果 '忠北女中'으로 落着. 4女 魯杏 다니는 淸女中으로 안 되어 서운했으나 不可避한 일. 忠北女中에 들려 手續節次 알아보고 歸校. ○

〈1971년 6월 3일 목요일 晴〉(5. 11.)
午後에 淸州 들어가 興業無盡에 들려 15,000원 貸付.
어젯날 眼鏡 분실되었기에 寶眼堂에서 새로 檢視하여 맞추고. ×

〈1971년 6월 4일 금요일 曇〉(5. 12.)
魯運 데리고 忠北女中에 가서 手續 完了. 校監과 表 敎務 親切했고. 眞班 擔任 李 女敎師의 誠意에 感謝하기도. 姪女 魯先과도 잘 아는 處地. 現在의 忠北女中의 學校水準 높은데 驚異. 配定 잘 됐다고 생각. ×

〈1971년 6월 5일 토요일 晴〉(5. 13.)
魯明한테 편지 온 內容 보고 坐不安席. 長項서 海岸守備 中 괴로운 點 많은 듯. 休日인 明日에 直接 가보기로 決意. ×

〈1971년 6월 6일 일요일 晴〉(5. 14.)
長項 가고자 아침결에 出發.[15] 淸州까진 井母도 같이 아이들 附食物 가지고 오고.
顯忠日로 老父母님도 淸州 오시어 同行事에 參席하시고. 나도 西公園까지 가 忠령塔 앞에서 默念. 父母님 모시고 아시들 집까지 와서 酒肉, 点心 잡수시게 하고.
梧倉 가서 黃 氏한테 自轉車 얻어서 佳佐까지.
金鳳男 氏 回甲잔치 招待에 人事. 柳哲相 父親을 비롯하여 洞人들에 人事하고 出發.
步行으로 竝川까지. 天安驛前 왔을 땐 長項行 막汽車는 이미 떠나서 驛前 下宿屋에서 留. ※

〈1971년 6월 7일 월요일 晴〉(5. 15.)
새벽 4時 汽車로 長項 向發. 溫陽서부턴 처음 길. 車內서 몸 고단함을 大端히 느끼기도. 車內 座席 構造는 옛電車와 비슷. 자리는 넉넉해서 누어가는 者 많았고.
目的地인 長項에 도착되었을 땐 8時 조금 지났을 무렵.
묻고 물어 장암洞을 가니 有名하고 처음 보는 製鍊所 있는 곳. 높고 높은 굴뚝이 山 위에 솟아 特異했고.
部隊에 들어가 魯明이 順調롭게 面會. 全員 20名쯤 되고. 小隊長을 비롯해 全員 친절히 맞아주기도.
錦江 最下流 바다 건너 群山에 판하게 보이기도.
魯明과 市內에 나와 点心 같이 했고…… 部隊에선 食事分量 形便없이 적어 배고파 견디기 極히 어렵다는 것. 全員이 마찬가지라는 것. 附食費로 若干 주었으나 안된 생각 간절할 뿐.
12時에 作別하고 天安 오니 亦 下午 4時. 鎭川行 뻐쓰 있어 多幸했고, 진천서 갈미까진 步行.
歸校하니 해졌을 무렵. 學校, 家庭 無事하여 多幸했고. ○

〈1971년 6월 8일 화요일 晴〉(5. 16.)

15) 원문에는 붉은색 색연필로 밑줄이 그어져 있다.

面內 教職員 上新校에 모여 親睦排球大會한다기에 梨月 가서 濁酒 交涉. 大會는 下午 2時半부터 始作되고. 梨月이 優勝.
明日부터 講習 있기에 下午 5時 半에 自轉車로 出發 梨月面 中山里 갈미까지. 淸州에 無事到着. 아이들(妊, 杏, 運)과 같이 留. 北문로 一가. ○

〈1971년 6월 9일 수요일 晴〉(5. 17.)
校長硏修講習 第一日. 場所는 舟城國校 강당. 道內 國校 〃長 380名. 講義보다 스라이드를 通한 學校經營 發表와 郡對抗 排球試合이 特色.
去 4日에 職員慰勞行事로 닭고기 飽食한 날 '眞로'소주 먹은 것 影響 있어 昨日까진 食事不正常터니 今日부터 口味 回復되어 가는 듯. ◎

〈1971년 6월 10일 목요일 曇, 雨〉(5. 18.)
硏修講習의 第二日. 李찬하 初等敎育課長의 特講으로서 學校長의 나아갈 바와 現實敎育의 새로운 方向잡기가 印象 깊을 뿐.
散會 後 梨月校 鄭 校長과 함께 外堂叔母집에 가서 待接받기도.
明日이 道聯合體育大會인데 午後에 비 내려 行事에 憂慮. ◎

〈1971년 6월 11일 금요일 曇, 雨〉(5. 19.)
講習 第3日째이나 今明日은 體育會 參觀하기로 되어 公設운동장으로 出勤. 各 市郡 選手와 應援團 기세 충천하였고.
날씨 마침 終日토록 부슬비 나려 應援團들은 中途에 解散. 경기 種目은 豫定대로 進行. 鎭川은 턱거리 1位와 男 100m에 2位됐을 뿐.
下午 3時 以後엔 校長團도 自由解散.
次女 魯姬 松面서 家庭實習其間이라고 淸州에 오고. ◎

〈1971년 6월 12일 토요일 曇〉(5. 20.)
어제로서 講習行事 끝나고. 몇 郡 選手對決은 今日 午前 中까지 있을 것.
敎大에 가서 養成所 入所 原書 사오고~ 3女 魯妊이 應試 意思로 샀으나 高校卒業年度 昨年이어서 잊은 것 많을 것이므로 合格難일 것. 하여간 며칠間이라도 準備토록 할 일. 祈願〃〃.
姬와 妊은 上新 제 母親한테 간다고 10時頃에 出發. 난 이일저일 보고서 下午 2時에 淸州 發하여 上新 着은 해질 무렵. ⓒ

〈1971년 6월 13일 일요일 晴〉(5. 21.)
蔡 氏 家 喪家집 있어 葬地까지 가서 人事.
人事 차리기가 그렇게도 어려운 일인지? 性格에 있는 것인지. 둔함인지?…… 講習 마치고 왔어도 某 幹部職員은 본숭만숭~. ○

〈1971년 6월 14일 월요일 曇, 가랑비〉(5. 22.)
放課 後에 蠶頭 趙 氏 家 喪家집에 職員들과 같이 가서 人事. ⓒ

〈1971년 6월 16일 수요일 晴〉(5. 24.)
郡 교육청 柳魯秀 장학사 來校 視察. 柳 氏는 本 上新校 第二代 校長으로서 學校經營 잘 하는 참敎育者로 輿論이 좋은 분.
晝間에 管理課 幹部職員 數名 와서 老朽교실 踏査 撮影해 가고.
放課 後 全職員 排球하는 데 審判 보고. ○

〈1971년 6월 17일 목요일 晴〉(5. 25.)
家庭實習 第一日…… 물뫼, 밤디, 원고개 部落 出張. 舊 會長 柳 氏는 마침 出張하여(出他) 相面不能. 氏 家 모내기 作業 돕고.
午後 늦게 淸州行. 아이들과 同留宿.
內者는 齒牙(이) 600원씩 4個 해 박는다고 草坪人 技術者가 와서 뻰 떠가고. ×

〈1971년 6월 18일 금요일 晴〉(5. 26.)
닭 一尾 사 가지고 金溪 本家行. 多幸히 큰 頉 없으셨고.
点心 後 淸州 와서 敎大 養成所 應試書類 提出…… 3女 魯妊, 着實한 살림군이나 職場 없어 딱하기에 마음 먹은 것. 實力이 自信 없으나 잘 되기를 天地神明께 祈願할 따름.
鎭川 오니 밤 9時 막 車도 없어서 旅人宿에서 留. ○

〈1971년 6월 19일 토요일 晴〉(5. 27.)
旅人宿에서 나와 6시 첫 車로 갈미 거쳐 歸校하니 7時 半. 出校하여 밀린 業務 完結에 努力. 변 지서장과 申 부면장 來訪에 一盃 待接하기도. 新定에 있는 누에고치 共販場에 參見人事도 하고. 몸 많이 回復되어 가든한 편. ⓒ

〈1971년 6월 20일 일요일 曇, 晴〉(5. 28.)
全羅道 一部와 서울엔 어제오늘 暴雨였다는 것인데 中部地方은 너무 가므러서 天水 바라기 논 等 모내기 아직 不能.
學校 尹 氏 시켜 T.V用 밭테리 充電所에 運搬케 德山까지.
前庭 除草 後 今日도 누에고치 共販場 다녀오고. ⓒ

〈1971년 6월 21일 월요일 晴〉(5. 29.)
今日 缺班의 補充授業 熱과 誠을 다 해서 잘한 듯.
井母는 윗이 4個 草坪人 趙 氏한테 고치도.
放課 後에 全職員 다리고 校長室 環境整理 再손질. ○

〈1971년 6월 22일 화요일 曇, 晴〉(5. 30.)
傳達夫 尹 氏와 함께 臨時 揭示板 마련하기에 流汗. ⓒ

〈1971년 6월 23일 수요일 晴〉(윤5.1.)
21日엔 淸州地方에도 1時間 동안 60余㎜ 暴雨가 나렸다는데 이곳(鎭川)은 너무 가므러 田作物이 말라드러가는 中.
學校 천정에서 벼룩 半보다도 작은 불개미(쏠개미) 나려 지독하게 쏘는 바람에 全職員 執務에 支障. 要消毒. ○

〈1971년 6월 24일 목요일 晴〉(윤5. 2.)
똥 묻은 강아지가 겨묻은 강아지 나믈한다는 格일가? 眞心으로 誠意있게 兒童교육하자고 職員朝會時間에 强力 指示 强調.
쪽편(신문 오려붙힌 것)과 '현우표 모으기' 책 5권 完成.
職員들 心情 풀어줄려고 방과후에 親睦排球 하기도. ⓒ

〈1971년 6월 25일 금요일 晴〉(윤5. 3.)
6.25의 날. 제21周年 記念日. 總궐기의 뜻으로 愛國朝會 아울러 記念式 擧行.
今日이 3女 魯妊이 敎員양성소 入所 應試日인데…… 어떻게 될가? 天地神明께 祈願할 따

름.
魯運 轉入學된 구비서류 中 井母의 淸州市內 居住 登錄이 必要하여 移居 手續次 梨月面事務所까지 步行으로 다녀오고.
學校職員 緊張된 채 過充實의 氣風.
어린이會에 參席하여 夏節期 놀이와 衛生에 대하여 訓話. ⓒ

〈1971년 6월 26일 토요일 曇, 雨〉(윤5. 4.)
井母 감자 等 附食物 갖고 淸州行. 오는 길에 佳佐 가서 마늘도 캐온다나.
妊은 오늘 面接일텐데 昨日의 試驗이 어떠했는지?
近日 學校職員 앞서 垂範하면서 몰아대는 바람에 모두가 번듯하면 쩔쩔매는 中. 學級 經營 無誠意이기에 이러함도 無理는 아닐 것. 特히 年齡層, 地方人, 幹部側에 더한 셈.
下午 5時부터 부슬비 나리기 始作. 長其間 가믈던 中이라서 甘雨 오는 것. 井母의 計劃된 일에는 支障(마늘캐기).
夕飯 지어 弼과 함께 먹고 T.V 長時間 求景.
밤엔 初面이 三龍里 沈君 찾아와 人事하기도. ⓒ

〈1971년 6월 27일 일요일 雨〉(윤5. 5.)
아침비 한 시간 동안 暴雨. 앞밭 급작이 벌더듬.
朝飯 지어먹고 井母 마중나가던 中 月村 뒷길에서 만나고. 降雨로 佳佐行은 中途에서 廻程했다는 것.
妊의 應試 結果는 失敗했다고 섭섭한 感 不禁. ⓒ

〈1971년 6월 28일 월요일 雨, 曇〉(윤5. 6.)
食 前 1時間 今日도 暴雨. 霖雨期로 접어든 듯.
梅山校 硏究會에 參席. 步行으로 70分 所要. 李起俊, 盧基鉉 敎師 帶同. 朴 校長의 國語科 硏究力과 學校經營 잘 함에 感深. 硏究會 後 校長會議도 있었고. ⓒ

〈1971년 6월 29일 화요일 曇〉(윤5. 7.)
晝食 後 梨月 거쳐 淸州까지. 轉入學한 魯運의 住民登錄謄本 手續次 西門洞事務所와 北門洞事務所에 들려 일 봤으나 井母의 寫眞 없어 未畢. 明日 다시 入淸하여야 할 일.
요새 비에 갈미 앞내 물 많이 흐르고. 날은 아직 무더운 셈. ⓒ

〈1971년 6월 30일 수요일 雨〉(윤5. 8.)
금일도 비는 終日토록 오락가락. 때로는 甚히 쏟아지기도.
淸州 가서 井母 魯運 北門路 139번지로 住居地 手續하고 謄本 떼어다가 淸中 庶務課에 提出.
德山行 뻐쓰타고 歸校하니 下午 6時 半. 步行 6㎞. ⓒ

〈1971년 7월 1일 목요일 때때로 비〉(윤5. 9.)
第七代 大統領 就任式. 三選된 朴正熙 大統領 ~ 眞의 憂國志意인가 滿 10年 間 國威宣揚 뚜렷이 나타났음이 分明. 革命한 보람 있어 改憲하여 三選까지 이루었고. 就任式엔 59個國에서 約 200名의 外來貴賓이 參席 자리 더욱 빛냈다고. 慶祝〃〃 全國 臨時公休. 國旗도 揭揚. ⓒ

〈1971년 7월 2일 금요일 비 오락가락〉(윤5. 10.)
장마비라서인지 날씨 개운치 않은 채 每日 비. 經理帳簿를 비롯 各種 帳簿 親切히 仔細히 檢閱.
井母는 큰 장마 前에 감자 캔다고 무더위 땀 흘리며 勞力. 勞力한 보람 있어 約 2가마 程度 收穫. 땀 흘린 代價. ⓒ

〈1971년 7월 3일 토요일 曇, 晴〉(윤5. 11.)
井母는 近日에 齒痛으로 辛苦 中 今日 더욱 極甚한 듯하여 下午 6時에 德山 帶同하여 高 氏한테 脫齒하고. 새로이 入齒토록 決定. 그간 弼은 집 잘보고. ○

〈1971년 7월 4일 일요일 曇〉(윤5. 12.)
午前 9時에 勝共講習 受講次 서울 向發. 갈미까지 짐 보따리 이어다 주느라고 井母가 수고 많이 했고. 짐 속에는 강낭콩과 집에서 기른 오이 等 淸州用 서울用 두 곳 것 있는 것.
下午 3時에 情報學校에 가서 登錄.
서울 집에 到着하니 一同이 無頉. 한 동안 아이볼 사람 없어 困難했던 모양. 松에게 工夫 잘 하라고 몇 번이고 부탁. ⓒ

〈1971년 7월 5일 월요일 晴, 曇〉(윤5. 13.)
受講 第一日. 入校式과 情報學校 紹介. 敎育은 勝共論이 主. 8時40分부터 下午 4時까지 一日 6校時로 마친다고.
終講後 忠武路 二街에 있는 忠北協會에 찾아가 人事. 常務理事 李萬宰 氏 만나 歡談하기도. 會誌 '충북의 벗' 第2號 받기도. 나의 七人 敎員 家庭 실은 第3號도 印刷 編綴 끝나면 주겠다고. 夕食 別味 반찬과 甘食한 편. ⓒ

〈1971년 7월 6일 화요일 曇, 雨, 曇〉(윤5. 14.)
勝共강습 第二日. 午後엔 對南 間諜의 映畵도 觀覽.
歸途에 大東病院 權在昌 博士 尋訪에 厚待 받기도.
夕食 後 獨學 中인 四男 魯松의 突發的 性格으로 저질러 지는 일 있다는 것으로 제 큰 兄으로부터 존존한 訓戒 있기에 亦 附言하여 꾸짖기도 타일으기도 하기에 夜深토록. 胎性인지 天性인지? 順한 正常으로 用心하기만 바랄 뿐. 不安感 無限하나 自慰. 억지 就寢. ⓒ

〈1971년 7월 7일 수요일 曇, 雨〉(윤5. 15.)
終講 歸途에 忠北 敎友 7名은 簡單한 酒店에서 親睦 파티. 趙중협 校長과 大東病院 權博士 尋訪하여 待接받고. 밤 늦어 淸凉里 下宿에서 留. 相當히 醉했던 記憶. ※

〈1971년 7월 8일 목요일 曇〉(윤5. 16.)
昨日 中途 留宿으로 집이 궁금. 英信 昌信 보고 싶고. 魯松의 일 생각 간절하여 뼈아픈 느낌에 눈시울 뜨겁기도. 일편 딱한 생각에 앞날의 發展을 충심으로 빌 따름.
歸家하니 意外 一同이 화목하여 安心되고.
英信은 몸살인지 감기인지 몸에 熱 있어 病院 다녀오고. ○

〈1971년 7월 9일 금요일 晴〉(윤5. 17.)
勝共 강습 第5日~ 第3校時에 試驗. 머리 나우 어지러웠던지 개운치 못하게 치룬 結果 成績 좋지못한 樣에 心情 괴로웠고. 午後엔 自首 間諜 '金만호?' 氏로부터 特講 있어 特色. 散會 後 趙 교장과 一盃하고 分手. ○

〈1971년 7월 10일 토요일 曇, 雨, 曇, 雨〉(윤5. 18.)
강습 第6日(最終日). 各 課程班 合同하여 講堂에서 2時間 동안 '스라이드'를 通해 '이스라엘 國防體制'를 聽取. 11時에 修了式 擧行. 食堂에서 簡單한 파티. 一週日간 무덥고 비오고 하는 中 나이 먹은 무리들이 時間 지키며 特殊한 環境 속에서 全國 各校의 責任團이 뜻깊은 生活이 今日로 마치고 散〃이 헤어짐도 追憶 남을 일.
淸凉里서 四男 魯松 만나 같이 永登浦行. 마침 暴雨 中이어서 온몸 함씬 비 맞은 채 큰 女息 집 찾고(新豊洞 305~22호). 査頓과 함께 情談. 그는 健康 非正常으로 그 좋아하던 술도 不飮 中. 날씨 關係로 不得已 留. 큰 女息의 輕快한 움직임과 좋은 人相은 누구나가 印象 깊을 일. 아직 딸만을 兄弟 出産하여 그것이 좀 안된 일. 사위 趙泰彙는 한밤 中에 오고. ○

〈1971년 7월 11일 일요일 曇〉(윤5. 19.)
朝食 直後 忘憂洞行. 魯松에게 잘 하라고 數次 當付하고 出發. 큰 애 鐘路街까지 와서 麥酒 待接에 誠意 다 하고. 高速뻐쓰로 淸州 와서 아이들 만나고. 鎭川 왔을 땐 下午 7時頃. 택시로 '갈미'까지. 갈미 앞내 벌창히 흐르고.
歸校 舍宅에 到着하니 公私間 無故에 多幸. ○

〈1971년 7월 12일 월요일 晴〉(윤5. 20.)
모처럼 날 개어 개운하나 暴暑에 땀 많이 흐르기도. ⓒ

〈1971년 7월 13일 화요일 晴〉(윤5. 21.)
早朝에 德山 가서 T.V用 받데리 充電된 것 自轉車로 運搬.
出張班 補充授業에도 兒童 興味 맞춰 快樂時間 보내기도.
夜間엔 T.V視聽에서 '레스링' 對決에 우리 韓國이 낳은 金一 選手와 美國의 부로시 選手의 그 싸움은 무섭고도 殘忍한 편이 느껴져 차마 말 그대로 目不忍見임에 快치 않았고. 或 求景한 어린이들에겐 非敎育的일 것을 느끼기도. ⓒ

〈1971년 7월 14일 수요일 曇, 晴〉(윤5. 22.)
晝間에 井母 데리고 德山 가서 齒牙工 高氏한테 左側 윗니 6個 新入하여주고. 高氏 집에서 衷心 待接 받기도. 歸途에 蔡수종 만나 一盃한 듯하나 잘 記憶 안났었고. ※

〈1971년 7월 15일 목요일 雨, 曇〉(윤5. 23.)
退廳時間 經過 後까지도 給料 係員들 아니와서 궁금하기 짝이없던 不安感과 초조感에서 夜間이지만 梨月까지 한다름[한 달음]으로 쫓아가보기도. 그네들은 性質도 태화탕[16]인지 그대로 留하기 始作한 中. 좀 나믈하다가 被困하여 그대로 梨月서 留.
俸給 事故는 全혀 없어 多幸이었고. ×

〈1971년 7월 16일 금요일 雨, 曇, 雨〉(윤5. 24.)
梨月서 밝기 前에 出發. 早朝에 歸校.
俸給 無事히 全員에 分配. ×

16) 태화탕(太和湯)은 '쓰지 않고 싱거운 탕약'이라는 뜻이지만, 언제나 마음이 無事태평인 상태를 비유적으로 일컫는 말이다.

〈1971년 7월 17일 토요일 雨, 曇〉(윤5. 25.)
새벽열[새벽녘]에 長時間 暴雨.
制憲節(第23周年)이어서 休校.
15日에 李萬淵 교사와 함께 會長 집 가서 복숭아 먹고 갖아오고 하였는데 鄭 會長이 오늘 日暮頃 복상 갖고 舍宅까지 찾아오기도. 하기야 尋訪했던 15日은 出他하고 없었던 것. ※

〈1971년 7월 18일 일요일 曇, 晴〉(윤5. 26.)
어젯날까지 數日 間 連飮에 몸 고단하고 食慾 없어져 朝食 못했고. 附食物 및 복숭아 若干 갖고 淸州行. 갈미 냇물 많아 德山으로 처음 通해 간 것.
興業무진에 들려 拂入金 및 貸付 받았던 債金도 一部 整理. 魯明한테도 若干 送金. 물마[17]에 松面서 온 魯姬한테선 받은 俸給 주기에 받기도. 잔일 보고 歸校하니 日暮 直前. ◎

〈1971년 7월 19일 월요일 曇〉(윤5. 27.)
去 16, 17日에 暴雨 나려 各處 被害 많다는 것. 서울과 京畿 地方은 4時間 동안에 180㎜ 왔다는 것. 家屋 및 落雷로 30名이 死亡했다나. 水災民은 곳곳에 數千數百名씩이라고.
解放後 水災로는 두 번째의 큰 被害라고.
井母는 德山 가서 병아리 購求해다가 삶아주기에 잘 먹고. 어제 오늘 一滴도 不飮했기에 口味 돌아서기도.
井母와 魯弼은 營業次 들어온 映畵 觀覽 저녁에 잠간. 변변치 못하다는 것. ◎

〈1971년 7월 20일 화요일 曇〉(윤5. 28.)
食慾完全 廻復.
學期末 整理에 몇 幹部職員의 口實만으로 時日만 보내고 있을 뿐 推進 〃度가 微〃한 感 있어 不快도 多分. 終禮時에 몇 가지 特別 促求 指示하기도…… 本校만이 있는 要因 있기도 하지만…….
井母는 佳佐 다녀온다기에 물마 끝이라서 갈미 앞내까지 同行. 냇물 아직 많고 길뚝, 논밭뚝 엉망으로 끊어진 곳 많기도. ◎

〈1971년 7월 21일 수요일 雨, 曇〉(윤5. 29.)
새벽부터 暴雨. 越川 不能. 내 건너 職員 登校 못하고.
어제 佳佐 간 井母 때문에 근심. 생각다 못해 梧倉까지 出迎. 龍頭 큰 똘 못 건는다는 消息. 下午 3時 50分쯤에 相逢. 무거운 것(마늘 6접)이고 數十里 步行으로 달려오느라고 큰 苦生했을 터. 그레도 無事히 온 것만이 多幸한 일.
德山 쪽길로 歸校. 下午 6時 半에 到着. 마중 갈 때도 德山 쪽으로 長靴 신은 채 鎭川까지 徒步. 約 3時間 所要. ◎

〈1971년 7월 22일 목요일 雨, 曇, 晴〉(6. 1.)
새벽열에 비 나우 나렸고. 因하여 냇물 다시 越川 難인듯.
圖서錄과 教科 研究錄 쓰기에 힘 기우렸기도.
5日 만에 勸에 依하여 今日은 酒類 맛 보았기도. ⓒ

〈1971년 7월 23일 금요일 曇〉(6. 2.)
放學 準備에 全職員 奔走한 편. 然이나 責任 있다는 數名 職員은 태화탕. 研究責任職員의

17) 비가 많이 와서 사람이 다니기 어려울 만큼 땅 위에 넘쳐흐르는 물.

活躍 없음에는 원망스러울 程度.
育成會 事務擔當者의 無誠意 事務 處理에도 不快했고.
어제 오늘 硏究錄 및 讀書錄 쓰기엔 손가락 몹시 아팠고. ○

〈1971년 7월 24일 토요일 曇〉(6. 3.)
早朝에 밭데리 充電일로 德山, 自轉車로 언뜻 다녀오기도.
第1學期 終業式. 上新校 온 제도 半年 가까워진 모양.
職員會 開催하여 學校 및 職員 評價 단단히 하여 反省會 强力히 斷行하기도.
병아리 한 마리씩으로 職員慰勞會도 豊히 한 셈. ×

〈1971년 7월 25일 일요일 曇, 雨〉(6. 4.)
아이들 데릴러 淸州行. 妊은 松面의 魯姬 오면 明日쯤 같이 온다고. 杏은 課外工夫 있어 繼續 登校할 판이라고.
市場 일 조금 보고 魯運만을 다리고 비 나리는 바람에 갈미 냇물 念慮되어 德山쪽으로 方向 잡아 덕산부터 步行으로……. 魯運은 初行 길이라서 큰 욕 봤을 터~ 비로 因해 우산 받고. 길 길고. 책가방 무겁고. 멀기도 해서. ○

〈1971년 7월 26일 월요일 雨, 曇〉(6. 5.)
새벽부터 10時頃까지 줄곧 降雨. 올 아이들 때문에 걱정되기도.
下午 6時까지 熱心 執務~ '休暇 中 職員動態表' 大形으로 作成하여 敎務室에도 揭示.
本家에 長期間 못가 몹시 窮今 中. ◎

〈1971년 7월 27일 화요일 曇, 晴〉(6. 6.)
모처럼 날씨 晴明. 然이나 무덥고 32°.
各處 水害 甚하다는 發表. 人命被害도 많다고 報道. 本家 소식 아직 몰라 궁금. 아이들 運 外 아직 못오고. ⓒ

〈1971년 7월 28일 수요일 曇, 晴〉(6. 7.)
朝夕으로 舍宅周圍와 남새밭자리 除草作業 나우 했고.
淸州서 魯妊, 魯姬 왔기에 安心~ 亦 德山 쪽으로 왔다는 것.
本家行 豫定을 變更~ 콘로 손질에 時間 빼앗겨서. ⓒ

〈1971년 7월 29일 목요일 曇, 가랑비, 曇〉(6. 8.)
午後에 本家 金溪行. 淸州서 狗肉 若干 사 가지고.
天幸으로 老兩親 氣力 그만하시어 安心되기도.
興業無盡 朴 社長한테 妊의 就職 처음으로 付託하며 履歷書 내고. 各處 保險料(보험料) 7月 分까지 整理. ⓒ

〈1971년 7월 30일 금요일 晴〉(6. 9.)
早朝에 起床하여 집안 둘레 淸掃와 除草作業.
어제 사갔던 狗肉 奉親의 意였지만 나도 나우 먹었고.
玉山面에 들려 財政保證書用 몇 가지 書類도 作成.
長의 意思대로 今年 7月 9日(父친 生辰) 生辰 行事 서울서 行키로 말씀 드렸으나 快히 승락 안 하시고.
歸校해보니 큰 애 井이도 서울서 와 있었고,

다 無故하다는 것. 서울선 上衣 等 구두까지 갖고 오기도. ○

〈1971년 7월 31일 토요일 雨, 晴〉(6. 10.)
學校서 잠시 執務 中 馬屹部落 有志 父兄에 끌려 午後엔 過飮한 편. 井과 姙은 本家行~ 明日은 上京한다는 것. ※

〈1971년 8월 1일 일요일 晴〉(6. 11.)
장마전선은 이제 끝났다고 報道. 날씨 대단히 더워 34°.
學校엔 數人 職員 登校하여 執務. ○

〈1971년 8월 2일 월요일 晴〉(6. 12.)
어제 오늘 最高로 무더운 듯. 34°.
魯明한테서 喜消息~ 8月10日頃에 軍服務 마치고 除隊하여 歸家한다고. 만 3年된 듯. 그간에는 越南까지 갔었기도. 감개할 따름. 저녁 7時에 밧데리 運搬入. ◎

〈1971년 8월 3일 화요일 晴, 曇〉(6. 13.)
한더위는 繼續되어 35°까지 上昇. 美國人 달 探索 TV 있었고.
梨月面에 들려 財政保證書類 作成. 學校 鄭運海 교사가 保證人의 一人. 上廳하여 서류 提出. 申 教育長에게 學校 各項도 說明 및 要求. 우물 施設과 增築에 對한 喜消息 듣기도. 管理課 職員들과 冷緬으로 点心 會食. ⓒ

〈1971년 8월 4일 수요일 晴, 雨〉(6. 14.)
八月 一日來 34.5度를 上昇하던 氣溫이더니 午後 5時쯤부터 갑자기 曇集터니 쏘나기 나려 시원해져 살 듯.
夏季 放學된 지 滿 10日째. 共同硏修 中인 全職員은 今日은 財物調査 業務에 總動員.
'꽃동네 새동네' TV 보고 井母를 爲始 아이들까지 기쁘게 보기도. ⓒ

〈1971년 8월 5일 목요일 雨, 曇〉(6. 15.)
엊저녁부터 오는 비 오후까지 꾸준히 繼續. 냇물 또 많을 것.
明日은 校長會議 있어 發表要項 持參케 되어 其 草案 잡아 校監에 주어 謄寫하도록 하고.
食慾 있어 食事 잘 하는 편. 이점[18]氣 있는지 數日 前부터 便所 出入 잦으나 便은 안 나오고 ~~ 弼이도 井母도 마찬가지. 돌량[19]이라고? 隣接 사람들도 그런 이 많다는 것.
客室 밖 門에 透明厚紙 바르기도(유리종이). ⓒ

〈1971년 8월 6일 금요일 晴〉(6. 16.)
校長會議에 參席. 案件 休暇 中 生活이 主. 순전히 自轉車로 往來. 어제까지의 비로 各處 물 많고. 무더위는 가랎은 편.
弼이 독감인지 熱 많고~ 어지럽다고. ○

〈1971년 8월 7일 토요일 晴〉(6. 17.)
몸은 끓어도 起床하여 洗面하는 勇敢한 魯弼. 노명은 9日에 除隊한다고 하였으니 그렇다면 모레이니 반가운 일. 시원한 바람 오늘도 계속. 學校서 日暮時까지 讀書. ⓒ

---

18) 이점(痢漸): 이질(痢疾)의 다른 말. 변에 곱이 섞여 나오며 뒤가 잦은 증상을 보이는 법정 전염병.
19) 돌림병의 사투리.

〈1971년 8월 8일 일요일 晴〉(6. 18.)
魯姬 松面 가는데 가방 보따리 갈미까지 갖다 줄 겸 鎭川까지 바레다주고. 열무 및 김장 菜蔬 씨앗 購入.
鄭 會長 만나 學校일 相議 복숭아 나우 얻어오기도. 講習 갔던 盧敎務 왔다기에 接見. 藩理事 宅에서 待接 받고. ※

〈1971년 8월 9일 월요일 晴〉(6. 19.)
學校 尹 氏 助力 받아 食 前에 김장菜蔬 갈고(舍宅 門前).
今日은 三男 魯明이 除隊한다는 날인데…… 어느날 집에 到着할른지? 曾坪 師團 거쳐 올 듯도.
日暮頃에 德山 가서 받데리 充電된 것 찾아오기도. ×

〈1971년 8월 10일 화요일 曇, 雨〉(6. 20.)
앞 방죽에서 漁夫 만나 一盃 待接. 큰 장어 一尾 얻기도.
아침결에 구름 모여 들더니 終日토록 비 나리고. 昨日 種字 播種한 것 發芽에 支障 있을 듯.
休暇 中 硏修에 職員 9名이나 나가 있어 日宿直 職員만이 남아 있는 셈. 尹 校監은 오늘 入淸하고. ○

〈1971년 8월 11일 수요일 颱風, 雨, 曇〉(6. 21.)
엊저녁부터의 強한 비 바람에 옥수수, 고추 等 農作物이 많이 쓰러지기도.
敎室改築 玄關附設 給水施設 사업으로 신 교육장 學校 다녀가고. 今日도 讀書로 消日. ⓒ

〈1971년 8월 12일 목요일 晴〉(6. 22.)
月曜日에 播種한 김장씨앗 發芽 잘 되고.
今日도 讀書로 一貫. 집에 오려니 絃, 明 안와 기다려지고.
T.V 畵面 現相 안되기에 안테나 고쳐 세우니 正常.
學校 兩會計의 事務推進에 無誠意함에 不快感 일고.
井母, 運, 弼은 夕食 後 동네 들어온 映畵구경 가기도(招待券). ◎

〈1971년 8월 13일 금요일 晴, 曇〉(6. 23.)
郡內 藝能發表大會 있어 鎭川 나가보고. 場所는 三秀校. 짓기部에 魯弼이도 들고. 常山校에 가서 受講 中인 職員들 만나보기도.
敎育廳에 들려선 學校 施設問題 協議도 하고. 新德校에 달려가 給水施設 狀況 求景 細密히 해두고.
올 아이들 아무도 아니와 궁금하기에 入淸~~ 絃, 明, 姬 모두 일 마치고 各自 돌아갔다는 안집 婦人의 말. 卽時 回路 歸校해 보니, 방금 到着했다는 3男 魯明이 와 있어 반갑고, 曾坪 師團까지 다녀 除隊證까지 찾았다는 것…… 만 三年 前 이때(1968年)에 入隊하여 越南까지 다녀온 明을 새삼 생각하니 無事하길 祈願했던 其間 - 本人의 苦生이야 無限했겠지만 …… 오로지 天地神明께 感謝드릴 뿐. ⓒ

〈1971년 8월 14일 토요일 曇, 晴〉(6. 24.)
校內 稧金 100,000원 受領. 난생 처음으로 5만 원 4分 利로 남 줘 보고. 俸給 受領後 職員 接待.
長期勤續敎育功勞者 153名 8.15 褒賞에 끼었다고 新聞에 발표.

서울서 4男 魯松이 오고. ○

〈1971년 8월 15일 일요일 雨, 曇〉,晴〉(6.25.)
光復節 第26周年 記念日. 學校선 職員 兒童 全員 召集토록 했기에 校監에게 擧式關係를 付託하고 淸州行.
道教委에서는 國民勳章 및 國民褒賞 授與式이 있어 參席하라기에 時間 대서 入淸…… 國民褒章賞 받았고, 長期勤續으로 30年 以上 者는 勳장. 25年 以上은 褒章이라는 것.
魯明 다리고 洋服購賣店에 가 一着 購入해주곤 마침 2男 魯絃도 왔기에 함께 金溪 本家 가고, 老親 글력 그만해서 多幸. ○

〈1971년 8월 16일 월요일 晴〉(6. 26.)
魯明 다리고 淸州 거쳐 槐山行. 槐山 교육廳에 들려 魯明의 復職 手續 마치고 金 두 장학士 待接하고선 淸州로 도라 任地 가니 밤 9時頃. ○

〈1971년 8월 17일 화요일 晴〉(6. 27.)
下午에 鎭川 나가서 受講 中인 7名 職員에 慰勞之意로 夕食 會食하니 어둡고. 不得已 택시로 歸校. ※

〈1971년 8월 18일 수요일 晴〉(6. 28.)
몸 疲困하나 淸州 가서 盧 主任教師 찾아 夕食 및 酒類 제공. 昨醉가 未醒일텐데 今日도 滿醉였던 모양. 記憶 不分明하고 머리 복잡? ※

〈1971년 8월 19일 목요일 雨〉(6. 29.)
淸州는 4女 魯杏 혼자서 끓여먹는 中. 애비 待接하려고 誠意껏 朝食 지었으나 口味 없어 解腸만 하고 忠州行~ 老隱校 金昌濟 校長님의 停年退任式에 參席.
비는 終日 내리고. 德新校도 求景. 周德까진 忠州市 教育長 車로, 淸州까진 道教委 車로 惠澤 보기도.
興業無盡에 들려 利子와 月賦金도 整理.
明日 공주가려고 또 淸州서 杏과 留. 어지러운 精神 今日도 倍加. ※

〈1971년 8월 20일 금요일 曇〉(6. 30.)
公州行. 鳥致院서 약 1時間 걸리고. 몇 年前보다 道路 행결 좋아졌고. 教大에 들려 李起俊 教師 慰勞.
㒷心 接待 計劃은 意外로 待接을 융숭히 받은 편…… 同 教授 朴仁根한테…… 朴教授는 長男 魯井과 師大 同科 同期.
淸州 오니 長項 갔었다는 魯明이 왔기에 함께 上新 오고. ○

〈1971년 8월 21일 토요일 曇〉(7. 1.)
學校 2次研修計劃은 職員 多數豫備軍訓練 關係 있어 不能. 酒酊꾼(職員도 一名 包含) 數人 때문에 잠시 속 썩기도.
魯絃, 振榮, 金溪서 오고. 日暮頃에 姬와 杏도 到着. ◎

〈1971년 8월 22일 일요일 雨〉(7. 2.)
비 終日 내린 셈. 채소에 支障 있을 듯. 아이들 "테레비" 보기에 集中 長時間.
감기인가 기침 나고 목 痛症 심한 편. 內者는 송편 떡 빚기도. ◎

〈1971년 8월 23일 월요일 雨, 曇〉(7. 3.)
기침 加重하여 목 大端히 아파 苦痛 甚하고.

藥局에서 憾氣 藥 갖다가 2次 服用하여서인지 下午 4時쯤엔 差度 있는 듯.
魯姬 淸州 다녀온다고 出發. 魯明은 서울 제 큰 兄한테 가본다고 같이 出發. 부슬비 나리더니 午後에서 멎고.
배추밭 손질코 약(B.H.C) 撒布. ◎

〈1971년 8월 24일 화요일 曇, 晴〉(7. 4.)
새벽 무렵에 한축나고 오한(惡寒). 去 21日에 있었던 일로 打撲으로 若干 절렸던 왼가슴 惡化되어 藥 服用…… 鎭川행 豫定을 中斷.
아이들 때문에 닭 잡고. 紘과 振榮은 朝食 後 집에 가고.
內者는 열무 사러 德山 장 갔다 오기도.
處暑여서인지 저녁 되니 선선한 가을 氣分. 한낮의 뜨검이란 大端하여 運身에는 금방에 런링 함박 적시기도. ◎

〈1971년 8월 25일 수요일 晴〉(7. 5.)
교육청에 들려 消息 듣기도…… 上新校 敎室 增築에 27日날 現場 說明한다는 것.
退廳 무렵에 孫課長과 함께 택시로 入淸…… 道敎委 文係長(公報) 鄭 係長(監査) 招請하여 夕食 接待. 孫課長과 함께 旅館에서 留…… 5月 15日의 스승의 날 期해 敎員 家庭 弘報했기에 謝禮한 것. ○

〈1971년 8월 26일 목요일 晴〉(7. 6.)
鎭川 거쳐 學校 둘러보고 다시 淸州서 일 보고 선 金溪 本家行. 伯父 忌祭 지내고. 振榮은 豫備軍 訓練 있다고 任地 가고 없는 中. ○

〈1971년 8월 27일 금요일 晴〉(7. 7.)
早朝에 出發하여 淸州, 鎭川 거쳐서 歸校. 13時쯤에 申 敎育長과 數人 來校하여 解體할 敎室 및 新築 敎室 자리 現場說明.
明日 볼 일 있어 下午 5時에 金溪 向發. 밤 10時頃 着家.
井母는 魯妊 다리고 낮에 本家에 가고. ○

〈1971년 8월 28일 토요일 晴〉(7. 8.)
明日에 보태쓸 닭은 玉山市場서 몇 마리 사고. 入淸하여 서울서 온 큰 애 井과 次男 魯紘과 함께 통닭 및 肉類 외 10余種의 반찬 材料와 酒肴 거리 사는데 날씨 더워 땀 無限히 흘리기도. 日 前에 上京했던 3男 魯明이 와서 장 홍정 助力에 애 많이 쓰기도. 長孫 세살배기 "英信"이도 서울서 왔기에 반갑기도. 택시로 夢斷里까지 1,000원. ○

〈1971년 8월 29일 일요일 晴〉(7. 9.)
1時頃에 3從兄(萬榮)의 忌祭 지내는 데 參席. 從兄과 再從兄과 함께.
어제부터 땀 흘리며 料食 만드는 데余念이 없던 井母, 魯妊, 桑亭 누이, 그리고 老母親. 日出 前에 從兄嫂 氏, 再從兄嫂 氏 와서 助力.
朝飯 接待는 金溪 全體에 家〃戶〃 어른 全員. 還甲 以上 老人은 全員 請牒.
酒類 待接 無數히. 거이 終日토록 接待. 靑年들의 農樂으로도 興 滿〃했고, 老親께서 滿足하신 냥 춤추시나 한구석 섭섭하셨을 것…… 오래 前서부터 없는 云榮 없으므로. 母親은 落淚하시며 참느라고 애쓰시고. 姪女 魯先이도 한 동안 침울.
紘과 明이 一同 따라서 興趣發揮 若干. 振榮은 아직 안오고.

71歲의 父親 生辰을 期해 振榮, 魯明 越南 갔다가 無事歸國 除隊했음을 自祝之意로 洞人들에게 接待하는 것?
振榮이가 越南서 사온 T.V視聽으로 終日토록 特色 이뤘고.
몸 괴로워 보이던 紘, 學校일 責任 있다고 午後에 出發. 밤 中엔 振榮이 任地에서 오고.
行事 大盛況 이뤘으나 多幸히도 無事했음을 深謝. ○

〈1971년 8월 30일 월요일 晴〉(7. 10.)
家具 整理로 魯妊 애쓰고. 朝食에 닭 2尾 잡기도.
10時頃에 出發하여 淸州서 魯井은 16時 車로 出發. 英信은 當分間 시골에 두기로. 午後 5時 빼쓰로 井母, 明 같이 上新 오고. 開學 가까워 杏과 運은 淸州로 姬는 明日에 任地인 松面 간다고…… 炊事 中 발등에 火傷 若干 입어 던나 그 아픔에 딱하여 가슴 아프기도. 上新校 到着하니 公, 私 모두 無事하여 多幸. 松이도 弼이도. ○

〈1971년 8월 31일 화요일 晴〉(7. 11.)
學校의 老朽敎室 撤去 作業 中. 新築敎室 基礎도.
長期 休暇도 今日로 끝맺고. 모두 無故에 深謝. ○

〈1971년 9월 1일 수요일 晴〉(7. 12.)
第2學期 開學式. 學校 職員 兒童 全員 無事 登校에 기뻤고. 建築工事 中이어서 複雜할 것이나 學校 敎育生活 正常化하자고 當付.
學期末 人事發令 아직 안나서 궁금~ 魯明의 復職 發令 기다리는 中이어서……. ○

〈1971년 9월 2일 목요일 晴, 曇〉(7. 13.)
井母는 午後에 淸州行~ 明日의 母親 生辰에 淸州서 모시기로 되어 있어서 그 準備로.
鎭川郡 申玉鉉 敎育長 轉出한다는 消息 있기도. 忠州市로 가고 丹陽 崔榮百 氏가 온다나.
今日 夕飯은 魯明이가 지었는데 軍 時節에 經驗 있어서인지 잘 지었기도.
저녁엔 李範舜 統長 來訪~ 地方 큰 道路 補修件에 相議하기에 快諾했고.
去 21日에 打撲 입은 왼가슴 아직 鎭痛 안되어 괴로운 中. ◎

〈1971년 9월 3일 금요일 晴, 曇〉(7. 14.)
申玉鉉 敎育長 送別宴會 있어서 鎭川行~ '개풍원'에서 晝食, 校長團 一同. 申 교육장 몹시 離任(轉出)을 섭섭히 생각하고 있다고.
淸州 가서 英信 오는데 다리고 오고. 母親 生辰인데 同席 奉養 못해드려서 罪萬. 井母가 어제 가서 魯妊과 함께 今日 朝食 準備에 분망했을 터. 母親께선 魯先과 같이 어제 오시고 父親은 今朝에 오셨다고. 鎭川 行事로 時間 없어 뵙지 못하고 駐車場서 回路.
큰 孫子 英信은 이곳에서 過冬할 豫定. 익히기 爲해서도. ⓒ

〈1971년 9월 4일 토요일 雨, 曇〉(7. 15.)
비 나리기에 早朝에 배추 모종 20余 폭.
3女 妊이 부엌 出入타가 발등 져찔러 辛苦中 딱하기도. ○

〈1971년 9월 5일 일요일 晴〉(7. 16.)

淸州 거쳐 金溪 本家行. 닭찜 사 가지고 가서 父母님께 드리고. 지난 음 7月14日에 뵙지 못해서 職場이 바빠도 가 뵌 것.
魯明 未發令인지 消息 無하기에 傀山으로 通話 걸었으나 日曜日이어서 關係者 없어 分明한 것 아직 모른 채 淸州서 留. ※

〈1971년 9월 6일 월요일 晴〉(7. 17.)
傀山교육廳 關係者한테 魯明 發令件 알아본 즉 未發令이라고. 人事關係者의 無誠意인 듯해 분하기도. 道安으로 講師發令한다나…….
鎭川教育廳에서 新舊教育長의 就離任式 있어 參席. ×

〈1971년 9월 7일 화요일 晴〉(7. 18.)
育成會 任員會 있었고~ 體育會 件과 李教師의 十周年 勤속 行事 推進으로.
魯明의 일 궁금하여 傀山교육廳 가 보기로 出發. ※

〈1971년 9월 8일 수요일 晴〉(7. 19.)
井母는 入淸~ 청주 아이들한테 가본다고. 明日이 杏의 生日이기도 하다나.
傀山 갔던 魯明이 왔으나 消息 別無신통. ※

〈1971년 9월 9일 목요일 晴〉(7. 20.)
며칠 前에 발목 삐었던 妊이 많이 갈아앉은 듯.
서울에서 와 있는 큰 孫子 잘 놀기도 하나 감기와 짜증이 많은 편.
淸州 갔던 井母 낮에 無事 歸家. 杏의 生日 朝食해주고. ○

〈1971년 9월 10일 금요일 晴〉(7. 21.)
心身 몹시 괴롭더니 낮부터 많이 풀린 듯. 臭心 요기 얼큼하게 수제비국으로 하고 魯松과 함께 梨月面에 가서 두가지 手續을 畢~ 松의 住民登錄證 手續. 明의 除隊 申告.
明의 일로 急히 入淸하였으나 退廳時間 지난 下午 6時 너무므로 今日은 볼 일을 포기하고 運과 杏이와 함께 留. ◎

〈1971년 9월 11일 토요일 晴〉(7. 22.)
運과 杏이가 誠意껏 지어주는 엊저녁과 朝飯을 나우 많이 먹고. 九時 半에 道教委 初等教育課에 가서 魯明의 除隊復職에 未發令의 事由를 문의한 즉 自己네 側의 事務上 착오였다고 謝過. 手續 받은 傀山教育廳을 나물하는 듯.
李課長으로부터 道人事係 擔當者의 甚한 言辭 때문인지 매우 쾌와 함께 不快한 表情 外表. 잘해달라 付託하고 出廳.
鎭川교육廳 들려 工事進度와 給水施設事業 促求하고 數人 職員과 晝食을 會食코 退廳.
밤꼴부터 學校까지 步行. 夕食 後 尹 校監 불러 13日 行事를 協議 當付. 學校 職員 近日 態勢도 論議. ◎

〈1971년 9월 12일 일요일 晴〉(7. 23.)
明日의 일로 校監과 함께 終日토록 教務室에서 執務. 學校工事는 今日로 基礎 콩크리트 工事 完了.
日出 前에는 菜蔬 밭에 人糞 퍼주어 개운했고. ⓒ

〈1971년 9월 13일 월요일 晴〉(7. 24.)

新任 崔榮百 教育長 初頭巡視次 來校에 學校 現況 報告로 約 一時間 熱辯~ 要望事項 中 既約됐던 給水施設에 舍宅까지 引水한다는 點에 育成會에서 負擔 云〃에는 不快하기 짝이 없는 感 不禁이나 初任 초초 內容 不明이어서 하는 말이라고 自慰해 보기도.
行事 終了 後 舍宅에서 全職員 一盃하고 退廳. ⓒ

〈1971년 9월 14일 화요일 晴〉(7. 25.)
舍宅 사랑방 아궁이 불 땔 수 있게 尹 氏와 고치고. 學校 改築工事 推進 잘 되고. 給水施設 工 崔 氏 왔기에 工事場 說明하고 舍宅까지 設置토록 現場을 일러주기도. ○

〈1971년 9월 15일 수요일 晴〉(7. 26.)
學校 改築工事 監督에 奔走 中. 몇 父兄 찾아와 人事하기도. ○

〈1971년 9월 16일 목요일 晴〉(7. 27.)
魯松 서울行. 井母와 함께 淸州까지 同行하여 三人이 点心도 같이 하고. 下午 3時에 高速뻐쓰場에서 못만나 궁금. 優秀成績兒가 學業 中斷된 지 1年 半余. 文學책은 좋아하는 것 繼續. 괴팍 성미라서 제 母親한테 가끔 지청구 먹기도. 궁금하고 섭섭한 感 多分.
淸州서 各處 볼일 보고 井母와 함께 저물게 舍宅 着. ×

〈1971년 9월 18일 토요일 晴〉(7. 29.)
明日이 英信이 生日이라서 집에선 떡 빚기도. 學校 水道工事에 舍宅까지 施設 못하겠다는 當局의 말에 흥분과 분개. 地方에서 하겠다고 技術業者에 付託. ×

〈1971년 9월 19일 일요일 晴〉(8. 1.)
큰 孫子 英信의 2돌. 英信母 온다더니 아니왔고.
魯妊은 극진히 英信이 돌보다가 淸州 아이들 事情 있어 入淸.
2가지 工事로 來校者 자주 만나 飮酒에 괴로운 中. ※

〈1971년 9월 22일 수요일 晴〉(8. 4.)
校長會議 있어 入 鎭川. 自轉車로 往復. 몸 大端히 고달프고. 轉入해 온 崔○○ 교육長 訓示時間 길기도. 赴任後 첫 會議라서인지 点心 待接 융숭히 받은 셈.
學校 給水施設에 配當된 것 廳에서 쓴다고 안내주어 극도로 분개. 당황하기도. 前任者를 無視하는 짓? 또는 本人과 틀린 點이 있는지 괴性格엔 理解 困難. 하여튼 더 좀 두고 볼 일. 教育을 사랑하는 마음 있다면 있을 수 없는 일.
몸 쇠약해져서인지 自轉車로 歸校時 욕 많이 본 듯. ○

〈1971년 9월 23일 목요일 雨〉(8. 5.)
오랜만에 비 오는 것. 채소에 甘雨.
學校는 工事 中으로 室內外가 共히 不潔. 거기에 各 擔任들 淸掃 指導도 不徹底. 體育會 種目 指導도 있으나 誠意 不足인 탓. 또 교정해야 할 일인지? ◎

〈1971년 9월 24일 금요일 雨〉(8. 6.)
今日도 終日토록 비 나려서 이젠 過雨. 舍宅이나 學校나 周圍엔 물천지. 또 진수렁. 學校 建

築工事에도 支障 있고.
朝會時間엔 나의 經驗 비춰서 飮酒生活에 覺醒해서 此後론 健康 維持와 節約生活과 社會輿論의 빈축의 原因이 되지 않도록 하자고 印象좋게 當付. 나 自信이 있을가마는 職員만이라고 保호하기 爲해서이며 自身도 十分 留念할 일.
2돌 지난 長孫 '英信'이 진수령에서 놀았다고 제 祖母한테 꾸지람 들으면서도 따루는 것 보면 血統이란 天倫인 듯. ◎

〈1971년 9월 25일 토요일 雨〉(8. 7.)
暴雨는 아니나 그럭저럭 비가 終日 나린 편.
魯明의 甲號部隊 '연습소집 영장' 나오고. 27日부터 30日까지 曾坪師團에서 敎育(訓練)있다는 것. 當局의 잘못으로 復職發令 아직 안나 이래저래 損일른지도.
井母는 대패밥 주어 나르면서도 터에 심은 팥 깍지 따기도.
"家訓集" 나의 것 읽어보니 表現 잘했기도~ 敎務主任인 盧相福 先生이 썼다고. ◎

〈1971년 9월 26일 일요일 曇, 晴〉(8. 8.)
午後부터 晴天. 배추는 딴판으로 좋게 變해졌고.
日요日이지만 學校는 兒童召集하여 體育會 種目 指導로 手苦.
魯明은 入淸~ 明 早朝 일찍 甲號部隊 연습召集 있어서.
長孫 英信이 잘 놀아 귀업고…… "웃타줘, 아자줘"(우유타줘, 과자 사줘)의 말. ◎

〈1971년 9월 27일 월요일 晴〉(8. 9.)
學校 改築工事에 名色 上樑~ 豚肉 6斤, 濁酒 2斗. 現金 1,000원으로 木工들 待接.
日暮頃에 入鎭하여 管理課 孫 課長 面談~ 學校 給水施設에 所用될 發電機 안줘 큰 걱정임을. 決定된 事項이니 念慮 말라는 快答에 安心大喜. 事必歸正으로 生覺하며 自轉車로 月色德分에 歸校하니 밤 9時10分쯤. 모처럼 달갑게 잠 이룰 氣分.
魯明의 復職發令 與否를 傀山으로 通話했을 때 10月1日字 날 것이라면서도 신통한 맛 없게 느끼어 그네들의 無誠意와 행투리에 괫심함을 느끼기도. 道敎委 人事係 金基億 장학사 앞으로 付託의 書信도 發送.
魯明은 今日 早朝에 甲號部隊 練習召集으로 曾坪師團에 갔을 터. 4日 間의 敎育 잘 받겠금 祈願도 하고. ◎

〈1971년 9월 28일 화요일 晴〉(8. 10.)
井母는 울 周圍에 심은 두태 따 거두느라고 每日 바쁜 樣. 티끌 모아 泰山으로 팥이 斗 以上. 콩도 나우 收穫된 듯 담북장 거리 메주도 쑤고. 忙中忙으로 큰 孫子 英信 보느라고 애먹기도. ⓒ

〈1971년 9월 29일 수요일 晴〉(8. 11.)
學校는 體育會 總練習으로 終日토록 職員들 애 많이 쓴 편.
敎育廳에서 給水用 發電機 未着되어 다시 궁금해지기도.
淸州서 秋夕 준비로 魯妊이 오고. ⓒ

〈1971년 9월 30일 목요일 晴〉(8. 12.)
給水用 發電機 問題로 同 技術者 崔 氏와 함께 入 鎭上廳. 會社側 朴 氏 交涉과 孫 管理課長

의 努力도 많았고, 崔 教育長과 함께 晝食하며 再願하기도.
극기야[급기야] 打協이 되어 機具運搬할 때의 기쁨이란 形言難. 學校 現場에 設置하고 施動하여 校內와 舍宅이 一時에 물이 通할 땐 一同이 歡聲. 이것 亦 成功됨에도 大快感 느낀 셈. ○

〈1971년 10월 1일 금요일 晴, 曇〉(8. 13.)
井母는 魯妊 데리고 송편 떡 빚기에 바쁘기도. ○

〈1971년 10월 2일 토요일 晴〉(8. 14.)
學校 갈무리 끝나고선 魯妊과 함께 淸州 가고. 淸州엔 姬와 絃이 먼저 와 있었기도. 絃 데리고 장 흥정해 가지고 金溪 本家 着되었을 땐 밤 8時쯤. 振榮도 먼저 와서 夢斷里까지 出迎나왔기도. 가지고 간 酒饌 차려 奉養하고 곤히 就寢했을 터. ×

〈1971년 10월 3일 일요일 晴〉(8.15.)
開天節이며 秋夕. 兼하여 日曜日이기도.
차례 마치고 絃과 振榮 데리고 玉山 왔을 땐 술이 얼간했었지음. 振榮과 某 青年 間 衝突되었기도~ 振榮이 코피 나 딱했기도.
明日 行事로 不得已 任地에 와선 疲困하여 쉬었고~ 淸州서 上新까지 2,000원 드려 택시로 달린 듯. ※

〈1971년 10월 4일 월요일 晴〉(8. 16.)
奧地學校로서 運動會 盛大히 마친 셈~ 秩序, 種目 進行 等 各가지 圓滿히 된 것. 給水臺 施設 보고 觀衆 좋아했고.
多數人한테 接待받아 大會 끝 무렵엔 醉했기도. ※

〈1971년 10월 5일 화요일 晴〉(8. 17.)
井母는 秋夕 膳物을 알려주기에 相對方들에 感謝~ 李起俊, 尹昌熱은 찹쌀 1말씩, 李万淵은 닭과 藥酒 1升, 朴氏店에서 藥酒 1升.
魯明의 復職發令 몰라 궁금하기에 梨月 가서 電話. 數時間만의 消息에 傀山郡 鯉潭校라고 답 오기에 多幸한 생각 가지며 歸家. 즉시 알리니 家族 일동 기뻐했고. 昨日까지의 疲困에 몸 고단했고. ○

〈1971년 10월 6일 수요일 晴〉(8. 18.)
長期勤續 教育功勞者로 表彰한다고 오라기에 午前 十時에 淸州 着. 場所는 道教育會館. 第19回 全國教育週間行事에서 表彰 받았고. 道內 33名이 受賞者. 어언 30年씩. 애기 先生 말 듣더니 지금은 全部 中老 以上層 되고. 餘生을 더 잘하기로 自身 다짐되며 눈시울 뜨거워지기도. 老父母님께 感謝 드리기도. 道教育會長의 表彰狀과 紀念品(金指環), 教育監, 雲湖學園 理事長, 道 共和黨 代表의 紀念品~各己 스텐 1벌씩. 道初等교육會長의 慰勞金一封씩을 授與받기도. 閉會 後 食堂에서 晝食도 會食.
明日行事 있어 金溪 本家 못가고 歸校.
올 땐 慰勞金 보태서 井母 指環도 만들어 오기도. ○

〈1971년 10월 7일 목요일 晴〉(8. 19.)
教育廳에서 學校 指導監查 왔다가 急 消息듣고 回路하므로 自然 延期.
魯明은 오늘 赴任한다는 것. 잘 가 있기를 天

地神明께 祈願.
몸 午後부터 많이 풀려 夕食 땐 달게 많이 먹기도. ◎

〈1971년 10월 8일 금요일 晴〉(8. 20.)
明日은 서울서도 子息들 온다고 井母는 떡 빚을 準備에 바쁘고, 魯松은 서울집 守備 責지고 10時頃에 서울 向發~. 차리고 가는 몸勢 佳觀일러라고. 그만땐 그렇게 하고 싶은 모양.
日暮頃에 姬, 妊, 運 오고.
學校선 事務監査 있어 當事者들 奔走했고. 無事完了. ⓒ

〈1971년 10월 9일 토요일 晴〉(8. 21.)
새벽 3時부터 4時 半頃까지 井母를 거들어 송편 떡 만들기도.
오늘은 第525回째의 '한글날'. 學校는 明日까지 連休.
가마솟 산다고 德山장에 井母와 같이 갔었고, 3통백이 1,400원에 購買. 豫定대로 서울서 큰애 內外 昌信 데리고 到着. ⓒ

〈1971년 10월 10일 일요일 晴〉(8. 22.)
12時 半에 서울 아이들 택시로 出發. 英信이 제 에미애비에 빠이빠이 하며 別態 없이 作別하더라는 것. 그러나 택시 넘어간 學校 뚝까지 가보는 모습 보고 제 할멈은 落淚.
姬와 運도 함께 出發. 妊은 간다고.
學校 工事 일로 왔다갔다 飮酒機會 잦은 편. ×

〈1971년 10월 14일 목요일 晴〉(8. 26.)
比較的 서리(된내기) 일찍 내린 바람에 菜蔬, 고추, 호박잎 삭으러지고. 벼 이삭 고셔서 일들 바쁘게 된 셈.
工事일의 木材 소홀과 職員들 勤怠에 近日 나우 나멀한 편. 일편 안됐기도. ×

〈1971년 10월 15일 금요일 晴〉(8. 27.)
復職 發令 나 6日에 赴任한 魯明한테서 첫 편지 와서 반갑기도~. 傀山郡 鯉潭校 3學年 擔任이며 初 印象 좋았다는 것. 充實히 兒童敎育에 힘쓰겠다는 흐뭇한 消息.
서울 가서 집 지켰던 魯松이 오고. 서울 消息도 괜찮고. 다만 큰 애가 上京 卽時 몸살로 一日 間 앓았다는 것.
속 窓戶門 바르고.
學校 任員 主催로 17日에 役職員 逍風간다고 推進 中. 農村에선 時期上 出發하기에 隘路 많은 듯. ⓒ

〈1971년 10월 16일 토요일 曇, 晴〉(8. 28.)
老朽敎室 解體됐던 것 中 부스러기 松板 조각 주어온 것 나우 있어 처마 밑에 올려 쌓기에 食 前내 바쁘게 일한 셈.
井母 주선으로 절구댕이도 생 참나무로 다듬어지고~ 學校 尹 氏, 李起俊 敎師가 손질.
魯松은 사랑방의 書架를 크게 整頓 손질하기도.
役職員 逍風 간다는 것 確定되어 明朝에 出發한다는 것.
日暮頃에 尹 校監, 金 醫師와 함께 美蠶里 鄭善澤 家 慶事 招待에 人事次 다녀오기도. ⓒ

〈1971년 10월 17일 일요일 晴〉(8. 29.)
修德寺(德崇山)로 逍風~ 役員 主催로 任員,

職員, 有志, 婦人 若干名 都合 60名이 大型뻐쓰 貸切. 1日 間 25,000원. 修德寺는 忠南 禮山郡. 처음 가보는 곳. 牙山의 顯忠祠도 參拜. 溫泉은 時間關係로 不能. 밤 8時에 全員 無事歸校. ○

〈1971년 10월 18일 월요일 晴〉(8. 30.)
學校는 家庭實習 實施. 改築工事로 建築 活潑. 처음으로 校門 〃柱도 建立. 없었던 玄關도 번듯하게 다 되어가고. ×

〈1971년 10월 19일 화요일 晴〉(9. 1.)
勝共講演 있어 鎭川郡 會議室에서 下午 2時까지 聽講. 교육廳에선 事務連絡 몇 가지 있었고.
淸州 가선 興業無盡, 金玉堂, 敎育金融 들려 整理하기도.
酒, 肉類 若干 사 가지고 金溪 本家行. 人事 드리고 就寢. ×

〈1971년 10월 20일 수요일 晴〉(9. 2.)
早朝에 拜退. 淸州 오니 마침 魯明 와 있어 消息 듣기도. 몇 親舊 만나 飮酒 歡談하기도. 24日 行事로 魯妊한테 일러줄 말 잊고 歸校하여 마음 찐했고. 몸 고단해서 鎭川선 택시로 오고. ※

〈1971년 10월 23일 토요일 晴〉(9. 5.)
昨日 날씨 不順터니 개운하나 쌀쌀한 편.
秋季逍風 實施~ 5學年은 京畿道 '칠장사…七{}寺[七長寺]' 로 가고. 其外는 學區內 물미 뒷산이 目的地. 下午 四時에 全員 無事歸校.
물미 잠간 거쳐 梨月 가서 奉面長 送別 宴會에 參席.
魯妊 데리려고 淸州 갔더니 마침 金溪갔다고. 魯運 데리고 저물게 歸校.
明日 井母와 俗離로 逍風 가려던 計劃이 좌절 ~ 長孫 '英信'이 볼 사람이 없고 쌀쌀한 날씨라고…… 마음 안 된 일. ⓒ

〈1971년 10월 24일 일요일 晴〉(9. 6.)
食 前엔 쌀쌀했지만 淸明하고 따뜻한 편~ 井母의 求景不能케 된 責任 뇌우치며 안 된 생각 많을 뿐. 또 機會를 찾기로 마음먹으며 自慰.
한 동안 밀렸던 일 마치기 爲하여 出勤하여 終日 執務.
엊저녁에 데리고 魯運 午後에 제 오빠 魯松이가 갈미까지 菜蔬 보따리와 함께 데려다주기도. 감자 4말 程度 땅속에 묻고. ◎

〈1971년 10월 25일 월요일 晴〉(9. 7.)
요샌 된내기 나우 나려 食 前에 손발 시리고 菜蔬는 색갈까지 삶은 빛. 今朝 溫度 3°. 氣溫 차기 너무 서두르는 듯.
學校生活 正常化하도록 職員朝會時에 特別 强力히 當付.
晝食을 校下 李慶淑父兄 宅에서 招待 있어 眞實로 잘 먹기도.
데마루 李甲珪(舊 會長) 氏 宅 尋訪하여 學校일 相議하기도~ 運動場 擴張 問題. ⓒ

〈1971년 10월 26일 화요일 晴〉(9. 8.)
6學年 修學旅行. 서울로 6時 半 出發에 추운 아침이지만 전송. 뻐쓰 貸切로 當日 廻路한다는 것.
故鄕 俊兄한테 急한 편지 發送 때문에 食 前에

三龍까지 急한 步行에 다리 아팠고~ 學校 傳達夫 尹 氏의 無關心과 怠慢 때문.
旅行 갔던 6學年 밤 十時쯤에 全員 無事歸家. ⓒ

〈1971년 10월 27일 수요일 晴〉(9. 9.)
아침결에 舍宅에서 일 많이 한 셈~ 水道대에 防凍策으로 새끼 감고. 세멘 若干 가지고 샘바닥 臨時措置로 콩크리 하고. 炭 아궁이의 通熱管 改造 等 重要作業에 勞力.
文教部에서 實施하는 第六學年 學力考査로 監督交替制에 鶴城校 李丙元 校監 來校 協調.
井母와 魯松은 무우 뽑아 두 구덩이 묻기도. ⓒ

〈1971년 10월 28일 목요일 晴〉(9. 10.)
長孫 "英信"이 귀엽게 잘 놀고~ 食빵 하나 얻고 "하비" 불르며 재롱. 제 막내 삼촌 '魯弼'이도 신통하게도 제 조카 지극히 아껴주기도.
學校는 6學年 學力考査와 勝共聯合會에서 開催하는 反共講演 있어 한 때 奔走했기도. 저녁엔 傳達夫 尹 氏에게 젊잖은 忠告도.
清州서 魯妊이 왔고. ○

〈1971년 10월 30일 토요일 晴〉(9. 12.)
學校 향나무 等 교육廳으로 얻어가려고 崔 교육장과 孫課長 來校. 學校工事도 보기 兼.
學校일 파한 後 井母와 같이 入清.
道教委 李彰洙 奬學士 教育勤續 30周年 記念行事가 있어 人事次 그곳에 參席. 祝儀도 表示.
平生 처음으로 夫婦 함께 家族湯에서 沐浴. ○

〈1971년 10월 31일 일요일 晴〉(9. 13.)
7時 車로 井母와 함께 俗離行~ 夫婦 함께 觀光地 求景함도 最初. 지난 週日 豫定했던 것이 이제 이루어진 것. 法住寺 一帶 구경하고 福泉庵까지만 보고 歸清. 点心은 沐浴所 근처에서 마침 清州 왔던 次女 魯姫가 새벽에 김밥을 誠意껏 마련했기에 잘 먹었고.
明日 볼 일로 井母는 清州서 留. 난 오다가 갈미서 親知들 만나 過醉 끝에 不幸히도 그곳서 留宿. ※

〈1971년 11월 1일 월요일 晴〉(9. 14.)
閑川校 研究會에 參席. 갈미서 早朝에 出發하여 上新까지 步行. 閑川까지는 自轉車. 昨醉가 未醒인 듯 머리 개운치 않고.
若干 저물었으나 無事歸校. 清州서 井母도 막 와 있어 多幸. 外再從妹 朴吉順의 結婚式에 參席했다고. ×

〈1971년 11월 3일 수요일 晴〉(9. 16.)
'학생의 날' 第19回~ 어린이 表彰에 沈在成.
点心 時間에 그 父兄 와서 父兄 人事와 아울러 全職員에게 濁酒도 待接. 學校 傳達夫 尹 氏는 鶴城校로 異動됐다나. ×

〈1971년 11월 4일 목요일 晴〉(9. 17.)
梨月校에서 同面 研究會 있어 全職員 12時에 出發.
나만이 學校에 남아서 雜草園 손질에 流汗 從事. 學校 改築工事는 今日로 竣工. 本館 7個室 깨끗이 잘 됐고. 李甲珪 舊 會長 來校 歡談.
井母는 나무 긁다가 金指環(2돈…… 6,600원) 잃었다가 찾아 多幸했기도. ◎

〈1971년 11월 5일 금요일 曇, 雨〉(9. 18.)

改築敎室 竣工檢査 있었고~ 崔 敎育長, 金技士 來校.
全職員 ᄒᆞᆫ心 먹고선 敎師間 通路로 콩크리토 工事에 눈부시게 勞力했고.
가을 날씨 오래間 좋더니 日暮頃부터 부슬비 나리기 시작. ◎

〈1971년 11월 6일 토요일 曇〉(9. 19.)
10日에 同面 硏究會 있어 校內일 當面問題 많아 1校時에 臨時職員會 開催코 10余 事項 指示.
學校〃舍間 通路 콩크리工事에 勞力 많이 했기도. ◎

〈1971년 11월 7일 일요일 晴〉(9. 20.)
給水用 發電機 故障으로 手車 빌려 學校 李 氏 시켜 修繕하라고 鎭川 보내고. 盧敎務도 同行.
淸州 가서 鄭善泳 子婚에 祝賀 人事. 卞 校長, 金溶植, 俊兄 만나 金兄 厚意로 一盃. 아이들한테(妊,杏,運) 잠간 들려 市場 일 보고 鎭川 오니 日暮. 工業社(發電機) 들려 自轉車로 歸家하니 19時 半. 發전기 未着으로 궁금.
長孫 英信이 목(首) 아프다고 아침결에 나우보채어 治療했지만 궁금터니 順調로히 풀리는 것 같아 多幸. 安心. ⓒ

〈1971년 11월 8일 월요일 晴〉(9. 21.)
錠劑 '로겐지' 服用하기 始作. 錠劑藥 服用함은 처음인 듯(肝 보호).
英信의 아픈 곳 完全히 나안 듯~ 今日 終日토록 잘 놀고.
同面 硏究會 2日 앞둔 全職員 室內 環境과 授業 準備에 餘念없이 日暮 後까지 奔走히 일 보고.
校長室 다시 환원~ 새로 지은 玄關 앞에 넉넉히 꾸며진 새 校長室. 52(擔任 李圭和)班이 淸潔整頓에 애썼기도. 基礎的 環境만 이루고 繼續 造成에 努力해야 할 일.
轉入해 온 傳達夫 李 氏~ 勤勉하고 솜씨 좋음에 多幸이고 滿足. 열댓살 먹은 少年으로 學校 自體로 使喚 두기도. ◎

〈1971년 11월 9일 화요일 曇, 雨. 曇〉(9. 22.)
거이 終日토록 가랑비 나린 셈. 타작하는 집들 걱정일 것.
全職員 今日도 室內 環境 構成과 明日의 授業 準備로 熱誠. 平常時도 近日 같이 勤勉하다면 좋으련만…….
나도 玄關 앞에 모래 펴기, 便所 使用 표찰과 花壇 손질로 勞力했고. 尹 校監은 授業案 謄寫 編綴 等 잘 마치고.
淸州에서 三女 魯妊으로부터 신통한 편지 부쳐왔기도. ⓒ

〈1971년 11월 10일 수요일 晴〉(9. 23.)
同面 硏究會 있어 큰 일 치룬 셈. 廳에선 鄭 課長 오고. 鶴城校 및 梨月校에서 會員 約 50名 程度. 一般 授業 後 指定授業으론 低學年에서 李在淑. 中學年에서 林炳學. 高學年에서 鄭宇海 敎師가 展開.
學校經營 報告에서 經營方針으로 "사랑의 교육"인 나의 敎育精神을 또 피력. 硏究實績 低調의 講評은 當然. 學校 모습 좋아져가며 職員 團合과 奧地로 不滿없이 나간다는 것 多幸이라고.
淸州 興業無盡에서 10万 원條 積金 가져와 受

領 整理하기도. ○

〈1971년 11월 11일 목요일 晴〉(9. 24.)
食 前에 人糞풀이 15통~ 舍宅 便所 滿탕크 되므로. 엳밭 鄭 氏 土地에.
昨日 硏究會 反省도 職員朝會시에 말하기도 …… 讀書硏究하면서 實踐하는 사람 되자고. 大過는 없으나 小過는 있다고 自省하자고도. 校長室 淸潔과 團束施設에 愛着心있게 努力하였고. ⓒ

〈1971년 11월 12일 금요일 晴〉(9. 25.)
面內 機關長會議 있어 梨月行~ 新設 梨月中學의 事業推進 問題로 時間 많이 걸렸고. 新任 金 面長의 人事 다음 흿心도 提供.
日暮頃 歸校하여 三龍里 婚家 洪 氏 宅 人事와 喪家 鄭 氏 宅 人事. ×

〈1971년 11월 13일 토요일 晴〉(9. 26.)
明日 서울行 計劃으로 入淸하여 興業會社에 들려 月 3分 利子로 壹拾萬 원 委託하기도. 저녁엔 知人 만나 술 먹어 醉하고. ※

〈1971년 11월 14일 일요일 晴〉(9. 27.)
上京하여 新豊洞 査頓 女婚에 人事~ 乙支路 五街 首都예식장에서 行禮 끝나는 대로 永登浦 가서 一盃後 上新 向發.
큰 애 內外와 작은 놈 昌信도 예식장에서 만나 消息 알기도. 시골의 英信도 善遊 中이라고 傳하고. 제 母親 外套감(두루마기?) 마련한 것 주기에 가지고 오고. 淸州서 아이들과 留. ※

〈1971년 11월 15일 월요일 晴〉(9. 28.)
김장하는 데 도와 준다고 3女 魯妊이 같이 上新 오고. 淸州선 김장 調味料 사기도.
柳哲相 子婚 있기에 梧倉서 鄭海天 우체국장과 함께 佳佐行. 舊親들 만나 歡談 一盃. 入淸하고 아이들과 留.
鎭川선 林敎師로부터 氣分 少한 消息 듣기도. '學校 앞 가게에서 學校職員 授業時間에 飮酒하는 때 있다'고 投書 있다는 것. 完全 根據 없는 것은 아니나 과장된 짓에 서운할 뿐. ※

〈1971년 11월 16일 화요일 晴〉(9. 29.)
淸州서 오던 결로 職員 모아 自肅하자고 當付. 近日 各種 行事 및 人事 닦느라고 數延日의 飮酒에 피로. ×

〈1971년 11월 17일 수요일 晴〉(9. 30.)
둥근 큰 香나무 二株 移植에 全職員 매달렸고. 새로 온 學校 李 氏는 特殊할 程度로 일 잘 하는 분임에 多幸~ 今日 努力도 特異했고.
井母와 魯妊은 김장 하느라고 終日토록 努力~ 今年의 배추 농사는 平生에 처음 잘됐다나. ⓒ

〈1971년 11월 18일 목요일 晴〉(10. 1.)
學校는 午前 行事 마치고 全職員 梨月行~ 公務員 健康診斷 있어서.
魯妊은 김장作業 끝냈기에 淸州 가고. 배추 若干의 짐 魯松이가 自轉車로 갈미까지 갖다주었고.
明日 硏究會 있어 竹山 거쳐 長湖院까지 가서 留宿. ◎

〈1971년 11월 19일(10. 2.) 금요일 晴〉 ◎

陰城郡 甘谷國民學校硏究會에 參席. 道指定校로서 實科 敎育이 主題. 建物이 二層으로 새롭고 實技授業이 特色이고 視청覺 資料를 많이 利用한 學習指導 方法에 改善되어가는 學校로 느껴지고. 道의 課長의 講評이 그리 좋지는 않았으나 일하는 學校임이 틀림없을 것.
下午 5時에 마치고 昨日밤에 同宿했던 李圭甲 敎師와 함께 梨月까지 同行. 步行으로 歸校하는데 어두어서 苦生 좀 된 셈.

〈1971년 11월 20일 토요일 晴〉(10. 3.)
甘谷校 參觀記 5面 作成~ 復命書로 교육廳에 提出.
健康診斷 受檢次 鎭川 保健所에 갔었으나 時間關係로 中途에 카드만 찾아갖고 入淸. 김장하는 妊과 運이 잠간 만나고선 저물게서 金溪 本家에 到着. 宮坪 다녀오신 父親 大端히 고단하신 듯. 廻路 豫定을 포기하고 慈親 옆에서 留. ⓒ

〈1971년 11월 21일 일요일 曇, 雨〉(10. 4.)
새벽 2時쯤에 父親께서 精神과 氣力回復. 婚談 中인 振榮의 규수와의 面接 말씀 仔細히 듣고 새벽에도 玉山까지 步行코 入淸하여 淸州서 잔 振榮 만나 今日 行事 이야기 하고 急 歸校.
井母를 入淸케 하고 - 밤에 갈미까지 비 맞으며 마중나가 밤 9時頃에야 함께 上新 着. 北一面 梧東에 사는 蔡閨秀인데 27歲 同甲이고 女中卒이라고. 일단 面會 끝나고 未定인 채 全員 解한 듯.
明과 姬도 왔었다는 것. 臭心 치다꺼리에 妊이가 今日도 애 많이 썼다고.

낮엔 學校에 蔡수종 親知 찾아와 歡談 끝에 一盃하기도. ○

〈1971년 11월 22일 월요일 曇〉(10. 5.)
夜間에 部落出張~ 龍寺部落, 李圭暢 敎師 帶同. 밤 7時 半부터 同 9時까지 鄭지석 役員집 25名 集合~ 온 마을 운동으로 사랑방 학교 啓蒙. 學校로서의 要望事項, 育成會事業支援 等 座談. ⓒ

〈1971년 11월 23일 화요일 曇〉(10. 6.)
淸州서 妊이 오고~ 明日이나 後明日에 제 母親이 金溪 本家에 時祀 關係로 갈 것이어서 食事(炊事)와 英信 돌보려 온 것.
밤엔 尹 校監 帶同하여 道宗部落에 出張하여 昨夜와 같은 座談會. 今夜도 25名쯤 參集. ◎

〈1971년 11월 24일 수요일 가끔 雨〉(10. 7.)
育成會費 經理現況 밝히기 爲해 어제오늘 各方으로 縱橫的으로 算出해본 結果 亦 몇 擔任의 不誠意 慢性에서 온 點도 있지만 直接 係員의 惡理知로 不正不進 들어나 正義로 다스려 보려는 覺悟 있고.
今夜 敎育座談은 校監 帶同코 內基部落 가서 開催~ 內基 父兄들 親切과 鄭 敎師의 厚意에도 深謝. ⓒ

〈1971년 11월 25일 목요일 晴〉(10. 8.)
井母 金溪 本家行~ 陰 11日에 時祀 차례 있어 老母親 도와 일하러. 이곳 炊事는 3女 魯妊이가 맡고.
밤엔 馬屹部落 가서 敎育座談會. 李圭和 敎師 帶同. ⓒ

〈1971년 11월 26일 금요일 晴〉(10. 9.)
學生 및 敎職員 어느 程度까진 學校生活 正常化 되어 가는 듯~ 청소, 登校, 아침 自習. 節酒, 執務, 出張 等 充實 期함에 기쁘고.
今日은 陽村部落 가서 座談會. 尹 校監 同行. 분위기 좋았고. ⓒ

〈1971년 11월 27일 토요일 晴〉(10. 10.)
育成會長 鄭 氏, 感謝 韓 氏 찾아와 歡談코 가게에서 一盃. 점심 會食.
夜間出張은 月村의 陰地村에 尹 校監과 함께 갔다 오고. ⓒ

〈1971년 11월 28일 일요일 晴〉(10. 11.)
食 前부터 12時頃 午前 中은 作業~ 舍宅 西편 防風맥이 세우고.
閑川校 朴在璇 校長 30周年 記念行事 있어 德山 다녀오기도.
밤엔 上月部落에 出張 座談~ 12名 父兄 參集. ⓒ

〈1971년 11월 29일 월요일 晴〉(10. 12.)
昨夜부터 寒波 甚하더니 今朝 氣溫 急降下되어 올 겨울 들어 가장 추운 날씨~ 7時頃 零下 7度.
今夜 出張엔 學校村인 李統이었는데 事情에 依하여 參集人員 10名 以內에 不過. 다음 機會를 다시 마련키로……. ⓒ

〈1971년 11월 30일 화요일 晴〉(10. 13.)
어제 날씨보다는 완화되었으나 몹시 찬날. 校長會議 있어 早食하고 自轉車로 入鎭할 때 찬 바람 쐬인 느낌 남아 있는 듯.
校長會議 內容 샅샅이 把握~ 近日 謹酒한 보람 있어 頭腦 명석한 幾分. 傳達까지 徹底를 期할 覺悟되어 있기도.
井母 온다는 날이어서 日暮 後이지만 후라시 들고 갈미까지 한다름으로 마중갔으나 아니 왔고~ 뒷따라 魯松 왔으나 허탕치고 父子 急步로 歸舍宅. 故로 今日은 部落出張 不能. ○

〈1971년 12월 1일 수요일 晴〉(10. 14.)
舍宅 샘의 防凍 裝置 完結~ 地上 위 홋수를 새끼로 두번 감아 올리고. 松板으로 통을 짜서 씌우기까지. 水道꼭지만 露出케 한 것.
去 25日에 金溪 本家에 갔던 井母 一週日 만에 돌아온 것~ 老兩親의 氣力 그만하시다니 多幸.
夜 間의 敎育座談會 新道宗 가서 開催. 18名. 尹 校監 대동. ⓒ

〈1971년 12월 2일 목요일 晴, 曇, 밤비 若干〉(10. 15.)
魯妊 英信 데리고 淸州行. 갈미까진 魯松이가 업어다 주고. 魯弼은 서운한지 심심하다는 말로 서글픈 表示도.
午後 접어들어 强風. 초저녁엔 비 날리기도.
밤 出張에 美蚕里~ 尹 校監, 鄭 敎師 同伴. 參集 父兄 17. ⓒ

〈1971년 12월 3일 금요일 때때로 雪, 曇〉(10. 16.)
아침결에 싸락눈 내리더니 낮엔 때때로 눈이 제법 날리기도.
六學年 學父母會議 席上에서 卒業하는 날까지 學校生活 잘 하도록 家庭에서도 十分 뒷 잘 보라고 强力히 부탁. 父母 主管으로 一盃.

梨月面 나가서 魯明의 退居手續 밟고 鎭川 가서 定期貯金 찾고선 入清. 弟子 金天圭 교감이 一盃 待接하기에 應했고.
어젯날에 清州 온 英信이 善遊 中이어서 多幸. ○

〈1971년 12월 4일 토요일 曇〉(10. 17.)
清州의 京鄕新聞社 取扱 朴社長 찾아 學校 揚水機 故障난 것 말하고 '콘덴샤' 外上으로 購入 持參.
鎭川 와선 郡廳에서 健康診斷~ 血壓 높으니 酒類와 짠 飮食 조심하라는 것. 혈압 170~100이란다나. '操心하련다.'
郡教育廳 들려 學務課에서 談話後 崔 교육장 外 數人과 함께 茶房에 가서 鎭女高 詩畵展을 鑑賞. 20時에 歸校. ⓒ

〈1971년 12월 5일 일요일 曇, 가랑눈〉(10. 18.)
食 前에 고춧대 뽑고 雜草 말린 것도 베어 치우기도.
'國民教育憲章' 宣布 第三周年 記念日.
水道 통 씌우는 뚜껑 만들고. 밤 出張은 水谷洞 가서 11時까지 教育座談會. 形便上 今夜는 單獨. 歸途에 鄭 會長 집에서 밤참 待接 받았고. 參集 父兄은 14名. ⓒ

〈1971년 12월 6일 월요일 曇〉(10. 19.)
밤 사이에 若干 나린 눈으로 살작 덮힌 白自然. 氣溫 나려 水銀柱는 영하 6°. 물그릇과 물 괴인 곳 꽝꽝 얼어붙고.
靑龍말 鄭 氏 家 婚事 집에서 招待 있어 人事하기도. 저녁엔 計劃대로 教育座談會~ 13名 參集. 舊 會長 鄭興燮 氏의 厚待와 꼳꼳하고 正直한 態度에 깊이 느껴봐지고. ○

〈1971년 12월 7일 화요일 晴〉(10. 20.)
家親 오신다기에 清州까지 出迎했으나 이미 出發하시어 直接 배행 不能. 明日이 井母 生日이어서 饌材料 若干 사오고. 老親께서도 오시는 것 자식사랑의 高旨로 枉臨하신 것. 닭도 一首 손수 가지시고. 直接 농사지신 쌀 1말도. ○

〈1971년 12월 8일 수요일 晴〉(10. 21.)
井母의 52歲 生日~ 朝飯 일찍 짓기도. 父親 모시고 朝食.
學校운동장 擴張工事 推進 交涉次 上京……舊 會長 李甲珪, 會長 鄭德海, 任員 韓英洙와 同行. 軍 도쟈 보낸다고 公約한 것 實現하라고. 梨月서 一般뻐쓰로 出發하여 서울엔 13時頃에 도착. '세운商街 아파트 議員會館'에 들려 秘書와 잠시간 談話하고. 新設洞에 가서 旅館 定하여 留. 4名 合宿에 1,000원. ○

〈1971년 12월 9일 목요일 晴〉(10. 22.)
上新校 學區內에 살았었다는 李相喆(금성옥이란 食堂 主人) 氏의 厚待에 深謝…… 昨夜의 料食과 今日 朝食을 융숭히 待接하는 李 氏의 度量은 훌륭했던 것.
李丁錫 議員은 自宅에도 없어 12時頃에 議事堂 앞 '동양다방'에서 面會. 도쟈車는 時局과 師團 形便으로 難한 處地. 新年度 教委 豫算에 計上하여 實施工하겠다는 것. 梨月 所在 有志 數人도 鎭安道路 問題로 왔고.
晝食 接待 李丁錫 議員으로부터 一同을 待接. 큰 애 井의 請願으로 망우리 집에 가서 留. 昌

信 잘 놀고. 子婦의 厚意로 酒類 및 饌 等 珍味 많이 먹기도. ○

〈1971년 12월 10일 금요일 晴, 曇〉(10. 23.)
큰 애 夫婦 日出 前에 出勤. 朝食 後 둘째놈 昌信 좀 업어 주고 9時 半에 망우리 집에서 出發. 高速뻐쓰로 淸州 와서 魯妊과 英信 보고 車時間 되어 上新 向發. 午後 4時에 到着.
父親은 어제 가셨다고. 學校도 無事. 井母는 父親께 誠意있게 奉接한 것을 기쁘고 고맙게 생각할 뿐. ○

〈1971년 12월 11일 토요일 雨, 曇, 晴〉(10. 24.)
새벽에 비 나리고. 終日토록 날씨는 푹한 편.
上月部落 蔡수종 來訪에 酒類 接待. ○

〈1971년 12월 12일 일요일 晴〉(10. 25.)
井母 上京하는데 淸州까지 同行. 14日이 昌信 첫 돐이어서 가는 것. 가보니 서울서 子婦도 와있고. 英信의 아래옷 妊이가 毛絲로 떠 입혔고, 上衣와 모자는 姬가 사주어 넉넉한 冬服으로 一色되어 모두 滿足. 기뻤을 뿐.
井母, 子婦, 妊, 英信 13時 20分 發 高速뻐쓰로 서울 向發.
잔삭다리 일 마치고 불야불야 上新 오니 日暮頃 下午 5時. 저녁 食事 지어 먹고 三人(松, 弼) T.V 觀覽. ⓒ

〈1971년 12월 13일 월요일 晴〉(10. 26.)
영하 3度인데 煖爐불 아피웠기에 앞으론 꼭 피우라고 朝會 때 당부.
梨月中學 新設 期成會 總會 있어 參席. 學區 非學區 문제와 學區 變更 문제, 會費의 差異 문제 等〃으로 會費 徵收에 難關있을 듯.
數日 前에 서울 다녀온 보람 있을른지 上新校 운동장 工事費로 李丁錫 議員으로부터 80万 원 얻게 되었다는 喜消息 있고.
梨月서 돌아와 저녁 無難히 지어먹기도. ◎

〈1971년 12월 14일 화요일 曇, 晴〉(10. 27.)
작은 孫子 昌信의 첫 돌. 그래서 12日에 井母가 上京한 것.
晝食 後 部落 擔當인 李康均 敎師 帶同코 部落에 나가 家庭訪問. 尹統, 원고개, 父兄 全員 만난 셈. ⓒ

〈1971년 12월 15일 수요일 晴〉(10. 28.)
日出 直前 氣溫 零下 5度. 귀를 에이는 듯 매운 찬바람 속에 朝飯 짓기에 極難했고.
井母 豫定대로 낮에 와서 多幸. 서울선 어제 와서 淸州서 아이들과 同宿했다는 것. 서울도 모두 無事하다고.
終業後 李萬淵 교사 帶同코 三仙洞 가서 家庭訪問. ⓒ

〈1971년 12월 16일 목요일 晴〉(10. 29.)
學習指導 경연大會가 常山校(社會科)에서 있어 參席. 끝엔 研究學校 視察者들의 쎄미나가 있게 되어 甘谷校의 特色을 補充說明하기도.
막 뻐쓰로 淸州 가서 盧 敎務(受講 中) 下宿집 尋訪했다가 집 主人 洪先生한테 厚待 받기도.
아이들과 留. ⓒ

〈1971년 12월 17일 금요일 晴〉(10. 30.)
女中 卒業班인 魯杏이 영리하고 약삭 빠르게 朝飯도 淨潔히 일찍 짓고.

난 日出 前에 沐浴.
教育金融과 興業無盡에 들려 債務와 佛込業務 마치기도.
參考로 住宅 하나 求景하니 慕忠洞 12坪 建物이 85万 원이라나. 住宅資金 얻게 되면 해 볼 생각 들기도.
歸校 後 三龍里 金里長 宅 大事 있어 招待에 人事. ○

〈1971년 12월 18일 토요일 晴〉(11. 1.)
教育廳 管理課 李양의 結婚式 있어 清州 예식장까지 가서 人事하고.
酒類, 肉類 좀 사 가지고 막 뻐쓰로 金溪 本家行. 老親氣力 平溫. 今次 설은 陽曆過歲하기로 洞里서 合意보았다는 消息 듣기도. ×

〈1971년 12월 19일 일요일 晴〉(11. 2.)
老兩親 모시고 朝食. 飯饌 있어서 從兄님까지 招致하여 會食.
再堂姪 '魯旭'이 明日 入隊라기에 再從兄 댁에 가서 人事.
俊兄, 根兄 몇 분 만났고. 清州선 報恩 弟子들 만나 歡待받기도. 清州 집에서 魯姬 魯先 만나고.
갈미 거쳐 밤길 다리 건느다가 醉中 失足하여 물에 떠러지기도. 道宗 앞 장둥서 깜막하여 1時 길 잃어 잠시 헤맨 記憶.
舍宅 到着 무렵은 물 묻은 옷 키짝같이 꽁꽁 얼었었기도. 어디서인지 손목 時計도 紛失~ 弟子 閔斗植君의 膳物인데 분하기도. ※

〈1971년 12월 20일 월요일 晴〉(11. 3.)
食 前 참에 時計 찾으려 갈미 다리와 停留所까지 갔었으나 消息 없고 別無神通.
T.V조차 안 나와 井母와 함께 不快感 繼續되기도. ×

〈1971년 12월 21일 화요일 晴〉(11. 4.)
紛失됐던 記念時計 天佑神助로 찾았고~ 李起俊 教師의 誠意로 찾은 것. 19日 밤에 헤맸던 곳을 두루 살펴보아 숲속에서 주웠다고. 그 마음씨 眞心으로 感謝.
鄭 會長 來校. 가게에서 兵心 같이 하기도. 幹部職員 몇 사람과 나의 30周年 行事를 事前協議하는 듯. 눈치 알고 中止 表明했으나 簡素히 名色으로 넘어갈 테니 默〃히 있으라는 것.
저녁엔 道宗 李世海 父兄의 女婚 招待에 가서 저물게 歡談했기도. 奉 舊面長의 過한 醉談에 一部 職員 발끈했기도. ○

〈1971년 12월 22일 수요일 晴〉(11. 5.)
날씨 몹시 차져서 累日 영하 6 · 7度로 繼續中. 今日은 冬至.
모처럼 만에 魯松이 책 사겠다고 清州 다녀오고(韓英사전).
支署事業 協調依賴 있어 兼事하여 里長 몇 사람 尋訪했고~馬屹, 道宗, 新道宗, 月村部落.
爲親稧 있다는 것을 事情上 金溪行을 中止. 안된 感. ⓒ

〈1971년 12월 23일 목요일 晴〉(11. 6.)
年末校長會議 있어 日出 前 酷寒氣 속에 갈미까지 步行.
12 · 6 朴 大統領 '國家非常事態 宣布'에 따른 安保教育 문제가 主案件. 道教委 金龍漢 學務局長도 臨席. 郡守와 署長도 參席하여 人事.

會議 場所는 常山校 教務室.
잃었다 찾았던 손목時計 분하게도 今朝에 또 紛失~ 줄심보 낌고 찼으나 不完全했던 모양. 場所는 常山校庭서 玄關 사이가 分明. 당황히 찾아보았으나 눈에 안띄었고, 膳物 時計이며 엊그제 誠意로 李敎師가 찾았던 것 또 잃었으니 아깝고 분한 일. 終日토록 찐한 마음은 가시지 않고. 섭섭 不禁. ⓒ

〈1971년 12월 24일 금요일 晴〉(11. 7.)
終業式. 깊은 곳의 얼음판 조심, 불조심. 겨울病 조심하라고 당부.
馬屹部落 父兄 3人 와서 歡談. 終業後 職員들도 막걸리로 夜深토록 興있게 놀기도. ○

〈1971년 12월 25일 토요일 晴〉(11. 8.)
月村 蔡壽宗 生日 招待에 가서 朝食. 同洞人 親知 數人과 함께 낮 동안 興있게 잘 놀고.
放學했으나 아이들 아직 한 사람도 안오고. ×

〈1971년 12월 26일 일요일 雪, 曇〉(11. 9.)
새벽에 자욱눈[20] 나리고. 날씨는 푹해서 水銀柱 0°.
年賀狀 數十枚 쓰기도.
저녁엔 尹 校監과 함께 三龍里 靑水谷까지 部落 出張. ○

〈1971년 12월 27일 월요일 晴〉(11. 10.)
今明間 쓴 年賀엽서 約 100枚쯤 整理 發送.
育成會費 經理狀況 檢閱. 立替됐던 數條도 受理整理.

20) 발자국이나 낼 정도로 매우 조금 내린 눈.

淸州서 松面 魯姬, 청주의 魯運 데리고 着 上新. 금일 날씨 쌀쌀했고.
明日 行事로 日暮頃에 淸州 向發. 혼자 남은 杏과 同宿. ⓒ

〈1971년 12월 28일 화요일 晴〉(11. 11.)
食 前에 魯先이 들렸고~ 25日이 "大然閣호텔" 大火災事 件으로 慘死한 제 親舊 趙양 장례에 간다고 하는 것 制止. (안 되었지만).
10時부터 있는 反共團合大會에 參席. 場所는 中央劇場. 道內 指導有志層 約 壹阡名 參集 …… 12·6宣布, 反共映畵, 反共說明 等으로 有意있게 大會 마치니 12時 半.
市場에서 母親用 冬服(한복) 골라 사기도. 玉山에 얼핏가서 身元證明書 떼어오고. 上新 왔을 땐 밤 9時 半. ◎

〈1971년 12월 29일 수요일 晴〉(11. 12.)
'5.16 民族賞' 候補者 推薦書類 作成 때문에 鎭川 나가 文化公報室에 問議해 봤으나 解明 不分明. 面에 와서도 마찬가지. 나름대로 書類 作成에 昨夜도 今夜도 거의 徹夜하다시피. ◎

〈1971년 12월 30일 목요일 晴〉(11. 13.)
어제 魯明이 오고~ 除隊 復職 後론 上新으론 처음 온 것. 그간 지낸 이야기 듣기도. 校長하는 짓에 不滿 아주 없잖은 듯.
12時까지 書類作成코. 李範舜 宅 招待 있어 点心 잘 먹기도.
書類 갖고 梨月 나가 面長과 面談. 鎭川行하여 公報室長 및 權 郡守 만나 推薦되어 淸州行. 밤 9時頃에 着.
淸州에 振榮 와 있어 이야기 듣기도. ◎

〈1971년 12월 31일 금요일 晴〉(11. 14.)
날씨 푹하여 零上 7度. 車內에선 땀 좀 흘리기도.

道 文化公報室에서 尹室長과 人事(舊面 있고). 우연이 알게 된 姜書記(姜相遠 校長님 子弟)의 약삭빠른 솜씨로 知事 決裁까지 順調롭게 마친 셈~ 終務式日이어서 難한 날인데…….

11時 高速車로 上京. 中區 武橋洞에 있다는 '5 · 16 民族賞 事務局'을 가까스로 찾아 書類提出. 14時59分 車로 다시 歸路. 清州 와보니 아이들 過歲하러 金溪 가고 없고, 上新서 井母도 와서 함께 갔다고.

上新에 殘留한 아이들이 궁거워 金溪行 計劃을 바꿔 明 새벽으로 豫定코 歸校. ◎

※ 71年(辛亥) 年間略記

一年余를 異域萬里 越南戰線에 가 있어 온 家族의 가슴이 조려져 왔던 猛虎部隊 振榮과 白馬部隊 魯明이 無事歸國하여 教職에 復職했고. 膳物로 사 온 테레비 3台 本家, 서울, 鎭川 3곳에 設置 稀少한 문화 貴重品을 所持한 편이다.

일이 잘못되었던지 同期없은 설음인지 意外로 鎭川 奧地로 轉出되어 本故鄕에 極老親들만이 계시게 되어 가슴 쓰라린 일이나 學校는 어느 程度 如意 建設되어 經營의 보람을 느끼는 中이다.

5月 15日 第8回 '스승의 날'을 期하여 七人 教員 家庭으로 中央 各種 報道紙와 關係册子를 通하여 道教委 主管으로 全國에 알려졌고, 72年 5.16民族賞 候補者로 推薦 手續도 畢했다.

四男 魯松은 아직도 自習形態이나 讀書熱은 높으나 進學을 爲한 檢定準備에는 未洽한 편. 性格도 非普通이고 將來 어찌될른지? 祈願…….

以上

※ 5 · 16民族賞候補者推薦書類

樣式 一号

5 · 16民族賞候補者推薦書類

貴財團法人「5 · 16民族賞」이 褒賞하는 1972年度
教育部門「5 · 16民族賞」受賞候補者를 具備書類
添附하여 推薦하오니 推薦褒賞하여 주시기 바랍니다.

1971年 12月 30日
충청북도지사 태종학 인
財團法人「5 · 16民族賞」事務局 貴中

樣式 2号

<table>
<tr><td colspan="5">※ 接受番號 66-
教育部門　　功績調書</td><td rowspan="3">候補者寫眞</td></tr>
<tr><td>本　籍</td><td colspan="4">忠北 淸原郡 玉山面 錦溪里 347</td></tr>
<tr><td>所　屬</td><td colspan="4">忠北 鎭川郡 上新國民學校</td></tr>
<tr><td>姓　名</td><td colspan="5">郭尙榮 (곽상영)</td></tr>
<tr><td>性　別</td><td>男　女</td><td>生年月日</td><td>21. 12. 8</td><td>職業</td><td>國民學校長</td></tr>
<tr><td rowspan="4">過去賞罰圓係</td><td colspan="5">56. 8. 15 忠北知事로 부터 優良教育功勞員表彰</td></tr>
<tr><td colspan="5">69. 3. 23 淸州?校 典校로 부터 老子褒賞</td></tr>
<tr><td colspan="5">71. 8. 15 大韓民國 大統領으로 부터 國民褒章</td></tr>
<tr><td colspan="5">71. 10. 6 忠北道教育會長으로 부터 教育勤結功勞表彰</td></tr>
</table>

<table>
<tr><td colspan="7">履厂事項</td></tr>
<tr><td colspan="4">40. 3. 25 玉山小學校 卒業
41. 7. 15 教員 三種試驗에 四科目
(算, 國, 厂, 地)合格
42. 6. 30 教員</td><td colspan="3">49. 8. 31까지 國民學校 教師(7年 11月)
57. 3. 31까지 〃 校監(7年 7月)
71. 12. 31까지 〃 校長(14年 9月)</td></tr>
<tr><td colspan="7">家族事項</td></tr>
<tr><td>圓係</td><td>姓名</td><td>性別</td><td>年令</td><td>學厂</td><td>職業</td><td>備考</td></tr>
<tr><td>本人</td><td>郭尙榮</td><td>男</td><td>52</td><td>小卒(教檢)</td><td>國民學校長</td><td>上新國民學校 勤務</td></tr>
<tr><td>長男</td><td>郭魯井</td><td>〃</td><td>32</td><td>師大卒(서울)</td><td>中學校師</td><td>서울師大 부속女中 〃</td></tr>
<tr><td>貳男</td><td>郭魯紘</td><td>〃</td><td>27</td><td>淸州教大卒</td><td>國校교사</td><td>池難 國校 〃</td></tr>
<tr><td>參男</td><td>郭魯明</td><td>〃</td><td>25</td><td>〃</td><td>〃</td><td>鯉潭 〃 〃</td></tr>
<tr><td>貳女</td><td>郭魯婄</td><td>女</td><td>23</td><td>〃</td><td>〃</td><td>松面 〃 〃</td></tr>
<tr><td>子婦</td><td>金春椝</td><td>〃</td><td>29</td><td>서울教大卒</td><td>〃</td><td>서울 徽慶 〃 〃</td></tr>
<tr><td>弟</td><td>郭振榮</td><td>男</td><td>27</td><td>淸州教大卒</td><td>〃</td><td>青成 〃 〃</td></tr>
<tr><td>參考記錄資料</td><td colspan="2">別添 '신문 記事' 外 5頁</td><td colspan="2">功績期間</td><td colspan="2">自 1945. 8. 15
至 1971. 12. 31</td></tr>
</table>

功績 內容

極히 貧寒한 농가에서 태어난 郭校長의 어린 時節의 애처러웠던 生活相은 形言할 수 없었던 바이고, 그의 父親의 周旋으로 普通學校를 首位로 卒業한 후, 熱望했던 教職과 宿願이 이루어져 教員試驗에 合格한 後 熱과 誠을 다하여 兒童教育에 몸바치면서 自身의 學力 不足을 뼈저리게 느끼고 膝下에 여러 子女만은 自己 몸이 망그러지는 限이 있더라도 教育시켜 보고자 非常한 覺悟를 갖고 學資 對充[代充]에 極限 困難을 겪은 過程은 남모르는 눈물도 많이 흘렸을 것이다.

그 間에는 그의 老親의 犧牲的 뒷받침이 커서 老軀의 몸으로 自炊하는 孫子들을 爲하여 不避雨風 50里 길의 淸州로 柴糧을 등짐으로 나른 것과 資源으로는 田畓 7斗落 밖에 없었던 것을 完全處理하여 學資에 보탠 老人의 힘 또한 컸던 것이다. 그의 婦人 亦{是} 夫君에 발 맞추어 나물죽으로 끼니를 삼음이 例事였으며 앞치마 한번 버젓하게 둘러보지 못했다는 것이다.

數많은 子女들은 才幹있고 勤이 있어 모두 다 優等生으로 入試에 失敗한 적이 없었으며 모두가 父親의 指示에 따라 師大 或은 教大에 課工하는 동안에는 自力으로 學資를 補充코져 家庭教師의 몸으로 一人 兩役을 했다는 것이다.

先生 家庭으로 이름 붙여진 郭校長 집에는 休暇時에 1時 한 자리에 모여졌을 적마다 저마다 學校

자랑과 學習指導의 제 솜씨를 자랑함에 있어 꽃을 피운다는 것이다. 奧地에 勤務하는 郭校長은 現實을 着實히 解決하면서 不滿없이 學校建設에 이반이하고 있어 地域社會에서 자자한 稱頌을 받고 있는 中이다.

教職 家族을 길러내기에 成功한 그는 教育理念을 오직 '사랑'이라 하며, 兒童과 父兄에게 보람과 기쁨을 주는 教育이래야 한다고 主張하고 있다.

社會的 地位나 待遇에 있어서 그리 거들떠보지 않는 教壇生活人의 쓰라림을 맛보지 않은 사람으로는 眞價를 말하기 어려운 것이나 數年 以來 教員들의 離職, 轉職率이 많다고 擧國的으로 근심되어 有能한 教員의 誘因體制에 힘써야 할 現下에 數많은 家族 一同이 不滿없이 教壇을 지켜나가게 하는 郭校長의 業績과 教育愛에는 온 國民이 可히 讚揚할 만하다. 이러한 点을 통감한 言論界와 關係當局에서는 지난 〈1971년 5월 15일의 第8회 스승의 날을 期하여 마음의 한구석이나마 慰勞코져 七八 教員 家庭의 郭校長을 各種 報道網을 通하여 全國에 알려졌던 것이다.

物慾과 虛榮에 날뛰지 않는 聖職, 專門職에 奉事하는 郭校長의 功績은 길이 빛날 것이며 이 나라 將來의 礎石들을 다듬는 七八 教員 家族의 功은 無限한 것이다.

크게는 教育爲國에 보하고 작게는 兩親에 孝道하는 模範된 거울이며, 覇氣있고 끈질긴 壯年인 郭 校長의 앞날과, 앞이 洋洋한 數名의 青年教師 一家를 우리民族은 滿天下에 높이 讚揚 안 할 수 없는 것이다. 以上

위 功績(業績) 事實은 虛僞가 없음
1971년 12월 30일
作成자 鎭川군수 권기상(인)

위 사실을 인정함
1971년 12월 30일
推薦人 충청북도 지사 태종학(職印)

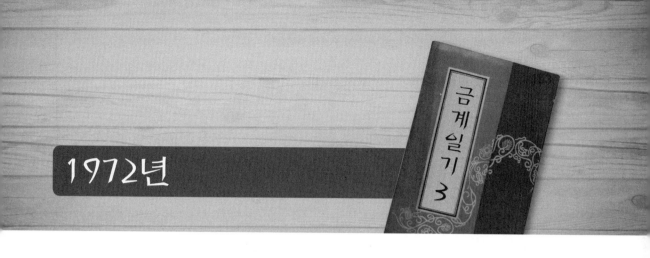

1972년

1972년 〈앞표지〉
日記帳
附錄 "郭氏世系"
1972年(단기 4305) 壬子
鎭川郡 上新校 在職

〈뒷표지〉
通信錄

〈1972년 1월 1일 토요일 曇〉(11. 15) (단기 4305. 壬子年)
새해의 새벽. 2時에 起床. 家計簿, 日記帳 整理코 洗手.
金溪里 一同 陽曆過歲한다기에 五時에 出發. 井母와 魯明은 어제 가고. 倭政時엔 억제로 세었던 것. 學生과 公務員, 其他 外地 生活者를 갖은 家庭에 있어선 不可避하다고 自然的으로 솟은 마음.
上新서 새벽길 步行으로 鎭川까지, 바람 불고 구름 끼어 날씨는 추었다. 올해도 多幸있기를 祈願하면서 急步. 清州 着하니 해돋고 清州서 車 時間 잘 안 다아서 金溪 갔을 땐 차례 지내는 中. 아이들 많이 왔고.
卯時에 再堂叔母 別世. ⓒ

〈1972년 1월 2일 일요일 晴〉(11. 16)
昨夜부터 訃書봉투 쓰기에 아침까지 바빴고. 內客들과 徹夜. 再堂叔母는 82 高令[高齡]. 젊으실 때 혼자 되신 분. 長子는 根兄. ⓒ

〈1972년 1월 3일 월요일 晴, 曇〉(11. 17)
집안에 喪故 있어 안됐지만 同甲稧[同甲契]있어 鳥致院 갔고. 主管이 宗榮 兄. 事情 있어 飮食店에서 修稧. 서울 있는 昌在도 와서 全員參席. 春季 野遊會를 3月 26日로 協議 決定. ⓒ

〈1972년 1월 4일 화요일 雨〉(11. 18)
再堂叔母 葬禮日인데 終日토록 비 나려 不得已. 明日로 延期. ◎

〈1972년 1월 5일 수요일 曇, 晴〉(11. 19)
葬禮式 擧行. 날씨 좋았고. 葬地는 안골 위 宗山. 來弔客 接待에 再從兄弟 數人 같이 바빴고. 再從 點兄과 談話後 作別하고 入清.
卞 校長 만나 酒席 차려 歡談. 甚히 醉했던 모양. 清州서 留. 清州 아이들 집에 서울서 魯妊이 와 있는 中. ※

〈1972년 1월 6일 목요일 晴〉(11. 20)
오랜만에 金丙翼 교사 만나 過去之事 이야기

하기도. 그 母親 入院했다기에 그의 父親에게 人事도 하고.
鎭川 와서 教育廳 兩課長과 点心 같이 하면서 이야기. 教育長室에서 崔 教育長과도 長時間 談話~ 運動場 工事費. 5 · 16民族賞 候補 等 〃. ×

〈1972년 1월 7일 금요일 晴〉(11. 21)
故鄕 小魯에 가서 任重赫 宅에 人事. 그의 婦人 回甲宴에 招待 있어서. 峯杏 金東玉 氏에도 人事. 年前에 그 母親喪 있었던 것.
深夜에 小魯서 淸州까지 步行~ 다리와 발바닥 굼치 몹시 아팠고. 小魯서 나우 먹은 술 今夜도 程度 높았던 모양.
아이들 집 들었을 때 卽時 놀라운 悲報. 學校 두 어린이 방죽에서 얼음 깨져 溺死했다는 것. 땐 밤 12時頃이어서 不得已 留. 밤새도록 단잠 안오고 夢中으로 뜬눈 새운 셈. ×

〈1972년 1월 8일 토요일 晴〉(11. 22)
早朝 起床하여 歸校. 悲報대로 學校 두 女兒 앞 방죽에서 溺死. 教職 30年에 처음 겪는 일. 兩편 父兄에 人事. 共同(公同)墓地까지 가보기도. 딱하고 氣分 개운찮은 채 終日 지냈고. 명복을 빌 뿐.
全職員 非常召集하여 安全教育을 더욱 當付. 事後對策도.
明이, 姬, 妊 왔고. 淸州엔 杏이 혼자 있는 셈. 요새의 일로 머리만 複雜하여 단잠 안오고. ⓒ

〈1972년 1월 9일 일요일 晴〉(11. 23)
3女 魯妊이 生日~ 滿 22歲. 3母女(姬,妊) 飯饌 만들어 朝食 모두 잘했고.
昨日 連絡한 대로 全校生 10時에 召集되어 特別訓話 指導~ 깊은 물의 얼음판 조심, 불조심, 病조심 等 休暇 中에 家庭生活 잘 하자고 強力히 當付.
郡教育廳에서 鄭 課長 來校하여 事故眞相 格式에 맞도록 報告書 作成했고.
오랫동안 積載된 公文書 處理하기도. 日曜日이지만 全職員도 出校. ⓒ

〈1972년 1월 10일 월요일 晴〉(11. 24)
全職員 召集코 執務케. 午後엔 部落 출장토록. 兒童과 父兄한테 休暇 中 家庭生活 充實토록 當付하라고. 時局啓蒙도 아울러 하도록.
郡교육廳에 가서 崔 教育長 만나 學校 어린이 溺死事故 이야기하기도. 도리어 崔 教育長은 나를 慰安하는 것.
孫 課長과 夕飯 같이 하고 入淸. 魯杏 만난 後 卽時 나와 梧東里行. 밤 11時에 妻家 着. 작고한 丈人 忌故. 오랜만에 參禮한 것. ⓒ

〈1972년 1월 11일 화요일 晴〉(11. 25)
작은 妻男 光鎬와 나란히 자다 日出 전에 起床. 酒中里서 市內뻐쓰로 入淸. 道內 初,中學校 校長 校監 硏修會에 參席. 場所는 中央劇場. 主催는 文教部. 道教委서 主管. 講師는 유형진 博士, 신상초 教授. 演題는 '새 價値觀 確立과 國民教育憲章 精神, 國際情勢와 韓國의 進路' 下午 一時에 終講.
尹 校監과 点心 같이하고 歸校하니 下午 6時. 姬와 妊은 淸州 갔다는 것. 明도 일단 제 學校 갔다고. ⓒ

〈1972년 1월 12일 수요일 曇〉(11. 26)

요새 날씨 繼續 溫暖하여 陰地도 흠신 녹는 中. 今日 最低氣溫 零上 2度. 가랑비 잠시 솔솔 나리기도.
밀렸던 連載小說 '世宗大王' 今日분치까지 읽어버리고. 71年 '日記' 末尾에 附錄으로 '5 · 16 民族賞 候補者 推薦文과 家訓文'을 追記.
잘 떠 말린 메주장에 뜻하지 아니한 農藥 방울이 튀어 묻은 의심 있다고 버리자고 井母와 合意. 잘 몰라 아깝기도 하나……. ⓒ

〈1972년 1월 13일 목요일 晴〉(11. 27)
學校는 休暇 中 共同硏修期 間의 第一日이어서 全職員 出勤. 擔當事務의 71年分 完結 處理케 함이 今日의 課題. ⓒ

〈1972년 1월 14일 금요일 晴〉(11. 28)
學校行事 마쳐지는 대로 金溪 本家行. 淸州서 肉類 및 魚類 若干씩 사 가지고 저물게서야 집에 到着. ⓒ

〈1972년 1월 15일 토요일 曇〉(11. 29)
陰曆으로 동짓달 그믐. 작은 달이어서 今日이 生日(滿 50歲). 淸州 있던 魯妊이 와서 할머니도와 일찍부터 朝飯 짓는 데 誠意껏 助力. 집안 食口 모시고 一同 會食.
저녁 나절에 入淸하고 一盃後 醉中 留宿. ※

〈1972년 1월 16일(12. 1) 일요일 晴〉
歸校 道中 鶴城校 林校長 만나 갈미店에서 一盃. 歸校하니 모두 無事. ×

〈1972년 1월 17일 월요일 晴〉 (12. 2)
校下 酒狂人 一 青年 宋00君 理由없이 器物 파괴하였기로 職員 一同 協議 끝에 覺書 받아 處理키로.
明日부터 2日 間 校外硏修키로 指示.
물미 李 氏 家에 弔問했고. ○

〈1972년 1월 18일 화요일 晴〉(12. 3)
淸州의 諸般整理할 것도 있고 魯杏의 女高入試도 있고 해서 교육廳에 連絡하고 入淸. 淸州 女高 門前에 振榮과 같이 가서 筆答考査 끝내고 나오는 노행이 데리고 오다.
淸州 아이들 工夫하는 데 專用할 新品 卓上時計 처음으로 사 놓고.
時計鋪 李相益과 一盃 歡談하였기도. ○

〈1972년 1월 19일 수요일 曇, 雨〉(12. 4)
魯明이가 越南서 購入해 온 秋冬服 洋服地 갖고 三友양복점에 가서 쪼기까지의 안감과 工賃 7,000원에 約定.
無盡會社 等 몇 곳 다니면서 일 보고 振榮과 함께 金溪 本家行. 父母님께 人事 드리고 点心 요기하고선 다시 入淸.
淸州선 魯絃과 그 親舊(教大同窓)들 만나 待接받고 歡談했기도. 魯杏의 入試는 오늘로 끝났다는 것. 이야기 듣기[듣고] 같이 留. ×

〈1972년 1월 20일 목요일 晴, 曇〉(12. 5)
솜씨 좋은 魯妊은 毛絲로 제 母親 입을 겉쪼기 큼직하게 黃色 실로 선듯 떴고.
學校 궁거위[궁거워] 첫 直行으로 學校 오니 마침 重大한 電通 왔고. 教職者가 先頭에 나서 學生을 비롯한 모든 사람을 動員하여 보리밭 밟기와 흙 넣기 運動을 전개하여 보리 多量 生

産에 이받이하라는 것~ 異常暖冬 끝에 急寒波가 甚해져서 冬死의 憂慮가 있다는 것에서 나온 것.
中堅教師 非常召集에 李康均 教師 다녀오고. ※

〈1972년 1월 21일 금요일 雪, 曇〉(12. 6)
雪寒風이 급작이 到來. 今日이 大寒이기도 하지만 영하 5度.
昨日 教育廳會議에 代表教師로 다녀온 李教師의 傳達 듣고 다시 짐이 무거워지며 마음 조려지기도. 非常事態 宣言 後 온 國民이 結束하여 行動이나 精神이나 愛國的으로 强力히 活動하자고 全職員에게 當付하고.
非常召集에 모여졌던 兒童 甚한 눈바람으로 作業不能 되겠기에 卽時 下校시키다.
正心이 아닌 채 系統職員 볶는 것도 깊이 生覺해 볼 일.
단잠 못이루는 것 健康에도 큰 영향 있을 듯. 苦憫[苦悶]의 밤 새우다. ○

〈1972년 1월 22일 토요일 晴〉(12. 7)
日出 前 氣溫 영하 7度. 해가 오름에 따라 따뜻한 氣溫.
아침결에 梨月 가서 面에선 明의 住民登錄業務 다시 보고. 우체局에 가선 松의 運動册子 찾고. 歸鄕 中 淸州 두 職員 앞으로 곧 學校에 集合하라고 電報.
職員들 中 李圭和 教師 等 몇 은 部落에 나가 誠意껏 作業指導하고 歸校 復命. 몇 은 形式에 不過하기도.
絃은 어제, 明은 오늘 任地로 간다고 出發. 이 애들은 20日에 淸州서 같이 왔던 것.
當局에서 指示된 것 거이 끝내가고 個人일도 어느 程度 進捗되어 거뜬한 氣分 되기도.
學校 兒童 死故로 李支署長의 立場 說 듣고 別일 없기를 心願. ◎

〈1972년 1월 23일 일요일 曇, 雨〉(12. 8)
登校코 尹 校監과 함께 終日 執務~ 非常事態에 따른 學校 運營方針 樹立. 多量의 公文處理. 道宗 李甲珪 舊 會長 重患이라기에 問病 갔었으나 서울病院으로 診察次 갔다는 것이어서 相面 不能.
아침엔 안개비, 낮엔 가랑비 나리더니 日暮頃부터는 여름비처럼 주룩주룩 本格的으로 나리다. ◎

〈1972년 1월 24일 월요일 흐림, 가랑비〉(12. 9)
全職員 召集하여 職員協議會~ '밝은 마을 운동' 展開에 努力할 일. 勤務態勢 强化, 非常事態에 따른 教育運營 方針. 當直勤務 徹底 등을 再當付.
本學區內 冬季婦女會가 本校 教室에서 있어 40分 間 나도 강연. 休暇 中 家庭生活 指導, 家庭學習 指導, 몸 淸潔 등을 말하다. ◎

〈1972년 1월 25일 화요일 曇〉(12. 10)
銅像만들기 工作강습에 自進 찬조 受講. 진천 主催. 場所는 三秀校. 題는 金庾信 장군 銅像. 午後 2時에 마치고. 受講한 李, 林 教師에 晝食 제공.
교육廳 孫 課長 招待하여 대성옥에서 一盃 接待. ○

〈1972년 1월 26일 수요일 雪, 曇〉(12. 11)

集合한 學校 職員에 昨日의 講習 傳達과 當面 問題를 當付.
난로불에 豚肉 풍부히 구어먹기에 稀有.
三龍里 潘泰弘 役員 女婚에 人事. 저물어서야 歸校. ×

〈1972년 1월 27일 목요일 晴〉(12. 12)
5女 運 데리고 入淸. 車 事情으로 士石서 一時間쯤 기다리기도.
4女 杏은 淸州女高에 優良한 成績으로 合格~ 首席은 못되고 잘못하여 次點인 듯. 마침 妊과 杏은 上新 나가고. 淸州엔 姬 있는 中.
振榮의 婚談 있어 面會次 父親도 淸州 와 계시고…… 栢峴 朴氏 家(29日 것을 誤記).
朴遇貞 만나 厚待 받고 醉하여 淸州서 留음. ※

〈1972년 1월 28일 금요일 晴〉(12. 13)
머리 若干 흔들리나 9時 高速으로 서울 向發. 永登浦에 가서 큰 女息 만나고 趙査頓 病中 人事. 누워 앓는 것은 아니나 衰弱해진 편.
忘憂里行 道中 小便 急하기에 골목에 들어가 便所 뒤 눈더미에 눟고 오다 巡警한테 한마디 듣기도. 威身上 恥辱이나 細心 注意와 努力은 했던 것. 마침 首都 깨끗週間이라고 단속기간이라나. 茶 마시라고 現金 若干 넣어주고. 이것도 한 經驗인지?
면목洞 金査頓 오래서 저녁 늦게까지 座談. 큰애 結婚 後론 처음 相面하는 것. 망우리까지 전송하기도. ※

〈1972년 1월 29일 토요일 曇, 가랑눈〉(12. 14)
더 쉬었다 가라는 것을 學校가 궁거워 10時頃에 出發. 큰 孫子 英信이 데리고. 제 엄마가 高速停留場까지 바래다 주고. 發車時에 若干 보챘으나 끝까지 괜찮았고. 上新 着할 때까지 졸아서 껴안고 잘 온 셈. 鎭川선 택시로. ×

〈1972년 1월 30일 일요일 晴〉(12. 15)
간밤 中에 제 엄마 찾았으나 낮엔 제 三寸, 고모들과 英信이 잘 놀고.
學校 日直 李 女敎師 몸 성치 않다기에 淸州 보내고 代直.
魯妊이 淸州 가는데 갈미까지 바래다주고. 올 땐 물미 崔 氏 만나 醉者同行에 애 먹기도.
下午 6時11分부터 3時間 동안 月蝕(皆旣월식). ⓒ

〈1972년 1월 31일 월요일 雨〉(12. 16)
겨울放學의 最終日. 今般 冬季休暇 中은 傷處 많았던 期間~ 兒童의 溺死事故, 酒酊 靑年 校內 侵入, 其他 少〃한 圓滿치 못했던 일. 非常時局 下의 多忙事 等〃…….이제부턴 無事해야 할 일.
새벽부터 내리는 비 여름비를 방불케 주룩주룩 下午 7時頃까지 繼續됐고. 그리 冷하지는 않은데 氷板의 世相 이뤘고.
美蠶里 吳世德 舊 會長 子婚 있어 招待에 人事. ⓒ

〈1972년 2월 1일 화요일 曇〉(12. 17)
開學日. 날씨는 普通이나 어제의 비로 길과 運動場 學校周圍는 질어서 엉망으로 무서울 程度. 上新 와서 겪어본 것이지만 4月 中旬까진 兒童들이 운동場에서 뛰놀지 못하는 形便. 運動場 해결이 큰 숙제. 자갈과 모래가 없는 이

地域으로선 딴 方法이 있어야 할 일.
点心時間엔 全職員 舍宅으로 오래서 떡국 만두로 接待. 모두 맛있게 먹었다고 人事. 杏과 內者가 手苦 많이 한 것.
道宗 李甲珪 氏 病勢 알려고 가서 問議한 즉 "미아리 성가병원 6층3호실"에 入院 中이라고. 手術까지 한 重病이라는 것. ⓒ

〈1972년 2월 2일 수요일 晴〉(12. 18)
校長會議 있어 早朝에 갈미 나가는 데 몹시 추웠고. 어제의 진땅 얼어붙어서 돌밭 드디는 것 같았고.
會議 內容은 人事異動問題가 主. 自身은 現任校 經歷 얕아서 今般에 此還故鄕되기 어려울 듯. ⓒ

〈1972년 2월 3일 목요일 曇〉(12. 19)
人士大鑑편찬委員會에서 온 李 氏와 長時間 爭論~ 最初 約定과는 價格差가 甚해서. 解決 못짓고 歸路.
昨日의 會議 傳達. 主로 學年末 定期異動의 人事指針에 對한 것. 下午 7時까지 늦어졌고. ×

〈1972년 2월 4일 금요일 雪, 曇〉(12. 20)
늦雪 나우 나린 것. 約 10㎝. 이번 겨울치고선 가장 많이 온 듯.
今日도 人士大鑑편참委員會에서 온 사람과 長時間 격론. 無理이며 非合法的으로 억지 編纂하였음에도 抑說하는 그네들 참으로 쾌나고 畓〃한 일. 若干의 절충金額으로 解決. ※

〈1972년 2월 5일 토요일 曇〉(12. 21)
날씨 푹해서 어제 쌓인 눈 많이 녹아서 各處의 道路 엉망진창.
舊 會長 李甲珪 氏 手術后 退院했다기에 道宗 가서 問病. 眞實로 重態. 소생(회생)할 길 漠然함을 느끼고.
梨月 가서 印鑑 手續과 魯杏의 抄本 떼기도. 물미 崔父兄과 黃父兄 만나 저물게 歸校. 夜間에도 얼지 않아 길은 철벅철벅. ○

〈1972년 2월 6일 일요일 曇, 가랑눈〉(12. 22)
登校하여 午後 3時까지 執務. 公文書 處理와 帳簿 檢閱 等.
入淸하려고 가랑눈 맞으며 장화 신고 갈미까지. 길은 녹는 눈과 질퍽이는 질은 흙으로 長靴도 행세 못할 지경.
밤 九時頃에 淸州 着. 魯運, 魯妊 무고했고. ◎

〈1972년 2월 7일 월요일 曇, 晴〉(12. 23)
아침 일찍이 옷 다려 입고 終日토록 바쁘게 일보다~ 淸州女高에 가서 育成會 減免 手續하고. 李斗鎬 校長과 잠시 歡談. 學資貸付 手續하려고 杏의 合格證도 떼고. 參考로 妊의 卒業證明書도. 淸女高엔 媛, 姬, 妊, 杏 모조로기 入學하는 것.
'忠北은행'에 가서 魯杏의 入學等錄 15,140원으로 畢. 育成會비 6個月分 4,500원은 免除된 것.
大成綜女高에 갔었으나 親友 朴完淳 校長 出他 中이라 못만나고, 直行해서 南一校 着. 恩師 朴鍾元 先生님 뵙고 金教務한테 恩師님의 停年 退任行事를 問議. 고은里서 点心 먹고 다시 入淸.
三友洋服店에서 잠간 일 보고. 時間不足으로 豫定했던 電話局엔 못들린 채 鎭川 直行. 學資

貸付 手續 完了.
奬學士들과 崔 教育長에게 故鄕으로 異動 希望한 家庭形便을 맑히기도[밝히기도]. 彼此 圓滿한 雰圍氣 속에서 이야기 나눠졌고.
개풍원에서 兩 課長(孫, 鄭), 崔 教育장에게 夕飯 接待. 學校운동장 工事 문제도 細〃한 議論 있었기도.
갈미서 長靴로 깜깜한 밤길 걸어 歸校하니 밤 10時 半. ⓒ

〈1972년 2월 8일 화요일 晴〉(12. 24)
道宗 李 舊 會長 기어히 別世 消息 있어 學校일 거이 마친 後 金藥房과 같이 가서 弔問. 學校일 眞心으로 誠意껏 보던 분. 學父兄 몇 분과 座談으로 밤새우기도. ×

〈1972년 2월 10일 목요일 晴〉(12. 26)
李 舊 會長 葬禮에 誠意 베풀기도~ 만장, 賻儀, 濁酒 等 내었고.
葬地에서 梨月 손님 10余 名 學校 尋訪에 人事 接待…… 學校 現況 說明과 애로點을 細〃히 力說하기도~ 一同 감탄하는 듯. 酒幕에 招待하여 탁주 넉넉히 待接. ※

〈1972년 2월 12일 토요일 晴〉(12. 28)
上新校 第11回 卒業式 擧行. 昨日에 눈 나린 것 녹아 學校 운동장과 周圍는 무서울 程度 엉망. 式 大體로 經過. 學父母 數많이 參席한 것은 아니나 職員들한테 융숭히 待接. ※

〈1972년 2월 13일 일요일 曇, 가끔 눈〉(12. 29)
職員들 一同만이 돼지 돌오리 舍宅에서 行事 ~ 내장은 삶아먹고 고기는 2斤씩 全職員에 學校에서 提供. 모레가 舊正이어서. 뒷바라지에 井母와 魯杏이 終日토록 애썼고. ※

〈1972년 2월 14일 월요일 晴〉(12. 30)
數連日 過飮되어 食事 口味 줄고. 夕食에서야 우수 먹은 것.
물미 崔父兄과 月村 鄭父兄 찾아와 誠意 베풀기에 고마워서 濁酒 몇 잔 들었고. ⓒ

〈1972년 2월 15일 화요일 晴〉(正. 1)
舊正이어서 非公式 休校~ 學區內 全體 舊正이므로. 公休日 再調整에 舊正을 넣을 氣勢 新聞社說에 나왔기도. 나와 校監만이 陽曆過歲했던 것.
日出時에 學校, 家庭의 無事와 諸般 等 如意成就되기를 合掌祈願. 自身 謹愼해야 할 일도 있는 것.
登校하여 單身 終日 執務. 職員들 舊正 便히 세기를 양해했기에 責任지고 學校지킨 것. 李起俊 교사 다녀갔기도.
英信이 진흙땅을 함부로 빠대어 수 차례 옷버려 제 할미한테 꾸지람 들었고. 운동장과 한길 寸步를 못옮길 程度. ⓒ

〈1972년 2월 16일 수요일 雪, 曇〉(正. 2)
날씨는 푹한데 새벽녘부터 눈 나려서 묵직히 쌓인 눈 쓸기에도 힘들었고.
비상사태에 따른 教育推進 計劃書 다시 훑터보기도. ◎

〈1972년 2월 17일 목요일 晴〉(1. 3)
入淸하여 홍업無盡, 교육금융에 金錢整理. 尹校監과 木工所에 가서 學校 玄關用 鏡臺값 알

아보고 交涉하기도.
午後에 鎭川 나와 教育廳에 들려 崔 教育長과 談話~ 故鄕 近處로 轉勤되도록 付託하고. 孫課長과 學校 施設 問題도 相議.
어둔 밤 7時40分 直行버스로 入淸하여 아이들과 留. ⓒ

〈1972년 2월 18일 금요일 晴〉(1. 4)
大成女高 들려 朴 校長과 두 가지 相議~ 恩師 朴鐘元 先生님의 停年退任 行事. 俊兄 付託의 明淑 轉科 問題 等.
沃川 教育廳 가서 許 奬學士 만나 振榮 邑內 轉入 말했으나 內申 없고 年數不足으로 難하니 中間 機會를 보자는 것.
日暮頃에 曾坪 가서 鄭 校長 宅 尋訪, 마침 出他 中이어서 相談 不能. 師母에게만 말하고 다시 入淸. 아이들과 留. ⓒ

〈1972년 2월 19일 토요일 晴〉(1. 5)
淸州서 早朝에 出發. 曾坪 가서 鄭海國 校長 만나 魯姬 轉任 일에 도와달라고 特託. 情分있는 사이라서 厚意 있게 對.
槐山 教育廳에 들려 金 奬學士 찾아 魯姬의 轉出에 砂利峙 이쪽 學校로 넘어오도록 特託~ 可能 있을 눈치 보고 人事後 淸州 거쳐 歸校하니 밤 10時. 道教委 장학사들한테 편지 내기도. 孫子 영신用 세발自轉車 사다주니 퍽도 좋아했고. ○

〈1972년 2월 20일 일요일 晴〉(1. 6)
梨月 가서 宋 組合長 宅 喪事에 人事.
淸原郡 葛院校 姜敏善 校長님 停年退任式에 가서 人事. 尺山서 學校까지 6.3㎞ 步行 往來에 애먹기도. 梨月 人事로 時間은 못댔고. 師母님의 반가운 對談에 感謝했기도. 入淸하니 20時.
槐山郡 長岩校 卞 校長으로부터 魯姬의 請婚書信 왔기에 回答. 歡迎한다는 뜻과 當本人 意思래야 한다고. ⓒ

〈1972년 2월 21일 월요일 晴〉(1. 7)
學校에선 나의 30周年 記念行事 할라는 눈치 보이고. 地域環境과 時局相으로 보아 自身 달갑지 않은 形便. 一切 關與하지 않고.
낮엔 舊 會長 유승준 찾아와 歡談하기도.
部落經費 完納하기도~ 山林계비 250,- 里長조 1,350,- 赤十字會費 70,- 나병협회비 30,- 其他 會費 100,- 合 1,800,- 前任까진 없던 것.
恩師 朴鐘元 선생님의 停年 退任式 26日에 있다고 通知 왔고~ 門下生 代表 名單에 끼었기도. 活躍 그리 못해서 責任 느끼기도. ⓒ

〈1972년 2월 22일 화요일 晴〉(1. 8)
校長會議 있어 鎭川 出張~ 非常事態에 따른 安保體制 再强調. 學年末初의 當面問題도 여러 가지.
30周年 記念行事 明日 있다는 것 今日에서 확실히 알고. ⓒ

〈1972년 2월 23일 수요일 晴〉(1. 9)
學區內 主催로만의 教育勤續 30周年 記念行事 있어 內者와 함께 초빙 있어 式場에 同席.
前任校, 弟子, 子息들, 親緣戚, 親知들에겐 一切 알리지 않았던 것~ 交通不便과 土質 異常 또는 時局을 감안해서.

學區內 父兄, 姉母 約 100명쯤 參集. 崔 教育長, 朴 教育會 外 郡內 校長 10余名, 面內 機關長 若干名만이 參席.
記念品 數個種 있은 後 別席에서 簡素한 酒席 베풀어졌으나 술만은 豊富했던 것.
答辭에 있어 포부와余生을 젊게 活躍하겠다는 것을 强하게 말하여 박수 갈채. 몇 親舊 深夜할 때까지 歡談, 同宿. ×

〈1972년 2월 24일 목요일 晴〉(1. 10)
71學年도 修了式 운동장에서 擧行.
學區內 有志 몇 분 來訪 應待에 今日도 過飮. ※

〈1972년 2월 25일 금요일 晴〉(1. 11)
親知 朴相均 女婚에 參席코져 報恩行했었고~ 時間 늦게 到着. 祝儀. 酒席 歡談. ※

〈1972년 2월 26일 토요일 晴〉(1. 12)
學年末 異動에 道 發令 났고. 希望 걸었떤 것 虛事. 1年 밖에 안된 處地. 人事方針 달라진 데서 不可했기도.
松面 魯姬는 禾谷校로 옮겨져서 交通上으로는 若干 완화된 셈.
南一校 在勤 中이신 玉山校 恩師 朴鐘元 先生님의 停年退任式 있어 參席~ 大盛況 이루었고. 特히 玉山校 出身들이 頭角을 나타냈고. 謝恩辭 自進하여 豫定했던 솜씨로 力說했더니 滿場拍手갈채. 記念品도 '韓服' 一着 값으로 現金 5,000원 贈呈한 것도 나의 處地론 誠意 베푼 것.
玉山 同窓 몇 사람 別席 만들어 座談도 진진.
松面校 職員 數人 來訪했기에 接待~ 淸州 전세집서.
明日 行事 있어 井母도 來淸. 振榮, 魯明도 學年末 休暇되어 來淸~日暮頃에 振榮과 함께 金溪행. 父母님 기력 그만해서 多幸했고. ※

〈1972년 2월 27일 일요일 晴〉(1. 13)
時間 맞춰 入淸하여 '고향식당'에서 卞文洙 校長 만나고. 兩便 合意下에 茶房에서 郎子 卞相煥, 閨秀 魯姬 첫 面會. 兩家 一同 歡迎의 빛 돌고. 今日도 난 過醉 過行. ※

〈1972년 2월 28일 월요일 晴〉(1. 14)
井母는 나의 約束 不履行에 昨日 上新行 했다는 것.
近日 連飮에 口味 없어 食事는 不能. 청주 아이들이 誠意껏 끓여주는 '커피茶'만으로 속 채우는 셈.
魯明이 任地에 가고, 난 午後에서 歸校. ×

〈1972년 2월 29일 화요일 晴〉(1. 15)
몸 極히 고닮은 中 李강균 教師의 春府丈 來訪 座談. ○

〈1972년 3월 1일 수요일 晴〉(1. 16)
內者와 入淸하여 父兄 一同 贈呈品으로 '캬비넽'(옷장) 一個 15,000원 주고 購入. 運搬은 3日 豫定.
魯姬의 짐 運搬으로 魯妊도 함께 松面 갔다는 것.
振榮도 金溪서 어제 와서 任地로 갔다고. 아직 絃은 안왔고.
큰 孫子 '英信' 데리고 歸校하니 日暮頃. 날은 추웠고.

數日 前부터 어쩐 일인지 T.V 안나와 궁금. ⓒ

〈1972년 3월 2일 목요일 晴〉(1. 17)
72學年도 始業式. 擔任決定과 事務도 分掌. 教室도 配置.
新舊職員 人事. 送舊迎新의 자리도 簡單히.
當年度 할 일도 많아 計劃 着〃 세워야 할 일. ○

〈1972년 3월 3일 금요일 晴〉(1. 18)
梨月우체局長을 尋訪~ 僻地校 手續用 距離證明. 晝食 接待.
郡교육廳에서 事務打合.
1日에 淸州에서 購入한 옷장 '캬비넽' 鎭川서 人夫 써서 舍宅까지 運搬. 運搬料 總額 2,100원. 新型 옷장 井母 방에 드려놓긴 처음. ⓒ

〈1972년 3월 4일 토요일 晴〉(1. 19)
새 學年初부터 일 잘하자고 全職員에게 20余項을 當付.
學校운동장에 蹴球 꼴대 全職員 손으로 建立. 今年도 직원 雰圍氣 좋고. ⓒ

〈1972년 3월 5일 일요일 晴〉(1. 20)
學年初 學校運營 細案 一部 만들기에 努力했고~ 教育目標도 包含.
쌀값 자꾸만 올라 俸給만으로의 生活者 이대로가면 큰 타격~ 今日도 6말 購入에 6,600원. 말當 1,100원씩 月村에서 팔아오는데 井母 終日토록 애 먹었고. 昨年 이때는 670원이었는데 60余% 올른 셈.
日直 李圭和 教師의 高級酒 사내는 데는 어떠한 뜻이 包含되어 있는지 그 性格 또한 모를 일.
英信 어제 오늘 옷 입은 채 똥 싸는 버릇 있어 웃으운 일. ○

〈1972년 3월 6일 월요일 晴〉(1. 21)
入學式. 108명 登錄. 金面長, 李支署長 來訪. ○

〈1972년 3월 7일 화요일 晴〉(1. 22)
役員 초빙하여 接待~ 去月 23日 行事(30周年)에 手苦했다고 人事. 濁酒 二斗. 魚肉類 等 2000원 程度. 職員에게도 一盃. ×

〈1972년 3월 8일 수요일 晴〉(1. 23)
鄭德海 會長 同伴하여 梨月 經由 上京. 龍山에 13時 着. 点心 後 李丁錫 議員 事務室인 '세운상가' 갔었으나 釜山 갔다는 것으로 面會 不能. 同 秘書들에게만 用務를 말했을 뿐(운동장 擴張 工事).
西大門區 '노라노' 禮式場에 가서 朴玉子양 結婚式에 人事.
旅館 定하고 '양원'에 다녀오기도. 큰 애들 모두 無故. ×

〈1972년 3월 9일 목요일 晴〉(1. 24)
食堂에서 청량우체局의 四寸 불러 會長과 함께 朝食.
셋째外從妹 '朴금옥'의 結婚式 있어 禮式場까지 가서 人事.
李議員 釜山서 왔다는 것이나 事情으로 相面不能. 旅館은 定했으나 '양원'에 가서 큰 애와 얘기하고 같이 留. ×

〈1972년 3월 10일 금요일 晴〉(1. 25)
'양원'에서 큰 애 夫婦와 함께 出發해서 新設洞 거쳐 城北區에 鄭 會長과 同行하여 李 議員 自宅 尋訪~ 마침 相面되어 學校운동장 擴張 工事 公約대로 곧 推進하기를 促求했으나 今時는 不可能한 것 같은 答辯 있어 別無神通. 公約 事項이어서 早晩間 되기는 된다면서 ……. 無數히 付託하고 나와 朝食하니 이모저모로 口味만 없어 食事 얼마 못했고. 食事 後 鄭 會長과 作別하고선 망우洞 양원 가서 둘쨋놈 '昌信' 잠간 본 後 큰 애가 마련해주는 '英信' 衣類와 菓類 갖고 龍山 와서 昇車. 梨月서 下車. 上新 오니 19時頃. 서울서 보낸 강아지(스피츠) 보고 온 家族이 기뻐하기도. ○

〈1972년 3월 11일 토요일 晴〉(1. 26)
學校는 全員 無事하여 安心되고. 職員들 環境構成에 努力 中으로 우수 달라졌기도. ×

〈1972년 3월 12일 일요일 晴〉(1. 27)
明日 새 敎育監(육진성) 初道巡視次 온다는 電通 받고 마음 조려지기도. 萬般의 準備가 다 안되었을 뿐 아니라 近日 몸 쇠약해져서 活動에 敏活치 못한 편이어서 不安. ×

〈1972년 3월 13일 월요일 晴〉(1. 28)
敎育監 視察 있다고 早朝에 또 電通. 全職員 敏活히 執務. 尹 校監과는 푸리핀 챠드 補充에 바빴고~ 尹 校監이 많이 욕 본 것.
平素대로 學校 日課 進行했으나 午後 6時가 經過 되었어도 안오기에 全員 退廳. 그래도 난 同 7時까지 在學校. ⓒ

〈1972년 3월 14일 화요일 晴〉(1. 29)
몸 좀 많이 풀렸고. 明日 會議 준비로 밤 12時까지 舍宅에선 이것저것 가려 整理했기도. ⓒ

〈1972년 3월 15일 수요일 晴〉(2. 1)
午後에 入淸하여 魯運의 學費免除願 提出하라고 書類 놓고.
鎭川 와선 敎育廳에 들려 學校施設 問題로 孫課長, 金 技士에 特託. 機會가 닥칠 것이니 考慮하겠다는 것. 새로 온 學務課 金榮會 課長과 歡談後 兩課長 招待하여 夕食 같이 하고. 孫課長의 答接에도 應待. 深夜토록 놀다가 밤 12시 좀 지나서 歸校. 갈미까지 택시料 400원. ×

〈1972년 3월 16일 목요일 雨, 曇〉(2. 2)
오랜만에 오랜만에 봄비 나우 나려 移植한 나무에 好雨. ×

〈1972년 3월 17일 금요일 晴〉(2. 3)
計劃했던 外部環境 中 '敎育標語' 揭示. 尹 校監 努力으로 今日에서 完成~ 玄關엔 "전, 보람과 기쁨을 주는 애정의 교육, 진[1]" 지붕 굴뚝엔 '총력안보의 해' 학교림엔 '통일동산'으로 번 듯.
學年初 事業計劃表 草案 잡혀 어느 程度 마음 거뜬한 氣分.
室內 奬學도 始作했고. 물미 韓 氏, 申 氏 來訪하여 應待. ○

〈1972년 3월 18일 토요일 晴〉(2. 4)

---
1) 본문에서 '전'과 '진'자에는 동그라미가 그려져 있다.

學校일 마친 後 진천 거쳐 入淸~ 교육금융, 無진會社 들려 金錢 整理하고 魚肉類 좀 사 가지고 金溪 本家行. 父母님 氣力 그만하시어 多幸. 從兄도 만나 밤 깊도록 歡談했고. 道中 玉山선 權仁澤 親友 만나 一盃했고. 집에 갔을 땐 밤 9시 半. ×

〈1972년 3월 19일 일요일 晴〉(2. 5)
朝食 後 일찍이 父母님께 拜退하고 玉山 와서 李仁魯 親友 만나 座談 좀 하고 玉山面에 들려 任書記한테 運의 戶籍抄本을 付託. 鄭 面長 만나 一盃하자기에 應待.
淸州 거쳐 잔일 좀 보고 鎭川 지나 歸校했을 땐 밤 깊었던 듯. ※

〈1972년 3월 20일 월요일 曇, 晴〉(2. 6)
校長會議에 參席. 案件은 '새마을'運動이 主. 會議는 13時부터 19時까지. 막 車도 이미 지났고.
斗村校로 近日에 온 韓載求 교장과 一盃. 座談도 오래도록 하다가 旅人宿에서 같이 留. 韓교장은 倭政 때 같이 있기도. ×

〈1972년 3월 21일 화요일 晴〉(2. 7)
旅館에서 韓校長과 朝食 같이 먹고 일찍 各己 自動車로 出發하여 歸校.
終禮 時間 당겨서 臨時직원회 開催하여 어제의 校長會議 內容을 細〃히 傳達. ※

〈1972년 3월 22일 수요일 晴〉(2. 8)
'新定'부락 새마을에 視察次 손님 온다기에 歡談코져 參席. 鎭川郡 權 郡守에 부탁했더니 學校까지 들려 歡談했기도. ※

〈1972년 3월 26일 일요일 〉(2. 12)
어젯날까지 飮酒生活 여러날 繼續되어 몸 많이 지쳐 食事도 就寢도 不正常. 井母 付託으로 닭 1尾 잡고, 인제 한 마리 뿐.
電通의 새마을 가꾸기 消息 있다면서 未接受.
井母는 보리쌀 팔러 魯松과 함께 梨月場 다녀오고.
今日도 酒席만은 四次 機會 있었으나 分量은 사린 것. ○

〈1972년 3월 27일 월요일 晴〉(2. 13)
學校선 早朝에 받은 公文 作成하느라고 係員 金 敎師 數時間 동안 애쓴 듯. 持參 提出하라는 것 勇氣 안나는 듯.
12時에 鎭川 가서 登廳하니 電通 回報 늦었다고 발끈한 듯. 或 上新에 敎育長 갈 것이라 해서 淸州 및 玉山面까지 갈 豫定을 中止하고 歸校. 退廳 後까지 안왔고, 終禮時에 臨時직원회 했고. 받데리 充電해 왔고, 밤엔 英信이 熱 때문에 金醫師 舍宅까지 다녀가고. ◎

〈1972년 3월 28일 화요일 晴, 曇〉(2. 14)
電通 오면 萬事 제쳐놓고 全力해 報告書 作成해야 하는 非常時局.
今朝도 明日 會議에 作成提出할 것 만드느라고 校監 校長 종일 바빴고. 여러 職員 各種 書類作成에 授業 많이 희생되기도. 戰爭 準備에 狂奔한 北傀를 이겨내는 힘 培養의 方法이기도. 時局은 점점 火急 危急해지는가? 언제나 統一平和 이뤄질른지.
나무 심기에도 高學年들 바빴고 蹴球 指導에도 熱中. ◎

〈1972년 3월 29일 수요일 雨〉(2. 15)
새벽부터 오는 비 終日토록 나려 냇물 벌창이 흐르고.
校長會議 있어 7時에 出發하여 車 형편상 鎭川까지 步行했기도.
會議 案件은 25日에 大邱에서 열렸던 全國教育者大會 傳達이 主. 10時부터 下午 4時까지 繼續되었고.
淸州 갈 豫定이 바뀌어 梨月까지 막 차로 오니 下午 7時 半. 林教師 못만나는 바람에 쏟아지는 비를 바우며 밤중에 歸校. 肉體的 피로 大端했고. 원고개 앞냇다리 가까스로 건느고. 宿直室에 校監 오래서 急한 것 于先 會議內容을 傳達하니 밤 11時 半. 몸 고단하기 大端한 셈. ◎

〈1972년 3월 30일 목요일 曇, 雨〉(2. 16)
公用으로 提出할 戶籍騰本 作成次 淸州 거쳐 玉山行. 多幸히 紘, 明, 姬 것은 어젯날 姙과 先이가 가서 만들어 왔기에 수얼[수월]했고, 今日은 내 것과 振榮用 2통만을 만들었으나 서울 아이들은 어떻게 할른지. 어제의 비로 美湖川은 무서울 程度로 흐르는 것. ※

〈1972년 3월 31일 금요일 晴, 雨〉(2. 17)
나머지 事項 會議 傳達에 終禮時間에 3時間 걸쳐 終了. ※

〈1972년 4월 1일 토요일 晴〉(2. 18)
豫備軍의 날로 行事 있다고 案內 있기에 梨月行하여 參席. 該當服도 着用. 激勵辭도 힘차게 簡單히 했고. 會 끝에 學區內 全員 150名에 濁酒 5斗 接待도 하였더니 特別 感謝하다고 人事. 地方 一般住民들도 감사하다는 人事들 많이 하는 것. ×

〈1972년 4월 2일 일요일 晴〉(2. 19)
池灘校 있는 2男 魯紘이 우연찮이 甚히 다쳤다는 不幸한 消息 있기에 가보니 顔面을 다친 것. 공 드려는 꼬맨 듯. 當 校監과 몇 職員 親切했고, 紘의 親舊도 찾아와 人事. 父兄中 白池里 산다는 朴泳善, 朴範宗, 池탄의 朴春東도 人事. 큰 江 鐵橋 步行으로 건늘 때 겁 많이 났던 것. 朴 氏들 助力으로 無事했고. 夕食하니 저물기도 하여 魯紘과 同宿. ×

〈1972년 4월 3일 월요일 晴〉(2. 20)
池탄서 새벽車로 出發. 學校는 監事會 있었고. ※

〈1972년 4월 4일 화요일 晴〉(2. 21)
育成會 總會 父兄들의 誠意로 決算, 豫算 共히 別 異見없이 通過되어 短時間 內에 마쳤고 會長을 비롯해 役員들 거이 留任. ×

〈1972년 4월 7일 금요일 曇, 부슬비〉(2. 24)
어제 왔던 魯姙과 英信 데리고 淸州行. 영신은 上新서 갈미까지의 半 以上을 제발로 걸어가고. 제 어미와 約束 있어 간 것.
玉山 가서 戶籍騰本 2通 떼서 서울 아이들에게 보내기로.
10日에 教育者大會 하는데 上下 黑色 洋服 입으래서 '양복총판매점'에서 6,500,-의 外上으로 검정 양복 購入하고 저물어서 淸州서 아이들과 同宿. ×

〈1972년 4월 8일 토요일 曇, 가끔 가랑비〉(2. 25)
淸州서 새벽 빠쓰로 出發. 出勤하니 마침 어제 午後에 不時로 敎育長 다녀갔다나. 室外 環境엔 그대스럽잖게 말했다고. 다만 室內에서 不快感 發露했다는 것.
井母는 서울 아이들과 約束 있어 淸州 가고. 오늘이 큰 애 生日인데 日요日인 明日에 淸州 온다는 것.
國民校 兒童들 蹴球試合 있어 4學年 以上 梨月行. 意外로 兒童들 잘 움지겨 決勝戰까지 올라갔고. 不幸이도 결승전에서 참패. ◎

〈1972년 4월 9일 일요일 晴〉(2. 26)
日요日이지만 出勤하여 終日 執務.
井母 入淸했기로 昨日 夕食부터 今日 저녁까지 밥 짓고, 井母 午後 7時 半에 歸家. 英信은 제 父母따라 上京했다는 것. 淸州엔 金溪서 母親 오시고 노현, 노희도 왔었다는 것.
今日 날씨 모처럼 만에 맑게 개었고. ◎

〈1972년 4월 10일 월요일 晴〉(2. 27)
敎育者大會에 參席次 새벽에 步行으로 出發. 去 3月 24日에 大邱에서 있었던 全國敎育者大會의 鎭川郡 報告大會인 것. 105名. 場所는 三秀校 강당. 박력있는 崔 교육장의 指揮와 性格대로 進行케 하여 잘된 셈.
宿願이던 上新校 운동장 擴張도 實現될 可能성의 喜消息 또 있기도.
夜間엔 新定部落 幹部會에 參席. ◎

〈1972년 4월 11일 화요일 曇〉(2. 28)
兒童生活 訓練 잘해야 되겠다고 職員會에서 强調.
막내 魯弼이는 如前히 童畵책 좋아하고~ 하루 2卷씩은 例事. 世界의 地名, 偉人, 有名人士 잘 알고 있어 中卒 獨學 中인 제 兄 魯松과 이야기 곧 잘하는 셈. ◎

〈1972년 4월 12일 수요일 晴〉(2. 29)
勝共 弘報要員 講演會에 郡內 機關長도 參席케 되어 早朝에 出發. 午前 8時에 鎭川中에 到着. 午前 中 聽講. 講師는 '勝共聯合道團長 황인태' 題는 '勝共의 길(非常事態 宣言을 中心으로)' 要는 國際情勢로 보아 勝共하는 길은 依他하지 말고 스스로 힘[2]을 갖아야 한다는 것.
午後 2時부터 緊急 校長會議 있었고, 午後 6時까지.
常山校에 가서 姜 校長님의 講演資料 '民族精神'에 對한 原稿 얻어 移記할 때의 長〃文을 어둡도록 速記할 때의 괴롬 또한 말할 수 없었고~ 內容은 充實한 것이나 낮에 들은 14日 行事에 對備코져 急작스런 일이기에.
報告文書 많고 火急히 完了하여야 할 事項 많기에 梨月 통해 한밤 中에 歸校할 때 한숨만 져지기도. ◎

〈1972년 4월 13일 목요일 晴〉(2. 30)
金容辰 女敎師의 父親 來校 人事. 맥주 應待에 며칠 만에 몇 컾 마신 것. 잘 지내기도 한다지만 放課 後 全職員 招待하여 濁酒 等도 나우산 듯.
終禮時間엔 어제의 會議事項을 傳達. ⓒ

2) 원문에는 힘자에 동그라미가 그려져 있다.

〈1972년 4월 14일 금요일 晴, 曇, 雨〉(3. 1)
姜 校長님께 얻은 講演資料 移記에 새벽부터 數時間 동안 바빴고. 今日 午後에 梨月校 강당에서 地方교육자 大會에 民族精神에 對하여 講義하겠금 되어서.
午前 中 學校行事 마치고 日直 外 全職員 梨月行~ 鎭川郡 北部地區(梨月, 万升) 教職員 90名이 一堂에 모여 全國教育者大會報告大會 盛了…… 豫定대로 民族精神에 對하여 20分間 力講.
鄭 校長으로부터 厚待받고, 職員들과도 一盃後 歸校. ⓒ

〈1972년 4월 15일 토요일 曇〉(3. 2)
새마을 가꾸기 協助로 5,6學年 動員하여 擔任과 함께 引率하여 新定部落의 廣場에 흙넣기와 農路 擴張 作業 도왔고. ○

〈1972년 4월 16일 일요일 晴〉(3. 3)
入淸하여 두 婚事에 人事~ 李圭暢 教師 結婚, 親友 鄭在愚의 子婚. 막 車로 鎭川까지 와서 留. ※

〈1972년 4월 17일 월요일 晴〉(3. 4)
새벽에 起床하여 自轉車로 歸校. 尹 氏 家에 맡겼던 짐가방 無事했던 것 多幸히 생각하며. ×

〈1972년 4월 18일 화요일 晴〉(3. 5)
淸州 가서 金錢 整理~ 교육금융, 興業無盡會社, 洋服판매店.
重病으로 욕보던 柳重赫 기어이 別世했대서 西門洞 집에 가 人事. ※

〈1972년 4월 19일 수요일 曇, 雨〉(3. 6)
學校 尹 氏와 함께 學校 進入口에 가서 學校案內板 고쳐 세우고. 간 김에 德山 가서 小麥粉, 반데리 運搬.
井母는 齒科에 가서 고쳤던 어금이 2個 다시 해박고(故障 나서).
李在哲 社長한테 厚待받기도. 卞主任으로부터 '잠바' 사달라고 부대는 것을 끝에 不應. 日暮 무렵에 소내기 나우 쏟아지고. ※

〈1972년 4월 21일 금요일 晴〉(3. 8)
勝共講演 있어 梨月行~ 講師는 警察署 情報課長, 場所는 面 會議室. 主題 '勝共의 길, 北傀實情' '國際情勢' 도. ○

〈1972년 4월 22일 토요일 晴〉(3. 9)
學校는 春季 逍風~ 全校生 道宗 뒤 시냇가로.
井母도 魯弼 點心 가지고 함께 다녀오고.
日直을 代直. 尹 氏와 함께 統一동산에 밤나무苗木 심고. ⓒ

〈1972년 4월 23일 일요일 晴〉(3. 10)
井母는 淸州用 쌀 가지고 早朝에 入淸하여 用務 보고 日暮頃에 歸舍宅. 淸州엔 今日 마침 서울 가 있던 魯妊과 禾谷校의 魯姬가 왔었다는 것.
出勤하여 殘務 많이 보기도. 午後엔 道宗 李起俊 교사의 婦人이 飮食 갖고와 應待~ 昨日 逍風에 參席 못 했었다는 理由.
마흘 父兄도 數名 來訪했기로 待應. ⓒ

〈1972년 4월 24일 월요일 晴〉(3. 11)
校長會議 있다고 電通 있기에 參席코져. 早朝

에 出發. 會議는 午前 9時부터 午後 3時 半에 맺고. 点心 後엔 校長 一同 '새마을' 가꾸기에 良好하다는 것으로 文白面 道下里 部落을 視察. 農路와 담장, 下水道 工事로 部落住民들애 많이 쓴 實績 있음은 事實. 元來 富村이라서 生計는 넉넉하며 平和村인 것. 上新校 學區인 新定部落과 條件을 對比할 땐 그리 놀랠만 하지는 않고.
淸州 가서 魯絃이 兵籍확인서 作成 여부 알고 보니 魯妊만 헛애쓰고 本人 絃이가 와서 作成해 갔다는 것.
막 車 직행으로 鎭川 와서는 自轉車로 歸校하니 밤 10時 半. ◎

〈1972년 4월 25일 화요일 曇〉(3. 12)
內基洞 鄭 會長 宅 尋訪하여 明日 學校일로 父兄 動員을 相議~ 運動場 擴張工事가 可能할 것 같이 보여 事前 作業이 必要하기에.
魯松이가 가깝하다고 登山服 차림으로 現金 1,000원 만으로 家出했단 말 듣고 마음속 찐했고 不安하더니 多幸이도 몇 時間 後 歸家했기에 安心. 제 말에 依하면 '어머니는 울 것 같고 아버지는 자전거 타고 갈미로 달려오는 것 같더라'는 말 當然하며 外表없는 눈물 속으로 3人 다 같이 돌고 있는 氣色. 夕食 後 조용히 누어 있을 때 생각이 만일 歸家치 않았으면 마칠 듯한 씁〃한 심정. ⓒ

〈1972년 4월 26일 수요일 晴〉(3. 13)
宿願이던 學校工事 中 운동장 擴張工事가 곧 이뤄질 것이 確實視되어 나 自身도 自身이려니와 父兄 住民 一同이 기뻐하고.
內基洞 父兄 30名 出役~ 西편 동산 언덕 整地하고.
工事할 곳 圖面 作成하여 登廳코 說明. 下午 5時頃에 管理課 閔課長 來校 現地踏査. ⓒ

〈1972년 4월 27일 목요일 晴〉(3. 14)
長時間 故鄕에 못 가 父母님께 書信이나마도 올리려고 새벽에 起床하여 쓰고~ 올들어 非常時局에 따른 '새마을교육' 事業에 倍加 奔走하였기도.
任員會 開催~ 운동장 擴張工事에 對備한 事前事後 할일 때문에. ○

〈1972년 4월 28일 금요일 曇, 晴〉(3. 15)
食 前에 馬忽 가서 韓監事 만나 父兄動員을 相議. 月村 里長에 連絡하여 5名 父兄 出役~ 移植한 나무 再移植. 헌 샘 바닥 깨기도.
近日 謹酒에 公私間 일 推進 잘 되는 셈. ⓒ

〈1972년 4월 29일 토요일 晴〉(3. 16)
退廳 後 馬忽 金 氏 家 喪事에 人事.
明日 서울行할 豫定으로 日暮頃에 淸州行. 마침 禾谷서 魯妊도 왔고. 沐浴하고 아이들과 함께 달게 就寢. ⓒ

〈1972년 4월 30일 일요일 晴〉(3. 17)
6時 첫 高速으로 서울行. 于先 망우里 가서 英信 兄弟 안아주고 늦은 朝食 달게 먹고. 전세집이나 淨潔한 편. 잠시 淸州 있던 魯妊이도 어제 온 것. 作別할 때 제 母親의 옷감 사라고 돈 若干 주기에 받아다 傳하기도.
乙支예식場에서 親族 漢述 氏 女息 結婚式 있어 參與 人事.
뻐스로 淸州 着. 막 車로 鎭川 오니 밤 9時. 步

行으로 歸校했을 땐 11時쯤. 다리 몹시 아팠고. 고단하여 곧 就寢. ⓒ

〈1972년 5월 1일 월요일 晴〉(3. 18)
六學年의 道德授業 全擔 着手~ 1校時엔 1班, 2校時는 2班.
尹 校監 教育勤續 20周年이라고 職員들이 周旋하여 放課 後에 一盃하고. 場所는 校長舍宅에서, 井母와 두 女職員 애쓴 것. ⓒ

〈1972년 5월 2일 화요일 晴〉(3. 19)
學年初 外部環境 造成計劃 및 實績表와 案內코-스를 作成하여 謄寫. 馬忽部落 父兄 5名 出役~ 한샘 바닥 整理. ⓒ

〈1972년 5월 3일 수요일 晴〉(3. 20)
今朝부터 早朝에 登山할 計劃하고 5時10分에 馬忽 앞山까지 올으고, 舍宅에서 山頂까지 大步으로 600步. 往來 1,200步이니 좀 가까운 편. 歸路엔 나무 춧기로.
電通 받고 入鎭~ 時間制 公文도 갖고. 13時엔 常山校庭에서 郡體育選手들 入場式 練習. 上新선 '던지기' 選手 女兒 1人. 5月 5日엔 운동장 工事로 因한 道에서 設計士 온다는 것.
學校 와 보니 職員들 作業 많이 했기도~ 氣象臺, 雜草園. ⓒ

〈1972년 5월 4일 목요일 雨〉(3. 21)
終日토록 부슬비. 校內 植樹한 것 2,000余本 이제 잘 살른지. 한 동안 가믈어서 每日 給水하는 中이었는데 渴馬之水逢格.
鎭川郡內로 發令 난 親知의 딸 金榮燮 찾아오기도. 弟子이기도.

學校 비닐하우스에서 길래낸 호박, 토마도, 상치 옮겨심기도. ⓒ

〈1972년 5월 5일 금요일 晴〉(3. 22)
비 내린 끝이라서인지 오늘 햇볕 몹시 따가웠고. 어린이날 제50회 행사로 記念式과 小體育會 벌였기도.
운동장 擴張工事로 作業量 算出코저 設計士들 와서 測量했고.
舍宅 부엌 무망절이 다락덤이가 송두리채 무너져 온 食口 놀랬으나 天幸이도 內者 밖에 있던 中이라서 큰 일 없었으나 光景보고 놀랬을 것. 애當初 木工이 날림工事했다는 데서 原因 있다는 것. ○

〈1972년 5월 6일 토요일 晴〉(3. 23)
8日 行事인 學藝會~ 講堂 舞臺 꾸며 練習하여 全校生에 觀覽시키고. 5年生 魯弼은 '어린이會' 種目에서 議長 노릇. 朗讀에서도 뽑혔고. 土曜日이지만 檢討會까지 하여 下午 6時에 終禮. ○

〈1972년 5월 7일 일요일 晴〉(3. 24)
井母 쌀 갖고 淸州 아이들한테 가는데 갈미까지 自轉車로 실어다주고. 난 교육廳 가서 體育選手들 淸州 向發에 전송하고 歸校.
學校선 女職員들 明日 行事 준비로 午前 中 特勤했기도. ○

〈1972년 5월 8일 월요일 雨〉(3. 25)
第17回 어머니날 行事로 多彩로운데 새벽부터 나리는 비 終日토록 繼續되어 來校한 學姉母 많은 苦生 되었을 것. 兒童들 學藝發表種目

27. 所要時間 2時間. 參集된 姉母 約 300名. 건빵과 濁酒 待接하기도. 심명있는 姉母들 長時間 잘 놀았고. 물미, 道宗 部落분들은 藥酒사와 職員들에 待接하기도. ○

〈1972년 5월 9일 화요일 晴〉(3. 26)
淸州行~ 청주公設운동장에 가서 人事. 郡 選手로 本校 女兒 1人도 '던지기' 選手로 出戰했고. 教育長 등 만나 慰勞하기도.
肉類 및 魚物 若干 마련해 가지고 金溪行~ 오랜만에 가서 老親께 拜謁. 母親 옆에서 留하고. ○

〈1972년 5월 10일 수요일 晴〉(3. 27)
早朝食하고 菜蔬와 魚類 좀 사 갖고 歸校. 學校에선 前約대로 全校生에 反共映畵 觀覽시켰다는 것. ×

〈1972년 5월 11일 목요일 晴〉(3. 28)
鎭川에서 勝共講演 있어 尹 校監과 함께 出張했었고.
月前에 있었던 30周年 記念行事時 機關長 一同으로 班床器 贈呈 名目만 받았던 것 今日 집까지 가지고 왔기에 受理. ○

〈1972년 5월 12일 금요일 晴〉(3. 29)
機關長會議 있다기에 梨月 出張~ 主案件은 郡體育會 對備策 마련하자는 것.
午後엔 馬忽部落 가서 韓監事 만나 15日 行事相議했고. ○

〈1972년 5월 13일(4. 1) 토요일 晴〉 ○
馬忽부락 李 氏 學父兄 찾아와서 全職員에 接待~ 염소고기 끓인 것이어서 別味인 것. 얘기 들고보니 槐山郡 長延面 태생. 內基 水淸도 가고.

〈1972년 5월 14일 일요일 晴〉(4. 2)
明日 行事 準備打協次 三仙洞, 花井洞, 德山貯水池 갔었으나 만날 사람 못다 만나고 魚夫도 생선 못 잡아서 뜻 이루지 못한 셈. ○

〈1972년 5월 15일 월요일 晴〉(4. 3)
第9回 '스승의 날' '대한일보' 社會面에 '一家七名의 선생님 家族'이라는 大題에 記事 잘 났기도~ 弟子들 자식같이 愛情으로 가르친다고 云〃.
六學年 女學生들이 정성껏 만든 카네이션 꽃을 全職員에 달아주기도. 담배 等의 膳物도 若干. 放課 後엔 學父母 35名 參集한 가운데 野遊會도 멋있게 했기도. 飮食 뒷바라지에 內者도 나우 手苦했고. ○

〈1972년 5월 16일 화요일 晴〉(4. 4)
5.16軍事革命 11周年 되는 날. 系統있는 別 行事는 없고.
學校 직원들은 計劃에 依하여 '어린이動物園' 作業 着手~ 今日은 통나무 木材로 틀짜기 첫 날. ⓒ

〈1972년 5월 17일 수요일 晴, 曇〉(4. 5)
學校 內外 둘러보고 잔소리 좀 한 셈~ 便所配置, 토끼 飼育 철저. 雜草園 손질 等 12個 事項을 强力히 指摘.
入淸하여 積金 및 債金 邊濟(興業無盡, 教育金融). 北門路 一街洞 事務所에 들려 內者의

住民登錄票에 寫眞 첨부. ○

〈1972년 5월 18일 목요일 曇, 晴〉(4. 6)
出發 늦어 金溪 本家에 到着할 時는 밤 11時쯤인 듯. 父親이 약간 편찮으신 것 같아 걱정 中에도 醉中에 어리광 말도 한 듯.
先祖考 祭祀 無事히 지내고 곤히 잔 것. ※

〈1972년 5월 19일 금요일 晴〉(4. 7)
어제 本家에 늦게 到着된 原因은 '새마을' 新定部落 成績 審査 있어 參與했기에 原因 있었고. 過醉된 것은 動物園用 '짚' 求하러 上月 갔다가 蔡敦錫 父兄 집에서 독한 술 마신 탓.
玉山 거쳐 入淸하니 過히 고단해서 自炊 집에서 쉬고 일어나니 午後 3時. 불야불야 歸校하니 午後 6時 거이 됐고.
敎育長과 金榮會 課長 定期視察次 學校 다녀갔다는 것. 學校 一新됐다고 칭찬하고 기뻐하더라는 職員들의 말 듣고 自然 기쁜 心情 감돌고~ 動物園, 태권도, 山언덕 敷地, 새 花壇 等 〃. ×

〈1972년 5월 20일 토요일 晴〉(4. 8)
學校行事 마치고 全職員 引率하여 草坪面 靈水庵까지 鍛鍊逍風 兼 自轉車로 全員 60里 往復 强行. 金 女敎師 宅 들려 人事와 待接받기도. 往來에 閑川校, 玉洞校, 草坪校에도 잠간씩 들려봤고. ※

〈1972년 5월 21일 일요일 晴〉(4. 9)
井母와 함께 溫陽溫泉行~ 頭髮 染色料藥余毒으로 머리가 헐어 溫泉하기를 願하기에 勇斷낸 것. 淸州 아이들에 쌀 갖다주어야 하기에 淸州 거쳐 鳥致院까지 뻐쓰. 天安 거쳐 溫陽을 지나 市內뻐쓰로 顯忠祠 가서 求景한 後 마침 貯水池行 뻐쓰 있기에 直行. 저수지서 点心. 김밥 마련된 것 있어 든든히 잘 먹고.
溫陽 '가족탕'에서 沐浴~ 井母는 溫泉 沐浴 經驗 最初인 것.
歸路에 청주 들려 杏과 運 보고 막 차 또 막 車로 歸校하니 밤 8時쯤. 松과 弼이 道宗 앞까지 마중 나왔고. ※

〈1972년 5월 22일 월요일 晴〉(4. 10)
몸 고단하기 甚한 편이나 今日도 早朝에 馬忽 앞山까지 登山 遂行.
出勤은 하였으나 견디기 어려울 程度여서 3時間쯤 休養(쌍화탕 마시고 寢安). 몸살~ 온 삭신 팔 다리가 빠지는 듯.
午後에 몸은 體溫이 나려서인지 若干 개운했고. 執務. ◎

〈1972년 5월 23일 화요일 晴〉(4. 11)
學校는 臨時休校~ 職員들 거이 豫備軍 召集에 가기에.
敎育廳에 가서 運動場 擴張工事 着工에 對하여 閔管理課長과 崔 교육장과 眞摯한 討議. 尹校監과 点心 같이.
밤엔 '새마을' 新定부락에서 公報室 主催 農民慰勞 영화 있어 招請하기에 參席하여 兒童들에 觀覽上의 注意도 환기시키고. ◎

〈1972년 5월 24일 수요일 曇, 晴〉(4. 12)
勤務 正常化되고. 兩 經理 職員 불러 더 잘하라고 指導助言. 오랜만에 帳簿도 檢閱~ 帳簿 記入法도 再次 일러주고.

井母는 德山 다녀오기도~ 頭髮 손질과 頭痛藥 때문에. ◎

〈1972년 5월 25일 목요일 曇, 가랑비〉(4. 13)
登山 갔다온 後 食 前에 한참 고된일 한 셈~ 사이 담장 지붕을 함석으로 덮는 工事.
育成會, 校費 經理狀況 檢閱코 未熟한 點 指摘하여 擔當係를 指導 助言하기에 日暮 後까지 時間 걸렸고.
近日엔 버릇된 것처럼 朝, 終禮 時마다 잔소리와 꾸중 많이 하는 셈. 하기야 못맞당한 點 있어서 잘해보자는 말일 것. ◎

〈1972년 5월 26일 금요일 雨〉(4. 14)
새벽부터 비 나려 日暮頃에 가랑비. 四男 魯松이 生活하는 態度와 性格에 제 母親 속 많이 썩는 中. 食事, 用水, 言語, 日常生活 全面에 變態性 있게 하는 行爲에 어버이로서 걱정도 되고 제 自由에만 充足을 希求하는 것에는 고칠 點 많은 것이 事實. 胎性인지? 幼兒時는 그렇지도 않았는데……. ○

〈1972년 5월 27일 토요일 晴〉(4. 15)
學校 尹 氏 데리고 '맨드라미' 300개 移植~ 통일동산 階段과 東편 뚝 계단에. ○

〈1972년 5월 28일 일요일 晴〉(4. 16)
面內 豫備軍 幹部團 野遊會 있다고 招請있기에 李起俊 教師 帶同하여 參席~ 場所 바끼어 잿들서 梨月 뒤 新基 貯水池 있는 곳 거북바위 밑으로. 영암寺라는 암자도 있고.
모두 大歡迎. 濁酒와 豚肉은 豊富. 一同 興있게 놀기도.
歸路에 鶴城校 林校長과 醉中에 酒幕에서 夜深토록 놀다가 고단하여 李 教師와 함께 留했고(갈미). ※

〈1972년 5월 29일 월요일 晴〉(4. 17)
昨醉가 未醒이나 早朝에 出發하여 日出 前에 歸校 登山.
奬學指導 今日부터 計劃대로 本格的으로 實施…… 今日은 1학년.
서울 사는 큰 再從兄님(文榮 氏) 26日에 別世했다는 電報 받고 잠시 놀랬기도~ 長期 臥病, 享年 65歲. ×

〈1972년 5월 30일 화요일 晴〉(4. 18)
學校行事 어지간히 마치고 金溪 本家 向發. 마침 年前의 康연수 교육장 保險外交로 택시타고 왔기에 淸州까지 편승. 興業무진 들려 未盡했던 二座 整理했고.
저물어서야 집에 到着. 先祖妣 忌故 지내고. ※

〈1972년 5월 31일 목요일 晴〉(4. 19)
去 陰 4. 6日의 先祖考 忌故日에도 道中過飮에 父母 뵈었는데 昨日도 그러했기에 過誤를 反省 아니할 수 없고. 今日도 歸校 무렵엔 어지간히 醉하고 몸 고단했을 것. ※

〈1972년 6월 1일 금요일 晴〉(4. 20)
4學年 1,2班 授業 參觀. 研究檢討 指導 助言은 終禮時.
道宗 韓山 李 氏 家 喪事에 尹 校監과 함께 가서 人事.
新定 새마을에 郡課長級 와서 指導에 같이 參

觀. ×

〈1972년 6월 2일 금요일 晴〉(4. 21)
5年 授業에 一般人士 招致하여 했음은 特色이나 擔任의 無誠意와 平素의 學級經營에 소홀함을 指摘.
新定부락 道 關係者 와서 巡廻 指摘에 今日도 잠간 參觀.
上月 蔡俊錫 氏 生辰에 招請 있기에 內者와 함께 点心 時間에 잠간 다녀 人事하고 오고. ○

〈1972년 6월 3일 토요일 晴〉(4. 22)
六學年 2個班 共히 學級經營 잘해서 칭찬했고. ○

〈1972년 6월 4일 일요일 晴〉(4. 23)
井母는 德山 가서 머리 헐은 데 쓸 藥 사오고 선 밤디가서 딸기 나우 얻어오기도~ 上新校 舊 會長 劉 氏 집.
몸 若干 回復 段階이나 홍문[항문]이 무직하고 痛症이 있어 用便時 괴로운 것이 탈. 十數年前 長豊校 時節에 겪은 생각에 몸 달기도. 消毒과 淨潔히 닦기 數回.
어제부터의 氣溫 높아 本格的 여름을 방불케. 30度. ◎

〈1972년 6월 5일 월요일 晴〉(4. 24)
새벽 2時 半에 起床하여 밀렸던 帳簿 정리하기도.
今日 活動 많이 한 편~ 6年의 道德 授業 2時間. 授業參觀 2時間. 어린이會 參席 1時間. 職員會에서 指示 1時間.
宮谷 居住 金喆基 氏 來訪하여 잠시 談話하기도. 溫度 33°. ◎

〈1972년 6월 6일 화요일 晴〉(4. 25)
第17回 현충일. 公休. 日出頃에 學校 마이크를 通해 校下에 크게 放送~ 顯忠日의 意義와 弔旗로 揭揚, 十時에 默念하라고.
舍宅 門前에 있는 고추밭 매어 가꾸고. 1週日間의 奬學指導부 정리.
井母는 목 皮膚약과 菜蔬 사러 날 더운데 梨月場 다녀오고. ◎

〈1972년 6월 7일 수요일 曇〉(4. 26)
鎭川에서 大望의 韓甲洙 先生 講演 있다고 招致하기에 聽講~ 題는 迷信打破와 家庭儀禮準則, 約 2時 間의 講演과 祭禮實演. 韓 박사는 '한글학회' 理事이며 서울大, 中央大 教授라고. 깨끗하고 부드럽고 풍부한 音聲, 군소리 없는 듣던 그대로.
歸路에 德山 들려 充電된 받데리 運搬.
學校 운동장 擴張工事에 따른 排水溝 水路와 同 土管할 자리 測量코 圖面 그리고. 明日 會議에 持參 豫定. ◎

〈1972년 6월 8일 목요일 晴〉(4. 27)
校長會議 있어 自轉車로 鎭川行~ 場所는 鎭川 三秀國校. 主要 案件은 學習指導 改善과 學習環境 造成이 主.
下午 6時에 마치고 歸校하니 同 7時. 急한 것 2件만 傳達.
學校는 今日부터 3日 間 農繁期 家庭實習 實施. ◎

〈1972년 6월 9일 금요일 晴〉(4. 28)

出校하여 公文書 處理와 雜務 整理. 朝食 前엔 고추밭에 인분푸리.
若干의 神輕質的인 四男 魯松은 將來의 큰 포부를 저의 母親에게 말한 듯~ 成功하면야 얼마나 기쁜 일. 홍문은 지금도 나우 아픈 中. ◎

〈1972년 6월 10일 토요일 晴〉(4. 29)
近者에 가므름 甚하여 고추밭, 감자밭에 큰 영향 기치고. 일찍 심긴 논 타기도 한다고. 舍宅 둘레 옥수수, 토마도, 상추밭에 또는 호박구덩이에 井母와 함께 朝夕으로 給水. 아직까진 고추와 감자싹 좋았는데 앞으로가 탈. ◎

〈1972년 6월 11일 일요일 晴, 曇, 雨〉(5. 1)
뜨겁고 가믈던 바에 비 좀 내리니 多幸. 텃밭의 감자, 고추, 상치, 토마도에 甘雨되고. 學校의 移植한 香木, 맨드리미에도 단비되는 것. 一般 農家에도 담배, 고추, 보벼밭에선 鶴首苦待하던 비일 것.
痛症이 나우 있던 肛門은 今日에서 若干 부드러우니 差度 있는 것. 別藥 안쓰고 謹酒가 藥된 것일 것. 內者의 皮膚(목)病은 藥을 使用하기 繼續이나 아직 別無 差度~ 毛髮 染色藥(옷)의 余毒인 듯.
學校 나가 會議 傳達 初 잡고. 朝食 前엔 고추밭의 除草作業. ◎

〈1972년 6월 12일 월요일 曇, 雨〉(5. 2)
學校 尹 氏가 고구마싹 가져와서 井母는 魯松 데리고 물 주며 텃밭에 심고. 약 400폭 된다고.
6學年 授業 2時間. 1學年 授業 參觀. 5學年의 꽃모 移植作業 參觀. 會議 傳達 等으로 바쁘게 活動했고.
下午 6時 半부터 오는 비 밤까지 우수 나리기도. 밭 해갈 充分. ◎

〈1972년 6월 13일 화요일 晴〉(5. 3)
어제 午後의 降雨까지로 因해 밭 解渴은 充分 ~ 단비 온 것.
今日도 計劃대로 授業 參觀~ 室內 장학지도 앞으로 잘될 일.
終禮 後 德山 나가서 鄕友班旗 用 等 천 떠오고.
井母의 皮膚病?은 점점 번지는 듯. 나의 肛門 痛症은 많이 가라앉고.

〈1972년 6월 14일 수요일 晴〉(5. 4)
新定 '새마을' 郡 審査에 協助. 20日께 道 審査도 있다고.
朝食 前엔 오이 집 만들고. 日 前 비에 作物들 좋아지고.
學校 執務活動 輕快히 돌아가는 中. ◎

〈1972년 6월 15일 목요일 雨, 曇〉(5. 5)
새벽부터 日出 무렵까지 가랑비가 오더니 차차 그쳐 버리고.
井母의 '옷'? 皮부病은 약 써도 差度 別無여서 傷心 中. 道宗行路 中턱에 옷샘 있대서 같이 다녀오기도. 닭이 좋대서 씨암닭 한마리 있는 것 잡았고~ 튀한 물로 씻기도 하고 삶은 고기 먹으라는 것. 어서 完快하여야 할텐데…… 더운 때라서.
金君 데리고 廊下 偉人俏像畵 額子에 臺紙 바르기도. ⓒ

〈1972년 6월 16일 금요일 晴〉(5. 6)

今日도 晝食時間 利用하여 井母 데리고 '옷샘' 다녀오고. 밤디 劉聖俊 父兄 만나 庭園가꾸기 이야기 많이 듣기도.
學區 父兄들 蠶繭共販하는 新定 倉庫 돌아보기도.
魯松은 檢試用 圖書 사러 淸州 다녀오고. ○

〈1972년 6월 17일 토요일 晴〉(5. 7)
學校 行事 下午 2時 半에 마치고 敎育廳 찦車 왔기에 梨月까지 편승. 淸州서 볼일 좀 보고 金溪 本家行. 下午 9時 半頃 着. 마침 振榮이도 와 있는 中. 淸州선 明도, 姬도 잠간 만나고. 무진회사 일 보기도. ⓒ

〈1972년 6월 18일 일요일 晴〉(5. 8)
朝食 後 보리打作 約 1時間 半 거들고 入淸. 約束대로 井母 왔기에 明岩 약수터로 同行. 옷(피부)에 藥水 좀 발라본다는 것. 魯姬가 돈 若干 주어 市場에서 生必品사고 막 뻐쓰로 歸校. ○

〈1972년 6월 19일 월요일 晴, 曇〉(5. 9)
井母는 오늘 또다시 淸州 다녀오고~ 弼의 신작아서 바꾸어야 하고 옷가지 하나도 다른 것으로 바꾼다고. ○

〈1972년 6월 20일 화요일 晴〉(5. 10)
崔 敎育長 來校~ 淨水器 및 運動場 工事 計劃 狀況 보러. ○

〈1972년 6월 21일 수요일 晴〉(5. 11)
昨日 가져갔던 揚水用 發電機 보내와서 多幸이었고 敎育長 要請 있어 入廳하였더니 學校 운동場 工事 直營의 方向으로 해보자는 相議. 개풍원에서 冷緬으로 點心 같이 하고. ○

〈1972년 6월 22일 목요일 晴〉(5. 12)
어제 왔었던 2女 魯姬 任地로 歸校~ 今日까지 數日 間 家庭實習이라고…… 모처럼 왔기에 닭 한마리 사서 朝食 때 볶아 같이 먹기도.
室內 環境構成에 努力도 하고 授業도 어지간히 資料 갖추어 하는 싹이 보여 終禮時間에 稱讚했고. 自身도 자만心 생기는 感. ⓒ

〈1972년 6월 23일 금요일 晴〉(5. 13)
지나치게 가므는 形便. 天水畓은 아직 모내기 못했고. 심긴 논도 마른 논 많고. 터의 옥수수와 호박잎 낮엔 배배 꼬이고 느러지고.
校內 硏究授業 첫 번째 展開. 6學年 2個班 共히 實施.
몹시 어질러졌던 資料室 淸掃 6年 女 數名 불러 一部 施行. 3時間 동안 資料 整備에 땀 흘렸고. 며칠 繼續할 豫定. ⓒ

〈1972년 6월 24일 토요일 晴〉(5. 14)
三校時 마치고 上廳~ 工事 推進件. 銅像 座臺 消息. 保健所 가서 校醫 交涉. 水道꼭지 等 學校用 물건도 사오고. ○

〈1972년 6월 25일 일요일 晴〉(5. 15)
道宗 가서 李起俊 敎師 帶同코 有志家庭 訪問 ~ 應用 營養給食 示範學校 策定을 爲한 基礎 調査와 종용. 山羊의 現況 把握. 歸路 中 馬山乭[3] 들려 洞里 천렵에 待接 받기도. 6.25 22

3) 山변에 乭

돐. ×

〈1972년 6월 26일 월요일 曇, 가랑비〉(5. 16)
民防空訓練에 경찰서 金영옥 警査 와서 보고 讚辭하기도.
井母는 캐놨던 감자 자루 갖고 淸州 다녀오고.
기다리던 비 오랜만에 오기는 하나 가랑비여서 시쁜[4] 편. ○

〈1972년 6월 27일 화요일 曇〉(5. 17)
入鎭 上廳~ 應用 영양給食 示範校 기초資料 提供.
學校엔 교육廳에서 와서 兒童에게 '새마을' 스라이드 觀覽시키어주고.
放課 後엔 上月 蔡 氏 家에 問弔하기도.
學校 淨水器 손질에 淸州서 기술자 朴 氏 와서 보기도. ×

〈1972년 6월 28일 수요일 晴〉(5. 18)
學校 揚水器 손질하던 朴 氏~ 舍宅에서 朝食 待接. 여러군데 다녀봤으나 校長 宅에서 食事하기는 처음이라고 感嘆. 朴 기술자 淸州에 連絡하여 責任者 朴 氏 等 와서 재손질하여 若干 나아진 듯. ×

〈1972년 6월 29일 목요일 晴〉(5. 19)
下午 2時에 全職員과 함께 德山 가서 閑川校, 玉洞校와 親睦排[親睦排球] 試合. 난 審判 한참 보기도. 上新한테 閑川 지고, 玉洞한텐 분패. ※

4) 마음에 차지 아니하여 시들하다.

〈1972년 6월 30일 금요일 晴〉(5. 20)
蔡洙宗, 金鐘甲 父兄 만나 酒席 만들어 座談하기도.
學校 운동장 工事 말해오던 柳東烈 來訪 相談도. ※

〈1972년 7월 1일 토요일 晴〉(5. 21)
七月로 접어들었고. 요새 더위론 過. 去月 末에 장마비 온다더니 過한 한발에 農家에선 울상. 金溪 本家의 宗土 若干 있는 것도 못심겼을텐데. 田作 到處마다 배배 꾀이고.
學校일 끝나자 梧倉行. 松垈里 李 氏 家에 問弔. 同 직원인 李起俊 교사 丈人 大祥에 人事한 것. 피로를 느끼며 歸家. ×

〈1972년 7월 2일 일요일 晴, 曇〉(5. 22)
몸 몹시 고단하여 長時間 궁굴며 쉬고. 近日 며칠間 食事 不調. 朝食을 윗가게집에 待接한다는 것이나 人事만 한 것.
淸州 아이들한테 가야 할 일 있어 가까스로 出發. 自轉車에 부식물 싣고 鎭川까지 달리고.
昨日도 교육廳에 들렀으나 교육長 못 만나 重要事業 推進에 매듭 못 짓고. 금일은 日요日이지만…….
淸州 가니 杏, 運 모두 잘 있고. 姬는 金요日에 다녀갔다는 것. ◎

〈1972년 7월 3일 월요일 雨〉(5. 23)
새벽부터 비 나리기 始作. 엊저녁에 몹시 무덥더니. 이제 장마 비 마련하는 듯. 田作들 목 마르던 판에 豪雨 아니 好雨일 것. 終日 부슬비로 나려서 논밭에 피해 無. 그러나 장마철이라서 過할 수도 있는 念慮 안 할 수도 없는 일.

舍宅 앞의 고추가 단박에 싱싱하고 뒤의 토마도도 춤을 추는 듯.

淸州선 窓의 모기장 等 夏節施設 좀 해주고 처마물 排水溝도 손질. 무덥기 한량없어 終日토록 땀 흘리고.

홍업無盡 들려 搬入 事務도 報告. 魯姬 稧돈 우선 탔다는 것. 8万 원. 月 3分 利로 委託하기도.

歸路에 교육廳 들려 用務 豫定대로 봤으나 교육장은 出他 中이어서 오늘도 相議 不能. ◎

〈1972년 7월 4일 화요일 가랑비〉(5. 24)

今日까지 온 비로는 밭 해갈만은 充分. 天水沓만이 不足일 것. 南部地方엔 200㎜ 雨量으로 곳곳에서 水害 많다고 報道되기도.

午前 10時에 中央情報部 李厚洛 部長으로부터 安保 關係 重大發表 있어 온 國民은 기쁜 表情 있는 것 같으면서도 놀랜 셈~ 平和를 爲한 南北韓共同聲明 發表. 南韓 李部長이 5月 2日에 北韓에 가서 最高幹部들과 接觸했음과 北韓 金部長이 南韓에 와서 亦 國家元首 等 最高 幹部 等과 接見했다는 것. 一部의 解明으론 同 民族間 對話없는 對決보다 對話 있는 對決의 첫 出發부터 平和協商의 길을 트자는 것이라고…… 참으로 기쁘면서 앞으로 어떻게 展開될 것인지 주먹에 땀을 쥐고 機待할 일. 解放後 27年 間 온 國民의 宿願인 統一이 成就될라나? 오즉 좋으며 기쁜 일일가. 平和統一 이룩되기를 天地神明께도 祈願.

資料室 大淸掃와 整備하기에 數時間 동안 땀 흘렸고. ◎

〈1972년 7월 5일 수요일 曇, 晴〉(5. 25)

한 이틀 궂더니 오늘은 개이고. 무덥기 한 없고. 6年 授業 2時間. 下午 4時 半에 自轉車로 鎭川行~ 교육廳 들려 모처럼 만에 崔 敎育長 만나 學校 운동場 工事 推進 件을 비롯한 數個項 事務打合. 郡 保健所에도 가서 兒童들 身體檢查를 依賴. 歸校하니 7時 半쯤. 오늘도 깨끗했고. ◎

〈1972년 7월 6일 목요일 曇, 雨〉(5. 26)

엊저녁 바람 한 점 없이 무덥기만 하고 방안은 밤새도록 찌는 듯. 거기에 모기는 지독하게 덤벼 단잠 못 이룬 셈. 房內에 독개미(毒蛾)인가도 있어 食口마다 온몸이 꽈루같기도.

낮 氣溫 家庭 溫度計는 35°까지 오르고. 下午 6時부터 몇 차례 소나기 지나가기도.

終禮時엔 몸을 爲해 謹酒하라고 職員들에게 當付.

井母의 피부病(옷?)은 많이 가라앉기는 했으나 가끔 도지기도. ⓒ

〈1972년 7월 7일 금요일 曇〉(5. 27)

요샌 朝夕으로 家庭 잦일 많이 하는 中. 今日도 食事전에 앞뒤의 텃밭에 施肥와 除草. 退勤後에도 김매기 나우 했고.

學校선 全職員 總動員하여 團結力으로 깊은 學校샘 품고 가셔냈고. 約 3時間 所要. 샘 속엔 李圭和 敎師가 들어갔던 것~ 勇敢. 難工事(作業) 無事히 잘 끝냈으니 多幸. 前事에 빠뜨려졌던 타리박[5], 바께쓰, 주전자 等 無慮 30點 드러내고. 바닥은 깨끗한 셈. 이젠 개운한 氣

5) 두레박의 사투리

分. 매끄자[6]로 因하여 母(井母)에 말 좀 甚히 했는지 뚜하고 시무룩. 日暮 後엔 風勢 요란한 셈. ⓒ

〈1972년 7월 8일 토요일 曇, 雨〉(5. 28)
明日 서울行 한다고 全職員 合意해서 파티를 마련. 앞앞이 닭 1首씩 백수로. 內者까지 招請. 男職員들이 손수 삶은 듯. 場所는 資料室 廊下.
行具 차려 梨月行 道中에 소나기 만나 함신 노바기.
清州서 아이들과 同宿. 魯姬도 왔었고. ⓒ

〈1972년 7월 9일 일요일 가랑비, 晴〉(5. 29)
午前 中엔 清州 아이들 잔뒷일 보아주고~ 부엌칼 갈아주고. 石油도 購求. 菜蔬 및 魚類도 若干 사 놓고.
時間 있기에 汽車로 서울 向發~ 모처럼 타는 것. 12時30分 清州 發. 이제까진 高速뻐쓰로 다녔고.
三清洞에 있는 '중앙교육행정연수원(中央教育研修院)'에 下午 1時에 到着하여 登錄. 72年 67期 97番. 鎭川郡에선 金鎭龍 교장과 단 2名. 忠北선 合 8名.
연수원 正門앞 下宿집에서 3人이 合宿키로 定하고 망우리 다녀오려고 갔더니 事情 있어 온 家族 노임까지 면목洞 가서 없기에 下宿집으로 回路. ⓒ

〈1972년 7월 10일 월요일 晴〉(5. 30)
9時에 開講式. 全國 교장團 꼭 100名.
國民교육憲章. 學校長의 權限과 責任. 제3次 經濟開發과 國民生活. 文教施策과 奬學方針 等이 主.
晝食은 研修院 식당에서 정결한 中心. 環境 좋기도.
終講 後 망우리 갔더니 時間 구애없다고 못가게 해서 英信과 留. ⓒ

〈1972년 7월 11일 화요일 晴〉(6. 1)
産業視察로 仁川行~ 仁川市廳, 板유리工場. 製鐵工場 視察. 中心 後 上京하여 南山 어린이 會館 求景. 午後 講義는 70年代의 經濟成長이 主. ⓒ

〈1972년 7월 12일 수요일 晴〉(6. 2)
受講 제3日째. '새마을 교육계획. 영화~ 선착장. 스라이드~ 이스라엘을 배우자'. 協議會에선 忠北代表로 金진용 교장이 잘했고. 座談會에선 내가 人事와 노래. ⓒ

〈1972년 7월 13일 목요일 晴〉(6. 3)
강습 끝날. 새로운 교육動向, 國家發展과 教員의 姿勢. 國際情勢와 韓國. 評價 試驗 20問題 20분간.
閉講式 마치고 散會할 땐 下午 5時頃. ⓒ

〈1972년 7월 14일 금요일 晴〉(6. 4)
9時까지 英信, 昌信 데리고 놀고. 下鄕에도 서울驛에 가서 汽車로 鳥致院까지. 清州 아이들 곳에 잠간 들러 몇 가지 물건 좀 사 가지고 學校 오니 日暮頃.
今般의 강습 中엔 謹酒했고~ 記錄 徹底, 食事 充分, 金錢 支出 無差異…… 謹身생활 잘 한

6) 밀짚모자의 사투리

것. 學校도 無事. ⓒ

〈1972년 7월 15일 토요일 晴〉(6. 5)
職員들에게 간단한 膳物 分配. 강의 內容 重要한 것 몇 가지도 傳達. 給料 잘 받았고. ⓒ

〈1972년 7월 16일 일요일 晴, 曇〉(6. 6)
井母와 함께 淸州行. 金 피부科에 가서 井母에 注射와 藥. 마침 魯明, 魯姬도 청주 왔고.
肉類(狗) 等 좀 사 갖고 金溪行. 저물게 到着. ×

〈1972년 7월 17일 월요일 晴〉(6. 7)
烏山 와서 李仁魯 親友들 집 들려 잠간 놀고.
淸州 와선 前約대로 江西 親舊들 10余 名 만나 友信會를 組織. 親睦이 主. 每月 첫 土요日에 會合키로 合意.
홍업無盡에 가서 拂入金 完結. 杏과 運의 校納金도.
今日은 제24周年 制憲節. ×

〈1972년 7월 18일 화요일 晴〉(6. 8)
校長會議에 參席. 날씨 더운데 自轉車로 時間 대니 땀이 비오듯. 上內衣 等 함씬 젖었고. 會議 案件은 學校 體育이 主. 晝食을 廳에서 모처럼 융숭히 냈셈.
陸교육감이 마침 來鎭하여 慶意人事하기도. ×

〈1972년 7월 19일 수요일 晴〉(6. 9)
宿願이던 學校운동장 整地工事 立札. 673,000,-으로 東洋土建社 金억수에게 落札. ×

〈1972년 7월 20일 목요일 晴〉(6. 10)
事務打合次 교육청가서 일 보고선 교육장을 비롯한 5名 幹部 招請하여 '골목집' 食堂에서 深夜토록 座談. 여러 사람 相對하느라고 滿醉되어 잔 것. 經費도 많이 났고. ※

〈1972년 7월 21일 금요일 晴〉(6. 11)
昨醉 未醒에 追飮하여 過醉됐을 것. 鎭川서 自轉車로 오던 中 鄭 會長 집 들려 복숭아 얻어다가 職員들에 맛 보이고.
義榮兄의 조카이며 監査院에 勤務 中인 完榮의 長子 魯奎라는 靑年 찾아와 人事하고, 臾心먹여 要求대로 旅費도 600원 준 것. 井母 말엔 異常한 사람 같다고 말. 난 是認. ※

〈1972년 7월 22일 토요일 晴〉(6. 12)
陰村部落 가서 여러 父兄들의 술 待接 나우 받은 것. 近日 過醉한 탓으로 極히 쇠약해진 것으로 數時間 동안 깔대기(피기)[7]로 辛苦. ※

〈1972년 7월 23일 일요일 晴〉(6. 13)
終日토록 누어서 休養하나 몸 大端히 괴롭고. 口味 잃어 食事 전혀 못하는 實情. ◎

〈1972년 7월 24일 월요일 晴〉(6. 14)
明日의 終業式 準備로 帳簿 檢閱에 분주했던 편.
工事 下請 希求者들 來校 相談. 몸 괴롭고 肛門이 또 묵직하고 痛症을 느끼는 중. 식사 아직 잘 못하고. ◎

7) 딸꾹질

〈1972년 7월 25일 화요일 雨, 曇〉(6. 15)
雨天으로 合同放學式 不能. 兒童 下校 後 職員會 開催. 나 같이 飮酒하지 말라고도 當付~ 또 경험談 말하고.
鄭 會長 來校 相談.
밤엔 한축도 나고, 肛門의 痛症 甚하여 잠 못 이루고. ◎

〈1972년 7월 26일 수요일 曇, 大風〉(6. 16)
4年 以上 登校~ 奉仕 作業. 1,2時間씩. 數時間 동안 作業 감독 指導하는 데 肛門 痛症으로 甚히 괴로웠고. 脫腸은 아니고 '치질'인 듯. 門 옆에 콩만하게 내밀고 둘레는 속으로 몹시 아픈 것. 또 後悔 막급. 지각없는 탓. 어찌하나.
颱風 警報 나려 全國的으로 終日토록 大風. 大風 終日 부렀지만 中部內部 地方은 被害 別無인 듯. 濟州道 全域 木浦 釜山港 등 海岸地方은 人命被害와 財物 被害가 많다는 것. 몸의 痛症은 점점 甚하여 잠 못 이루며 徹夜. ◎

〈1972년 7월 27일 목요일 曇, 晴〉(6. 17)
早朝 登山 不能. 登山施行 後 雨天日을 除하고는 最初로 못 이룬 것~ 肛門 옆 콩알만한 곁에 누에 반도막만한 것이 나타났으며 말랑말랑하기는 한데 痛症의 原處인 듯 느껴지고. 步行 難. 兒童들은 第2日째 校內 奉仕作業으로 四學年 以上 登校되고. 今日 作業은 除草作業이 主. 現場指導 不能.
職員 勸告도 있고 患處는 尋常치 않고~ 생각 끝에 入淸 治療키로 마음 돌려 井母와 함께 12時頃에 淸州 向發. 德山까지 리아까(손수레車)에 타고 오는데 애먹은 것. 魯松과 學校 尹氏 줄땀 흘리며 車 밀고 끌기에 안쓰럽기 짝이 없었고. 鎭川 와선 교육廳에 가까스로 行步하여 身病 이야기 하곤 士石서도 前事에 치질 經驗했다는 金 校長 만나 治療法 이야기 듣기도. 車內에서 患部를 甚히 스쳐서 淸州왔을 때는 寸步를 옮길 수 없을 程度.
마침 貳男 魯絃이 와서 受講 中이므로 이모저모 加療에 애쓰기도. 入院 手術 잠시 保留. 藥局造劑藥 몇 첩 먹어보기로. 甚한 痛症은 형언할 수 없었고. 이를 갈며 뜬 눈 그대로 진땀 빼며 徹夜.
세상은 4分之 1坪도 못되는 그자리만이 나의 세상인 듯(누운자리). ◎

〈1972년 7월 28일 금요일 晴〉(6. 18)
井母는 우선 魯運 데리고 上新 가기로~ 松과 弼이만 있어서.
今日 經過보다 斷行키로 하고 服藥으로만 加療. 13時에 먹은 藥으로 一段 中斷~ 效果 別無하기에.
日暮頃에 極한 苦痛 겪어 魯杏이 혼자서 애 많이 썼고~ 숨결 가쁘고 가슴 답답. 心臟部 아프며 重壓感. 몸은 움직일 수 없고. 땀은 비오듯. 小便은 마려워도 나오지 않고, 患部는 달걀形으로 불어나 띵띵한 것. 姪女 魯先도 종종 와서 問病. 밤인지 낮인지 一刻이 如三秋. 참으련만 죽겠다는 呻吟소리 저절로 出沒. 更生을 希求할 따름. ◎

〈1972년 7월 29일 토요일 晴〉(6. 19)
起床 前(6時)에 서울서 큰 애 夫婦 택시로 달려오고. 昨夜 極苦痛 겪는 것 報告 魯絃이가 서울 學校로 電話한 듯.
病名 不明에 궁금턴 서울 것들 一段 安心코 患

處 보곤 제가 아는 醫師 請하여 手術. 위로 兄弟 지켜보는 가운데 無事히 끝난 것. 썩고 썩은 괴약한 냄새 房內에 振動. 쉽사리 된 手術에 극한 痛症 瞬間에 사라진 듯. 새 世上 만난 듯이 나의 世上 다시 넓어지고. 아~ 이제 살았다. 行步 금방에 可能. 子息 좋다는 게 이런 境遇인가.
內者도 午前 十時 좀 지나서 上新서 고되게 달려오고. 正午頃엔 三男 魯明이도 오고.
서울 아이들 오후 3時에 向發. 魯杏이 데리고. 同 5時엔 魯明이만 鎭川으로 向發. 今夜는 痛症없이 단잠 잔 것. 萬 一週日 만에 고민과 痛症 없이 잔 것. 밤에 魯姬도 오고. ◎

〈1972년 7월 30일 일요일 曇, 晴〉(6. 20)
萬 一週日 만에 大便 한 번 今朝에 成功. 大便될 만한 飮食 원체 먹지 않았고. 뒤 무겁고 痛症 때문에 用便難이어서 食事를 삼가 때엔 우유, 一年감, 달걀 等을 조금씩 먹었을 뿐. 그래도 어제 아침 手術 前까진 小便조차 볼 氣力없어 長時間 진땀 빼야 若干 누운 것.
淸州房 가갑하기도[갑갑하기도] 하고 學校工事 中이라서 無理해서라도 歸校의 意 먹고 下午 三時 半에 井母와 함께 出發. 昨今의 消毒과 治療 數次例 次男 魯絃이가 솜씨있게 報告. 同仁齒科에 들렀더니 趙醫師가 받았던 手數料 返還.
흥업무진에 들려 通帳 整理. 元金 貳万5仟 원整도 完結.
淸州엔 絃, 姬만이 있고. 진천서 택시로 學校着하니 下午 5時頃. 工事는 眞實로 着工했고. 月村 親舊 數人 來訪人事~ 채수종, 김종갑, 정낙삼. ◎

〈1972년 7월 31일 월요일 晴〉(6. 21)
무더위 繼續되며 가무는 것 20年 來 처음이라고. 29日이 中伏이며 36°였다는데 여러날 前부터 35°를 상회하는 中. 今日도 同.
行步難이어서 여러날 쌓였던 公文 舍宅에 갖다 읽는데 終日 걸린 셈. 엎드려 읽는데 온몸은 勿論 깔았던 요 함씬 젖었고.
魯弼은 藝能發表大會 짓기 代表로 鎭川 다녀오고.
魯松은 梨月 가서 제 住民登錄表 떼어오기도~ 考試 서류에 所用.
患部 鹽水로 隨時 消毒. 大便 간신히 한덩이 누은 것. ◎

〈1972년 8월 1일 화요일 晴〉(6. 22)
새벽 用便에 病後 最初로 順調로웠고~ 인제 安心.
學校工事는 낮에 着手하여 많이 進展.
魯明이 T.V 갖고 淸州行. 魯松은 梨月 가서 魯弼이 退去 手續하여 淸州로 轉入토록 節次 밟고.
晝食부터 食事 正常化. 用便 快調. ◎

〈1972년 8월 2일 수요일 曇,안개비〉(6. 23)
日出 前 早朝에 나무새 갈곳 除草로 總動員되어 넓은 곳 얼핏 뽑고~ 弼, 運, 松.
비 오기 바라는 農民들 조금機 기대했으나 겨우 안개비.
健康 점점 좋아져 本顔色으로 回復 거의 되어 가는 中.
學校 工事(운동장 整備)도 順調로이 進陟~ 도자일. ◎

〈1972년 8월 3일 목요일 曇, 가끔 가랑비〉(6. 24)
校長 協議會 있다고 電通 있어 行步難이므로 일찍이 出發. 원고개까진 추럭으로 갔고.
梨月面에 잠간 들려 魯弼의 退去手續 確認하고.
蔡洙弘의 厚意 받기도~ 飮食店에서 닭 백수 1器 待接받은 것.
校長協議會는 先進地 視察 件이 主. 下午 7時에 歸校. ◎

〈1972년 8월 4일 금요일 雨〉(6.25)
苦待하는 비 겨우 어제의 가랑비. 今日 새벽도 若干. 朝食 後부턴 本格的으로 쏟아져 2時間 동안은 集中暴雨 연상. 正午頃엔 밭뚝 논뚝 이곳저곳서 터지기도. 거이 終日 나린 셈. 요 程度 오면 그만인데 그렇게도 기다렸는지, 過한 편.
學校운동場 工事도 一段 停止. 兩편 排水溝 洪水 이루고.
健康 점점 좋아져 食事 잘 하고. 用便도 1日 1,2回 程度. 今日은 '새교육'誌 讀破에 눈 아플 程度였고. ◎

〈1972년 8월 5일 토요일 曇〉(6. 26)
鎭川교육廳 들려 事務打合. 운동장 工事와 銅像 建立 等. 晝食을 '보신탕'으로 崔 교육長, 閔 課長, 趙 係長과 會食.
入淸하여 興業무진에 問議했더니 8.3命令에 依한 企業私債 凍結엔 홍업무진會社는 關聯 없다는 것. 除外된다는 것.
魯明과 振榮도 와 있어 紘, 姬 모두 5名 좁은 房에서 同宿.
友信親睦會 '석산장'에서 2回째 開催에 參席~ 江西 관련.
本意 아니게도 点心 때와 夕飯時에 不得已 酒類 若干 맛본 것 속이 매우 찐하고 不快感 많았던 것…… 極謹酒에 不變이어서. ◎

〈1972년 8월 6일 일요일 曇〉(6. 27)
肉類, 魚類 좀 사 갖고 振榮과 함께 金溪 本家行. 老兩親 氣力은 如前하시나 日 前 사기꾼 녀석한테 愛用하시던 '래디오'를 들려서 傷心하시는 中…… 振榮이가 越南서 갖고 온 것이라서 더욱 억울. 同 件 取扱에 玉山支署에서 輕한 處事 있어 歸路에 들려 말 좀 한 것. 朴次席은 圓滿했고.
淸州 아이들과 잠간 얘기하고 下午 5時 車로 진천 向發. 紘이가 닭과 魚類 좀 사주기에 갖고 오고. 上新 다 無故◎

〈1972년 8월 7일 월요일 曇, 가끔비〉(6. 28)
學校 인근職員 召集하여 學校일 보도록 하고 ~ 電通 依據.
梨月面 '새마을學校' 開講式에 參席~ '국민교육헌장'은 내 朗讀. 受講生 100名. 点心은 빵으로, 面內 機關長도 같이.
歸路에 鄭德海 會長이 닭백수 待接하기에 잘 먹고. ◎

〈1972년 8월 8일 화요일 曇〉(6. 29)
새마을 學校교육長 보고져 今日도 梨月 다녀오고.
日暮頃엔 尹 氏 데리고 菜蔬 播種~ 배추는 '興農 3號, 무우는 패왕大根과 宮重大根'.
魯松은 高卒檢定 應試코져 淸州 가서 手續하고 오고…… 近日엔 晝夜로 熱心히 工夫하는

中. 재주와 記憶力 좋아 實力은 當〃히 있는 것. 通過되길 天地神明께 祈願할 따름. ◎

〈1972년 8월 9일 수요일 비, 曇〉(7. 1)
새벽부터 비, 어제 播種한 씨앗 支障 있을 듯. 會合 있어 鎭川行~ 비 오는 때문에 朝食하고 道宗 거쳐 자양들길 通해서 梨月서 乘車…… '民防空訓練 評價會'. 警察署 主管으로 郡廳會議室에서 있었고.
12時부턴 教育廳에서 臨時校長會議 開催~ 꽃길 造成과 當直勤務 徹底하길 教育長이 當付. 校長團 先進地 視察日程도 決定. 第一陣은 11日에 出發하기로. 上新, 鶴城, 閑川, 梅山, 九政이 一陣. 目的地는 南海岸, 經費는 校費에서 6,000,- 學校에서 6,000,- ◎

〈1972년 8월 10일 목요일 曇〉(7. 2)
陸교육감한테 書信으로 人事答禮~ "總力安保의 해로서 祖國愛에 불타고 國家民族을 爲해서 일할 수 있는 일꾼을 기르자"는 말씀(72.3.1일자).
道內 제1회 全國스포츠大會(少年)를 마친 後 一線의 學校長, 學父母 有志 一同에게 勞苦를 致賀하시는 玉稿를 보내 주시었고(72.5.10일자).
同 全國大會를 마친 後에도 一線 교직자들에게 아낌없는 찬사를 보내주셨으며 앞으로의 課題로서 一校一技 指導, 選手管理, 一種目 以上의 球技팀을 構成하여 責任指導라라는 當付의 말씀(72. 6. 23일자).
7월 18일자 鎭川에 來枉하였을 때 우리에게 敬意를 表하는 말씀과 鎭川교육의 활달相을 북돋아주며 激勵해주었다는 骨子를 內容으로 한 것.
入淸 直前엔 所謂 서울行 職員 數名의 周旋으로 된 '백숙 一器'도 먹었고. 淸州엔 밤 10時쯤 到着. 絃, 明, 姬 있고. 絃은 明日에 終講. 明은 明日에 歸校한다고. ◎

〈1972년 8월 11일 금요일 晴〉(7. 3)
教育廳 主管으로 校長團 先進地 視察 있어 第一陣으로 出發. 閔 관리課長, 鶴城 林 校長, 閑川 朴 校長, 九政 金 校長, 梅山 朴 校長, 上新 모두 6名.
鳥致院서 特急列車로 木浦行. 유달山, 용담서 海南으로 가서 留. 意外로 海南市街 번화했고. ◎

〈1972년 8월 12일 토요일 晴〉(7. 4)
海南半島의 '大興寺' 觀光 찾았고. 山은 頭輪山, 新羅 진흥王 時代에 創建한 寺刹. 石築 尋眞橋가 有名視. 동백(椿)나무 많고 유사 側柏木 材木감 되게 잘 큰 것 많음이 特色. 尋眞橋는 佛紀 2967년 4月 8日에 竣工했다는 것.
강진 지나 寶城서 晝食. 汽車로 麗水 着~ 밤 9時頃. ◎

〈1972년 8월 13일 일요일 晴〉(7. 5)
午前에 '梧洞島' 보고 '자산公園'도.
13時에 旅客船 타고 三千浦 忠武市 釜山港에 到着된 것은 밤 9時쯤. 食中毒인지 全員 배알이로 呻吟. 林 교장과 나는 夕食도 못하고~ 배알이 甚하고 어지럽고 熱도 있고. 用便 水便으로 잦았고. 水質關係인지도? ◎

〈1972년 8월 14일 월요일 晴〉(7. 6)

밤새도록 앓은 몸이라서 어지럽고 口味 없어 朝食도 缺. 우유 若干 마실 뿐. 寸步를 옮기기가 싫었고. 억지하여 松島 잠간 다녀서 11時 特急列車로 大田 着. 冷麵 멀국으로 목 좀 축인 것.

報恩 좀 거칠 豫定이었으나 被困하여 淸州 直行. 청주 아이들 모두 제 職場으로 가서 없고. 伯父 祭祀인데 參祀 不能. 歸校하니 下午 8時頃. 집에 와선 열무김치와 食事 좀 한 것. 모두 無事. ◎

〈1972년 8월 15일 화요일 晴, 잠시 쏘나기〉(7. 7)

光復節 第27周年 慶祝式 擧行. 式辭에 '南北赤會談[南北赤十字會談]과 7.4共同聲明 關係도. 北의 同胞들 誠意 있어야 한다는 것도.

井母는 陰 9日 行事로 金溪行.

學校 운동장 工事로 因한 數種 解決에 애쓴 보람 있어 잘 되고. ◎

〈1972년 8월 16일 수요일 晴〉(7. 8)

年暇 手續하고 入淸~ 井, 絃 만나 장 흥정해서 金溪 本家行. 明日의 父親 生辰, 明과 姪女 노선도 뒤따라 오고.

英信 母, 英信 兄弟는 어제 온 것. 妹 둘도 다 와 있고.

內者는 나와 함께 徹夜하면서 明朝 준비에 바빴던 것. ◎

〈1972년 8월 17일 목요일 晴〉(7. 9)

老父親 生辰, 연세 72. 朝食땐 洞內분(金溪) 約 50名 招請 接待. 家族, 緣戚 집안 食口만도 40余名.

內者를 爲始 魯妊, 妹, 여러 兄嫂 氏들 終日토록 極努力.

永登浦 큰 딸 內外도 오고. 妹夫 朴忠圭도 밤에 到着.

終日토록 來客 接待에 애쓰고. 絃, 明, 振榮 제 심명대로 놀은 듯. 술맛 좋았으나 먹지 않았고. ◎

〈1972년 8월 18일 금요일 曇, 雨〉(7. 10)

朝食 後 出發~ 서울애들 4名과 큰 달[딸] 애들도. 鎭川行 예정인 큰 딸애들은 비 때문에 淸州서 머무르고. 서울애들은 13時 車로 出發. 갈미 앞내 건너 歸校하니 下午 7時. 杏이 저녁 짓고.

學校도 無事는 하고, 운동장 工事는 쉬는 中. ◎

〈1972년 8월 19일 토요일 雨〉(7. 11)

엊저녁부터 오는 비 새벽내내. 食 前까지 繼續. 많은 비 오는 것. 낮 동안은 集中暴雨 聯想 ~ 日暮頃까지 繼續. 全國的으로 降雨量 많아 時間마다 水害 狀況 放送~ 人命, 財産 被害 莫大. 밤 10時쯤에서야 가랑비로 弱化된 편. ◎

〈1972년 8월 20일 일요일 曇, 晴〉(7. 12)

어젯비로 全國 被害 莫大하다고 續〃 發表.

날씨 개어서 햇빛나니 몹시 따갑고. 10余日 前에 갈은 무우 배추 어린잎 저린 것 같고.

淸州 머물렀던 큰 딸 內外 택시타고 上新에 下午 6時에 到着. 魯妊도 같이 오고. 저녁 食事 및 옥수수 等 맛있게 먹으며 웃음에 꽃피고. ◎

〈1972년 8월 21일 월요일 晴〉(7. 13)

8.19 水害 發表~ 死亡, 失踪 528名. 財産被害 52億(1百32억). 罹災民 32万6千. 漢江천변, 영월 等地는 그 참상 目不忍見이라고.
電通에 依하여 全職員 및 4年 以上 兒童 召集하여 校內 復舊 作業 實施. 난 食 前에 部落 질주 巡廻하여 兒童狀況, 學區內 水害狀況, 旱起會狀況, 非常召集 命令에 바빴던 것…… 馬忽, 道宗, 新道宗, 龍寺, 靑龍, 水谷, 內基, 陽村, 陰村, 上月 等 10個 部落을 電격的 巡廻.
兒童들과의 作業은 排水溝, 除草, 물고랑, 淸掃作業.
井母와 함께 入淸코져 出發. 갈미 앞내 깊었고.
교육廳에 들려 事務打合과 臨時會議에 參席. 淸州엔 前約대로 母親 와 계시고. ◎

〈1972년 8월 22일 화요일 晴〉(7. 14)
母親 生辰. 연세 74. 4時부터 井母는 반찬 만들기에 努力. 朝食엔 外堂叔 內外 招請 會食. 낮엔 父親께서 와 從兄 內外도 왔고. 서울 갔었던 魯先과 鐘淑, 任地에서 振榮도 오고.
月前에 겪은 報恩 청년 '사기'꾼집 찾아가고~ 山外面 봉계리 1區. 그애 父친은 郭熙淳. 當事本人은 郭蕓基. 우리 家庭만 해서 손해額 3萬원쯤. 本人은 없고 主人과 數시간 順한 말로 이야기하다가 다시 入淸. 別無신통.
父母님 出發에 人事 드리고 內外 下午 5時 車로 上新 向발. 갈미 냇물 많이 줄었고. 井母는 終日 立勢 活動에 몹시 被困한 듯. 行步에 많이 괴로운 듯. ◎

〈1972년 8월 23일 수요일 晴〉(7. 15)
電通 召集으로 校長會議에 參席. 學校 給水 管理와 水害 復舊를 爲한 特別 勤務가 主. 14時에 散會. 비교적 일찍 끝난 것.
永登浦 큰 딸 內外 서울 向發~ 今夜은 淸州서 留한다고. 今朝은 떡(인절미)도 빚어먹이고. 旅費도 넉넉히 주었던 것. ◎

〈1972년 8월 24일 목요일 晴〉(7. 16)
早朝에 部落 巡廻~ 李統, 三仙洞, 花井洞, 白統 7.8班…… 6學年 召集. 兒童 有無故 狀況 把握, 水害狀況 聽取 等.
職員 非常召集. 兒童들과 道路 復舊 作業.
金君 데리고 淨水器 淸掃 및 消毒에 終日 從事.
井母는 魯杏과 함께 德山場 다녀오고…… 열무 等 사러. ◎

〈1972년 8월 25일 금요일 雨〉(7. 17)
새벽부터 내리는 비 낮까지 부슬부슬 오더니 下午 3時부터는 集中暴雨로 激化. 工事 中인 운동장 또 물바다 되고.
特勤 中인 職員들 部落出張까지 施行~ 住民들에게 水害 人事. 明日 行事로 兒童 動員 連絡. 女職員은 上部 指示에 依하여 水害 義捐金品 모으기에 努力하였고.
四男 魯松이 資格檢定考試 준비로 晝夜 열심이 工夫 中. ◎

〈1972년 8월 26일 토요일 曇, 晴〉(7. 18)
體育 講習 受講次 全職員 梨月行. 日直은 趙教務. 全校生 召集하여 혼자서 指導監督~ 5,6男은 물고랑 난 것 復舊 作業. 5,4女는 淸掃와 除草作業. 6女는 자갈과 모래더미 整理作業. 3年以下는 全體 첫 行事만으로 마친 것. 水害狀況

을 全國, 道內, 郡內別로 알리고 水害義捐金品 뫃도록 指導. ◎

〈1972년 8월 27일 일요일 가랑비 오락가락〉(7. 19)
일찍부터 무우 배추밭 손질 始作. 11시 반까지에 완결. 고추밭 풀 뽑기도. 외 갈았던 곳엔 새로 씨 드리고.
痔疾 治療(7.29) 以後 約 1個月 間 禁酒하고 食事 잘 하는 中. 거이 끼니마다 밥 한그릇 다 하는 것이 例事. 그러나 얼굴은 마른 편.
前 梨月面長이었던 奉○○ 만나 勸酒하기에 辭絶했더니 過한 言動으로 不快하게 작별~ 醉中의 態度이리라. 諒解해 줄 일. ◎

〈1972년 8월 28일 월요일 晴〉(7. 20)
全校職員 兒童 召集~ 校內 淸掃와 水害義捐金品 모으기 運動 繼續.
育成會 任員會 열고 運動場 擴張工事 後의 學父兄 動員하여 위 마무리 作業하기로 打合.
四男 魯松은 明日부터 施行하는 高校 卒業 資格 檢定考試에 應試코져 淸州行~ 實力이 잘 發揮되길 天地神明께 祈願.
四女 魯杏의 生日이라고. 女高 一學年 成績 優良한 편 數日 前부터 自轉車 타기 練習터니 이젠 제법 잘 타는 듯. 七夕 때 들어 온 병아리 볶아먹고. 日暮頃에 뜰앞 언덕 풀 깎고. ◎

〈1972년 8월 29일 화요일 曇〉(7. 21)
放學도 다 되어 後 2日 뿐. 노행 노운 淸州 가는 데 附食物 材料 갖고 井母도 갔다가 下午 6時에 돌아오고. 갈미 앞냇물 많아 自轉車로 짐 싣고 내 건너주고.
舍宅 門의 모기장 뜯고 窓戶紙 바르는 데 거이 終日 걸린 것.
學校 特勤도 一段 매듭짓고 職員 兒童 後 2日 쉬기로 措處. ◎

〈1972년 8월 30일 수요일 曇〉(7. 22)
淸州用 쌀 1말 싣고 鎭川까지~ 痔疾 後론 처음으로 自轉車 탄 것. 淸州 가니 姬, 妊, 杏, 運 잘 있고. 魯松 마침 考試 中 点心 時間 되어 만났고. 妊은 明日 서울 간다고.
貰房 옮겨 볼려고 몇 군데 探訪해 보았으나 맏당치 않아 未定.
歸路에 鎭川교육청 들려 事務打合. 明日 下午에 校長會議 있다는 것.
學校 工事는 降雨後 땅 질어서 執行 不能 中.
舍舍宅엔 또 한산~ 아이들은 魯弼 뿐. ◎

〈1972년 8월 31일 목요일 曇〉(7. 23)
數日 間 개운치 못한 날씨. 菜蔬에 害. 人糞 못주고 있고.
校長會議 있어 自轉車로 鎭川 往來~ 案件은 二學期 開學 準備가 主. 常山校 姜校長님의 送別宴會도 했고. 저물게 歸校. ◎

〈1972년 9월 1일 금요일 曇〉(7. 24)
第2學期 開學式. 室內外 淸掃作業 3時間 程度 眞實히 施行 指導토록 特別 當付.
下午 3時부터 職員會~ 體育會件. 沈교사의 文藝擔當 會議 傳達. 金女敎師의 給食 擔當者會議 傳達. 校長會議 傳達. 其他 學校일의 當面 問題의 協議와 示達.

〈1972년 9월 2일 토요일 曇〉(7. 25)

朝食 前에 學級 經營錄 12卷을 計劃的으로 檢閱 評價.
學校운동장 工事 進行狀況 視察次 崔 교육장 來校.
近日엔 井母가 '참나무가다발' 等의 버섯 따와 잘 먹기도.
南北赤 本會談에 다녀온 李範錫 代表 豫定대로 마치고 돌아온 喜消息. 離散家族 찾기 운동 잘 되기를 빌 따름. 아울러 統一되는 뒷바침되기를 온 國民은 빌 따름. ◎

〈1972년 9월 3일 일요일 曇, 雨〉(7. 26)
前庭 언덕 풀깎기와 옆팥밭의 풀 뽑기 作業으로 午前 中 努力. 晝食 後엔 쏘나기 때때로 오므로 讀書~ '새교육'誌. ◎

〈1972년 9월 4일 월요일 雨, 曇, 晴〉(7. 27)
대낮까지 오락가락하는 비로 연약한 채소에 큰 타격. 學校운동장 工事도 中斷된 지 여러날 되어 兒童 體育保健에도 큰 支障. 秋季體育會 일자도 닥아오는데 職員들 초조히 생각하고. 日暮頃엔 晴天. 이제 개운히 개인 것인지. ◎

〈1972년 9월 5일 화요일 晴〉(7. 28)
모처럼 만에 날 개었고. 食 前에 菜蔬밭에 人糞풀이 充分히.
도쟈車 再動員코져 梨月 가서 꼭 곧 오도록 當付. 간 길에 万升校까지 가서 李忠武公 銅像作業 狀況 보고 問議도 充分히.
教育廳에 들어가 玄關 앞 階段作業 等 事務打合. 兒童들의 運動服 동명상회 孔 氏와 打協해 보기도. ◎

〈1972년 9월 6일 수요일 晴〉(7. 29)
今年은 고추 좀 나우 따져 말리는 셈이라고 井母 말.
昨朝에 준 채소밭 人糞 덮고. 오늘까진 날씨 清明한데 비 또 온다는 說 있고.
女職員들 舞踊 지도에 手苦하는 셈. ◎

〈1972년 9월 7일 목요일 가랑비〉(7. 30)
2日 間 날 좋더니 오늘은 거이 終日토록 가랑비 내리고~ 學校운동장 工事에 큰 支障…… 體育會 練習 못하기 때문.
柳魯秀 장학士 來校~ 教職員 指導技能 審査 때문. 좋은 분위기 속에서 圓滿히 進行. 奬學指導까지 이룬 것. ◎

〈1972년 9월 8일 금요일 晴〉(8. 1)
學校育成會 任員會 開催. 秋季體育大會, 운동장 工事의 父兄動員 等 協議.
도쟈 關係로 梨月 거쳐 鎭川 가서 '동명상회' 孔 氏 찾아 兒童 운동服에 對한 價格을 調定.
魯明한테 어제 온 편지 答狀 깜박 잊고 發送 못했고~ 甘勿 韓규수와 婚談의 件…… 意思 있다고 답서 쓴 것. ◎

〈1972년 9월 9일 토요일 晴〉(8. 2)
學校 일에 道宗 父兄 30名 動員되어 前面 새 階段 花壇 等 作業으로 많은 成果 이루고.
도쟈車 梨月 간 後 안 오기에 急히 달려가 오도록 督促.
異常 靑年 來校 旅費要請 等 뗑강에 不快했고.
清州用 쌀 가지고 入清. 友信親睦會에 參席.
청주엔 마침 明과 姬 와 있고. 아이들과 같이 留. ◎

〈1972년 9월 10일 일요일 晴〉(8. 3)
첫 車로 金溪行~ 父親의 病患에 깜짝 놀랬고 腹痛에 체하셨다고. 설사하시어 탈진. 口味 떨어져 食事도 못 하시고.
不安한 채 淸州와 井母 만나 저녁車로 鎭川까지. 自轉車 찾아타고 歸校하니 日暮頃.
도자 到着되어 工事 施行 中이고. ◎

〈1972년 9월 11일 월요일 晴〉(8. 4)
早朝 日出 前에 靑龍, 水谷 部落 가서 父兄 動員하길 要請~ 10余 名 出役하여 西편 階段 화단 作業 잘 했고.
도자車 잘 움직여 운동장 整地作業 거이 끝내는 段階. 夕食 後엔 도자 운전士 待接하기도.
老親의 病患 좀 差度 있으신지 궁금. ◎

〈1972년 9월 12일 화요일 晴〉(8. 5)
出役 父兄들의 作業 配定. 新道宗과 밤디 父兄 26名 動員 되고.
入廳하여 事務 打合~ 兩階段과 朝會壇 早速히 마련토록. ◎

〈1972년 9월 13일 수요일 曇〉(8. 6)
學校 운동장 工事에 馬忽 父兄 出役…… 南쪽 뚝 만드는 作業 配當. 모래 싫은 추럭 3臺別 搬入數量 헤아리기에 奔走했고. ◎

〈1972년 9월 14일 목요일 雨, 曇〉(8. 7)
부슬비 새벽부터 내리더니 10時 半쯤에야 그치고.
校長會議 있어 入鎭~ 12日에 있었던 敎育長會議 傳達이 主.
어제부터 서울에서 열리고 있는 南北赤會談~ 北赤團의 態度에 온 國民 失望 莫多. 赤十字精神 잊고 共産 歸一思想만을 發露한 듯. ◎

〈1972년 9월 15일 금요일 晴〉(8. 8)
日出 前에 龍寺部落 가서 父兄 動員을 手配~ 父兄 多數出役코 努力.
機關長會議에 參席. 面內 體育會 組織이 主.
淸州 나가서 興業무진 들려 일보고 運 만나고 선 곧 歸校. 무진회사에 妊이 이력서 내려다 事情 있어 그만두고. 원호廳엔 年金 관련의 保險金 引出 手續한 것. ◎

〈1972년 9월 16일 토요일 晴〉(8. 9)
白統과 三仙洞 父兄 出役에 作業 配當~ 道路補修를 主로 한 것.
學校일 마치고 金溪 本家行…… 烏山서 肉類 若干과 도배紙 사서 걸머지고 집에 到着됐을 땐 밤 12時頃.
故鄕 金溪 進入路 補修된 것과 냇다리 놓아서 今般은 生〃해가는 部落인양 氣分 좋았고. (퇴폐氣分 많았던 過去이었기에).
前週에 父親 不安 中이셔 몸 달았는데 差度 계서 安心됐고. ◎

〈1972년 9월 17일 일요일 曇, 雨, 우박, 曇〉(8. 10)
일찍부터 內室 도배 반자에 着手. 父親께서 풀칠 等 補調하시고. 母親께서 틈틈이 거들으시고.
午後 2時頃 번개 천둥 甚한 끝에 '우박' 쏟아지고…… 큰 것은 밤톨만큼 굵었고. 조생種 통일벼 50% 以上 벼톨 떨어졌다고 난리. 들깨도 송아리 오소소 떨어졌고. 호박, 김장 菜蔬 等 全滅 - 지나간 줄기 길은 같은 形便일 터.

도배 반자는 下午 6時 半쯤에서 안방만을 겨우 마친 것. 막 車로 入淸하여 아이들과 함께 쉰 것. ◎

〈1972년 9월 18일 월요일 晴〉(8. 11)
魯姬가 早期 起床하여 朝飯 맛있게 지어 잘 먹고. 6時 첫 車로 出發. 梨月선 自轉車로 歸校. 윈고개 앞냇물 많이 불어서 越川에 힘들었고. 故鄕 玉山面과는 달라 어제의 '우박' 이곳은 가벼워서 被害 없는 程度. 舍宅 앞 菜蔬도 까딱없고.
體育會 總練習 있어 終日토록 바빴던 것(詳材料記錄 等).
運動場 工事한 것 竣功 檢査次 崔교육長과 閔管理課長, 趙技士 來校. 父兄 動員해서 일한 것 仔細히 說明했기도. 잘 다녀간 것. ◎

〈1972년 9월 19일 화요일 晴, 曇〉(8. 12)
梅山校 가서 李忠武公 銅像틀 解體됐기에 教育廳에 가서 추럭 求하여 技工 劉 氏와 함께 學校까지 運搬했고. 下車時엔 비 좀 내려 困難했으나 마침 尹 校監, 鄭運교사, 李万교사 在校 中이어서 努力했고. ◎

〈1972년 9월 20일 수요일 晴〉(8.13)
李統의 出役 父兄 12名에 作業 配當. 수멍 앞 줄떼 工事가 主.
銅像工 劉 氏의 性格 非普通이란 전제로 비우 맞쳐주기도.
日暮頃에 鎭川 나가 印刷所에 들려 '프로그램' 檢討하고 몇 군데 修正. 洪연수 所長 사무실 들러 23日 行事에 時間 相議하기도.
교육廳에 가선 '李忠武公 銅像 名版'과 '同銅像建委 싸인版' 찾아 自전거에 싣고 歸校. ◎

〈1972년 9월 21일 목요일 晴, 曇〉(8. 14)
아침부터 거이 全職員 協助心으로 매달려 銅像 틀 組立과 注入 作業에 心血을 기우렸으나 技工 劉 氏의 異常狀態의 精神作用과 惡根性으로 作業 過程에 큰 隘路를 겪었으며 따라 日暮 前에 끝낼 일을 밤 11時에 억지로 마친 셈. 李起俊 李圭和 鄭宇海 鄭運海 尹 校監 尹 氏 모두 無限히 애쓴 것. 今日 今夜에 겪은 일 平生에 잊지 못할 일. ⓒ

〈1972년 9월 22일 금요일 안개비, 曇〉(8.15)
엇저녁에 歸鄕할 豫定이 不得已 不能했고 早朝에 채비 차려 自轉車로 鎭川까지 달려 直行 버쓰로 淸州 着하니 8時 좀 넝었고, 가랑비는 내려 개운치 않은 날씨. 어둥지둥 집에 到着하니 10時 半쯤.
祖父母 次祀는 이미 지났고. 내안 堂叔 제사만 參禮된 것.
學校 事情 있기로 곧 廻路. 淸州엔 絃, 明, 姬 엇저녁 늦게 왔었다는 것. 約束대로 井母 만나 장 보고선 鎭川 同行. 上新까지 왔을 땐 下午 6時頃(井母). 난 4時 지나서 到着 約定대로 陽陰村 農樂隊 學校 와서 노는 中. 運動場 새로 닦아 地鎭의 뜻이라나. 濁酒 좀 나우 待接한 셈. 舍宅까지 와서 農樂隊 부산 떨기도. ⓒ

〈1972년 9월 23일 토요일 曇, 晴〉(8. 16)
運動會 10時 半~ 17時 半까지 45種目 無難히 進行되어 잘 끝낸 셈. 部落對抗 競技에선 不正 있다는 것과 規則違反으로 옥신각신했던 것. 贊助額 58,000원 中 雜費로 27,000원 나갔고.

崔榮百 來校 臨席. 共和黨 洪所長 李丁錫議員 代理로 參席. 父兄 一同 名義로 李議員에게 感謝狀 授與.
多幸이도 날씨 잘해주어서 無事히 끝났고. 來賓 接心 準備로 內者가 많이 애쓴 것. 青軍 618點~ 3點 差로 青軍이 勝. ⓒ

〈1972년 9월 24일 일요일 晴, 雨, 曇〉(8. 17)
面內 青年層 部落 對抗 蹴球大會가 本校〃庭에서 展開. 所在地 定着部落이 優勝.
支署 職員 某巡警이 無知의 所致인가 惡意 품은 작난인지 틈 타서 勤務카드 갖고 갔다는 것에 不快. 괫심하기도.
宿職員 아니 와서 金君과 함께 宿直. ⓒ

〈1972년 9월 25일 월요일 晴, 曇〉(8. 18)
無試驗 進學에 관한 協議會가 있어 梨月中學과 教育廳에 가서 會議에 參席.
輕率한 所致로 갖고 갔던 카드 未顏하다면서 돌려 왔고.
井母는 2, 3日 前부터 '두드러기'로 욕 보는 중. 服藥해도 잘 안듣고. ⓒ

〈1972년 9월 26일 화요일 曇〉(8. 19)
요새 날씨는 따뜻해야 하는데 거이 每日 같이 흐려서 五穀이 익는 데 支障 있는 것. 朝夕으로는 나우 선선하기도.
李丁錫 國會議員과 權 郡守에게 人事狀 發送 ~ 體育會 件으로.
井母의 '두드러기'는 아직 가라앉지 않아 辛苦中. ⓒ

〈1972년 9월 27일 수요일 曇〉(8. 20)
動員된 陰村部落 學父兄들과 生活~ 前에 만든 둘레 줄떼 한 것 무너진 곳 再손질. 排水溝도 完成. 運動機具 配置 및 콩크리 階段 花壇에 '금잔화' 移植. 윗가게 房 앞 整地.
井母의 '두드러기'는 若干 가라앉은 것 같아 多幸.
秋夕 以後 不得已 飮酒 약간씩 안 할 수 없는 形便이였고. ⓒ

〈1972년 9월 28일 목요일 曇, 가끔비〉(8. 21)
아침결에 흐리더니 기어히 낮부터 비 바람 세었고.
文教部 實施 六學年 學力考查로 많은 職員과 教室을 使用케 되어 學校生活 어수선하게 지낸 것. 거기에 銅像 建立 技士 劉 氏 와서 틀 떼는 作業으로 바빴으며 崔 교육장 付託으로 '참깨' 數斗 周旋하기에 東奔西走 – 趙通에서 求하고. ⓒ

〈1972년 9월 29일 금요일 雨, 曇〉(8. 22)
學校 李忠武公 銅像틀 閑川校로 搬出되어 시원하고~ 어제부터의 가끔 내리는 비로 學校 天幕 함신 젖은 것이 큰 일. 틀 덮었었기에.
6學年 고사 마쳐질 무렵 入淸 向發~ 下午 5時頃에 淸州 着. 道教委에 들러 管理局 管理係 찾아 上新校 中學區 問題를 論議. 5万分之 1의 地圖와 距離計로 測定 等 해보기도. 別無신통. 學區內 白統, 月村部落 一部 父兄側의 中學區 變更 熱望했었으므로…….
홍업無盡會社에 가서 나머지 2口座도 9月分까지 完結.
魯杏, 노운 無事하고, 같이 머물고. ⓒ

〈1972년 9월 30일 토요일 晴〉(8. 23)
淸州 傳貫房 갈으려고 福德房에 連絡해 두고. 歸校길에 교육廳 들려 崔 교육장에 中學區 問題 傳達하기도.
學校 오니 同村部落 父兄 數名 기다려 있기도. 變更 不可能의 原則 말하고 現狀대로 나가자고 종용. 父兄側도 結局은 納得 同調는 한다는 것이나 ○○父兄의 自意대로 함부로 말하는 것 같은 느낌엔 不快하기도. 某 心情으로 故意的 공격인지도? ⓒ

〈1972년 10월 1일 일요일 曇〉(8. 24)
本家에 다녀오려고 鎭川까진 自轉車로 간 것. 청주 아이들 집에 들리니 昨日 왔던 魯明이 旅館 변소에서 諸證明 케스 놓은 채 깜빡 잊고 나왔다가 紛失했다나. 그말 듣고 몹시 不安. 초조 당황했을 것을 생각하니 딱하기도. 現金도 7,000원이라고. 諸證明書나 돌려주길 바랄 뿐.
金溪 本家에 가선 母親만 뵙고 곧 廻路. 父親께선 出他하신 中.
막 車로 진천 와서 '壽福여관'에서 宿泊. ⓒ

〈1972년 10월 2일 월요일 晴, 曇〉(8. 25)
自轉車로 달려와 出勤 時間 댔고. 電通에 依해 鶴城校 간 것. 臨時校長會議와 同校 體育會 觀覽.
强勸에 오늘은 술 좀 나우 먹은 셈. 鶴城校 行事 모범적으로 잘된 것. 父兄들도 秩序 잘 지켰고. ×

〈1972년 10월 3일 화요일 비 오락가락〉(8. 26)
開天節이어서 休校. 學校 〃庭에선 靑年들이 蹴球하느라고 부산.
魯明 일로 不安感 안떠나고. 父兄들과 一盃. ○

〈1972년 10월 4일 때때로 비〉(8. 27)
自由敎養大會 문제 해답에 兒童 24名 出戰~ 下午 2時에 入鎭. 막 車로 귀교. 깜깜해서 兒童 몇 사람 데려다 주기에 鄭운교사 애쓴 것. 난 물미, 밤디 다녀오고. 저녁 먹을 땐 밤 11時.
協助 못한 몇 직원들 마음 괴로울 것. ⓒ

〈1972년 10월 5일 목요일 晴〉(8. 28)
上月 父兄 出役에 作業處 配定. 各 운동틀 배치코 콩크리 工事.
직원회에서 일 잘하자고 훈계. 격려, 꾸지람. ○

〈1972년 10월 6일 금요일 晴〉(8. 29)
六學年 中學배정 관계로 德山中學 들려 相議하기도.
오후엔 鎭川中學 체육회에도 잠간 參席. ○

〈1972년 10월 7일 토요일 晴〉(9. 1)
제20회 교육주간(昨日부터 12日까지) "간판보다 실력"
魯松 청주行~ 제 母親과 意思 안 맞아 不合했기도. 철 좀 나면 괜찮을른지?
學校 銅像 칼라링까지 完成. 이제 除幕式이 남았을 뿐. ○

〈1972년 10월 8일 일요일 晴〉(9. 2)
새벽 2時에 起床하여 事務整理. 어제 入淸했

던 魯松이 안 와서 궁금하기도. 청주 제 동생들한테 있을 것이지만…….
서울行 豫定으로 이것저것 整理 및 具備하기에 분주하였고. 5時 半에 出發. 前에 英信이가 탔던 세발 自轉車도 갖고. 11時에 永登浦 着.
金鎭龍 교장 子婚 있어 人事~ 신한예식장.
망우리엔 午後 4時쯤 갔고. 英信, 昌信 잘 있고. 모두 無故. ⓒ

〈1972년 10월 9일 월요일 晴〉(9. 3)
제526회 '한글날' 서울市街 태극기 곱게 꽂혔고.
망우리서 7時쯤 出發. 큰 애도 車部까지 와서 車票와 제 母親 대접하라는 肉類代로 現金 幾千 원 주기도.
淸州 와선 鄭海天 子婚式에 參席. 청주예식장.
아이들 집에서 井母 만나고 서울 이야기~ 一同이 無故함과 큰 애는 課外로 休日도 나간다는 것. 市營 住宅으로 옮기게 된 後 順調로이 建築되어 간다고. 11月 15日 入住 豫定인 듯도. 20万 원쯤 今月 中에 補助한다고 일러주었기도. 單層이나 意思에 맞음과 모두의 施設이 水洗式이라고. 總 300万 원 들을 모양…….
魯松 청주서 上新 오고~ 受驗한 것 藝能科만이 通過됐다나. ⓒ

〈1972년 10월 10일 화요일 晴〉(9. 4)
教育주간 行事로 姉母會 組織과 李忠武 銅像 除幕式 擧行. 姉母會 進行에 幹部職員 無誠意함에 홰 좀 나나 참고. 李기준 教師의 誠意 있는 發言과 李광자 姉母의 推進 力說로 結成됨은 多幸.
全校生과 參席 姉母 一同 參集코 除幕式 웬만치 잘 한 셈.
뜻있는 姉母 數名 職員들에게 藥酒 待接하고 解散. ×

〈1972년 10월 11일 수요일 晴〉(9. 5)
昨日 結果를 强調하면서 서운함을 職員들에게 强하게 發露.
明日 兒童들의 郡體育會 있게 되어 指導 잘 함을 强力히 付託. 率先하는 뜻에서 繼走와 넓이뛰기, 높이뛰기 全職員이 垂範케 하고. 난 얼근한 짐에 뛰어서인지(높이뛰기) 허리가 뜨끔거리기도. ×

〈1972년 10월 12일 목요일 晴〉(9. 6)
郡體育大會에 參席. 4學年 以上 應援하도록 動員~ 强行軍.
兒童 앞에서 힘껏 應援했고. 記錄 성적은 別無신통.
취해서 택시로 왔고. 困할 지음 柳 장학사 上新校 어린이 落伍된 것 데리고 저물게 歸校. 同席 飮酒에 완전히 醉한 것. ※

〈1972년 10월 13일 금요일 晴〉(9. 7)
어제 일(어린이 團束)에 소홀한 것 다시 꾸짖고 호통.
學父兄 數名 來訪에 飮酒 過했을 것. 똑바른 記憶 흐미하고. ※

〈1972년 10월 14일 토요일 晴〉(9. 8)
全國 제5회 自由教育(養)大會 道大會 있어 鎭川郡 代表 中 1人인 5男 魯弼이 出戰케 되어 引率. 場所는 大成女高.
初中高 同時 實施. 年前에 四女 魯杏이가 一

等하여 金賞 받은 적 있기도. 50分 間씩 2時間 實施. 한 時間은 客觀式, 한 時間은 主觀式이라고. 魯弼이 時間內에 解答 다 쓰기는 했다는 것. ×

〈1972년 10월 15일 일요일 雨, 曇, 晴〉(9. 9)
노필 데리고 淸州에서 留는 中 早朝에 비 내려 걱정 中. 井母 오느라고 苦生할 듯. 豫定대로 井母 첫 車로 일찍 오고.
朝食 後는 多幸히도 비 굳혀 井母와 같이 槐山行.
槐山서는 豫定대로 3男 魯明 만나 明이 주선대로 甘勿行. 新基란 部落서 李조승(이담교) 先生 안내로 韓閨秀 집까지 간 것. 魯明과 交際 중인 韓규수 첫 눈에 滿足히 들었고. 李조승 교사 內外가 仲媒한 것. 韓 氏 집에서 晝食 接待 받고 兩便 滿足한 人事로 우리 夫婦는 淸州 着.
歸校하자고 보채는 魯弼이 가까스로 달래어 또 留宿. 아이들과 같이라서 방 비좁아 相當히 옹삭했던 것.
數日 前부터의 過飮으로 口味 잃어 食事 못하고 피곤 막심. ○

〈1972년 10월 16일 월요일 曇〉,요일 晴〉(9. 10)
學校 가고파 하는 魯弼이 時間 대주기 爲해 井母는 새벽 첫 車로 出發.
교육금융, 홍업無盡 等 다니며 賦金 整理. 몸 고단해 땀만 흘리고,
姪女 魯先은 꾀 있게 周旋한 家庭 데리고 서울 큰 애들 집으로 아침결에 向發.
淸州일 마치고 任地 오니 下午 2時. 食事 어지갆이 하는 편. ⓒ

〈1972년 10월 17일 화요일 曇, 晴〉(9. 11)
逍風이라서 夫婦는 새벽에 起床하여 食事 준비에 奔忙했고. 김밥 마련에 크게 協助해서 時間 대어주고.
5學年 노필이 가는 곳 '칠장사'는 步行 往來 4十里에 中間은 뻐쓰도 利用하므로 內者는 同行. 19時에 非常戒嚴 宣布.
6年生과 4年 以下는 4㎞쯤 되는 '성주암'으로 가고. 난 日直. 逍風에서 歸校한 李起俊 教師로부터 厚待받은 것. 칠장寺 갔던 5年生도 無事歸校한 것은 多幸. 李万교사의 輕한 態度엔 若干 不快했고. ×

〈1972년 10월 18일 수요일 晴〉(9. 12)
아침 解腸에 若干 얼근은 했지만 職朝[職員照會] 時에 호통치기도…… 事前 協議된대로 責任 完遂치 못한 데서 基因~ 昨夜와 今朝에 하겠다는 學力考査 成績統計에 이제 와서 초조한 態度 보이기에 야단친 것. 全校生 自習 감독 全擔할 테니 統計算出에 專念하라고 督促도.
人間性으로 信任하는 李起俊 교사 醉中過態엔 不快感 高度.
全職員 日暮時까지 勤務했으나 未盡. 夕食 會食하고 밤 12時 半까지 特勤으로 一段落된 것. 몸 고단했기도. ○

〈1972년 10월 19일 목요일 晴〉(9. 13)
學校 칸나 枯死된 것 除去 손질. 竝木 '노가지'도 전지.
梨月 가서 우체국, 面에 들려 몇 가지 公私 間 일 보기도.
17日 19時에 非常戒嚴 宣布로 改憲案을 27日

까지 公告. 한 달 안에 國民投票를 實施. 年內로 憲政을 正常化한다고. 各 機關長들은 이의 啓蒙에 나스도록.
애써 作成한 統計表 갖고 간 鄭 연구와 尹 校監 재손질에 終日 욕보고 늦게서 歸校. ⓒ

〈1972년 10월 20일 금요일 晴, 曇〉(9. 14)
서울 큰 애들 住宅마련에 一部 補充해주고저 無盡會社에 賦金한 것 찾으려고 手續하기에 印鑑證明이 所用되어 保證人으로서 李起俊, 鄭運海 교사의 도움 받기도. 李교사는 梨月面까지 直接 往來하기도.
去般에 다친 허리는 如前히 뜨끔거리어 活動起擧에 몹시 괴로운 편.
家計簿 等 帳簿 整理에 數時間 바쁘게 일 본 것. ⓒ

〈1972년 10월 21일 토요일 비, 曇〉(9. 15)
緊急校長會議 있다고 電通 있어 早朝에 自轉車로 出發해서 鎭川까지 달리고. 到着 直前부터 降雨. 회의時間 맞게 댔고.
會議 案件은 10. 17 非常戒嚴 宣布에 따른 大統領 特別宣言에 있어 敎職員의 姿勢와
11月 1日부터 實施하는 '自由學習의 날'이 主案件. 午前 十時 定刻부터 始作하여 下午 6時에 散會.
淸州 가니 마침 魯明과 韓閨秀 왔기에 夕食을 같이 했고.
興業무진會社에 들렸으나 夜間이라서 用務 못 본 것. ◎

〈1972년 10월 22일 일요일 晴, 曇〉(9. 16)
새벽 첫 車로 鎭川 往來~ 昨日의 會議書類봉투 '문화당 인쇄소'에 놓고 왔기에 궁금하여 갖고 온 것. 마침 그대로 제자리에 있어 多幸. 安心. 이 때문에 姪女 魯先이가 電話로 連絡하느라고 애썼기도.
食 前 곁에 沃川 振榮이 와서 朝食 같이했고. 여러 아이들 朝食 준비 주선에 魯姬가 많이 手苦했을 것. 마침 振榮의 生日이라나.
無盡會社의 일 보고선 現金 가방 갖고 高速車로 서울行. 下午 2時頃에 망우리 着. 日요日이어서 큰 애 內外 모두 집에 있고. 住宅 마련에 보태라고 20万 원 주고. 준비됐던 晝食 달게 먹고 곧 廻路. 淸州서 막 車로 鎭川 오니 下午 7時. 自轉車 찾아 타고 任地에 着하니 9時頃.
서울 큰 일 若干이라도 도운 生角하니 떳떳하기도.
어젯 비 後 날씨는 바싹 차졌고. 농촌은 벼베기 한창. ◎

〈1972년 10월 23일 월요일 雨, 曇, 晴〉(9. 17)
새벽에 부슬비 내리고. 낮에도 가끔 비.
옛 金溪校長이던 金龍賢 氏 同情 求하여 來訪에 朝食과 旅費條로 若干 待接. 그의 所聞 月前에 들어 事前知識 있기도.
臨時 직원會 開催하여 10.17宣言의 當爲性과 學校 經營 當面 問題 等을 協議 强調.
5, 6學年 特別 動員하여 노가지 移植과 排水溝 손질. ○

〈1972년 10월 24일 화요일 曇〉(9. 18)
第27회 '유엔의 날'. 學校는 休業.
梨月 가서 停留所 金所長 만나 六學年 修學旅行用 버스 貸切에 手苦했다고 人事. 교육청에 잠간 들려 特別公文 提出하고 入淸.

老親用 '라디오' 금성社製 中型으로 4,200원에 購入. 愛用하시던 特製品 라디오는 振榮이가 越南派兵時節에 사온 것인데 夏節에 某 사기꾼에게 들려버린 것. 몹시 통분하시기도.
라디오와 肉類 若干 사 갖고 저물게서 本家着. 拜謁한 後 夕食 後 다시 入清하여 아이들과 同宿. 가정실습 中이라고 振榮은 本집에 있는 中. ⓒ

〈1972년 10월 25일 수요일 曇, 晴〉(9. 19)
11月 1日부터 실시되는 "自由學習의 날"에 關하여 職員會抄로서 方案과 指針을 간추려 謄寫한 後 終禮時에 朗讀하며 學校 方案을 樹立하기에 着手.
明日 實施하는 六學年의 修學旅行에 全職員 同行하도록 했고. 魯弼이는 5學年이지만 清州로 轉學 豫定이므로 本人의 願도 있어 今般 旅行에 가도록 하기도. 內者도 갈 豫定 했으나 明日에 校長團 婦人會 있게 되어 서울旅行은 不能. ◎

〈1972년 10월 26일 목요일 晴〉(9. 20)
學校는 家庭實習 29日까지 實施.
第6學年 서울로 修學旅行. 7時에 貸切 버스 "23,000원"으로 出發. 職員도 全員 同行케 하고. 旅費는 兒童當 1,000,원이라고. 5年生 막동이 魯弼도 求景하라고 보낸 것. 밤 10時 半에 全員 無事歸校. 어린이會館, 창경원, 국립과학관, 신문사, 백화점을 見學한 것.
井母는 校長婦人會 組織에 參席케 되어 교육청 다녀오고.
魯姬의 住民登錄 移轉 手續코져 清州 왔다가 松面 往來는 時間 難되겠기에 任地로 廻路. 6年 旅行日이기도 하여 明日로……. ⓒ

〈1972년 10월 27일 금요일 晴〉(9. 21)
엊저녁 한밤중에 소나기 한줄금 간단히 했고. 今朝는 清明.
松面 가고져 入清하니 서울서 魯妊이 와 있고. 25日에 왔다나. 5男 노필 轉學 關係 있어 청주 아이들 뒷바라지 때문에 온 것.
청주~송면 뻐쓰로 3時間 半 所要. 面 出張所에 들려 姬의 退去手續하렸더니 期間 지나서 말소됐고, 現 住居地에서 再登錄 申告하라는 것. 말소 抄本만을 떼어 오고.
松面校에 잠간 들렸더니 辛 校監, 沈 교무, 朴 교사 반가이 맞아 濁酒 待接하는 것. 清州 到着은 下午 7時 지나서이고.
솜씨 있는 魯妊은 내 洋服도 날신하게 다리고 와이샤쓰도 빨아 夜間에 말리기도. ⓒ

〈1972년 10월 28일 토요일 晴〉(9. 22)
研修會 第1日. 午前 中은 北一校에서. 開講式, 朝會前 自由놀이, 朝會, 교육감의 特講, 中間活動, 준거集團 活動, 外部環境의 쨰임새 等〃에 驚異……. 20余年 前 교감시절에 힘쓰기도.
終講後 가좌 高교사 만나 歡談하기도. ○

〈1972년 10월 29일 일요일 晴, 曇〉(9. 23)
어제 午後부터의 受講 場所는 舟城國校의 강당이고 講師로는 延世大 大學院長인 李길상 博士~ 科學과 生活에서 우리의 몸이 酸性化되므로서 老化病弱者가 되는 것이고, 알카리性으로 轉換하기 爲해선 植物性 脂肪質을 섭취하자는 게 主要 骨子이니 큰 參考되고. 金판영 奬學室長의 國家施策과 奬學方針에 對해선 豊富한 知識과 調理있는 論說에 驚異的이며 教育者들의 時局觀에 立脚한 姿勢를 力說한 것이다.
下午 6時에 閉講式을 擧行하고 散會. 31日까지 四日 間이나 後 2日 間은 自由硏修日로 한다는 것. 明日부터 2日 間은 公設運動場에서 道內 少年體育大會가 開催되는 것.
崔 교육장 만나 數校長과 함께 저녁 食事를 會食. ⓒ

〈1972년 10월 30일 월요일 曇, 晴〉(9. 24)
公設운동場에 가서 잠간 求景하고 玉山 나가서 面의 住民등록 係員으로부터 姬의 再등록 手續 밟고 再入淸. 金溪行 예정은 車 不通이란 關係로 時間上 不可能하여 포기.
淸州 北門路 一街 洞事務所의 關係 書記는 圓滿히 일해주는 분임을 느끼고. 明日은 또 松面 가야 할 판.
운동장에 다시 들렸을 땐 午後라서 술 좀 먹은 親舊 많아 이곳저곳에서 서로 반가히 만나 一盃씩 하였기도. ○

〈1972년 10월 31일 화요일 晴〉(9. 25)
7時 첫 車로 靑川 經由 松面行. 次女 魯姬의 住民登錄 手續次. 舊票 찾아다가 淸州에 실린 것. 차시간 형편상 松面서 用務 마치고선 華陽洞까지 步行으로 와 1時間 동안 廟, 齋를[8] 探訪. 12時55分 버스로 入淸하여 北門路 一街 洞事務所 가서 姬의 일 完結. 개운한 마음.
5日 만에 任地로 歸校한 것. 모두 無事. ⓒ

8) 廟, 齋 앞에 공란이 있는 것으로 보아 廟, 齋의 명칭을 쓰려 했던 것으로 보임.

〈1972년 11월 1일 수요일 晴〉(9. 26)
食 前 登山 마치고 댑싸리로 싸리비 4個 만들기도.
日出 前엔 擴聲器를 通하여 10月 維新에 對한 弘報 放送. 낮엔 밤디 가서 聖俊 氏 만나 玄關 앞에 심을 香木 2株 얻기도. 夕食 後는 三仙洞 가서 同 4H 總會 마침 보게 되었고. 自由學習과 10月 維新을 弘報한 것. ◎

〈1972년 11월 2일 목요일 晴, 曇〉(9. 27)
學校는 階段 및 朝會臺 工事 中~ 豫定대로 시원히 잘 成就되는 것.
日出 前 6時40分쯤에 實施하는 擴聲機 通한 放送은 繼續 中이고~ 今朝는 '11月1日부터 實施되는 自由學習놀이에 對해서와 10月 維新에 따른 改憲案 公告'에 關하여 放送한 것.
下午 4時頃에 梨月 가서 家族의 住民登錄 狀況을 確認하고 面長과 잠시 談話코 장양 들길 通해 新道宗 李世鐘 女婚에 人事. 新定부락에 늦게 가보니 形便上 회의는 틈틈이 하자는 것. ○

〈1972년 11월 3일 금요일 가랑비, 흐림 ○〉(9. 28)
한밤중에 비 한줄금 제대로 하였는지 빈 대야에 물 相當히 고이고.
第20回 '학생의 날'이라서 記念式 擧行. 모범兒童도 表彰.
막동이(五男) 魯弼이 不得한 形便으로 淸州市內로 轉入學하고져 手續한 結果 校東國民學校로 決定. 잘 아는 延校長님, 親知 金敎務, 5學年 3班인데 琴敎師. 제 누나들이 있어서(妊, 運…… 忠北女中, 淸女高에 在) 잘 지낼 것. 누나들의 말 잘 들으라고 當付하기도.

上新校 떠날 땐 若干 氣分 서글픔을 느끼기도. 弼이 班 아동들이 '노필이 잘 가거라' 외치면서 窓 밖으로 인사하는 것 보고 가슴이 뭉클. 눈시울이 이상해지기도. 막 車로 와서 갈미서 自轉車 끌고 歸校하니 밤 9時 半頃. ⓒ

〈1972년 11월 4일 토요일 晴〉(9. 29)
今朝도 6時 50分에 擴聲機 通해 放送~ 國民投票에 全員 參與토록.
士石 통해 竝川 經由 天安 가서 이질女 結婚式에 參席. 이름은 情好. 잔치국수와 一盃 後 卽時 廻路. 鎭川선 佳佐里 柳哲相 親知 만나 歡談 一盃 待接.
梨月面 金在聲 면장 搬移에 人事도 하고. 任地엔 밤 9時 着. ○

〈1972년 11월 5일(9. 30) 일요일 曇, 晴〉
內者와 함께 淸州行~ 쌀, 魯弼 衣服 等 갖고.
佳佐옆 厚基里 高永浩 父親 鎭用 回甲宴에 가서 人事. 親知 柳在河, 金英植 其外 여러 사람 오랜만에 만나서 반가웠고.
本家와 斗村校 韓校長 行事에 人事 못해서 마음 찐하고.
學校 階段 工事와 朝會臺 완박하고 날씬하게 끔 完成. ×

〈1972년 11월 6일 월요일 雨〉(10. 1)
새벽부터 주룩주룩 비 나려 農家 秋收作業에 큰 支障.
崔統 安상배 父兄 집에 가서 물생선과 濁酒 待接 잘 받고.
夜間에 昨夜와 마찬가지로 上月 蔡 氏 家 喪事집에 가서 洞人과 數時間 座談했고.

四男 魯松의 하는 짓 尋常찮은 모난 行爲에 제 母親은 念慮 많이 하는 中~ 將來가 憂慮된다고. 眞實로 걱정되기도. ○

〈1972년 11월 7일 화요일 曇〉(10. 2)
10月 維新에 對한 啓蒙放送은 10月 19日 以來 每 朝 6時 50分頃에 約 20分 間씩 하는 中. 學區內 住民 諸般으로부터 讚辭의 輿論 많기도.
朝食時에 魯松의 將來를 듣건대 큰 포부 있는 答辯. 明年엔 앞길 開拓된다는 것. 一部 칭찬하면서도 生活面 깊이 自省하라고 訓戒. 長髮에 성화이나 제간에는 生命이라고까지 말하잖나?
梨月서 機關長會議 있어 參席. 亦 十月維新이 主案. ⓒ

〈1972년 11월 8일 수요일 曇〉(10. 3)
蔡 氏 家 葬禮에 參席中 崔 교육장 來校~ 階段 및 朝會臺 工事의 竣工檢査가 主. 學校管理에 몇 가지 指摘했다기도. 某 敎師의 醉中 答辯에는 氣分 妙했던 樣. 不快했고. ○

〈1972년 11월 9일 목요일 曇, 雨〉(10. 4)
十月 維新 啓蒙次 道宗部落 出張. 面職員도 만나고. 親知 父兄 數人의 歡待 받기도.
밤엔 水谷 盧 氏 家 喪事 있어 人事했기도. ×

〈1972년 11월 10일 금요일 雨, 曇〉(10. 5)
昨夜부터 새벽까지 비 많이 온 것. 논엔 볏단이 험신 젖어 秋收일 엉망. 논마다 물논 되고, 걷지도 않았 논 많기도.
盧 氏가 葬禮에 잠간 들려 人事. 上月 蔡洙宗이 몹시 親密感 두텁게 갖고 接촉해 오고. 밤

골 鄭元海와 初人事. 閨秀 잘 둔 樣 洙宗 親知가 말하기도. 마음 어느 程度 쏠리기도. 振榮으로? ⓒ

〈1972년 11월 11일 토요일 晴〉(10. 6)
梨月 가서 十月 維新 강연 듣고 淸州行. 큰 가방에 무우 가지고.
轉學간 제 滿 一週日 된 5男 魯弼이도 잘 있고. 安교장 子婚에 人事.
魯杏, 魯運, 魯弼 데리고 金溪 本家行. 뻐스時間 잘 맞지 않아 苦生하기도. 깜깜한 밤 저물게 到着. 老兩親 一安[9]中이어서 多幸. 노필이 보시고 無限히 기뻐하시고 귀어워 하시기도. 오랜만에 뵈옵는 것.
어린 것들 T.V 구경 深夜토록. 감(柿)도 먹고. ⓒ

〈1972년 11월 12일 일요일 晴, 曇〉(10. 7)
아침결에 濃霧였으나 날씨 맑게 개어 개운. 日暮 後엔 흐리고.
朝食 後 내안 堂叔母 病患에 問病. 毒感인지 危重하신 형편.
아이들은 낮에 入淸토록 하고 먼저 出發.
淸州 오니 어제 서울 갔었다는 魯姬 와 있고, 池灘校에 있는 魯絃도 아침에 왔다고~ '새마을교육' 硏究物 作成에 奔走한 듯. 誠意껏 잘 하라고 士氣 높게 當付.
直行으로 德山 와서 德中 白元基 校長 勤續 30周年 記念式에 參席 人事. 記念品 어마어마한 行事에 驚異?
歸路에 教育廳 들렸던 中 콘뎃숀[컨디션] 나빴다는 崔 교육장한테 不快한 말 몇 마디 듣기도. 十月 維新 各項에 對하여 道로부터 督促의 報告 件 받았다는 것. 學區內 住民成分 不溫者 많다기도. 끝엔 溫和한 言辭로 對話. 若干의 雜經費 쓰라고 주기에 받기도.
梨月 經由 自轉車로 歸校. 公私간 無事는 하나 文書 處理에 無관심한 것 보여 崔 교육장 말씀도 過言은 아니고. ◎

〈1972년 11월 13일 월요일 雨, 曇〉(10. 8)
급작스런 電通에 依해 校長 및 育成會長團 同伴 入鎭토록 되어 早朝에 三龍里 水淸內基에 自轉車로 달려 鄭德海 會長 집 尋訪. 李統에 가서도 金俊經, 李範舜에게도 連絡. 結局은 鄭德海, 鄭興燮만이 參席된 것.
出發時부터 가랑비 나리더니 거이 鎭川 到着 무렵엔 나우 나려서 옷 많이 젖었던 것. 自轉車로 간 것.
12時부터 鎭川 극장서 道大會에 出戰했던 藝能發表한 種目 몇 가지 公演~ 洗鍊되게 訓練한 점 감탄. '겨레의 횃불'이라는 映畵 上映. 点心 마치니 下午 3時.
下午 3時부턴 교육청 會議室에서 臨時校長會議. 同 5時1 0분에 끝난 것.
崔 교육장의 各校 巡訪한 感想 結果가 主. 今日 行事까지 包含하여 깊이 反省해 보자는 것. 勤務校인 上新의 感想 좋게 안 들리고. 그도 그럴 것이 去 8日 來校 時 不快感 갖았었던 것 無理 아니고. 再분발해 報告져 마음 가져지고.
井母는 午後에 淸州行~ 16日(음 11日)에 時祀 차리게 되어 母親하시는 일 助力하고져 간 것.
歸校하니 下午 6時 半. 魯松과 저녁 차려 먹

9) 일안(一安): 한결같이 편안함.

고.

井母도, 松도, 나도 感氣 中. 감기약 若干 져다 服用.

舍宅 客室엔 魯松만이. 內室은 나만이 있어 몹시 조용 적적. ◎

〈1972년 11월 14일 화요일 曇, 雨〉(10. 9)

흐린 날씨 念慮되더니 晝間에 이르러 기어이 비 나리기 始作하여 또다시 農家에선 몸 달고 속썩이게 되니 온 國民이 큰 탈. 볏단 젖은 채 오래前부터 그대로이니 큰 걱정거리.

오랜만에 授業參觀. 1學年의 '自由學習'~ 體育關聯.

臨時職員會 열고 學校經營의 當面 問題解決을 爲한 强力한 指示와 協議를 約 1時間 半 동안 했고. 더 잘하자고 圓滿한 語調로 促求.

日暮 後 늦게 저녁 지어 魯松과 단 둘이서 食事.

全國 市道別 어머니合唱團의 새마을 노래 競演大會의 中繼放送 1時間余 듣고. 19時부터 20時 20分까지.

비는 밤에도 주룩주룩~ 볏단 썩힐 듯. ◎

〈1972년 11월 15일 수요일 雨, 曇〉(10. 10)

어제 午後부터 오는 비 食 前까지 繼續되어 논마다 물논. 볏단색갈 썩은 새와 비슷.

午前 中 各種 帳簿整理. 職員會 抄도 잡고.

点心時間엔 三龍里 鄭 氏 家 喪事에 人事 갔다 오고.

下午 4時부터 1時間 半 동안 職員會 開催하여 昨日에 이어 學校 경영에 다 같이 誠意있게 하자고 强調.

夕食은 松과 함께 '라면' 삶아 먹고. ◎

〈1972년 11월 16일 목요일 雨〉(10. 11)

거이 終日토록 부슬비 나리고. 똘, 냇물 불어 흐르고. 물논마다 썩어가는 볏단. 今年 가을날씨 야숙하기도.

豚肉 5斤과 濁酒 一斗 받아다 職員慰勞. 난 會議 있어 會食 不能.

校長會議 있다고 電通 와서 우산 받고 入鎭. 下午 1時부터 同 5時까지 會議~ 兒童 體育振興과 十月維新 啓導가 主案.

本家간 內者는 明日 올 豫定. 食事準備 松과 함께 잘 하고. 今日이 時祀 차례인데 날 궂어 큰 애 먹었을 것. ⓒ

〈1972년 11월 17일 금요일 曇〉(10. 12)

13日에 淸州 거쳐 本家에 갔던 內者 오고. 本家엔 魯妊도 데리고 갔었다는 것. 時祭는 비 때문에 屋內에서 지냈다고.

어제 있었던 會議 傳達. 面에서 機關長회의도 있었고. ⓒ

〈1972년 11월 18일 토요일 曇〉(10. 13)

어젠 入淸하여(13時~17時) 興業무진, 교육금융 等에 일 보고. 흥업會社에서는 1座 當첨됐다서 壹拾万 원 찾아 委託하였기도.

날씨는 不順한 편으로 모두 걱정 中. ○

〈1972년 11월 19일 일요일 曇〉(10. 14)

新道宗 가서 李起俊 교사와 함께 道宗 李鍾先 집 尋訪하여 時祀物 待接 받기고. 李世海 父兄 宅에서도 招待. ×

〈1972년 11월 20일 월요일 雨, 曇〉(10. 15)

明日은 十月維新에 對한 國民投票日인데 오

늘 또 비 오므로 秋收일 關係로도 二重으로 걱정. 今日도 道宗 다녀오고.
淸州서 魯姙이 오고~ 明日의 投票 관계로. ×

〈1972년 11월 21일 화요일 晴, 曇〉(10. 16)
維新憲法의 國民投票日. 學校는 臨時公休로 休業. 날씨는 차서 零下 4度. 有權者들 달달 떨며 往來.
난 魯姙과 함께 第5投票所에서 投票하고.
井母는 淸州서 投票하게 되어 魯姙 데리고 入淸. 짐보따리 自轉車로 갈미까지 運搬해주고 道宗 第4投票所 가서 光景 보고 여러 學父兄들과 座談.
淸州 아이들 前貰[傳貰]집 옮기어 가게 되어 井母와 魯姙은 많이 애로 겪었을 것. 노행도, 노운도, 弼이까지도…….
內者는 또 日暮頃에 梧東里 가서 작은 妻男 廣鎬 結婚式에 人事하기로 한 것. 明日 온다는 豫定이고. 開票 밤새도록. ○

〈1972년 11월 22일 수요일 曇〉(10. 17)
國民投票率 全國的으로 好調. 投票率 贊成率 共히 90%線 넘은 것. 本 學區內는 4,5投票所마다 93% 넘었고.
敎育廳 들려 崔 교육장 만나 座談後 入淸.
北門路 1街에서 榮洞으로 옮긴 아이들 저물게 찾아보고 同宿. 魯先이 關聯되는 權 氏 家의 前貰집을 편의 봐준 것.
화성旅人宿 主人 찾아 前貰준 돈 今週內 받기로 言約되고.
이모저모로 終日토록 얼근했던 것. ※

〈1972년 11월 23일 목요일 雪, 曇〉(10. 18)
7時 高速버쓰로 서울行~ 청담洞 새 집 보러 간 것. 師大 부속女中에서 큰 애 만나 얘기 듣고 市營 새 住宅團地 찾아가서 10團地 10호집 올바로 찾은 것…… "단층망형 스레트" 家屋. 큰 房 3칸. 便利形 부엌. 新型 화장실. 크고 넓은 大廳, 앞마당 넓고.
電氣와 水道는 아직 施設 未完成. 담장도 앞으로 쌓아야 할 것. 해야 할 일 아직 창창. 새 동네여서 엄청나게 한산. 조용한 곳. 當分間은 저의들 內外 任地 出退勤에 많은 不便 느낄 것.
아침부터 數時間 내린 눈은 나우 쌓여서 白世界로 變했고, 도배 반자 作業인 3人 와서 불 때가며 하는 일 감독 겸 도와서 하고. 13時 半쯤 큰 애 오고. 高級 초밥 사왔기에 같이 달게 먹은 것. 搬移는 26日 豫定했다고. 눈 쌓이고 날씨 추어서 大端히 섬섬 글른 편이기도. 이웃 몇 집은 今日 移舍[移徙] 오기도.
큰 애와 相談하고선 午後 5時頃 出發하여 同 6時 高速으로 內淸코 아이들과 同宿.
서울이나 淸州 市街地 一切 氷판되어 諸車, 步行者 설설 기는 편. 各處 논의 볏단 모두 눈으로 덮여 큰 탈.
서울 移舍時 다녀오기로 魯姙과 相議하기도. ⓒ

〈1972년 11월 24일 금요일 가랑눈, 曇〉(10. 19)
아침결에도 若干 눈 내려 더욱 쌓여졌고. 논의 볏가리는 눈더미.
새벽 첫 車 6時 뻐쓰로 任地에 오니 8時頃.
첫 時間 4, 5, 6年 女 除雪 作業토록 하여 校門 앞, 玄關 等 넓게 길 냈고. 淸州地方이 他道보다 降雪量 많다는 報道 있고. 約 12㎝.

學校 防寒施設 等 擔當係에 數日 前부터 督促中.
四男 魯松이 非常한 覺悟인지 앞으로의 行路 짰다고 말하기도~ 서울 가서 택시 運轉 배운다고. 一段階 作業이라나. 約 3万 원 所要된다나. 過히 晩留치 않고 허락한 셈. ⓒ

〈1972년 11월 25일 토요일 曇〉(10. 20)
學校일 다 마치자 魯松과 함께 入淸. 우수 큰 가방에 菜蔬 넣은 것 2둥치 갖고 가는데 魯松 때문에 無難했고.
魯松은 昨日 말한대로 計劃 있어 上京의 뜻 품고 出發한 것.
淸州 가 보니 土曜日이라서 魯明도 魯姬도 와 있고, 魯妊은 今朝에 上京했다고.
'화성'旅人宿 主人 朴明洙 찾아 傳貰 냈던 돈(12万 원) 받으려 했으나 아직 準備 안됐다는 것으로 受理 不能. 不得已 魯松 上京은 後日로 밀우기로.
明과 姬는 敎師指導技能 審査 A級으로 郡 審査에 나간다고 明朝에 歸 槐山한다는 것. 各己 器樂, 聲樂. 기쁜 일. ⓒ

〈1972년 11월 26일 일요일 曇, 雪〉(10. 21)
새벽 첫 高速버스로 서울行. 청담洞 새 집을 가니 妊은 英信, 昌信 데리고 집안일 하고 있는 中. 장판까지 다 됐고.
아궁이에 불 때기. 집 周圍의 쓰레기 整理에 잔 걸음 많이 쳤고. 移舍짐은 下午 1時 半쯤에 三輪車 2臺로 가든히 入荷. 時間 半동안 一同이 애써 짐을 屋內에 드려놓자 함박눈 내리기 시작. 시장한 판에 点心 늦게 달게 먹은 것.
큰 애와 이야기 좀 하고선 下午 4時 半頃에 작별. 下午 6時 車로 淸州 向發. 날씨는 푹한 편이나 눈은 끝내 쏟아지는 것. 淸州 着時는 눈과 비 함께 오는 듯.
今日이 內者 生日이라서 明日 아침이라도 待接하려고 통닭, 魚物 若干 사느라고 雪中에 애먹었고. 청주 아이들 좀 주려고도 사과 等 조금 산 것.
朴明洙 다시 찾아 房貰 주었던 것 3万 원 受理.
날씨 차고 不順한데 魯杏이 朝夕 짓느라고 手苦 많을 것.
魯松은 明朝 서울 向發할 豫定으로 이모저모 이야기했고. ◎

〈1972년 11월 27일 월요일 晴〉(10. 22)
魯松은 서울行 準備로인지 엊저녁부터 不寢거이 徹夜. 새벽에 起床하여 모든 것을 當付~ 旅費로 于先 18,000원. 돈 간수 잘 할 일. 兄의 집 찾아 眞實한 態로 말할 것. 추운 때이니 寢食에 留意할 일. 上京 後 하회를 곧 書信으로 알릴 것 等〃.
高速駐車場에 새벽에 같이 나와 代用食이라도 먹이려 했으나 속이 나쁘다고 안 먹기에 나亦 任地에 올 때까지 食事 참았고.
車가 出發할 때 父子가 作別 손을 흔들 때 눈시울이 뜨겁고 가슴이 뭉클해졌던 것. 松 自身도 고개를 수그리는 것이니 마음이 언짢았던 모양. 기어이 눈물 몇 방울과 콧등이 실눅거렸던 것 만날 때까지 잊지 못할 일. 歸校해서도 그 생각 뿐. 날씨가 하도 추우니 제 母親도 夕食 後엔 "魯松이 어데서 잘까?"하는 말에 또다시 새벽에 겪었던 것 想起되어 못 견딜 지경.
祈願 '無事와 將來 發展을' 并母도 울울한 듯

…….
昨夕에 쌓였던 눈 金君과 함께 玄關에서 校門까지 죽가레로 치우고. 尹 校監은 形便上 清州로 家族만은 移居케 한다고 추럭에 짐 꾸려 실르라고 兒童 一部 職員이 奔走했고. 一部 行爲에 圓滿處事 못돼 상쾌치 않았던 것.
清明한 날씨였으나 눈 그리 안녹고. 논의 볏단들은 덮인 눈에 얼어붙은 中. 平生 처음 겪는 일. 타작한 家庭 겨우 2割 뿐.
夕食 때 삶은 닭국 먹으면서 各處의 食口 생각에 잠겼고. 가지나 今朝에 겪은 일 있어 더욱 그러했기도. ◎

〈1972년 11월 28일 화요일 曇, 雪〉(10. 23)
道 指定研究校 發表會에 參席코져 鎭川 常山校에 出張~ 研究主題는 "授業의 質 向上을 爲한 學習管理" 思考하는 學級指導過程 참으로 훌륭했고. 講評에도 칭찬. 陸교육감 및 道內 市郡教育長도 全員 參席.
下午 4時부터 또 降雪. 鎭川 往來 自轉車로. 오갈 때 共히 애먹고. 갈 땐 갈미까지 菜蔬 봇짐(청주用)으로 땀 흘렸고. ○

〈1972년 11월 29일 수요일 曇〉(10. 24)
下午 3時부터 校長會議 있대서 時間 맞춰 入鎭. 自轉車로 간 것. 會議 案件은 簡單했고. 校長團 위로宴 行事가 主目的인 듯.
18時부터 '한양食堂'에서 酒宴 및 夕食. 崔 교육장의 활달한 심명과 吳 警察署長의 호응에 數時間 동안 벅차게 잘 놀았던 것. 二次席으로 答接의 뜻으로 '개풍원'에 가서 深夜까지 歡談했고. 鶴城校 林 校長과 崔 교육장과 함께 쓰러져 同宿. ※

〈1972년 11월 30일 목요일 曇〉(10. 25)
'개풍원'에서 3人이 食 前 해장 나우했고.
學校 와선 얼근한 氣分에 어제의 會議 傳達 소상히 한 것.
經費 나우 들었으나 아깝지 않았던 것. ×

〈1972년 12월 1일 금요일 晴〉(10. 26)
모처럼 날씨 清明~ 11月은 한 달 내내 흐리고 궂고 했던 것. 볏단은 들판에 젖은 채 얼은 채 있는데 이제부터 괜찮기를 祈願. ×

〈1972년 12월 2일 토요일 曇, 晴〉(10. 27)
學校일 마치고 尹 校監과 함께 梨月 거쳐 清州行.
內者가 마련해준 菜蔬등치 한가방 갖고 清州 가기에 힘들었고.
魯弼과 함께 金溪 本家行 豫定했던 것은 時間關係로 不能. ×

〈1972년 12월 3일 일요일 晴〉(10. 28)
魯弼 옆에서 자고 난 몸 近日 連飮으로 찌쁘두하여 괴롬 느끼고.
肉類와 魚物 좀 사 가지고 아침결에 金溪 本家 가니 老兩親께선 벼 멍석 널으시는 중. 氣力 그만하셔 多幸.
從兄, 再從兄 宅 一巡하고 下午 1時頃에 鎭川 向發.
老母親께서 마련해 놓으신 '고추가루' 나우 갖다가 清州 김장用으로 쓰게 했고.
歸路 中에 李상철? 만나 갈미서 飮酒 나우 한 듯. 任地엔 深夜해서. 到着된 것. ※

〈1972년 12월 4일 월요일 晴〉(10. 29)

午後에 井母와 함께 채소 봇짐 갖고 淸州行.
서울 갔던 魯松으로부터 편지 와서 消息 들어 安心~ 제 意思대로 自動車學園 다닌다는 것. 제 큰 兄 집에 찾아가서 寢食한다고. 長髮은 깎았다고. 何如間 消息 들어 安心.
화성旅館 主人 朴 氏 찾아가 全額은 아니고 傳貰주었던 것 中 5万 원整 받고 殘額 4万 원은 日 後에 준다고.
魯松의 要求에 2万 원 急한 듯 消息 듣고 上京하려든 計劃은 時間 형편上 中止하고 마지막 直行뻐쓰로 歸校. 德山서 오는 途中 방죽 위 朴 氏 老人 작고했대서 들려 人事하고 밤정가[10]. ×

〈1972년 12월 5일 화요일 晴〉(10. 30)
喪家집 朴 氏 家에서 밤새운 몸으로 고단한 편.
國民敎育憲章 宣布 4周年 記念日이어서 校內的 行事로 式 擧行. 日氣는 數日 間 계속 좋아서 農家에선 늦었으나마 脫穀하기에 血眼. 함신 젖었던 볏단이라서 마르지 않은 채 打作하는 것.
午後 4時頃에 梨月우체국에 가서 魯松한테 21,000원 送金. ⓒ

〈1972년 12월 6일 수요일 晴〉(11. 1)
朝飯 손수 끓여먹고. 몸 좀 회복되어 밀렸던 일 整理하고.
內者는 淸州서 김장 끝내고 下午 2時에 來着.
물미 李萬學 子婚 잔치에 招請 있어 放課 後에 職員들과 同行. 요새 날 좋아 눈 녹고 땅 녹아 길은 엉망으로 길고.
밤엔 가게방에서 찾기에 갔더니 前面長 奉益根이 醉中. 修養없는 醉態에 매우 氣分 少. 同席한 會長 체面 보아 참은 것. ⓒ

〈1972년 12월 7일 목요일 雨, 曇〉(11. 2)
농촌에서 좋아라고 며칠동안 물볏단이나마 한창 打作하던 中. 午前 中 數時間동안 부슬비 내리는 바람에 또 걱정. 울상.
六學年의 道德授業中 청주 魯先한테서 '淸州急來'하라는 電報 왔고. 日 前에 들은 點도 있고 하여 궁금한 생각 품은 채 下午 3時 車로 갈미서 出發. 姪女 魯先을 만나기는 밤 11時頃.
北門1街 洞事務所에 들려 15日 實施 代議員選擧에 井母와 魯姬의 投票場所를 洞 移居로 因한 問議하여 보고. 福德房 徐某 氏를 찾아 아이들 移居해야 할 事情 있어 貰방을 말했더니 큰 房 한 칸 삭월세로 3,000,씩…… 前拂 10個月分 3万 원으로 決定 본 것. 壽洞 二區 338번지. 魯弼(교동) 魯杏(女高)은 近距離인데 魯運(忠北女中)이가 멀은 셈. 魯妊과 相議하여 十日(日曜日)에 옮기기로 한 것. 옮긴 제 겨우 3週 程度 만에 또 搬移하자니 魯妊과 井母는 진땀 뺄 일. 가지니 嚴冬雪寒인데.
한밤 中에 魯先이 만나 權君과는 絶緣하기로 決意했다는 말. 當本人 權君도 面談. 內容인즉 不安하고 複雜한 樣이어서 姪女 魯先의 意思를 두돈할 수밖엔 없었던 것. 權君의 意志와 經濟 再起力 不可能과 成分(家門)에 魯先은 大不滿足했던 樣. 複雜했던 이야기 좀 나누다가 深夜되어 魯弼 옆에서 留. ◎

10) 상가에서 밤을 새우는 것.

〈1972년 12월 8일 금요일 晴〉(11. 3)
昨日는 大雪이어서인지 날 궂더니 今日은 淸明. 氣溫 0下 3°.
새벽 6時 첫 빽스로 出發. 順調로이 任地에 到着하니 8時.
淸州 다녀온 事情과 內容(魯先의 件, 그로 因한 아이들의 再移居)을 井母한테 이야기. 井母는 快치 못한 表情짓고.
6學年 授業 2時間과 1學年 補缺授業 했기도.
臨時職員會 열어 '傳達夫들의 各己 責任分野 決定과 自由學習內容 課程을' 紹介 指示한 것.
井母는 청주 일 때문인지 잠 안온다고 누어서만 苦心 徹夜. ◎

〈1972년 12월 9일 토요일 晴, 曇〉(11. 4)
淸州 아이들 사는 房 移舍하는 뒷바라지로 井母는 첫 車로 入淸하려고 새벽에 가져갈 쌀 봇다리 끈 매어 出發. 갈미까지 갖다주려고 같이 서둘러 새벽 6時에 周旋하는 일 補助. 깜깜한 어두운 日出 前이기에 쌀자루를 걸머지고 갈미 앞까지 갖다주고 오니 막 해 뜨기 시작.
5,6學年 兒童 努力奉仕에 動員~ 볏단 約 4仟단 運搬.
道宗 李英淳 子婚에 招待 있어 갔다가 濁酒 많이 마신 것.
炭불 꺼져서 몇 차례 살리려 애썼으나 子正까지는 못살리고.
學校 傳達夫 두사람에게 할 일 分擔코 再訓戒. ×

〈1972년 12월 10일 일요일 晴〉(11. 5)
새벽역에 탄불 보았으나 再生 안되고. 다시 불씨 넣어 7時頃에서 겨우 可能. 入淸할 計劃으로 朝飯 일찍 마련해 먹은 것.
日出頃에 擴聲機 통해서 從前대로 住民 一同에 人事. 打作일 속히 서둘르라고 付託과 手苦에 謝辭. 15日은 統一主體 國民會議 大議員 選擧라는 것과 今日은 世界人權宣言日이라고 放送 30分 間.
井母와 約束한 대로 入淸하여 아이들 房 옮길 집인 壽洞 2區 338番地 가보니 移舍짐이 막 到着되어 들여놓는 中. 겉옷 벗고 짠지독 等 두실러 놓고 다락門도 손질하고 炭고래 바닥이 不完全하기에 망치로 어지간히 두들겨 파내고 다듬은 것.
三女 魯妊은 형광燈 等 달고 책상, 찬장, 寢具 其他 難事 諸般을 거이 도맡아 능난히 해치우고. 姬도 와서 거들고 魯先일 圓滿히 되도록 中間 역할 잘 했기도.
朴明洙 만났으나 방세 준 것 못받아 17日로 再言約.
저물게 任地에 到着. ×

〈1972년 12월 14일 목요일 晴〉(11. 9)
어제까지 數日 間 過飮한 것. 兒童 動員된 집에서. 脫穀하는 집에서. 婚事로 招待있어서 겹쳐 마셨기 때문. 昨日는 親知인 蔡洙宗 生日이라서 나우 먹은 것.
統一主體國民會議 大議員 選擧는 明日. 出馬者 李潤益 來訪했다는 것을 相逢치 못한 것. ×

〈1972년 12월 15일 금요일 晴〉(11. 10)
大議員 選擧日. 日出 前에 投票했고. 기권없이 投票하라고 學校 擴聲機를 通하여 몇 차례 放送하기도.

道宗에 있는 第4投票所 보러 갔다가 父兄 多數의 接待받고 答接했기도. 歸路에 曺世煥 父兄 宅에서 厚待받고. 午前엔 上月 채돈석 宅에서 待接받기도 하여 過飮된 것.
井母는 住民등록이 淸州로 되어 있어서 投票하러 入淸했고. ※

〈1972년 12월 16일 토요일 晴〉(11. 11)
엇저녁부터 듣던 大議員選擧 結果는 오늘 새벽까지 거이 徹夜해서 들은 것. 本面은 마음에 있던 李 氏가 當選 確定.
어제 投票하러 入淸했던 井母는 無事히 다녀왔고. 궁금했던 魯先의 去就 들으니 다시 權君 집에 갔다 하여 一段 不安感 적게 되고.
近日 數日 間 淸明한 날씨 푹하게 繼續된 關係로 長期間 무던이도 農村人들 속썩여 오더니 요새 날씨 좋아서 못했던 脫穀 거이 다 마친 편. ※

〈1972년 12월 17일 일요일 曇〉(11. 12)
어제까지 飮酒 繼續됐던 關係로 口味 잃고 몸 휘진 편. 머리 무겁고. 入淸하러 갈미 갈 때 발 떨리기도 하니 참으로 조심하여야 할 일인데.
화성旅館 主人 朴 氏 찾아가 房貰 殘金 4万 원 받아 完結되고.
興業무진에 가서 拂入金도 整理코 壽洞 가서 아이들 만났고. 房안은 姬와 妊의 努力으로 簡單한 炭 煖爐 設置되어 외풍 덜게 했으니 참으로 잘한 것. 弼은 나가 노는 關係로 못 만난 것. 속이 거북하더니 조금 가라앉은데다가 女息들이 誠意껏 만들어 준 '누룬국' 많이 먹었더니 후련하여졌고.
申東元 校監(小魯校) 마침 만나 簡單히 歡談도 하고.
삭월세 房貰 2万 원을 支拂. 月 3仟 원 計上의 稧約한 것.
任地엔 下午 7時쯤에 到着. 청주선 魯先도 잠간 만나고. ○

〈1972년 12월 18일 월요일 晴〉(11. 13)
앞商店 蔡亨錫 집 도난事件 있어서 가서 助言.
11月 以後 淸州 자주 往來한 바람에 旅費 多額 들은 것~ 井母도 多回數다니고...... 食糧과 菜蔬 등의 附食物 調達, 투표, 校納金 整理, 房 移舍 等〃 때문에.
몸 많이 回復된 셈. ⓒ

〈1972년 12월 19일 화요일 晴〉(11. 14) 擴聲機
今朝도 十월 維新에 對해서와 學區內 秋收作業 完遂의 人事를 擴聲機를 통하여 放送 人事했고.
德山에 蔡洙宗과 함께 가서 鄭運海 만나 振榮의 婚談 했고. 鄭閨秀는 26歲 8月 5日 9時30分生이라고. 淸女高 出身으로 말하는 것. 彼此 濁酒 交盃. 放學時에 再會談하자고 結論.
歸路에 蔡敦錫 집서 厚待 받고.
井母도 小麥粉 1包 사러 德山 다녀 온 것. ○

〈1972년 12월 20일 수요일 晴〉(11. 15)
6學年 '바른생활' 指導를 全擔했던 것. 今日로서 끝單元까지 完全히 마쳐 責任 完遂하니 마음 개운했고. ○

〈1972년 12월 21일 목요일 晴〉(11. 16)
午後엔 三龍里 鄭 會長 宅 탈곡하는 데 가서 人事한 것. ○

〈1972년 12월 22일 금요일 晴〉(11. 17)
어제 日暮頃에 月村 蔡里長 집 慶事에 招待 있어 全職員 갔다가 洞里 父兄 多數合席 歡談했던 것 사라지지 않고.
李統, 사거리 巡廻中 學校 職員 이야기 나와 귀담아 들은 中 某 직원의 謀略行爲엔 괘심도 했고. 오늘은 冬至, 날 푹하고. ×

〈1972년 12월 23일 토요일 曇, 가랑비〉(11. 18)
終業式. 冬季 體育 指導에 注力하자고 强力히 當付.
돼지 돌부리한대서 舍宅에선 벅신했고. 井母 亦 手苦 많이 한 것.
統一主體國民會議大議員 첫 集會와 第8代 大統領 選擧의 날이기도. 放送 들으니 2,359名 中 2,357票의 몰표로 朴正熙 대통령이 維新憲法대로 當選.
冬季休暇 中 生活計劃 잘 樹立하여 實踐할 일. ○

〈1972년 12월 24일 일요일 晴〉(11. 19)
今日 아침 日曜日이어서 今日부터 事實上 冬季休暇로 들어간 셈.
午後에 入淸하여 아이들 만났고. 魯弼과 魯杏은 上新 오고. 淸州 가보니 魯明, 振榮, 魯姬 放學되어 와 있고. 明과의 관련있는 韓孃도 같이 온 것. 明과 振榮 다리고 別 座席에서 座談도 했고.
밤 8時 半 뻐쓰로 金溪 本家行~ 魚物과 豚肉 若干, 담배 한보로 사 갖고 간 것. 多幸히 老親께서 氣力 그만하시기에 나의 幸福.
深夜이지만 母親께선 藥酒 등 먹을 것을 마련하시기도. ○

〈1972년 12월 25일 월요일 晴〉(11. 20)
새벽에 母親께서 끓여주신 밥 먹고 淸州 向發. 魯先의 現 處地 父母님께 率直히 말씀드렸기도.
早朝에 淸州 와서 朝食 再次 먹기도. 姬가 장만했다는 키타로 明이 첫 솜씨 있게 키기도. 姬는 硏究 中이고.
十時 半 車로 淸州서 떠나 任地에 오니 낮 지났고. 日直인 李康均 教師와 歡談했고. ○

〈1972년 12월 26일 화요일 晴〉(11. 21)
年末 校長會議에 參席~ 冬季休暇計劃 發表要項 抄案과 原紙 긁기에 새벽부터 無理 努力했기도.
會議는 13時부터 17時에 끝냈고. 書店 朴 氏가 校長團에게 忘年會 비스름하게 술과 夕飯을 待接한 것.
몇 校長과 함께 崔 敎育長을 深夜까지 待接하며 놀기도.
'문화여관'이란 곳서 4人 校長 合宿. ※

〈1972년 12월 27일 수요일 晴〉(11. 22)
날씨 繼續 푹하고.
豚肉 몇 斤 사다가 職員들에게 濁酒 待接 慰勞~ 昨日부터 末日까지 校內 硏修로 全員 出勤中. 會議 傳達도. ×

〈1972년 12월 28일 목요일 曇〉(11. 23)
前任校 中 하나인 小魯校 時節에 親히 지냈던 任國彬 回甲이 昨日여서 請牒 있기에 小魯行. 밤 9時頃 저물게 到着. 任重赫 等의 親知 몇 사람과 深夜토록 술 마시며 情談. 그들 집에서 같이 잤고. ※

〈1972년 12월 29일 금요일 曇〉(11. 24)
小魯서 早期 起床하여 해장 後 일찍이 入淸. 魯明 振榮 만나 우리 집안엔 陽曆 過歲한다니 末日에 金溪 오도록 일으고, 魯明의 약혼 行事는 1月 7日로 合意키로 했고. ×

〈1972년 12월 30일 토요일 晴〉(11. 25)
學校 內 硏修는 今日로 一段落 맺고 또 計劃 樹立키로. 今日까진 우선 教材 분석한 것. 파일 자료 作業에 必要해서.
李統의 白 氏 家 婚事 집에서 全職員 招待 있어 兵心 時間에 잠간 다녀왔고.
李在淑 女教師 鎭川 三秀校로 轉케 되어 告別人事와 簡素하게 送別宴 形式도 갖춘 것. ×

〈1972년 12월 31일 일요일 晴〉(11. 26)
舍宅을 어린 魯杏(女高1)과 막내 魯弼(國校5)에 맡기고 井母와 함께 淸州 거쳐 金溪行.
淸州까진 쌀과 고구마, 반찬 거리 等 갖고 가느라고 特히 內者 땀 흘리며 애 많이 쓴 것. 난 어제까지 數日 間 飮酒 機會 많아서 疲勞 많이 느끼고.
金溪에 到着은 저녁 7時쯤. 淸州 아이들도 다 갔고.
많은 家族 모여들어 寢具와 방 좁아 편히 잠 못 이룬 것. 特히 內者는 自身이 늘 자던 房 아니면 큰 不便을 느끼는 處地에 방 좁아 不平 많았던 樣. 姬와 妊에게 짜증 내기도. 內室은 相當히 넓은 房인데도 不可避~ 明, 姬, 妊, 運, 나와 內者, 振榮, 妹弟 朴琮圭와 甥姪 3男妹, 魯先이 온 것.
父親과 나는 웃방에서 잤고, 振榮이도 함께. ⓒ

1972年의 最終日인 今朝도 早朝에 물미 앞山으로 登山했고. 學校에 가선 10月 維新에 對한 것과 放學 中의 어린이 生活에 關한 放學期間에 할 일과 注意할 일에 擴聲機로 放送했고.
壬子年을 보내며 새해 癸丑年은 더욱 幸運 있기를 天地神明께 祈願하면서 다음 面에 올해 略記를 쓴다.

壬子年 '年中事略記'
去年 12月6日에 非常事態가 宣布되어 그의 教育計劃수립 實踐에 눈부신 바쁨이 있었고.
10月에 非常戒嚴令이 宣布됨에 따라 國民投票를 거쳐 維新憲法에 依하여 統一主體國民會議大議員을 選擧했으며 大議員들은 8代 大統領을 朴正熙 大統領으로 選出하여 10月 維新憲法의 技能을 發揮토록 했고.
新春부터 새마을運動이 展開되어 指定된 部落指導와 後援에 힘썼을 뿐 外라 教育엔 새마을教育 정신으로 온 教育界는 눈코뜰 새 없을 만큼 바빴고.
校內作業으론 動物園 設置와 李忠武公 銅像 建立과 아울러 80万 원의 資金을 들여 運動場 整地 作業을 마쳤으므로 住民들의 宿願이 이루어졌고.
7月 末境에 '치질'이 생겨 類例없는 苦境을 맛보았고 形便에 依하여 學年末에 教育勤續 30周年 記念行事를 簡素히 맞았으며, 四男 魯松으로 因하여 무던히 傷心도 했으나 서울 큰 애들은 永東地區에 新住宅을 마련했으므로 無限이 기쁨을 느끼는 바이고, 5男 막내인 魯弼조차 淸州로 轉學을 하여 이곳도 單 內外 적적하고 쓸쓸한 日常生活로 變함에 따라 變改되는 時代의 허무함을 느끼고.

3男 魯明의 約婚女가 韓閨秀로 決定段階에 이르렀음은 기쁜 일이나 그 위에는 2男 魯絃과 振榮이가 있으므로 不遠間 이 두 애들도 定婚하여야 할 處地이고 老兩親의 氣力이 그만하신 形便이어서 큰 幸福으로 生角하는 處地임.

○ 다음 面엔 家族狀況을 밝혀둠.

家族狀況
○ 父親 72年歲
○ 母親 74年歲
○ 妻 53歲
○ 長男 魯井(35) 師大부女中 子婦(31) 서울 종암國校
○ 次男 魯絃(28) 池灘國校
○ 三男 魯明(26) 鯉潭國校
○ 二女 魯姬(24) 禾谷國校
○ 三女 魯妊(23) 家庭生活(淸州)
○ 四男 魯松(20) 獨學 中
○ 四女 魯杏(18) 淸女高 1年
○ 五女 魯運(15) 忠北女中 2年
○ 五男 魯弼(11) 校東國校 5年
○ 長孫 英信(5) 幼
○ 次孫 昌信(3) 幼
○ 弟 振榮(28) 青城國校
○ 姪女 魯先(23) 청주電話局

※ 이하 '附錄 郭氏 世系'는 생략.

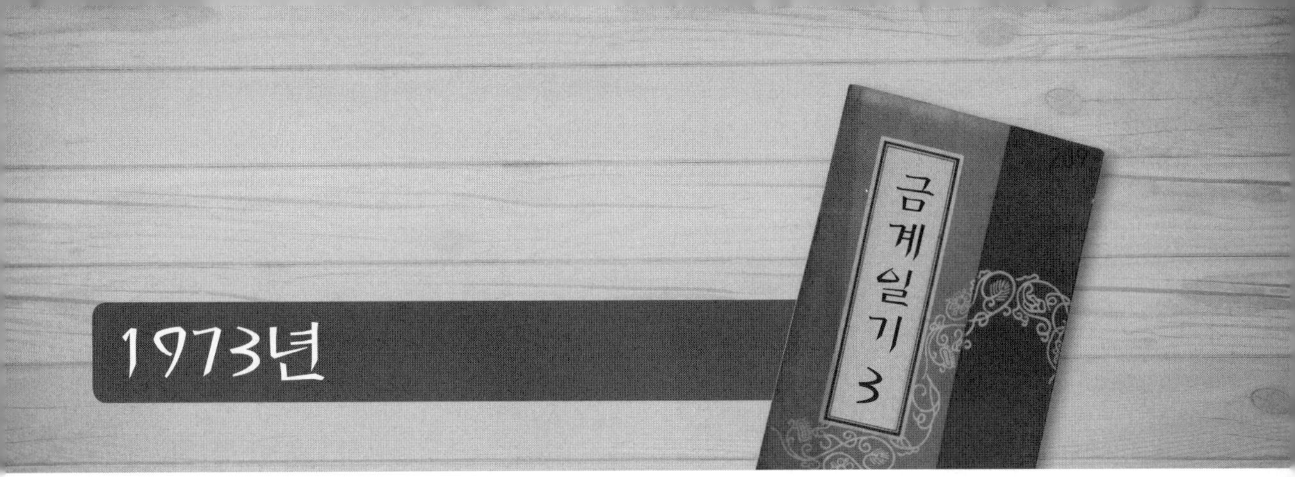

1973년

1973년 〈앞표지〉
日記帳
附錄
1. 魯明 結婚扶助錄
2. 主禮辭
1973년(4306) 癸丑
鎭川郡 上新校 在任
郭尙榮

〈뒷표지〉
通信

〈1973년 1월 1일 월요일 晴〉(11. 27.)[1]
새벽에 起床하여 '닭' 一首 잡느라고 애썼고. 잠 못 이룬 內者가 일찍부터 朝飯 짓기에 3女 魯妊과 바쁘게 일 보는 것. 老親께서는 첫 새벽에 군불 때시기도.
內室에는 多人口 家族 골쳐 자므로 단잠 못이룬 셈.
癸丑 새아침 맑게 개어 希望주는 듯 개운.
昨年부터 陽曆 過歲 再開. 從兄이 勇斷으로 施行하는 뜻 있기도. 金溪 故鄕 100數十戶 中 양력과세하는 家庭 單 우리 家庭 뿐인 듯.
公務員과 放學 中인 집안 아이들로 祭官 벅찼고.
長男 魯井과 次男 魯絃은 今朝에 故鄕 本家에 오고.
井母는 떡 빗는 準備로 사거리 다녀온다나.
13時頃에 本家를 떠나 淸州 거쳐 任地엔 저녁 7時頃에 到着. 魯杏과 魯弼의 어린 것들이 舍宅 잘 지키고 있어 多幸이었으며 딱하고 신통했기도. 學校도 無事.
새벽엔 年賀狀 約 100枚 썼으나 不足되어 저녁에도 數十枚 答狀으로 쓴 것.
3男 魯明의 約婚 行事 計劃으로 마음 살란한 편.
就寢 前에 望鄕拜禮하고 平常과 如히 天地神明께 祈願했기도. "老兩親의 健康, 家族 一同의 健在, 子息들의 發展成功과 幸福, 學校와 어린이들의 無事와 發展, 經濟的 發展과 學校經營의 圓滑"을. ⓒ

〈1973년 1월 2일 화요일 晴〉(11. 28.)
새벽바람 세차더니 날씨 차졌고. 영하 4°고 춥기 심한 편.
鄭德海 육성회장 子婚 있어 鎭川 예식장까지 自轉車로 往來.
井母는 추움을 克服하여 金溪 本家에서 오고, 午後 5時頃 着. 本家에 왔던 여러 家族들도 今日 거이 갔다는 것. ◎

---
1) 본문의 날짜란에 "단기 4306"과 "癸丑"이 적혀 있다.

〈1973년 1월 3일(11. 29.) 수요일 晴〉 ○
昨夜 宿直했던 趙 敎務 오래서 朝飯 같이 했고.
入淸하여 魯姬와 함께 홍정해서 金溪 本家에 갔던 것.
淸州선 魯明 約婚선물用 패물로 '금옥당'에서 '반지' 白金과 '목거리' 純金 5돈중으로 맞추기도. 各 2万 원씩 4万 원으로.
宗親 同甲稧[同甲契]는 形便上 6日로 延期되어 不參키로 合意. ⓒ

〈1973년 1월 4일 목요일 晴〉(11. 30.)
陰曆으로 生日~ 萬 51돌. 姬와 妊 일찍 起床하여 반찬 等 만들기에 誠意껏 바쁘게 손 움직이고, 從兄 再從兄 兩 家庭 現員 全部 불러와 15名이 朝食 같이했고. 父親께서 매우 기뻐하시기도.
歸路에 歡喜 權彝善 親喪에 人事하고 面에 가선 孫家 호적 열람.
入淸해선 夕食 後 沐浴하고 明과 이야기 後 同宿. ⓒ

〈1973년 1월 5일 금요일 晴〉(12. 1.)
職員 全員 臨時 召集하여 協議와 始務式을 오늘 擧行.
鄭德海 會長 집 가서 子婚 잔치 잘 먹었고. ○

〈1973년 1월 6일 토요일 晴, 曇, 雪〉(12. 2.)
明日 갖고 갈 魯明의 四柱 썼고 "丁亥二月二日亥時"라고. ⓒ

〈1973년 1월 7일 일요일 雪, 曇〉(12. 3.)
어제 밤부터 降雪. 새벽엳엔 함박눈, 朝食 때까지 繼續. 早朝 起床. 除雪 作業. 2時間에 겨우 門前 길 티운 程度. 若干의 비도 섞여서 찐득이는 찰눈[차진 눈]으로 作業 極難. 積雪量 20㎝.
不得已 井母는 魯明의 約婚行事에 不參. 장화 신고 갈미까지 힘드려 갔고. 鎭川 가선 李鍾先 子婚에 잠간 人事.
積雪로 뻐쓰便 나빠 淸州 到着 下午 3時頃. 淸州엔 서울 큰 애 와 있고. 約婚 옷감 等 마련하여 槐山 直行. 井, 絃, 姬, 妊, 振榮 同行. 申時雨 집에서 兩家 家族 合席하여 簡單히 人事. 時間不足으로 茶菓 若干 들고선 行事 마치고 出發. 이제 韓閨秀가 子婦 재목이 確實하니 滿足했고. 청주에 19시 도착.
夕食 간단히 하고 큰 애는 20時 車로 서울 向發. ○

〈1973년 1월 8일 월요일 晴〉(12. 4.)
食 前 散步 牛岩山 中턱 '용화사' 往來. 朝食 後 魯杏과 함께 上新 向發. 鎭川郡 敎育廳 들려 崔 敎育長과 長時間 座談. 73 學校 施設을 要望한 것. 崔 교육장은 兒童生活 醇化와 꽃가꾸기를 當付했고. 들으니 快感 안났고.
停留所에서 約 2時間 기다렸던 魯杏이 몹시 딱했기도.
任地에 와서 內者에 槐山 다녀온 이야기한 것. ○

〈1973년 1월 9일 화요일 晴〉(12. 5.)
井母도 魯弼 데리고 淸州 갔고~ 노필 明日 登校한다는 것.
蔡洙宗 金鐘甲 만나 가게房에서 飮酒歡談했고.

藩泰弘 移舍 찾아와 '치질' 治療하라고 鄭鐵九라는 돌파리 醫員 同伴하여 勸告하기에 患部에 某種의 藥을 注射로 맞고. 그러나 根絶될 것인지가 問題. ※

〈1973년 1월 10일 수요일 晴〉(12. 6.)
陽村 林相均 찾아가 昨日 맞은 치질 注射에 關한 이야기 듣고.
陰村 건너가선 放學 中인 兒童들 만나 불조심과 얼음판 조심을 當付. 有志 數名의 學父兄으로부터 거이 終日토록 厚待받기도.
昨日 入淸했던 內者 노필 데리고 歸舍宅. ※

〈1973년 1월 11일 목요일 晴〉(12. 7.)
9日에 治療 받은 치질 患處 꽈리 같이 불어나 거북하고 痛症은 甚하지 않은 편이기에 運身에 큰 支障은 없는 편.
井母는 오늘 또 淸州行~ 아이들 移舍간 집 아궁이에서 물나 室內 全面 濕氣 차서 不適當하다고 또 옮기려 간 것.
多量 쌓인 눈은 졸연이 녹지 않아 온 天地 아직 銀世界 이룬 中.
月村 親知 父兄 來訪했기에 가게방에서 濁酒로 厚待했고. ×

〈1973년 1월 12일 금요일 晴〉(12. 8.)
職員 召集되어 臨時職員會 열어 새로운 精神 갖고 充實을 期하기와 自然科 傳達 강습을 實施. 鄭運海 교사가 傳達.
井母 淸州서 歸家. 아이들 移舍는 形便上 保留했다고.
치질 患部는 肛門 둘레가 昨日보다 더 불어났고 若干 痛症도. ◎

〈1973년 1월 13일 토요일 晴〉(12. 9.)
學校 育成會 理事 강희길 子婚에 主禮 부탁 있어 일찍이 德山行. 行步에 苦痛 겪고. 11時에 禮式 開會. 式順은 가정의례 준칙에 依했고. 主禮 서는 것 最初이고. ○

〈1973년 1월 14일 일요일 晴〉(12. 10.)
每朝 放送하던 것 今朝도 實施. "放學 中 兒童生活 問題와 十月 維新 課業"에 對하여.
揚水, 굴둑, 越南궤 解體 作業 等으로 땀 흘렸고.
日暮頃에 三龍里 가서 藩 親知 만나 '치질' 治療 注射 맞은 結果 이야기하고. 靑龍部落 金里長 찾아 學校用 비닐하우스用 앵글材料 購買에 對한 相議했던 것. ⓒ

〈1973년 1월 16일 화요일 晴〉(12. 12.)
臨時職員會 열고 除雪作業과 파일 作成 및 비닐하우스 設置를 推進 强調. 職員의 勤務 姿勢와 經理擔當者들의 態度 고치기 또는 李 俸給係의 處事를 甚히 訓戒했고. ×

〈1973년 1월 17일 수요일 晴〉(12. 13.)
馬忽 넘어가서 韓暎洙 父兄 만나 合同旅行 件 相議해 보기도. 愼宗玉, 崔병옥, 崔병렬, 崔기재로부터 厚待 받았고.
"치질醫"의 二次 來訪. 약注射 追加 하나 또 맞은 것. ※

〈1973년 1월 18일 목요일 晴〉(12. 14.)
淸州 가서 '홍업無盡' 拂入 整理하고. 노운은 上新 나갔다고. 姬는 청주서 通勤 中이라나. 妊만이 청주 있는 셈.

歸校 길에 道宗 들려 酒幕에서 여러 父兄들과 歡談. ×

〈1973년 1월 19일 금요일 曇〉(12. 15.)
今日까지 職員들 出校 執務 中~ 學習 資料 製作.
17日에 맞은 치질 注射약의 影響인지 肛門痛症 甚하고 身熱이 높아 한축 나기도. 밤 11時쯤에서 若干 差度 있고. ◎

〈1973년 1월 20일 토요일 晴〉(12. 16.)
節候론 "大寒"이나 날씨 포근항 아침 氣溫 0下 2度.
李圭和 교사 弟婚에 主禮 섰고. 場所는 學校講堂. 主禮 이제 2번째 서는 것. 道宗으로 全職員 招待 있어 갔기는 했으나 잔칫집의 頭序不足과 誠意에 결함 있었던 모양. ⓒ

〈1973년 1월 21일 일요일 晴〉(12. 17.)
날 속여서 去年 11月 16日에 1万 원 꾸어가곤 갚을 誠意 없어 괫심하기 짝이 없어 今朝도 그의 婦人한테 速히 갚으라고 付託.
井母는 明日에 上京하려고 弼과 運 데리고 淸州行~ 絃, 明, 姬, 振榮도 간다는 것. 合同하여 서울집에 大型 記念時計 사 걸어 놓겠다는 것.
치질은 19日에 比해선 若干 부기는 가라앉은 듯하나 昨日 저녁 때부터 痛症이 甚하고 부젓하여 앉기와 걷기에 不便. ⓒ

〈1973년 1월 22일 월요일 晴〉(12. 18.)
날씨는 繼續 포근하여 낮의 따뜻함은 봄 氣分 8度.
新定部落 金俊經 里長 만나 李 某君의 轉學手續의 不條理된 要求와 새마을文庫 接受의 不合理 또는 洪某君의 不溫 謄寫에 關하여 이야기하기도.
日暮頃에 入淸하여 몇 가지 事務打合 짓고 梨月 鄭 校長과 合資하여 崔 교육장 外 數名 함께 夕食하고 밤 8時 半에 步行으로 上新 向發. 任地엔 밤 11時 着. ⓒ

〈1973년 1월 23일 화요일 晴, 曇, 雨〉(12. 19.)
今朝도 새벽에 起床하여 군불 때고 學校 나가 食 前 放送~ '나머지 放學 中 生活과 十月 維新 課業'에 關한 것.
崔 교육장 視察 온대서 校內 淸掃 整頓에 모두 힘썼고. 파일 資料 및 學習 資料 作成으로 여러 職員 終日토록 애쓴 것. ○

〈1973년 1월 24일 수요일 雨, 曇〉(12. 20.)
昨夜부터 낮까지 降雨 相當. 解冬 비 같은 感.
玉山 가는데 갈미 앞냇물 벅차서 下衣는 벗고 건는 것. 늦게도 出發했지만 길 나빠서 淸州 玉山間 뻐쓰 不通되어 몇 親舊와 택시로 出發은 했으나 池東서 下車. 玉山까지 步行으로 가서 面의 關係職員 없어 볼일 못보고. 몇 親知 불러다가 부탁만 하고서 飮酒後 玉山 高速停留所 通하려다 時間 안맞던지 玉山서 留한 것. ※

〈1973년 1월 25일 목요일 曇〉(12. 21.)
깜짝 놀라 새벽 3時에 起床. 今日 鎭川서 10時 半에 主禮 서기로 했는데……. 丁峯까지 새벽에 步行. 5時 차로 入淸. 모처럼 丁峯서 汽車 타 본 것. 魯妊한테 安否 알고 첫 뻐쓰로 갈미 와서 速步로 任地 着. 딱하게도 어린 魯杏

혼자 외딴 舍宅서 집 지킨 것. 오자마자 '魯杏' 부르니 對答하기에 安心했고.
李康均 교사 데리고 梨月나가 急히 택시 불러 鎭川예식장에 當倒하니 11時 좀 넘은 것. 數十分 間 기다려진 것 未安했고.
道宗 尹求榮 子婚에 主禮 서서 無事히 끝냈고. 尹成老 校長과 文化社 朴魯錫 主人한테 厚待 받았고. 歸路에 尹 氏 家 婚事 잔치 먹고 오는데 땅 길고 어둡고, 술 취하고 하여 大端히 욕본 듯. 李 교사가 保호하는 데 애쓴 듯. ※

〈1973년 1월 26일 금요일 晴〉(12. 22.)
24日에 보려든 일 때문에 玉山 再行. 魯松의 壯丁 檢査 手續 때문인 것. 볼일 畢하긴 했으나 나의 氣分과는 面 幹部들의 不誠意에 不快感 있었던 것이나 外表 않고 참은 것.
李炳億 吳春澤 親友 만나 一盃 나누고. 玉山서 高速 通해 清州 오니 밤 10時頃. 고속 정류소서 2時間 程度 기다렸던 것. 江西 友信會는 時間 넘어 不參되고. 代表 朴遇貞 만나 手續 필. 一盃 얻어먹었던 탓인지 過醉 行爲.
아이들과 清州서 留. ※

〈1973년 1월 27일 토요일 晴〉(12. 23.)
새벽 첫 車로 任地 向發. 갈미 거쳐 舍宅으로 步行 速度 놓아 到着. 또 魯杏이 혼자 잔 것. 아비 잘못을 깊게 마음 속으로 謝過. 無事했던 것만이 多幸. 놀래지 않았다니…….
學校 職員 作品 完成하여 郡 교육廳으로 搬出. 職員들은 今日은 마음 놓고 쉬게 排球. 잠시 내가 審判도 했고. 濁酒와 두부 나우 먹도록 했고.
上京했던 井母와 魯弼이 一週日 만에 歸舍宅. ×

〈1973년 1월 28일 일요일 晴〉(12. 24.)
放學 거이 다 되어 魯杏은 책가방 꾸려 짐 싸가지고 入清. 弼이가 數百m 誠意 있게 배행했고.
數人 자미있는 父兄 만나 濁酒 놀이 우수한 듯. ※

〈1973년 1월 29일 월요일 曇〉(12. 25.)
校長會議 잇다고 急報 있어 새벽 放送 끝내고 急步로 갈미 거쳐 入鎭. 時間 適當히 댄 것. 昨日까지 數日 繼續한 過飮으로 몸은 다시 被勞 極히 느끼고. 會議 案件은 教員의 人事異動 方針이 主. 巡還制 근무로 同一校 6年 以上 勤續者는 全員 움지기게 된 것이 特色. 老親 近處로 가야할 텐데 연조 낮아 탈. ⓒ

〈1973년 1월 30일 화요일 晴〉(12. 26.)
梨月우체국 鄭순묵 局長 停年退任式 鎭川서 있다는 案內狀 있기에 參席 人事.
陰曆 대목이라서 鎭川場 벅석이고.
時間 있기에 玉山 直行하여 戶籍抄本 하여 왔고. (독자로서 70세 以上의 老父母 奉養者)라는 昨日 會議에 項目 있기로 參考 텐 것이나 난 該當 없는 것. 그러나 內申은 해 볼 豫定이고.
井母는 魯弼 데리고 入清 明日 온다는 것.
막 차로 任地 오고. 치질은 痛症 있고 患部도 아직 도두록한 채 악취만 조금 들한 程度. ◎

〈1973년 1월 31일 수요일 晴〉(12. 27.)
全職員 非常召集하여 臨時직원會 開催~ 校長

會議 傳達에서 今般 改正된 "教員人事原則"을 細密히 解明하고 學校의 當面問題를 指示한 것.
昨日 魯弼 데리고 入清했던 井母 왔고. ⓒ

〈1973년 2월 1일 목요일 晴〉(12. 28.)
39日 間의 긴 放學이 끝나고 開學. 職員 兒童 全員했기 多幸.
새벽 4時에 井母와 함께 5升 程度 만든 헌떡 썰었고. 아이들 좀 먹이겠다고 빚었다나.
李淳興 體育主任 教師의 率先垂範으로 圓棒이란 운동틀 세우기도. 順하고 體格 좋고 實力 있고 誠意 있는 模範教員인 것. ⓒ

〈1973년 2월 2일 금요일 晴〉(12. 29.)
人事異動 內申書類를 昨日 尹 校監이 作成提出케 하였던 바 抄 잡아준 대로는 하였다는 것이나 어딘가 不滿感 있어 不安 不快. 밤 9時 좀 지나서 鎭川서 崔 교육장 面會 意圖로 찾았으나 있는 곳 몰라 面談 不能였고.
12時 半에 玉山 向發하여 서울 보낼 큰 애의 戶籍抄本(住民登錄用)과 내 所用인 戶籍抄本도 떼 오고~ 나의 不分明한 탓이 있는지 모르나 鄭某 係長의 하는 노릇에 不快했고. 處地로 보아서도 그렇지 못할텐데…….
姬와 妊은 明日 上京하여 제 큰 오빠 집 다녀온다는 것.
明日은 舊正이라서 歸省客들로 深夜까지 諸車 붐볐기도. 任地에 到着은 밤 11時 좀 넘었을 무렵. ⓒ

〈1973년 2월 3일 토요일 曇, 가랑비〉(舊正. 1.)
舊正으로 學校는 形便上 休業. 난 陽曆過歲하였고.
本校 學區內 全體가 舊正으로 過歲하는 形便.
本家에선 家親께서 기다리실른지도 모르는데 못가 罪悚.
鄭運海 교사와 上月 가서 蔡 氏 家에서 待接받고. ○

〈1973년 2월 4일 일요일 晴〉(1. 2.)
早朝에 鎭川 나가 獎學陳 만나서 職員들의 異動內申에 關한 것과 나의 轉補問題를 問議하였더니 誠意껏 作成 中이라기에 기뻤고. 点心값까지 내어주기도. 崔 교육장은 不在 中이어서 만나지 못한 것. 발걸음 가볍게 歸校.
歸路에 道宗 들려 李起俊 교사 집에서 点心.
馬忽 거쳐서 學校 가보닌 當直勤務 不充하기에 홰좀 냈기도. ○

〈1973년 2월 6일 화요일 晴〉(1. 4.)
晝食 時間에 上月 蔡敦錫 父兄의 招待 있어 厚待 받았고. 新道宗 許 里長과 李世宗 父兄 來訪請託에 새마을用 會館에 걸겠다는 黑板 中古 한 개 주기로 決定.
井母는 附食物 갖고 入清. 明日은 親庭 堂叔母 回甲이라고 梧東까지 다녀온다는 것. ○

〈1973년 2월 7일 수요일 晴〉(1. 5.)
氣溫 急降下 零下 8度. 겨울 以後 가장 추운 溫度.
職員人事問題로 上廳하였으나 崔 교육장 不在 中이어서 豫定한 일 못다 본 것.
어제 清州 거쳐 梧東里 갔던 井母 돌아오고. ○

〈1973년 2월 8일 목요일 晴〉(1. 6.)
校長會議에 參席. 73學年度 獎學方針 示達이 主案.
會議 저물게도 밤 8時 半에 끝난 것. 城大, 九政 等 몇 校長과 함께 崔 교육장에 夕食과 酒類 待接했고. 數人 교장 문화여관에서 留. 異動問題에 關하여 崔 교육장으로부터 고마운 이야기 들었고. ※

〈1973년 2월 9일 금요일 晴〉(1. 7.)
卒業式 豫行練習 마치고선 井母와 함께 德山行. 井母와 德山 가선 齒科에 들려 위어금이 몇 개 틀이한 것. 內者는 少시적부터 齒牙 나빠 苦生 많이 한 것.
德山서 鎭川 들려 曾坪 거쳐서 槐山 간 것. 저물게서야 鄭海國 槐山郡 敎育長 만나 鯉潭校 있는 魯明이 '피아노' 있는 곳으로 옮겨 달라고 付託하곤 연미사장 金基成 만나서 歡談하고 旅人宿에서 留. 얼간히 醉하여 곤히 잔 것. ※

〈1973년 2월 10일 토요일 晴〉(1. 8.)
새벽에 起床하여 해장하고 첫 直行버스로 淸州 와서 아이들 잠간 만나고 卒業式日이라서 急히 鎭川 왔고. 鎭川선 택시로 學校 오니 10時 좀 지난 程度.
엄숙하고 節度 있게 式 잘 擧行됐고. 比較的 父兄과 來賓도 多數. 父兄들의 待接도 잘 받은 셈. ※

〈1973년 2월 11일 일요일 晴〉(1. 9.)
金溪 가고져 午後에 出發. 鎭川까진 鄭運海 교사와 同行한 것.
저물게 金溪 着. 兩親 글력 그만하신 中. 大田 누이도 와 있는 中. ※

〈1973년 2월 12일 월요일 晴〉(1. 10.)
金溪 몇 집 찾아 人事. 삼발 가서 時榮 親喪 當한데도 人事.
鎭川 와선 時間 늦기에 急히 택시로 學校 왔고. 직원들 또 驚異. ※

〈1973년 2월 13일 화요일 晴〉(1. 11.)
連日 過飮으로 몸 不正常. 卒業式 後 氣分 나빴던지 職員과 몇 父兄한테 홰 좀 부렸다나. 近日 낭비 많았다고 內者는 不平. 그의 心情 無理 아님을 잘 알아야 하는 것.
몇 군데 書信 못내서 마음 괴롭기도. ※

〈1973년 2월 14일 수요일 晴〉(1. 12.)
몸 極度로 고단함을 느끼고. 그래도 日出 前 學區內 放送은 缺하지 않고 如前 施行 中. 馬忽 一巡하고 出勤.
피기 나던 것 數時間 만에 正常되고. 몸 아파 밤 단잠 못이룬 것. ×

〈1973년 2월 15일 목요일 晴〉(1. 13.)
食事 午後서 若干 들은 셈. 李潤益 大議員 來訪하여 歡談.
夕食(만두)은 윗가게에서 招待 있어 많이 먹은 셈. ◎

〈1973년 2월 16일 금요일 晴〉(1. 14.)
날씨 따뜻하여 봄을 방불케 하고. 職員 모두 特別勤務. 73 운영計劃書 草案 作成에 一心注力. 난 72 實績과 73 計劃의 챠드 草案 잡기

에 終日余念없었고.
日暮頃에 淸州 向發. 道敎委 金鐵九 장학사 좀 만나 相議 좀 하려고 行路 멀은 南二面 가마리 本宅까지 갔었으나 못만나고 그의 婦人에게 편지봉투만 건니고 淸州로 온 것. ◎

〈1973년 2월 17일 토요일 雨, 曇〉(1. 15.)
明의 異動交涉 件 魯姬에게 이야기하고 새벽 첫 버스로 出發 出勤. 內者는 姬의 生日이라고 떡 조금 빚어서 入淸. 아이들 주려고.
음 正月 보름. 月村 父兄 多數술 준비해서 來校. 고마운 일.
淸州 볼 일과 明日 用務 있어 午後에 또 入淸. 淸州 居住家族의 住民登錄關係로 洞事務所와 興業無盡의 整算을 비롯한 數個處 들려 바쁜 일 다 잘 본 것. 청주서 아이들과 留. ◎

〈1973년 2월 18일 일요일 曇, 晴〉(1. 16.)
7時 半 高速뻐쓰로 서울 向發. 9時에 서울 着. 사돈(査頓) 金斗金(魯井의 丈人)의 回甲宴에 參席 人事. 場所는 新興寺 醉仙亭. 큰 애 內外와 孫子 英信, 昌信도 보고. 經費 많이 났을 터. 歸路엔 청담洞 큰 애집에 들려 재차 집구경과 오랜만에 四男 魯松 만나고, 미안과 안 됐다는 態度 엿볼 수 있었고. 現金 1,000원 개용 쓰라고 주어도 얼른 받지 않으며 눈시울이 붉어짐이 눈에 띠기도. 올 땐 高速 주차장까지 案內. 작별 때 서로 안된 생각.
淸州 와서 막 車 못타 할 수 없이 또 아이들과 留. ◎

〈1973년 2월 19일 월요일 曇〉(1. 17.)
새벽車로 出發. 上新 오니 8時. 舍宅, 學校 다 無故.
學校일 바쁜 것 몇 가지(新入生 豫備召集 件, 父兄動員 件 等) 보고 梨月 가서 國會議員 立候補者 政見發表의 合同講演 잠간 듣고선 鎭川 교육청 들려 事務打合 後 淸州 가서 現金 2万 원 興業金庫 것 찾아서 魯絃에게 보낼 준비했고. "지급 2万 원 송금 요망 노현"이란 電報왔기에. 어느 일로 所用되는 것인지는 모르고, 아마도 轉勤운동에 쓰려는 것인지? 時間문제로 明日 送金한다고 電報치기도. 막 뻐쓰로 鎭川 오니 밤 9時. 진천서 上新까지 步行. 밤 11時쯤에 到着. 明日은 副교육감 來鎭한다고 各校에 電通왔고. 明朝은 또 鎭川行. ◎

〈1973년 2월 20일 화요일 晴〉(1. 18.)
電通으로 校長團 會合 있어 새벽(6時 식사)에 起床하여 갈미 가니 첫 뻐쓰 缺行한대서 鎭川까지 步行. 昨夜도 同 距離 步行였는데…….
글로 보면 아직 體力 있는 셈.
韓 副敎育監 鎭川郡 初度巡視인 것. "學校長은 敎育行政家이니 科學的인 正確性"을 堅持하라고 訓示.
下午 2時에 歸校하여 今日 行事 職員에게 傳達도 한 것. 職員 6名은 새교육과정에 對한 受講 中이고, 殘余직원 手苦하는 中.
昨夜부터 氣溫 急降下하여 今朝 氣溫 0下 8度. ⓒ

〈1973년 2월 21일 수요일 曇〉(1. 19.)
午前 中 急務整理코 梨月 거쳐 入鎭. 梨月선 崔 교육장 만나 鄭 校長과 함께 歡談. 幹部級 道發令이 豫想밖에 늦을 듯.
교육廳 들려 事務打合 後 三秀校 가서 受講 中

인 6名 職員 만나고. 閉講式 後 梨月 와서 저녁을 會食코 解散. ⓒ

〈1973년 2월 22일 목요일 가랑비, 흐림〉(1. 20.)
美蠶 父兄 10名 動員되어 整地와 盛土 作業 充實히 했고, 李淳興 主任敎師를 비롯한 여러 職員들 73운영계획서 作成에 注力. ○

〈1973년 2월 23일 금요일 晴〉(1. 21.)
3, 4日째 繼續 氣溫 내려 춥고. 今日도 세찬 찬 바람 불고.
入鎭 上廳~ 職員 人事異動 問題로 打協. 6年 케스者들의 家庭事情과 陞進問題. 崔 교육장은 내 問題도 좋게 말하는 것. ⓒ

〈1973년 2월 24일 토요일 晴〉(1. 22.)
今朝도 몹시 차서 零下 6도. 如前히 마이크로 放學(學年末)과 修了式, 2.27 第9代 國會議員 選擧에 對한 放送하고.
修了式은 强風寒波 관계로 各 敎室에서 施行.
電通 있어 下午 3時쯤에 急히 入鎭. 6年 케스者 轉補 保留 書類作成 提出하라는 것이어서 만드러 냈고.
어느 飮食인지 관격[2]으로 밤새도록 큰 苦痛 겪기도. ○

〈1973년 2월 25일 일요일 晴〉(1. 23.)
昨夜의 長時間 苦痛 끝이라서인지 몸 몹시 수친 氣分.
날씨는 이제 좀 풀려서 今朝 最低 氣溫 4度(영하).
學年末 休暇 첫 날. 出校하여 事務處理와 公文處理.
淸州서 魯運과 魯弼 왔고. 淸州 제 언니들 無故하다고.
學年末 異動發令은 27 選擧 마친 後 發表된다는 것. ◎

〈1973년 2월 26일 월요일 晴〉(1. 24.)
用務 있어 月村 갔다가 卞鐘玉, 鄭時宗 宅에서 厚待받기도. ○

〈1973년 2월 27일 화요일 晴〉(1. 25.)
第九代 國會議員選擧. 十月 維新憲法에 依한 첫 번째의 國會議員選擧인 것.
道宗里 가서 第4投票所 잠간 들리고 李 氏 家 回甲宴에 招待 있어 待接받기도.
井母는 淸州로 投票次 가는 결에 쌀과 附食物 갖고 가기에 自轉車로 갈미까지 실어다 주었고. ○

〈1973년 2월 28일 수요일 晴〉(1. 26.)
2月 末日. 今朝도 放送했고. 氣溫 누져서 1度.
道宗 李 氏 家(新郎 李善海) 結婚式에 主禮 섰고. 式場은 鎭川 아리랑예식장. 親知 李世海의 四寸.
敎育廳 들러 人事異動 發令 기다렸으나 午後 5時 半까지 道로부터 消息 없어 알지 못한 채 歸校. ○

〈1973년 3월 1일 목요일 晴〉(1. 27.)
第54周 三.一節. 職員兒童 登校. 記念式 擧行.
敎職員 人事 發令 낮에 發表됐으나 校長級은

2) 관격(關格): 음식물 급체로 가슴이 답답한 것을 뜻한다.

아직도 未發令. 몹시 複雜한지? 어려운 듯.
運과 弼이 淸州行에 井母는 附食物 갖고 갈미까지. ○

〈1973년 3월 2일 금요일 晴〉(1. 28.)
教職員 人事發令 시원치 않게 發表. 一部 一部씩 나는 것. 機待하던 故鄕 郡 집 가까이 못가게 되는 形便. 그렇게도 어려운 것인가. 後見者 없어서인지, 無能해서인지, 돈 적게 써서인가. 請託 없어야 옳게 한다더니 積極的인 請託을 아니해서인가. 참으로 억울한 노릇. 上級校 안다녀 同窓 親知 없는 까닭이 제1原因일른지? 또 機會 기다릴 수밖엔…….
개 '스피츠' 첫 새끼 5마리 낳고. 숫캐 따른 지 約 50日 만에 낳은 듯. 서울서 갖고 온 제 1年쯤 될 것이고. ×

〈1973년 3월 3일 토요일 晴〉(1. 29.)
人事 消息 없어 궁금하고 不安 中. 教師 中 6年 케스 四名 中 2名 保留되고 李起俊, 李圭和 모두 希望했던 最近距離로 異動된 것은 잘 되고 반가운 일. 過醉. ※

〈1973년 3월 4일 일요일 晴〉(1. 30.)
어제의 過飮으로 몸 또 휘졌고. 隣接部落 父兄들 農路 擴張工事(새마을가꾸기)하는 데 濁酒 3斗 提供했기도. 日曜日인데 李淳興 教師 來校 歡談. ×

〈1973년 3월 5일 월요일 晴〉(2. 1.)
73學年度 初 할일을 職員들에게 指示~ 첫 週는 室外環境, 2週는 室內 環境 構成에 注力하자고. 비닐하우스, 꽃길 造成, 나무 심기, 動物園과 溫室 復舊. 倉庫, 宿直室, 便所 淸掃. 統一동산과 有實樹 等.
盧기현과 崔 女教師 轉入케 되어 着任人事했고.
新入生 101名 2個班 入學式 擧行. 明日이 驚蟄이라서인지 寒波 세고 終日토록 추었고.
李康均 教師 父親 生辰에 招待 있어 放課 後에 全職員 윈고개 가서 잘 먹기도.
今日에서 人事異動 分明히 알고. 落心〃〃. ⓒ

〈1973년 3월 6일 화요일 晴〉(2. 2.)
學年初 學校行事 進行 잘 되는 셈. 今日도 비닐하우스, 흙고르기, 模型 動物園, 周圍 排水똘 말끔히 손질했고. 例年에 없이 잘해 볼려는 職員들 意圖 엿보이고.
卞鐘玉 女息 德山中學 偏入問題로 德山 같이 갔었으나 8日에 決定 짓는다는 것.
저녁엔 李主任과 6年 擔任(李万, 金청) 來訪 歡談. ⓒ

〈1973년 3월 7일 수요일 晴, 曇〉(2. 3.)
學校作業 空閑地 整地 等 今日도 活潑했고.
他郡에 있는 아이들도 意圖한 轉補 안된 듯. 이럭저럭 雜經費만 많이 난 것. 나의 微力만을 탓할 따름. ⓒ

〈1973년 3월 8일 목요일 晴〉(2. 4.)
崔通과 방죽거리部落 父兄 動員되어 프라다나스와 소나무 移植作業에 指揮. 이만큼이라도 進陟되니 개운한 氣分. 入淸 豫定을 作業 때문에 明日로 延期. ○

〈1973년 3월 9일 금요일 曇, 晴〉(2. 5.)

入淸하여 청주 일 잠간 報告 玉山面에 가서 戶籍抄本 3通 떼고~ 杏, 運, 弼의 學費免除用. 청주서 아이들과 留. ○

〈1973년 3월 10일 토요일 晴〉(2. 6.)
첫 버스로 갈미 오니 아침 7時 半. 校長會議 있다는 消息 있어 急步로 上新 와서 洗手 後 自轉車로 入鎭. 9時 半의 會議 時間을 充分히 댄 것. 會議는 學年初 해야 할 일들이 主.
井母는 金溪 本家 간다고 淸州 向發. ×

〈1973년 3월 11일 일요일 晴〉(2. 7.)
月村 가서 部落 幹部들과 相議하여 學校作業用 세멘 10包 얻어오고. ※

〈1973년 3월 12일 월요일 晴〉(2. 8.)
去 土曜日에 있었던 校長會議 傳達. 井母 오고.
新道宗 가서 許 里長 찾았으나 相逢 不能. 農路作業場에서 部落 幹部에게 세멘을 부탁하고 濁酒 1斗 接待. ×

〈1973년 3월 14일 수요일 晴〉(2. 10.)
鄭海德 來訪에 한참 시달렸고~ 高價인 圖書 注文者.
梨月 通해 北一面 梧東里 가서 金昌鎬 父子에게 弔問 人事~ 妻從祖母 別世에.
무우 등 무거운 짐가방 갖고 入淸하여 아이들한테 갔을 때는 被勞와 醉한 中에 어느 程度 悲觀과 괴로운 點 보인 듯. ※

〈1973년 3월 15일 목요일 晴〉(2. 11.)
過醉 被勞의 괴로운 몸 勇氣 내어 낮 뻐쓰로 梨月 오고. 李강均, 金淸光 教師, 학성 林校長 만나 濁酒했기도. 修繕된 自轉車에 井母가 사 싫은[실은] 소금 자루 달고 無事 上新 着. ※

〈1973년 3월 16일 금요일 晴〉(2. 12.)
去 13日에 밤디 가서 香木 等 觀賞木 數株 얻어다가 校庭에 심었지만 今日도 가서 淸州서 싫어올 側柏木 말했고.
新道宗 가선 許 里長 만나 세멘 5包 確約 얻은 것. ×

〈1973년 3월 17일 토요일 晴〉(2. 13.)
近日 繼續 過飮으로 몸 또 휘지고. 謹酒할 것을 마음 먹은 今日이나 槐山 옛 親知 來訪에 不得已 若干 마시기도. ○

〈1973년 3월 18일 일요일 晴〉(2. 14.)
井母와 함께 梨月 거쳐 入淸~ 청주, 서울用 메주 갖고. 마침 큰 애 魯井이 와 있어 서울 消息 無事함을 듣고.
홍업금고, 상산花園, 밤과일 집 等 다니며 無事히 일 보고 下午 4時 半 車로 上新 向發.
歸路에 원고개 들려 李康均 교사 집 들려 그의 弟 不祥事에 人事. 밤엔 明日 學校 할 일을 多量 謀事. ◎

〈1973년 3월 19일 월요일 晴〉(2. 15.)
요새 날씨 長期間 가므는 편. 自動車 지나면 먼지투성이. 學校 〃庭에 심은 各種 樹木에 給水하여야 하고.
校內에 植樹作業하느라고 甚히 勞力한 셈~ 무궁화 揷木할 것 500本. 꽃샘거리 가서 香木 6株 사다 花壇에 심고. 校庭 둘레 階段에 심는

香木 移植作業에도 指導 監督.
井母는 道宗 가서 서울 가져갈 고추 10斤 사오기도. ◎

〈1973년 3월 20일 화요일 曇, 가랑비〉(2. 16.)
食 前부터 學校 空閑地에 揷木할 것 準備에 努力했고~ 개나리, 대명화[3], 불두화[4].
郡 教育廳 李殷楫 장학사 造景事業 確認次 來校하여 刮目할 만치 學校 環境 좋게 變했다고 讚辭.
비 내릴 듯하기에 좋아했으나 가랑비 조금 내린 程度.
本家 金溪에 長期間 못가서 老親께 죄만한 中. ◎

〈1973년 3월 21일 수요일 晴〉(2. 17.)
72學年度 育成會 監査 實施에 鄭 會長, 韓 감사, 이 監事 參席. 모두 原算대로 圓滿히 進行. ×

〈1973년 3월 22일 목요일 晴〉(2. 18.)
73學年度 育成會 總會. 學校長 人事에 부드럽게 人事와 力說 많이 한 것~ 運動場 뒷作業에 手苦. 昨年의 變貌(운동장 확장, 銅像 建立, 模型 動物園, 東西階段과 口令臺). 國家方針과 本校 努力點, 要望으로선 ① 노트 갖추기…… 나의 공부장, 3年 以上의 大學노트 具備, ② 지각 缺席 없기, 꽃길 愛護.
○ 國家方針 ① 維新課業 수행. ② 國籍있는 教育
○ 本校 努力點 ① 環境美化…… 植樹, 整地. 空閑地 利用. 꽃길 만들기. ② 生活醇化…… 때닦기. 인사 잘하기. 學校 물건 아끼기. ③ 비닐하우스 運營. ④ 體育교육 强化.
總會 마친 後는 강당에서 參席 學父母에게 濁酒 豊富히 나누기도. ※

〈1973년 3월 23일 금요일 晴〉(2. 19.)
課業 마치고 오랜만에 金溪 本家行. 父親 病患에 驚異했고. 체하신 것이라고. 오미 지날 때 술 마셔서 罪悚한 것. ※

〈1973년 3월 24일 토요일 晴, 强風〉(2. 20.)
早朝에 父親 理髮해 드리고. 日 後에 치총[5]하기로 말씀드리고 拜退. 새 山林法에 入山 統制하게 되어 걱정되기도.
學校有實苗圃用 밤 1, 2斗 갖고 歸校. 오늘도 얼근. ※

〈1973년 3월 26일 월요일 晴〉(2. 22.)
學區內 몇 家戶 訪問하여 香木 寄贈받아 造景事業에 努力 中. 今日도 作業 많이 했고. ×

〈1973년 3월 27일 화요일 晴〉(2. 23.)
올 봄 長期間 가믈어 農村에선 비 오기를 鶴首苦待. 學校엔 各 樹木 揷木. 移植 等 植栽한 것 많은데 살아날까가 問題. 隔日로 給水는 하지만.
井母는 明日 上京 豫定으로 떡(송편) 빚느라

---

3) 대명화는 채송화의 북한말이다.
4) 불두화는 일명 사발꽃으로 부처머리를 닮았다 하여 불두화라 한다.
5) 치표(置標, 묏자리를 미리 잡아 표적을 묻음)로 만든 무덤. 가묘(假墓).

애쓰고. ×

〈1973년 3월 28일 수요일 晴〉(2. 24.)
內者 上京에 갈미까지 짐 실어다주고. 明日은 長子 노정 生日인 것. 또는 서울 장 담그러 가는 것. 入淸하여 妊과 함께 간다고.
鶴城校 들려 꽃씨 얻어오고…… 깨꽃, 꽃비름, 주먼게두.
개나리 等 500余 本 揷木에 땀 흘렸고. ⓒ

〈1973년 3월 29일 목요일 曇〉(2. 25.)
趙統 趙厚昰 父兄 집 가서 香木 5年生 5株 寄贈받아 尹昌烈 傳達夫 편에 運搬 植栽. 特히 校門 앞 새로 만든 동산에 植栽한 것은 永久記念될 것. ⓒ

〈1973년 3월 30일 금요일 晴〉(2. 26.)
어제 흐린 날씨기에 비 올가 했으나 다시 개어서 큰 탈.
금일도 如前히 尹 氏와 함께 植木. 進入路 整地 等 造景事業에 流汗 努力했고. 近日은 尹 氏도 努力 많이 하는 것.
內者 오늘 온다고도 했으나 아니오고. 저녁 지어놓고 月村까지 마중도 갔던 것. 朝夕을 簡單히 끓여먹는 中. ⓒ

〈1973년 3월 31일 토요일 晴〉(2. 27.)
今日은 모처럼 內務를 午前 中 보았고.
藩泰弘 理事 要請 있어 水谷 李 氏가 結婚에 德山 가서 主禮 섰고. 德山 나갈 때 學校 밧데리도 運搬…… 충전.
內者 서울서 오고. 서울 家族 一同 無故하다는 것. 담 쌓기에 바쁜 中이라고. 같이 갔던 妊은 明日 온다나. ⓒ

〈1973년 4월 1일 일요일 晴〉(2. 28.)
學校任員 決意로 學父母 主催하여 職員과 合同 逍風한다고 버스 貸切하여 7時에 總 60名 忠州로 向發~ 井母도 같이 갔고. 忠州肥料工場 見學, 水安堡 溫泉, 탄금대 求景, 學父兄 幹部 韓映洙, 金在德 努力 많이 했고. 全員 無事歸校 下午 7時 着. ×

〈1973년 4월 2일 월요일 晴〉(2. 29.)
靑龍里 가서 鄭興燮 父兄에 家屋建築 人事. 水谷 가서는 藩泰弘 만나 日 前의 逍風 實施된 것 人事. 內基 가서도 鄭 會長 찾아서 마찬가지 人事하고 奉源天 理事한테 세멘 10包 學校에 補助토록 부탁하여 決定 보았고.
終禮時에 어제의 逍風時에 이루어진 몇 職員의 自由行動 等 醉한 것 訓戒했고. 近日의 不誠實한 態度도 甚히 말한 것. 몇 職員의 氣分 좋지 않은 듯.
月村의 陽地部落 父兄 出役하여 프라다나스 移植과 校監 舍宅 지붕일 했고. ※

〈1973년 4월 3일 화요일 晴〉(3. 1.)
食事에 月村 陰地에 가서 新舊里長 만나 尹相玉 父兄 집 묵은 香나무 寄贈을 要求. 解決 얻고 歸校.
井母는 쌀 2말 갖고 淸州行. 明日 온다는 것.
어제부터 치질 再發되는 듯 痛症 생겨 마이싱 服用. 某 풀 삶아 뜸질 몇 차례 하였고. 몸 다는 中.
今日도 아픔 참으려 꽃길 作業 監督과 尹 氏와 같이 香木 移植 作業 等 造景事業에 努力했고.

○

〈1973년 4월 4일 수요일 晴〉(3. 2.)
뒤밑의 痛症 若干 가라앉은 듯. 어느 藥의 效果인지?
今日도 尹 氏와 함께 勞力 많이 했고~ 펜치 돌 콩그리, 칸나 播種.
어제 淸州 갔던 內者 해 있어서 歸 上新. ⓒ

〈1973년 4월 5일 목요일 晴〉(3. 3.)
아깝게도 어미개 '스피치' 쥐약 먹었던지 새벽녘에 큰 소리치며 나대더니 쓰러진 것. 새끼 낳은 제 35일. 새끼 5마리 중 3마리만 크고, 제 발로 걷고 밥은 먹는 중이라서 클 상 싶기도. 죽은 어미개는 살만 삶아서 植樹 끝낸 職員들이 잘 먹은 것.
退廳時 강아지 한 마리 李康均 교사가 갖고 가고.
今日 植樹는 職員들은 登校하여 큰 프라다나스 前庭으로 옮겨 심고. 兒童들은 家庭에서 各己 5本 以上 심기로 한 것.
'치[치질]' 再發 우려되던 中 痛症 어제대로 그만한 中. ⓒ

〈1973년 4월 6일 금요일 晴, 曇〉(3. 4.)
오래간 기다렸던 崔 교육장 來校. 73學年度 初度巡視 턱. 새로 온 李鍾璨 課長도 처음 오고. 未久에 교육감도 本校 시찰한다는 것. 學年初 造景事業 많이 한 것 認定하면서도 자지잔 곳 指摘 많이 했고.
植樹木에 給水하느라고 日暮頃까지 많이 애썼기도.
本家 金溪에 다녀온 지 얼마 안되나 어쩐지 궁금. ⓒ

〈1973년 4월 7일 토요일 가랑비, 曇〉(3. 5.)
제5회 豫備軍의 날로 梨月 가서 行事에 參席後 學區內 예비군 一同에게 濁酒 待接.
淸州에 저물게 들어가 狗肉(다리) 사 갖고 金溪 本家에 到着하였을 때는 밤 11時 半頃 되고. 兩親 氣力 그만한 편이어서 多幸. 去月 23日에 갔을 땐 父親이 편찮으셨던 中이었고.
모처럼 내린 가랑비로 밀보리싹 생기 난 기색. ○

〈1973년 4월 8일 일요일 晴〉(3. 6.)
아침결에 전자리 넘어가서 향나무筍 數十폭 잘라다가 손질하여 밭뚝에 揷木했고. 서울 가져갈 庭園 花木 몇 개 마련해서 入淸. 아이들 잠간 만나고 歸校.
서울 형편 複雜한 듯(담장工事, 食母難, 英,昌信 皮膚病中) 일좀 거드르려 魯妊 午後에 上京. ×

〈1973년 4월 9일 월요일 晴〉(3. 7.)
新道宗 學父兄 有志한테 交涉하여 얻어놓은 세멘 10包. 運搬次 尹 氏와 함께 다녀온 것. ※

〈1973년 4월 10일 화요일 晴〉(3. 8.)
內者는 魯妊이 上京 中이라서 淸州 아이들 돌본다고 淸州 가고.
玉洞校에서 下午 1時부터 校長, 實科主任 연석會議 있어 出張. 어제 過飮되어 自轉車 달리기에 애먹은 것. 昨醉未醒인지 過히 떠들어댄 모양. 自轉車는 德山에다 맡겼으나 分明치 못한 記憶. ※

〈1973년 4월 12일 목요일 晴〉(3. 10.)
淸州 갔던 內者 오늘 오고.
꽃길 좀 보려고 三仙洞 方面 巡廻. 父兄 數名 만나 酒類 待接받기도. ※

〈1973년 4월 13일 금요일 晴〉(3. 11.)
16日에 있을 郡體育경기 鍛鍊으로 李主任을 비롯한 數名 직원 애쓰는 中. 今日도 選手 兒童 데리고 隣接校 다녀오고. 排球, 蹴球, 陸上 겨누기도. ×

〈1973년 4월 14일 토요일 曇, 가랑비〉(3. 12.)
아침 放送은 如前 繼續 中. 近日 또 連日 過飮으로 몸 極히 被勞. 口味 잃고.
둔한 몸 억제로 움직여 學校 造景事業에 終日토록 勞力했고.(동산에 夜光石, 뚝에 100억 수출 1000불 소득 板 묻고. 揷木된 포프라 再손질. 물고랑 난 것 再整地 等).
經理係 鄭우해 教師 債務로 經營難임을 말하기도. 前年度 係員의 經理方法 무얼한 點도 이야기. 잘해야 할 일.
10日에 德山에 놓은 自轉車 어찌된 일인지 없다는 것.
日暮頃에 몸 若干 돌아선 편. ○

〈1973년 4월 15일 일요일 雨, 曇〉(3. 13.)
前日에 魯明한테 온 편지 다시 읽고 回答~ 交換條件에 希望대로 異動推進하라고.
우산 받고 井母와 함께 짐가장 들고 아침에 淸州 向發. 홍업금고 일 報告 일찍이 歸校. 廻路엔 꽃길 狀況 보기도. 井母는 아이들 朝夕 좀 끓여주고 明日 온다는 것. 일러주기도.
엇저녁부터 내리는 비 새벽내내 繼續~ 낮 11時頃까지 잠잠하게 내려 農家에선 인제 흡족될 程度. 學校 周圍에 심은 各種 樹木도 着根 잘 될 것. ⓒ

〈1973년 4월 16일 월요일 曇, 雨〉(3. 14.)
鎭川郡 少年 스포츠大會에 本校 選手 30名과 應援團員 150名 參加케 되므로 交通上 極難地域이기에 6時 半에 出發한 것. 난 尹 氏와 함께 手車(荷車)에 天幕과 樂器 等 한 차 싣고 往來 24㎞ 完全步行에 被勞되고. 競技成績 豫選에서 全種目 脫落. 애쓴 點도 있으나 出戰態勢와 種目別 選手 指導, 應援, 往來에 兒童監督 等에 組織的인 計劃과 施行에 不足한 點 많음을 反省 아니할 수 없고. 團合된 것 같으면서 그렇지 못한 편인 듯.
井母는 淸州서 오다 진천서 비 맞으며 求景 좀 하다가 点心 같이 하고 몇 어린이들과 歸 上新.
今日 體育會는 거이 終日토록 함씬 비 맞으며 無理한 것. ⓒ

〈1973년 4월 17일 화요일 晴〉(3. 15.)
月村의 陰달말 건너가 尹相玉 父兄 집 큰 香나무 얻어 캐다다 校庭 東편에 植栽. 20年生으로 나우 높이 큰 것.
臨時職員會 열어 昨日의 體育會 反省으로 組織의 결함이 있었다는 것과 學校造景事業의 未盡분치를 速히 完了하여 正常化 期하자고 强한 指示를 했던 것. ○

〈1973년 4월 18일 수요일 晴〉(3. 16.)
入鎭 道中 鶴城校 林億喆 교장 찾아 그의 母親喪에 人事. 학성校에서 柳魯秀 장학사도 만나

고.
교육廳에 가선 事務打合. 잔일 몇 가지 順調로이 보고 歸校 道中에 新道宗 들려 有志 數人 만나 세멘 件 고맙다고 人事. 香나무 求하려던 것은 노가지어서 포기.
修理工事중인 宿直室 드려다본 後 校庭 비탈 손질.
食 前에 井母와 함께 참외 심고 비닐종이 씨우기도. ⓒ

〈1973년 4월 19일 목요일 晴〉(3. 17.)
終日토록 勞力~ 꽃동산과 花壇 갓의 夜光石에 水成페인트 칠. 오동나무씨 播種 'ウスプルン'藥 消毒. 벽오동도 播種했고. 下午 6時20分에 終業.
물미 崔炳玉 父兄 招待에 저녁 늦게 가서 人事하고.
서울 갔던 4男 魯松이 數個月 만에 내려오고~ 今年에 壯丁 檢查(徵兵檢查) 該當. 5月 5日에 受檢할 것. 徵集入隊 前에 下士官學校에 가겠다고 工夫하려고 미리 왔다는 것. 제 意思대로 할 수밖에……. ○

〈1973년 4월 21일 토요일 晴〉(3. 19.)
月村 강당말 蔡 氏 집 回甲宴에 全職員 招待 있어 가서 厚待 받고. 밤에도 같은 일로 白統(上村) 金東圭 집 가서 놀고 저물게 歸校. ※

〈1973년 4월 22일 일요일 曇, 晴〉(3. 20.)
本家行 道中에 新道宗 들려 새마을會館에서 있는 上樑에 參席.
玉山선 李仁魯 親友 만나 歡談했고.
老兩親 별무탈이어서 多幸. 夕食 後 家庭事 말씀 드리고(치총問題 推進) 入淸. 청주 着時는 밤 10時頃. 아이들과 同宿. ×

〈1973년 4월 23일 월요일 晴, 雨〉(3. 21.)
去 土曜日에 왔던 運이 弼이는 昨夕에 잘 왔다는 것.
食 前 첫 車로 歸校. ※

〈1973년 4월 24일 화요일 曇〉(3. 22.)
食 前放送은 如前히 繼續하는 中. 비 그쳤으니 食用 호박. 飼料用 호박 심으라고도 放送했고. ×

〈1973년 4월 25일 수요일 晴, 雨〉(3. 23.)
校長會議에 參席. 入鎭 途中엔 自轉車 故障으로 몸 달던 中 新定 申 氏 厚意로 경운기 타고 갔었기에 時間 댔고.
몸 또 고단함을 느끼는 中이고.
今日 會議는 '民族史觀 確立을 爲한 國史, 國語 교육'이 主. 6個 校長은 發表도 했고.
下午 6時에 閉會. 準備했던 쌀 갖고 淸州行. 비는 내리는데 孫福祿 교장집 柳 교장 말 듣고 長時間 찾았으나 끝내 못찾은 것.
內者도 魯弼이 일로 청주 왔고. ○

〈1973년 4월 26일 목요일 曇, 晴〉(3. 24.)
돈 마련해서 魯弼이 修學旅行費 等 해결했고 ~ 明日 서울方面으로 간다나. 井母는 明朝까지 노필이 出發 준비로 청주서 일 본다는 것.
歸校하여 職員들 室外 環境 作業에 激勵協助. 終禮시간엔 70分 間 校長會議 전달했고. 夕食 노송과 지어먹기도. ◎

〈1973년 4월 27일 금요일 晴〉(3. 25.)
春季逍風 實施에 日直했고. 水成페인트로 休養臺 10個에 칠~ 白色. 혼자서 學校일 많이 한 것.
井母 청주서 오고. 막동이 魯弼이 早朝에 서울 旅行 잘 따났다는 것.
日暮頃에 上月 가서 鄭樂三 子婚 잔치 먹기도. ⓒ

〈1973년 4월 28일 토요일 晴〉(3. 26.)
食 前에 陰村 가서 沈相國 父兄 만나 천렵 與否를 確認.
午前 中 휴양대 6개에 페인트 칠. 点心시간 直前에 全직원 動員되어 세멘 미끄럼틀 난간 基礎 完成했고.
陰村 父兄 8名 건너와 물생선 국 끓여서 職員과 함께 천렵한 것. 고마운 일. ×

〈1973년 4월 29일 일요일 晴〉(3. 27.)
江西友信親睦會에 모처럼 參席. 總 15名 中 12名 參集. 場所는 江西面 父母山, 閔喆植 집에서 飮食 작만하느라고 手苦 많이 한 듯. 會費도 當〃 高額이기도 하고.
父母山의 由來는 宣祖 壬辰倭亂時 왜적에게 包圍되어 官軍 我軍이 極難에 處했을 때 우리 장군이 天地神明께 祈願하니 山頂에서 샘이 솟아 온 軍事가 命을 잇게 됨에 原由가 있고, 이 샘을 母乳井이라 한다고.
下午 8時 汽車로 서울旅行 갔던 5男 魯弼이 온다기에 淸州驛으로 마중갔고. 魯杏이도 왔고. 無事히 왔으나 지친 듯. 졸리고 시장하고 머리 아프다고. ×

〈1973년 4월 30일 월요일 晴〉(3. 28.)
첫 車로 歸校. 鄭運海 교사가 母親喪 당하여 美蠶 가서 人事. 밤정가 한다는 것이 고단해서 不能. ×

〈1973년 5월 1일 화요일 雨〉(3. 29.)
校長會議 있다고 電通 있어 早朝에 出發. 비는 終日 내리고. 會議 案件은 體育大會에 소용되는 經費가 主.
比較的 會議가 일찍 끝나서 玉山面까지 急히 달려가 魯松用 신원증명서 호적초본 병적확인서 만들고. 英信과 昌信의 出生通報 申告書도 作成.
金溪 本家에 가서 兩親 뵙고서 5日에 서울 갈 豫定을 말씀 드리고 곧 回程. 高速으로 玉山서 月谷까지. 市內뻐쓰로 入淸. 魯弼은 감기로 훌적이고. 姬가 藥은 마련했고. ○

〈1973년 5월 2일 수요일 曇, 晴〉(3. 30.)
早朝에 모처럼 沐浴. 魯弼은 감기 中이지만 활발히 出校.
兵務廳 專門 代書 池 氏 만나 魯松의 志願入隊 件에 關해 多角度로 問議해 보기도. 民俗공예品 몇 가지 사 갖고 歸校.
꽃길 狀況 보러 三龍里 다녀오기도. ○

〈1973년 5월 3일 목요일 曇, 晴〉(4. 1.)
校庭 周圍 물고랑 메우느라고 땀 흘렸고.
魯松은 徵兵檢査(壯丁檢査) 있어 入淸.
魯弼이 감기로 알른 中이라서 內者도 빵 만들어 갖고 入淸. 난 美蠶里 鄭운해 교사 집 가서 또 人事. ×

〈1973년 5월 4일 금요일 晴〉(4. 2.)
昨日 淸州 갔던 井母 왔고. 魯弼이 감기 더하든 않다고.
陽地, 陰地 部落 巡廻~ 큰 香나무 求할 心思로. 수회 영화 관람과 身體검사에 臨한다고 갔던 職員들 日字 안 맞아 헛탕치고 歸校. ×

〈1973년 5월 5일 토요일 晴〉(4. 3.)
제51회 어린이날 記念式 擧行. 式후는 鄕友班別 對抗 體育會. 事情 있어 記念式 後에 入淸.
豫定대로 老兩親 모시고 高速버스로 上京. 三從兄 根榮 氏도 同行. 經費도 대어주고.
東苑예식場에서 當姪女 '魯文'이 結婚式 있어 參席. 新郞은 安東 根據인 全州 柳氏. 式後에 成榮과 함께 從弟 弼榮의 要請으로 永登浦 柳氏 家까지 다녀왔고.
답十里 從弟 弼榮 집 와서 잠간 쉰 후 老兩親과 三從 根榮 兄과 함께 큰 애 새 집 청담洞에 와서 留. ×

〈1973년 5월 6일 일요일 晴〉(4. 4.)
朝食 後 三從은 西大門 그 딸의 집으로 갔고.
兩親 모시고 李朝의 中宗의 墓 靖陵을 求景. 다시 奉恩寺 구경 後 집에 와 晝食事하고 잘못된 豫定으로 各種 車 여러 번 탔다가 結局은 '속리관관고속[속리산고속]'으로 下午 5時에 出發하여 淸州 오니 19時. 父親은 家庭이 궁겁다고 玉山行하시고. 母親께선 차 멀미에 몸 지쳐 청주 아이들 집에서 쉬시고. 多家族 한 칸 房에서 좁게 留한 것.
魯松은 徵兵檢査에 甲種合格되었다나. 그네들이 作成한 카드에 高卒로 되어 있어 딴 書類 再作成하게 됐다는 데는 不快했고. ○

〈1973년 5월 7일 월요일 曇, 雨〉(4. 5.)
魯松 보고 서류 작성과 제 祖母 함께 모시고 金溪 다녀올 것을 當付하고 첫 車로 歸校하여 職員 조회時에 今日과 明日 行事(어버이날)를 指示 또는 協議했고. ⓒ

〈1973년 5월 8일 화요일 晴〉(4. 6.)
先祖考 忌祭로 밤늦게나마 歸家. 형편상 徹夜.
魯松 신체檢査에 事務擔當者 잘못을 이야기하고 打協 再次 書類 作成에 協助하라고 當付한 것. 첫 어버이날 행사 잘 했고~ 姉母 150名. ⓒ

〈1973년 5월 10일 목요일〉(4. 8.)
午前 中으로 學校行事 마치고 全職員 自轉車 行軍으로 鎭川 貯水池로 逍風 施行했기도. ×

〈1973년 5월 11일 금요일 晴〉(4. 9.)
새벽車로 入淸. 今日부터 道內 初等校長 硏修會 있고. 場所는 舟城校 강당.
井母도 淸州 들려 金溪 本家에 가고~ 明日에 兩親 모실 神位之地(치총) 닦는 일 때문에.
今日 강습 마치고 늦었지만 金溪 갔고. 玉山 양조장 들려 술 5斗 明日 早朝에 운반을 부탁했고. ○

〈1973년 5월 12일 토요일 晴〉(4. 10.)
金溪서 새벽에 出發하여 硏修場에 일찍 到着. 本家에 큰 일 있으나 不得已 不參見. 多幸이도 午前 中으로 修了 되므로 点心 後 本家行 可能.
前左里 宗山에 갔을 땐 洞里분들 勞力으로 作業 끝날 무렵이었고. 고맙다는 人事 後 一同

집까지 모셔 夕食과 濁酒 接待했고.
서울서 長男 魯井이가 와서 參見했기에 多幸이고. 기뺐고. 長孫 노릇 잘 한 것. 老兩親께서도 魯井 온 것을 칭찬하신 것. ×

〈1973년 5월 13일 일요일 晴〉(4. 11.)
朝食 後 入淸. 高速뻐스로 長男 魯井은 上京. 땅향나무 캔 것 갖고. 金溪校 楊교장 子婚 禮式場에 들려 人事하고 井母와 함께 上新 온 것. ※

〈1973년 5월 16일 수요일 晴〉(4. 14.)
四男 魯松은 서울 제 큰 兄 집에 가겠다고 上京. ×

〈1973년 5월 18일 금요일 晴〉(4. 16.)
下午에 入淸하여 홍업금고 等 들려 整理. ×

〈1973년 5월 19일 토요일 晴〉(4. 17.)
梨月 가서 金容植 土組組合長과 朴性達 지서장의 停年退任式 있어 送別宴에 參席 人事. 面內 蹴球大會長(梨月中學校〃庭)에도 들려 人事하기도. 공교롭게 崔 교육장도 만났고. ※

〈1973년 5월 20일 일요일 晴〉(4. 18.)
佳佐 친구들 數名 鎭川까지 놀러 올가고 入鎭하여 數時間 기다렸으나 아니오기에 梨月 와서 面體育大會를 求景하고 몇 名의 父兄한테 待接받기도. ※

〈1973년 5월 22일 화요일 晴〉(4. 20.)
柳魯秀 장학사 來校 定期視察 있었고. 學校 外部環境 改善되었다고 찬사. 指定事項도 많았고.
晝食은 校長 舍宅에서 하느라고 內者 手苦했고. ×

〈1973년 5월 23일 수요일 晴〉(4. 21.)
學區內 향토豫備軍 88名 來校 學校 奉仕作業 ~ 排水口 콩크리, 周圍의 떼 補修, 排水 뚤치기 等 數時間 동안 多量作業했고. 作業 終了後 地域향토豫備軍 名義로 大型 거울 2個를 學校에 寄贈. 학교선 濁酒 數斗로 待接. ×

〈1973년 5월 25일 금요일 晴〉(4. 23.)
崔 교육장 來校~ 오동나무 苗圃視察. 成績 좋다고 찬사. 育苗 成績 郡內선 아직은 가장 良好한 듯. ×

〈1973년 5월 26일 토요일 晴〉(4. 24.)
梨月行~ 梨月校에서 校長과 各校 實科 擔當教師 連席會議에 參席한 것. ×

〈1973년 5월 27일 일요일 晴〉(4. 25.)
振榮의 편지에 依하여 선보겠다는 內容이어서 內者와 함께 入淸했으나 제 형편 있다고 아니와서 헛되었고. 魯絃 만나 오랜만에 이야기해 봤고. '경옥고'의 藥상자 2個 사 갖고 왔기에 제말대로 한 상자는 급기야 기쁘게 갖고 金溪行하여 父母님께 드리고. 밤에 다시 入淸하여 留. ※

〈1973년 5월 28일 월요일 晴〉(4. 26.)
새벽에 起床하여 上京 準備. 6時 첫 車로 出發. "自由쎈타" 장충洞에 있는 統一院에서 今日부터 同 硏修所에서 一週日 間 受講케 된

것. 全國에서 모인 初登校 校長 70名. 第28期라고. 鎭川郡에서 4名, 永同서 1名하여 忠北에선 5名인 것.
下午 5時 正刻에 第1日 行事 마치고 청담洞 집에 간 것. 孫子 英信 昌信 무척 반갑게 따루고. 一同 無故. 魯妊, 魯松도 와 있는 中. 誠意껏 만들어 준 반찬과 안주로 잘 먹기도. ○

〈1973년 5월 29일 화요일 晴〉(4. 27.)
終講後 梨月校 鄭 校長과 함께 硏究院에서 受講 中인 道 李明雨 장학사 찾아가 長時間 탁주 마시며 歡談했기도.
永登浦 가서 큰 딸애 집 찾았으나 밤이라서인지 深夜까지 찾지 못하여 고생끝에 心情도 괴로운 채 旅館에서 留한 것. ×

〈1973년 5월 30일 수요일 晴〉(4. 28.)
새벽에 起床하여 다시 큰 딸애 집 찾기에 1時間 동안 고생했고. 모처럼 사돈 만나 歡談 잠시. 朝食 後 곧 出發하여 硏修所에 가서 第3日째 受講. 今日은 곧 청담洞으로 갔고. 孫子 두 놈들이 어찌나 장난하며 덤비는지 귀엽기도. ⓒ

〈1973년 5월 31일 목요일 晴〉(4. 29.)
第4日째 受講~ 一線 視察로서 水原의 空軍基地와 開城 앞의 '자유의 다리'를 求景. 마침 硏修內容이 北韓 實情과 反共 主題이기도 하여 어딘가 모르게 統一의 念 깊으며 서글프기도. ⓒ

〈1973년 6월 1일 금요일 晴〉(5. 1.)
統一院 硏修所 강습 下午 5時에 修了. 청담洞에 갔다가 明日 가라고 만류하기에 또 留. ⓒ

〈1973년 6월 2일 토요일 晴〉(5. 2.)
孫子 英信 昌信 데리고 놀다가 12時 車(고속)로 出發. 魯妊은 食母 아이 두었기에 同行할 豫定을 形便 있어 다음週에 淸州로 오겠다고. 얼핏 金溪 다녀 父母님 뵙고서 回路하여 鎭川 거쳐 上新 도착은 늦게. 피로했고. ×

〈1973년 6월 3일 일요일 晴〉(5. 3.)
振榮의 內者 될 사람 선보게 되어 夫婦 入淸. 本家에서 老兩親도 오시고. 규수는 報恩 탄부 人 白 氏라고. 兩편 合意된 것.
行事 마친 後 內者와 함께 魯弼 데리고 明岩 약水湯에 다녀서 歸校.
갈미서 강아지 억제로 얻어오기도. ※

〈1973년 6월 5일 화요일 晴〉(5. 5.)
崔 교육장 來訪~ 오동나무苗 분양이 目的. 多量 주었고. 한천교로 분양하는 것. ※

〈1973년 6월 6일 수요일 晴〉(5. 6.)
第18回 顯忠日. 10時에 默念. 弔旗.
學校는 今日부터 10日까지 家庭實習. ※

〈1973년 6월 7일 목요일 晴〉(5. 7.)
長期 飮酒로 몸 고달프고. 어젠 次女 魯姬가 다녀가기도. 서울 큰 子婦가 淸州 와서 陸교육감을 直接 尋訪했다나. 제 媤父 轉勤을 부탁했다는 것. 多家族에 敎育者 家庭이고 生活難이니 淸州에 가까운 곳으로 願했다는 것. 깜찍하기도. 나의 無能을 自責해 보기도. 부끄러운 일. 그러나 많은 子息들이라서 한편 成不成은

차치하고 마음 든든하기도.
今日은 臨時校長會議와 反共 강연회 있어 鎭川 다녀왔고. ※

〈1973년 6월 8일 금요일 晴〉(5. 8.)
家庭實習 中이라서 上月 모내기 家庭(채수만, 채돈석) 찾아 數時間씩 도와주고.
繼續 飮酒로 고단한 中 某人의 請으로 개 다리 하나 맡고 삶아 먹으나 老親 생각에 罪萬感 많았기도. ※

〈1973년 6월 9일 토요일 晴〉(5. 9.)
極히 被勞되어 今日은 休息키로 마음 먹고. ×

〈1973년 6월 10일 일요일 晴〉(5. 10.)
井母는 入淸~ 明日에 魯杏(女高)이 濟州道 여행 간다고 旅費 장만해 가는 것. 日暮 前에 오고. 개고기는 今日에서 마친 것. 예정대로 妊이 왔다고. ⓒ

〈1973년 6월 11일 월요일 晴〉(5. 11.)
鎭川郡 스포츠 少年團 結團式 있어 李體育主任과 함께 兒童(團員) 30名 引率하여 入鎭. 場所는 鎭川中學校〃庭.
去 6. 1~6. 4에 걸쳐 大田서 있었던 全國서 忠北스포츠少年團이 優勝(一位)한 榮光 끝에 道內 各市郡마다 이루어지는 行事이기도. 史上 처음이라고.
'하면 된다'의 스로간 내걸고, '몸도 튼튼, 마음도 튼튼, 나라도 튼튼'의 口號 높이 외치기도. 하여간 弱勢 忠北이 자랑할 만한 일인 것. ◎

〈1973년 6월 12일 화요일 晴〉(5. 12.)
개운한 心身으로 公私間 잘 해 볼려는 마음 再起. 職員會 開催하여 再분발을 當付.
校內 淸掃 整頓과 花壇 造成에도 全員 活動 잘 했고. 오동나무 苗板도 손질 잘 하고. 6月 中 作業活動에 對하여 下午 7時 半까지 强力 指示하기도.
이제까지 밀렸던 것 徹夜하면서까지 完結짓는 中. 엊저녁부터 就寢 時間 不過 3時間. ◎

〈1973년 6월 13일 수요일 晴, 曇, 雨〉(5. 13.)
어제부터 勤務 正常化. 6年의 道德 授業과 1學年 授業 參觀 豫定대로 施行. 73學年度 造景事業實績一覽表初도 잡고. 口味도 復舊. ◎

〈1973년 6월 14일 목요일 雨, 曇〉(5. 14.)
엊저녁부터 내리는 비 甘雨이고. 새벽 2時에 오동나무 하우스가 궁금하여 나가 봤더니 아니나 다를까 엉망 直前 이어 宿直 敎師와 金君을 깨워 1.5時間 동안 함씬 노바기 하며 손질(비닐하우스 재손질, 물 쏟기, 꺼치[6] 치우기, 배수 똘[7]치기)에 등불 밑에서 하던 일 잊지 못할 한 토막.
금일도 6학년의 도덕수업 2시간 했고. 2학년 두반 授業 參觀한 것. ○

〈1973년 6월 15일 금요일 曇, 晴〉(5. 15.)
오랜만에 어제 내렸던 비로 모든 作物이 生氣 있고, 學校 各 進入路의 꽃길 補植에 3學年 以上 勞力했고 德山行 큰 道路까지 狀況 보러 다녀온 것. ×

6) 거적의 사투리.
7) 도랑의 사투리.

〈1973년 6월 16일 토요일 晴〉(5. 16.)
授業 마치고 美蠶里 吳世德 舊 會長 찾아가 家屋 新築에 人事次 다녀오기도. ×

〈1973년 6월 17일 일요일 晴〉(5. 17.)
반가운 消息 받기도~ 서울 永登浦 큰 딸이 14日 1時에 生男 順産했다는 것. 孫 귀한 집으로 出嫁하여 生女 兄弟 出産했기에 本人도 몸 달아했을 것이며 그 집 家庭 온 家族이 서운한 中에도 鶴首苦待했던 것.
入淸하여 잔일 몇 가지 보고. 魯明도 오랜만에 만났고. 들으니 24日에 振榮은 約婚 行事한다는 것. ×

〈1973년 6월 18일 월요일 晴〉(5. 18.)
흥업金庫에 나가 일 보고. 노운을 비롯한 校納金 一部 整理. 金溪 다녀 兩親 뵙고 理髮하여 드리고선 다시 入淸하니 井母는 벌써 淸州 다녀갔고. 채소와 떡 빚어서 가져온 것. ×

〈1973년 6월 19일 화요일 晴〉(5. 19.)
새벽 첫 車로 登校하니 閑川校에서 校長會議 있다기에 自轉車로 달려가 時間 넉넉히 댄 것. 오동나무 기르기와 學校管理 等이 主案. ※

〈1973년 6월 21일 목요일 晴〉(5. 21.)
梨月行~ 교육장旗 쟁탈 少年 蹴球大會 있는 것. 4學年 以上 應援團도 간 것. 成績 別無神通. ×

〈1973년 6월 23일 토요일 晴〉(5. 23.)
날씨 또 뜨거워 各 作物 시들고. 井母는 給水 等에 바쁘고. 난 또 몸 고단한 편.

內者는 채소 等 갖고 午後에 入淸~ 明日 報恩서 振榮의 約婚行事 있어서. 난 明朝에 갈 것. ⓒ

〈1973년 6월 24일 일요일 晴〉(5. 24.)
새벽 3時에 起床하여 入淸할 준비 마치고. 쌀 1말 싣고 4時 半에 淸州 向發. 진천부터는 뻐쓰.
淸州 到着하니 豫定時間 늦어 振榮의 約婚 行事로 一同은 이미 出發. 內者는 鎭川 형편上 못갔고.
報恩 거쳐 官基 못미쳐 '이만이'에서 下車. 炭釜面 대양리 白氏 村을 찾아 40分 程度 步行하여 目的地에 到着된 것. 父親, 母親, 振榮(當本人), 魯姬, 魯先 와 있고. 그 댁에서 차려준 飮食床에 一同 둘러앉은 中. 魯明이도 왔기에 意外 반가웠던 것.
四柱 '乙酉 九月 十七日 巳時'와 膳物(반지, 목걸이, 時計, 옷감 等) 건니는 行事 있었고. 時計는 서울 큰 애 魯井이가 어제 直接 淸州까지 가지고 왔었다는 것.
振榮 주선으로 一同 택시 2臺로 俗離山行했고, 法住寺 잠간 둘러보고 歸路. 淸州 왔을 땐 下午 7時頃. 父親은 기뻐하신 中 終日 過飮하셨떤 모양. 極히 被勞하시고 腹痛이 일으시어 寸步를 못 옮기시므로 택시로 金溪 本家까지 모신 것. 天幸으로 택시가 사거리 거쳐 집까지 굴렀던 것. 그 택시로 난 卽時 入淸하여 아이들과 同宿. 나 亦是 고단했고. ×

〈1973년 6월 25일 월요일 晴, 曇, 가랑비〉(5. 25.)
첫 車로 鎭川 와서 自轉車로 上新 着.
点心 時間에 崔 교육장 來校~ 오동나무 苗圃

視察.
全직원 苗圃 손질 잘 했고, 밤엔 비 좀 내리고. ○

〈1973년 6월 28일 목요일 때때로 비〉(5. 28.)
2, 3日 前서부터 내리는 비로 農家에선 흡족할 程度이고.
尹 氏 데리고 靑龍말 가서 자란 오동나무苗 좀 얻어왔고.
職員들은 엊그제부터 動物 만들기 着手. ○

〈1973년 7월 2일 월요일 曇, 晴〉(6. 3.)
어젯날까지 내린 비로 作物, 植物엔 흡족.
막 차로 入淸~ 아이들은 그대로 無故한 편. ※

〈1973년 7월 3일 화요일 曇, 晴〉(6. 4.)
玉山面에 가서 魯運의 戶籍抄本 떼고. 당해 學校서 소용 된다나. 청주 식사 準備는 제 언니(姬) 助力 받아 杏이가 全的으로 하는 中. 妊이는 서울 가 있는 中.
父親께서 편찮다는 消息 듣고 약 좀 지어서 急히 金溪行. 마침 玉山支署 朴次席이 탄 오토바이에 편승되어 고마웠던 것.
父親은 어젯날까지 속이 아프셨다는 것. 今日은 많이 가라앉은 편이시라고. 不幸 中 多幸한 일. 理髮하여 드리고서 歸校 向發. 日暮頃 上新 着. 냇물 많았고. ※

〈1973년 7월 4일 수요일 晴〉(6. 5.)
職員 운동 準備 中 柳魯秀 장학사 來校. 不日間 교육감 오신다고 待機 對備하라는 것이 主目的. ×

〈1973년 7월 5일 목요일 晴〉(6. 6.)
同面 內 各校 職員 本校에 모여 親睦排球大會 있었고~ 酒肴 만들기에 날씨 무더운데 內者 큰 애 쓴 것.
學校 상황 보러 崔 교육장 또 來校했었고. ※

〈1973년 7월 6일 금요일 晴〉(6. 7.)
校長會議 있어 入鎭 參席. '夏季休暇' 문제가 主. 点心은 今日은 特色있게도 병아리 白熟으로 待接받았고.
요새 날씨 繼續 더워 32°를 상회하고. ※

〈1973년 7월 7일 토요일 晴〉(6. 8.)
日暮頃엔 옥수수를 아깝게도 함부로 뽑아버린 것 發見하고 홰를 단단히 냈기도. (實習地). ※

〈1973년 7월 8일 일요일 晴〉(6. 9.)
食 前부터 11時頃까지 고구마와 옥수수 밭 풀 뽑기로 땀 많이 흘렸기도.
校門 앞 가게 蔡 氏 內外간 不和한 것 딱하기도. 婦人은 着實한 편인데 主人이 酒事 심해서 생기는 것. ※

〈1973년 7월 9일 월요일 晴〉(6. 10.)
날씨 繼續 무덥고. 32° 상회.
井母는 청주 아이들 쌀 팔아준다고 午後에 入淸.
約 一週 間 過飮으로 心身 被勞 莫甚. 今日 不飮. ◎

〈1973년 7월 10일 화요일 晴〉(6. 11.)
어제 淸州 갔던 井母 午後에 歸 上新. 청주 아

이들 無故하다는 것. 쌀과 附食物 준비해주고 온 것.
몸은 나우 회복되어 活動하기에 괜찮았고.
오동나무 苗~ 本圃로 約 2,000本 正植하는데 全職員 애썼고. 6學年生들도 뒷바라지에 노력했고. ◎

〈1973년 7월 11일 수요일 曇, 晴〉(6. 12.)
終日토록 땀 흘려가며 勞力~ 오동나무 移植할 자리에 있는 해바라기 옮겨심기에 尹氏, 金君 같이 애썼고. 5 · 6學年에서 今日도 2,000本 移植. 심은 포기마다 종이 곳갈[고깔] 씨우기에도 普通 苦役 아니었던 것.
아침결에 흐리기에 비 올 줄 알았더니 아니 오고. ◎

〈1973년 7월 12일 목요일 晴〉(6. 13.)
어제까지 正植한 오동나무 손질과 하우스 자리에 50폭을 示範的으로 正植하기에 尹 氏와 함께 땀 흘리기도. 30度 以上 暴炎中에 移植한 것이라서 몇 %나 살른지 궁금中 不禁.
저녁 뉴스엔 文教部 發表로서 酷暑關係로 夏季休暇를 10日 앞당겨 14日부터 初等學校는 實施한다는 것. 明日에 細〃한 連絡 오겠지. ◎

〈1973년 7월 13일 금요일 晴〉(6. 14.)
구름은 많이 北쪽으로 들어갔지만 아직 비는 안 오고. 이제부터 장마 전선 닥치겠다는 것.
終日토록 오동나무 밭에 매달려 손질하고. 終禮 마치고는 全職員 動員하여 不實히 移植된 것 約 1時間 程度 再移植했기도.
近日 며칠間은 朝夕으로 舍宅 둘레의 雜草 除去와 作物 손질, 施肥, 燃料 다루기 等 作業 많이 하는 셈. ◎

〈1973년 7월 14일 토요일 曇, 가랑비〉(6. 15.)
文教部長官 命에 依하여 早期放學 實施. 七月 以後 暴炎이 繼續되어 어린이들 健康과 學習에 支障 있고 非能率的이라고 10日 앞당긴 것. 兒童들만이 放學이니 教職員들은 正常 勤務래야 하는 것.
今日도 全職員 兒童 下校 後 約 2時間 程度 오동나무 移植에 勞力했고. 苗를 爲해선 비 오기를 기다리는 形便. 소나기는 피해야 하고. 今日까지 正植한 오동나무 數5,500本 되는 셈.
教職員 號俸 再査定에 依하여 7月1日附로 10號俸 正植이 8號俸으로 昇級된 것. 今日 受領額數(7月 俸給) 53,800원 되고.
盧基鉉 교사 母親 大忌에 全職員 人事. 歸路에 鄭 會長 宅 잠간 들러오고. ⓒ

〈1973년 7월 15일 일요일 晴〉(6. 16.)
淸州 가서 홍업金庫에 7月分 拂入. 洋服代도 完結.
狗肉 좀 사서 金溪行. 老兩親 氣力 그만했고. 日暮頃에 入淸하여 아이들과 同宿~ 通風難인 單 한칸房에 모기장도 없이 자기에 밤새도록 모기와 싸웠으니 단잠 못이루면서 아이들 딱한 생각에 落淚. ×

〈1973년 7월 16일 월요일 晴〉(6. 17.)
아이들에게 校納金 整理토록 돈 주고 첫 뻐스로 歸家. 전통에 依하여 校長會議에 出席. 마침 學校에 온 책장사의 오토바이에 앉아 가서 13時의 時間 잘 댔기도. 會議 案件은 오동나무 補充植付가 主案. 會議는 比較的 일찍 마친 셈.
北部支部 教職員間 친목排球大會 있어 梨月校로 다녀 求景하고선 歸. ※

〈1973년 7월 17일 화요일 晴〉(6. 18.)
內者는 아침결에 入淸~ 청주 아이들 있는 房에 簡易 모기장 달아주려고.
今日은 第25回 制憲節. 過飮했을 것. ※

〈1973년 7월 18일 수요일 晴〉(6. 19.)
舍宅 門前 밭(옥수수밭)의 雜草 뽑기에 땀 흘리며 勞力했고, 井母도 낮에 청주서 오고. 어젠 魯明이도 約婚女도 만났다고. ×

〈1973년 7월 19일 목요일 晴〉(6. 20.)
요새 무더위 繼續. 33° 以上 連日 오르고.
急작스런 電通으로 入鎭하여 校長會議에 參席. 2, 3日 內에 教育監이나 副교육감 內鎭하여 오동나무 狀況 視察한다고 對備하라는 것이 主.
會議 끝내고 李종찬 課長과 一盃하고 '보신탕'으로 夕食했고. 어렵고 날 저물어 택시로 귀교. ※

〈1973년 7월 20일 금요일 晴〉(6. 21.)
當局에서 實施하는 6學年 學力考査 있어 巡廻하여 報告. 어제의 회의도 傳達하고. ※

〈1973년 7월 22일 일요일 晴, 가랑비〉(6. 23.)
여러날 무덥더니 밤에서 비 若干 왔고.
이웃 여러 친구 만나 今日도 나우 술 마신 듯. ※

〈1973년 7월 23일 월요일 晴〉(6. 24.)
鎭安道路[8] 開通式 있다고 案內狀 왔기에 梨月 갔었고. 式 끝에 簡單히 機關長에게만 㑒心 待接 있었고. 口味 食慾 없어 얼마 먹지는 못했고. 땀은 비오듯.
內者가 마련해준 청주 아이들用 附食物 材料 한 가방 갖고 梨月서 淸州 갔고.
청주 아이들 房 더워 바우느라고[9] 헐헐하는[10] 중. 아비가 못나 집 한 채 못 작만한 것 죄스럽기도.
農協과 흥업금고 들려 곧 梨月로 되돌아 온 것. 梨月선 李潤益 최경렬? 合席 一盃하고 日暮 되어 歸 上新. 땀 무척 흘렸기도. ○

〈1973년 7월 24일 화요일 晴〉(6.25.)
무더위 또 繼續. 낮엔 숨이 막혀 못 견딜 程度. 학교에 7,000余 本 近日에 심은 오동나무가 念慮. 하루 빨리 비가 내려야 할 텐데. 큰 장마는 없어야 하고.
井母는 간단하고 값싼 石油곤로 산다고 德山場 갔었으나 없어서 그냥 온 것. 무더위에 苦生만 많이 한 것.
앞당긴 夏休 以來 직원들은 每日 근무~ 1학기 成績表 作成과 殘務 整理로 바쁘게 일 보는 중이기도. 臨時職員會 열어 休暇 中 生活과 明日부터 할 일에 對하여 指示 및 協議 했어도. ⓒ

〈1973년 7월 25일 수요일 晴〉(6. 26.)
全校生 召集~ 除草作業. 淸掃整頓. 學級行事

8) 충북 진천과 경기 안성을 잇는 도로. 옛날 진천 사람들은 안성장을 주로 이용했다고 한다.
9) 바우다=견뎌내다의 사투리.
10) 숨이 몹시 차서 숨을 고르지 아니하게 쉬다.

로 課題物 分配. 家庭生活表와 그의 指導.
下午 3時엔 學校 주선으로 全職員에 병아리 삶아 한 마리씩. 場所는 舍宅. 內者 이의 주선에 땀 많이 흘리고.
下午 6時 10分에 淸州 向發. 갈미까지 自轉車로 가는데 속옷 겉옷 땀 투성이로 남보기 極히 흉했을 것. 청주 가선 "石油곤로商店" 찾았고. 청주 아이들 무더위 한 칸 방에서 큰 고생. 거기에 요새는 一正[11] 受講次 온 振榮과 魯絃이 끼었고, 姪女 魯先이도 형편상 數日 前부터 와 있는 中. ○

〈1973년 7월 26일 목요일 晴〉(6. 27.)
小型 石油곤로 사 가지고 첫 뻐쓰로 歸校. 7時 40分 着했으나 昨日과 마찬가지로 온몸 땀 투성이.
金君 데리고 學校 오동나무 밭에 給水하기에 被勞했고. 金청, 鄭우 教師도 午後엔 志援. ⓒ

〈1973년 7월 27일 금요일 曇, 가랑비〉(6. 28.)
登校한 新定 향우반 兒童 데리고 오동나무 밭에 給水作業 벌이고.
淸州서 次女 魯姬 오고, 淸州 아이들 사는 房 數日 內로 解決해야 한다는 것. ×

〈1973년 7월 28일 토요일 晴〉(6. 29.)
崔統 어린이들 데리고 오동나무 밭에 모래펴기 作業 하기에 땀 흘렸고.
淸州서 4女 魯杏이 오고. 今夜는 청주엔 노필 혼자 있을 것이라 해서 不安하기도.
요샌 옥수수 한창 먹는 중. ○

11) 1급 정교사 자격증을 가리킨다.

〈1973년 7월 29일 일요일 晴〉(6. 30.)
姬와 함께 入淸. 청주 아이들 自炊房을 삭월세 45,000원으로 決定. 집 主人은 柳在昌.
흥업金庫에 가서 預置한 것 7万 원 引出하여 2万 원 갖고 5万 원은 房貰로 保管. 下午에 歸 上新. ○

〈1973년 7월 30일 월요일 晴〉(7. 1.)
4女 魯杏 데리고 梨月面에 가서 住民登錄證 手續 完了. 杏은 그곳에서 入淸(登校中이라서).
梨月校 오동나무 狀況 보고는 同校校監한테 厚待받기도. ×

〈1973년 7월 31일 화요일 晴, 曇〉(7. 2.)
청주 집 옮기려 井母 入淸했으나 現 居住 집에서 房만 옮기기로 하고 移舍는 아니했다고. 5万 원의 삭월세로 決定했다는 것. 前에 相約했던 柳 氏들과는 諒解됐다고. ○

〈1973년 8월 1일 수요일 曇, 雨〉(7. 3.)
오래동안 무덥고 가뭄 끝에 降雨~ 甘雨, 學校 오동나무 밭이 무엇보다 큰 多幸. 今朝까지 給水하기에 가즌 苦勞하였기도. ○

〈1973년 8월 2일 목요일 曇〉(7. 4.)
實科 강습 있어서 林炳學 教師와 함께 入淸. 場所는 鎭川農高. 강사는 同校 有能한 教師들. 모두 眞實한 誠意 있는 분들이고. 今日 課目은 接木과 育苗하는 것이 主.
井母 入淸하여 아이들 돌보고 歸 上新. ○

〈1973년 8월 3일 금요일 曇〉(7. 5.)

上村 향우반 어린이들과 꽃길 손질에 딸[땀] 흘렸고.
趙統 安용기 父兄 집에서 鄭우해 교사와 수박 실컷 먹은 것.
妊은 清州 다녀온다고. ×

〈1973년 8월 4일 토요일 雨, 曇〉(7. 6.)
새벽부터 日出時까지 비 나우 내리고.
登校한 上村 兒童들과 除草作業~ 오동나무 밭.
清州 거쳐서 金溪行. 井母와 함께 간 것. 今夜은 伯父 祭祀. 井母는 음 9日에 있는 父親의 生辰 行事 준비로 兼하여 미리 歸家한 것.
서울서 長男 魯井이도 와 있고. 長孫 英信도. ○

〈1973년 8월 5일 일요일 晴〉(7. 7.)
學校의 바쁜 일로 朝食 後 歸 上新.
長男 井은 事情 있어 明日에 上京한다고. ○

〈1973년 8월 6일 월요일 晴〉(7. 8.)
學校 일 마치고 저물게 金溪 向發. 清州서 몇 가지 물건 사 갖고 本家에 着할 때는 밤 11時頃 되었고. 明도 제 約婚女 데리고 와 있어 반가웠던 것.
안 食口들은 深夜까지 반찬 만들기에 奔走. ○

〈1973년 8월 7일 화요일 晴〉(7. 9.)
첫 새벽부터 內者를 비롯한 안食口들은 飮食 만들기에余念없고. 나도 일찍 起床하여 집 둘레 清掃 마친 後 아랫말 일대 다니며 朝食하라고 招請. 父親 生辰. 73年歲.
안방, 웃방, 대청, 사랑방은 온통 朝食에 법석. 晝間엔 農樂에 盛況 이루고. 나도 醉하여 父親께 재롱 많이 떨은 듯. 深夜까지 洞里人 多數 놀다 간 것. ※

〈1973년 8월 8일 금요일 晴〉(7. 10.)
朝食 後 父母님께 人事 드리고 歸校. ×

〈1973년 8월 10일 금요일 晴〉(7. 12.)
上新 새마을學校 開講 第1日. 放送 通하여 많이 參席하기를 願했던 바 100名 定員이 초과되어 120名 되었고. 井母도 參與. ×

〈1973년 8월 11일 토요일 晴〉(7. 13.)
무더위 繼續. 아침 氣溫 27°. 낮 最高溫度 33° (學校 廊下[12]).
새마을학교 교육 第2日째. 今日은 70名 參席. 閉講式 때 ① 새마을운동이란 勤勉, 自助, 協同하자는 것에 누가 하며 무엇을 하자는 것이며 보다 잘 살자는 것과 ② 今般의 教育內容인 즉 ㄱ. 所得增大, ㄴ. 生活改善에서 家庭儀禮 食生活改善, ③ 勝共統一이 主이니 모두 뭉쳐 일 잘 하자고 强調했기도.
下午 5時에 井母와 함께 金溪 向發. 清州서 장 홍정 얼핏하여 本家 着하니 밤 11時. ×

〈1973년 8월 12일 일요일 晴〉(7. 14.)
內者는 今日도 새벽부터 반찬 만들기에 땀 흘리고. 母親 生辰. 75年歲.
今日 朝食은 가까운 집안家族만 招請. 그레도 이웃사람 男女 나우 오게 될 것. 振榮의 約婚女도 온 것. 出嫁한 妹들中 작은 妹 大田 居住

12) 복도란 뜻의 일본식 한자어.

蘭榮은 今般은 아니오고.
낮 동안 대충 來客 接待하고 上新 向發. ×

〈1973년 8월 13일 월요일 晴〉(7. 15.)
淸州 아이들房 今日 옮기기로 하여 朝食 後 노임 入淸. 井母도 어제 淸州 왔을 것~ 金溪서.
万升校에서 郡內 初登校長 臨時會議 있대서 參席. 兒童들 陸上 評價戰도 있엇고.
노필이도 제 누나 따라 入淸했다고. 8.15慶祝式에 參加次(校東校).
새벽꿈이 하도 異常(○○과 ○○이 敎會에 다니라고 勸告와 꼬창이 武器로 위협. 아프게 꼬집기도. 난 굴복한 듯. 우수 큰 香나무 살리려고 뿌리를 물에 적시며 웃 상순가지를 바로잡기도)했기도. 마음엔 술 먹지 말라는 것으로 해석했고. 敎會에 다녀 볼가도 망서려지기도.
今日 完全 不飮.
井母는 淸州 방 옮겨주고 日暮頃에 上新 오고. 짐 옮기느라고 무더위에 애로 많이 겪은 듯. 手苦 많이 했을 터.
万升校 오갈 때마다 車內 붐벼 땀 많이 흘렸고. ◎

〈1973년 8월 14일 화요일 晴〉(7. 16.)
民防空團長 會議 있어 參席. 主催는 警察署. 場所는 鎭川郡廳 회의실. 防空訓練 영화가 主.
교육廳 들려 崔 교육장께 學期末 異動에 도와달라고 간단히 부탁하기도.
梨月 와선 새로 赴任한 鎭川郡守 鄭經模 만났고. 鄭君은 玉山普校 同期同窓. 一般 行政界엔 올라 갈 길 많기도. 實力도 있을 터. ◎

〈1973년 8월 15일 수요일 晴〉(7. 17.)
무더위 繼續. 今日도 낮 溫度 33°.
8.15光復 第28周 慶祝日. 職員 兒童 全校 召集하여 경축式 擧行.
오동나무 給水에 5,6學年 手苦 많이 했고.
職員會 開催하여 부하된(負荷) 責任 다하며 誠意 있게 敎育과 學校管理에 힘쓰라고 訓戒와 當付했고. 職員 리드격인 ○○의 無謀와 태만이 原因.
늦게나마 채소 갈 곳 손질에 애로 겪고. ◎

〈1973년 8월 16일 목요일 晴〉(7. 18.)
3時 半에 起床하여 家計簿와 日記表 整理.
學校는 共同硏修 第3日째~ 指導技能 修練.
오동나무 給水에 勞力하니 數人 職員 나와 같이 거들기도.
今日 溫度가 가장 높았다고 放送~ 서울 35°.
淸州 갔던 魯弼이 제 누나 姪과 같이 오고.
退廳 後 2時間 程度(어둘 때까지) 나무새자리 除草에 勞力했고(텃밭).
아침엔 金鐘甲 父兄 집에서 招請 있어 갔더니 勸酒 하도 甚한 바람에 一盃 맛보고. ⓒ

〈1973년 8월 17일 금요일 雨〉(7. 19.)
무더위와 가믐에 비가 아쉽더니 새벽 2時부터 終日토록 부슬비 내려 多幸했고. 오동나무밭에 天幸.
內者는 上京한다고 마늘과 고추가루 좀 준비하여 淸州 갔고. 노명 內外(約婚女)와 노행까지 데리고 간다는 것. 松이가 짐 갈미까지 自轉車로 갖다 주었고.
午前 中 學校일 보고 点心 後 入淸하여 농협, 우체국, 흥업금고 일보고. 淸原郡교육청 모처럼 찾아가 金鐵九 課長 相談. 道敎委 몇 친구

만나려는 計劃은 형편상 안됐고. 清州서 留. 아이들 새로 옮긴 房 한 칸이지만 넓고 부엌도 넉넉하여 좋았고. 방세도 많기도 한지만. ◎

〈1973년 8월 18일 토요일 曇, 晴〉(7. 20.)
홍업금고에 가서 圓滿打合되어 學校 전달부 尹昌烈 부탁의 稧金 미리 찾게 되어 快했고~ 15万 원.
梨月 거쳐 歸 上新하여 가을 채소 一部 播種. ⓒ

〈1973년 8월 19일 일요일 晴, 雨〉(7. 21.)
교육청 들려 事務(人事)打合. 청주行 卽時 찜닭 2마리 사 갖고 金溪 本家行. 父母님과 함께 夕食하고 清州 와서 아이들과 同宿. 밤에 비 좀 오고. ○

〈1973년 8월 20일 월요일 雨, 曇〉(7. 22.)
새벽에 비 나우 내리고.
理髮 後 親知父兄 數人과 歡談 一盃.
井母는 17日에 上京 체류中.
學校는 金 女교사가 舞踊 지도에 熱中. ×

〈1973년 8월 24일 금요일 晴〉(7. 26.)
臨時 교장회의 있다고 電通 와서 參席. 學校 評價 會議가 主. 明日은 校長團 逍風 간다고. ×

〈1973년 8월 25일 토요일 晴〉(7. 27.)
職員朝會 實施하여 어제의 會議內容 傳達.
下午 2時에 鎭川에 校長團 集合하여 顯忠祠 向發. 一行 현충사 參拜하고 下午 六時에 溫陽 와서 旅館 들어 沐浴하고 一盃. 崔 교육장, 李 課長, 李 장학사 招待받아 오고. ※

〈1973년 8월 26일 일요일 晴〉(7. 28.)
朝食時에 얼근히 취한 김에 자미있는 농담도 많이 한 것.
一部는 修德寺, 一部는 貯水池 간다는 것이나 數人은 清州로 回路하여 탁주타령 넘치게 했고. 滿醉한 김에 某 酒店에서 過히 농담한 듯. 孫 교장, 柳 교장, 韓 교장 親知 同席. 탁주 경비는 專擔했고. 今日 遊興 過했고.
下午 7時頃에 姪女와 交際中이란 吳君 만나 相談했기도. 姪女 魯先의 처지 若干 複雜한 現況. 吳君은 本貫이 寶城. 31歲. 우체국經營者이고 야무진 느낌. ※

〈1973년 8월 27일 월요일 晴〉(7. 29.)
몸 大端히 被困 느끼나 가까스로 道敎委 李燦夏 初登敎育課長 宅을 早朝에 찾았고. 집에 있으나 고단하여 晩眠中이라기에 面會 못했고.
어젯날 醉中에 眼鏡을 紛失한 듯. 청주 보안당 吳 氏한테 亂視 돋보기 兼한 것으로 4,500원에 맞추고 鎭川行.
청주 일로 豫定보다 늦은 것. 文白 權 校長, 聖岩 金 教務와 함께 택시 타고 九政校 가서 2時間 동안에 衷心과 學校評價 마치고 步行으로 約 10里되는 五常校 와서 評價 마치니 下午 5時. 步行땐 權 校長 行步難으로 애먹었고. 心臟이 弱한 탓이라나. 술은 1목음[모금]도 못하고(안 하고).
評價內容은 ① 學校환경이 10個項, 教育內容이 30個項, 當面施策이 10個項 計 50個項으로 滿點이 150點 되는 것. 一行 鎭川 着하니 下午 6時頃. 用務 있어 今日도 入清.

受講 中인 魯絃 振榮과 함께 學校評價表 記錄 完成하고 就寢. 몸 아직 고단한 편. ※

〈1973년 8월 28일 화요일 曇, 가랑비〉(8. 1.)

今朝도 억지하여 道교위 李課長 집 가서 가까스로 面談 이루고. 故鄕의 老父母 처지 等 이야기하며 今般 學期末 異動에 惠慮해달라고 簡單히 付託. 感受性 크지는 않았으나 氣分 나쁘지 않은 印象이었고. 時間 관계로 곧 分手.

홍업金庫 가서 現金 引出~ 통장 정리. 眼鏡값 一部 支拂. 膳物用 人蔘값도 一部 支拂. 人蔘 50片 1갑에 3,700원짜리 2갑 包裝하여 李課長 宅에 선사.

魯姬는 今明日은 學校 쉰다고. 魯先 魯妊은 金溪 本家 다녀온다고 向發. 아이들의 誠意로 營養食은 조금 먹었으나 밥은 口味 없어 못먹는 中.

近日에 內者는 몸이 虛弱해졌다는 것임에 24日 밤부터 腹痛으로 애쓰기에 마음 크게 먹고 '소 방골[13]' 한짝 2,800원 주고 사기도. 平生 처음 사본 것. 갈미서 上新까지 팔 아파 들고 오는 데 땀도 많이 흘리기도. 淸州서 오는 途中엔 用務 있어 文白校 잠간 들러 權 校長과 座談했었고.

사온 방골 곳기에 誠意 다하여 밤 中까지 불 집혔기도[지폈기도]. ○

〈1973년 8월 29일 수요일 雨, 曇〉(8. 2.)

밤(새벽) 1時 半頃부터 비 많이 내리고. 大風도 있고. 낮 11時頃까지 비는 오락가락 내린 것.

이웃 李某라는 者 서울서 와 갖고 學校 李某교사와 옥신각신 다투기도. 兩人이 滿醉된 것 事實. 校長에게도 욕설하기도. 醉者이니 相對 안 하고. ⓒ

〈1973년 8월 30일 목요일 晴〉(8. 3.)

井母는 魯弼 데리고 淸州에 막 뻐쓰로 向發. 去 25日에 왔던 魯運이가 저녁 짓고.

下午 2時頃에 기다리던 敎員異動 發令 난 것 放送. 가슴 아프게도 또 失敗. 머리 무겁고 앞이 깜깜. 이렇게도 어려운 것인지. 現任校 경영에 評도 좋았는데. 內幕에 무슨 까닭인가~ 연조不足? 交際不足? 부끄럽기만 한 느낌. 괫심하기 짝이 없는 일. 나의 不足과 결함임을 自慰自愛하면서 氣分 轉換해 보기도. 엎지러진 물이 되었으니 事前交涉 못한 것 후회하면 무엇하나. 勇氣회복하여 일할 따름인저. ◎

〈1973년 9월 1일 토요일 晴〉(8. 5.)

제2학기 開學式. 47日 間의 긴 放學이 無事히 끝난 것. 그러나 女職員은 10余 日 前부터 召集하여 指導했고.

科學 主任制가 처음으로 實施되어 發令났고~ 3人 모두 뜻대로 된 것. 난 아직 마음 가라앉지 않은 중. ×

〈1973년 9월 3일 월요일 晴〉(8. 7.)

轉出職員 告別式. 尹 校監은 못했고. ※

〈1973년 9월 5일 수요일 晴〉(8. 9.)

體育會를 1주일 앞두고 訓練 本格的으로 着手. ×

---

13) 방골(方骨)은 위턱과 아래턱을 잇는 뼈를 뜻한다.

〈1973년 9월 8일 토요일 晴〉(8. 12.)
體育會 總練習 無事히 마쳤고. ※

〈1973년 9월 9일 일요일 晴, 曇〉(8. 13.)
數日 직원과 함께 鎭川 나가서 새로 온 朴 교감 先妣 大忌[14]에 人事. 유니버살商會에 가서 유니트, 마이크스텐드, 마이크, 尹 氏의 膳物 等 사 가지고 李万淵 교사와 함께 귀교. ※

〈1973년 9월 10일 월요일 雨, 曇〉(8. 14.)
새벽에 비 내리더니 10時頃에 그치고.
明日이 秋夕인데 故鄕 本家에 못가서 不安하기도. ×

〈1973년 9월 11일 화요일 晴〉(8.15.)
秋夕인데 歸家 못하고 望鄕 한탄하기만. 學校 뒷동네에 가서 老人 경기用 준비物 부탁하고 秋夕 술 待接 받기도. ※

〈1973년 9월 12일 수요일 晴〉(8. 16.)
비둘기 求하러 새벽에 陽陰地村 다녔으나 農藥으로 모두 이미 없어져서 求得不能.
體育會 種目 46종목 午後 4時까지 無事히 잘 끝냈고. 比較的 觀覽者도 많은 편. 事故도 없었고. 贊助者도 우수 많았다는 것. 日氣도 좋았고. ※

〈1973년 9월 13일 목요일 曇〉(8. 17.)
鶴城校 운동회여서 人事次 다녀오고. ×

〈1973년 9월 14일 금요일 晴〉(8. 18.)
學校 청소. 體育會 物品 團束에 注力했으나 未盡. 體育會 反省會 兼 직원위로회도 簡單히 했고. ※

〈1973년 9월 15일 토요일 晴〉(8. 19.)
晝間에(点心시간 中) 崔 교육장 來校하여 오동나무 成長 狀況. 해바라기 밭, 全景 等 칼라 寫眞 필름으로 찍기도. 靑龍말까지 짚차로 同行~ 그곳 오동나무 밭 보기도. ※

〈1973년 9월 16일 일요일 晴〉(8. 20.)
內者와 같이 淸州行~ 校東校 6學年 在學 中인 막동이 魯弼의 體育會日이라고.
金溪 本家에 다녀올 計劃이었으나 여러날 繼續 飮酒했던 關係로 까라져[15] 버린 것. 頭痛 심했고. 數日 前부터 食事도 전혀 못했고. 청주 아이들 지내는 방에서 終日토록 呻吟한 것. 밤되니 뒷골이 무겁고 괴로운 點이 더욱 甚하여 괴로운 中에도 極甚한 異常 생길가봐 겁났던 것. 死亡? 뇌일혈? 중풍? 子女食들에게 큰 罪. 보기에도 딱하고 부끄럽고 反省할 여지 많은 것.
魯妊을 비롯 女息들은 茶, 사과, 배 等 먹도록 애써 권함이 數次例.
高血壓이어서인지 온몸 脈 뛰는 때마다 흔들리고. 땀은 비오듯. 失敗될 생각할 때 極老兩親에 大罪되고 後일이 암담. 未成年 아이들은 많은데 어찌될가가 問題된다는 생각에 落淚하기도. 반새도록 坐不安席. ⓒ

14) 죽은 지 두 돌 만에 지내는 제사. 대기(大朞)의 잘못된 표현. 대상(大祥)이라고도 함.

15) 까라지다. 기운이 빠져 축 늘어지다

〈1973년 9월 17일 월요일 晴〉(8. 21.)
날이 밝아지며 뒷골 형편 若干 풀린 듯. 무거운 느낌의 症勢 줄은 것 같아 多幸〃〃~ 反省도 하면서 天地神明께 感謝의 意 저절로 나오고.
朝食도 若干 할 수 있었고, 洗手 後 市內에 나가 빚(外上物品代) 갚는 用務를 비롯하여 時計修理 等 몇 가지 일 보고 井母와 함께 歸校. 다리 흔들려 金溪行은 今日도 포기한 것. 父母님께 大罪.
學校선 退廳時間까지 充實히 勤務하고 夕食도 우수 했고.
밤엔 밀렸던 新聞읽기와 帳簿 정리로 거이 徹夜. ◎

〈1973년 9월 18일 화요일 曇, 雨〉(8. 22.)
뒷머리 거이 가라앉은 느낌. 그러나 잠 잘 안오고 흉악한 꿈은 잠간잠간. 2시간 程度 就寢하고 起床하여 어제 밤 事務 6時까지 繼續 執務. 徹夜.
食 前 學校 放送 끝내고(毒버섯 鑑別 要領, 지진아 中學 進學 억제) 學校 운동회 후렴없어야 함을 協議次 內基와 馬忽部落 얼핏 다녀왔고.
學校는 外部 淸掃 잘해야겠다고 强調한 結果 어지간히 잘 된 셈. 堆肥用 풀도 나우 쌓였고.
尹昌烈 전달夫 주선으로 鄭德海 육성회장 오도록 하여 舍宅에서 待接했고~ 尹 氏 10주년 기념행사 있게 했다는 事로 謝禮한 것. ◎

〈1973년 9월 19일 수요일 雨, 曇〉(8. 23.)
午前 中만 學校일 報告 井母와 함께 入淸. 下校한 魯弼 잠간 만난 後 장 좀 보고서 서울 着하여 큰 애 魯井 집 當到하였을 時는 下午 七時 半쯤 되었고.
孫子들 兄弟(英信, 昌信) 充實 善遊 中이어 多幸. 今日이 마침 큰 놈 英信의 生日이라나~ 滿 4歲. ◎

〈1973년 9월 20일 목요일 曇, 雨, 曇〉(8. 24.)
午前 十時에 三.一堂 갔고(進明女高 講堂) 韓國名譽賞委員會 主催로 授賞式 있어 나에겐 '장한 아버지'賞이 該當되어 망서리다 上京하여 간 것. 式場엔 魯絃, 魯明, 魯姬, 魯先, 子婦, 魯妊, 英信 外家에서 數名. 振榮, 永登浦 큰 딸애 집에서 數名, 나 하나를 爲해 參集한 것.
相別은 孝子賞을 비롯 9個種別, 受賞者 85名. 나의 賞 內容은 오로지 敎育에 專念하면서 여러 子女를 敎育界에 投身토록 하여 敎育家庭을 이룩했다는 것이 主. 賞狀 메달 트로피 받았고.
式은 約 2時間 걸렸고. 記念寫眞 數枚 찍었고. 子婦 周旋으로 우리 一行은 '한일관'에 가서 곰탕으로 点心 먹은 것.
청담동 집에 잠간 들러 家事(집 청소, 토끼 집 청소, 토끼풀 뜯기) 좀 돌보고선 夕食 後 次女 魯姬와 함께 高速버스로 淸州 왔고. 淸州 到着하니 밤 10時 半頃. 井母는 明日이 外孫子 百日이라고 永登浦 다녀온다는 것.
今日 行事 奏樂은 警察學校 樂隊가 했고. ◎

〈1973년 9월 21일 금요일 曇〉(8. 25.)
새벽에 起床한 次女 魯姬가 국 끓여 밥주기에 요기하고 6時 첫 뻐쓰로 歸校하니 8時20分.
舍宅은 今般에도 四男 魯松이가 혼자서 집 본 것. 밥도 제가 지어 먹고. 点心 밥 지은 것 보니 제법 잘 지었고.
臨時職員會 開催하여 校長會議에 어제 다녀온 朴 校監이 傳達했고. 學校 教育環境 整備가 主. 學校 當面課題도 强調했고.
銅像 둘레 除草 等 清掃하기에 勞力하기도.
어제 行事 라디오나 新聞에 아직 나오지 않은 듯? ◎

〈1973년 9월 22일 토요일 曇〉(8. 26.)
內者 없는 中이라서 食事에 困難될가봐 아랫가게 勳이 母親이 朝食과 晝食을 마련해주어 고마웠고.
새로 赴任한 朴 校監의 새 맛으로 職員들을 이끌어 나가는 氣風인듯 不平없이 뒤따르고 일 부즈런히 하는 편. 今日도 堆肥 쌓기, 便所 펭키칠 等 職員 손수 한 것.
19日에 上京했던 魯井모 下午 6時 半頃에 上新 着. ◎

〈1973년 9월 23일 일요일 晴, 曇〉(8. 27.)
月余 만에 金溪 本家行. 서울서 賞品으로 받은 物品中 '老酒'[16]와 티김닭 사 갖고 불야불야 갔더니 不幸히도 老父親께서 편찮으신 中. 老患? 秋夕 때 客地에 나가 있는 子息 孫子 아무도 안갔었다는 것(못간 것). 近日엔 感氣로 더욱 辛苦 中이시라고. 어제부터 若干 差度가 계신 형편이신 듯. 텃밭에서 오시는 行步狀況 대단히 弱해 보였고.
두어時間 동안 家事에 對하여 相議하며 食事後 다시 拜退. 理髮하여 드렸고, 金錢도 若干. 玉山 와서 막 뻐쓰로 入清. 볼 일 몇 가지 보고 선 魯弼 데리고 沐浴하고 아이들과 같이 同宿. ◎

〈1973년 9월 24일 월요일 雨, 晴〉(8. 28.)
새벽(3時頃)에 쏘내기 두어차례 甚히 내렸고. 6時 첫 뻐쓰로 歸校해 보니 上新은 비 안왔고.
第6學年 道德授業하기 始作. 1團員 '큰 뜻'.
上級學年에 特別作業 指示하여 整地, 除草 等 잘 됐고. 數人 職員도 페인트칠 等 勞力했고.
오랫동안 사랑방 生活하던 四男 魯松이 제 큰兄 집 가서 집 보고 제 조카인 英信 昌信 돌본다고 上京. 生活態度 非凡한 그 애기에 막상 떠나고 보니 어딘가 그레도 서운한 感 不禁. 幸運 祈願.
退廳 後엔 盧主任 교사와 함께 月村 金 氏 宅 弔問. ◎

〈1973년 9월 25일 화요일 曇〉(8. 29.)
昨夜 늦도록 井母와 팥 꼬투리 깠더니 곤히 잔 것. 그레도 日出 前에 出校하여 如前히 啓蒙放送 했고.
急작이 電通~ 9時부터 校長會議라고. 急히 洗手. 朝食도 簡單히. 自轉車로 달려 50分 만에 郡교육廳 當到. 時間 맞게 댔고.
明日(26日) 陸 教育監께서 來鎭하여 郡內 各級校 視察하니 對備하라는 것이 臨時會議 主案件.
12時에 散會. 卽時 歸校하여 傳達하고 校內外 清潔 整頓에 全校 奔走했고. ◎

〈1973년 9월 26일 수요일 雨, 曇〉(9. 1.)
밤 1時頃부터 비 내리기 시작. 5時頃에 그친

16) 노주(老酒): 특급청주로 분류되는 중국 명 · 청대의 대표적인 유명주의 하나이다.

것. 陸 교육감 來校 視察 있을 것이래서 全職員 早期出勤하여 內外的으로 바쁜 일 보았고. 兒童들의 밖 淸掃에 指導와 助力했고. 쓰레기場 處理에 流汗.
下午 6時 半까지도 교육감 안 오시기에 終禮後 退廳.
今夜도 깊도록 팥을 井母와 함께 깐 것. ◎

〈1973년 9월 27일 목요일 晴〉(9. 2.)
새벽 3時에 起床하여 원고 '讀後感' 10페지 쓰고 "國力培養의 前哨地帶 忠北敎育"의 題.
昨日 暴風雨 影響인지 今朝 氣溫 낮아 10°. 終日토록 쌀랑했던 것.
井母는 今日도 바쁜 일 많이 치렀다고~ 팥 갈무리. 고무마[고구마] 줄거리, 깻잎, 아주까리잎 따고 김치 담고. ◎

〈1973년 9월 28일 금요일 晴〉(9. 3.)
今朝 放送時의 日出頃 氣溫 9°5″. 선선했고. 어제와 오늘 今年 秋期로선 처음으로 무서리[17] 왔다는 것.
近日엔 終日토록 學校 內外 巡視로 午後엔 팔다리가 느른함을 느끼고. 오늘은 李万淵 교사 指導의 비닐하우스 設置作業에 助力했고. ◎

〈1973년 9월 29일 토요일 曇, 때때로 비〉(9. 4.)
井母는 金溪 本家까지 다녀올 計劃으로 11時頃에 出發. 淸州 아이들 주려고 고구마 한자루 갖고.
午前 中에 入鎭 上廳하여 人事〃務 協議~ 缺員 補充해 달라고. 管理課엔 宿直室 移轉 改築과 舍宅 新築, 老朽교실 改築을 새해 豫算에 넣어 配定할 것을 要求했고.
午後 3時부터 가을비 부슬부슬 가끔 내리고. ⓒ

〈1973년 9월 30일 일요일 曇〉(9. 5.)
朝食 데워먹고 入淸. 어제 本家에 갔던 井母와 있고. 父親도 오시고. 姪女 魯先의 婚談으로 오신 것. 12時 좀 지나서 兩便 家族들 만나 相談. 魯先과 郎者는 기왕에 面談했던 것. 南二面 尺山人. 寶城 吳 氏. 30歲. 私設우체局 經營. 兩便 合意. 結婚日字 追後 決定키로.
老親, 下午 4時40分 버스 虎竹行으로 가시고 우리 內外도 同時에 乘車하여 上新 着하니 下午 7時 좀 지난 것. ⓒ

〈1973년 10월 1일 월요일 曇〉(9. 6.)
第6學年 道德 授業 2時間. 1~1 授業 參觀도.
梨月 가서 金 支署長 만나 接待 받기도. 中學 들려 申玉鉉 校長과도 歡談.
淸州 갔던 尹 氏 만나 저물게 同行. ⓒ

〈1973년 10월 2일 화요일 曇〉(9. 7.)
吳楠植 來訪하여 科學機具 사기를 要請과 同時 旅費 없어 困難한 듯. 마침 주머니 빈 때여서 200원 주어 보내고.
日暮頃엔 舍宅 변소 人糞 퍼서 菜蔬 밭에 주었고. 井母는 깻잎 손질과 팥꼬투리 다듬기에 終日 勞力. ◎

〈1973년 10월 3일 수요일 雨, 曇, 晴〉(9. 8.)
첫 새벽에 부슬비. 日出 直前까지 若干씩 내리고.

17) 늦가을에 처음 내리는 묽은 서리.

開天節 4305周年 慶祝日. 今年은 檀紀 4306年. 아득한 그 옛날 檀君께서 王儉城에 도읍을 잡고 國號를 朝鮮이라 하여 나라를 세워 다스리기 始作한 날. 이를 今朝에 放送했고. 비 그치기에 學校와 舍宅에 국기 揭揚.
公文 處理 後 舍宅 뒤의 아까시아 싹 베어 조겨 놓기도. ◎

〈1973년 10월 4일 목요일 曇〉(9. 9.)
學校는 玄關과 廊下의 環境 揭示物 一大 更新되고. 淸掃도 近日엔 室內外 共히 잘 되는 중. 午後엔 오동나무 잎 따고.
井母는 소금 等 몇 가지 사려고 德山場 다녀온 것. 數日 前에 빚은 담북장 夕食 때 처음으로 상에 오르고. ◎

〈1973년 10월 5일 금요일 가랑비, 曇〉(9. 10.)
去月 末日부터 右側 가슴뼈(肋骨) 卽下部가 가끔 아픈 듯 뻐근한 듯 함이 數日 間 繼續되더니 3日부터는 加하여 가슴뼈 한가운데가 痛症?이 있어 2個處 으든하고 若干의 痛症 있고. 오른편 뒤 갈비쪽이 시루맞은 듯도 느껴지고. 肝? 胃? 腸?의 故障인지. 食事는 끼니마다 口味와 食慾 당겨 한 그릇씩 맛있게 잘 하는 중. 過食하는 탓인지 便所를 하루에 3, 4次程度 往來. 便은 普通.
큰 外叔 別世의 訃音. 어제(陰 9.9.) 下午 9時에 운명하셨다는 것. 67歲. 明日이 葬禮라고. 셋째 外從妹夫 庾相喆이가 이곳까지 直接 온 것. ◎

〈1973년 10월 6일 토요일 晴, 曇〉(9. 11.)
엊저녁엔 밤 늦도록 井母와 같이 팥 꼬토리 한 바구기[바구니] 까고. 그래서인지 곤히 자다 깨니 밤 1時 半頃. 세 時間 정도 잔 것. 胃인지 肝인지는 모르나 뻐근한 痛症 더 甚함을 느끼고. 그러나 활동할 때와 엎드릴 때는 그리 느끼지 않으나 正姿勢로 반듯이 누어 있을땐 아픔을 느끼는 것. 오늘 새벽은 若干 갑갑症도 느껴지고. 診察해볼 생각 나기도.
아침 行事 마치고 入淸. 佳景洞 가서 큰 外叔 葬禮에 參席. 봉분 거이 다 될 때이고. 老父母님도 오셨고. 下午 4時 半에 佳景 나오고. 老兩親 本家로 가시고.
下午 6時부터 江西 友信會 總會에 參席. 11名 參與. 會食 後 相議 마치고 散會. 年末 會議는 12月 15日 한다는 것.
청주 아이들과 同宿. 제들 母親이 만든 담북장 等 갖다 주고. ◎

〈1973년 10월 7일 일요일 가랑비, 曇〉(9. 12.)
새벽에 起床. 井, 明에게 편지 썼고. 日出時 前에 봉화寺까지 登山次 다녀오기도.
朝食 後 姬는 제 親舊들과 大田 동학사 다녀온다고 向發.
서울서 보내온 돈으로 運의 校納金과 홍업금고 拂入金 等 解決했고. 月前에 妊이 올 때 4万 원 주어갖고 온 것.
再生醫院 李再杓 先生 찾아가 近日의 胸腹部 증세 이야기하고 診察한 結果~ 病 別無하다는 것. 청진기 腹部 만져보기, 血壓測定, 小便檢査…… 肝은 別無 以上. 胃는 寫眞 찍어야 確實하지만 괜찮다는 것. 血壓은 最高 170이라고. (봄철 公務員 健康珍斷時는 110~200이었고).
診察費도 안 받은데다가 洋食 晝食까지 待接

받아 미안도 하고 고마웠기도. 李醫師 말대로 血壓 降下劑로 '로딕신' 求하고. 胃藥으로는 '게루삼정' 購求하였고…… 豫測보다는 重病 아닌 것 같아 마음 개운했기도. 하여튼 過飮 等 操心 많이 하기로 단단히 마음 먹어야 할 일.
淸州 잔일 몇 가지 보고선 下午 3時 半에 出發하여 上新 着하니 日暮頃. 舍宅, 學校 모두 無故.
去 3日에는 上京했던 魯松이 편에 9月20日에 있었던 '韓國名譽賞' 行事 있을 때 찍은 칼라 寫眞 10余枚 보내왔고. 松은 되짚어 上京했다고. ◎

〈1973년 10월 8일 월요일 晴〉(9. 13.)
學校의 우물 揚水用 發電機 故障으로 數日 前부터 朝夕으로 물 길어 오기에 數次例씩 往來. 운동되기 兼 거이 내가 全擔 형편. 今朝도 日出 前에 登山. 물 運搬, 放送 마치니 아침 첫 햇살 비치는 것.
井母는 饌用 고추잎 따기에 終日토록 바쁜 듯. 六學年 道德授業과 二學年 授業 參觀…… 禁酒 20余 日 中으로 公私事 推進 잘 되고. 食事도 끼니마다 良好. 몸을 爲한 謹愼 生活 늦었지만 이제부터라도 지킨다면 오죽 잘 하는 일일가. ◎

〈1973년 10월 9일 화요일 晴〉(9. 4.)
잠 깨니 深夜 1時 半. 胸腹部의 뻐근한 痛症 若干 덜한 氣分. 日記 쓰고 新聞 읽고 '새교육' 읽고 또 就寢. 다시 4時에 起床하여 讀書 繼續.
12時까지 말은[마른] 나무가지 조겨 쌓고 앞 뒤 庭園 淸掃한 것. 8時 半頃에 轉入하여 오는 延敎師 柳 장학士와 함께 登校 赴任.
淸州 鄭善泳 교감의 子婚 있다기에 人事次 入淸하였으나 時間 늦어 參席 不能.
電話 4079 '아주여인숙' 郭保榮 氏. 郭允相 친척집 찾아가 한 시간余 座談하고 歸 上新하니 19시. ◎

〈1973년 10월 10일 수요일 晴〉(9. 15.)
放課 後 全職員 體育으로 親睦排球試合 있어 審判했고.
轉入해온 延文植 교사 着任 人事. 21 擔任. 姫와 同期. ◎

〈1973년 10월 11일 목요일 晴〉(9. 16.)
如日 새벽에 起床하여 新聞, 새교육誌 읽기, 편지 쓰기 等으로 밤 새우는 편. 食事도 끼니마다 잘 하고. 消化는 普通. 近日은 用便 一日(24時間)에 2回쯤. 數日 前까지는 4, 5回 程度였고. 아픈 가슴도 나우 가라앉아 安心 많이 되기도. 朝夕으로도 家內外 淸掃, 나무(燃料) 패기, 김장밭 가꾸기, 물 기르기 等으로 運動 兼 趣味 붙여 活動 잘 하는 편. ◎

〈1973년 10월 12일 금요일 曇, 가랑비〉(9. 17.)
19日 豫定했던 秋季 逍風을 形便에 依하여 오늘로 당겨 實施키로 한 것. 새벽까지 晴天이더니 下午 5時까지 흐리고. 日暮頃부턴 가랑비 가끔 내리는 것. 그러나 今日 行事가 끝나고서 이기에 支障은 없었던 것. 第5學年은 '칠장寺'로 가고 基外 兒童 全員은 돌고 돌아서 가까운 '물미' 뒷山으로 갔었던 것. 全員 無事 歸校 歸家된 듯. 난 日直한 것.

井母는 附食物과 빵 等 만들어 갖고 入清.
數日 前부터 '라디오'극장 "천하대장군"과 '라디오' 연속극 "옥랑자"를 興趣있게 聽取中이기도.

〈1973년 10월 13일 토요일 가랑비, 曇〉(9. 18.)
夜深까지 讀書(昨夜)하여 곤할 것이지만 2時半頃에 잠깨어 다시 독서 繼續. 밖은 가랑비 내리고.
7時에 아침 放送 마치고 장화 신고 우산 받고 部落 巡訪. 馬忽 韓映洙, 道宗 李東珪, 青龍 鄭興燮, 內基 鄭德海, 新定 金俊經 찾아 鎭川 行事에 同行하자고. 道內 藝能發表大會에 本郡이 準優勝했다고 歸鄕 報告格으로 진천극장에서 再演하게 되어서.
12時에 自轉車로 出發. 三龍里서 鄭興燮 親知 만나 同行. 20個 種目 演出. 主로 三秀, 常山校 兒童 出演.
어제 入清했던 井母 12時쯤에 歸 上新.
진천 行事 마치고 歸校하니 下午 六時 半. ◎

〈1973년 10월 14일 일요일 晴〉(9. 19.)
日出 前 氣溫(今日의 最低溫度) 7度. 된내기[18] 처음.
終日토록 努力(勞力)...... 鐵製 排球꼴대 세우기와 氣象臺의 氣象信號旗臺 세우기 工事에 助力. 落葉 긁기, 토끼飼料用 고구마 잎 따기, 舍宅 뒤 아까시아 가지치기, 고추대 뽑기 等으로 日暮時까지 不休 勞動한 셈.
自由교양대회 郡大會 結果의 競試部 成績 不良에 不快感. 업지러진 물이니 後悔한들 所用無. ◎

〈1973년 10월 15일 월요일 晴〉(9. 20.)
數日 後에 있을 綜合指導監査 對備로 事前 點檢 抄 만들고.
明日은 第六學年 100名이 서울方面으로 修學旅行 가게 되므로 基의 出發 準備에 擔任 等 諸般 周旋에 바쁜 듯~ 教育的이면서도 無事故主義를 當付했고.
過冬用 孔炭 入荷되어 舍宅用도 加算된 것 찾아서 今日부터 炭 피우기 始作했고. 房內 團束이 不完全한 편인데...... ◎

〈1973년 10월 16일 화요일 晴〉(9. 21.)
第六學年 修學旅行~ 97名. 7時에 貸切버스 2臺로 서울 向發. 家庭實習 中이라서 全職員 함께. 校長이 日直. 內者도 가고. 午後 十時頃에 全員 無事 歸校. ◎

〈1973년 10월 17일 수요일 晴〉(9. 22.)
入清하여 興業金庫 稧金 拂入을 비롯 數個處의 外上分 갚고 저물게서 金溪 本家 到着. 老兩親께서 近日엔 氣力 웬만하시어 多幸. 姪女 魯先의 結婚 件에 關하여 難題를 議論도 하고 深夜에 就寢. ◎

〈1973년 10월 18일 목요일 晴〉(9. 23.)
새벽에 起床하여 호롱불 켜놓고 父親의 理髮하여 드리고 老母親께서 朝飯 짓는 데 助力도 하고. 家用돈으로 現金 若干 드리고서는 日出 前에 清州 向發. 엿질굼[엿기름]用 보리 1말 갖고 몽단이서 버스 못 만나 玉山 다 와서 乘車. 清州서 잔일 좀 보고서 現金 나우 남겨 歸

18) 된서리의 사투리.

校中 文白 士石 사이서 隣接人에게 듣고 清天 벼락 맞은 格~ 研究費 一部와 俸給 받았던 것 合算하여 現金 꼭 14,000원整 쓰리당한 것. 말에 依하면 푸른色 코트 입은 4人 青年이 나의 졸고 있는 틈을 타서 가리고 빼간 것. 上衣 右편 안주머니에 넣은 것을…… 精神이 홱 돌고 앗질하며 앞이 깜깜. 食糧 쌀 팔려고 간수한 것인데. 人情사정 없는 쓰리꾼 소매치기. 야속도 하고 괫심도 하지. 本家에서나 清州 아이들한테나 나우 주고 올 것을 後悔 막급.
헛일 삼아 廻路하여 梧倉까지 急히 달려와 봤으나 近似한 者들 못만나고. 柳根晟 우체국장의 誠意에 深謝. 장터 술집 等 가려보았으나 그 者들 없다는 것. 허무맹랑한 일. 얼 빠지고 정신 없는 바보의 몇 時間. 車內에서 왜 그다지도 甚히 졸았을가? 今朝까지 約 一個月余를 謹酒도 하여 精神도 맑은 處地인데. 졸리게 하는 藥(?)을 내 앞으로 풍겼는지. 참으로 기막힌 經驗도 하지. 柳국장의 慰勞 慰安의 말 들으며 時間余 座談타가 허전하게 歸 上新. 內者 보고도 말 못하고 內心으로만 속 썩이며 참고. 서울서 4男 魯松 오고. 오창서 주는대로 마시기도. ×

〈1973년 10월 19일 금요일 晴〉(9. 24.)
魯松 다시 上京. 서울 집 보고 英信 昌信 돌보라고. 서울집 남에게 한 칸쯤 貰 놓을 것 같아서 왔다는 것.
現金 急히 幾阡 원 꾸어서 쌀 팔게 內者에 주고. 어제의 일 생각할수록 기막히고. 버스도 青年도 무섭게만 생각 들고.
실물수(손재수)로 돌려보려나 마찬가지. 本人의 못난 탓만 나무랄 뿐. 此後로나 없을 일인지 또 장담 못할 일. ○

〈1973년 10월 20일 토요일 晴〉(9. 25.)
井母는 入清. 菜蔬 등 附食物 갖고. 5男 막동이 魯弼은 오늘 逍風 간다는 것.
今日도 마음 가라앉지 않아 조이고 울울하기만. ×

〈1973년 10월 21일 일요일 曇, 雨, 曇〉(9. 26.)
朝食은 蔡亨錫 집에서 待接받고.
한 달 간 酒類 謹愼했으나 종내는 헛탕쳤다는 心情에 不安하기만. 井母는 청주서 午後 4시경에 오고.
日暮 後 强風과 아울러 찬비도 내리고. ×

〈1973년 10월 22일 월요일 曇, 雨〉(9. 27.)
엊저녁의 비바람에 落葉, 솔잎 많이 떠러져 食前에 갈퀴로 많이 긁어뫃이기도.
'警察의 날'이라서 人事次 진천경찰서 갔었고. 數人 校長과 點心 會食.
數日 後에 있을 綜合監査 있대서 全職員 그의 對備에 바쁘게 일 보는 중. 特히 女職員 3人 잘하고. ○

〈1973년 10월 23일 화요일 曇〉(9. 28.)
日出 前 登山은 繼續 中. 아침 放送도 如前. 오늘은 霜降. 요새 아침 氣溫 5,6°.
井母는 舍宅 뒷산의 솔잎 많이 긁어 쌓기도. 18日의 個人 損災 事件 當한 後로 아직 安定 안된 셈. 物心兩面 損害. 數日 間 술도 삼가지 않고 생기면 마시는 중. 今日도 若干 마신 편. 午後는 밀렸던 일 나우 해치우기도. ○

〈1973년 10월 24일 수요일 雨, 曇〉(9. 29.)
새벽에 비 若干 내리고. 晝間에도 가끔 가랑비.
유엔데(國際聯合日) 第28周年으로 學校는 休業~ 職員은 모두 나와 綜合事務監査 對備로 特勤. 日暮頃에 上月 蔡氏家 大忌에 人事. ⓒ

〈1973년 10월 25일 목요일 曇, 晴〉(9. 30.)
바람 일어 쌀쌀한 식전. 日出頃 氣溫 7度5分. 落葉 많이 지고.
今日 온다는 郡 교육청 綜合監査班員 아니 오고.
沈○○ 靑年教師의 分掌 事務(圖書, 備品) 推進 안 되어 傷心 中. 박○○校監의 職責上으로 보아 過한 듯 느껴지는 言辭 있었기도. 잘 새겨 보면 좋은 말~ 公先私後. 原子彈 云〃의 말 等.
學校長이 하여야 할 評價 秘帳簿도 마련되어 개운. ◎

〈1973년 10월 26일 금요일 曇〉(10. 1.)
校長會議에 參席. '오동나무' 越冬對策이 主案. 12時 半까지 室內會議 마치고 晝食 後는 11月 1日, 2日에 있을 道體育大會에 出戰할 鎭川郡 選手團의 入場式 練習하는 것 보기에 鎭川中 校庭서 數時間 보낸 것.
學校는 豫定였던 綜合監査 있어 幹部 및 關係 數人 職員 바빴을 것. 下午 6時쯤에 歸校하니 監査班員 마침 出發할 무렵이었고. 無事히 大體로 잘 마친 것. ⓒ

〈1973년 10월 27일 토요일 曇, 雨〉(10. 2.)
새벽에 起床하여 日常 帳簿 整理하고 新聞과 教育雜誌 '새교육' 읽기에 數時間.
어제 있었던 事務監査 結果 反省과 校長會議 傳達하고 退廳 後 3男 魯明의 要請으로 入淸. 제의 結婚日字 問題와 "피아노" 購入 件에 對하여 相議한 것. 結婚은 冬季 休暇 中으로 하되 12月 末頃이나 새해 月初 中 擇日할 것과 피아노는 제 妻家에서 20万 원 대고 8万 원 程度 補充키로 했고. 제 內外 청주 아이들과 함께 同宿. ⓒ

〈1973년 10월 28일 일요일 雨, 曇〉(10. 3.)
起床하자 魯明, 魯弼 함께 가서 沐浴했고.
井母는 9時 半頃 來淸하여 팔아놓았던 들깨 갖고 기름 짰고.
市內뻐쓰로 內秀 가서 北二面 大栗里行. 中始祖 22代祖 密直公 할아버니 時祀에 參禮. 咸昌, 原州 宗親들과 人事 歡談.
淸州 와선 族姪 魯俊 外 數人과 함께 對共分室 忠北支部長인 族下 泰信 찾아 환영人事.
井母는 上新 갔고. 난 아이들과 함께 同宿.
四女 魯杏(淸女高 2年)은 文化放送局 主催인 高校學生 放送퀴주에 나가 週末퀴주王으로 뽑혀 12,000원 賞金 탔고. 공부成績도 제 班에서 2位.
魯明 內外도 낮에 歸 槐山했고. ○

〈1973년 10월 29일 월요일 晴〉(10. 4.)
6時 40分 車로 歸校. 어제 아침결까지 비 내리더니 오늘은 淸明. 따뜻한 날씨.
6學年의 道德授業 마치고 新定, 陰村 部落 出張하여 部落 幹部 父兄 심방. ○

〈1973년 10월 30일 화요일 曇〉(10. 5.)

晝食時間에 물미部落 간 中 鎭川郡 鄭經模 군수 來訪했다기에 急히 와 歡談. ×

〈1973년 10월 31일 수요일 晴, 曇〉(10. 6.)
近日은 打作 있어 일집에서 農酒 자주 먹기도. 今日도 上月 蔡 氏 家와 馬忽 李 氏 家에서 一飮. ×

〈1973년 11월 1일 목요일 曇〉(10. 7.)
少年 道體育大會 있어 入淸. 公設 운동장에선 주로 陸上. 午後엔 敎大 운동場에서 球技 있었고.
興業金庫에서 돈 마련하여 魯明用 '피아노'代 一部 補助條로 8万 원 하여 完結 지으니 마음 개운. 高價인 貴重品 샀다는 것도 壯한 생각. 제 妻家에서 20万 원 대넣느라고 애 썼을 것. 現品 '英昌피아노'(一名 야마하"山葉")은 어제 노명 下宿집까지 運搬했다고.
4女 魯杏의 體質 약한 듯 補藥條로 洋藥 購求하여 服用토록 했고. 청주서 아이들과 함께 留. ○

〈1973년 11월 2일 금요일 晴〉(10. 8.)
첫 버스로 歸校. 오늘은 自由學習의 날. 직원들은 月前에 基礎했던 動物像(호랑이, 사자) 完成.
井母는 淸州 거쳐 金溪 本家 가게 되어 아침결에 出發했고. 陰 10月 11日에 있을 時祀 준비 때문에. ⓒ

〈1973년 11월 3일 토요일 晴〉(10. 9.)
郡敎育會 行事로 郡內 各級 學校 會員 一同의 學校 對抗 親睦排球大會가 會長校인 鎭川 三秀校에서 開催케 되어 學校 일 가든히 마치고 全職員 出勤. 試合 結果는 準〃決勝까지 가다가 鎭中[鎭川中]한테 敗.
敎育長에게 繕賜할 참깨 2말 求하여 運搬케 하기도.
진천 볼 일 마치고 늦게서 歸家~ 집은 벼 있는 中이나 무사. ⓒ

〈1973년 11월 4일 일요일 曇〉(10. 10.)
손수 朝食 지어먹고 淸州文化放送 聽取中 지난週 土曜日에 있었던 忠北道內 各 高校 學生團 퀴주 맞추기에 四女 魯杏(淸州女高2年)이가 끝내 先頭를 달려 堂〃 570點(2位는 忠州女高 370點, 以下는 200點 未滿)으로 週末퀴주王으로 當選되어 表彰狀과 賞金을 받는 場面이 귀에 들릴 때 그 沈着性과 各 部面의 問題를 깜직스럽게도 잘 맞추어 나갈 무렵 기쁨과 感激의 눈물이 핑돌았던 것. 어딘가 모르게 勝利感에 저절로 괴롬 사라지고 子息들의 자랑感에 사무친 것.
4H 梨月支所 主催 54個 俱樂部의 競進大會 있다고 請牒 있기에 參席. 開會式에 來賓 祝辭 차례에 勸하기 祝辭했고~ 4H 精神은 知德勞體, 새마을 가꾸기에도 앞장서서 내 고장의 美化, 所得增大, 새 生活改善에 努力하는 여러분이라고 칭찬하고 더욱 發展있기를 祝願한다고…….
晝食 後는 우연히 機關長 數人이 휩쓸려 某 茶房에 가서 T.V綠化放送을 數時間 視聽…… 去月 末에 있었던 全國民俗藝術競演大會 場面, 西獨과 모로코의 蹴球試合場面. 日暮頃에 歸校. 어둔 때 夕食도 지었고. ⓒ

〈1973년 11월 5일 월요일 曇〉(10. 11.)
內者 明日 올 것이어서 아직 自炊中.
學校 오동나무 越冬對策으로 캐묻기에 힘들었고. 係員의 計劃 소홀과 積極性 不足, 作業 割當된 班의 不誠意, 幹部職員의 無關心. 計劃 變更하여 全職員 動員으로 가까스로 어지간이 마친 것. ⓒ

〈1973년 11월 6일 화요일 曇, 晴〉(10. 12.)
校下 李聖璨 父兄 집 打作 일 집에서 晝食 잘 했고.
어제 캐묻은 오동나무 苗에 비닐씨우기 作業으로 數八 職員과 勞力했고.
吳英煥 교사 赴任되어 長期間 缺員 메꿔져 多幸.
2日에 金溪 本家에 갔던 井母 日暮頃에 無事 오고. ⓒ

〈1973년 11월 7일 수요일 晴〉(10. 13.)
立冬. 日出時 溫度 1°8″. 으스스한 날씨. 時間이 감에 따라 溫暖하여 낮 끝엔 勞動하는 者들 땀 흘리기도.
學校는 모처럼 全職員 數짜여져 正常으로 兒童교육에 臨하도록 되었고. 새로 온 吳教師도 健實한 교사일 듯.
井母는 二次로 메주 쑤어 찟기도. 콩은 本家에서 가지고 온 것.
今日 点心은 吳殷錫 집에서 갖고 와서 잘 먹었고. ⓒ

〈1973년 11월 8일 목요일 曇, 가랑비〉(10. 14.)
梨月中學校 期成會 役員會 있다고 案內狀 왔기에 낮에 잠간 다녀오고. 垈地代 未收分 解決策 樹立의 件이었고.
井母는 메주 쑤기 어제 始作터니 오늘서 마친 것~ 이곳, 청주, 서울用 等 3곳 分. 무우도 뽑아 묻고. ⓒ

〈1973년 11월 9일 금요일 曇, 가랑비, 曇〉(10. 15.)
中部地方에 寒波 注意報 내렸대서 日暮頃에 井母와 함께 배추 뽑아 단속했고. 例年보다 2,3度 낮은 零下 4, 5度쯤 내리니 農作物을 얼구지 않도록 단속하라는 것.
學校선 오동나무 캐어 團束한 지 2,3日 前이었으니 잘한 것.
62 女子班 家事實習으로 '만두'국 만들었기에 試食. ⓒ

〈1973년 11월 10일 토요일 曇, 비바람〉(10. 16.)
學校의 오동나무 苗 賣却分 2,800本 짐 꾸리기에 朝會 前 作業으로 全職員 勞力했고. 리어커 2臺 얻어 梨月까지 搬出했으나 추럭 아니 와서 梨月에 臨時 假植했다는 것.
井母 淸州行하는 데 菜蔬 보따리 自轉車에 싣고 갈미 停留場까지 갖다주고.
鶴城校 玄 校監 만나 갈미酒店서 厚待 받았고.
우리 韓國 대 濠洲 월드컵蹴球 아시아 選手圈 大會 서울서 午後 3時에 열렸으나 2:2로 無勝負. 13日에 香港[19]서 決勝戰 있다는 것. 여기서 勝利를 거두어야 오는 뮌헨올림픽大會에 參戰케 된다는 것. 온 國民 耳目 集中.
下午 4時부터 비바람 생겨 날씨 사나워졌고. ⓒ

19) 홍콩

〈1973년 11월 11일 일요일 비바람〉(10. 17.)
豫報대로 氣溫 急降下되어 새벽 溫度 零下 1度. 첫 버스로 入淸코져 새벽에 出發. 한겨울인양 날씨 몹시 추었고, 먼 높은 山頂엔 흰눈도 보이고.
淸州 가보니 서울서 큰 애 內外 와 있고. 英信, 昌信도. 陰曆 10月21日이 제 母親 生日이어서 形便上 日曜日인 今日로 당겨 朝食 한 끼라도 待接한다고 반찬거리 사 가지고 와서 청주 아이들 있는 곳에서 마련하여 會食하는 것.
本家 金溪에 가서 父母님 뵙고 日暮頃에 다시 入淸. 서울 아이들 全部 낮에 上京.
막 버스로 歸 上新하려고 出發했으나 時間 늦어 不得已 돈 드려 淸州서 留.
魯明도 둘이 다 淸州 왔고. 結婚日字와 房 問題로 相議하기도. ○

〈1973년 11월 12일 월요일 曇〉(10. 18.)
첫 車(6時)로 歸校. 井母도 낮에 上新 오고. ×

〈1973년 11월 14일 수요일 曇〉(10. 20.)
校長會議 있어 鎭川行. 學校 敎育評價와 體育振興策이 主 案件. 日暮頃에 散會, 歸校. ○

〈1973년 11월 15일 목요일 曇, 비바람〉(10. 21.)
三龍里 鄭陽海 子婚에 請牒 있어 鎭川 예식장까지 人事次 參席.
下午 3時 半부터 어제 있었던 校長會議 傳達.
밤엔 內基 鄭 氏 家에 가서 婚事잔치 먹고. ○

〈1973년 11월 16일 금요일 曇, 가랑비〉(10. 22.)
三仙洞 姜理事 付託으로 結婚式에 主禮 섰고 ~ 新郞은 김종문, 新婦는 장옥자. 진천읍 '아리랑예식장'에서.
校庭에 槐木 移植하는 데 全員 같이 비 맞으며 勞力했고.
밤엔 新道宗 靑世煥 집 가서 女婚 잔치 먹기도. ×

〈1973년 11월 17일 토요일 가랑비, 曇〉(10. 23.)
學校일 午前 中 보고 井母와 함께 入淸. 井母는 淸州 아이들 먹을 김장 담그러 간 것. 上新 것은 어제 담고.
청주 南城校 李士榮 校長 교육勤續 30周年 記念式에 參席하여 祝儀했고. 강당에서 式後 客들과 一盃 待接받기도.
청주 채소(배추)값 相當히 高價說. 폭이[포기]當 100원이라나. ※

〈1973년 11월 18일 일요일 曇, 雪〉(10. 24.)
興業金庫에 가서 11月分 拂入金 整理. 중앙漢藥房 申 氏 家에 가서도 약값 完結.
淸州 김장은 큰 妻男 金泰鎬가 無料로 周旋 마련하여 順調로이 되기도.
李鳳求 女婚 있다기에 히아신스 禮式場에서 人事.
12月 9日에 있을 振榮의 結婚式도 히아신스 예식장으로 決定 豫約. 12時로 確定.
鄭龍喜, 閔在基, 朴允緖 친지 만나 興醉中 늦게 놀기도. ※

〈1973년 11월 19일 월요일 雪, 曇〉(10. 25.)
昨夜에 가랑눈 내리더니 새벽까지 繼續. 비도 섞어 오고. 日出 直前엔 함박눈 내리기도. 눈 그치니 날씨 몹시 추어졌고. 눈은 80㎜쯤. 첫눈. 今年엔 早期 降雪.

첫 直行버스로 歸 上新 出勤.
柳魯秀 장학사 來校~ 學校 評價와 學習指導 優秀敎師의 授業參觀도…… 5年 女子班 洪 女敎師 指導 본 것.
內者는 청주 김장일 마치고 下午 5時頃에 오고. ○

〈1973년 11월 20일 화요일 晴, 曇, 한 때 진눈개비〉(10. 26.)
날씨 大端히 차고. 새벽 溫度 영하 4度.
梨月中學校 設立期成會費 件으로 機關長會議 있대서 梨月面 다녀오고. 組長으로 定着部落을 擔當케 된 것.
學校敷地를 喜捨한 蔡完錫의 結婚 消息 있어서 午後에 入淸하여 新郎 本家 牛岩洞에 밤 9時頃쯤 찾아 人事. ○

〈1973년 11월 21일 수요일 晴〉(10. 27.)
청주 아이들과 留했기에 아침 첫 빼쓰로 歸 上新 出勤. 어제의 진눈개비로 길바닥은 빙판 이루고. ○

〈1973년 11월 24일 토요일 曇, 가랑비〉(10. 30.)
歸鄕하려고 日暮頃에 갈미 갔다가 梨月 機關長 數人 만나 一盃 席에서 歡談. 不得已 막 車로 入淸. 무거운 고구마 보따리 갖고 아이들한테까지 가는데 極히 팔다리 아팠기도.
振榮 結婚 行事 件으로 今夜中으로 金溪行 하렸으나 形便으로 못왔다기에 저물기도 하여 淸州서 留. ※

〈1973년 11월 25일 일요일 曇〉(11. 1.)
첫 車 7시 40分 虎竹行 버스로 金溪 本家行. 兩親 氣力 그만하시고. 亦 振榮 못와서 父母님과 結婚日 行事 件 協議하고 午時頃 入淸. 內者도 와 있고.
急기야 佳佐 卞文洙 교장 子婚에 번천까지 가서 여러 舊親들과 잔치 받고.
저물게 入淸하여 몸도 고단하고 被勞되어 다시 청주서 留. ※

〈1973년 11월 26일 월요일 曇〉(11. 2.)
6時 첫 빼스로 歸校 中 金容辰 女교사 만나 갈미서 同行. 金교사 보따리 自轉車에 싣고 오던 中 짐 허술히 맸던지 多額 現金(13,000,이라고) 들은 지갑 빠져 당황. 되곱쳐 갈미까지 가봤으나 이미 여러 通學生들 버스는 떠났고. 고심초사하며 歸校. 朝會時에 參考로 全職員에게 傳達. 金 교사는 지갑 속에 積金통장 있다기에 關係기관에 連絡 취하라고 鎭川 보냈고.
終日토록 苦腦. 찾을 길 막연했고. ※

〈1973년 11월 27일 화요일 曇, 晴〉(11. 3.)
새벽에 起床하여 갈미行. 通學 中學生들에게 昨朝 件 이야기하여 보았으나 別無神通. 道宗 들어와 有志 父兄 數人에게도 이야기했으나 막연한 일.
上村部落(定着) 가서 梨月中學 期成會費 件으로 住民들에게 啓蒙 勸告.
今日도 終日토록 어제 아침 件으로 울울하고 苦心 뿐. ×

〈1973년 11월 28일 수요일 晴〉(11. 4.)
研究發表校에 出張 간 職員 많아서 學校는 不正常.
井母는 뒷山에서 今日도 솔잎 많이 긁어모았

고.
26日 아침件 신통한 消息 아직 없어 울울한 心情 그대로.
美定부락 李창화 里長 宅 심방하여 梨{月}中기 성회件, 잠간 相議하기도. 移居者 多數等의 理由와 現狀으론 難할 듯. ⓒ

〈1973년 11월 29일 목요일 曇〉(11. 5.)
고단한 몸 많이 回復은 되었으나 右側 갈비뼈 언저리가 뻐근히 아픈 氣 느껴지고. 第一,二校 6學年의 道德授業 마친 後 아픔이 더한 듯. 가슴 속도 답답증을 몹시 느껴지기도. 呼吸과 運身에 困難했고. 朝食 金海應 집에서.
晝食時間에 馬忽 韓映洙, 李哲鎬 父兄 來訪에 彼此 歡談. '韓, 李 氏 모두 親密한 사이'. ⓒ

〈1973년 11월 30일 금요일 晴, 曇〉(11. 6.)
研究教師들의 研究發表大會와 事務打合 있어서 入鎭.
제15회 文化賞의 地域發展貢獻部門으로 書類具備 提出한 바 있었던 中 該當되겠는지 寫眞 一枚와 원판을 急送하여야겠다기에 特急으로 마련하여 道教委로 發送케 한 것.
午後 一時부터 校長會議 있어 교육廳 회의실에 參席. 油類波動에 따른 에너지 消費 節約策으로 早期放學한다는 것이 主案. 會議 늦게 끝나 歸校하니 어듬깜깜했고. 職員들은 大形 비닐하우스 만들어 菜蔬 移植했고.
右側 가슴과 등 아팠던 것 더하지는 않는 듯.
振榮 婚日 가까워서 지낼 일 計劃에 막연 복잡. ◎

〈1973년 12월 1일 토요일 晴〉(11. 7.)
校長會議 傳達. 冬季 休暇生活計劃 樹立 잘하도록 指示.
清州高校 李 校長 親喪에 人事하려고 朴 校監과 함께 出發(장관리行) 하였으나 이미 返魂[20]했대서 나만 入清.
玉山行 막 車로 金溪 갔고. 老兩親 氣力 평범.
만나려던 振榮 한밤중에 來家. ⓒ

〈1973년 12월 2일 일요일 晴, 曇〉(11. 8.)
父親 振榮과 함께 結婚行事 節次와 經費에 對한 相議. 諸 經費는 거이 振榮이가 負擔한다는 것.
清州까지 振榮과 함께 와서 点心 먹고 作別.
청주 아이들 잠간 만나 이야기 하고 魯弼의 中學 進學의 一次 登錄金과 魯運의 校納金 4/4 分期 것까지 完結해주고 막 뻐쓰로 歸 上新하니 下午 7時쯤.
蔡洙宗 氏(上月) 回甲宴에 人事가서 待接받고.
本家에 가서 相議되었던 일 內者에게 傳했고. ○

〈1973년 12월 3일 월요일 晴〉(11. 9.)
當局의 指示에 따라 早期放學 實施케 되어 제5學年까지는 오늘 終業式 했고. 6學年은 8日에 하기로. 國家에너지 燃料節約이 早期放學 原由로 되어 있고. 家庭學習課題를 充分히 내도록 한 것. 放課 後 蔡 氏 家에서 全職員 招待. ○

20) 반혼(返魂): 장례를 지낸 뒤에 신주를 집으로 모셔 오는 일이다.

〈1973년 12월 4일 화요일 晴〉(11. 10.)
今朝 氣溫 이제까지 가장 낮아 零下 七度. 今日부터 放學된 것(5年 以下)은 寒波로 보아서도 잘 된 것.
教育廳 들려 事務打合 마치고 入淸하여 淸州商高校 朴完淳 校長에 連絡하여 振榮 結婚式에 主禮 서도록 付託하여 決定 보았고.
興業無盡金庫에 가서 앞으로 다가올 큰 行事에 費用 들 것이기에 積金 1座 12万 원 受領키도.
油類波動으로 諸車 運行難이고. 鎭川에 막 뻐쓰로 왔다가 朴 校監 만나 택시로 갈미까지 잘 왔었고. 道中에 陰村 李成雨 父兄 宅 尋訪하여 明日 行事에 그의 令愛 受賞式에 參席토록 일른 것. ○

〈1973년 12월 5일 수요일 曇, 가랑눈〉(11. 11.)
日出 直前의 氣溫 영하 5°. 終日토록 가랑눈 오기도.
國民교육헌장 宣布 第5周年 記念日이기에 춥지만 運動場에서 記念式 擧行. 6學年과 教職員 全員이 參禮.
第六學年 "바른생활" 21單元까지 完全히 마치고.
井母는 金溪 本家行~ 9日에 있을 振榮의 結婚式에 따른 10日에 있을 豫定인 洞里잔치 準備에 일 보려고 간 것. ⓒ

〈1973년 12월 6일 목요일 曇〉(11. 12.)
추운 날씨 繼續. 明日의 大雪 추위를 눈없이 하는 듯.
入淸하여 教大에서 있는 '배드민튼' 大會 求景하고 늦게 金溪 本家에 갔으나 振榮이 아직 안 와서 궁겁더니 夜深해서 到着. ○

〈1973년 12월 7일 금요일 晴〉(11. 13.)
三從姪女 魯희의 結婚式 '히아신스'에 參席. 式後 金相哲과 함께 情談하며 一盃. 잔치 形式 갖춘 것.
被勞와 過醉하여 意外로 늦게 歸校. ※

〈1973년 12월 8일 토요일 晴〉(11. 14.)
今日 와서 날씨 푹해졌고.
職員들엔 學校 당부. 傳達夫 尹 氏에겐 舍宅 당부하고 本家 向發. 歸家中에 明日 利用할 뻐쓰 交涉과 濁酒대 支拂코 늦게 本家 到着. ×

〈1973년 12월 9일 일요일 晴〉(11. 15.)
老兩親 모시고 '히아신스'예식장 가고.
振榮 結婚式 13時 半부터 擧行. 主禮는 淸商高 朴完淳 校長, 來賓과 一家親戚 意外로 多數 왔고.
式後 '旺山園'이란 料理집에서 來賓 全員 接待. 上新校 職員도 많이 와서 반가웠던 것. 뒷處理에 큰 애 魯井이가 애썼을 것.
淸州 行事 마치고 貸切뻐쓰로 一同 金溪 냇가까지 모신 것.
振榮 內外(新郎新婦)와 兩親은 택시貸切로 本家 着. ※

〈1973년 12월 10일 월요일 晴〉(11. 16.)
아침부터 金溪里 一家 親戚 안팎 全員 招待하여 나름대로 잔치 終日토록 버러졌고.
井母는 數日 前부터 勞力 中. 큰 애 井은 잔치거이 끝날 무렵 뒷갈무리하고 上京.
醉中에 來客 招待하느라고 誠意 베풀었으나

記憶 상막. 從兄(浩榮 氏) 再從兄(憲榮 氏)이 찬찬하게 活躍 많이 함은 今般만도 아니었고. 큰 일 無事히 보낸 것. ※

〈1973년 12월 11일 화요일 晴〉(11. 17.)
數日 間 계속하여 날씨 푹한 탓으로 큰 일 잘 치룬 것.
今般 큰 일 經費는 主로 新郎 振榮이가 거이 負擔한 것.
扶助金은 決算하여 振榮한테 全額 넘기고.
晝食 後 振榮과 함께 淸州까지 오고. 몸 고단하여 歸校 豫定을 포기하고 청주 아이들과 함께 留. 極度로 被困. ※

〈1973년 12월 12일 수요일 晴〉(11. 18.)
가까스로 起床하여 歸校 채비하니 머리 흔들리기도.
4女 魯杏의 眞 誠意로 타준 "우유"茶 2컵 마시고 上新 向發. 途中에 물미 崔父兄 만나 同行했고.
舍宅에 到着할지음 肉感이 아상하더니 아니나 다를가 順해 빠진 개 '검둥이'가 2, 3日부터 안 보인다는 것. 數日 前부터 숫캐가 따르더니 어찌된 일인지.
內者도 日暮頃에 上新 着. 검둥이 잊은 것 아까워 여기고. ×

〈1973년 12월 13일 목요일 晴〉(11. 19.)
職員들에 人事 後 梨月 나가서 "새마을指導者大會"에 參席. 鎭川郡 鄭郡守와 歡談하기도.
井母는 개 '검둥이" 찾으려 學區內 몇 동네 다니며 探知하여 보기도. 남들 말에 손 탄 것이라고 말이 분분. 이제 잊을 수밖에. 며칠 동안은 사라지지 않을 것. ○

〈1973년 12월 14일 금요일 晴〉(11. 20.)
職員 一同 合唱 練習. 1月에 競演大會 있어서.
近 20年生 느티나무 캐 옮기는 데 장정 職員 애썼고. 朴 교감이 서드러서 移植作業 한 것. 애당초 計劃은 세워졌던 덧.
午後에서 몸 若干 回復되는 듯. 萬事 귀찮았던 것.
井母는 도끼 修繕(베리는 일) 等으로 德山장 다녀오고.
數日 間 몰렸던 公文書 處理로 數時間 머리 썼고. ⓒ

〈1973년 12월 15일 토요일 晴, 曇〉(11. 21.)
校長會議 있어 自轉車로 鎭川 往來. 年末年始에 虛禮人事 않을 것과 休暇 中 生活 잘 하도록 함이 主案件.
歸校하니 6學年 父兄會 自進하여 會合하고 卒業 경비調達策을 協議 決定했다는 것. 眞實 自進인가가 문제이며 의문. 朴某 父兄의 71學年度 學校 記念行事의 結果 모순이라 말함을 理解는 가는 것이나 前校監 處事의 不圓滿일지 모르나 快치 못한 醉中 言辭에 氣分 妙했고.
마니라에서 열린 亞細亞농구選手權大會에서 中國도 日本도 물리친 우리選手團들이 準優勝은 하였지만 필리핀에게 분패함에 있어 그 나라 國民들의 一方的인 應援과 야유엔 端的인 評은 難하다고 라디오 中繼放送을 聽取하기도. ⓒ

〈1973년 12월 16일 일요일 晴〉(11. 22.)
井母와 함께 入淸. 3男 魯明 만나 27日에 있

을 結婚式 擧行 節次와 前事, 當日事, 後事 等을 相議했고. 數日 前에는 서울 큰 애도 淸州 와서 兄弟 만나 진지한 協議와 指示도 했다는 것.
井母는 点心 後 歸 上新하고, 나는 홍업금고 拂入, 金泰殷 만나 제 事情의 잔소리 많이 듣고.
朴永淳 校長 女婚(청주예식장)에 人事하고, 李士榮 校長(청주 南城校) 집 尋訪하여 魯明 結婚式 主禮를 付託하고 深夜토록 歡談했기도. 明의 결혼예식장은 청주예식장으로 決定. 時間 下午 1時로. 청주서 아이들과 留. ○

〈1973년 12월 17일 월요일 晴〉(11. 23.)
새벽 첫 뻐스로 歸校. 15日에 있었던 校長會議 傳達했고.
5男(막동이 國6) 魯弼이 淸州서 저 혼자 왔고.
校下에 某團體(宣傳賣藥商) 와서 떠들석하는데 兒童들에 比교육的이라고 速히 철거해 가기를 要求. 옥신각신한 것. ×

〈1973년 12월 18일 화요일 曇, 가랑눈〉(11. 24.)
學校 발전기 交替 搬入하는데 傳達夫 늦게까지 안 오기에 三龍里까지 마중 나가 만나 끌어 오는데 助力. ×

〈1973년 12월 19일 수요일 晴〉(11. 25.)
發電機 發火 안되어 여러 職員 애먹기만 했고. 試動에 責任 진 幹部職員 몇 이 無誠意한 탓이기도.
新定部落 갔을 때 親한 父兄 數名 만나 濁酒놀이 하기도…… 李鐘先, 申得雨, 洪甲杓, 林相烈, 崔炳王 等.

서울서 4男 魯松이 나려오고.
昨夜에 過飮한 蔡某 父兄의 행투리[21]로 李某 교사 齒牙 크게 다쳤다는 것. 듣고 不快不安했고.
學校 비닐하우스 안에 '영산홍' 500本 심기도. ×

〈1973년 12월 20일 목요일 晴〉(11. 26.)
郡內 校長團 및 親知 몇 사람 앞으로 3男 魯明 結婚 청첩장 써 부쳤고.
上村部落 金允倍 父兄 子婚에 主禮 섰고. 德山 예식장 11時. 新郞 집에서 待接받기도. ○

〈1973년 12월 21일 금요일 曇, 가랑눈〉(11. 27.)
새벽 2時에 起床하여 청첩장 等 雜務 보기에 밤 새운 셈.
梨月까진 井母와 함게 가고. 井母는 흰떡 1말 하려고~ 暴風의 찬 눈보라에 큰 곡경 치렀을 것.
梨月 거쳐 入淸. 案內狀 約 100枚 郵送…… 鎭川郡內 敎職員과 緣戚, 親戚에 보내는 것.
魯明 結婚時에 主禮 설 李士榮 校長 만나 彼此 一盃 待接하면서 深夜토록 歡談. 江內 권재식 校長도 만났고. ※

〈1973년 12월 22일 토요일 曇, 가랑눈〉(11. 28.)
어제 낮부터 날씨 惡化되어 눈, 비, 바람 세고. 今朝 영히[영하] 11°.
새벽부터 쓴 案內狀 姙과 魯先의 援助 받아 써서 約 100枚 發送.
興業金庫에 가서 당첨된 1座 預置 手續~ 12

21) '행티(행짜를 부리는 버릇)'의 사투리.

万 원整. 飮食店(金門圖) 들려 27日에 待接할 것 相議後 豫約도 하고.
振榮 結婚時에 主禮섰던 朴完淳 校長에게 謝意 表하기도.
막 뻐쓰로 梨月 와서 自轉車로 歸 上新하는데 어둡고 춥고 苦生한 것. 밤엔 松이도 弼이도 魯明 결혼 알림글 쓰고. ○

〈1973년 12월 23일 일요일 雪, 曇〉(11. 29.)
새벽 무렵 눈 나우 내리고. 어제의 冬至턱 단단이 하는 듯. 2時에 起床하여 雜務 處理하기에 새운 셈.
魯弼과 함께 入淸하려고 눈보라치는 세찬 날씨를 이겨가며 梨月까지 가는 中 自轉車에 실은 흰떡 보따리를 어린 弼이가 밀어주는 바람에 難中易로 갔던 것. 오늘 아침 氣溫 영하 12°. 청주 가 보니 서울 큰 애와 妊이 함께 金溪行했다는 것. 밤 7時頃 車로 玉山 着. 寒波 甚한 夜行길은 無限히 춥기도. 本家 着하니 밤 9時頃이며 老父母님 氣力 如前하시어 多幸이고. 서울서 온 큰 애 魯井과 同生 振榮 함께 深夜토록 이야기 하고 留. ○

〈1973년 12월 24일 월요일 晴〉(11. 30.)
새벽에 起床하여 마당 눈 다 치우기에 땀 흘렸고. 老父親께선 6時에 불 때어 물 데우시고(每日같이 하시는 일). 陰 至月[22] 금음이 生日이어서 朝食을 從兄, 再從兄 家族 一同 함께 會食. 朝食 짓는 데 3女 妊과 새로 들어온 李嫂(振榮 婦人) 애썼을 것…… 酷寒. 今朝 氣溫 영하 17度~ 極寒.

22) 동짓달

국수로 点心 後 井과 妊과 함께 入淸.
술 도가에서 27日에 쓸 藥酒 豫約하고 막 버스로 梨月 와서 自轉車 끌고 歸舍宅하는데 손, 발 시려워 極히 욕본 것. ○

〈1973년 12월 25일 화요일 晴〉(12. 1.)
今朝 氣溫 영하 18度(學校 廊下 溫度). 寒波 繼續 中.
23日에 삶은 돼지 머리고기 눌러놨던 것 첨으로 썰어 담으니 와이사쓰곽으로 가득찰 程度뿐.
点心 後 井母는 淸州 가고.
任員 數人과 몇 분 만나 윷놀이 탁주놀이 했기도. ○

〈1973년 12월 26일 수요일 晴〉(12. 2.)
새벽에 年賀葉書 쓰고. 날씨는 어제보다는 헐신 눅졌고.
淸州 가보니 큰 애 井이가 豚肉 썰고 있었고. 井과 함께 "金門都" 음식堂에 가서 明日 있을 일 主人과 打合 짓기도. 新郎될 3男 魯明이도 槐山서 와서 많은 家族 한 房에서 同宿. ○

〈1973년 12월 27일 목요일 曇〉(12. 3.)
3男 魯明의 結婚日. 날씨 흐리나 多幸이고 포근하고. 式은 "청주예식장"에서 午後 1時에 擧行. 順成. 主禮는 南城校長인 親友 李士榮. 來賓 約 300名 盛況 이뤘고. 손님 全員 '金門都'에 案內 接待. 井을 비롯하 數名은 來賓 接待에 精神 잃을 程度였고. 大奔走 속에 無事 끝낸 것.
來賓 및 扶助金(祝賀金) 意外로 많아 現金 約 18万 원. 經費도 많아서 今日 것만도 10万 원

넘었고. 新郎 新婦는 俗離行. 밤엔 큰 애가 結算 보아 引繼. 2男 紘이가 未婚이어서 마음 한구석 께름하기도. 本人도 表現難인 心情일 것. ※

〈1973년 12월 28일 금요일 雪, 曇〉(12. 4.)
새벽에 눈 좀 내려서 발자욱눈. 俗言대로 富者될라나…….
獨行으로 金溪 本家에 가서 新郞新婦 到着되기를 기다렸고. 집에선 本洞人 接待에 終日 바빴던 것. 新郞新婦는 日暮頃 到着되고~ 눈 때문에 車 便 나빠서 고생했다고. 誠意 없다고 폐백 前에 老母親께선 걱정하셨기도. 밤에 방에서 헌구고. ×

〈1973년 12월 29일 토요일 晴〉(12. 5.)
집안 家族 一同 朝食 會食. 모든 次例 人事 마치니 마음 후련했고. 20日 間에 두 차례 結婚 大事 치룬 것. 그래도 未婚男女 머리 큰 것들 數人 있고.
点心 後 新郞, 新婦와 함께 入淸. 신랑, 신부는 再行格으로 槐山 갔고. 內者는 淸州서 留. 난 저물게 上新 歸校. 無事. ×

〈1973년 12월 30일 일요일 晴〉(12. 6.)
父兄 有志 몇 분 찾아와 淸州 못 온 것 人事하며 歡談하기도. ※

〈1973년 12월 31일 월요일 晴〉(12. 7.)
29日에 있었던 校長會議에 代理參席한 朴魯勝 校監으로부터 會議 傳達. 終務式 形式으로도 職員會 했고. 過歲 때문에 日暮頃에 入淸하여 永登浦 큰 女息(媛)과 어린 外孫男妹 데리고 夜間에 金溪行. 택시는 눈길로 몽단이 턱까지만. 本家까지 걷기에 5살배기 '희진'이 애먹었기도. 업느라고 팔 아팠기도. ×

◎ 73年 略記
1. 維新課業 첫 해라 公的 事業面으로 말할 수 없이 多忙했던 것. 特히 '오동나무' 苗 기르기엔 멍청이도 잊지 못할 일.
2. 老親 가까이 移動意思 이뤄지지 못하여 年中 傷心. 就寢 前 望鄕拜 時마다 萬壽無疆을 祈願하면서도 송구했고.
3. 甚한 酷暑와 數日 間의 寒波 極甚했기도. 夏冬季 放學 早期實施했기도. 油類波動으로도 國內 발끈했던 것.
4. 南北對話 數次했으나 北韓 不誠意로 平和統一 요원.
5. 年事는 豊年으로 蠶業까지도 所得增大 이룬 해이고.
6. 家內的으론
   ㄱ. 서울 큰 애 '청담동'으로 新營住宅 좋게 마련되고
   ㄴ. 四男 魯松 年齡 차서 壯丁檢査에 甲種받기도
   ㄷ. 振榮, 魯明 둘 다 年末에 結婚했고
   ㄹ. 淸州서 아이들 5名 自炊. 上新校선 단 內外. 以上.

主禮辭[23)]
1. 新郞 姜○○君과 新婦 李○○孃이 兩家 어른과 家族 一同을 비롯하여 여러 어른과 親

23) 1973년 1월13일에 한 생애 첫 주례사. 만 51세 때다.

知를 모신 이 자리에서 結婚의 華燭을 밝히게 된 것을 主禮 이 사람도 眞心으로 祝賀하는 바입니다.

2. 듣건대 新郎 姜○○君은 ○○學校를 卒業하고 家庭을 일으키기에 努力하는 誠實한 靑年인줄 압니다. 新郎의 父親되는 姜喜吉氏는 上新學校 任員으로서 親分이 있고, 性格이 剛直하고 勤勉한 분이며, 新婦 ○○孃은 ○○學校를 卒業하고 家庭에서 父母님을 도와 勤勉하고 溫順 着實한 閨秀였다는 것을 들어 알고 있읍니다.

3. 世上에 가장 高貴한 것은 夫婦之間인 것입니다.

○ 한 家庭에서 苦樂을 함께 하고 마음을 같게 하여 一平生을 한마음 한뜻 한몸으로 지내기 때문에 夫婦一身이라고 합니다.

○ 서로 용서할 줄 알아야 하며 양해할 줄 알아야 합니다.

기쁜 일이 생겼을 때는…… 서로 速히 알려서 즐거움을 같이 하고, 괴로운 일이 있을 때는 서로 慰勞해서 괴로움을 나누어 速히 괴로움이 解消되도록 할 것입니다.

○ 남남끼리 結合이 되어 한 双의 夫婦가 되었으니 하늘에서 맺어준 天上緣分인 것입니다.

4. 아내는 男便을 하늘같이 생각하여 그의 하는 일에 積極 內助하여 賢母良妻가 되어야 하며, 男便은 아내를 하늘 아래 單 하나밖에 없는 金玉 같이 사랑하여 훌륭한 家庭을 이룩하여 家長으로서 또 主婦로서 집을 빛내기를 바라면서 主禮辭를 끝냅니다. 이상.

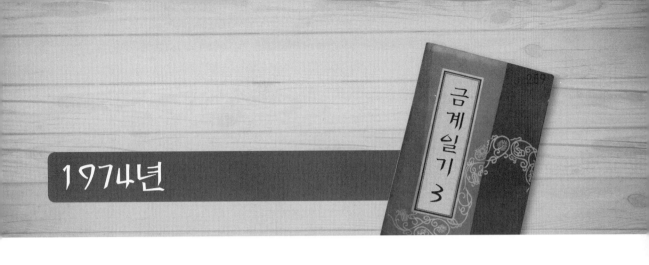

1974년

〈앞표지〉
일기장
1974년(4307) 甲寅
鎭川郡 上新校在職
金溪校 轉補
附爲親稧名單

〈뒷표지〉
通信錄

〈1974년 1월 1일 화요일 晴〉(12. 8.)
새 해 아침 밝았고. 甲寅 過歲 金溪서는 우리 집안 두 집과 其外 2家戶 뿐인 듯. 집안끼리만 歲拜하였고.
歸路에 俊榮 氏, 大鐘 氏 찾아 3日에 있을 宗親 同甲稧 行事 相議하기도.
74 甲寅 첫 날을 맞이하여 생각만은 ① 學校經營 正常化, ② 家庭營爲 向上化, ③ 健康, 經濟 生活化하기로.
淸州서 술 나우 먹고 留. ×

〈1974년 1월 2일 수요일 晴〉(12. 9.)
30日에 槐山 갔던 井母는 3男 魯明이 새 살림 차려주고 오늘 來淸하였기로 함께 歸 上新. ×

〈1974년 1월 3일 목요일 晴〉(12. 10.)
宗親 同甲稧 서울 昌在 집에서 있게 되어 새벽에 나섰으나 車 便 不如意하여 淸州서 高價 택시로 上京. 城東區 君子洞 運좋게 집 잘 찾아 修稧 잘 했고. 6月 末까지 稧金 3,600원(白米 3말 6升) 增資키로 한 것. 下午 4時頃에 稧行事 끝내고 高速으로 淸州 와서 留.
永登浦 큰 사위 왔기에 座談하고 아이들과 같이 잔 것. ×

〈1974년 1월 4일 금요일 晴〉(12. 11.)
첫 버스로 歸校했다가 內者와 함께 士石 가서 聖岩 金 校長 宅 가서 그 師母任 回甲宴에 人事. ○

〈1974년 1월 5일 토요일 晴, 曇〉(12. 12.)
2時에 起床하여 年末年始 諸整理하니 日出. 鶴城校에서 開設되는 새마을學校 運動에 職員活動 不誠意에 不快했고. 日暮頃에 新定, 美定, 美蠶里長 집 速步로 찾아다니며 出席 督勵했기도.
魯明 結婚時에 扶助한 180名 中 150名에게 人事狀 發送 마련하기에 終日토록 애썼고. 밤까지 繼續하여 거이 徹夜한 것. 낮엔 松과 弼, 杏의 助力도 받았고. 밤엔 井母도 助力. ⓒ

〈1974년 1월 6일 일요일 晴〉(12. 13.)

새벽 放送 今朝도 일찍~ '새마을學校' 出席督勵 했기도.
人事狀 發送과 柳根晟 우체局長 子婚에 人事하려고 入淸했고. 卞文洙 교장 만나 閔在基 校長과 함께 一盃 待接받기도. ×

〈1974년 1월 8일 화요일 晴〉(12. 15.)
校長團 親睦會 總會 있대서 常山校까지 出張하여 協議했고. ×

〈1974년 1월 10일 목요일 晴〉(12. 17.)
相約대로 鎭川 가서 朴 校監 만나 教育廳 幹部陣과 學校일 부탁하곤 李 課長 데리고 夕食을 같이 하고 밤 늦게서 歸校. ○

〈1974년 1월 11일 금요일 晴〉(12. 18.)
明日에 職員 一同 대접하려고 3女 魯妊과 井母는 終日토록 飮食 마련에 바빴고.
學校 뼁끼工事 着手에 돌보기도. ×

〈1974년 1월 12일 토요일 晴〉(12. 19.)
날씨 繼續 푹한 편. 日出頃 영하 6°지만 낮 溫度 6,7度 유지.
學校는 今日부터 共同硏修期間이라서 全職員 登校. 午前 中은 舊年 帳簿 編綴에 全員 손댔고.
点心時間에 全職員 舍宅에 招致하여 待接~豚肉, 기름튀기, 잡채, 찌개, 김치가 酒肴. 酒類는 德山 藥酒로 滿足히. 食事는 만두 들은 떡국으로 足했고…… 年末年始의 意와 家庭的 重次大事에 職員들 애썼기에 答接하렸던 것. 內者와 3女 妊이가 手苦 많이 한 것. 本家 가려던 計劃 不得已 明日로 미룬 것. ○

〈1974년 1월 13일 일요일 晴〉(12. 20.)
3女 魯妊도 淸州 가고. 갈미서 가까스로 乘車~車內 붐벼서.
魚,肉, 酒類 若干씩 사 갖고 金溪 本家行. 父母님 글력 平溫. 今日도 家庭은 平和. 今夜도 테레비 보려고 親族들 모여 앉았고. 近日의 朝夕짓기에 새 季嫂가 助力함으로 多幸이고 고마운 생각 뿐.
歸途에 李 士榮 校長 찾아 '와이샤쓰'로 前日 主禮 본 謝禮했기도. ×

〈1974년 1월 14일 월요일 晴〉(12. 21.)
午前 中 淸州 向發. 途中 번말서 三從兄 根榮氏 만나 歡談했기도. 魯殷 病故로 傷心 中인 듯.
玉山面에 잠간 들려 用務 簡單히 보고 入淸. 청주 아이들에게 甘藷 내어주고 막 차로 갈미까지 오고. 上新 着은 밤 8時頃. ×

〈1974년 1월 15일 화요일 晴〉(12. 22.)
職員들 共同硏修 中. 計劃대로 內容充實 期하지 못하는 듯. 忠實하도록 當付. 朴 校監의 自意 外交에 고맙기는 하나 어떠할른지?
每 15日이 俸給日인데 보수규정 7條 1項에 依하여 17日로 變更한다고 電通 있어 今日 受領 不能. 兩道宗 部落 出張했고. ○

〈1974년 1월 16일 수요일 晴〉(12. 23.)
산수科 써클協議會가 閑川校에서 있대서 自轉車로 出張. 當校 朴 校長과 郡교육청 金 장학士와 同席 歡談하기도.
上新 校下에서 移舍 간 金在得한테 厚待받기도.

李, 金 敎師와 함께 밤에 歸路 中 고갯티서 氷板에 너머져 右側 홀목(손목) 삐서 밤새도록 痛症 심하여 잠 못잤고. ×

〈1974년 1월 17일 목요일 晴〉(12. 24.)
아침결에 申동관 父兄 집 가서 져찔은[겹질린][1] 손목 침 맞고~舊鍼이라서인지 極甚히 아팠고. 무우 긁어서 뜻뜻이 하여 감았고.
梨月中學 基成會費條로 所在地 機關長들 왔기에 몸 아파도 同行하여 新定, 美定, 三仙洞, 上村部落 다니며 協助했고. ○

〈1974년 1월 18일 금요일 晴〉(12. 25.)
손목 나우 부드러워져서 가까스로 숫갈질 할 程度 되고.
學校 共同硏修는 今日로 一段落. 不足한 채 마친 것. 舊正 後 再計劃 實施할 것을 시사하고.
淸州서 4女 魯杏이 왔고. ⓒ

〈1974년 1월 19일 토요일 晴〉(12. 26.)
國內外 情勢 報告會가 鎭川극장에서 있대서 參席케 되어 10時에 到着. 敎育廳일까지 잠간 마치고 朴 校監과 点心을 會食.
入淸하여 興業金庫에 拂入金 整理. 時計도 修理.
井母도 來淸. 노임 데리고 工場에 가서 흰떡 한 말 해오기도. ○

〈1974년 1월 20일 일요일 晴, 曇〉(12. 27.)
早朝에 井母는 妊과 姬 데리고 흰떡 썰고.

1) 몸의 근육이나 관절이 제 방향대로 움직이지 않거나 지나치게 빨리 움직여서 다친 것을 일컫는 말.

金溪 本家行 豫定을 中止하고 쓰본 修善 等 잔일만 보고선 下午 1時 버스로 歸 鎭川. 學校엔 오후 4時쯤에 도착했고.
舍宅(松, 杏, 弼), 學校 無事. ○

〈1974년 1월 21일 월요일 雪, 曇〉(12. 28.)
새벽부터 내리는 눈 午前 九時까지 거이 繼續되어 積雪量 20㎝되어 今次 冬節엔 今般이 最高.
5, 6年 男子 어린이 數名과 男子職員 全員이 玄關부터 正門까지와 運動場 라인을 넓게 눈치우기 作業으로 約 2時間 동안 땀 흘리며 勞力. 집에는 國교 6年生짜리 魯弼이가 새벽부터 除雪作業 및 눈사람 만들기에 餘念 없었고.
4男 魯松이도 물 기르기 끝에 눈 많이 치웠고.
舊正을 2日 앞둔 이즈음 洞里人들 흰떡 만들러 오가는 데 큰 不便 느끼는 듯.
金溪 本家行 豫定과 鎭川 들릴 마음 먹었던 것 不得已 中止. ⓒ

〈1974년 1월 22일 화요일 晴〉(12. 29.)
世上 白世界 이룬 눈 전혀 녹지 않았고. 日出頃 氣溫 영하 3°5″.
井母는 쌀 한가마 팔아 學校 尹 氏와 함께 月村서 나르고.
蔡 氏 집(殷錫, 敦錫)에 갔다가 설술 待接받기도.
陽曆過歲했지만 本家 老親들께선 올 때 기다리실른지도? ○

〈1974년 1월 23일 수요일 晴〉(1. 1.)
舊正. 學區內 全體 過歲. 本家엔 陽曆과세 했기에 無關이나 老親들께선 마음 한구석 쓸쓸하실 것. 안 되었기도.
職員 全員 過歲하러 보냈기에 엊저녁 學校 宿直을 尹 氏와 했고. 今日 日直도 13時 40分까지 고작하고 當直에 引繼.
下午 3時頃에 上月 가서 蔡俊錫 氏 집 가서 人事 后 물미 넘어가서 韓映洙 父兄집 찾고. 當部落 有志 數人 大喜 歡迎裡에 舊正 飮食 이집 저집서 많이 들기도. ※

〈1974년 1월 24일 목요일 晴〉(1. 2.)
아침결에 新定 崔明燮 집 찾아 老人들에게 人事.
日暮頃엔 內基 奉翼根 親喪에 問弔 가서 喪主와 洞里人(父兄) 數名과 밤새도록 座談했고. 徹夜. ×

〈1974년 1월 25일 금요일 晴〉(1. 3.)
早起하여 鄭德海 會長과 同行中 內基 鄭富海 氏 집에서 招待 있어 朝食 待接 잘 받았기도 (그의 生辰).
井母와 함께 金溪行. 途中에 청주 아이들한테도 잠간 들렸었고. 上新은 松, 杏, 弼이 舍宅 지키는 것. 杏이가 朝夕 짓는 것.
金溪 本家 到着時는 밤 9時頃 되고. 多幸하게도 兩老親 글력 平素와 如一. 집안 家族들 모여 앉아 TV 보는 中이었고.
井母와 함께 兩親께 鄭重히 歲拜 드리고 投宿. ×

〈1974년 1월 26일 토요일 晴〉(1. 4.)
新溪洞 老人 一家 아저씨 몇 분 찾아뵙고 点心 后 入淸.
淸州 와선 새해 첫 友信會 開催하는 데 參席. 淸州 아이들 곳에서 內外 留. ※

〈1974년 1월 27일 일요일 晴〉(1. 5.)
午前 中 청주서 잔일 보고 井母와 함께 下午 2時 10分 버스로 出發. 上新校에 到着은 日暮頃. 모두 無事했고.
學校선 職員課題인 學習資料 作品 製作에 一同 手苦하는 中이어서 退廳 무렵에 藥酒 一盃씩 待接했고. ×

〈1974년 1월 28일 월요일 晴〉(1. 6.)
前期校 入試 第1日. 5女 魯運이 淸州女高 受驗하는 날. 날씨는 去 23日부터 寒波 極甚하여 今日까지 日出頃 氣溫 零下 14度를 上廻함이 繼續 中. 試驗 잘 치루기를 祈願.
學校 展示作品 모디어 尹 氏가 지게로 鎭川에 搬出토록 周旋.
午後엔 全職員 明日 있을 合唱會 練習하는 데 같이 했고. ○

〈1974년 1월 29일 화요일 晴〉(1. 7.)
鎭川에 早朝에 갔고. 아침 寒波에 갈미까지 步行하는데 내 살(身肉) 모를 程度 추었고~손, 발, 귀, 얼굴 等. 머리와 눈섭엔 흰 고드라미로 變했기도.
鎭川郡 敎職員 合唱競演大會 10時부터 시작되었고. 場所는 진천극장. 各 校마다 日直 外 全員 參席한 것. 指定曲은 "祖國의 榮光", 自由曲엔 우리는 "범벅타령". 그리 부끄럽지 않게 進行된 것으로 自認. 結果는 여론은 좋았으나 入賞은 안되고. 崔 교육장의 單獨裁와 强壓의 態는 不快했기도.
大會 後 郡內 作品展示會場도 求景. 壯하였고.

下午 2時부터는 教育廳서 臨時 校長會議 있었기도~2月4日부터 開學케 되어 其의 事前對策할 것이 主案.
歸校 途中 몇 職員의 勸誘로 新道宗 끝 새 果樹園 農場의 閔丙贊 父兄 집 들려 염소고기 待接받고 밤 10時頃에 到着. ○

〈1974년 1월 30일 수요일 晴〉(1. 8.)
1週日餘 繼續되는 寒波는 今朝 放送時 영하 8度였고.
午前 中 學校서 用務 보고 兒童과 學父母 學校 任員에게 2月4日에 開學할 것을 알리려 內基, 水谷, 淸龍 部落에 다녀오니 下午 七時. 夕食은 靑龍 鄭興燮 父兄 집에서 잘 먹고.
放學 中이라서 10餘日 間 와 있던 4女 魯杏이 어제 入淸했는데 이곳 있는 中 제 母親 돕느라고 朝夕飯 짓기에 誠意껏 애썼기도. 몸이 弱한 편이나 강단은 있어 多幸. 課工에도 熱誠. 떠나가고 보니 어딘가 섭섭한 느낌 졸연이[2] 가시지 않고.
낮엔 날씨 많이 풀린 듯 陽地 쪽의 눈 약간 녹기도. ⓒ

〈1974년 1월 31일 목요일 晴〉(1. 9.)
새벽 2時에 起床하여 밀린 私務 처리하기에 날 새우고.
前日과 如히 2月4日 開學의 旨 通知(通告)次 新定, 美定, 美蠶(누에머리, 미리실, 굇말) 가서 어린이 會長, 里長, 父兄 만나 말했고. 누에머리 갔을 땐 中耳炎 手術로 서울에서 入院 中인 洪 女教師 집 尋訪 人事에 其 父母한테 厚待받기도.
內基 李相吉 氏 집 大忌에 人事後 龍寺, 道宗, 新道宗 가서 開學 通告하고 歸校하니 相當히 저물었고. ○

〈1974년 2월 1일 금요일 晴〉(1. 10.)
臨時職員 召集하여 29日에 있었던 校長會議 案件 重要事項만 傳達하고 玉山을 急行하고져 出發. 途中 교육청에 들려 事務打合 마치고 入淸.
玉山 가선 面의 弟子 任書記 誠意로 戶籍謄本 今時에 뗀 것. 權殷澤 氏와 周碩應 親友 만나 歡談했고.
淸州 아이들과 留. 섭섭하게도 5女 魯運은 淸州女高 入試에 不合格이라나. 傷心 될가봐 慰安의 말 해주기도. 後期校인 "일신女高" 應試토록 한 것. ×

〈1974년 2월 2일 토요일 晴〉(1. 11.)
첫 버스로 歸校하려고 청주정류장 가는데 추었고. 車內에서 발 시렵고 귀뿌리 極히 따가웠던 것. 鎭川서 朴 校監 만나 同行.
職員 몇 사람과 座談 後 李統 거쳐 上月, 陰地, 陽地村 다녀 兒童들 만나 開學日 말하고 蔡洙宗 氏 만나 鄭樂三 父兄 집에서 交盃.
제13回 卒業紀念品으로 學校玄關의 거울臺(칸막이) 父兄代表로 韓映洙, 崔丙旭 父兄이 갖고 왔고.
弼이 開學日 되어 入淸하는데 제 母親이 떡 빚어 데리고 갔고. 5男 막동이 魯弼은 卒業班으로서 오는 8日에 中學 추첨 있을 것. ×

〈1974년 2월 3일 일요일 晴〉(1. 12.)

2) 졸연(猝然)히의 옛말. 갑작스럽게.

早起하여 新聞通讀 및 日記 쓰고.
異動 調書에 첨부할 住民登錄謄本(父母님 것) 떼려고 아침결에 玉山 向發. 時間關係로 청주 아이들한텐 못들리고. 玉山面에 가서 老父母님의 住民登錄謄本 一通 뗀 것~學年末 異動調書作成에 必要하기에.
玉山 尹泰善 回甲宴 있대서 人事하고.
어제 入清했던 井母는 일찍 歸 上新. 어제는 마침 서울 큰 애 井이가 清州까지 왔다가 이야기 後 곧 上京했다는 것…… 魯松의 進學의 길 터 보려는 意思로 急기야 왔었다는 것이나 4日에 入隊할 處地어서 本人(松)이 除隊後 計劃해 본대서 그냥 그대로…….
清州서 막 버스로 歸校하니 下午 七時쯤. ○

〈1974년 2월 4일 월요일 晴, 曇〉(1. 13.)
長期 冬季休假 마치고 滿 2個月 만에 開學.
兒童, 職員 모두 無事했던 것 多幸하고. 다만 洪 女教師만이 中耳炎 再發로 手術 入院 中이어서 안된 일일 뿐.
課題物 거두어 取合토록 하고 室內 清掃整頓 마치고 4學年 以上 動員하여 運動場의 除雪作業 많이 했고. 約 2週日 前에 積雪된 것 아직 안녹은 것. 甚한 寒波時에 겉이 솔았기 때문.
臨時職員會에서 73年의 反省과 休假 中 生活反省 및 當面問題를 말했고. 새해 74年의 奬學方針 대목 5個項만을 傳達.
異動調書作成에 "74, 76세 老兩親을 侍奉하여야 할 處地임과 母校 或은 故鄕學校를 爲하여 더욱 獻身努力코져 함"을 異動希望 事由로 했고. 호적謄本과 住民등록謄本도 添付. ○

〈1974년 2월 5일 화요일 晴, 曇〉(1. 14.) (−4°5″,)
今日 行事 指示에 5-1, 6-1 뒷면 뜰의 눈치우기.
晝食時間에 理髮하려다 父兄 親知 몇 사람 만나 濁酒 여러잔 했고.
昨日부터 開學되어 學校일 充實히 하도록 心情 부드럽게 분위기 만들기도.
異動調書 提出로 朴 校監은 登廳~書類 提出하였기 궁금症도……. ×

〈1974년 2월 6일 수요일 雪, 曇〉(1. 15.) (−2°5″,)
새벽 무렵에 자욱눈 내리고.
職朝時에 學年末 諸帳簿 整理 잘 하도록 指示했고.
正月 대보름이어서 親睦會 主催로 午後에 윷놀이 하도록 했고.
月村 陰地村 가서 親知 父兄 數名 만나 濁酒厚待 받은 것.
蔡敦錫 親知 來校 歡談하였기도. ○

〈1974년 2월 7일 목요일 가랑눈〉(1. 16.)
바빴으나 玉山 가서 面 관계 일 보았던 氣分.
周碩應 만나 情談하였기도. 清州 와서 아이들과 同宿. ○

〈1974년 2월 11일 월요일 晴, 曇〉(1. 20.)
卒業式 總練習하기로 하고 月村部落 出張하였고. ×

〈1974년 2월 12일 화요일 雪〉(1. 21.)
第13回 卒業式 擧行~새 國民다운 生活 잘 하자고 堂〃히 式辭 잘 했고. 式後 父兄 待接 잘 받기도. 눈보라 심했기도. ×

〈1974년 2월 13일 수요일 晴〉(1. 22.)
梨月國校 卒業式에 參席.
廳 李 課長과 鎭川까지 同行~轉勤문제 이야기하여 보기도. 內申에 崔 교육장과 함께 努力하였다는 것.
入淸하여 몇 군데 電話 연락하여 보았으나 別無신통. ○

〈1974년 2월 14일 목요일 晴〉(1. 23.)
淸州서 歸校하니 큰 堂叔 漢植 氏(宮內部 主事) 別世(86세)하시어 今日이 葬禮라고 電報 왔고. 늦어 못갔고. ×

〈1974년 2월 15일 금요일 晴〉(1. 24.)
일 좀 보다가 午後에 金溪行.
집안家族 一同과 龍溪 6寸 妹兄 內外 저녁食事 後 테레비 보는 中이었고.
어제 일에 못왔던 內歷을 어른들께 말씀드렸고. ×

〈1974년 2월 16일 토요일 晴〉(1. 25.)
큰 堂叔 삼우제에 參席~상제인 再從 公榮을 오랜만에 만난 것. 안골의 宗山에 모신 堂叔母와 合葬하신 것. ○

〈1974년 2월 18일 월요일〉
小魯 가서 金吉鎬 女婚에 人事. 19일엔 어제 入淸했던 서울 큰 애 上京.

〈1974년 2월 21일 목요일 晴〉(1. 30.)
淸州 가서 各處에 金錢 整理~舟中, 一信女高, 興業無盡, 農協 等 찾아가 完結. 弼과 運의 校服도. ○

〈1974년 2월 24일 일요일 晴〉(2. 4.)
槐山 가서 同郡교육청에 들려 鄭 교육장 찾아 人事와 魯姬의 曾坪 方面 轉勤을 말했으나 어렵다는 答.
槐山의 金榮會 校長과 연미사 金基成 社長 만나 厚待받았고.
井母와 弼은 上新서 入淸~弼이 中校 첫 試驗이 明日 있어서.
3男 魯明 內外도 청주 왔었고. 모두 아이들과 함께 留한 것.
喜消息 있어 欽快~故鄕 金溪校로 轉任 發令. ×

〈1974년 2월 25일 월요일 晴〉(2. 4.)
날씨는 맑으나 어제 오늘 繼續 甚한 寒波. 井母와 歸 上新하는데 추위와 세찬 바람에 苦難 겪은 것. ○

〈1974년 2월 26일 화요일 晴〉(2. 5.)
아침부터 저물 때까지 學區內에 다니며 離任人事 했고. ※

〈1974년 2월 27일 수요일 晴〉(2. 6.)
午前 中 地方人事 마치고 낮엔 地方有志, 父兄, 役員 多數한테 送別宴會 받고.
16時부터 校長團 送別宴會에도 參席. 崔 교육장도 淸原郡으로 轉勤. 연회석에 술 많이 마시기도.
아침마다 日出 卽前에 實施해온 學校放送 行事는 今朝로서 마친 것. ×

〈1974년 2월 28일 목요일 晴〉(2. 7.)
故鄕 金溪國民學校에 赴任次 아침결에 向發.

盧기현 주임교사가 배행. 鎭川교육청 잠간 들려 入清 後 清原郡 교육청 가니 早朝여서 出勤 前이었고.
玉山 所在地 到着 後 盧主任 廻路키로 하고 金溪校에 着時는 午後 2時. 鄭 校監, 郭 교사, 全 교사, 신 교사 在校. 學校狀況 보고는 初 印象과 此後로 非常한 覺悟로 學校일 잘 하자고 當付하고선 本家에 가선 老父母님께 拜見. 大田 사는 작은 妹 蘭榮이 와 있는 中. 저녁엔 妹夫 朴忠圭도 왔고. 振榮이도 와 있는 中이고.
金溪로 轉入되었으니 本家로 搬移해서 父母님을 直接 모시어 奉養의 旨을 말씀 드린 것.
從兄님 內外 再從兄(憲榮 氏)님들 家族 一同 모여 다 같이 반갑다고 歡談하였기도. ×

〈1974년 3월 1일 금요일 晴〉(2. 8.)
온 家族과 집안 분들에게 日 間 本家로 搬移할 것을 再言하고 入清하여 몇 가지 일 보았고~ 三從孫 '庚信'의 高入 交涉에 關한 일로 三從兄嫂 氏(万榮) 뵙기도.
4男 魯松이 入營日字 決定 通知 받은 것…… 74年 4月9日 第二訓練所(論山訓練所). 集結場所는 清州公設운동장. ○

〈1974년 3월 2일 토요일 晴〉(2. 9.)
어제부터 溫和한 날씨.
職員, 兒童에게 告別人事했고. 滿 36個月(3年)間 上新 生活.
밀렸던 雜務 보기에 熱中했고.
職員들의 送別宴會에 參席했고. 鄭 會長도 우연히 參加. ×

〈1974년 3월 3일 일요일 曇〉(2. 10.)
韓映洙 父兄과 함께 梨月 가서 各 機關에 離任人事 했고. 移舍(搬移) 추럭은 農協 것으로 順調로이 契約했기도. 6日에 搬移키로.
入清하여 서울 큰 애 井이 만나 討論도 한 것. ×

〈1974년 3월 4일 월요일 晴〉(2. 11.)
金溪校 가서 兒童, 職員한테 正式 就任인사 했고.
本家에 잠간 들려 곧 歸 上新코 짐꾸리기에 努力한 것. ×

〈1974년 3월 5일 화요일 晴, 曇〉(2. 12.)
終日토록 이사짐 꾸리기에 힘 썼고. 父兄, 職員도 助力. ×

〈1974년 3월 6일 수요일 雨〉(2. 13.)
搬移하는 날 不運하게도 終日토록 부슬비 내린 것.
梨月농협의 큰 추럭 빈차로도 上新 着하는 데 큰 애 먹은 것. 고집을 세워 가기로 決定코 校下 父兄 數十名 모여 차 밀고 짐 싣고 또 밀고 하느라고 진욕 본 것.
사거리 와서 차 영영 빠져 버린 것. 비는 繼續 내리고. 金 운전士도 큰 애 먹은 것.
從兄, 再從兄을 비롯하여 十餘 名이 짐 떼어 나르기에 無限이 애쓰기도. 老家親 亦 크게 애 쓰시고.
重要한 물건만 우선的으로 나르고 사거리 앞 냇바닥에서 밤새운 것. 上新에 갈 때도 욕봤는데 또 이러니 팔자인가.
上新校의 尹 氏와 林 교사 같이 와서 留했고. ×

〈1974년 3월 7일 목요일 가랑비, 曇〉(2. 14.)
지게로 짐 나르기에 새벽부터 어깨 아프도록 勞力했고.
몇 분이 今日도 욕보며 짐 날라 完結.
운전사에 特別 위로금 주기도. 차는 出發時에도 큰 싱강이 했다는 것. 롭쁘로 당기느라고 이이들도 多數動員되고.
鄭 교감과 함께 金溪里 全 家戶를 심방하여 人事.
밤엔 族弟 俸榮의 父親 別世로 同稧員 立場도 되고 하여 그 집서 徹夜한 것. ※

〈1974년 3월 8일 금요일 曇〉(2. 15.)
虎竹, 水落, 德水 一部에 人事 다니고 今夜도 喪家집에서 徹夜한 것. ×

〈1974년 3월 9일 토요일 가랑비〉(2. 16.)
金城으로 人事 갔고, 葬地에서(金城 뒤山) 多數人 만나 人事했고.
內者도 葬地 가서 婦人들 일하는 것 거들기도. ×

〈1974년 3월 10일 일요일 晴〉(2. 17.)
移舍 온 세간사리로 大廳 等엔 어수선하게 빽빽 쌓인 中.
學校舍宅으로 入住 않고 父母님 待奉코져 本家로 왔으니 眞實로 安着과 떳떳한 感 흐뭇한 셈. 온 家族 溫和해 가기도.
井母는 喪家집 두부 한 첨에 치하여 어제부터 苦痛中. 그래도 참고서 감자와 쌀 갖고 入淸.
松이가 玉山까지 自轉車로 운반하기에 번말 냇다리 不充分한 곳 건느기에 애쓰기도.
午後엔 登校하여 來訪하는 父兄 數人 만나 學校 운영 等 諸般問題 論議했기도.
現在 本家에 사는 家族은 父, 母, 松, 季嫂, 夫婦 6名.
長期間 飮酒로 몸 나우 고달푼 중.
初저녁부터 諸帳簿 정리로 徹夜 정도 執筆하기도. ⓒ

〈1974년 3월 11일 월요일 雪, 曇〉(2. 18.)
午前 中만 執務하고 入淸. 晝食은 郭文吉 교사 집에서 厚待받는 것.
淸原郡 교육청에 들려 學務課 管理課 全員과 崔榮百 교육장에게 人事한 것.
陸 교육감은 數日 前부터 一線學校 巡視 中이라나. 崔 교육장도 今日부터 巡視한다는 것.
油里校 閔在基 교장 만나 彼此 一盃씩 나누기도.
昨日 入淸한 內者는 服藥 中이나 아직 큰 效果 없다고.
아침결에 눈바람이 거세더니 氣流 急變하여 낮 溫度도 零下이고. 다시 嚴冬 맞은 氣分. 청주 아이들과 留하고. ⓒ

〈1974년 3월 12일 화요일 흐림, 눈, 흐림〉(2. 19.)
淸州서 일찍 出發하여 玉山 와선 各 機關과 有志 및 親知 家庭 찾고 人事.
面內 機關長會議에 參席. 場所는 玉山國校 校長 宅. 11時 30分부터 午後 2時까지. 會議內容은 各 機關마다 所懷를 말한 것. 난 數年 동안에 玉山의 變모, 機關의 協和, 金溪校의 現實情과 發展을 말했고.
点心은 酒造場 吳寬植 社長이 萬福식당에서 待接한 것.
學校로 곧 돌아와 臨時職員會 했고.

井母는 몸 좀 더 낳았거던 明日 歸家한다는 것. ◎

〈1974년 3월 13일 수요일 晴〉(2. 20.)
校長會議에 參席~金溪校에 赴任 後 첫 교장 회의.
會議 마치고 벽지校長 12名이 새로 온 崔 교육장께 夕食 접대.
그 끝에 또 卞文洙 교장, 崔昌熙 校長과 함께 酒類 더 接待한 것. ※

〈1974년 3월 14일 목요일 晴〉(2. 20.)
淸州서 첫 버스로 金溪 와서 어제 會議 傳達했고. ×

〈1974년 3월 15일 금요일 晴〉(2. 22.)
姪女 魯先한테 極甚한 言動 듣고 無斷 外出한 季嫂로 因해 家族 一同 걱정되어 淸州 가서 振榮에게 電話해 보았고. ×

〈1974년 3월 16일 토요일 晴〉(2. 23.)
入淸하여 잔일 보고 청주서 아이들과 留. ×

〈1974년 3월 17일 일요일 晴〉(2. 24.)
淸州서 아침결에 깜짝 놀랄 消息 듣기도~어제 學校 俸給 事件 났다는 것. 不幸 中 多幸으로 犯人도 체포하고 俸給額도 別無差異라는 것. 學校 와보니 듣던 배와 同一. ×

〈1974년 3월 18일 월요일 晴〉(2. 25.)
早朝에 俸給係 郭魯憲 교사집 찾아가 事件 순간의 이야기 仔細히 듣기도. 犯人에게 크게 다치지 않은 것만이 多幸이었고.
電通도 있고 하여 支署職員 一同을 飮食店에서 많이 接待했기도.
崔榮百 교육장 玉山 初度巡視 있대서 玉山校 가서 맞고. ×

〈1974년 3월 19일 화요일 晴〉(2. 26.)
교육청에 들려 職員들에게 俸給件에 對한 人事했고.
'중앙가구점' 가서 魯先用 衣裝 等 契約하고 運搬日도 決定. 衣裝과 화장臺는 내가 責任진 것.
數日 前에 家出했던 季嫂(振榮 婦人) 데리고 집에 왔고. ※

〈1974년 3월 22일 금요일 晴〉(2. 29.)
午後엔 曲水, 墻東 가서 모든 家庭 訪問하여 人事. ○

〈1974년 3월 23일 토요일 晴〉(2. 30.)
學校의 아침 放送 시작했고. 반데리 充電으로 늦은 셈.
俸給係 件의 現場 檢證 있어 가 보았고. 古來 警察의 根性인가 謝禮金 多額 要求에 不得已 應하기도. ○

〈1974년 3월 24일 일요일 晴〉(3. 1.)
姪女 魯先의 結婚. 13時에 淸州 히아신스 禮式場에서 擧行. 궁금한 생각과 憂慮 되었으나 多幸이도 無事했고. 來客 全員 飮食店에서 接待했고. 式場費 1萬 원. 食費 13,000원 負擔했고.
家親 모시고 江西 新郎집까지 갔었고. 無事歸家. ○

〈1974년 3월 25일 월요일 晴〉(3. 2.)
어제 玉山서 있었던 玉山老人會 主催로 孝子表彰 傳達해 왔고. 文面은 순한글로 되어 있고. 內容은 前般 鄕校 것과 同一. 표창 受賞 資格不足임을 反省할 따름. ○

〈1974년 3월 26일 화요일 晴〉(3. 3.)
魯先 夫婦 재행 왔고. 三從兄의 回甲 行事 있었고. ※

〈1974년 3월 27일 수요일 晴〉(3. 4.)
三從兄 根榮 氏 回甲宴 어제이나 今日도 바빴던 것. ※

〈1974년 3월 28일 목요일 晴〉(3. 5.)
玉山농협에서 저축 1兆億 達成 會議 있어 參席.
玉山校 金天圭 교감 주선으로 高速식당에서 点心 먹기도.
밤엔 새마을會館에서 金溪部落 總會 있었기도. 面長, 支署長의 金溪評에 분개하여 里民 一同에게 앞으로 잘해보자고 力說했기도.
낮엔 玉山서 歸校 中 自轉車에서 너머져 左側 눈퉁이 若干 다치기도.
家庭에선 父母님께 進言도 해 보았기도. 도리어 걱정. 모두 내 잘못으로 돌리기도. ※

〈1974년 3월 29일 금요일 晴〉(3. 6.)
74학년도 育成會 總會했고. 잘 지냈고. ×

〈1974년 3월 30일 토요일 晴〉(3. 7.)
虎竹 가서 鄭愚善 母親喪에 人事했고.
內者 數週 前부터 腹痛으로 辛苦터니 今日은 極히 괴로운 듯. 가슴 아프다고 밤잠 못 이룬 것. ⓒ

〈1974년 3월 31일 일요일 曇, 雨〉(3. 8.)
早起는 繼續. 放送도 如前.
午前 中 힘껏 家庭에서 勞力~호박구덩이 파고 거름 놓고. 庭園의 各 花草木 및 果木 전지. 家屋周圍 大淸掃.
學校에는 校庭에서 學區內 靑少年들의 體育경기大會 있기에 격려도 하고 注意도 환기시킨 것.
井母는 송편떡 만들어 入淸하려다 비 또는 몸 아프다고 中止. 배(가슴-胃) 아픈 것 速히 낳야 할 텐데 今日도 대단. ◎

〈1974년 4월 1일 월요일 晴〉(3. 9.)
昨夜 徹夜 程度 腹痛으로 辛苦한 內者가 딱하여 早起코 德村里를 步行으로 다름질 쳐 李龍宰 藥房 가서 3日분치 藥 지어 오기도.
室外 環境狀況 더욱 把握하기 爲하여 約 3時間 동안 찬바람에 떨면서 巡察記錄했고~父兄 일거리, 花단 改造 等.
今日 날씨 맑았으나 어제의 비끝이라서인지 氣溫 뚝 떠러져 日出 前 溫度 1°이고.
밤엔 一家 某 아주머니 와서 井母를 爲하여 푸다거리 했고. ⓒ

〈1974년 4월 2일 화요일 晴〉(3. 10.)
바람 세고 쌀쌀한 날씨. 今朝 氣溫도 1°.
三從姪 魯殷이 入隊한대서 早朝에 번말 가서 잘 가라고 慰安 人事하기도.
家親을 비롯한 집안 여러분들은 우리집안 宗孫인 大榮兄의 母親 移葬에 바쁜 일 보신 것.

去月 末日에 入淸할 豫定이던 井母는 身病(腹痛)으로 못가더니 若干 差度 있는지 4男 魯松과 함께 午後에 쌀 等 갖고 淸州 갔고~明日 歸家 豫定.
學校일 바빠서 午後 6時 40分에 職員들 退廳. ⓒ

〈1974년 4월 3일 수요일 晴〉(3. 11.)
鄕土防衛 示範訓練이 1中隊 主催로 佳樂一區에서 있대서 參席. 行事 끝난 後 김인중 里長 집에서 点心.
玉山校庭에선 淸原郡 西部校의 陸上選手選拔大會 있어 金溪校에서도 8名 出戰.
入淸하여 兵務廳 들려 4男 魯松의 9日 入營이 相異無함을 確認. 흥업금고에 가선 委託金 完全整理했고. 中央家具店의 魯先用 衣裝代 等 完結. 援護廳 가서 年金受領者 名義變更 手續 節次 알아보기도.
아이들 있는 곳에 가서 井母의 病勢 差度 알았고~차차 나아지는 過程인 듯 多幸. 魯松은 제 母親 모시고 明日 歸家하겠다고. 막내 弼이도 數日 間 毒感으로 앓았다는 것.
豚肝 一斤 사 갖고 막 車로 歸家하니 밤 10時 半쯤.
去般 俸給事件으로 不幸 中 多幸이었던 郭魯憲 교사 주려고 補藥 調血劑 한 갑 사기도. ○

〈1974년 4월 4일 목요일 晴〉(3. 12.)
數日 間 봄바람 强한 편. 비닐하우스 各處 많이 절단 난 듯.
學父兄 앞으로 學校일에 動員作業 通知 내고.
淸州 갔던 井母와 魯松이 오고. ×

〈1974년 4월 5일 금요일 晴〉(3. 13.)
植木日이어서 6學年生은 全員 登校하여 植樹 많이 했고~改良 뽀푸라 1,200本 高速道 下段 進入路에 심고. 소나무 64株 植樹. 뽀프리 및 은수원사시 揷木 5,000本. 기타 50本. 큰 堂叔 사초行事. ×

〈1974년 4월 8일 월요일 晴〉(3. 16.)
四男 魯松이 明日 入營케 되어 淸州 갔고. 가는 결에 淸州用과 서울用 무거운 運搬했다는 것.
井母와 함께 午後에 入淸. ×

〈1974년 4월 9일 화요일 晴〉(3. 17.)
魯松 入營~9時에 淸州公設운동場에 集結. 出席點呼 後 点心 먹고 午後 2時쯤에 淸州驛 가서 論山 第二訓練所로 向發. 本人의 態度에도 잠시 나타났지만 무던히 섭섭한 感 감돌기도.
井母는 메주 等 물건 갖고 高速으로 下午 4時頃에 서울 向發. 서울 가서 큰 애한테 補藥 좀 먹는다는 것. ※

〈1974년 4월 11일 목요일 晴〉(3. 19.)
小魯校에서 機關長 會議 있대서 參席. 時間 짜서 吳海錫, 任重赫 집 等 數家戶 들려 人事.
初代 校長으로 在任했던 小魯校라서 印象 깊이 一巡했기도. 學年初 造景事業 많이 했다고 칭찬해주었고. ※

〈1974년 4월 12일 금요일 晴〉(3. 20.)
學校로 金溪 學父母 動員되어 作業 많이했고 – 西편 큰 뚝 野溪工事한 것. ×

〈1974년 4월 13일 토요일 曇, 雨〉(3. 21.)

學校 室內 環境 構成 狀況 仔細히 보고 終會時間에 細〃하게 指摘했고. 繼續 努力을 當付했기도. ×

〈1974년 4월 14일 일요일 曇, 晴〉(3. 22.)
밤 1時 半頃부터 同 4時 半頃까지 몸 大端히 괴로워 잠 못 이루었고…… 몸 고단한데다가 뒷골이 묵직하고 으든한 感 甚하고 若干의 痛症도 느껴지는 듯. 高血壓者라서 近日 繼續 飮酒 結果 惡化되는 追測에 걱정 많이 되기도 …… 앞으로 操心〃〃해야 할 일.
새벽의 잠時 순간에 朴 大統領 關係 꿈꾸기도 …… 나의 집에 와서 投宿하여 拜面 相對한 內容인 것.
어제 왔던 季嫂의 親庭祖母 오늘 가시고. 여러 날 前에 季嫂가 親庭으로 沃川郡 靑城 갔기에 같이 온 것.
몸 極히 참고 老親과 함께 거이 終日토록 勞力했고~ 오동나무 約 400個 심고, 터밭에 봄채소 完全히 播種. ◎

〈1974년 4월 15일 월요일 晴〉(3. 23.)
꿈에 놀래 깨보니 밤中 1時 半…… 몸 團束 잘못에 不快한 꾸지람 듣기도. 某 親知가 伯父에게 불측한 行動하기에 다툰 것.
몸 많이 회복되고. 夕食 땐 밥 한 그릇 다 한 것.
學校 일도 作業과 內務 等 終日토록 充分히 執務했고.
9日에 上京한 內者는 아직 안 온 중~服藥 中일 터. 몸 無故하면 多幸.
本家엔 父, 母, 本人, 季嫂 4人 있는 中. 난 客室 쓰는 中. ◎

〈1974년 4월 16일 화요일 晴〉(3. 24.)
今朝도 滿 6時에 如前히 아침 放送했고~"뽕나무 꺾꽂이에 對하여."
점心 시간엔 오미 노순 모친 葬禮에 갔다 人事~장지는 금계 안골.
운동장 排水溝 공사하도록 하고 指揮감독에 큰 努力했기도. ⓒ

〈1974년 4월 17일 수요일 曇〉(3. 25.)
玉山面 第2中隊(防衛軍) 代表로 德村 一區에서 防衛示範訓練 있다고 案內 있기에 參席.
小魯校 金 校長, 玉山中學 趙 校長과 함게 玉山 부용옥에서 점心.
入淸하여 아이들(妊, 弼) 잠간 만나고 援護廳 들려 年金條 보렸으나 責任者 出他 中으로 未決.
市內버스로 內秀 가서 柳重烈 農園 찾아 學校 植樹用 잣나무 5年生(30㎝ 內外) 50株 사 갖고 歸淸. 3女 妊이가 차려주는 夕飯 맛있게 먹고 本家 向發.
玉山서 깜깜한 9時에 自轉車로 出發. 거이 끌고 번말다리 건느기에 힘들었던 것. 집에 到着하니 밤 十時 十分쯤.
9日에 上京한 井母는 今日쯤 올 줄 생각인데 아직 안왔고. 몸이나 無故한지 궁금하기도. 9日에 入營한 4男 魯松한테도 아직 아무 消息 없고. ○

〈1974년 4월 18일 목요일 曇〉(3. 26.)
거이 終日토록 努力~學校의 香나무 移植. 花壇改造. 고욤木 이식. 잣나무 植栽, 其他 造景 作業 等.
큰 애 井으로부터 書信 왔고~정신 아찔하고

가슴의 고동이 억지할 수 없는 충격이 온 것 …… 內容인즉 제 母親을 名漢醫한테 診脈하여 본즉 胃와 담농이 나우 傷했다는 것과 大腸도 惡化되어 있다는 것으로 其에 대한 漢藥을 服用 中이라는 것.
天地神明께 비노니 돕고 도와 內者의 健康 回復이 速히 이루어지길. 우선 나의 잘못을 이모저모로 뉘우치면서 此後로 誠意있게 지내보자는 것 等을 心中에 저절로 우러나는 듯.
前任地 上新校 父兄, 有志, 親知에게 人事 書信 쓰기에 바쁘게 일 보기도. "部落總會있었기도" ○

〈1974년 4월 19일 금요일 晴〉(3. 27.)
入淸하여 援호청과 敎育廳 들려 事務打合 마치고 上京. 청담洞에 到着하였을 땐 밤 10時.
內者의 안면 많이 수친 듯. 慰安의 말 했고. 큰 애 內外가 정성껏 施藥과 看護에 依하여 不幸中 多幸으로 治療되는 것. ⓒ

〈1974년 4월 20일 토요일 曇, 雨〉(3. 28.)
孫子 두 놈(英信, 昌信)들과 數時間 놀며 庭園 손질했고.
土曜日이라서 큰 애 午後 2時 半쯤에 왔기에 같이 井母 同行하여 永登浦 개봉洞 漢藥局 車福女 女醫한테 가서 服藥 繼續토록 다시 漢藥 20첩 5,000,-에 짓고. 代金 큰 애가 굳이 支拂.
歸路에 新吉三洞 큰 딸 집 들려 夕食 맛있게 먹고 청담洞으로 歸家하니 초저녁 8時쯤. ⓒ

〈1974년 4월 21일 일요일 雨, 曇〉(3. 29.)
9時 半에 서울서 淸州 向發. 井母 慰勞에 힘기우리기도.
淸州 와선 同甲兄 俊榮 氏 子婚 禮式場에 參席.
泰東館에서 여러 來客들과 同席 飮酒 및 点心. ×

〈1974년 4월 22일 월요일 雨, 曇〉(4. 1.)
俊榮 氏 宅 子婚 잔치에 參見.
2日 間의 降雨로 앞 냇물 많이 붇고. ×

〈1974년 4월 24일 수요일 曇〉(4. 3.)
봄 消風 實施. 全校生 德水 方面으로 갔고.
日直 午前 中. 오미 致謨 氏 親喪에 원앙山 가서 人事.
會長 俊榮 氏와 함께 兒童 소풍간 곳 德水까지 가서 同 部落 父兄, 有志들에 人事. 몇 家戶에서 厚待받기도. ×

〈1974년 4월 25일 목요일 雨, 曇〉(4. 4.)
今日부터 校長硏修. 2日 間. 場所는 청주 舟城國校 강당. 9시부터라서 새벽에 起床. 朝食 간단히 하고 本家에서 出發.
國校 校長 390名. 鎭川郡內 親知校長들 만나 반가웠기도. 今日 講議 內容 그리 풍요하지 못한 氣分. 제천郡 丹山校와 淸原郡 玉山校의 硏究實踐 事例 報告가 뚜렷한 特色 있었고.
웬만하면 本家로 가려 했으나 行事 저물게 끝나는 바람에 청주서 아이들과 留.
井母도 淸州 왔고. 服藥 中 집에선 不安 不便한 듯. ○

〈1974년 4월 26일 금요일 曇〉(4. 5.)
道內 國校長 硏修 第2日. 今日 主要 講議는 資源 節約과 開發敎育(강사 文敎部 장학관 郭相

萬)이 主.
産業視察로 福臺 "大農工場" 실 빼는 工場, 광목 짜는 工場으로 어마어마한 廣大한 工場을 求景한 것.
教育監 誠意라고 膳物로 "펜치"와 "파티"열었었고.
佳佐 卞 校長 等 몇 親知와 一盃하였기도. ×

〈1974년 4월 27일 토요일 晴〉(4. 6.)
父親께서는 下午 3時에 上京次 淸州서 俗離高速뻐스로 無事出發~明日(28日) 淸州 郭氏 花樹會 總會에 參席하신다는 것. 場所는 敦巖洞에 있는 新興寺 青河莊. 不足한 저한테는 孝子表彰이 있다는 것. 서울停留場에서 17時頃에 魯井 만나 청담洞서 留하실 것.
아침엔 淸州 通勤職員과 함께 登校(오미선 本家까지 자전거).
學校 마친 後 다시 入淸하여 속리고속으로 父親 出發하심을 보고 歸家. ×

〈1974년 4월 28일 일요일 雨, 曇〉(4. 7.)
親知 子婚 예식장에 갈 豫定이 雨天으로 不能. ×

〈1974년 4월 29일 월요일 晴〉(4. 8.)
막내 아우 振榮 內外 移舍 살림하려고 오미까지는 경운기로 짐 運搬. 오미서는 用達車로 沃川郡 青城까지.
서울 가신 父親은 午後에 歸家 着하시고. ×

〈1974년 5월 3일 금요일 晴〉(4. 12.)
德村里 李龍宰 親喪에 人事했고.
面에 가선 年金 受領者 變更 手續으로 잘 안되 매우 不快했으나 많이 참았기도. ×

〈1974년 5월 4일 토요일 晴〉(4. 13.)
몇 가지 볼 일 있어 入淸하였다가 서울서 마침 큰 애 井이가 와 있어 家庭事 等 몇 가지 相議했기도. ×

〈1974년 5월 5일 일요일 晴〉(4. 14.)
아침 첫 車로 큰 애 井은 上京.
鳥致院 "百年예식장" 가서 主禮~一家 族弟 道榮의 子婚에 要請 있어서. 신랑은 노홍.
入淸하여 "청주예식장"에서 崔榮百 교육장 子婚에 人事.
몇 親知와 歡談 飮酒도 하고. ×

〈1974년 5월 8일 수요일 雨, 曇〉(4. 17.)
제2회 어버이날. 어버이날 行事로 小體育會 開催 豫定이었는데 雨天으로 施行 不能.
講堂에서 記念式 擧行. 教育相談이 主. 體育會는 못했지만 뜻 있는 室內行事 이루어졌고. 金溪, 東林, 墻東, 水落, 德水 5個里에 한 분씩 장한 어머니로 選定된 분에게 表彰도.
姉母들 誠意로 酒果 厚待받기도. 姉母 80名 參集. ×

〈1974년 5월 9일 목요일 晴〉(4. 18.)
面內 機關長會議에 參席. 主管은 生産組合. 場所는 面會議室.
밤엔 先祖妣 제사 지냈고. ○

〈1974년 5월 11일 토요일 晴〉(4. 20.)
玉山中學서 敬老會. 70세 以上 老人 70餘 名 參席. 点心 잔치 베풀었고. 教育監 代理로 教

育長이 參席.
父親께선 家事로 不參이나 나의 連絡 잘못으로 그리 된 것을 後悔. ×

〈1974년 5월 12일 일요일 晴〉(4. 21.)
從兄嫂 氏 回甲. 상은 받지 않았으나 잔치 어느 程度 잘 한 셈. 서울 큰 애 井이도 오고.
近日의 家庭不合 일부를 醉中에 큰 애한테 말한 듯. 우리 아이들과 서울서 온 친척들 저녁무렵에 上京.
深夜에 突然 큰 事故 생겼고~사랑방 농짝이 쓰러져 父親의 이마 約 8㎝ 程度 甚히 찢어지신 것. 出血 많았고. 온 家族과 친척 一同 突然變事에 깜짝 놀란 것. 술은 모두가 醉한 채 就寢했던 것. 應急 손질로 止血만은 되고. 있던 家庭약품으로 응급치료는 한 것이나 엄청난 負傷에 驚異. 눈물만 나올 뿐. ※

〈1974년 5월 13일 월요일 晴〉(4. 22.)
간밤 父親 負傷事件으로 不安 一色. 病院에 안 가신다고. 마음 아프기만 하고 出勤 기분도 안 나.
俊榮兄 고맙게도 솜씨것 加療해 주시어 고맙기 無限. ○

〈1974년 5월 14일 화요일 가랑비, 曇〉(4. 23.)
校長會議 있어 早朝에 出發. 玉山까지 步行. 父親 負傷된 點으로 기운없이 걷고. 아침 비와 길 關係로 조치원 方面行 뻐스로 出發하여 五松서 시내버스로 入淸.
會議中에도 집 생각 뿐. 몸도 極度로 쇠약해지고.
會議 마치고 藥房에 가 家庭治療(常備)藥 若干씩 사 가지고 와서 父親의 傷處 治療해 드렸기도. ⓒ

〈1974년 5월 15일 수요일 晴〉(4. 24.)
새벽 2時 半쯤 起床하여 父親께 問安 後 지금까지의 父子間 情, 內外 內外의 差異, 옛과 現在의 用心 差異, 近者의 眼目, 其他 몇 가지를 말씀 듣고 父子間 落淚.
좋은 家庭이면서 좋게 다스리기 어려운 것일가……?
새벽에 父子間 이루어진 情狀은 그 아무도 없을 일.
學校선 8日에 있었을 小體育會 했고. 鄕友班對抗(部落) 陸上경기 8종목을 實施. 學區內 5個里. 金溪가 今般엔 一位. 過去엔 어려웠었는데. 뜻있는 行事 잘 마친 것. ◎

〈1974년 5월 16일 목요일 晴〉(4. 25.)
父親의 傷處 家庭治療 結果 經過 좋다는 것. 族兄 俊榮 氏의 誠意엔 報答키 어려울 程度 고마운 中.
腹痛으로 服藥 中인 內者 井母는 當身 몸이 아프니 平安치 못해 繼續 不平 不安한 生活中. 딱한 點 있기도. ◎

〈1974년 5월 17일 금요일 晴〉(4. 26.)
早朝에 約 2時間 동안 아그배 논(宗畓)의 두엄 낸 것 펴기에 勞力했고.
술은 近日 一切 안 먹는 中. 食事는 正常이나 몸은 자꾸만 파리해지고. ◎

〈1974년 5월 18일 토요일 가랑비, 曇〉(4. 27.)
玉山 가서 이제껏 못 이루었던 증명願 만들고

(姪女 母親 朴鐘分 關聯).
曲水 尹秉大 父兄 집에서 數名 職員 招待 있어 參席. 맛있는 飮食物 많았기도. 단술을 비롯한 맛있는 음식 마음껏 먹었으나 술은 一切 안마셨고. ◎

〈1974년 5월 19일 일요일 雨〉(4. 28.)
家親 負傷된 것으로 마음 착잡. 생각할수록 눈언저리 어리어지고. 계속 내린 비에 냇물 많을 것으로 推測되어 가보려고 出發. 貧血症인가, 精神 잃었는가, 웬일인지 行步에 어지러워 困難했고.
청주 아이들 쌀 갖다 주려던 豫定이 어지럽고 雨天으로 不能.
父親께서 負傷으로 禁酒하셨다가 今日 처음 한 컵 마시기에 웬만한 자리에서 맛 좀 보기도. ⓒ

〈1974년 5월 20일 월요일 雨, 曇〉(4. 29.)
비는 아직도 繼續. 냇물 벌창하게 흐르고. 비탈 논의 논뚝 많이 무너지기도. 午後에서 흐린 날씨로 비는 멎고.
청주 일 궁금하여 內者와 함께 入淸~부식物, 食糧 等. 냇물 많아(36년來 5日 장마) 사거리로 하여 하느재로 돌아간 것. 그곳도 길 위로 물이 넘친 곳 數個處.
오미서도 버쓰편 나빠 玉山주차장(고속)서 月谷 통해 入淸한 것. 청주 아이들 別故는 없었고.
援호廳 들려 일 보았으나 아직 未盡. 時間 없어 淸州서 留. ⓒ

〈1974년 5월 21일 화요일 曇〉(4. 30.)
玉山面에 들려 호적등본 1통 더 떼어 援護廳 가서 諸般手續 完結하니 下午 4時. 年金 受領權을 父親 앞으로 變更하고 74年度 上半期分 19,200,- 찾아다 父親께 드린 것.
井母는 明日까지 淸州서 먹던 藥 다린다는 것. 속이 不安한지 오늘도 짜증. 일 잘 하는 妊에게도 不平.
井母 補藥(蔘茸大補丸) 1갑 마련하여 갖고, 奉親用 肉類 좀 사서 本家에 到着하였을 땐 下午 9時頃. ○

〈1974년 5월 22일 수요일 曇, 晴〉(윤4 .1.)
第6學年 2班의 道德授業 했고. 數日 間 累積된 公文도 處理. 今日 처음으로 도시락 持參, 이제 繼續할 豫定.
父兄 出役 勸誘次 部落 出張~水落, 모일, 德水. ⓒ

〈1974년 5월 23일 목요일 晴〉(윤4. 2.)
午前 中은 校內 勤務하고 点心 後 入淸하여 教育廳에 들려 學校林 登記 問題를 비롯한 數個 事項에 亘하여 事務打合.
入淸 途中에도 玉山농협에 가선 組立式 담장, 肥料 特配, 面에 가선 殺蟲劑 藥 等을 부탁했던 것.
청주 아이들한테(壽洞) 갔더니 마침 저녁 다 되었다기에 夕食. 콩나물 죽 맛있게 그릇반이나 먹고.
21日에 入淸했던 井母는 13時頃에 本家 金溪 向發했다는 것. 4男 魯松한텐 數日 前에 처음으로 편지 왔을 뿐. 청주 아이들은 아직 소식 몰라 궁금한 듯.
5男 魯弼이 學校(舟中 一年生)서 왔기에 콩나

물 죽 같이 먹은 것.

玉山서 장동 尹秉大君 만나 하느재로 같이 步行했고. 집에 到着하니 어두운 下午 9時 半. ⓒ

〈1974년 5월 24일 금요일 晴〉(윤4. 3.)

家庭 점점 溫和氣風 감도는 듯…… 기쁘기만 하고.

學校엔 水落 父兄 動員되어 운동장 排水工事~東편의 물 흐르는 곳 1m 파고 돌암거[3] 놓는 工事에 成功.

壇東 가서 두 곳 人事~尹秉勳 親喪, 尹正淳 先祖 산소 立石. 尹正淳으로부터 學校長 앞으로 1萬 원 기탁. ×

〈1974년 5월 25일 토요일 曇, 가랑비〉(윤4. 4.)

面內 機關長會議 晝食費 負擔을 今 次例에는 本校(金溪)가 責任지게 되어 鄭 校監과 함께 玉山 가서 우체국과 合作하여 백수로 周旋하고 点心 장所는 몽단리 요꼴에서 이룬 것. ○

〈1974년 5월 27일 월요일 晴〉(윤4. 6.)

學校선 全校生 校醫(申의사)로부터 體質檢査 있었고. ×

〈1974년 5월 29일 수요일 晴〉(윤4. 8.)

校長室에서 若干 괴로운 몸으로 執務中 崔榮百 교육장 來校. 學校 外部를 特히 視察한 것. 本館 前面이 좋대서 後面의 不足을 메꿨다고 말하고 玉山까지 同行하여 点心을 玉山校 李永洙 교장과 함께 待接. ×

3) 도랑 속에 자갈을 채워서 만든 배수구.

〈1974년 6월 1일 토요일 晴〉(윤4. 11.)

學校實習畓에 6學年이 移秧作業. '統一벼' 實習畓에 나왔던 職員들을 집에 招致하여 藥酒 一盃씩 나누었고. ×

〈1974년 6월 2일 일요일 晴〉(윤4. 12.)

鄭 校監 芙江國校로 轉出 消息. 後任으론 親知 李仁魯 校監이 오게 됐다는 것. 鄭 校監은 上奉 잘 하기에 特有했기도. 두 사람 모두 다 잘된 것.

明日에 清原郡 校長團(一部) 先進地 學事視察 있게 되어 午後에 入清하고 청주 아이들과 同宿. ×

〈1974년 6월 3일 월요일 曇〉(윤4. 13.)

10名으로 構成(趙東秀, 鄭龍喜, 郭宗榮, 李文洙, 尹洛용, 林鐘台, 任昌武, 李庭熙, 오인영, 郭尙榮)된 視察團 一行은 下午 一時에 "속리 관광고속"으로 上京. 時間餘裕 있어서 17時에 북악숙하휘휘[북악스카이웨이]를 求景 後 워커힐도 求景. 두 곳 다 처음 보는 곳. 富裕層들의 休養놀이터로 된 것 느끼고.

서울운동장 앞에 旅館을 定하고 夕食 後 나는 孫子들 보고 싶기에 청담동에 간 것. 3日 前에 와 있는 井母가 기다리고 있었고. 永登浦 소식도 잘 들은 것. 孫子 英信 昌信 잘 놀고 있어 多幸이고. ○

〈1974년 6월 4일 화요일 曇〉(윤4. 14.)

청담동에서 朝食하고 旅館에 가서 一行과 함게 서울運動場에 가서 佳觀을 求景~今日부터 벌어지는 第3回 全國少年體育大會의 첫 날. 全國 各 市都 및 在日僑胞 合 12個 팀(서울,

釜山, 京畿, 江原, 忠南, 忠北, 慶南, 慶北, 全南, 全北, 濟州, 在日교포)의 入場式과 서울市內 初中高의 5個 校의 싱그러운 마스께임을 보면서 感激의 落淚까지도. 朴大統領 內外도 枉臨.
視察團 一行은 汽車로 仁川行~文教部 研究指定學校인 "송림초등학교"를 視察. 學校長으로부터 研究推進 現狀況을 說明함을 들으매 親切함을 느끼고. 自然科 學習資料의 具備와 强力히 學校 經營을 推進하는 學校長임을 느끼며 參考 많이 된 것. 一行은 月尾島를 거쳐 松島에 가서 一盃씩 했고.
旅館에서 留할 때 농담들 재미있게 했기도. 特히 李文洙 교장의 이야기 무진장 하였기도.
就寢 前에 鄭龍喜, 郭宗榮, 林鐘台, 郭尙榮은 나가 一盃씩 한 것. 鄭 校長이 經費 많이 낸 턱. ×

〈1974년 6월 5일 수요일 晴〉(윤4. 15.)
一行은 朝食 後 '자유공원'에 올라가 잠간 구경하고 自由로이 解散. 過飮한 탓인지 食欲 없어 食事 不進中.
서울로 急히 돌아와 井母 데리고 다시 仁川行~이때까지 海洋(바다) 구경 못한 그니기에 勇氣 낸 것.
'자유공원', '월미도', '제1부두'를 구경하니 해다 가고, 魚物 두어 마리 사 가지고 청담동에 돌아오니 저물었었고. 永登浦 큰 딸 內外와 어린 것 둘도 와 있어 큰 애들 집 법석거리기도. 어린 것들 북새에 정신 어지러웠고.
夕食 一同 맛있게 하는 듯. 큰 며누리가 애 많이 쓴 것. ○

〈1974년 6월 6일 목요일 曇〉(윤4. 16.)
朝食에 반찬 준비로 英信 母 바빴기도~今日은 顯忠日이어서 學校도 休校. 영등포 아이들과 用件 이야기하곤 그 애들은 갔고. 큰 애(井)와 함께 庭園을 若干 손질.
영등포 아이들 가기 前엔 큰 애 周旋으로 사위(趙泰彙)와 함께 보신탕 집에 案內되어 땀 흘리며 실컨 먹은 것.
下午 4時쯤에 井母와 함께 南大門市場을 오랜만에 구경했고. 井母는 物論 처음이고. 職員들에게 줄 膳物 사고 其外 잔삭다리 몇 가지 사 가지곤 청담동으로 歸家하니 夕食時間 겨우 댄 것. ○

〈1974년 6월 7일 금요일 晴〉(윤4. 17.)
큰 애 內外 出勤 後 庭園 손질과 우산 고쳐 놓고 점심 일찍 지어 먹고 12時에 淸州 向發…… 孫子놈들 英信, 昌信과 빠이빠이 하고 헤진 것. 食母 언년 보고도 잘 하라고 당부했고.
淸州 오니 몸 대단히 고단하여 눕기 시작. ○

〈1974년 6월 8일 토요일 晴〉(윤4. 18.)
몸 極히 피곤하여 쉬었다가 井母와 함께 반찬거리 사 가지고 집에 오니 明日로 착각된 모내기 今日 마침 끝내신 것. 父親께 걱정 좀 들었기도.
學校는 家庭實習 期間 中. 家庭, 學校 모두 無事 多幸. ○

〈1974년 6월 9일 일요일 晴〉(윤4. 19.)
제3회 전국스포츠少年大會에서 忠北이 또 優勝했다는 것. 바다 없는 忠北. 面積이나 人口가 적은 忠北. 昨年에 大田서 있었던 제2회 大會에서도 優勝했던 것.

入清하여 아이들과 同宿. ×

〈1974년 6월 10일 월요일 晴〉(윤4. 20.)
全國 少年體育大會에서 우리 忠北이 優勝하여 擧道的으로 歡迎大會를 하게 되어 求景次 參席. 場所는 工高 운동장. 市內 初中高 學生들로 온 市內와 운동장을 온통 메꿨고. 壯하기도 한 忠北의 健兒임을 과시했던 것. ○

〈1974년 6월 13일 목요일 曇〉(윤4. 23.)
芙江校로 異動된 鄭 校監 來校 人事 및 事務引繼. 送別會.
郡교육청 李영락 장학사 來校 學校視察 있었기도. ×

〈1974년 6월 14일 금요일 晴〉(윤4. 24.)
母親과 內者, 父親과 內者, 내가 生覺하는 點, 모두 엇삭갈려 父母님께 나의 意見을 進言하기도 하고, 要請하기도 했고. 內者를 첫 째로 온 家族을 원망하기도 했던 것.
그리하여 不合理한 生活 속에서 헤매고 있는 實情임에 不滿의 表示도 해보고 反省도 해보고 원망스러운 생각도 저절로 들기도. 內外 內外만이 本家에서 살고 있는 現實인데…….
孝子表彰도 세차례 있다 함을 모르는 내 아니것만…….
희미하게 낀 이 안개를 개운히 벗게 하기에 努力할 따름인져.
內者의 속(內臟) 아픈 것 어서 나아야 할 터인데……. ※

〈1974년 6월 15일 토요일 晴, 曇〉(윤4. 25.)
內者 入清~意思는 속 시원히 清州 나가 다만 하루만이라도 있다가 온다는 셈.
아울러 自身은 某人(族弟) 入院 中인 사람 問病도 할 겸 入清하고 아이들과 同宿中 몸이 아픈 것인지 心身이 極度로 괴로워 한 번 누우면 起動키 難했고. 고민만이 있을 뿐. ○

〈1974년 6월 16일 일요일 晴〉(윤4. 26.)
朝食은 한 술도 못뜨고. 딸애들이 타다주는 우유만을 마실 뿐이나 그것도 손이 떨려 아이들이 먹여주는 것.
집을 걱정하며 고단한 몸은 極히 괴로워 下午 4時까지 이불 속에서만 딩굴었던 것.
豫定했던 問病을 가까스로 마치고 內者와 함께 歸家. 집에 와보니 속傷하신 父親께서도 終日토록 飮酒만 하시고 누어 계시는 중이고. 母親께선 낮에 집을 나가셨다는 것.
父親의 걱정 말씀 들으며 한숨만을 쉴 따름.
밤은 깊었지만 母親이 계실 곳을 희미하게 힌트를 받았기에 별말없이 밤에 몽단이 向發. 때는 밤 12時 20分.
깜깜하고 조용한 한밤중. 한숨 쉬며 몽단이 再從妹 집을 向해 갈 때 向方 어려워 2時間 半만에 집(聖德寺)을 찾았으나 母親은 안계시어 落望. (이곳엔 堂叔母가 계시기에).
몸도 고단하지만 妹兄의 만류에 同宿. ○

〈1974년 6월 17일 雨, 曇〉(윤4. 27.)
早朝 起床에 우산 얻어 받고 일찍이 歸家.
午前 中만 勤務하고 外家(江西 內谷)로 갈 豫定. 午後 1時쯤에 井母 來校 喜消息~母親께서 오셨다고. 卽時 歸家하여 人事드리기도. 母親은 평탄한 心情~外家에 볼 일 있어 다닐러 가셨다는 것. 하여간 이제 안심되고 多幸. ×

〈1974년 6월 18일 화요일 晴〉(윤4. 28.)
機關長會議에 參席. 今日 主管은 玉山中學. 淸州 가서 아이들(杏, 運, 弼) 校納金 주고. 밤에 歸校. ○

〈1974년 6월 19일 수요일 晴〉(윤4. 29.)
어제 벤 보리밭을 父親이 손수 소 부리어 人夫 1人 데리고 콩 심고. 어제의 보리베기 작업에는 井母도 終日토록 땀 흘리며 助力.
면장, 지서장 來訪(學校)하여 歡談과 아울러 學區內 實情 이야기하기도. 高速道路邊의 보리베기가 火急하다는 것.
數日 前부터 팔다리에 부러나며 가려운 皮膚病으로 시루맙기에 退廳 後 入淸했으나 마음먹었던 藥師 없기에 되도라왔고. 막 차로 와서 집에 到着했을 땐 밤 11時 半. ◎

〈1974년 6월 20일 목요일 가끔 가랑비〉(5. 1.)
學校作業(오동나무 苗圃用)에 所用될 '보명개'[4] 흙밭 찾기에 삼발로 내 건너로 다녀봤고.
보리밭 베기 督勵로 삼발 가 본 것.
어제 벤 보리를 發動機 탈곡기로 無事히 마치고. 總 4叺 收穫 뿐. 今日도 井母는 入淸 豫定을 포기하고 보리打作을 서두른 것. ◎

〈1974년 6월 21일 금요일 曇〉(5. 2.)
栢峴 가서 弔問~故 金凍植 校監 上京中 交通事故로 死亡되어 그 葬禮에 人事한 것. 佳佐서 同 勤務. 現은 明德校監인데.
淸州 가서 피부藥 3日분치 사고. 마침 魯明 內外 왔고. 內者도 今日 入淸한 것. 明과 함께 약국을 다녀본 것. 藥代도 明이가 支拂.
家庭엔 母親하고 父親만이 계시고.
學校는 오동나무 苗 3,500폭 심고. 苗는 玉山校에서 얻은 것. ◎

〈1974년 6월 22일 토요일 晴〉(5. 3.)
兒童들 勞力奉事(仕)에 巡視해 보고…… 삼발의 모내기. 보리베기. 進入路의 꽃길 造成. ◎

〈1974년 6월 23일 일요일 晴, 曇〉(5. 4.)
學校에 早朝에 나가 아침 放送하고~夏節 뽕나무 管理法, 보리베기, 벼농사의 病蟲害에 對하여.
모처럼 家庭일 좀 해본 것~사랑방 앞의 花壇의 除草, 보리 널기에 母親 도와 일하고. 드무샘 梧桐나무밭의 손질 等. 日暮頃엔 德村 삼성골 가서 중풍으로 辛苦한다는 龍興校 李榮宰 교장의 問病. 마침 李 校長은 治療 받고져 入淸中이라서 相面은 못한 것. 낮엔 冊房도 若干 整理. ◎

〈1974년 6월 24일 월요일 晴〉(5. 5.)
老父母께선 드무샘 밭의 밀 베어 運搬하시기에 氣力 부치시고. 点心 時間에 조금 助力해 드린 것.
井母는 淸州 아이들 朝夕지어 주고 있는 중. 妊이가 서울체류 중이라서. 妊은 25日(明日)에 온다고.
農家에선 보리打作(機械로 脫穀)이 한창. ◎

〈1974년 6월 25일 화요일 晴〉(5. 6.)
第24周年 6.25의 날 맞아 愛國朝會 實施.

4) 충적토. 흙이나 모래가 물에 흘려 내려와 쌓인 부드러운 흙.

가렵고 부러나는 皮膚病 南門藥局에서 지어 온 약 먹으면서 差度 있기에 玉山校 갔던 길에 2日分 더 지어오고.
청주 아이들 집 들렸더니 마침 妊이도 와 있고. 內者는 明日에 집에 온다는 것.
오래간 밀렸던 2個 新聞(朝鮮日報, 忠淸日報) 讀破. 學校長 所要 帳簿用紙도 原紙 긁어 만들기도. ◎

〈1974년 6월 26일 수요일 晴〉(5. 7.)
職員(敎師級) 근무성적 평정표와 근무성적표 갖고 入淸. 登廳하여 再指示에 依하여 明日 提出토록 했고.
잔일 보고서 井母와 함께 저물게 歸家.
老親들께선 밀 打作까지 마치신 것~脫穀機로. ◎

〈1974년 6월 27일 목요일 曇, 비, 曇〉(5. 8.)
上廳하여 事務 打合. 增築하는 舍宅 곧 발주한다는 것.
팔다리의 불어나고 가려운 病 前日부터 差度 있는 듯. 今日도 藥 더 지었고.
一切 禁酒 中이나 몸 安定 잘 안된 느낌 있기도. ◎

〈1974년 6월 28일 금요일 曇〉(5. 9.)
아침 放送은 如前히 繼續~月日字, 日氣豫報, 새소식, 농사와 所得 增大, 學生生活, 새마을 운동 等〃.
事變 當時 本校〃長이었던 金龍顯 氏 來校 座談. 私事情이 딱한 實情임에 現金으로 若干 同情했고.
故 伯母 忌 있어 參禮. ◎

〈1974년 6월 29일 토요일 晴, 曇〉(5. 10.)
校長會議 있어 內秀 出張. 內秀 校庭에서 陸上 評價戰 있었기에 이것 보기 兼 會議도 이곳서 開催한 것일 것.
崔 교육장으로부터 어제 있었던 敎育長會議 傳達했고. 今日 會議 主案은 郡內 各校 視察 所感과 體育振興策에 關한 것이고 學校 經營에 改革하자는 것이 力點.
援호廳 잠간 들려 私事일 알아보기도~魯先의 退職金 受領한 것 再手續하여야 한다고.
가렵고 불어난 皮膚病 上肢는 지실되었는데 下肢가 別無差度. 몹시 부쳤한 셈.
청주아이들한테 잠간 들려 19時 半 버스로 出發. 집에 到着하였을 時는 下午 9時頃. ◎

〈1974년 6월 30일 일요일 晴〉(5. 11.)
모내기는 일찍 끝났으나 近日 맑은 날씨 繼續된 편이어서 乾畓이 변두리에 많은 편. 비 기다리는 형편. 밀은 아직 덜 비고.
호박폭이, 오동나무 等의 除草와 人糞 주기에 땀 흘렸고. 日曜 作業 中에 今日은 比較的 勞働 많이 한 셈.
右側 다리 피부病은 甚한 편이나 참고 지내는 중이고.
청주 魯妊이 下午 3時頃에 왔고. ◎

〈1974년 7월 1일 월요일 晴〉(5. 12.)
早起하여 日出 前에 드무셈 오동나무밭에 肥料(配合비료) 주고. 日出頃 아침放送은 今朝도 如一.
井母 入淸하는 데 自轉車로 가방 오미까지 갖다주고.

奉親用 合酒[5] 양조장에서 받아오기도.
當分間 朝夕 짓기는 妊이가 제 母親 대신 한다는 것.
皮膚傷處 別無差度~더 번지고 가렵고 아프기만.
날 가물어 아그배 논바닥 엉그럼[6] 甚히 가고. ◎

〈1974년 7월 2일 화요일 曇, 가랑비〉(5. 13.)
三女 魯妊이 祖父母께 반찬 等 맛있게 잡숫도록 만들기에 誠意 다하고. 밥짓는 솜씨도 능난하지만 훌륭한 살림꾼.
學校는 職員 舍宅(벽지校 特惠) 增築케 되어 시멘트 等 官給 物資 入荷하기 시작. 物品 點檢으로 땀 흘렸고.
피부病 治療次 入淸~援護廳에도 父親 名義로 手續 節次 있으므로 잠간 들려 일 보기도.
昨日 청주 갔던 內者와 金皮膚科 病院에 가서 治療 받고. 藥 잘 못써서 곰팡이가 번졌다는 것. 돈 들지라도 治療 받기로 마음 먹은 것. 2日분치 藥(內外治)과 注射 1回에 1,900원 들었고.
井母는 모레 온다는 것.
日暮 되자 가랑비 오기 시작. 기다리던 비이고. ◎

〈1974년 7월 3일 수요일 雨, 曇〉(5. 14.)
엊저녁에 이어 첫 새벽부터 부슬비 내리는 것. 얼마나 올른지 몰라도 우선 甘雨.
새벽 2時 半에 起床하여 帳簿 정리, 新聞 읽기 等으로 밤새인 것,
오랜만에 四男 魯松한테서 편지 와서 반가웠고.
6171部隊 師團 敎育隊에서 敎育中(後半期 교육)라기에 어딘지 모르게 든든한 느낌. 곧 答狀 써 發送했고.
今日도 如一하게 公私 間의 일 沈着히 잘 본 것.
皮膚病은 어제의 治療 結果인지 부드럽고 差度 있는 듯.
若干의 비로 因하여 밭에는 너나할 것 없이 깻모, 수수모 等 모종事로 온통 바쁘게 일들 하는 중. 꽃모에도 最適期이고. 老兩親께서도 둑너머 밭과 드무샘 밭에 들깨 모하신 것.
10餘 日 前부터 食慾 당겨 끼니마다 푼대로 한 그릇씩 다 먹는 중. 消化에도 異常 없는 듯 便 順調로운 편.
가랑비는 午後 3時頃까지 오락가락 하더니 其後로는 구름 若干 끼었을 따름. 밤엔 구름 사이로 달빛 비칠 때도 있기도. ◎

〈1974년 7월 4일 목요일 雨, 曇〉(5. 15.)
새벽부터 내리는 비 下午 七時頃까지 부슬 부슬 오락가락 終日 궂은 턱. 장마전선이 닥쳐온 氣分.
집에선 드무샘 밭 김매기로 豫定했던 것 雨天으로 不能.
入淸하여 金피부科醫院 들려서 注射 맞고 3日分 服用藥 지어 갖고 오고.
아이들 곳 들려 井母 잠간 만나고 홍업金庫 가서 援護廳 所管 일로 急錢 5萬 원 둘렀다가 원호청 일 未完으로 다시 갖다가 갚은 것.

5) 합주(合酒): 찹쌀로 빚어서 여름에 마시는 막걸리. 꿀이나 설탕에 타서 먹는다.
6) 금 또는 틈의 사투리.

교육廳에 가선 舍宅建築과 明年 改築, 學校林 登記 問題에 對하여 論議했고.

저녁 요기 若干 하고서 下午 7時 빼스로 歸家 向發. 냇물 우수 불었고, 집에 到着하였을 時는 同 9時頃.

今夜도 10時 半頃에 學校 一巡했고. ◎

〈1974년 7월 5일 금요일 雨, 曇〉(5. 16.)

內務 및 机上 整理. 앰프用 大型 반데리 淸掃, 레코-드 整備 等으로 잔일 많이 한 것.

5, 6學年도 指示한 周圍의 除草作業. 꽃길 造成으로 코스모스 移植하기에 勞力한 것~指導에 擔任들 딸[7] 흘렸고. 꽃동산으로 中形 香나무 옮겨 심기도.

妊이 入淸 도중 제 母親 만나 같이 집으로 되돌아와 實習地에 갈았던 감자 캐고. 約 50L 收穫된 것.

約 2週餘間 完全 切酒로 食事 旺盛. 끼니마다 普通 한 그릇 다 치우는 中. 消化도 웬만치 잘 되는 셈.

온몸에 번졌던 皮膚病도 거이 가라앉는 中이고.

가랑비 또는 부슬비는 七月二日부터 繼續되어 장마전선이 닥치는 듯. 드무샘 밭 골쳐 올리기 일 計劃한 것 3日째 밀려 老父母님들 걱정중이고.

食糧은 7月3日에 있던 벼 2가마 도정한 것 있어 安心 되고.

집안 空氣(家族間) 점차로 온화해져 가는 듯 좋기도. ◎

7) 땀

〈1974년 7월 6일 토요일 가끔 비〉(5. 17.)

面內 機關長會議 있어 가랑비 맞으며 自轉車로 玉山行. 11時부터 開會하여 下午 一時에 散會. 會議 內容은 各 機關마다 當面 問題를 말하고. 난 꽃길 保護에 다 같이 關心 갖자는 것과 여름衛生 잘 지켜 夏節 健康에 放學 中 兒童生活 보호에도 協調하자는 것을 말한 것.

淸州 아이들한테 갖고 갈 감자 한 자루 會議 끝에 버스 便으로 청주 갖다주고 오고.

內者와 魯妊이 入淸 豫定이더니 老父母님 말씀 圓滿치 않았다는 것으로 포기한 듯.

今夜도 宿直室(學校一巡) 다녀온 것.

老母親께선 傷心되셨는지 內者 相對하여 걱정이 분분하신 處地로 3女 魯妊이도 황급한 경우 따라 놀랬지나 않았는지 마음 조려지기도. 藥酒 좀 나우 잡수셨다기도.

사랑방에서 母親 말씀 奉聽하기도. 나대로 말씀 드려 보기도. 지나메 따라 融合하시라고 말씀드리기까지도. ◎

〈1974년 7월 7일 일요일 曇, 晴〉(5. 18.)

엊저녁에 있었던 일로 집안은 若干 침울한 空氣.

今朝도 如前 5時에 出校하여 放送~日記 豫報 傳達. 新聞에 揭載되는 農事欄 紹介, 國內外 情勢, 새마을운동, 勝共防諜, 兒童敎育, 政府 또는 地方官署의 啓蒙事項 等.

집엔 婦女 人夫 3名 얻어 兩便(두무샘, 둑너머) 밭 매기 일하는데 父親도 協勢. 內者와 妊은 밥 짓고, 母親은 밥 나르고. 난 午前 中은 밭에서 같이 일하고 午後엔 집 둘레 雜草 깍기 着手와 토끼장 淸掃, 먹이 장만, 日暮頃엔 열무도 갈고.

去月末日에 왔던 魯妊이 一週 만에 入淸. 그間 집안일 부즈런히 잘 보았고, 깔끔하게 誠意있게 平素 그대로. 엊저녁 일로 因하여 不安한 채 청주 가는 생각하니 마음이 찐.
午後 들어서자 집안 공기 若干 溫和로 회복 段階. ◎

〈1974년 7월 8일 월요일 曇, 雨〉(5. 19.)
11時頃부터 부슬비 내리더니 午後 5時쯤부터는 本格的으로 쏟아져 큰 장마 연상케 하고.
學校 제 장부 檢閱에 特히 "學習指導計劃書"를 細密히 본 것. 實施時間 數累計 記錄法에 對하여 統一을 期하도록 當付.
雜文書綴, 廣告 및 案內文綴 等 帳簿로 編綴 整理하고.
点心時間에 고부(姑婦)間 앞으로 圓滿히 平和스럽게 잘 살아나가자는 情論이 이루어지는 듯. 老母親께서 많으신 양보와 家內 情況을 深中히 생각하시는 것. 日暮頃 老母親의 心中을 생각하니 딱한 點에 저절로 울먹거려지기도. 더욱 老父母님께 있는 誠意 다 하고자는 마음 自然이 솟기도. ◎

〈1974년 7월 9일 화요일 雨〉(5. 20.)
어제 오늘은 거이 終日토록 비 온 셈. 냇물(앞내 天水川) 벌창하여 흐르고. 洪水로 흐르는 것. 앞들 논 웬만한 볏논 모두 물바다 이루고. 제방도 몇 곳 무너지기도.
東林, 墻東 어린이들 登校길에 물마로 궁겁기에 사거리까지 나가 보기도. 어린이들 모두 無事 登下校. 사거리 앞 작은 내 때문에 東林 어린이들만 못 오고.
職員은 全員 出勤. 玉山서 通勤하는 職員은 삼발 앞 高速橋로 건너왔다는 것. 今般 程度로 天水川 물 많이 벌창히 흐르는 것도 드문 일. 날씨는 아직 개이지 않았고.
방아다리 앞 수멍(윗수멍 앞)에서 洞里 아이 어른들 미꾸리 無限이 잡기도. 모두 約 20바께쓰쯤 잡았다는 것. 많이 잡은 金相熙 父兄이 한 사발 주기에 저녁에 지져먹었고.
집안 공기 溫和되어 온 家族(父, 母, 內者, 本人) 安定 속에 今日 生活 이루어졌고. 이제 차차 이렇게 安定 着心될 것으로 믿어지기도. 또 그렇게 되어야만 할 일. 때로는 意思충돌 있을 수도 있는 것. 常習이면 아니되고. 우리 家庭 平和로움을 天地神明께 비노니.
朝夕으로 若干씩 時間 허용 範圍에서 家屋 둘레의 雜草 매끈히 깎는 中. 今日은 사랑房 앞 길 언덕 깎아서 깔끔해졌고. ◎

〈1974년 7월 10일 수요일 曇, 晴〉(5. 21.)
玉山面 堆肥增産大會엔 잠간 얼굴만 내놓고 午後 1時부터 있는 校長會議에 參席. 主案件은 道內 教育長會議 傳達. 體育振興策과 兒童實力 向上에도 努力하여야겠다는 것.
會議 지루하여 오후 6時쯤에 散會.
청주 아이들 잠간 만나고 玉山行 7시 버스로 出發. 今般 장마물에 美湖川 다리도 넘고 天水川 하누재 다리도 넘은 것. 오갈 때 삼발 앞 高速大橋를 利用한 것.
모첨럼 맑은 날씨(下午 2時부터)로 變했고. ◎

〈1974년 7월 11일 목요일 曇〉(5. 22.)
가려웠던 傷處 淸州 金 피부科醫院 治療. 5日間 겪은 後 좋게 差度 있어 安快되는 줄 알았더니 아직 지실이 덜 되었는지 엊그제부터 再次 가렵기 시작하며 患部마다 붉은 色갈로서 성난 듯. 다시 걱정되는 것.
장마는 일단 그친 것인지 어제부터 비는 멎었고 무더위. 앞내 天水川 물은 相當히 빠졌으나 길바닥이 엉망으로 險하게 패인 곳 많아 하누재 길은 추럭 程度도 通行 不能이고.
數日 동안 朝夕으로 數十分 間씩 家屋둘레 雜草깎기에 勞力中. 努力의 代價라지만 일한 헌적 깔끔하기도. ◎

〈1974년 7월 12일 금요일 曇, 밤 한 때 비〉(5. 23.)
모처럼 있는 우표전시회 관람차 오미우체국에 들렀었고. 내 自身이 오랜 歲月 걸쳐 헌우표(古郵票) 모은 것 있어 관심 있고.
청주 가서 아이들 잠간 만나고 성심약국 찾아 皮膚약 사 갖고 急기야 金溪 着할 땐 7時 半. 막 쏘나기 내리기 시작하는 것.
청주엔 一正 강습 수강차 3男 魯明이 와 있고. ◎

〈1974년 7월 13일 토요일 曇, 가끔비〉(5. 24.)
鎭川郡 교육청 柳魯秀 장학사의 勤續 30周年 記念行事 있다고 案內狀 왔기에 李仁魯 교감과 함께 12時頃에 진천 向發. 下午 3時를 맞게 대었고. 來客 거이 敎職員. 場所는 三秀國校 강당에서.
어제 사온 皮부약 效果인지 患部 若干 부드러운 듯 느껴지고.
청주서 아이들 잠간 만나고선 淸州 發 下午 7時 車로 떠나 집에 到着했을 땐 9時쯤 됐고. ◎

〈1974년 7월 14일 일요일 曇, 가끔비〉(5. 25.)
금일 날씨도 終日 비 내린 편. 농가의 각항 일에 지장.
家事 整理(主로 圖書類)에 主力코져 마음 먹었었으나 午前 中은 學校 舍宅 工事 좀 參見하고. 가방 손질(수선) 等에 時間 消費 많아 이루어지지 못했고.
아침결에는 井母와 함께 學校 실습지에 栽培한 강낭콩 뽑아 두어번 自轉車로 나르기도. ◎

〈1974년 7월 15일 월요일 曇〉(5. 26.)
終日토록 흐렸고. 農家에선 일하기 適當한 날씨인 것.
學校에서 맨든 '警告板…… 危險 標知板'을 佑榮 데리고 가서 안꼴 小溜池[8] 뚝에 세웠고.
學校는 어제부터 煉瓦工이 시멘 벽돌찍기 始作했고. 벽지校 優待策으로 職員舍宅 또 一棟 增築하는 것.
父親께선 어제부터 왕굴자리[왕골자리] 매기 시작하시고.
家內 情況은 날이 갈수록 溫和되어가는 雰圍氣 감돌아 安快해져감으로 사는 보람과 本家 들어온 기쁨 느껴져 가는 중. 母親 無言에 內者 할 일 忠實하면 되는 것.
誠心藥局에서 지어 온 藥(皮膚藥…服用, 연고) 今晝로 다 썼고. 右側 장단지의 큰 患部를 비롯한 온몸의 患部 많이 부드럽고 가라앉은 氣分이어 多幸.
오랜만에 前任地 親知 父兄 幹部인 德海 氏, 映洙 氏에게 人事 및 安否 편지 내었기도. ◎

---

8) 소류지(小溜池): 늪지.

〈1974년 7월 16일 화요일 曇〉(5. 27.)
朝夕으로 約 一時間씩 터 둘레 雜草 베기는 여러날 繼續 中이고.
비는 내리지 않았으나 낮 동안 무더위 極히 심했던 것.
오동나무도 손질하여 順調로이 크는 중.
學校 日宿直 잘 하도록 强調하고~每夜(밤 10時~11時, 새벽 5時~6時) 巡視하기도. ◎

〈1974년 7월 17일 수요일 曇, 晴〉(5. 28.)
制憲節 제26周年 記念日. 國旗 揭揚과 遵法精神 鼓吹. 現은 維新憲法.
學校 工事의 煉瓦찍기 工事 今日로 13,000枚로 完.
早朝부터 집둘레 除草와 뒤울 생울타리(側柏) 篩枝하고. 토끼 집도 갈끔하게 淸掃.
江外面 桑亭里 査丈(朴魯文 氏)이 別世하여 今日이 葬禮라 訃告 왔기에 從兄님과 함께 가서 人事. 往來에 東林 및 원두꼴 고개(往), 동림고개(來) 넘기에 숱져서 애썼고. 父親께선 몸 고단하시어 後日에 인사하신다고.
明日에 入淸한다고 井母는 송편 떡 조그마치 빚고. ◎

〈1974년 7월 18일 목요일 曇〉(5. 29.)
一齊考査(學期末 고사로도 部分 包含) 實施에 狀況 巡視.
學校 舍宅用(增築) 시멘벽돌 12,500枚 어제까지 찍은 것 確認. 1包當 180枚 나옴이 正當하다고.
井母는 明日이 5男 魯弼이 生日이라고 어제 빚은 송편 떡과, 쌀 一말, 보리가루 材料 等 갖고 入淸하는데 짐 벅없기에[버겁기에] 淸州까지 거들어주고.
淸州엔 槐山 子婦(세째 魯明)도 다닐러 와 있고. 선풍기와 테레비도 갖고 와 있는 것. 아이들에게 뵈이기 겸.
三男 魯明은 一正 講習으로 淸州에 滯留中 청주 아이들과 같이 寢食.
통닭 一首 等 사 갖고 歸家했을 땐 下午 8時頃.
4男 魯松으로부터 편지 오고~육군 제8553부대 본부로 되어 있는 것. 이제 訓練 다 마치고 服務地로 配置된 것. 健康과 武運長久를 天地神明께 빌 따름. ◎

〈1974년 7월 19일 금요일 曇, 가끔 가랑비〉(6. 1.)
學校 職員舍宅 增築에 基礎파기 作業을 監督.
虎竹校에 잠간 건너가 學校 現況도 보고. 權校長님의 停年退任 行事를 宋校監, 李恩鎬 교무와 相議하여 보기도. 當本人 權 교장님은 당당 거절. 理由는 있기도 하고.
父親께선 江外面 桑亭里에 人事次 가시고. ◎

〈1974년 7월 20일 토요일 曇, 晴〉(6. 2.)
第一學期末 정리 잘 하자고 朝會時에 再當付.
李仁魯 校監의 招待 있어 全職員 下午 3時쯤에 烏山市場 李 校監 집 가서 융숭한 待接 받고. 그의 生日인지?
入淸하여 성심약국에 들려 '眞菌藥'(皮부약) 카네스텐 等 1주일분지 購求했고...... 前般 약으로 지실되는 줄 알았더니 그 약 다 하자 2, 3日 後부터 다시 가렵고 患部 붉어지기에 또 藥 마련하는 것. 우연찮이 오래간 욕 보고 돈 많이 드는 셈.
지난해 '장한 아버지' 賞品 一部로 받았던 천

으로(여름옷감 麻…… 모시) 남방 만들기로 '太陽라사' 집에 부탁했고. 두벌감 되어 서울 큰 애 몫으로 한감 떼어 놓기도.
어제 桑亭 갔다 오신다고 出發하신 老親 낮에 오시고.
井母와 함께 저녁 8時 40分 버스로 떠나 집에 到着하니 밤 11時가 지난 것. ◎

〈1974년 7월 21일 일요일 가랑비, 曇〉(6. 3.)
學校舍宅 建築 工事 監督에 數次 參見하고.
사거리 農協分所 倉庫마당에서 이 地域(金溪, 墻東, 東林)의 夏穀 共販이 있어 잠간 드려다 보기도.
토끼풀, 돼지풀 마련. 집 둘레의 雜草 깎기도. 샘앞의 발 만들어 치기도.
어제 購求한 藥 먹으나 今夜 現在까진 別無效果인 듯.
大田 사는 작은 妹(蘭榮) 갑자기 오고.
桑亭 가실 豫定하신 母親 난영이 와서 못 가시고. ◎

〈1974년 7월 22일 월요일 曇, 晴〉(6. 4.)
入淸하여 登廳코 工事 過程을 말하고 其他 數個條 事務打合했고.
'태양라사' 들려 노-타이 천 주고 맞춘 것 찾고.
청주 아이들한테 잠간 들려 下午 8時 버스로 집 向發.
성심약국엔 朴 藥師 없어 用務 못 본 것.
母親께선 桑亭里 가시고. 어제 온 妹 난영이는 父親한테 現金 1萬 원 얻어서 갖고 가고. 鄭泳來 만나 만不得已 →ⓒ

〈1974년 7월 23일 화요일 晴〉(6. 5.)
校長會議 있어 出張. 場所는 江西國校. 兒童藝能實技大會도 있었고. 午前 中은 藝能發表狀況 보고. 會議는 14時부터 있었던 것. 夏休實施 要綱이 主案이었고.
散會 卽後 入淸하여 '성심약국'에 들려 患部惡化됨을 말하고 前〃般의 藥으로 使用하기로 合意코 또 3日分치 購求.
청주 아이들한테 잠간 들려서 下午 6時 半 버스로 歸校.
청주 家族 住民登錄 말소된 것을 魯妊 노력으로 再登錄 필하고 煉炭 配給 카-드[9] 받기도. ◎

〈1974년 7월 24일 수요일 晴, 曇〉(6. 6.)
夏季 終業式 擧行. 例年에 比하여 시작을 1日 당기고 10日 矩縮하여 開學을 8月21日에 하게 된 것.
歲月 빨라 本校(金溪 故鄕校)로 轉勤 온 제 엊그제 氣分인데 벌써 半年이 가까워진 셈.
休假 中 生活計劃에 對하여 職員會에서 詳細協議하고. 兒童 下校하니 下午 2時 半.
終業行事로 全職員에게 병아리 한수씩 백수로 寘心한 것.
李 校監과 吳 主任 周旋으로 本家 老親에게도 一尾 보내 왔고. 몇 職員은 日暮時(하오七時 40分頃)까지 學校일 보았기도. 今夏休暇는 校長 校監의 特勤을 바래고 一般 教職員에겐 餘裕의 休息期間이 되도록 當局의 方針인 듯. ◎

---

9) 1973년 오일쇼크 파동으로 연탄 사재기가 일어나자 정부는 1974년 연탄카드제를 시행했다. 1회당 판매량을 50장으로 제한했다.

〈1974년 7월 25일 목요일 晴〉(6. 7.)
放學의 첫 날. 休暇 中에 學校일 家庭일. 讀書로서 '새교육' 읽기 等 보람있게 보내려는 마음 갖임 굳게 먹어보려고도.
토끼풀, 돼지풀 뜻맞는 풀로 每日 뜯어주는 중. 今日도 補充. 집둘레의 풀깎기, 돼지오줌 퍼내기, 보리짚 말려 드리기, 客內室, 大廳 淸掃, 마당 쓸기, 토끼집 淸掃, 돼지 오양 쳐내기 等 雜 잔일 많은 것 每日 實行하는 중이고.
藥酒로 기운 돋구어 運身 勞力하시는 父親께선 今日도 지나칠 程度 잡수셨다고. 재채기와 기침 過히 하심이 그 影響이신 듯. 桑亭里 가신 母親께선 아직 안오시고.
南聖祐 교사와 水落里 가서 學父兄 몇 분 만나기도. 모일 뒷山의 學校林도 踏査.
柳元赫 父兄 집에서 晝食 接待 잘 받기도. 복숭아도 많이 먹고.
16代祖考 山所(兵使公) 찾아 오랜만 省墓하기도. ◎

〈1974년 7월 26일 금요일 雨, 曇, 晴〉(6. 8.)
새벽 2時쯤부터 부슬비 내리는 것. 日出 前에 멎고.
兒童들 藝能발표大會에 나갈 4名 데리고 江西校 가려고 새벽 朝食하고 아침放送 마친 後 引率하여 江西 向發. 兒童예능실기大會에 짓기 2名, 그리기 2名 出場한 것.
江西行事 12時 半에 끝나고 張 女教師도 來場參與.
13時에 入淸하여 藥局에서 皮膚약 더 사고 家屋 기둥에 칠할 펭키 等 사 갖고 잔일 많이 보고서 歸家.
3男 노명은 一正 受講 中 예비군 教育있다고 歸 槐山했다고.
몸의 피부病 數日 前보다 나우 差度 있어 其藥 더 산 것. ◎

〈1974년 7월 27일 토요일 曇, 晴〉(6. 9.)
學校서 食 前放送 마치고선 終日토록 家庭에서 勞力했고~堆肥場 둘레 뚝 構築하기에 떼 20餘장 떠다가 잘 쌓고.
어제 사온 펭키로 家屋 前面 기둥 等에 漆하기로 해 넘긴 것. 作業하고 보니 勞力의 代價이랄가 돈의 값어치랄가 보기 좋았고. 日暮頃엔 땀 많이 흘리기도. ◎

〈1974년 7월 28일 일요일 가끔 비〉(6. 10.)
어제 作業하다 남은 기둥색 펭키 漆 오늘도 繼續하여 기둥과 大門만은 一段落. 다시 새 집 된 氣分이라고 말들 하기도.
金溪校 第22回 卒業生 同期會에 招請 있어 參席. 前般 在任時에 다니던 兒童들이고 紀念品으로 찻종 6組 받기도. 同窓會의 意義와 母校를 爲한 關心 學校 現況을 말해 준 것.
下午 四時頃 뉴-스에 日本近海에서 배(船) 충돌로 玉山面 金溪里 곽노기가 失踪되었다고 나오기에 族兄 春榮 氏 찾아가 慰安 人事했으나 온 家族 울울궁금과 슬픔에 잠겨 있고. 요행(天幸)수로 救出되어 生還되기를 실락같이 바랄 뿐.
放學되어 魯運(日信女高 一年生), 魯弼(舟中 1年生) 오고. 마침 내리는 비로 함씬 노배기 했고. ◎

〈1974년 7월 29일 월요일 雨, 晴, 曇〉(6. 11.)
內者가 어제 魯憲 教師들 집에서 언어온 암캉

아지( ) 生後 1개月짜리 밤새도록 보채는 것 …… 어미 찾고 젖 찾는 것일 것.
道內 女教師 會議에서 主催하는 僻地學校 어린이 一名씩 추천하여 顯忠祠 參拜와 포항製鐵工場 見學시키게 되어 其 어린이 引率하여 郡교육청까지 13시까지 引率引繼케 됐으므로 5-1 곽미경 女兒 데리고 入清. 点心 먹이고 女교사 責任者까지 引繼했고.
아이들한테 잠간 들려 魯姬, 魯妊 만나보고.
펭키 집에서 '카슈' 數合 사랑마루 漆할 것 購入하였고.
下午 6時쯤 집에 到着하니 去22日에 桑亭 가셨던 母親 오시고.
펭키 '카슈…… 朱合' 사랑마루에 칠하니 윤나고 새마루 된 氣分. ◎

〈1974년 7월 30일 화요일 雨, 曇, 雨〉(6. 12.)
밤 1時頃 降雨. 거이 終日토록 내린 셈.
前任 楊校長 來校 談話코 点心을 申啓文 교사 집에서 하고. 여름철 만두 먹은 것.
增築舍宅 中間 檢查次 郡교육廳에서 金 技士 來校. 스라브 配筋 狀況 보는 것이 主目的이었고.
虎竹 族長 宗鉉 氏 來訪. 事故로 설음 속에 잠겨 있는 春榮兄 宅 심訪 慰問에 案內했고.
옥수수 今年 들어 最初로 맛보고. 노운, 노필 와 있어 주전버리에 알맞은 것. ◎

〈1974년 7월 31일 수요일 비, 曇, 소나기, 晴〉(6. 13.)
첫 새벽에 數十分 間 비 내리고 낮 한 동안 흐리더니 下午 四時頃에 約 1時間 동안 소나기 내렸고. 日暮頃부터 개이기 始作.
아침결에 入清하여 建設事業所 찾아 李賓模 親知 만나 李炳赫 君 집 尋訪하고 전세房 얻어 보길 付託했고.
郡교육廳 가서 數個事項 打合하고 顯忠祠 見學갔던 어린이代表 곽미경 어린이 引受引率 歸校.
歸校 前에 청주 아이들한테 잠간 들렸기도. 모두 無事.
온몸에 번졌던 皮膚病(炎?) 거이 가라앉은 셈.
下東林 가서 泰鉉 氏 宅 親忌(小祥)에 人事했고. ◎

〈1974년 8월 1일 목요일 한 때 소나기, 晴〉(6. 14.)
새벽에 오동나무 一部에 施肥.
玉山行하여 玉山中學校 主管인 夏季 새마을 學校 개설에 參與 後 面內 機關長會議에 參席.
今日 會議는 支署가 主管 차례였고.
오늘도 한 때 소나기 내린 것. 어제 오늘의 비 바람에 옥수수 等 農作物 많이 쓰러졌고. ◎

〈1974년 8월 2일 금요일 曇, 晴〉(6. 15.)
아침放送 마치고선 終日토록 家事에 몰두 …… 內室 다락 內部 발으기, 常備藥品 箱子 손질, 오동나무 管理 等.
日暮頃 서울서 큰 애 오고…… 英信 昌信 데리고 온 것. 孫子 두 놈 다 같이 健康 좋은 편. 한 저녁 지어먹은 것. 청주서 魯妊 같이 오고.
밤엔 部落 總會 있어 參席. 當面 문제 示達 後 里長 漢虹 氏 里長職 辭職으로 異論 많았고.
留任하기를 勸告 强調했기도. 當本人은 事情上 끝내 辭任 고집. 未決대로 散會. ◎

〈1974년 8월 3일 토요일 晴〉(6. 16.)

日例대로 새벽 2時頃쯤에 起床하여 잔일 보면서 큰 애와 이야기하기도. 쇄재[10] 本家庭 이야기, 서울 이야기, 아이들 이야기 等.
學校舍宅工事 繼續에 監督 및 指示 몇 가지 하고.
옥수수 나우 많이 收穫되어 넉넉히 쪄 먹기도. 마침 英信 昌信 와 있는 中이어서 잘 되기도.
가을 채소 밭 자리 풀 뽑는 等 손질하기도.
前事 치질 자리 띵띵하며 아프더니 一部分 터지니 어느 程度 가라앉기도.
皮膚炎? 數日 前부터 絶藥된 까닭인가. 部分的으로 몇 군데 가려운 症勢 있는 氣分이고.
明日부터 講習 있어 日暮頃 入淸次 出發. 形便上 삼발 高速大橋로 건느는데 순탄치 못했던 것. 十分 操心해야 할 일은 至當한 것. 玉山서 막 버스로 入淸.
쪄갖고 온 옥수수, 杏, 姙, 明이 몇 개씩 먹고.
明은 受講 中(一正) 예비군 訓練 4日 間 마치고 다시 계속하는 中.
入淸 中 玉山서 歸家 中인 振榮이 만났기도.
◎

〈1974년 8월 4일 일요일 晴〉(6. 17.)
自然科 강습에 出席. 場所는 月谷國民學校, 郡內 敎職員 約 半數인 410名의 會員이 受講. 餘半數는 後半期에 算數科로 受講케 된 것.
終日토록 무더웠고. 땀 주체 못하였고.
下午 6時쯤에 終講. 청주 얼핏 다녀서 金溪 本家로 갔고.

10) '쇠재'의 잘못된 표기. 예부터 이 지역 사람들은 금계 마을을 쇠재라고 불렀다. 이 마을의 옛 이름인 '金城'(쇠 금, 재 성)에서 유래된 이름이다.

魯姙도 金溪 본집에 다녀가고. ◎

〈1974년 8월 5일 월요일 晴, 曇〉(6. 18.)
講習 第二日째…… 3學年 單元 探究 實驗이 主 內容이었고.
今日 点心은 金溪 本家에서 싸 갖고 간 것으로 充當.
몸 좀 고단한 편이고 구름 끼기에 청주서 아이들과 同宿.
잠시 와 있던 槐山 子婦 괴산 가더니 아직 안 왔고. ◎

〈1974년 8월 6일 화요일 曇, 한 때 소나기〉(6. 19.)
강습 第3日째 – 8日 間 豫定이더니 5日 間으로 短縮되었다고.
10時부턴 校長會議에 參席. 場所는 亦 講習會場인 月谷校 강당. 案件은 體育振興策과 藝能振興策이 主. 夏季休暇 中 學校管理도 한몫 크게 끼었고. 下午 五時쯤에 散會.
18時 半 車(버스)로 虎竹行 탔고.
집엔 豫定대로 서울 큰 子婦(英信 母親)가 다닐러 어제 와 있고.
엊그제 왔던 振榮은 오늘 歸 沃川했다는 것.
◎

〈1974년 8월 7일 수요일 晴〉(6. 20.)
강습 第4日째 – 酸素發生 實驗 等 實驗活動이 主였고 午後 끝 時間(8校時)엔 評價(試驗)도 있었고.
서울 아이들 모두 上京~큰 애 夫婦, 英信, 昌信 孫子들, 玉山 車部까지 魯姙, 魯運이가 전송하였다고. 큰 애는 두 언놈들 自轉車에 앉혀 끌고 가느라고 힘과 땀 많이 흘렸을 것.

청주엔 槐山 갔던 세째 子婦 엊저녁에 왔다는 것.
아침결에 편치 않으셨던 父親의 湯藥 몇 첩 청주 중앙한약방(申一東)에서 지어 歸家.
今日 早朝에 學校內 不潔한 곳 몇 군데 보았기에 指摘 記載 했기에 늦은 夕食 後 밤 十時晉에 結果 處理 確認次 登校 一巡해 보았고. 몇 가지 가까스로 整備했기도. ◎

〈1974년 8월 8일 목요일 晴〉(6. 21.)
近日 아침 如 日 안개가 짙게 꼈으니 終日토록 맑았던 셈.
수강 제5日째……. 午前 中으로 講義 마치고 修了式 擧行. 8日 間의 最初 計劃이 5日 間으로 短縮 變更.
入淸하여 아이들 있는 곳에 들렀더니 예정대로 井母 와 있고. 같이 市場通에 나가 마늘 等 몇 가지 사고. 井母는 明日 온다는 것.
2, 3日 前에 飮酒 中 祖母 孫子 間에 家庭이야기 發端되어 言聲이 甚하였던 일 있었다나. 老父母님 不安中으로 日過하는 눈치이기에 慰勞 말씀 드리기도. 父親께 닳인 漢藥 잡수시도록 勸하기도. 마실 氣分 안 나신다고 저녁엔 끝내 거절하시었고. ◎

〈1974년 8월 9일 금요일 晴〉(6. 22.)
日出 前 夜間엔 선선한 異常氣溫. 그러므로 農作物과 疾病의 影響이 있다는 것.
무더운 날씨는 繼續되어 連日 32.3度를 上廻하고. 비 졸연이 아니올 듯. 가을 김장 播種時되기도. 立秋가 어제이고.
食 前부터(아침放送 直後) 나무새 갈자리 손질에 流汗…… 除草, 中耕[11], 內外便所 人糞 푸기 等. 토끼집도 淸掃. 堆肥場도 손질.
午後엔 佳樂里(곤주꼴) 가서 金順煥 親知의 母親喪에 人事. 歸路엔 虎竹學校 들려 役員陣 만나 停年退任할 權寧軾 校長님 行事件에 對하여 問議하였기도. 큰 關心事 없는 것.
昨日 入淸했던 井母 오고. ◎

〈1974년 8월 10일 토요일 晴〉(6. 23.)
아침放送 마치고 墻東行~曲水, 당꼴 들려 어린이들 찾아 休暇 中 生活 狀況 把握과 指導次 向發 途中 佑榮君 집에서 招待 있어 不能.
午前 中 家屋 周圍 除草 等 손질하기에 바쁘며 땀 흘려 일했고.
烏山서 權殷澤 仁兄[12] 來訪하였기에 李仁魯 校監과 함께 사거리 나가서 濁酒 一盃씩 하고 空心으로 素緬도 맛있게 먹었다니…….
많던 옥수수 여러날 동안 싫건 쪄먹고 말 程度 말려놓기도.
3坪 程度 臨時用 열무씨 뿌리도록 하는 作業으로 땀 흘렸고.
어젯날 農藥 살포 過度로 族弟 奉榮이 中毒되어 위험해서 入院加療한다기에 夕食 後 家族에게 尋訪 人事. ◎

〈1974년 8월 11일 일요일 晴〉(6. 24.)
웬만한 콩밭은 가믈타는 氣色 보이고~數3日 間의 무더위로 바싹 말르는 형편. 비 기다려지

11) 중경(中耕): 사이갈이. 작물이 자라는 도중에 김을 두둑 사이의 골이나 그 사이의 흙을 부드럽게 하는 일.
12) 인형(仁兄): 친구 사이에 상대방을 높여 부르는 2인칭 대명사.

고.
母親과 內者 魯妊은 밀 일기에 數時間 땀 흘리며 바빴고.
터의 옥수수대 갈무리와 2次 열무밭 풀깎아 덮기 作業한 後 玉山 거쳐 入淸~청주 아이들 잠간 만나고 홍업金庫 들린 다음 教育廳 가서 公文 빼고 豚肉 약간 사 갖고 歸家.
옥수수대에 비닐삿갓 씌우기도(쥐 피해 防止策).
옥산서 老人會長 金在龍 氏 勸告에 사양치 못하고 배갈 1잔 마신 것. ⓒ

〈1974년 8월 12일 월요일 曇, 晴〉(6.25.)
朝食 前後하여 除草 等 家庭事 많이 돌보고.
月谷國校에 午前 十時쯤에 到着하여 後半期 講習 開催하는 것 보고 臨時校長會議에 參席하여 虎竹校 權 校長님의 停年退任에 따른 地方實情 피력하기도. 行事는 地方에서 할 것과 當本人인 權 교장님은 校長團에 모실 것을 決議한 것.
入淸하여 청주 아이들과(次女 姬, 셋째 子婦) 만나고 疍心 같이 한 것.
農協 일 보고 魚物 좀 사서 歸家하니 아직 해 좀 남았고. 집둘레의 풀 깎기로 어둘 때까지 勞力했고.
서울 큰 애(井)로부터 제 祖母님 앞으로 萬里長城으로 편지 써 보내왔고~家庭和睦의 原則을 土臺로 사과, 原因, 處地 等 밝힌 것. 잘 써 보낸 셈. ◎

〈1974년 8월 13일 화요일 晴〉(6. 26.)
午前 十時頃까지 除草作業. 今日도 如前.
學校 工事 狀況 잠간 둘러보고 小魯學校 가서 夏季 새마을學校 開設에 參見했고.
下午 3時에 小魯 떠나 玉山 經由 하누재 거쳐서 曲水, 당곡 部落 심방. 어린이 會長團 비롯한 어린이들 찾아 家庭生活과 15日(光復節) 行事에 對하여 일러주기도.
日暮 後까지 뒤울 안 풀 뽑고. ◎

〈1974년 8월 14일 수요일 晴, 曇〉(6. 27.)
今日도 10時쯤까지 家事에 勞力.
學校工事(舍宅 增築) 잠간 參見하고 德水部落 가서 父兄 몇 분 만나기도. 어린이 會長團도 찾아 安否 알기도.
午後엔 東林里 건너가서 上東林 모처럼 찾고. 父兄 兒童 數人 찾아 休假 中 生活 잘 하도록 當付하기도. 明日의 光復節에 할 일도 일러주고~國旗揭揚, 登校.
歸路에 下東林 들려서 마찬가지 일 보고.
降雨 학수고대이나 아니오고. 콩밭, 김장 파종 等 火急. ◎

〈1974년 8월 15일 목요일 晴〉(6. 28.)
光復節 29돌 慶祝式 擧行.
虎竹校庭에서 있는 上面 七個里 4H靑年體育會에 잠간 參席하여 몇 사람 만났고.
서울서 있는 光復節 慶祝式〃場에서 一大 異變事故 있었고. 怪漢의 朴 大統領 저격 事件에 陸英修 女史 흉탄에 맞아 서울大學校 醫科대학 附屬病院에서 入院 加療中 下午 七時에 殞命의 뉴-스.
온 國民 突然 意外의 消息에 침통 속에 暝福을 빌 따름이었고. 怪漢은 日本人旅券을 갖았다는 것이며 韓國人으로서 日本 大阪에 居住한다는 것. 日 後에 더 仔細히 밝혀질 것. ◎

〈1974년 8월 16일 금요일 晴〉(6. 29.)
샘바닥 콩크리트 改修 工事한 것. 理髮士인 朴貞圭가 主로 努力했고 이웃에 사는 魯植 外 數人이 助力하여 잘 마친 것.
밤엔 部落 總會 있어 參見하고 自進奉仕 努力하여 좋은 金溪마을 만들자고 强調. 밤 12時半에 散會. ◎

〈1974년 8월 17일 토요일 晴〉(6. 30.)
家庭과 學校 일 아침결에 갈무리하고 電通에 依하여 入清~道廳內에 마련된 朴大統領 夫人 故 陸英修 女史 殯所에 人事. 學生, 一般人 男女, 公務員 모두 喪章(黑色리본) 가슴에 달고. 生前 仁慈心과 活躍 많았던 분의 冥福을 빌기에 參集者 모두 잠잠한 속에 眞心으로 弔表.
청주 아이들한테 들렸더니 4女 杏이만 만난 것.
佳樂里 鄭亨模 母親喪 葬禮에도 人事. 再從兄(憲榮 氏)와 直査頓 間 되기도.
清州 歸路에 德村 들려 臥病 中인 李榮宰 校長에 人事次 尋訪. 當本人은 入清中이어서 못만났고.
李龍宰 漢?(藥商)醫 찾아 內者用 內服藥 좀 샀고.
日暮 後 깜깜했을 때 집에 到着. ◎

〈1974년 8월 18일 일요일 晴〉(7. 1.)
入清하여 江西友信會에 參席코져 文義面 오가리까지 獨行으로 가서 一同 만났고(時間 늦어 一行이 먼저 간 것). 오가리는 처음 간 것. 比較的 물 깊고 맑은 편. 沐浴 잠간하고 휴게소에서 그곳 생선 짖어 晝食하고 午後 3時에 出發하여 新灘津 가서 水泳場 求景하고선 清州 도착코 夕食하니 밤 9時쯤 된 것. 청주서 아이들과 함께 留. 쇠재서 5女 魯運은 왔고.
鎭川郡 新德校 孫福祿 校長 停年退任式에 形便上 不參되어 未安했고 上京 豫定도 時間관계로 不能. ◎

〈1974년 8월 19일 월요일 晴〉(7. 2.)
6時 高速버스로 서울行. 清담洞 큰 애집엔 9時에 到着. 朝飯 큰 애와 같이 했고. 子婦는 食母 아이 관계로 議政府 方面 갔다는 것. 孫子들(英信, 昌信) 잘 있고.
故 陸英修 女史 葬禮式(永訣式) 參席 및 求景次 南大門 廣場 갔었으나 百萬人波로 볼 수 없고. 무더위 햇볕은 最高溫으로 쨍쨍.
永訣式은 中央廳 廣場, 10時부터 11時 半까지, 葬送 行列은 서울驛까지. 서울역부터는 車로. 國立墓地에 安葬.
乙支路 5街 '國立醫療院' 別館棟 3層 9號室 찾아 入院 中인 金哲培 角里校長 面會 人事~중풍氣에 車事故 負傷. 經過 좋은 편 約 一時間半 程度 面談 위安했고.
下午 六時쯤에 청담洞 갔더니 出他했던 子婦 왔고. 큰 애들 夫婦와 잠시 이야기 나누고 時間 넉넉했으나 서울서 留. ◎

〈1974년 8월 20일 화요일 晴〉(7. 3.)
서울 아이들은 今日부터 開學이므로 出勤.
10時에 清州 向發. 어제의 行事 때문인지 乘車客 밀려 高速버스는 12時20分 車票 끊은 것.
今日 낮 溫度 34°. 더위 느낌은 今日이 最高라는 말들 하기도.
清州엔 魯弼 데리고 內者도 와 있고, 어제 왔

다는 것. 市場에 內外 같이 나가 陰七月九日에 쓸 찬꺼리 몇 種 사고 下午 8時 玉山行 버스 타고 金溪 本家 到着했을 땐 밤 10時 半쯤. 父母님 無故하시고. ◎

〈1974년 8월 21일 수요일 晴, 소나기 若干〉(7. 4.)
開學式 擧行. 例年보다 11日 間 앞당긴 開學된 것.
教育環境 造成하기에 努力할 것을 强調했고.
教師 兒童 全員 無事했음이 무엇보다 天幸이고(隣接校엔 溺死事故 난 곳 많았기에).
近日 最高氣溫 (낮) 34度가 여사이고 下午 5時頃에 若干의 소나기 오랜만에 내린 것. 김장 채소 갈기에 비 적고. 몸엔 땀으로 험씬 적셔 있는 중.
老兩親과 內者는 드무샘 모래밭의 동부따기와 가뭄에 말른 참깨 걷고.
3女 魯妊은 땀 흘리며 朝夕飯 짓기에 집에서 勞力 繼續 中. ◎

〈1974년 8월 22일 목요일 曇〉(7. 5.)
김장 채소 씨앗 播種 하느라고 흐미한 어둔 새벽부터 勞力. 老父親께서 거들으시고. (제1교배 통일 신강배추 1包, 제일개량 진주대평무우 1包, 宮重大根 若干).
族叔 漢弘 氏 生辰 朝食 招待에 잘 먹고.
11時頃에 李仁魯 校監 '뇌빈혈'?로 數時間 앓다가 順調롭지 못해 택시 불러 타고 入淸. 石內科病院에 入院한 李 校監 問病.
歸家할 豫定이 病院에서 時間 많이 뺐겨 늦어서 不得已 청주서 아이들과 함께 留했고.
李 校監 病 증상은 過飮酒했던 후유症인 듯 느껴지고. ◎

〈1974년 8월 23일 금요일 비〉(7. 6.)
무더위와 가뭄이 長期 繼續되더니 오랜만에 아침부터 조용한 부슬비 終日토록 내리고 …… 農家에선 鶴首苦待했던 甘雨이고.
어젯날 채소 播種한 것 잘 한 듯. 파종기는 이미 늦은 것.
첫 버스로 나와 出勤했고.
電通 있어 下午 3時부터 있는 臨時校長會議에 參席했고. 今日 會議는 比較的 일찍 끝나 下午 5時쯤에 散會. 歸家 後 어둡기 시작. ◎

〈1974년 8월 24일 토요일 雨, 曇, 晴〉(7. 7.)
부슬비는 계속 내리고. 零時 30分頃에 伯父 忌祭祀 지냈고.
學校 잠간 參見後 鎭川 向發. 下午 2時부터 鎭川 三秀國民學校 講堂에서 朴慶俊 校長님 停年退任式 있어 參席. 人員 많았고 盛大히 이루어졌고.
下午 六時頃 淸州 着. 잔일 보고 淸州서 아이들과 同宿.
內者는 장 홍정해 갖고 魯明 內外와 함께 金溪가고. ◎

〈1974년 8월 25일 일요일 晴〉(7. 8.)
어제 아침결까지의 비로 밭作物 좋아졌으나 砂石田은 늦은 비. 이미 타버린 것 많기도. 김장 채소 播種에 넉넉. 모두 씨앗 드리기에 바쁜 듯. 22日에 播種한 무우 배추 發芽.
豚肉 魚物 사(가)지고 歸家. 이웃 아주머니들 多數와서 송편 만드느라고 분주. 食口 안사람들 明朝用 반찬 만들기에 徹夜 노력.
桑亭妹 오고. 振榮 內外도. 江西 있는 從妹 夫婦도. 노명은 再教育中이라서 日暮頃에 入淸. ◎

〈1974년 8월 26일 월요일 晴〉(7. 9.)
안食口들 밤 1時 半까지 飮食 만들고 就寢.
學校서 잠간 눈 부치고선 2時頃부터 돼지고기 썰기 等 혼자서 차근이 일 보고.
6時頃부터 金溪里內 還甲 지낸 어른과 關連 親族, 新溪洞 全員 招請에 바빴고~從兄은 栢洞, 振榮은 新溪, 난 金坪 다닌 것.
一家 親戚 約 50名과 家族 및 當內 집안 家族 20名, 合 70名의 朝食치루기에 例年 그대로 부엌과 案內 進行에 바쁜 狀況 形言할 수 없는 程度였고.
書間에도 數人씩 來訪者 있어 待接. 學校 職員은 点心시간에 招請한 것. 안 마을 아주먼네 數名 와서 잘 놀았기도.
季嫂 不圓滿 出發에 老父母 걱정 있었기도. 夜間 一時的 집안 내 不安했었고.
內者, 3女 魯妊, 셋째 子婦(槐山) 終日토록 눈부신 活躍한 것. ◎

〈1974년 8월 27일 화요일 晴〉(7. 10.)
많은 接受 公文 處理하고 入淸. 事務的 打合 있으니 벽지교 校長 召集 電通 있었던 것. 育成會費 운영狀況 內査함이 主目的인 것.
아이들 집에서 魯明 만났고. 今日로서 長期講習 마치고 修了式 했다고~國校一正講習. 저녁 같이 하자기에 應했고. 結婚 後 살림함에도 세째 子息엔 觀心없다는 서운한 말에 心情 나우 複雜했기도.
昨夜로부터 傷心 많이 하신 탓인지 老父親께선 午後에 가끔 가슴 답답. 몸에 痛症 있으시다고 辛苦 겪으시기도. 藥 等 다려 奉養하기에 세째 槐山 子婦 誠意 다하는데 신통하고 感嘆되기도. ◎

〈1974년 8월 28일 수요일 曇, 雨〉(7. 11.)
日本 覺醒 및 北傀 만행 糾彈 궐기大會가 淸州 公設운동장에서 있대서 參席. 청주公運에 參集 人員 今日같이 많은 것 처음 보고.
放學 동안 와 있던 3女 魯妊과 24日에 왔던 세째 子婦 入淸. 明 內外 槐山郡 이담 가고. 明은 어제서 長期 강습 끝난 것.
郡교육廳 들려 舍宅 建築에 關한 事務 打合. 道敎委에 들려 學校林 登記 再手續에 對하여 李宇喆 主事와 協議. 仝 件으로 金六中 司法書士 事務室 가서도 相議.
金溪里 總會 있대서 參席~새마을會館. 밤 10時頃부터 2, 30分 間 부슬비 내렸고.
어젯날부터 感氣氣 있고. 집엔 4食口 뿐. 父母님, 우리 內外. ◎

〈1974년 8월 29일 목요일 曇, 가랑비〉(7. 12.)
엇저녁부터 감기 점점 쎄우쳐 今日은 콧물 나고 기침하며 목이 나우 아픈 程度. 別 藥 먹지 않았고.
虎竹校 行事 어찌되나 궁금하여 가봤더니 急작스런 일이나 準備 比較的 잘 되었고. 職員 學父兄 共히 애 많이 썼을 것.
數日 前 振榮 夫婦 不合한 일로 老親들께서 궁겁게 여기시고. ◎

〈1974년 8월 30일 금요일 비, 曇〉(7. 13.)
9時 半頃에 約 20分 間 集中 暴雨.
紀念品 마련하여 虎竹校 가서 權寧軾 校長님 停年退任式에 傳했고. 그 분도 10男妹 길렀다는 것. 한 때는 그 師母님이 나무도 하였다고. 우리네와 共通되는 點 있어 깊이 느껴진 바 있고.

비 내리는 날이지만 式 擧行 동안 가까스로 바운 셈.
近者에 學校敎育 管理에 있어 忠分치 못한 느낌 있어 不安하기도.
井母는 玉山 가서 明日 老母親 生辰에 待接할 肉類 若干 사오고. ◎

〈1974년 8월 31일 토요일 雨, 曇〉(7. 14.)
職員 全員 出張케 되어 臨時休校. 11時頃부터 體力檢査 玉山中學에서 있었고.
小魯校 金 校長과 入淸하여 他市郡 轉出校長들의 送別宴會에 參席. 場所는 '수복' 食堂. 石城의 崔校長, 南一의 卞 校長이 轉出.
母親 生辰이어서 淸州서 어제 온 3女 妊과 母女는 早朝부터 찬 만들기에 바빴고. 當內 집안 食口와 本 新溪洞 안노인들 招請하여 會食했고. 開學中이라서 客地 있는 것들 아무도 못왔고. 夕飯은 從兄 宅에서 待接.
老兩親 마음 또 不安하신 말씀하시는 것. 父親은 沃川 振榮 夫婦 不合한 解決策에 明日 가보시겠다는 것. 母親은 過去之事 누누한 말씀 하시고. 兩親 飮酒 나우 하신 듯. 밖 바람 안쏘이시고 房內 空想에 또 過敏하신 편. 實인즉 過敏한 신경쓰심도 無理는 아닌 것이나…….
平和, 不安, 不滿, 幸福, 不幸, 傷心 等 人間살이에 있는 것이리라. ◎

〈1974년 9월 1일 일요일 曇, 雨〉(7. 15.)
沃川 振榮 夫婦일 궁겁다고 父親께선 母親 同伴하여 10時頃에 靑城 向發하시고.
井母는 再堂姪 '魯旭'이 約婚에 招待 있어 烏山 가고. 淸州 볼 일 있어 다녀온다는 것.
魯旭의 四柱 쓰고 '戊子 十二月十二時 丑時'라고.
김장 밭 손질~솎고 매고.
朝夕 짓기는 3女 魯妊이가 하는 중.
日暮頃부터 내리는 비 長時間 相當히 오는 듯. ◎

〈1974년 9월 2일 월요일 부슬비, 曇, 雨〉(7. 16.)
새벽부터 내리는 비 9時까지 솓아진 것. 낮 잠시 멈추더니 午後에 다시 내리기 시작하여 거이 終日토록 온 것.
鄭世模 면장 芙蓉面으로 異動케 되어 그의 送別宴會 있다고 連絡 있어 玉山行. 面內 機關長級 10餘 名 모여 晝食을 會食. 後任인 朴面長도 同席.
南部, 西部, 海岸地方엔 水害 많다고 報道. 失踪, 死亡者 많고 土地 流失. 浸水 田畓도 많고 家屋까지 被害 있어 罹災民 多數라고.
昨日 入淸했던 內者 雨天으로 못오고. 沃天 方面 가신 老兩親도 궁금. 잘 가셨는지, 잘 계신지?
天水川 냇물도 우수 많이 흐르고. 어리고 연약한 김장菜蔬에도 害로울 것이고. 땔감으로 몸달른 家庭도 있을 것. ◎

〈1974년 9월 3일 화요일 曇, 晴〉(7. 17.)
約 一週 만에 비 안왔고. 냇물은 어지간히 개웅차 흐르고.
1日에 入淸했던 井母 오고. 沃川 方面 가신 老兩親께선 더 계실 듯.
德水 部落 가서 學校 理事 楊時泰 만나 學父兄 1日 間 學校일 나오도록 부탁하였고. ◎

〈1974년 9월 4일 수요일 晴〉(7. 18.)

어젯날부터 인젠 날 드른 듯. 햇기 따뜻해졌고 하늘 높기도. 學校앞 花壇의 깨꽃(살비아) 씨 받기 시작했고. 全校生 除草作業에 勞力.
1日에 沃川 方面 가셨던 老兩親 오시고~振榮 夫婦의 謝過에 寬容하셨다고. 靑城서 一泊하시고 池灘 가셔서 魯絃 만나신 後 大田 들려 妹 蘭榮 찾아 一泊하셨다고. 世波와 大氣 쏘이시곤 一怒一老, 一笑一少 말씀하시기도. 兩親 藥酒는 如前 마시시는 것. ◎

〈1974년 9월 5일 목요일 曇, 晴〉(7. 19.)
示達 事項, 公文 處決, 授業 參觀, 建築工事 監督, 帳簿 整理 等 氣分 맞게 순탄히 進行 잘 되고. 家庭도 比較的 順和로운 雰圍氣 도는 듯.
오래 전부터 앓고 있는 皮膚病 아직 完治 안되고 藥 쓰는 중. 今日은 우연찮이 개쓸개 求하게 되어 患部에 바르기를 勸하므로 就寢 前에 발으기도. ◎

〈1974년 9월 6일 금요일 晴〉(7. 20.)
校長會議 있어 淸州 出張. 10時부터 15時까지. 2學期에 할 일의 當面課題가 主案件.
중풍으로 數個月 間 苦痛 크게 겪는 龍興校 李榮宰 교장을 찾아 問病. 그 장정 딱하기도. 玉山中學 校監 柳在琨 親友 死亡 消息 듣기도. 近年엔 젊은 側에도 중풍, 암 等의 重且惡患者 잘 생기기도.
司法書士 사무실 들려 學校林 登記事務件 若干 보기도.
벽지學校 經濟的 운영에 關하여 말성없는 方法의 묘에 對하여도 管理課長과 教育長의 特別當付 있었기도. 言論界 관련 있다고.
四女 魯杏의 生日이라기도. 아이들에게도 잠간 들려 歸家. 20時頃 着.
다리의 皮膚病 若干 다시 再發 기미 있어 또 걱정. ◎

〈1974년 9월 7일 토요일 晴〉(7. 21.)
德水部落 學父兄 全員 出役~學校 新築舍宅 周圍 附土作業[13] 誠意껏 함에 기뻤고. 里長 鄭鐘賢, 老父兄 層으론 李雨淵 모두 誠實한 편.
校長會議 傳達 豫定을 作業 監督 關係로 不能. 月요日로 延期.
朝食 前에 안 便所 인분 밖 便所로 퍼 옮겼고.
아직은 김장用 무우 배추 싹수 좋은 편. 日暮頃에 매어주었고. 달랑무우 播種할 곳도 파 놓기도. 明朝 播種 豫定. ◎

〈1974년 9월 8일 일요일 晴〉(7. 22.)
學校의 아침 放送 後 家庭 앞 텃밭에 어제 파 놓았던 자리에 "달랑무우" 씨 디리고.
會長인 俊榮兄과 함께 故 柳在琨 校監 永訣式에 參席次 玉山中學 갔었고. 郡교육청에서 崔榮百 교육장도 來枉. 學校에서 周旋하여 發靷行事 中學 운동장에서 擧行했고. 애도辭에 슬픈 表情들 짙었기도.
面에 가서 戶兵係에 槐山 아이들 婚姻 申告일 부탁도 하고. 일찍이 歸校하여 學校 교실 마루 修理工事 잠간 둘러보고선 家庭둘레의 雜草 또 깎았고. 老兩親께선 大廳에 시렁 매시는 일 하셨고.
다리 皮膚病 惡化된 듯. 가렵고 진물 나기도. 두꺼비 기름 等 바르는 中. ◎

13) 부토작업(附土作業): 흙이나 모래를 펴서 까는 일.

〈1974년 9월 9일 월요일 晴〉(7. 23.)
秋季 體育大會에 關하여 朝會前에 40分 間 打合하고. 6日에 있었던 校長會議 傳達事項 나머지 몇 個項은 終禮時에 約 一時間 半 정도 걸려 마쳤고.
兩親께선 鳥致院 가시고~방암里의 自然藥水로 母親 머리 감으시기 爲하여. 풍이신지 가려우시다고. 桑亭里 妹 家에서 留하시고 明日 오신다고.
德水部落 楊 氏 家 喪事에 人事次 虎竹까지 잠간 다녀오기도.
밤엔 部落 總會에 參席~새마을館으로 約 70名 參集. 所在地에서 副面長. 產業系長, 支署長 臨席. 各己 所管業務 强調~增產策으로 堆肥 만들기, 勝共精神 더욱 굳게 갖기 等을 力說. 人事條 兼하여 점차 잘되어가는 金溪部落 現況과 울 안 가꾸기 運動에 對하여 말했기도. 밤 12時에 散會한 것. ◎

〈1974년 9월 10일 화요일 晴〉(7. 24.)
學校 任員會 午前 11時부터 下午 二時 半까지 있었고~體育會費에 對하여. 新舍宅 변소와 담장, 學父兄 出役 等에 關하여 討議決議한 것. 會長인 俊榮兄 進行에 圓滿하고 애 많이 썼기도.
어제 鳥致院 方面 가셨던 兩親 오시고. ◎

〈1974년 9월 11일 수요일 晴〉(7. 25.)
職員 2, 3人의 不忠實함에 不快指數높은 편~飮酒로 因한 者, 遲參欠勤者, 新舍宅 入住 關聯으로 雜音 있는 等.
깨꽂 밭 손질에 勞力했고.
日暮頃 三從兄 根榮 氏와 함께 水落 가서 喪家집에 人事.
다리의 皮膚病에 '도꼬마리'[14] 삶은 물로 발라지지기도. ◎

〈1974년 9월 12일 목요일 晴〉(7. 26.)
아침결에 井母와 함께 入淸. 같이 公設운동장 가서 求景~忠淸北道 少年體育大會 開會式 끝나고 마스겜에 舟中學生들 徒手體操 보았고. 入場賞은 淸原郡이 차지했다고.
夫婦는 鳥致院 가서 듣던대로 방아미(방암리?) 共同墓地 밑에 있다는 所謂 藥水샘 찾아간 것. 벌탕 흙탕물이어서 氣分 내키지 않으나 억지로 양다리의 患部에 물 퍼 발랐고. 內者는 머리감고.
時間 늦고 몸 고단하고 궂핥아서 淸州서 아이들과 留. ◎

〈1974년 9월 13일 금요일 晴, 曇, 가랑비〉(7. 27.)
急작이 豫定을 變更해서 夫婦는 內秀 지나 椒井[15]行 한 것. 來客 많지 않았고. 昨日과 마찬가지로 井母는 머리 감고, 난 양 脚 患部에 藥水(炭酸水) 바르고.
椒井은 內秀校 在職時에 가보고선 처음. 藥水湯 施設別 開發 없게 느껴지기도.
点心 後 入淸하여 工高 校庭 가서 少年體育大會 競技中 蹴球試合 보기도~決勝戰으로 淸原郡 玉山校:沃川郡 竹香校 對決에 5:0으로 玉山이 참패.
魯妊은 江西 魯先 勸誘로 江外面 桑亭里 제 姑

14) 한해살이풀로 온몸에 짧고 빳빳한 털이 빽빽하게 깔려 있다. 민간 약재로 널리 쓰여 왔다.
15) 충북 청주시 청원구 내수읍 초정리. 약수터로 유명하다.

母집 다녀오고, 妊이가 서둘러 저녁 지어 주기에 먹고 호죽행 막 차로 本家 向發.
저물게 집에 到着했지만 父親께선 不快히 人事받으시는 듯.
밤 10時頃에 學校 巡視~無事했고. ◎

〈1974년 9월 14일 토요일 가랑비, 曇〉(7. 28.)
간밤 중부터 오는 가랑비 김장 菜蔬에 甘雨.
10時頃에 비 멎고.
사루비아 꽃밭에 最終的인 施肥.
退廳 後엔 드무샘 밭에 가서 '오동나무' 施肥와 손질했고.
아픈 다리엔 또다시 도꼬마리 삶은 물로 씻기 시작하는 것. ◎

〈1974년 9월 15일 일요일 晴〉(7. 29.)
내안 堂叔主 祭祀 새벽(0時40分頃)에 지내고.
처음으로 넉넉한 家屋(今春에 새로 購入 入住한 집…… 옛 漢根 氏 家)에서 지내는 것.
終日토록 家事 整理에 해 넘긴 셈~書架整理로서 長期間 사랑다락에서 묵었던 헌책을 비롯, 佳佐 갈 때 殘留분치의 책 鎭川서 올 지음의 묶여진 채 있는 各種 圖書(새교육誌를 비롯)를 대충 먼지 털어 간수한 것.
아픈 다리의 患部는 도꼬마리 삶은 물 繼續 바르는 中이나 別無신통. ◎

〈1974년 9월 16일 월요일 晴〉(8. 1.)
午前 中은 사루비아 꽃밭 손질로 勞力했고~土曜日에 뿌리 肥料 덮고 雜草 및 枯死된 가지 等을 除去.
新築 舍宅 竣工檢査次 郡 敎育廳 李 技士(施設係長)와 經理係 朴主事 來校. 檢査 필 後 學校 建物 現況도 說明했고.
敎育廳으로부터 綠飼料[16] 多量 採取 指示(1,150㎏)에 方法 硏究할 일.
父母님과 內者는 텃밭의 찰벼 베어 털기에 數時間 流汗 努力. ◎

〈1974년 9월 17일 화요일 晴〉(8. 2.)
機關長會議와 反共啓蒙 講演會에 參席次 玉山行~10時부터 12時 半까지 面 會議室에서 聽講.
기관장 會議는 高速路邊 '萬福식당'에서 있었고.
德村里 삼상골 가서 李龍宰 藥房 찾아 다리 皮膚病 뵈이고 藥 求하고~濕腫이라고. 內服藥과 外治藥 一週日분치 산 것.
집에선 今日도 內者와 兩親은 발틀 機械로 콩 打作하시고.
井母의 空腹時 가슴 쓰리고 아픈 症勢에 먹는 藥 덕촌서 못 구해 그대로 왔더니 마음 不快한 듯. 그도 그럴 것이라 充分히 理解되고. 實은 藥보다 肉類로 服用함이 좋다기에 그대로 온 것.
患部 긁고 藥(연고) 발으니 數時間 쓰라렸고. 험상히 뵈이기도. ◎

〈1974년 9월 18일 수요일 晴, 曇〉(8. 3.)
學校 오동나무 손질~밑둥 잎과 곁가지 따 주고. 防火水통도 淸掃.
家庭 內 雰圍氣 溫和路에 接近되고.
엊저녁부터 施用하는 德村 藥 탓인지 다리 皮

16) 녹사료(綠飼料): 풀이나 잎 따위의 싱싱한 식물로 된 가축 먹이. 알맞게 말려 녹색을 지녀야 한다.

膚患部 若干 부드러움을 느끼고. 母親도 머리와 顔面에 皮膚炎인 樣 돋아 가려우시다고. 淸州藥 발라 드리기도. ◎

〈1974년 9월 19일 목요일 晴〉(8. 4.)

德水部落 父兄 一同이 學校 燃料 採取로 出役되었기 드려다 보고.

金溪里 住民들 天水川 다리(鐵板) 놓기에 學校로서도 濁酒 1말 待接. 老父親께서도 出役.

井母 入淸~아이들(杏, 運, 弼)의 3/4分期 校納金과 菜蔬 갖고.

學校일 18時 半에 마치고 自轉車로 急히 玉山 달려 豚肉 좀 사 갖고 歸家하니 저물은 셈. 今日 夕飯부터 當分間은 老母親께서 밥 지으실 것.

夜間과 朝夕으로 나우 선선하여 금조 일출 직전 氣溫 10度이고. ◎

〈1974년 9월 20일 금요일 晴〉(8. 5.)

午後에 玉山 가서 面長, 副面長 만나 學校에서 採取한 綠飼料 收賣 問題에 對하여 相議하고 入淸하여선 郡교육청 들려서 事務打協 몇 가지 했고.

아이들 있는 곳 들려 消息 알고 어제 入淸한 井母도 만나 相談코 停留場 오는 中 親友 李賓模 만나서 幣도 되었던 것. ◎

〈1974년 9월 21일 토요일 晴〉(8. 6.)

學校 終業 卽後 入淸하여 壽洞에 잠간 들린 後 곧 鎭川行 버스로 갈미까지 가선 步行으로 그 전 情들었던 물미(馬屹)[17] 갔고. 韓映洙 親喪當했던 人事하고 李상권君 집 들려 잠간 인사 마친 後 歸路에 들자 情든 學父母 數人 晩留함을 뿌리치고 막 차로 入淸한 것. 형편에 依해 일찍 就寢치 못하고 놀다 늦게서 留宿했고.

적은 分量이나마 자리 事情에 依하여 조금씩 술맛 보았던 것. ⓒ

〈1974년 9월 22일 일요일 晴〉(8. 7.)

오랜만에 沐浴했고. 體重 그나마도 줄어 50*kg*. 53.4*kg*은 恒時 維持했던 것인데 數個月 間에 數*kg* 減量되었으니 웬일일고.

內者에 勸告하여 芙江 藥水湯 갔고. 공교롭게 近者 轉任한 鄭世模 面長 만나 幣 기친 것. 약수 몇 차례 마시고 下午 1時 市內버스로 入淸하여 內外 正式 食堂에서 '韓定食'을 해보는 것 처음이고.

몸 좀 고단하기에 1時間 정도 쉬고서 夫婦는 日暮쯤에 玉山 거쳐 집에 왔을 땐 어두었고.

新溪洞 近日에 轉入해 사는 李 氏 家에 初喪이 나서 夜間에 數時間 洞人과 함께 밤정가 한 것.

今日따라 不得已 몇 자리에서 술 몇 모금씩 마신 것. ⓒ

〈1974년 9월 23일 월요일 晴, 曇〉(8. 8.)

下午 3時 좀 지나서 朴鍾奭 교사 데리고 入淸하여 '리듬樂器' 約 2萬 원어치 사 갖고 저물게 歸校. 朴교사의 器樂 기술 있는 줄이야 까막 몰랐던 것.

---

17) 진천군 이월면 신월리 물미마을. 물미(미는 뫼의 변형어. 물이 많은 산이라는 뜻)와 마흘(馬屹, 한양에서 원님이 말을 타고 고개를 넘어 온 마을이란 뜻) 두 가지 명칭으로 불리다, 행정구역명이 물미로 정해졌다.

'동원식당'에 同伴하여 夕食 같이 맛있게 잘 하고 오미서 步行으로 金溪까지 오면서 朴교사의 家庭환경 들으매 느껴진 바 많았고. ◎

〈1974년 9월 24일 화요일 晴〉(8. 9.)
學校일 끝날 무렵 自轉車로 玉山까지 달려 30分 만에 到着.
入淸하여 아이들에게 副食物 資料가방 주고 藥局에서 井母用 약 몇 가지 사고선 下午 7時 버스로 歸校 向發.
井母는 가슴이 아프다는 것. 날 무우 먹은 탓이라고도 하기에 十二指腸蟲 驅除藥을 비롯하여 가든한 시원한 약 사다 服用했고.
날씨 좀 가물은 편으로 낮끝엔 김장 배추 잎파리 느러지기도. ◎

〈1974년 9월 25일 수요일 晴〉(8. 10.)
晝食 時間 利用하여 花山 가서 吳完教 親喪(亡人 吳炳河)에 人事. 歸途에 虎竹 들려 閔泳恪 氏, 朴鐘殷 氏에게 人事次 尋訪했고. 學校에도 들려 申校長과 잠시 談話.
日 前에 補充購入한 리듬樂器 어제 하루동안 指導한 것인데 今日 勇敢히 室外에서 公演. 朴鐘奭 교사 勞苦의 結晶.
一週日餘 綠飼料(아까시아 잎) 採取 乾燥 갈무리에 無限이 애쓴 보람 있어 700*kg*에 *kg*當 40원씩 28,000원 郡畜協으로부터 받았고. 兒童福祉에 쓸 돈인 것. 搬出에 저물도록 全職員 애썼고.
內者의 健康 正常 못되어 顔色에 活氣 不足이고. ◎

〈1974년 9월 26일 목요일 晴〉(8. 11.)
玉山中學區內 國民學校長會議 있어 玉山中學에 가서 잠시간 會議 마치고 点心 待接받고 入淸.
호박 等 附食物 갖고 간 것 청주 아이들한테 놓고 교육청에 들려 事務打合.
北一校에 가서 自由교양 郡大會에 兒童 24名과 申教師 參席했기에 參見 激勵.
北一校의 鼓笛隊 示範하는 것 모두 앞에 公開. 形便上 北一校에 방고개까지 兒童들과 함께 徒步로. 停留所에서 어린이들 잘 보내고 申 교사와 함께 전자당(電子堂) 가서 學校 암프 修理 및 마이크 1個 購入.
막 뻐쓰(下午 9時)로 짐 싣고 玉山 와서 自轉車로 歸校하니 밤 10時 半頃 됐고.
井母는 德村里 '덕촌약방' 가서 內服藥(夫婦用) 數日분치 사온 것. ◎

〈1974년 9월 27일 금요일 晴〉(8. 12.)
小體育會(運動會 豫行演習) 實施에 떼악별 本部에서 終日토록 參觀 是正하기에 고딘편이었고.
밤 9時 半頃까지 텃밭 김장 밭에 給水로 勞力 數時間. ◎

〈1974년 9월 28일 토요일 晴〉(8. 13.)
下校 後 卽時 玉山 내려가 3男 魯明의 婚姻申告(自然分家) 畢하고 入淸하여 홍업金庫에 들려 數日 內 費用(運의 校納金 外 數種) 나겠기 3萬 원 現金 貸付 받았고.
歸家途中 몽단이에서 집에 오는 姙, 運, 弼이 만나 同行한 것.
夕食時엔 새 豆腐한 것 먹기도. ◎

〈1974년 9월 29일 일요일 晴〉(8. 14.)
日曜日이지만 全職員 出勤特別勤務. 體育會 訓鍊中 入退場 等 全體 또는 合同 하는 種目 몇 가지의 反復訓練한 것.
玉山 내려가 面에 들려 三男 魯明의 혼인 申告完結의 再確認.
夏季節에 老親 負傷時에 治療次 數차례 手苦한 族兄 俊榮 氏에게 秋夕 名節 膳物로 微意나마 '와이샤쓰와 넥타이'를 사다 傳達했고.
妊의 母女는 송편 빚기에 바빴고.
名節이라고 客地에 있는 家族들 몇 食口 오기도…… 長男 魯井이 12時頃에, 振榮 夫婦 14時쯤, 오랜만의 魯絃은 18時 半頃 왔고.
約 5個月 間 자랐던 강아지 今般에도 어디선가 또 약먹은 쥐 주어먹고 죽었고. 內腹 버리고 끄으실러 삶았고.
3女 魯妊은 14時頃에 서울 向發. 제 올케 주선으로 婚談 있어 相議해 보자는 것으로 上京케 된 것. 成事되길 기대할 따름. ◎

〈1974년 9월 30일 월요일 晴, 曇〉(8.15.)
秋夕－八月한가위. 堂內 집안 3個 家庭(우리, 큰집, 재종(憲榮 氏))만이 남아 있을 뿐이나 客地 가 있는 젊은 것들 多數왔기로 祭官 많았고.
族弟며 弟子格인 軍의 高官(陸軍大嶺) 晩榮이 來訪. 江原道 束草 있다고.
큰 애 井, 둘째 絃, 振榮 夫婦 下午 3時 車(버스)로 간다고 墻東 往來 버스에 乘車했지만 始發點부터 超滿員이어서 無理로 찐긴 것. 사거리서 타지 못한 老弱者도 數人 있었고. 金溪通行車 없는 것 쓰라림과 부끄럼 다시 느껴보기도.
日暮頃 運과 弼이도 간다기에 玉山까지 亦 步行으로 바래다 주었고. 이 또한 虎竹通行버스도 벽차 몽단이선 乘車 못하고. 가방 하나 親知에게 맡기긴 했으나 淸州서 容易롭게 引受引繼가 잘 되었는지 궁금하기도.
玉山서 吳○○ 教務 만나 모처럼 一盃 마셔본 것. 吳君 旣히 醉한 態度였는데 또다시 一盃한 까닭인지 家庭的 悲觀도 하며 落淚. 自轉車로 歸校 不可能할 듯. 玉山 혹은 淸州서 쉬었다 오기로 하고 歸路해 보니 밤 9時. ⓒ

〈1974년 10월 1일 화요일 雨〉(8. 16.)
새벽 3時에 起床. 부슬비 내리고. 今日 展開될 體育會 때문에 걱정. 永〃 날은 개이지 않고 거이 終日토록 궂는 바람에 臨時職員會 開催協議하여 雨天 順延 原則으로 날씨 개이는 대로 實施키로 한 것.
点心時間 利用하여 飮食 날라다가 學校에서 職員 一同 待接하니 마음 개운하기도. 飮食 장만과 運搬에 井母가 많은 勞力한 것.
나이 어린 靑少年 中 몇 名이 엊저녁에 女職員(張○○)에게 醉中욕설했다기에 분개했기도. 색출하여 나우 훈계할 작정이고. ⓒ

〈1974년 10월 2일 수요일 曇, 가랑비, 曇〉(8. 17.)
엊저녁 밤중에도 비 한 차례 나우 내려 今日 行事 不能될가 크게 근심되기에 새벽잠 못 이룬 것. 5時 40分의 中央觀象臺 日氣豫報는 흐린 後 한 두 차례 비가 내린다고 했으니 快치 않은 心情.
東쪽 하늘 若干 틔어지는 듯 하기에 學區內 各部落으로 職員들 急派하고. 運動場 손질로 金溪學童 緊急召集해서 모래 運搬하는 輕運機

뒷일 等 인접 青年 數名과 함께 勞力.
날씨는 時間이 감에 따라 順해져 運動會는 斷行한 그대로 끝내 進行 잘 된 것. 意外로 觀覽者 많은 듯 贊助額도 數年內 最高라고.
오후 5時 半에 끝났으니 늦게 마친 셈. 끝 整理도 대충 잘 되고. 피로宴도 잘 받고. 全職員 숙직실에서 잠시 反省會도 우연이 이루어졌고. 無事多幸. ⓒ

〈1974년 10월 3일 목요일 曇〉(8. 18.)
開天節. 단군 紀元 4307年. 國旗揭揚토록 今朝도 放送~學校서 6時頃에. 옥산면 單位로 개천절 경축行事 있다기에 갔더{니} 行事 施行치 않고 있어 入清.
아이들 있을 房 社稷洞 복덕방에 求해 달래서 舊용화사 근처 새 집 두칸에 제세 20萬 원짜리 보고 意思 있다고 表示.
去 29日에 上京했던 3女 魯妊 아직 안오고.
玉山서 崔瓘顯 親知 만나 座談하고 歸家하니 어둔 8時頃. ⓒ

〈1974년 10월 4일 금요일 晴〉(8. 19.)
運動會 뒷處理 清掃 整頓에 始業 前과 一校時에 全校的 勞力하여 어지간히 치워진 것. 체육회 結果 反省會 하기도.
午後에 入清하여 魯妊에 連絡事項 있어 큰 애한테 通話 要請했으나 자리에 없대서 통화 못하고 料金만 多額 所要된 것.
만물 福德房 가서 전세방 방세 決定키로 當付하고 歸家.
집에선 井母는 父母님과 함께 콩 타작. ⓒ

〈1974년 10월 5일 토요일 晴〉(8. 20.)
장동 父兄 出役에 일머리 보고~물고여 利用不能인 溫室의 排水되는 암거 工事한 것. 難工事인 것. 半 程度 推進되고.
會長(俊兄)과 함께 栢洞 가서 輔榮 父兄 찾아 對話하고~그의 兒童에 對한 難聽이란 無理의 말성에 理解 가도록 말한 것. ⓒ

〈1974년 10월 6일 일요일 晴〉(8. 21.)
어제 栢洞 가는 中 自轉車에 若干 다친 왼발목 붓고 아프기도.
客室(父母님 居處室) 문 발으기도. 도배紙 一部 말라놓고.
人夫 2名과 함께 父親께선 전자리山 燃料 採取하시고. ⓒ

〈1974년 10월 7일 월요일 曇, 가랑비〉(8. 22.)
學校 일로 出役한 父兄 待接用 酒類 關係로 四距離 다녀오고. 東林 墻東 父兄 農協分所에서 만나 歡談하였고.
장동 부형 나와 學校 온실 排水用 암거 作業~今日로 完結 지은 것.
入清하여 아이들 있을 房 새로 얻어보려고 노력해 보았으나 맞당치 않아 解決 못보고. 비도 내리고 저물기도 하여 청주서 아이들과 留. ⓒ

〈1974년 10월 8일 화요일 曇〉(8. 23.)
피부病으로 가려운 다리의 심부 兼 沐浴하고 아침 첫 車로 學校 왔고.
메주콩 팔아 井母는 메주 쑤어 母親과 함께 손질하기에 바쁜 듯. 父親께선 數日 前에 採取해 놓은 나무 묶어 져날으시고.
일 잘하고 살림 알뜰히 하는 3女 魯妊이 上京한 제 10日쯤 되어 궁금하나 바라는 目的 이

루어지기를 祈願할 따름이기도. 5女 魯運, 4女 魯杏이 學校 다니며 朝夕 짓느라고 애쓰는 중이고. ⓒ

〈1974년 10월 9일 수요일 曇, 晴〉(8. 24.)
終日토록 사랑방 도배에 勞力. 父親께서 풀칠 等 助力하시어 겨우 日暮頃에 끝맺고.
內者는 메주 쑤고 母親께선 父親 藥用 술 빚으시고.
서울 갔던 3女 妊으로부터 편지~15日頃에 온다는 것. 영신이가 毒感으로 高熱이었다가 이제 좀 내렸다는 것. 上京케 된 目的(婚談)은 형편상 관심 안갖고 있다나.
地域에선 엊그제부터 '統一벼' 베기 시작했고. ⓒ

〈1974년 10월 10일 목요일 晴〉(8. 25.)
井母는 새벽 3時에 起床하여 메주 쑤어 今日로서 이 일을 完結 지우고. 낮 3時 버스(사거리)로 淸州 간 것……. 數日 동안 아이들 밥 지어 주려는 것. 魯妊이 서울 滯留中으로 修學中인 杏과 運이 나가 밥 지으므로. 特히 高三 卒業班인 杏이 大入試 準備에 支障 덜기 爲한 것.
立石 行事에 案內 있기로 12時에 梧倉面 盛才里 갔고. 朴萬淳의 先祖考 遺績碑 建立 除幕式 있는 것. 大字碑文에 "獨立鬪爭 殉國義士 順天公號 醒石堂 諱駿圭遺績碑"로 되어 있고. 式順엔 "開會宣言, 國民儀禮, 國民敎育憲章 朗讀, 經過 報告, 除幕, 獻花, 碑文 朗讀, 式辭, 追念辭, 本孫 代表 人事, 閉會宣言"으로 써서 揭示. 參集 來客들에 簡素한 点心과 酒類 接待하는 것. 參集한 住民 多數가 오랜만에 만나 반가이 人事 나누기도.
歸路에 佳佐校 들려 잠시 둘러보고 親知 數人 찾아 人事 後 情談도 하다 歸校하니 밤 8時 가까웠던 것. ⓒ

〈1974년 10월 11일 금요일 曇, 晴〉(8. 26.)
學校는 秋季逍風 實施~全校生 돛대산[18]으로. 下午 4時에 全員 무사 귀교.
天水川[19] 다리목을 基点으로 高速道路 周邊 山林에 航空撒布(살포……殺蟲劑)하는데 잠간 드려다 보기도. 呂 支署長과 同乘한 헬리콥타는 兒童들이 登山(逍風)한 '돛대산' 山上空을 한 바퀴 돌아온 것. 여러 해 前에 江陵서 서울까지 旅客機(40餘 分 間) 타 본 後로는 처음 탄 것.
井母가 어제 入淸하였기 朝夕을 老母親이 지으시는 중이고. ⓒ

〈1974년 10월 12일 토요일 晴〉(8. 27.)
學校 파한 後 全職員 玉山國校에 가서 敎育會 主管인 面內 各校(玉山, 金溪, 小魯, 虎竹, 玉山中) 敎職員 親睦排球大會에 臨한 것. 優勝은 小魯校라나.
入淸하여 서울 魯昌(堂姪)한테 電話 걸었으나 會社에 나오지 않았대서 通話 못했고. 急기아 葉書 띄운 것……. 從兄嫂 氏 病患 中인 것을.
內者와 함께 아이들 있을 전세房 얻어 契約했고~같은 壽洞 2區이고. 집 主人은 張世昌이라고. 14日에 옮길 豫定.

---

18) 충북 청주시 흥덕구 옥산면 장남리에 위치한 해발 178미터 산. 병천천을 끼고 있다.
19) 충북 청주시 흥덕구 옥산면 금계리 앞쪽을 흐르는 하천. 병천천의 일부다.

집일과 이사 문제로 井母도 집에 오고.
班에서 나누는 肥料 저멋텡이[저모퉁이]서 지게로 4往步하기에 어깨 아팠고.
今日 행사 때문인가. 우연찮이 濁酒 나우 마신 것. ○

〈1974년 10월 13일 일요일 晴〉(8. 28.)
午前 中 夫婦 勞力 많이 한 것~밭 걷우기를 비롯한 잔삭다리 일 等. 청주 아이들 移舍 문제로 夫婦入淸. 서울서 魯妊 마침 왔고. ○

〈1974년 10월 14일 월요일 晴〉(8. 29.)
移舍짐 날으기로 午前 中 바빴던 것. 같은 壽洞 內. 솜씨 능난한 魯妊이가 電氣架設(燈)까지 完了하여 말끔이 치운 것. 연탄, 장단지 等 다루기 어려운 것 있어 손車 人夫 數時間 1,000원 주고 운반했고. 井母는 잔일 더 보고 明日 오기로. 난 下午 5時 버스로 歸校.
老父母님께 內者 明日 온다는 旨 말씀드리면서 處地 寒心하여 속눈물 나기도. 姑婦間 情좋아야 할 터인데……. ○

〈1974년 10월 15일 화요일 晴〉(9. 1.)
面內 機關長會議에 參席~옥산 집하장 主管. ×

〈1974년 10월 20일 일요일 晴〉(9. 6.)
明日부터 秋季 家庭實習키로……. 日曜日이므로 事實上은 今日부터이고. ○

〈1974년 10월 21일 월요일 晴〉(9. 7.)
교육청에 들어가 事務打合……. 職員逍風(先進地視察) 實施件. ○

〈1974년 10월 22일 화요일 晴, 曇〉(9. 8.)
日直(南교사) 職員 남고 全職員 夫婦同伴 逍風. 井母도 모처럼 같이 가고. 中型버스 貸切. 가야산 海印寺 보고. 慶州서 留. ○

〈1974년 10월 23일 수요일 晴〉(9. 9.)
경주 석굴암. 불국사 보고. 市內 數處의 古蹟 보고선 釜山 가서 '龍頭公園' 올라가 바다를 展望. 点心 後 出發하여 全員 無事歸校. ×

〈1974년 10월 27일 일요일 晴〉(9. 13.)
烏山 가서 親知 鄭麟來 子婚에 人事.
族兄(俊榮) 同伴하여 서울로 달려 청담동 가서 孫子들 만나보고. 큰 애 內外의 誠意있는 대접 받고 다시 歸路. 청주 와서 留. ※

〈1974년 10월 29일 화요일 晴〉(9. 15.)
몸 極히 고단했고……. 몸살, 피로, 허약, 熱 等으로 運身難. 數時間 休息 後 起動. 老親께선 人夫 一人 얻어 벼 걷으시고. 송구한 感 不禁. ×

〈1974년 10월 30일 수요일 晴〉(9. 16.)
族叔 漢益 氏 母親喪에 訃書 쓰기에 數時間 努力했고. ×

〈1974년 10월 31일 목요일 晴〉(9. 17.)
몸 어느 程度 회복되어 食事 잘 하는 편. ×

〈1974년 11월 1일 금요일 晴〉(9. 18.)
學校 管理 및 兒童生活 指導 문제로 指導力 强化에 力說, 强調하고.
族叔 漢益 氏 모친 葬禮場에 參見했고.

家庭에선 打作하기에 온 家族 勞力했을 것. 벼 總 가마니 소출.
밤엔 族兄 喆榮 母親喪에 訃書 써주기에 夜深토록 노력했고. ×

〈1974년 11월 2일 토요일 晴〉(9. 19.)
朝食 等으로 체하였는지 若干의 腹痛으로 괴로웠고 身熱이 있어 한축이 나므로 數時間 동안 辛苦한 것. 吳, 申 교사, 南 先生의 看護에 依하여인지 午後에 가라앉은 것. ⓒ

〈1974년 11월 3일 일요일 晴〉(9. 20.)
청주 아이들 있는 곳 잠간 들러 鎭川 간 것……. 前任校(上新校) 會長이었던 三龍里 鄭德海 母親喪에 人事. 그 兄弟, 家族 一同 感慨 고마워했기도.
車편이 比較的 좋아 집까지 오니 밤 10時頃. ○

〈1974년 11월 4일 월요일 曇〉(9. 21.)
가을 일 '打作'로 年中 最大로 바쁜데 아침결 안개비 若干 내리는 듯하더니 多幸히도 惡化되지 않고 차차 번一한채대로의 날씨.
玉山面 4H 경진대회(농촌 지도소 주최)에 잠간 參見하고 入淸하여, 교육청 들려 事務打合. (東林里 부락 일손돕기 件 等). ⓒ

〈1974년 11월 5일 화요일 曇, 晴〉(9. 22.)
井母는 淸州 다녀 明日쯤 上京할 豫定으로 点心 後 出發. 주식시간에 사거리까지 짐(쌀 2말) 自轉車로 갖다 주었던 것. 出發時 人事 告할 지음 '서울 가는 것 過히 언짢은 양으로 말씀하셨다나.'
日暮頃에 職員들과 함께 德水 鄭憲祥 父兄의 子婚에 招待 있어 저물게 다녀온 것. ⓒ

〈1974년 11월 6일 수요일 晴〉(9. 23.)
學校로 來訪한 서울 사는 族叔 漢鶴 氏 內外분 모시고 洞里 몇 군데 人事에 案內했고. 우리집에서도 떡과 一盃.
沃川서 季嫂 왔고. 意外로 次女 姬도 다녀가고.
사거리 막 차에 내린 上東 柳 어린이(兒童종합기능大會……月谷校) 保護次 上東까지 갔다오기도……. 相當히 몸 어려웠던 것. ×

〈1974년 11월 7일 목요일 晴〉(9. 24.)
날씨 繼續 좋아 農家에선 벼 打作 行事 순조롭고.
全職員의 点心 俊兄 會長 宅에서 招待 있어 잘 했고.
장동리 尹錫文 회갑에 招待 있어 放課 後에 全職員 다녀오기도. 氣分 快하지는 못했고.
內者 井母는 서울 가 있는 중. ○

〈1974년 11월 8일 금요일 晴〉(9. 25.)
季嫂 가는 데 쌀자루 等 짐 두차례 사거리까지 2차례 自轉車로 운반해 주고. 母親께서 바레다 주시기도.
午後 一時에 校長會議 있어 入淸. 會議 끝에 數人校長 탁주타령하였기도.
서울 갔던 井母 청주까지 왔고. 아이들 곳에서 留. ※

〈1974년 11월 9일 토요일 晴〉(9. 26.)
큰 外叔 一周忌 제사 있을 것이라고 母親께선

內谷 가시고. ○

〈1974년 11월 10일 일요일 晴〉(9. 27.)
桑亭 老査丈(朴琮圭 祖母) 葬禮에 父親께서 다녀오신 것.
어제 內谷 가셨던 母親께선 오시고.
入淸하여 油里校 高永浩 교사 女婚에 人事後 '청주예식장'에도 들려 교육청 羅 장학사 子婚에도 人事했고.
文德校 尹 校長과 月谷 韓 校長 外 數人과 夜深토록 탁주타령했기도. 청주 아이들한테 가서 留. ※

〈1974년 11월 11일 월요일 晴〉(9. 28.)
修身面 卜多會里 金相喆 夫人 回甲宴에 招待 있어 梧倉 佳佐 거쳐 두릉 通해서 人事갔던 것. 竝川, 天安 경유 청주로 돌아 歸家하니 저물었던 것. ×

〈1974년 11월 12일 화요일 晴〉(9. 29.)
날씨 쌀쌀하고. 영하 4도.
모친께서 桑亭행 하시고. ○

〈1974년 11월 13일 수요일 晴〉(9. 30.)
75학년도 大入 예비考査 實施日. 4女 魯杏(淸女高 3년) 受驗인데 청주까지 가 보도 못해 心中 不安, 미안. ○

〈1974년 11월 14일 목요일 晴〉(10. 1.)
烏山里 朴敬龍 회갑에 초대 있어 俊榮兄과 함께 自轉車로 달려가 人事했고. ×

〈1974년 11월 15일 금요일 晴〉(10. 2.)
日出頃 氣溫 영하 7度까지 降下 터니 낮엔 따뜻했고.
夏榮 氏 生辰에 点心時間에 全職員 招待 있어 待接 융숭히 받았기도. 南 교사 사는 校長사택 담장 工事(組立式) 前面 完成.
學校 施設 事業 관계로 午後엔 全職員 部落 出張한 것. ×

〈1974년 11월 16일 토요일 曇, 가랑비〉(10. 3.)
날씨는 많이 풀려 아침 온도 0도. 저녁땐 가랑비 내리기도.
數日 前에 江外面 桑亭 가셨떤 母親 오시고.
요샌 日出 前에 전자리山에 가서 해놓은 나무 한 짐씩 운동 삼아 지게로 집까지 버릇처럼 運搬. ×

〈1974년 11월 17일 일요일 가랑비, 曇〉(10. 4.)
朝食은 族叔 漢旦 氏 집에서 招待 있어 했고.
井母와 함께 가랑비 맞으며 入淸. 杏, 運, 弼의 學費 引上分 等 나눠주고. 청주用 쌀, 炭, 채소 값 等 一部도 解決.
장동行 막 車로 歸家.
밤엔 母親과 家庭事 和睦토록 進言하기도. 母親의 圓滿한 말씀 있으시기도. 父親께선 뾰죽한 말씀하셨기도. ×

〈1974년 11월 18일 월요일 曇〉(10. 5.)
求景 삼아 피락골 瑞山公 時祀에 參與하여 亞獻[20]했고.

---

20) 전통 제례 순서에서 두번째로 술잔을 올리는 일. 제례 때 술잔을 세 번 올리는데, 이를 순서대로 초헌(初獻) · 아헌(亞獻) · 종헌(終獻)이라 한다.

父母님께선 시사 홍정으로 오미장 다녀오시고. ×

〈1974년 11월 19일 화요일 晴〉(10. 6.)
當局에서 實施하는 제6학년 學力考査 감독에 虎竹校 宋 교감 왔고. 夬心도 全職員과 함께 申 교사 舍宅에서 하고.
水락 李병태 친상에 人事. ×

〈1974년 11월 20일 수요일 晴〉(10. 7.)
水落 유소터 16代祖 兵使公 時祀에 參與~30數年 만에 모처럼 參拜한 것.
族叔 某 氏와의 오고간 말 약간 甚하였기도. ×

〈1974년 11월 23일 토요일 曇, 눈보라, 曇〉(10. 10.)
날씨 陰冷한 早朝에 學校長會議 있어서 自轉車로 玉山까지 달리는데 몹시 추었고.
校長會議 案件은 '한글바로쓰기' 講演이 主.
明日 家庭事로 3女 노임은 청주서 아침결에 本家에 와서 제 母親과 함께 終日토록 勞力했고.
5女 運과 5男 弼이 날씨 나빠도 청주서 데려 왔고.
夜深토록 밤(栗) 생미치기에 노력했고. ○

〈1974년 11월 24일 일요일 晴〉(10. 11.)
마침 日曜日이어서 내집에서 차리는 12代(奉事公), 11代, 10代祖의 時祀에 참여했고. 祭物 나르는 데도 勞力한 것. ○

〈1974년 11월 25일 월요일 晴〉(10. 12.)
大田 사는 작은 누이 어린애 둘 데리고 來家. 가난하게 사는 中. ○

〈1974년 11월 27일 수요일 晴〉(10. 14.)
그젓게 왔던 작은 妹 가고.
機關長會議에 參席~玉山까지 市內뻐스 運行과 75학년 適齡兒 조사 件에 對하여 力說했고. ×

〈1974년 11월 28일 목요일 晴〉(10. 15.)
玉山 내려가서 尹明求 親喪에 人事했고.
天安市 교육청 갈 豫定은 李 교감에 一任되었고. ※

〈1974년 11월 29일 금요일 晴〉(10. 16.)
再從兄嫂 氏(憲榮 氏 夫人……시거리아주머니) 回甲에 終日토록 接客에 분주했고. 날씨 따뜻하여 多幸이었고. ×

〈1974년 11월 30일 토요일 曇〉(10. 17.)
加德面 上野國校 우 교장 教育근속 30周年 記念式에 參席. 比較的 參席人員 많은 편.
井母는 아이들의 要請으로 入淸.
加德서 와 보니 서울 아이들(큰 애 內外, 두 손자, 큰 딸애 內外)과 槐山 있는 셋째 內外 청주 아이들 있는 곳에 와 있는 것.
청주서 留하라는 것을 父母님 생각하고 저물게 歸校.
夜間에 部落總會 있대서 會館에 參席~새마을 가꾸기에 힘쓸 일. 天水川 무넴기[21]다리 工事

21) 무넘기의 사투리. 무넘이. 물이 넘어갈 수 있게끔 만들어 놓은 턱.

와 電氣 끌기에 基金 마련하자고 力說했고. 會議 進行에 協調와 誠意 있게 參與하자는 것도 强調했고. ○

〈1974년 12월 1일 일요일 曇, 부슬비〉(10. 18.)
早食 後에 今日 豫定 行事 父母님께 告하고 入淸.
內者의 生日이 陰 10月 21日이나 形便上 오늘로 앞당겨 行한다고 子女息들 청주에 모인 것이라고. 저희들 誠意대로 제 母親께 待接했을 것.
姪女 魯先이 엊그제 入淸하였더니 오늘 새벽에 解産했다고. 異常 있는지 임신 8個月 만에 早産했다는 것. 女兒라고.
노선 해산 件으로 여러 時間 동안 3女 魯姙이가 애쓰는 모양.
病院에 잠간 들려 狀況을 본 後 江外面 桑亭里 妹 家에 달려가 喪事(老査丈 작고)後의 人事 했고.
五松서 상정까지 往來에 急步로 땀 흘리며 애쓴 것. 急速步로 꼭 1時間씩 걸린 것.
둘째 魯絃도 오늘서 잠간 만났고.
井母는 同仁칫과에 가서 齒牙 1個 治療 받았고. 後明日 2次 治療한다는 것으로 집엔 3日에 오게 된 것.
모였던 아이들 全部 가고 永登浦 큰 딸애만 남아 있는 것.
同仁齒科 趙醫師한테 융숭한 酒肉 待接받았기도.
午後부터 부슬비 내리기 始作한 것 밤 늦도록 안그치고. 막 버스로 歸校하니 밤 11時 正刻.
今日 이룬 일 父母님께 상세히 報告 말씀 드리기도. 魯先일로 걱정의 氣色 있으시기도.
數日 間 老母親께서 朝夕 지으시게 된 것. ○

〈1974년 12월 2일 월요일 雨, 曇〉(10. 19.)
어제부터 내리는 비 새벽까지 繼續되고. 새벽비는 本格的으로 쏟아지기도. 날은 푹하면서.
이른 새벽에 起床하여 諸般 帳簿 정리에 노력했고.
저녁엔 姪女 魯先의 첫 出産 不正常과 其 家庭에 對하여 父母님과 함께 걱정해 보기도. ×

〈1974년 12월 3일 화요일 曇〉(10. 20.)
學習指導計劃表와 學級 經營錄 檢閱을 徹底히 했고.
去月 30日에 淸州 갔던 井母 왔고. ○

〈1974년 12월 4일 수요일 晴, 曇〉(10. 21.)
氣溫 急降下. 終日토록 영하 7°~8°.
陰력으론 오늘이 井母의 生日되나 別 준비 안 했고. 當 55세.
佳佐 金圭赫 來訪에 濁酒 待接했고.
兩다리의 습진 近日에 와서 惡化되는 듯. 가렵고 욱신거리기도. 약국의 藥을 服用은 하나 飮酒탓인지 別無效果. ○

〈1974년 12월 5일 목요일 晴〉(10. 22.)
찬 날씨는 오늘도 如前. 새벽에 눈 우수 내렸고.
國民교육憲章 宣布 제6주년 記念日이어서 指示대로 全校 운동장에 모여 式 擧行.
族叔 漢虹 氏 女婚에 淸州 히아신스 禮式場에 가서 人事.
歸路에 烏山里 李興魯 親友의 子婚에 招請 있어 人事. ○

〈1974년 12월 6일 금요일 晴〉(10. 23.)
큰집(從兄 宅)엔 堂姪女(伊順) 結婚 준비로 분주한 편.
4男 魯松한테서 또 편지 오고~讀書 많이 한 아이로서 文面 풍부할 뿐 아니라 父母를 爲한 고마움 표시 한결같이 계속 써오는 것. 일등병으로 승진된 모양. 武運長久를 天地神明께 祈願할 뿐. ×

〈1974년 12월 7일 토요일 晴〉(10. 24.)
上鳳校 朴 교감 30周年 行事에 李 校監 갔고.
學校 도서상자 整理에 郭文吉 교사 數日 間 手苦한 보람 있어 단정히 정돈된 것.
退廳 後 드무샘 밭 오동나무 두골에 附土했기도.
늦게 振榮 沃川郡 靑城에서 집에 오고. ○

〈1974년 12월 8일 일요일 晴〉(10. 25.)
堂姪女 伊順의 結婚式 있어 일찍이 서둘러 入淸. 11時에 히아신스禮式場에서 있는 李鐘璨 課長 子婚에도 人事. 佳佐 柳哲相 親知와 一盃하기도.
伊順의 結婚式은 下午 3時 半에 있었고. 李衡馥 氏가 主禮.
後行으로 水落 갔고. 新郎은 李弘均 君. ※

〈1974년 12월 9일 월요일 晴〉(10. 26.)
族叔 漢弘 氏 子婚에 主禮섰고. 鳥致院 百年禮式場. 신랑 名은 定相. 內者도 같이 다녀온 것.
漢述 氏 회갑에도 人事. ×

〈1974년 12월 10일 화요일 晴〉(10. 27.)
漢弘 氏 宅에서 全職員 招待 있어 다녀오기도.
×

〈1974년 12월 12일 목요일 晴〉(10. 29.)
玉山中學 가서 未登錄者 兒童들의 追加 登錄 節次 打合해 보기도.
入淸하여 淸農 가서 三從姪 魯珏이 入試에 後援하기도.
兩脚 피부炎 惡化에 傷心 많이 되어 藥局에서 또 購藥. ×

〈1974년 12월 13일 금요일 雪, 曇〉(10. 30.)
새벽부터 내리는 눈 10時쯤에서 멎고.
사거리 漢弼 氏, 번말 泰鐘 父兄 만나 未登錄者 해결하기도.
派宗稧 있어 父親께선 參見 修稧에 努力하시고.
저녁엔 族叔 潤身 氏 女婚 있어 人事하기도.
○

〈1974년 12월 14일 토요일 雪, 曇〉(11. 1.)
오늘 새벽에도 눈 若干 내리고, 日出頃 기온 영하 5°.
燃料 節約으로 冬季 放學 길어져 12月16日부터 2月8日까지 55日 間으로 되어 明日이 日曜日이어서 오늘 終業式 한 것. ×

〈1974년 12월 15일 일요일 晴〉(11. 2.)
吳文錫 교무의 弟婚 있대서 入淸하는 결에 청주아이들한테 쌀 좀 갖다 주기도. 요새의 쌀 時勢는 말當 1,900원씩 하고.
죽천 堂叔 기고 있을 것으로 생각하여 중봉리 갔다가 明日이라는 消息 듣고 다시 入淸하여 留. ×

〈1974년 12월 16일 월요일 晴〉(11. 3.)
東林里 朴철규 子婚에 主禮 섰고. 히아신스禮式場에서.
淸女中 金海永 서무과장 만나 工事 이야기 해보기도.
井母는 運과 弼 데리고 金溪 本家에 가고. 난 江外面 正中里 가서 堂叔 기제에 參席. 厚待받기도. ×

〈1974년 12월 17일 화요일 晴〉(11. 4.)
江外面 正中里 再從兄 點榮 氏 宅에서 早朝에 出發하여 中峯里 와서 큰 재종형수씨 問病했기도.
淸州 거쳐 歸校하니 下午 3時頃.
해방 後 처음으로 賞與金 받기도. 96,100,- ×

〈1974년 12월 18일 수요일 雪, 曇〉(11. 5.)
새벽에 눈 나우 나렸고.
南 교사와 함께 墻東 가서 喪家집에 人事했고.
윤병운 집 경사에 招待 있어 厚待받기도. 親知 몇 사람 만나보기도. ×

〈1974년 12월 19일 목요일 晴〉(11. 6.)
雪中 步行으로 佳佐行. 산길 들길 一部엔 길 안난 곳도 있어 最初 行人으로 눈 밟았기도.
集內 金甲濟 回甲 招待 있어 人事한 것.
親知 柳在河, 金溶植, 卞文洙 만나 歡談하며 過飮했기도.
入淸하여 청주 아이들과 함께 留. 노운과 노필은 金溪 本家에 가 있는 中으로 청주엔 姬(화곡교 在職 中), 妊, 杏만 있는 것. 몸 피로…… 近日 連飮한 탓. ※

〈1974년 12월 20일 금요일 雪, 曇〉(11. 7.)
몸 고단하고 口味 잃어 食事 不進. 가까스로 起動하여 歸校.
全職員과 함께 앞 商店에서 나면으로 晝食을 會食.
日暮頃까지 公文處理에 努力했고. ○

〈1974년 12월 21일 토요일 晴〉(11. 8.)
몸 고단하나 年末 校長會議 있대서 入淸.
下午 2時부터 仝 5時까지 指示 및 協議했고.
休暇 中 生活 充實과 明年 計劃이 主案.
鄕土開發에 功獻했다고 8月 15日字로 忠北知事로부터 表彰狀(鎭川郡 上新校 근무로 된 것) 온 것 傳達받고.
散會 後 敎育廳 周旋으로 忠北食堂에서 一同會食.
몸 좀 아끼려고 飮酒는 삼갔고.
明日의 볼일로 청주서 아이들과 留한 것. ⓒ

〈1974년 12월 22일 일요일 晴〉(11. 9.)
양 다리의 피부염 아직 가라앉지 않아 몸 다는 중 “양진약국”에서 조제한 것 使用(內服약, 外治약) 後 差度 엿보여 엊저녁에 다시 마련해서 繼續 服用 中.
口味 많이 回復되어 朝食 나우 들었고.
再堂姪 泰文(點榮 氏 子)이 車 事故로 入院 中이라기에 鳥致院 가서 問病했고. 右脚 切骨되어 甚한 負傷, “조치원병원”에 入院한 것. 6日째.
서울 사는 재종 明榮(天榮)한테 衷心 待接받기도.
큰 재종兄嫂 氏(연정) 問病도 하고~數日 前보다 많이 健康 회복되었고.

從兄 內外와 함께 淸州 갔다가 몇 가지 일 보고서 下午 7車로 出發. 집엔 下午 9時 半頃 到着. 집 모두 다 無故하고. 井母의 受感度 圓滿치 못했고.
家計簿 및 日記帳 정리로 거이 徹夜 程度. 밤中엔 學校도 갔다 오고. 거이 每夜 巡視. '冬至'日. ◎

〈1974년 12월 23일 월요일 晴〉(11. 10.)
새벽 1時 半(就寢시간 若 2時間 정도)에 起床하여 昨夜 하던 일 繼續하여 完結 짓고.
이제 年賀狀 쓰기에 바쁠 것.
井母 入淸(齒牙治療)에 가방짐 玉山까지 自轉車로 실어다 주고. 自轉車도 一部 修繕.
井母 入淸에 老父母님께선 과히 快치 않은 눈치여서 若干 不安 느껴지기도.
前般에 主禮섰다고 族叔 漢弘 氏께서 夕食 招待에 厚待 받았고. 强勸에 소주 우수 먹은 듯. ×

〈1974년 12월 24일 화요일 晴〉(11. 11.)
數日 前에 내린 눈은 低氣溫이 繼續되므로 아직 白世界 그대로여서 길바닥은 미끄러운 채이고.
父兄의 1人인 郭輔榮의 행투리는 알면서도 無知스러운 盜取 심보엔 괫심하기 짝이 없으나 참고 지내는 중. 今日도 李 校監 郭會長과 함께 對策에 對하여 잠시 論議하였기도.
南교사와 함께 德水 部落 가서 陽時哲 父兄의 母親喪에 問弔했고. 鄭鐘賢, 鄭鐘七 父兄 집에서 厚待받기도.
방화리 가서 楊鐘漢 校長 宅 問病도 하고.
南교사 醉한 몸으로 歸路에 時間 좀 늦었고.
○

〈1974년 12월 25일 수요일 晴〉(11. 12.)
明年부터 實施되는 3萬 원 以上의 俸給者들에 對한 課稅調定에 必要하다고 住民登錄 등本이 各者 4通式 提出케 되므로 玉山面에 내려가 係員에 부탁하여 떼는 데 애먹었던 것. 淸州에 內者와 아이들 몇 이 登錄되어 있어 合치는 手續이기에 係員으로선 無理도 아닐 것일 것. ×

〈1974년 12월 26일 목요일 晴〉(11. 13.)
機關長會議에 參席하여~① 山林種子代 促求, ② 綠飼料用 가마니 解決策, ③ 電話架設의 喜消息 등을 말했고. 各 機關마다 適切한 意見을 陳述했던 것. ※

〈1974년 12월 28일 토요일 晴〉(11. 15.)
年末 友信稧 있어 入淸. 金聖九(副會長) 집에서 會合. 一同 만나 반가웠던 中 彼此 滿醉되었던 모양. 취중에 몇 차례 자리를 하였던 기억. 後悔해야 할 일.
淸州서 아이들 留. 反省 많이 가기도. ※

〈1974년 12월 31일 화요일 晴〉(11. 18.)
年賀狀 발송에 皮封 쓰는 데 弼과 運이가 재빠른 글씨로 거들어 주기에 無難히 約 百枚를 完結지워 發送케 된 것.
爲親稧(上洞) 있어 모처럼 만에 參與. 25名. 稧米도 10餘가마 相當 保有. 저물게서 修稧 끝내고 또 一盃씩 나누기도. 稧員 一同 親和味 있었기도. ※

◎ 甲寅年 末日을 當하여 反省해 보건대 마음 먹었던 바와는 달리 不足한 生活行爲(個人生活, 家庭生活, 學校生活)었음을 뉘우칠 바 많다고 反省 아니할 수 없으매 乙卯 新年엔 生活改善에 特段 留念할 것을 다짐해야 할 것.
年中의 生活狀을 다음面에 略記함.

74年事 略記

1. 數年 間 宿願이었던 故鄕인 金溪校로 轉輔되어 兩老親을 直接 本家에서 侍奉케 되어 所願 이뤘고.
2. 去年 末에 結婚한 魯明과 振榮이 各己 在任地로 살림 가고 姪女 魯先도 出嫁하니 한짐 덜은 感懷.
3. 四男 魯松이 4月에 入隊하여 江原道 華川 地區 休戰線 近方서 軍務 中~저의 母親에게 孝心껏 편지 자주 내어 神通히 달라지고.
4. 四女 魯杏이 大入豫試에 通過되고. 5女 魯運은 日信女高에 入學. 5男 막동이 魯弼은 淸州 舟城中學으로 추첨 當하여 在學 中. 청주 전세房에서 자취生活에 3女 魯妊이가 그 뒷바라지에 큰 勞力 中이고.
5. 貳男 魯絃, 貳女 魯姬, 參女 魯妊이 3人 共히 過年찬 程度인데 婚談 있으나 아직 約婚 안해 걱정 中이고
6. 年中天候는 順調하여 農事(年事) 大豊이나 農土없는 處地여서 그냥 그대로이고.
장마(大水) 그리 없었으며 降雪量 亦 小雪이었던 것.
7. 學校 經營 大過없이 無難히 지냈을 따름이고 보니 앞으론 새 覺悟를 갖고 努力할 生覺 多分히 느껴지는 것.
8. 長男 魯井 內外 夫婦 情있게 生活함이 더욱 두터워지는 것 大幸이며 孝心 또한 남달을 뿐외라 英信, 昌信 두 孫子 어린 것들이 귀어운 友愛 特이하고 예지있는 놀이와 말솜씨는 보기 드문 現狀으로 기쁠 따름인 것.

◎ 다음 面은 家族狀況을 記載함.

家族 狀況 74. 12. 31 現在

父親	74歲	
母親	76歲	
井母	55〃	
長男 井	36〃	서울大學師大附女中 在職
큰 子婦 金 氏		서울鐘巖國民學校 在職
貳男 絃	30세	沃川郡 池灘國民學校 在職
參男 明	28세	槐山郡 鯉潭國民學校 在職
셋째 子婦 韓 氏 24세		
貳女 姬		槐山郡 禾谷國民學校 在職
參女 妊		女高卒 後 繼續 家事助力
四男 松		軍務(제8553부태 砲部隊) 一兵
四女 杏		淸州女高 3學年(卒業班)
五女 運		淸州 日信女高 一學年
五男 弼		淸州 舟城中學校 一學年
長孫 英信 6세		
次孫 昌信 5세		
弟 振榮		沃川郡 青城國民學校 在職
季嫂 白 氏		24세

以上

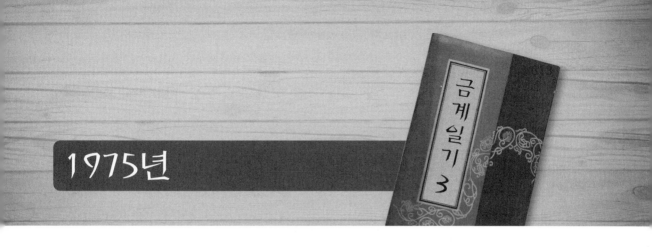

1975년

〈앞표지〉
1975년(4308) 乙卯
金溪校 在職
附記 次男魯紘婚事錄

〈뒷표지〉
通信錄

〈1975년 1월 1일 수요일 晴〉(11. 19.)
乙卯年의 正月 一日, 西紀 1975年의 첫 날. 檀紀론 4308年. 우리 堂內 집안엔 今年에도 오늘 過歲했고.
金溪里 통털어서도 昨年엔 數家戶만이더니 요번엔 10餘 집이 설 세는 듯.
沃川 있는 振榮과 魯紘이도 오고.
實踐에 옮겨질른지 모르지만 마음마는 이렇게도 먹어본 것~① 消費節約 生活의 向上. ② 健康衛生 生活의 實踐. ③ 家庭과 學校經營의 正常化.
茶禮時 飮福을 나우 했기도. 어제 行事의 탓. ×

〈1975년 1월 2일 목요일 晴〉(11. 20.)
3女 魯妊의 婚談 있어 水落里 불모꼴 朴鐘吉 집까지 다녀왔고. 郎者는 盛才 申 氏 家. 28歲. 國校敎員. 12日에 當事者間 面會키로.
次男 紘 가고. 어제 저녁엔 제3寸 出系된 것 비관도 했다나. 지나친 表現하지 않아도 좋은데……. ×

〈1975년 1월 3일 금요일 晴〉(11. 21.)
宗親 同甲稧 俊榮 兄 有司 宅에서 있었고. 參席 全員~大鐘, 東鐘, 昌在, 宗榮, 俊榮, 尙榮. 稧財 增資. 今年 有司[1]는 내 次例라고. 一件 帳簿 引受했고. ※

〈1975년 1월 4일 토요일 晴〉(11. 22.)
四派 稧金에 要하신대서 父親께 6,000원 드렸고.
下午 1時에 서울 向發. 長男 魯井이 몸 성치 못하다는 消息과 아울러 上京 要請 있기에 틈내서 간 것.
3女 魯妊도 서울 있는 중이고.
어젯날까지 飮酒生活 連續의 탓인지 몸 또 極度로 고단했고. 술기운인지 初저녁까진 느껴보지 못하다가 밤 中부터 온몸 아프기 시작한 것.
큰 애 井이도 어젯날까지 數日 間 몸살이었던지 앓았다는 것. 겨우 어제부터 단밥[2] 먹기 시

---

1) 유사(有司): 어떤 단체의 사무를 맡아보는 일.
2) 입맛이 당겨 달게 먹는 밥.

작했다고. ○

〈1975년 1월 5일 일요일 晴〉(11. 23.)
몸 극히 被困하여 終日토록 누어 앓았고. 永登浦 큰 女息집 들릴 마음 먹었던 것 포기.
큰 애 內外 藥施세에 晝夜 애쓰며 誠意 다 하는 것. 언제나 孝心껏 아비 爲하는 3女 魯妊은 이곳서도 如前.
孫子 놈 둘 英信, 昌信 귀업게 잘 크며 놀고. 7세, 6세짜리가 雙童이 같고. 義좋고 友愛 좋게 지내는 처지이기도. 할애비한테 朝夕으로 人事도 곧잘 하는 것.
큰 애 內外 성의로 冬節用 코오트 맞추기도. 사양했으나 듣지 않아 맞춘 것. 밤色에 가까운 第一毛織 낙타라나. 천은 감으로 마련했다고. 縫賃만이 11,000원이고, 總 時勢로는 4, 5萬원 간다는 것. 나의 處地론 過滿.[3] ◎

〈1975년 1월 6일 월요일 晴〉(11. 24.)
몸은 若干 낳은 듯하나 食事 아직 시원찮고. 몸 떨리고 손 떨려 行步 不正常. 글씨 쓰기 어렵고. 이렇게 나가다간 큰 일날 듯.
歸家코져 함을 子息들이 晩留. 藥 더 마시고 魚肉類 더 服用케 할 뜻으로. 內外 共히 극진히 奉養하는 것.
큰 애가 金溪校 李仁魯 校監 앞으로 電話하기도~明日이나 後明日에 歸省한다고. 다시 쉬기로 한 것. 한땐 孫子들과 庭園에서 공 차며 놀기도.
잠은 한숨도 못 이루고, 家庭과 學校 생각 탓인지. ◎

3) 과만(過滿): 분수에 넘침.

〈1975년 1월 7일 화요일 晴〉(11. 25.)
간밤 잠은 못 이뤘으나 몸 떨리는 것 많이 가라앉은 듯. 時時로 茶, 甘酒, 사과, 피로回復藥, 귤 等 주는 대로 먹었기도.
어제 朝食 때부턴 쇠방골 고아 끼니마다 주는 것.
藥水洞에 큰 애와 함께 나와 맞춘 코오트 假縫한 것 입어보기도. 細密하고 沈着한 큰 애 이곳저곳 再손질하도록 말하기도. 洋服집 主人이 마침 淸州人이고. 洪氏.
下午 2時 고속뻐스로 집 向發.
큰 子婦 周旋으로 魯運用 오오바도 女高用 좋은 것으로 마련해주기에 갖아왔고.
집엔 밤 8時쯤 到着되었고. 父母님께 經過之事 말씀드리고 學校 다녀와서 留. 今夜는 잠 잘 오는 듯. ◎

〈1975년 1월 8일 수요일 晴〉(11. 26.)
만든 힌떡 좀 갖고 入淸. 姬는 제 親舊들과 外出하고 四女 魯杏만이 있고. 杏은 女高卒業班으로 이 애 亦 신통하기 짝이 없고. 大學豫試에 合格되기도. 한땐 큐주王도 했고. 忠大 國文學科 志願이나 形便에 家庭學科로 志願될 듯. 入試 手續金 해 주었고.
홍업금고에 가서 所用될 돈 3萬 원整 貸付받기도.
교육청 들릴 豫定을 事情 있어 中止. 下午 5時 버스로 歸家.
井母는 玉山 가서 힌떡 하고. 나의 生日 所用의 반찬거리 장 홍정 해 왔다는 것. ◎

〈1975년 1월 9일 목요일 晴〉(11. 27.)
지난 6日이 小寒이었는데도 봄날같이 푹했던

것. 여러날 동안 날씨가 맑았고 푹했던 것. 겨울 가므름이란 말 있기도.
朝食은 族兄 俊兄 宅에서 招待 있어 고맙게 먹었고.
全職員 登校하여 臨時직원회 開催~어제 있었던 校監會議 전달 및 休暇 中 生活의 當面問題 등 協議.
3男 魯明과 4男 魯松한테서 편지 오고. 軍의 松한테선 온 家族에게 흐뭇한 安否편지이고. 明한테선 快치 못한 사연임에 不安했던 것. 去年 末頃에 某種의 일로 幾萬 원 손해봄과 아울러 身上에도 위험했던 모양. 事件 내용은 밝히지 않아 궁금하기만 하고.
셋째 子婦(노명 부인) 産月이 가깝기도. 淸州 와서 몸 풀도록 편지 써 부치기도.
몇 곳 몇 차례의 酒席 있었으나 굳이 사양했고. ◎

〈1975년 1월 10일 금요일 晴〉(11. 28.)
어제도 徹夜 程度 各項 事務處理하였는데 今日도 새벽 零時 半쯤에 起床하여 日記帳 정리 等 各種 記錄하기에 거이 徹夜.
電通의 報告 및 事務打合 事項 있어 入淸 登廳. 새해 드러선 처음으로 교육청 간 것. 마침 崔 교육장은 出張 中이어서 못 만나고, 本館 교실 改築은 75學年度엔 難할 듯.
淸州女高 3學年의 魯杏은 今日이 卒業式日. 끝날 무렵이지만 參席했고. 杏 데리고 姬와 함께 記念撮影했고. 食堂에 가서 白飯으로 点心도 같이 했고.
서울서 큰 애 井이와 妊이 와서 姬 데리고 金溪 本家에 오니 下午 7時頃이었고. 弟 振榮도 淸州서 만나 같이 온 것.
桑亭里 큰 妹도 와 있고. 明日이 동짓달 금음 나의 生日이라고. 집에선 不俱된 새끼돼지도 잡았다고. 밤에 온 집안 食口 한바탕 먹기도. 父母님 爲해 하는 일로 보는 것. ◎

〈1975년 1월 11일 토요일 晴〉(11. 29.)
陰 至月이 작아서 오늘이 금음으로 生日~滿 53歲 되고. 明日부턴 54歲로 들어가는 것.
父親 意思는 本洞(新溪) 어른 全員을 朝食에 招待하자는 말씀을 晩留하고 堂內 집안 家族만으로 短縮토록 한 것. 侍下[4] 處地에 生日 感情 넓히기 싫기에.
堂內 집안 家族끼리만 朝食하는 데도 3, 40名 되어 부엌에서는 大端히 바빴을 것. 엇그제부터 氣溫은 急降下하여 終日토록 零下 8度 堅持.
이웃 몇 사람들의 好酒家도 오래서 接待하는 것.
晝食時엔 李 校監을 비롯하여 所在職員 7名 招待하여 2女 姬와 솜씨 있는 3女 妊의 努力으로 맵씨있게 만든 料理로 滿足히 待接했고.
밤에도 族兄 俊榮 氏와 三從兄 根榮 氏 招待하여 힘껏 待接하였고. 根兄과 再從兄 憲榮 氏 內外分은 出他하였대서 朝食을 같이 못했던 것.
性味 있는 內者 井母의 勞苦 많았고. 行事 다 끝내고선 홰를 내기도~지치고 고단해서인지라 無理도 아닌 것. 生活 簡素化를 부르짖는 이때이며 時代相으로 보아 主婦를 비롯한 婦女子들의 無理한 勞力을 生覺할 땐 이런 일 없어야 함이 當然. 老親이 계시어 不得已 했던

4) 시하(侍下): 부모나 조부모를 모시고 있는 사람.

일. 將次 신중 考慮할 問題. 항시 느껴 오는 것. 飮食物의 탓인지 內臟器의 障礙인지 가끔 왼편 갈비, 옆구리, 겨드랑 밑이 뻐근하고 땡기는 痛症이 있는 때 있어 잠시는 安定 休息이래야 가라앉는 處地. 今日도 下午 7時頃부터 約 1時間 半 동안 辛苦타가 차차 간정되어 多幸이었고. 이 症勢를 본 큰 애 井이가 몹시 不安느낀 것. 要는 過飮 等 몸조심 잘 해야 할 일. ⓒ

〈1975년 1월 12일 일요일 晴〉(12. 1.)
매우 쌀쌀한 날씨 오늘도 繼續. 日出頃 氣溫 영하 9度5分.
振榮은 朝食 後 곧 任地 向發.
큰 애 井과 姬는 点心 後 出發하고~닭 1尾 잡아서 서울 보낸 것.
妊은 晝食 飮食 장만에 過勞한 탓인지 몸살인가 감기인가 몸에 熱 좀 있으며 앓는 것. 藥 약간 준비하여 먹이기도.
槐山郡 목도局에서 發信한 電報(特使)文 "12일 3시 출산 딸 노명"으로 되었으니 이담교 在職 中인 三男 魯明이 生女한 것. 順産이나 되었는지 궁금하기도. 內者와 魯妊이 明日 간다는 것.
生後 14日 만에 어미 잃은 강아지 서울서 큰 애가 가지고 온 것. 우유로 먹여 키우기 3日째~어린 애기 키우듯 공 들이는 중. ⓒ

〈1975년 1월 13일 월요일 晴〉(12. 2.)
날씨 엊저녁부터 若干 풀어졌고.
登校하여 公文 處決 後 入淸하여 用務 잘 본 셈~鯉潭校 魯明한테 電通話. 魯杏의 大學 受驗번호, 壽洞사무소 關聯의 住民登錄 事務 잘 보았고.
魯杏이 受驗番號는 554番. 忠北大學 가정교육학과, 明日부터 試驗, 筆答試驗부터 시작한다는 것.
井母와 魯妊은 槐山 鯉潭 가려고 出發~今日 청주서 쉬고 明日 간다는 것. 妊의 몸살감기는 아직 完快치 못한 듯.
今日부터 日出 前에 밖 便所의 人糞 5통 程度씩 운동 삼아 퍼내어 들어다가 둑너머 보리밭에 치얹기로 마음 먹고 着手했기도. 父親께서 晩留하시나 施行하는 것.
청주 볼일 끝내고 虎竹行 막 뻐스로 歸家. ◎

〈1975년 1월 14일 화요일 晴〉(12. 3.)
旣定대로 今日도 早朝에 人糞 대여섯 통 퍼내고. 學校의 아침放送도 如前 繼續~日氣豫報, 농사짓기, 學校교육과 家庭生活을 爲主로 하여 새 消息 傳達.
槐山 魯明한테서 '아기 異常있다'고 急電 特使 왔기에 急히 入淸하여 昨日 入淸한 井母와 魯妊과 함께 直行뻐스로 下午 一時 半에 出發하여 仝 4時에 鯉潭 着. 처음 가보는 곳, 들판.
아기의 눈이 아직 開眼 안됐다는 것으로 無經驗者인지라 당황했던 모양. 井母의 말에 依하면 3日 만에 뜨는 아이들도 있다는 것. 3女 魯妊도 사흘 만에 떴었다는 것. 그 말 듣고 모두 安心. 아기는 벌써 왼편 눈은 까막케 깜짝이는 것.
去 12月 29日에 魯明은 제 親友들과 얼려 노는 中 酒店 婦人과 옥신대다가 日運 나빠 幾萬원 損害 났다는 이야기 듣고 注意도.
夕食하고 下午 6時 車로 陰城 거쳐 淸州 到着하니 仝 8時 半쯤 杏과 姬만이 있는 중. 같이

留. 杏의 今日 筆答試驗 그대로 치룬 모양. 發表는 23日 以後에 한다는 것. ◎

〈1975년 1월 15일 수요일 曇〉(12. 4.)
아침 요기 새벽에 하고 虎竹行. 7時 半 發 첫 버스로 와 집에 到着하니 아직 食事 前이었고. 이담 다녀온 狀況 父母님께 告하고.
登校하여 事務整理. 父親은 새마을 事業으로 作業 나가시고.
鯉潭 孫女 아기 이젠 개운히 눈떴겠지. 궁겁기도 하고. 明日이면 消息 들을 것이지만.
魯弼은 모레 學校에서 自由試驗 있대서 밤 늦게까지 공부 부지런히 하는 것. ◎

〈1975년 1월 16일 목요일 晴〉(12. 5.)
今朝도 如前히 인분 몇 통 퍼내 들어다가 둑너머 보리밭에 준 것.
魯弼과 함께 入淸. 弼은 明日 登校하는 날이라고 청주 간 것.
淸原郡 들러(교육廳) 事務打合~75學年度의 學級 數調定. 壽洞〃事務所에 가서도 魯姬의 住民登錄 轉入 申告했고~수동 338-12, 28班에서 337-1, 31班으로 옮긴 手續 마친 것. 井母와 運과 弼이는 本籍地로 옮긴 手續하였으므로 姬만이 淸州에 있는 形式이며 姬가 世帶主 되는 셈.
月前에 車 事故로 負傷 당한 再堂姪 泰文이 보러 中峯里 다녀왔고~右脚 기브쓰한 채 그대로 집에 누워 있는 中이고.
午後 6時 10分까지 鯉潭서 井母 아니왔고, 궁금하기도.
淸州 停留場에서 不注意로 貴重品 잃어서 마음 極히 산란했고……. 數日 前의 生日에 臨하여 貳女 姬가 記念으로 가죽장갑 사준 것 1週日 만에 잃은 것. 誠意 있게 사준 노희를 생각하니 아깝고 딱하고 원통한 생각 禁할 배 없어 가슴 아프며 눈물이 저절로 나오는 것. 미안하고 面目없고 姬의 아까운 돈 어찌하리. 날새면 어서 빨리 代置하리. 二重三重의 損害인 줄 알면서도……. ◎

〈1975년 1월 17일 금요일 晴〉(12. 6.)
數日 間 날씨 계속 차서 今朝도 영하 8度.
弘報協會 主催로 '安保情勢 報告會' 있어 郡內 各 機關長 및 새마을 指導者 召集하는 데 參與했고. 場所는 市民館. 11時부터 午後 1時 半까지 約 2時間 걸렸고. 北韓의 戰爭 準備에 狂奔한 것과 우리 南韓의 奇異한 現實을 映畫로 스스로 느끼게 한 것은 對照的이며 새로운 覺悟로 生活消費 節約과 敎育에 效果 거두는 참교육에 努力해 보고져 하는 마음 갖게 되기도.
淸州行事 終了 後 청주 아이들 있는 데 갔더니 아직 井母는 槐山 鯉潭에서 아니와서 어쩐지 궁금한 생각 불금이고.
虎竹行 막 뻐스(下午 6時 40分)로 學校 오니 소 9時쯤 되고.
同行했던 5男 魯弼은 제 井母와 함께 온다는 것.
서울서 갖이고 온 강아지 잘 자라는 중. 우유 먹이는 중. ◎

〈1975년 1월 18일 토요일 晴, 雪, 曇〉(12. 7.)
今日은 朝夕으로 인분 댓통씩 퍼다 보리밭에 껸졌고.
氣溫은 나우 차서 終日토록 영하 8°.
登校하여 많은 公文書 處理했고. 李 校監도 나

와 努力한 것.
數日 前에 鯉潭 갔던 井母. 청주 가 있는 魯弼과 함께 午後 5時 半쯤에 집에 오고.
日暮 卽後부터 가랑눈 내리기 시작하는 것.
2, 3日 前부터 右側 가슴뼈 밑쯤 속으로 痛症 느껴지는 것. 肝일가? 胃일가? 겉이 아픈 것일가 매우 걱정되기도. 더 症勢 보아 진찰하여 보아야 할른지도. ◎

〈1975년 1월 19일 일요일 雪, 晴〉(12. 8.)
日出頃 氣溫 영하 9度. 最高 온도 영하 4度. 終日토록 추었던 것.
교육장에 說明할 學校 74現況과 75計劃에 對한 것 作成했고~現況 平面圖, 作業實績, 75計劃圖 等.
밤엔 燕岐 再從兄 집에 가서 相議하기도…… 노욱의 結婚日 行事. ⓒ

〈1975년 1월 20일 월요일 晴〉(12. 9.)
明日 運行할 버스 交涉次 아침결에 玉山 내려가 停留所 吳春澤 所長 만나 相議~잘 안돼서 入淸하여 운수업 所長과 決定.
面에 들려 263번지 밭 關聯 圖面 보고 河川 使用 件이란 무엇인가 알아보기도~面係員 自身들도 不分明한 答辯. 日 後 다시 알아볼 일.
청주 아이들(姬, 運)과 함께 留. 學校의 平面圖, 建物 現況, 74年 作業實績圖 作成하기에 거이 徹夜토록 努力한 것. ◎

〈1975년 1월 21일 화요일 晴, 曇〉(12. 10.)
아침 일찍 淸州停留場 갔더니 昨夜 約束대로 버스 일찍이 金溪 갔다는 것~再堂姪 魯旭 結婚에 貸切하는 車인 것.
再堂姪 魯旭 結婚禮式에 主禮 봤고. 式場은 청주 女性會館, 新婦는 淸安 居住 張재순 양이라고.
12時부터 淸原郡內 僻地學校 校長會議 있어 參席. 特別 配示 10萬 원條의 用途에 對하여 協議한 것…… 교재 機具. 晝食은 교육청 當局에서 융숭히 냈고. 會議 比較的 일찍 끝나서 歸家하였을 때는 日暮頃이었고.
四從叔(漢武 氏), 再從兄嫂 氏(연정) 오셔서 우리집에서 留. ◎

〈1975년 1월 22일 수요일 雪, 曇〉(12. 11.)
새벽 무렵에 눈 約 3㎝ 내렸고. 日出 前에 앞마당과 집둘레 쓸었고.
朝食엔 四從叔(漢武 氏), 四寸(弼榮), 堂姪(魯奉), 再從兄嫂 氏(연정)와 함께 會食한 것. 井母 이른 아침부터 바빴고.
点心은 어제 婚事 치룬 세거리 再從兄 宅에서 떡국으로 했고.
學校 일 잠간 보고 下東林 건너가서 어린이 鄕友班長과 兒童 몇 名도 만나보기도. 部落 有志 몇 사람 찾았으나 一部만은 出他 中이어서 對話치 못했던 것.
●朴 大統領 特別談話 發表~'維新憲法을 改憲해야 하는가. 改憲해야 한다면 朴正熙 大統領을 國民이 不信任하는 것이어서 깨끗이 下野하겠다'는 國民의 意思를 묻겠다는 國民投票인 것. 重大한 國民投票인 것. ◎

〈1975년 1월 23일 목요일 晴, 曇〉(12. 12.)
學校 敷地 中의 옛 길과(現 부지 복판) 東편

山밑의 溝渠[5)]를 買入 登記手續 節次를 밟는 形式을 갖추기 爲하여 金溪里 밭 時勢를 밝혀야 한다는 것이어서 賣渡人이 되고 買受人은 佑榮으로 하고 立保證人은 申啓文 교사로 形式書類 꾸미기도.

北一面 九城國民學校 金甲年 校長의 教育勤續 三十周年 記念式에 招請 있어 參席. 방학 때라서인지 比較的 郡內 校長들 많이 모였던 것. 行事 後 국밥 点心과 濁酒 一盃씩 全員에게 待接하기도.

歸路에 學校 所在部落 '신하동'의 妻堂姑母 趙氏 宅에 잠간 들려 人事하였기도.

淸州 再生醫院 李再杓 先生께 診察 받아본 것 ~數日 前부터 右側 가슴뼈 밑이 痛症 있어 肝인지 胃인지가 異常 있을 것 같아서. 청진기, 만져보기, 血壓測定, 小便檢査 等……. 結果 別異常없다기에 安心은 되나 事實上 아프니 어찌되는 일인지 궁금하기도. 肝이 他人보다 크다는 것과 飮酒에 小量으로 謹愼하라는 것. 當然하다고 생각. 담배 몇 갑 사다 謝禮.

明日의 緊急校長會議 있대서 連絡次 玉山國校, 玉山中學校에 들리기도. 앞으로 實施되는 國民投票 關聯인 會合일른지도 모를 일. 時局의 樣相 어찌 될른지?

肝臟保護劑로 '메치오닌'錠 藥 1갑 購入. 금일부터 服用. ◎

〈1975년 1월 24일 금요일 曇, 雨〉(12. 13.)

21日부터 날씨 많이 풀려서 今朝 日出頃 氣溫 영하 4度이고. 이제 小大寒 지났으니 큰 추위 없을른지도. 午後 4時부터 가랑비 내리기 시작하더니 밤중까지 繼續되고.

緊急 校長會議 있어 入淸~下午 2時부터 仝 5時 半頃에 散會……. 休暇 中 兒童家庭生活 指導 名目 下에 朴 大統領 特別談話 發表 關聯 '國民投票' 實施에 따른 姿勢를 公務員 特히 教育公務員으로서 嚴正中立과 公正한 國民投票 方法 啓蒙이 主要 案件이었던 것. 時局 樣相이 注目될 만하기도. 조용히 잘 지내련지?

막 버스로 虎竹行 몽단리까지 와서 歸校하니 밤 8시 半쯤 되고. 밤 12時까지 宿直室에서 全교사, 申교사와 함께 執務~部落出張 計劃 樹立. 明日 天安市 교육廳 出張 計劃과 事前對策書類 作成 等~75學年度 中學無試驗 進學에 따른 추첨行事 打協 件. 沙亭里 德水部落 兒童이 該當. ◎

〈1975년 1월 25일 토요일 曇, 晴〉(12. 14.)

새벽에 起床하여 天安行 준비로 분주했고. 申교사 同伴. 天安市 교육청 會議室에서 75無試驗 進學 병천學群 추첨에 關한 協議 指示와 추첨 順位 決定~금계校는 9個 校 中 7番으로 된 것.

12時 半 車(동양고속)로 上京하여 청담洞에 가서 英信, 昌信 잠간 보고 日暮頃에 永登浦 신길洞 큰 女息들 집에 간 것. 生活力 前보다 나아졌고. 家族 분위기도 如前 화기애애한 느낌 不變.

사돈(趙起俊)과 夜深토록 情談. 테레비도 보면서. ◎

〈1975년 1월 26일 일요일 晴〉(12. 15.)

영등포에서 朝食 일찍 먹고 敦巖洞 新興寺 가

5) 구거(溝渠): 도랑. 하천보다 작은 폭 4~5미터 가량의 작은 개울.

고. 10時 豫定이었던 花樹會 회의는 形便上 늦어져 11時에 開催. 理事會이나 몇 名 不參되어 約 50名. 會長은 義榮 氏. 會順은 下記와 如했던 것.
◦ 75年度 理事會式(會?)順……開會辭, 會長人事, 族譜印刷完了 經過報告, 族譜代 및 名下錢 未納代 錢納付에 關한 件, 獎學基金造成에 關한 件, 第34定期總會開催에 關한 件~가. 有功者表彰, 나. 孝子孝婦表彰, 閉會式~會長으로부터 獎學金造成 5百萬 원 一次目標에 對한 것. 密直公墓所補修 等 協議進行했고.
花樹會엔 最初로 參席했기에 人事하려던 次 會長으로부터 紹介하기에 ① 修人事, ② 族譜編製의 功, ③ 去般 表彰에 謝禮, ④ 團合繁榮하자고 10餘 分 間 말했더니 一同 拍手 갈채.
會議 中에 큰 애 魯井이 와서 함께 끝까지 參與~晝食도 같이 했고.
俊榮兄(常務理事), 定榮兄, 輔榮兄, 族叔 漢烈氏 오셔 金溪里에서 5名 參席. 行事 完了 後 義榮 氏의 厚待로 청와대 뒤의 '스카훼[스카이웨이]……SKAHOUSK) 南山公園 等 案內 求景시켜주기에 고마웠기도.
서울驛 앞의 동양高速으로 俊兄과 함께 와 水落 정류장에서 下車. 歸路 中 水落里 李炳麟 回甲宴 초대 있어 들려 놀다가 집 10時頃 到着했고. 無事히 다녀온 것. 今般에 地下鐵도 처음 타본 것이었고. ○

〈1975년 1월 27일 월요일 曇〉(12. 16.)
早 起床하여 큰 솥에 물 데운 後 上京行事 전반 父親께 報告했고.
玉山面 사무소 거쳐 入淸~방화골 楊鍾漢 校長 母親喪에 人事. 鎭川郡 上新校(前任校) 職員 一同 만나 玉山서 一盃 待接하고 淸州 동원식당에서 융숭히 나름대로 待接했었고.
四女 魯杏 忠北大學 入試에 合格…… 敎育學部 家庭교육科. 定規 四年制 大學엔 큰 애 井 後엔 杏이가 가게 되는 것.
淸州서 留하면서 杏의 書類(登錄) 쓰기도. ○

〈1975년 1월 28일 화요일 雪, 曇〉(12. 17.)
淸州 壽洞事務所, 玉山面事務所 들려 國民投票人 名簿 열람했고.
忠北大學 庶務課에 가서 洪喜植 課長 만나 登錄節次 諸般 알아보기도……. 4女 杏의 入學케 된 것 서로 歡談 나누기도.
玉山面에 들려 抄本 等 書類 만들었고.
李仁魯 校監 집에서 一盃하면서 歡談했기도.
井母는 弼이 데리고 入淸……. 弼이는 明日 登校케 되어(舟中). ○

〈1975년 1월 29일 수요일 晴, 曇〉(12. 18.)
南 교사와 함께 栢洞 거쳐서 曲水 다녀왔고.
尹秉大 만나 歡談.
어제 入淸했던 井母는 杏과 弼이 데리고 日暮頃에 歸家. ×

〈1975년 1월 30일 목요일 雪, 曇〉(12. 19.)
첫 새벽에 눈 삽분 내렸고. 5時 뉴-스 듣고 집 둘레 눈 쓸었고.
職員會 開催하여~日 前의 校長會議, 校監회의 傳達. ○

〈1975년 1월 31일 금요일 曇〉(12. 20.)
面內 機關長會議에 參席. 主管은 朴鍾甲 代議員. 点心은 萬福食堂에서. 醉中 入淸하여 청주

서 留. ※

〈1975년 2월 1일 토요일 曇〉(12. 21.)
청주 아이들房의 형광등 故障 中이어서 技術者 데려다가 고쳤고.
歸校 中 玉山面 義勇消防隊 始動式에 參席하여 贊助도 했고.
집에선 煉炭아궁이 1個 設置~井母, 佑榮, 忠信 모친이 했다고. ×

〈1975년 2월 2일 일요일 曇〉(12. 22.)
教育廳 들어가 崔 교육장 만나 對談…… 卒業式, 國民投票, 經費. ○

〈1975년 2월 3일 월요일 曇〉(12. 21.)
登校한 5, 6學年에게 訓話~모범되는 生活, 끝날 끝時間까지 노력.
玉山面회의실에서 防共스라이도와 영화 있대서 全職員 出張. 入淸하여 교육청 들려 事務打合. 청주서 姬와 留. ×

〈1975년 2월 4일 화요일 가랑비, 曇〉(12. 24.)
諸書類 完成하여 忠北大學 가서 魯杏의 入學登錄 마치고.
어제 入淸한다는 杏, 運, 弼이 안와서 궁금했기도. 運은 2, 3日 前부터 감기로 누어 있었기에 더 궁금하였고.
自身도 어젯날부터 감기 기침으로 기관지가 나우 아프기도.
歸校하여 學校無事함을 確認하고 水落 가서 李炳虎 子婚에 人事했고.
집에 와보니 행, 운, 필이 청주 가서 안방은 텅 비었고, 休暇 中 법석대던 전날이 생각나서 서운하였기도. ○

〈1975년 2월 5일 수요일 曇〉(12. 25.)
帳簿整理 檢閱 後 南교사와 함께 德水部落 出張하여 일 보았고~卒業에 관하여 竝川學群 中學 추첨에 關하여. 國民투표에 대하여. ○

〈1975년 2월 6일 목요일 曇〉(12. 26.)
入淸하여 學資金 貸付 手續했고.
金鐵九 課長과 羅 장학사 接待에 夜深토록 놀았고. ×

〈1975년 2월 7일 금요일 曇〉(12. 27.)
청주서 아침 車로 歸校. 졸업식 練習했고. ×

〈1975년 2월 8일 토요일 晴〉(12. 28.)
날씨 추어 氣溫 急降下~日出 直前 溫度 영하 8度.
第27回 졸업장 授與式 擧行. 滿 6年 前까지 5年 間 있었던 일 또 金溪校에서 겪는 일. ×

〈1975년 2월 9일 일요일 晴〉(12. 29.)
今朝도 영하 8도. 日요日이지만 全職員 召集하여 임시 직원회 열고.
李 校監과 墻東里 다녀왔고.
弼이 入淸~明日이 開學. ×

〈1975년 2월 10일 월요일 晴〉(12. 30.)
57日 間 長期放學이 끝나고 開學. 陰 섣달 금음이고.
明日을 그냥 지낼 수 없어 老兩親 계시어 肉類 數斤 사오고. ×

〈1975년 2월 11일 화요일 晴〉(正. 1.)
남들 집안은 설 茶禮 지내는 것. 몇 家戶 다녀 人事했기도.
明日은 國民投票. 玉山面 제2投票所가 本校로 되어 있고.
崔榮百 교육장 來校에 醉中 맞이했기도. ※

〈1975년 2월 12일 수요일 가랑눈, 曇〉(正. 2.)
國民投票…建國 後 네번째 實施한다는 것. 장소 4학년 교실. 大統領 重要政策의 贊反을 國民에게 묻는 것으로 되어 있고 朴正熙 大統領의 信任을 묻는 內容의 投票이기도. ×

〈1975년 2월 14일 금요일 晴〉(正. 4.)
국민 投票 결과 80% 投票(有權者)에 贊成 73%의 全國統計 發表. 찬성 確定으로 放送 및 新聞 발표.
內者와 함께 曾坪 중앙예식장 가서 끝 妻弟(英淑)의 結婚式에 參席했고. 新郎은 文化 柳氏, 槐山郡 沙利人. ×

〈1975년 2월 15일 토요일 晴〉(正. 5.)
井母는 어제 北一面 오동리로 갔던 것.
긴급 校長會議 있대서 淸州서 玉山까지 왔다가 急히 回路 入淸. 회의는 간단히 끝났던 것. 玉山 와서 李 校監 만나 會議 내용 簡明히 傳했고. 申 교사와 함께 자전車로 歸校. ※

〈1975년 2월 17일 월요일 晴〉(正. 7.)
團合은 勿論 兒童, 學校, 社會, 國家를 爲하여 全力 專心 해보자고 朝會時에 强調했고.
玉山에 俊兄과 同行하여 同甲稧 資金 우체局에 預金했고. ※

〈1975년 2월 18일 화요일 가랑눈, 曇〉(正. 8.)
放課 後 덕수部落 거쳐 방하골 가서 楊鍾漢 교장 喪偶에 人事. 李仁魯 교감, 郭俊榮 會長과 同行했던 것. ○

〈1975년 2월 19일 수요일 晴〉(正. 9.)
連日의 飮酒에 食事口味 極低下더니 今朝부터 차차 나아져 晝食 때엔 떡국 만두 大量 먹었고……. 주식을 申啓文 교사 집에서 全職員 招待했던 것.
玉山校 李永洙 교장과 安鍾烈 教師 來校 歡談했고.
4日 前에 왔던 작은 妹 蘭榮이 大德郡 회덕으로 가고~먹고 살기에 가난하대서 돈 얻으러 온 것. 父親께서 둘러주었고. 數차례 채이니 딱한 일. 妹夫인 朴忠圭의 自立精神 不足에 不滿하기도.
井母는 魯弼의 校納金 갖고 入淸.
四女 노행은 數日째 消化不良?으로 健康不調인 中. ⓒ

〈1975년 2월 20일 목요일 雪〉(正. 10.)
終日토록 눈 오락가락한 것. 어제 入淸했던 井母 오고. ⓒ

〈1975년 2월 21일 금요일 晴, 曇〉(正. 11.)
어제는 新入生 豫備召集 있었고~해마다 人員이 주는 편.
밤 사이에도 많은 눈 내려 約 5㎝ 程度 쌓였고……. 새벽에 起床하여 앞마당과 집 둘레 눈 쓸고 치우기에 땀 흘렸고.
學校 일로 玉山校 거쳐 入淸해선 舟城中學校 들려서 魯弼의 成績 證明書 뗀 것……. 郭氏

장학회에 提出할 具備서류 中 하나이기에. 弼이 공부 잘해 成績 좋다고 擔任 金先生이 칭찬하기도. 但 體育 方面에 관심 더 갖자는 것. 옳은 말씀인 것. ○

〈1975년 2월 22일 토요일 晴〉(正. 12.)
教育廳 들려 몇 가지 일 보고 南一面 新松校 가서 柳永澤 교장님의 停年退任式에 參席. 今日도 늦게서야 歸家.
家庭에선 老母親께서 요왕(龍王?) 위하는 行事 있었던 듯. ⓒ

〈1975년 2월 23일 일요일 晴〉(正. 13.)
玉山面에 들려 地方稅 納付 證明書 떼어 魯弼의 郭氏 奬學會 書類 完備하여 登記로 發送했고.
入清하여 청주예식장 가서 鄭麟來 女婚에 人事.
槐山 가서 鄭海國 교육장 찾아 姬의 轉輔 부탁했기도.
오래간 집에서 제 母親 도와 일하던 4女 杏은 서울 다녀올 豫定으로 入淸. 杏은 3月 5日에 忠北大 入學할 것이고. 밤중에 歸家. ○

〈1975년 2월 24일 월요일 晴〉(正. 14.)
修了式 운동場에서 擧行. 皆勤賞 受賞者 많았고. ×

〈1975년 2월 25일 화요일 晴〉(正. 15.)
面內 機關長회의에 參席. 主管은 面에서. 今日은 大보름. ※

〈1975년 2월 26일 수요일 晴〉(正. 16.)
學年末 道發令 났고. 姬가 若何히 될른지. 金溪는 全員 不動. ×

〈1975년 2월 28일 금요일 晴〉(正. 18.)
臨時교장회의 열고 他市郡으로 異動되는 校長들의 送別宴會 청주 '수정집'에서 있었고. 홍업금고에서 全員에게 萬年筆 1個씩 주기도. ※

〈1975년 3월 1일 토요일 晴〉(正. 19.)
제56회 三.一節. 妊은 서울서 오고 杏은 아직 서울 滯留中. ×

〈1975년 3월 2일 일요일 晴〉(正. 20.)
從兄 內外分과 같이 天安 가서 再從弟 公榮의 子婚에 人事한 것.
天安 妻弟(郭慶淳 집)한테도 잠간 들렸던 것. ※

〈1975년 3월 3일 월요일 晴〉(正. 21.)
食 前에 사거리 나가서 탁주 5升 奉親用으로 받아왔고.
近日 過飮한다고 父親한테 注意 받기도~當然한 걱정.
75學年度 始業式 擧行. 擔任 발표, 教務分掌, 교실배치.
몽단이 절에서 擧行하는 主事 堂叔의 一周忌에 參席. ×

〈1975년 3월 4일 화요일 晴〉(正. 22.)
從兄 浩榮 氏의 生辰. 當 59歲. 잘치[잔치] 잘했고. 点心을 나의 집에서 待接. 형편에 모며진 연친척도 合席.

燕岐 느랭이 누이 件에 분개하여 듣는 側에선 서운히 들었다나. ※

〈1975년 3월 5일 수요일 雨, 雪〉(正. 23.)
오전 中은 새벽부터 비 내리고. 午後엔 함박눈까지 相當量 쏟아져 거이 終日토록 날 궂은 것.
昨日 入清 豫定했던 井母는 午後에 入清했고.
4女 노행의 入學式(忠北大)이 오늘인데 參席 同伴 못했고.
金校(금계교)도 오늘 入學式했고~終日토록 날 궂어서 室內에서 擧行한 것.
連日 過酒로 몸 極端으로 괴로운 中이고.
3女 노임은 上京하여 큰 孫子 英信 國校 入學에 當分間 데리고 다닌다더니 그렇게 하는 中인지 아직 몰라 궁금하기도. ○

〈1975년 3월 6일 목요일 雨, 曇〉(正. 24.)
비는 今朝까지 부슬비로 繼續되었고~秋季, 冬節 中 큰 가무름 끝이어서 甘雨인 것.
內者 入清 中이어서 母親께서 朝夕 짓는 中이고.
午後부터 몸 조금씩 회복되는 것 같기도.
많은 學校 公文 處理, 決裁에 애 많이 먹었던 것. 집에 와서도 深夜토록 일(장부처리) 보았고.
손 떨려 速筆 안되는 바람에 애 많이 먹기도. ⓒ

〈1975년 3월 7일 금요일 晴〉(正. 25.)
面內機關長會議 있대서 11時에 參席. 場所는 玉山面長室. 今日 主管은 保健所 申醫師. 新任 玉山中學 尹校長과 小魯校 尹校長의 人事와 各 機關마다 數件씩 陳述 있었고. 臭心은 '부용집'에서 잘 했고.
淸州 일 궁금하여 잠간 갔더니 別故는 없고. 井母는 가슴과 머리 아픈 데에 쓰는 漢藥 몇 첩 지어다 服用 中이고. 魯姬는 異動 안된 채 있다는 것. 魯妊은 豫定대로 上京했고~英信 入學에 當分間 同伴하려고. 魯杏은 女大生 다운 態度였고. 運과 弼은 如前 通學 잘 하는 中인 듯.
日暮頃에 歸校.
夕食 後 就寢 前 母親은 醉中 落淚하며 井母 入淸을 서운히 생각하며 잠시 本性을 表現하였고. 나의 心情 괴로움을 또 느꼈고. ⓒ

〈1975년 3월 8일 토요일 晴〉(正. 26.)
昨日 過飮하신 父母님 아침결엔 괴로우신 표정이어 몸 달았는데 낮부터 生氣 있으시어 多幸이였고. 老母친께선 食事 마련하는 中.
몸 完全 회복되어 몸 가볍고 일 推進 잘 되고 食事 잘 하는 편. ⓒ

〈1975년 3월 9일 일요일 雨〉(正. 27.)
終日토록 비 내리어 길마다 엉망. 냇물도 많이 붇고.
朝食 끝나자 入淸~시간이 안맞아 閔교장 女婚엔 人事 못했고. 청주 아이들 모두 無事. 但 井母는 속병으로 漢藥 달여먹는 中. 삼성당 藥房(한약방)에 함께 가서 診脈 結果를 들으니 '위궤양'이라고. 일편 가슴이 덜컥 나려 앉는 듯도. 그러나 早期발견이었다면 이제부터 誠意껏 治療에 힘써 볼 決意했고. 중완침 10餘 대 맞는 데에는 딱한 생각에 눈물 어리었고. 內者는 漢藥 지어 모래 歸家 豫定이라고.

洗濯所에서 작별하고 歸家길에 들어설 때부터 집에 到着할 때까지 딱한 생각에 잠겨 울울했고. 침 맞을 때에 그 참는 態度 집에 와서도 눈과 머리 속에 선했기도.
우산 받았으나 비는 줄곧 내려 아랫도리 함씬 젖은 것.
夕食하면서 今日 겪은 眞狀을 父母님께 報告말씀 드린 것. 今時까지 괫심한 心情과 오해만 하셨던 父母님도 어느 程度 納得을 하셨고.
內者에 損害되는 말을 利롭게 한다는 뜻으로 某種의 말에 도리어 父親께선 서운하셨던 듯.
“당신은 父母님만 알지……”의 말을 利로우리라 내 나름대로 말한 것이 內者에겐 손해간 것 같아 더욱 不安하기만. 하여간 健康이 회복되는 것만이 最善의 길임을 더욱 굳게 갖고 實踐한 일. ⓒ

〈1975년 3월 10일 월요일 曇, 晴〉(正. 28.)
이른 食 前에 사거리 나가 奉親用 탁주 받아 싣고 오기도.
아침 食事 지을 때마다 불 때는 일 등 母親의 일 도와드리는 것. 속병으로 服藥 中인 井母는 明日 온다는 것이고.
今日따라 意外로 술자리 여러 차례 생겼던 것. ○

〈1975년 3월 11일 화요일 晴〉(正. 29.)
一週日 前에 淸州 갔던 井母 오고~속병(위궤양?)으로 漢藥 服用타가 또 약 지어 집에 온 것.
學校선 終禮時間에 郭家 先生 云〃하는 某교사(老교사) 때문에 若干 이말저말 있었으나 問題는 아니었고. ○

〈1975년 3월 12일 수요일 晴〉(正. 30.)
栢洞派 立石 行事에 人事 겸 求景했고.
燕岐 高亭 妹夫와 對談하기도. ×

〈1975년 3월 13일 목요일 晴〉(2. 1.)
臨時校長회의 있어 入淸. 회의 끝에 同僚間 환담 同席. ※

〈1975년 3월 15일 토요일 晴〉(2. 3.)
虎竹 가서 權 氏 家 상가집에 人事했고.
저녁에 入淸하여 友信會에 參席~總會. ※

〈1975년 3월 16일 일요일 晴〉(2. 4.)
장동 尹滿洙 회갑에 人事. ×

〈1975년 3월 19일 수요일 晴, 曇〉(2. 7.)
學校 뒷집 長榮 집에서 点心시간에 전직원 초대~그의 子 ‘희상’君이 全校어린이會長에 當選되었다고. ×

〈1975년 3월 20일 목요일 雨, 曇〉(2. 8.)
金東派 先代墓 밀례[6]에 人事次 金城 동고개까지 가기도.
井母는 몸 괴롭다고 極히 不安하게 지내는 중이고. ×

〈1975년 3월 21일 금요일 晴〉(2. 9.)
學校 기성회 監査 行事 있었고.
井母 데리고 淸州 가서 再生醫院 李再杓 先生한테 診察 받아 왔기도~內臟 中 肝이나 胃에 異常이 있는 듯하나 엑스레이 찍어봐야 알겠

6) 산소를 파내어 옮기는 일.

다는 것.
근심(井母의 身病, 父母의 생각하는 不溫 差異)하면서 저물게 歸家. ×

〈1975년 3월 22일 토요일 晴〉(2. 10.)
學校 기성회 任員會 開催에 李 校監 욕심껏 誠意껏 發言하였기도.
玉山 과수원 崔璀顯 回甲에 人事次 다녀왔고. ×

〈1975년 3월 23일 일요일 晴〉(2. 11.)
再從弟 海榮 子婚 있어 入淸. 청주예식장에서 擧行하는데 井母도 함께 參席하였고. 母親께선 玉山까지 가셨다가 歸家하시지 않아시고. 父親께선 宗事일(北二面 密直公 山所 사초)로 大栗里 가시고. 고단하신지? 일이 저물었던지? 歸家 않아시고.
槐山邑 가서 槐山郡 교육장 鄭海國 先生 만나 魯姬 曾坪邑內校로 轉補 부탁하였으나 個人 立場上 極히 難하니 단념하라는 것. 옛에는 그에게 誠意껏 하였건만……. 事情은 있겠지만 서운한 感 不禁.
청주서 밤 9時 버스로 玉山까지. 玉山서 自轉車로 歸家하니 집은 텅 비었고. 醉中이라서인지? 서글픈 생각 나기도. 토끼와 강아지에 먹이 주면서 寒心한 感 나는 것이었고. ○

〈1975년 3월 25일 화요일 晴〉(2. 13.)
75學年度 父兄會 總會 있었고. 數年 間 會長職으로 애 써오던 俊榮 氏는 물러나게 되고 젊은 一相君이 當選된 것. ×

〈1975년 3월 31일 월요일 晴〉(2. 19.)
郡교육청에서 下午 2時부터 校長회의 있었고. 회의 끝엔 尹○○ 校長과 얼려 夜深토록 飮酒했던 것. 4月 1日은 전자리 밭뚝 뽀뿌리 베고, 4月2日은 조치원 가서 켜 온 것. ※

〈1975년 4월 3일 목요일 晴〉(2. 22.)
虎竹里 가서 回甲 當한 柳相浩 집 찾아가서 人事, 厚待받기도. 한자리에서 申文植 虎竹校長 만나 歡談했기도. 집에선 광의 함석공사. ※

〈1975년 4월 4일 금요일 晴〉(2. 23.)
學區內 學父母 約 90名 出役~數個處의 校內 作業 감독과 뒷바라지 하기에 바빴던 것. 李 校監과 南 교사 特히 애 많이 쓰기도. ※

〈1975년 4월 5일 토요일 雨〉(2. 24.)
終日토록 비 내리고. 學校 植木日 行事 不能.
井母와 妊은 松편떡 빚어서 入淸 後 서울 갔을 것. 明日이 큰 애 魯井의 生日이어서. ×

〈1975년 4월 6일 일요일 晴〉(2. 25.)
큰 애 井의 生日~井母와 妊은 어제 서울 到着하였을 것.
五代祖와 高祖의 寒食 차례에 父親과 함께 參席~曲水.
會長인 一相의 先代 山所 사초하는 데 人事했기도. ※

〈1975년 4월 7일 월요일 晴〉(2. 26.)
校內 植樹行事 今日서 施行.
入淸해보니 魯妊은 어제 서울서 왔고.
郭氏 奬學會에서 魯弼에게 支給 通知 와서 기뻤고. ※

〈1975년 4월 9일 수요일 晴〉(2. 28.)
큰 外叔母 모처럼 오셔서 반가웠던 것.
井母가 마침 서울 滯留 中이어서 안된 일. ※

〈1975년 4월 10일 목요일 晴〉(2. 29.)
學校에선 75 새 任員會 開催하였고.
玉山 가서 魚物 若干과 닭 1首 사 갖고 오고~ 外叔母께 待接할려고.
父親께선 前期分 年金(유족) 受領코져 玉山 다녀오시고. ※

〈1975년 4월 11일 금요일 晴〉(2. 30.)
外叔母는 午後에 가시고.
虎竹校 申文植 교장과 玉山까지 갔다가 나는 入淸.
서울까지 전격적으로 갔더니(午後 7時 半頃) 井母는 마침 最初로 休暇 온 魯松 데리고 淸州 갔다는 것이어서 잠간 英信, 昌信 보고선 막 뻐스로 청주 오니 밤중되었고.
滿 一年 만에 魯松 만나니 반가워 눈물 어렸던 것. ※

〈1975년 4월 12일 토요일 晴〉(3. 1.)
連日 過飮으로 몸 또다시 極히 쇠약해진 것.
淸州서 數時間 동안 쉬었다가 가까스로 井母, 松 다같이 出發했고.
玉山서 朴相均 親知 모처럼 만나 歡談했기도.
옥산서 栢峴까지 步行으로 가서 金慶植 回甲 招待에 人事. 백현서 집까지 또 步行한 것. 今日도 過飮. ※

〈1975년 4월 13일 일요일 晴〉(3. 2.)
日曜日이지만 全職員 登校 特勤케 된 것. 終日토록 室內 環境 構成에 努力들 했고. ○

〈1975년 4월 14일 월요일 晴〉(3. 3.)
大門채 및 一部 담장 세우고져 '부록크' 박았고~세멘 10包에 430個 찍은 것. 사거리 앞 냇가까지 밥 지어 나르기에 井母 피로되었을 것.
父親께서 뒷바라지하시기에 애쓰셨을 것. 母親은 江外面 연제리 당고모 宅 가시고.
學校일(황기 파종)에 數時間 동안 땀 흘리며 勞力. 南 教師와 함께 日暮頃까지 일한 것. ⓒ

〈1975년 4월 15일 화요일 晴〉(3. 4.)
새벽 무렵에 뒷골 무거운 感 심하여 잠시 고통 겪었고.
玉山中學서 '민방공훈련'의 시범 訓練 있게 되어 面內 機關長 모여 指導助言키로 되어 玉山 가서 狀況 보고 徐 所長한테 衷心 厚待받고.
쌀가방 갖고 入淸.
歸校 後 1時間 동안 作業하고 終會하고선 樟南 가서 徐丙植 回甲 招宴에 다녀오고.
어제 江外面 연제里 가셨던 母親 오시고.
軍에서 休暇 온 4男 魯松은 지금도 讀書만으로 晝夜生活. ⓒ

〈1975년 4월 16일 수요일 曇〉(3. 5.)
어제 아침엔 改良 마디호박 4구덩이 심었기에 今朝는 一般 호박 심을 豫定이 形便에 依하여 不能이었고.
學校엔 朴 장학사 와서 定期視察했던 것.
虎竹 가서 鄭우선 組合長 母親忌에도 人事. ○

〈1975년 4월 17일 목요일 晴〉(3. 6.)
入淸하여 公設운동장에 가서 道內 少年體育

선수選拔大會를 구경한 것.
魯弼의 장학금 未着으로 서울(郭氏 장학회)로 通話한 結果 엊그제 送金했다는 것으로 서울行 豫定을 中止했고. ×

〈1975년 4월 18일 금요일 晴〉(3. 7.)
學校엔 上東 父兄 數名 出役하여 整地作業에 勞力했던 것.
烏山里 2區 李雄魯 친상에 人事하기도.
井母는 魯松과 妊 데리고 槐山郡 이담行~오는 20日은(음 3月 9日) 孫女(魯明의 長女) '惠信'의 百日이라고 飮食 資料 갖고 간 것. ×

〈1975년 4월 19일 토요일 晴〉(3. 8.)
下午 2時에 入淸하여 長期 受講 中인 申교사를 '동원식당'에 招致하여 夕食을 待接했기도.
明日 行事로 貸切 車部엔 들렸으나 飮食 장만을 過醉되어 이행치 못하고 자버린 듯. ※

〈1975년 4월 20일 일요일 曇, 雨〉(3. 9.)
곤한 中에도 첫 새벽에 깨었고. 4시 30분경에 車部에 가보니 約束된 '동신버스'가 出發했을 것이라는 守直者 말에 깜짝 놀라 당황하여 急택시로 金溪까지 갔었던 것…… 버스 안왔기로 헛경비만 난 것.
6時 半에서 버스 온 것. 金溪 爲親稧에서 戶當 2人꼴씩 俗離山 逍風 가도록 約束되었던 일 있어 이루어지는 것.
父母님을 비롯하여 約 60名 一同 定時에 出發. 經費는 稧米에서 白米 5가마 꺾어 10萬 원 쯤으로 行하는 것. 經理는 俊榮兄이고.
法住寺 本寺를 보고 福泉庵行 中 비가 나려 一行은 곤난했기도. 대충 보고서 駐車場으로 비맞으며 내려왔던 것.
數人과 飮酒하다 보니 또다시 過飮된 것일 것.
혼자서 형편상 行步하다 보니 時間이 約束보다 경과되었기로 또 당황한 것. 車를 찾아도 띄이지 않기에 더욱 걱정과 당황 속에……. 老父母를 근심하며 不得已 淸州行 버스를 탔던 것.
청주까지 올 事情이 있기도 하였지만－밤새도록 근심하며 단잠 못잤고. 약속대로 運에겐 校納金 해결해 주었고.
飮食 몇 가지 사서 첫 버스로 나가 歸家하니 어제 버스 一行은 도리어 本人보다 늦게 出發했다는 것……. 本人 찾느라고 애 많이 쓰고 老父母님의 근심 걱정은 말할 수 없는 程度였음을 罪悚히 생각하며 나의 醉中 잘못을 反省餘地 많음을 깊이 깨달아야 할 일. ※

〈1975년 4월 21일 월요일 晴〉(3. 10.)
청주서 첫 버스로 나가 金溪 到着하니 昨夜 늦게나마 全員 無事히 왔다는 것. 나만이 未安할 따름.
장동 尹回洙 子婚에 招請 있어 人事했고. 水落의 '이현모' 回甲宴에도 다녀오니 몸도 고단 過醉되기도. 豫定했던 虎竹 '이현종' 回甲 초청에는 못 다녀온 것. ※

〈1975년 4월 22일 화요일 晴〉(3. 11.)
槐山 鯉潭 갔던 井母 청주까지 온 것. 妊도, 松도.
入淸하여 魯弼의 奬學金 15,000,－ 우체국에서 찾아 弼의 校納金 해결하기도. 2기분 장학금은 8月 末頃에 支給케 된다나. 하여간 全國 郭氏 奬學金에 深謝하며, 어린 弼의 課工에도

신통. ×

〈1975년 4월 23일 수요일 晴〉(3. 12.)
忠淸日報 主催로 中央극장에서 '國內外 情勢'에 對한 강연會 있어 招請했기에 參席. 演士는 3名…… 國會議員 一名, 共和黨에서 一名, 서울大 교수 1名.
下午 2時부터 臨時 校長회의 있대서 參席.
歸路에 玉山서 약간 탔다는 新品에 가까운 自轉車(3000里號) 勇敢히 購入 決定했고…… 2個月 月賦로 21,000,-에……. 完全 新品은 24,000,-이라나. 吳在根 자전거鋪이고. 平生 처음 값진 것 사 보았기도. ※

〈1975년 4월 24일 목요일 晴〉(3. 13.)
學校 行事 中 春季 逍風을 明日 實施키로 決定했기도. ×

〈1975년 4월 25일 금요일 晴, 曇〉(3. 14.)
소풍 實施…… 全校生 사거리 方面으로. 날씨 좋아 多幸이었고.
내가 日直하기로 하고 傳達夫까지 全職員 가게 한 것. 下午 3시 半에 全員 無事 歸校. 母친께선 작은 妹 집 가신다고(大田) 出發.
約 1週日 間 繼續 過飮으로 또 食事 不進에 일 推進도 公私間 지장있을 뿐 外라 몸과 金錢도 많이 害친 것. ○

〈1975년 4월 26일 토요일 雨〉(3. 15.)
새벽부터 終日 끝내 降雨. 天水川 냇물 벌창. 다리 위로 넘기도. 어제 逍風 實施 잘 한 셈.
過飮 직원 몇 있어 어느 程度의 校內 분위기 또는 輿論 있어 氣分 少. 好酒家인 李 校監 나우 不快히 傷心하는 中이고……. 近日에는 節酒 中. 나 自身의 過飮하니 上濁下不淨이지. ⓒ

〈1975년 4월 27일 일요일 가랑비, 曇, 가랑비〉(3. 16.)
家庭에선 아그배宗畓 논두렁 앙구는[7] 데 아침결 數時間동안 從兄과 再從兄 오셔 봉사作業하신다나. 이웃 魯植이도.
明日부터 2日 間 道內 初等學校長 硏修會 있게 되어 入淸. 歸廳 도중 國仕 金宗鎬 親喪에 人事했고. 청주 와선 前 面長 李碩魯 子婚에도 祝賀人事.
청주 아이들 無事는 하나 서울 큰 애집 食母 事情으로 直接 와서 엊그제 魯妊을 當分間 있으라고 데려갔다나. 姬의 婚談 있다고 當事者間 面會케 되었다고 姬도 昨日 午後에 上京하고. 금일 下午 4時頃 歸淸. 面會는 하였으나 未結이라고. 맞당한 곳 定해지길 祈願.
妊 없을 땐 4女 杏이가 부엌일 신통히 잘 하고~忠北大 1年生.
어느 飮食에 체하였는지 17시頃부터 腹痛 심했고-약 좀 먹고 沐浴하고 취안 좀 해서인지 밤 11시쯤엔 나우 가란진 듯 多幸.
오래 밀렸던 家計簿 정리整理 日記完成에 數時間 애썼던 것……. 수증[8]氣로 쓰기 느려서. 此後 각별 조심해야 할 일. 지각없는 편을 反省.
松은 마침 11時頃에 金溪 本家에 갔다고~이담서 와서 제 작은兄 있는 沃川 增若校 갔다가

7) 흙을 고르게 깔다.
8) 손이 떨리는 증상인 수전증(手顫症)을 가리키는 말.

沃川서 1夜 같이 지내고 어제 入淸한 듯. 이제 休暇도 며칠 안 남은 것. 냇물 많은데 잘 갔는지 궁금. ◎

〈1975년 4월 28일 월요일 가끔비〉(3. 17.)
終日토록 비 오락가락한 셈.
道內 國民學校長 硏修會 第1日…… 서울大 교수 敎育學 박사의 "敎育者의 人生觀과 自成預言"에 對한 講演이 가장 印象깊었던 듯.
어제 金溪 本家에 갔던 四男 魯松(軍)이 오고. 오랜만에 술 한방울도 입에 안댄 것. 개운하기도. ◎

〈1975년 4월 29일 화요일 가랑비, 晴〉(3. 18.)
硏修 第2日…… 奬學方針 具現과 敎委 指示事項이 主. 下午 4時에 閉會式하고 道 敎委 講堂에서 敎育監 招請으로 校長 全員(393名) 파티 있었던 것. 紀念品으론 '장도리……못뽑이'.
休暇 왔던 四男 魯松이 歸隊次 下午 四時에 上京. 5月3日이나 서울 제 큰 兄 집과 제 큰 누나 집 들려 간다고 미리 出發하는 것. 끝까지 健康 維持되기를 天地神明께 祈願할 따름.
5女 魯運은 學校 主催 濟州島 旅行간다고 下午 7時에 學校(一信女高)에서 出發하기로 되었다고 準備 旅裝 차려 나가고.
막 뻐스로 玉山 나와 步行으로 집에 到着했을 땐 밤 10時頃.
25日에 大田方面 가신 母親은 아직 안오셨고…… 消息은 들은 것. ⓒ

〈1975년 4월 30일 수요일 晴〉(3. 19.)
早起하여 집안 淸掃. 드무샘 밭도 다녀오기도. 家親 理髮도 해 드리고.
井母는 고추빠러 水落里(모일)로 이웃 몇 분과 가더니 機械 關係로 栢峴까지 다녀왔다는 것.
大德郡 懷德面 松村里 사는 작은 妹집에 가신다고 25日에 떠나신 母親께선 오늘 오시고~ 가난하게 사는 그곳선 하루밤만 지내시고 4日 밤은 桑亭里 큰 妹집에서 쉬셨다고.
下午 4시에 入淸하여 발가락 甚히 다친 4학년 尹교섭君(구세병원 入院 中) 問病한 것…… 職員 1人當 1,000,-씩 同情하여 11,000,- 慰勞金으로 건늬기도. 下午 8時에 歸校. ⓒ

〈1975년 5월 1일 목요일 曇〉(3. 20.)
大門간채[9] 세울 大木(中榮) 와서 기둥, 도리[10] 감 다듬기 着手했고. 人夫 2人은 午前 中은 챔깨, 콩 심고, 午後엔 밖앗채 지을 자리에 盛土作業한 것.
學校에선 放課 後에 全職員 全校環境審査 施行하여 檢討會까지 下午 7時頃에 마친 것.
酒汀백이 尹○○君 來訪에 數時間 애먹었던 것. ⓒ

〈1975년 5월 2일 금요일 가랑비〉(3. 21.)
새벽에 비 맞으며 玉山 가서 세멘, 굴뚝, 白灰, 개와 等 購入하여 추럭主에 兼 運搬을 付託하고 自轉車로 往來하였기로 時間은 넉넉 出勤時間 댔고. 옷은 함신 젖은 것. 새 自轉車 흙더버기 됐고.
退校 後 一時間 동안(下午 6시 半부터 소 7시

9) 대문간채(大門간채): 한옥의 대문 곁에 붙여 지은 집(채).
10) 기둥의 상부와 서까래 사이에 놓는 나무.

半) 드무샘 오동나무 昨年 中 켰던 것 우둥치를 잘라버리기도.
夕食 後엔 新築하는 밖앗채에 對하여 父親과 相議하였고…… 人夫 問題, 구둘 問題, 벽돌 쌓는 技術者 等. ⓒ

〈1975년 5월 3일 토요일 晴〉(3. 22.)
5男 노필이 서울 갈 豫定으로 기다릴 것 같아서 入淸하여 달래어 本家로 데리고 온 것(郭氏 장학會에서 奬學狀 授與 關係 있을 것인데). ○

〈1975년 5월 4일 일요일 晴〉(3. 23.)
弼이 데리고 모일 簡易정류場 가서 기다리다 못해 추럭 等 타고 가까스로 서울 着. 서울行 豫定을 中止하려던 것을 父親의 말씀과 弼의 士氣 돕기 爲해 出發했던 것이나 時間 等이 어긋나 奬學狀 授與 時間 못댄 것. 어린 弼이 보기에 안됐고 딱한 생각. 郭氏 장학회 場所는 乙支路 제1파출소 옆.
청담洞 가서 英信, 昌信 잠간 만나고 곧 淸州로 回路한 것. ×

〈1975년 5월 5일 월요일 晴〉(3. 24.)
제53回 어린이날. 제 行事를 8日의 어버이날로 미룬 것. ○

〈1975년 5월 6일 화요일 晴〉(3. 25.)
大門채 새 받는데 新溪 洞人 多數出役에 感謝. 濁酒만은 넉넉히 待接했고. 개와는 당아래 族弟 和榮이가 이고. ×

〈1975년 5월 8일 목요일 晴〉(3. 27.)
제3회 '어버이'날. 學校 行事 나우 다채롭게 한 것~향우班 體育會, 模範 어버이 表彰, 姊母 70名 來校.
次女 魯姬로부터 어버이날 膳物로 제 母親에게까지 內衣와 카네이션 마련해 왔고. ×

〈1975년 5월 9일 금요일 晴〉(3. 28.)
學校 任員會 開催하여 75學年度 학교 운영會 원활히 나가도록 學校 要求를 基準으로 協議 決定 본 것. ○

〈1975년 5월 10일 토요일 晴〉(3. 29.)
總力 安保 궐기大會에 全職員 參席 – 場所는 淸中에서 準備와 事前 注意 듣고 行事는 工高 校庭에서 擧行. 淸州市와 淸原郡內 敎職員 全員이 參加. 印支事態(共産化)[11] 以後 우리는 더욱 總和團結하자는 것. ○

〈1975년 5월 14일 수요일 晴〉(4. 4.)
面에 들려 잠간 일 보고 朴面長한테 厚待 받기도.
入淸하여 李相益 時計店에 가서 學校用 秒時計 12,000, – 으로 外上으로 購入했고. 淸州서 아이들과 留. ×

〈1975년 5월 15일 목요일 晴〉(4. 5.)
2, 3日 間 父親께서 편찮으신 형편이어서 淸州서 歸校 길에 烏山 金在龍 氏 漢藥房에서 大補湯 몇 첩 지어오기도.

---

11) 1975년 4월 크메르(현 캄보디아)와 월남(베트남) 우익 정권의 잇단 패망을 일컫는다.

大門채 壁 재새[12](세멘과 白灰 혼합)와 방 놓고 바닥까지 完了. ○

〈1975년 5월 16일 금요일 晴〉(4. 6.)
反共 啓蒙 班常會에 國內外 情勢에 對한 講演하게 되어 今日은 金溪 차례이기에 夕食 後 8時 半부터 10時까지 했고.
先祖考 忌祭 있어 肉類 負擔했기도. ○

〈1975년 5월 17일 토요일 晴〉(4. 7.)
族叔 漢烈 氏 子婚 있어 入淸(히아신스)하여 人事.
俊榮 兄과 함께 南二面 石坂里 가서 故 姜敏善 校長님 靈前에 人事. 故 姜 校長님은 6.25事變 前後에 玉山校에서 모셨던 적 있고. 그의 子弟 泰健君은 直接 弟子이기도. ⓒ

〈1975년 5월 18일 일요일 雨, 曇〉(4. 8.)
族兄 春榮 氏의 子婚에 主禮 섰고. 新郎은 魯燁君, 內者도 함께 갔고. 히아신스禮式場. 雨天으로 來客들 不便했을 터.
陰 4月 初8日. 釋迦誕日, 今年부터 公休日로 定해졌고. ⓒ

〈1975년 5월 19일 월요일 曇, 雨〉(4. 9.)
大門채 建立 工事에 勞力한 木手. 人夫賃 등 總整理했고.
德村 李龍宰 親忌에 人事 다녀왔고.
밤엔 下東林 가서 反共啓蒙 강연했기도. ◎

12) 온돌을 만들 때 구들장을 깐 뒤 진흙 반죽을 수평하게 바르는 것. 처음 바르는 것을 초새, 두번째 바르는 것을 재새라고 한다.

〈1975년 5월 20일 화요일 晴〉(4. 10.)
學校 담장 工事 計劃대로 完成. 西便 허술한 곳 110m.
父親께선 대문채 부엌지붕을 스레트로 이었고. ○

〈1975년 5월 21일 수요일 晴〉(4. 11.)
反共啓蒙 班常會에 水落 擔當日이어서 어둠에 水落里長 찾았으나 部落 형편 있어 集會難으로 會合 不能되어 그대로 歸家한 것. ⓒ

〈1975년 5월 22일 목요일〉(4. 12.)
入淸 登廳하여 事務打合. ○

〈1975년 5월 24일 토요일 晴〉(4. 14.)
學校 實習畓 모내기 六學年 動員. 192坪 통일벼. ○

〈1975년 5월 25일 일요일 晴〉(4. 15.)
入淸하여 吳達均 보은 教育長 子婚에 人事. ○

〈1975년 5월 28일 수요일 晴〉(4. 18.)
先祖妣 祭祀에 參禮. 29日(木) 서울族姪 魯俊 來洞. ○

〈1975년 5월 30일 금요일 晴〉(4. 20.)
母親 모시고 江西面 龍井敎會 예식장에 參席. 막내 外從 '종낙'君의 結婚式 있어서.
母親은 佳景 外家로 가셔서 留하시고. ×

〈1975년 5월 31일 토요일 晴〉(4. 21.)
아그배 논 모내기했고. 學生 30名이 動員된 것. 家親이 遺家族이라서 援護받는 形式. 어린이들에게 공책 1권씩 주기도.
몇 가지 用務 있어 烏山 다녀온 것. ×

〈1975년 6월 2일 월요일 晴〉(4. 23.)
텃논 모내기. 모내기는 마친 편 되고. ×

〈1975년 6월 3일 화요일 晴〉(4. 24.)
朴 面長과 呂 支署長 來訪에 歡談했고. ×

〈1975년 6월 4일 수요일 晴〉(4. 25.)
今日부터 3日 間 農繁期 家庭實習 命했고.
佳佐里 集內 가서 柳夏相 親喪에 人事. 柳 氏家 諸位 極히 반가워 하고. 親知 柳在河, 卞文洙 교장과도 歡談. 歸路엔 청주 朴鍾道 책商人 車로 청주로 돌아온 것. ※

〈1975년 6월 5일 목요일 晴〉(4. 26.)
俊榮 兄과 玉山 同行하여 呂 支署長 件 云〃에 慰勞 打合코져였으나 事件 別無惡化인 양. 괜찮아 보였던 것. 呂 支署長이 去 3日에 某人을 구타하여 事件化되었다는 소문이었기에. ※

〈1975년 6월 6일 금요일 曇, 晴〉(4. 27.)
제20回 顯忠日, 弔旗, 아우 云榮이 생각에…….
母親께선 入淸하시어 淸州 西公園 忠魂塔 慰靈祭場에 參席하시고. 일찍이 歸家하신 것.
父親 母親 沃川 靑城行 豫定은 中止하신 것.
父親의 발등 數日 前에 다치셔서 痛症으로 行步難이신 中으로.
近日 家庭內 不圓滿中인 空氣 濃厚. 가슴 갑〃하기만.
長期 飮酒로 몸 무겁고 둔하고 쇠약해진 듯. 손 떨려 運筆 不正常. 머리 속 複雜한 생각과 고민만이 있는 형편. ◎

〈1975년 6월 7일 토요일 晴〉(4. 28.)
校長會議 있어 入淸. 會議는 10時부터 교육청 會議室에서 있었고. 約 3時間 程度 걸렸고.
校長團 一同(一部) 北一校 가서 어린이들 自由敎養大會(競試大會一次) 狀況 보기도. 金溪校서도 13名 出戰. 申啓文 교사가 引率. 날씨 몹시 더웠고. ◎

〈1975년 6월 8일 오후 쏘나기〉(4. 29.)
아침부터 終日토록 井母와 함께 드무샘 밭 김매기 作業으로 無限이 애먹었고. 無限流汗.
井母는 어제부터 몸 괴롬 무릅쓰고 作業. 今日 作業엔 寒心 落淚하면서 서러운 氣分 不禁인 채 군소리하면서 악으로 일하는 것. 家庭事情 不圓滿을 한탄할 뿐. 일편 딱한 感情일 뿐.
日暮頃에 쏘나기 세차례 내렸으나 맞으면서 (노박이) 밭 끝까지 매어 마친 것. 개운하기 짝이 없는 氣分. 單 內外가 마친 것. ◎

〈1975년 6월 9일 월요일 晴〉(4. 30.)
客室 방바닥 全面 깨끗이 뜯고 새구들통으로 改造. 老兩親도 뒷일 보시기에 힘겨웠을 것.
井母는 밥 짓고 반찬 만들기에 쉴 새 없었을 것.
兩親 대문채 새 방에서 첫 居處. 當分間 새 방에서 居處(起居)하실 것. ◎

〈1975년 6월 10일 화요일 曇, 雨, 曇〉(5. 1.)
面內 機關長會議에 參席. 機關마다 소관사 發議. 臾心 準備는 釀造場 主管. 융숭한 待接 받

왔고.
會議 끝에 청주 아이들한테까지도 잠간 다녀오고.
妊은 서울 가고. 편지 보니 서울 食母難으로 애로 있는 듯.
집에선 大門채 作業 繼續 中이고-大門通路 天井에 白灰. 外部壁 上半部에 水成페인트칠.
日暮 直前에 淸州서 와서 집일 若干 거들기도. ◎

〈1975년 6월 12일 목요일 晴〉(5. 3.)
鄭海天 우체局長 來訪에 歡談.
學校 本館 앞에 造像工事 意圖대로 進展 잘 되는 중이고. ○

〈1975년 6월 13일 금요일 晴〉(5. 4.)
崔榮百 敎育長 오랜만에 來校 視察. 淸掃, 工事, 황기밭 等으로 氣分 좋은 心情으로 보고 간 것. 玉山으로 同行하여 휴게소 '萬福食堂' 가서 点心 待接했고. 歸路에 玉山校 들려 學校 狀況 보았기도. ⓒ

〈1975년 6월 14일 토요일〉(5. 5.)
學校 아침放送은 今日까지도 繼續 中이고. 近日은 謹酒하는 中으로 公私事 推進 잘 되고 食事 成績 良好한 편.
井母 日暮頃에 모처럼 아이들한테 가려고 入淸. 자전車로 쌀자루 玉山까지 실어다주고. ○

〈1975년 6월 15일 일요일 晴〉(5. 6.)
日曜日인 家庭事 모처럼 일했고-朝食 前엔 집둘레 풀깎기, 大門채 壁 外部 下半部에 세멘물 바르기, 황기밭에 殺蟲劑 藥 消毒 等 땀흘리며 勞力했고. 둑너머 고추밭에 支柱木 꽂고 동여매기도.
午後엔 入淸하여 서울 消息 알아보기도. 서울서 妊이는 어제 왔다는 것. 오늘 淸州서 李氏 郎子와 첫 面會도 했다나. 姬가 서둘러 저의 同職場에 있는 延某 女敎師가 紹介했다는 것. 意向 있는 듯.
서울은 아직 食母 解決 못했다고. 오늘 또 上京해야 할 形便이라고 下午 5時 半 車로 出發한 것.
魯妊 出發하는 것 보고 井母와 함께 18時 半 버스로 玉山까지 와서 집에 到着하니 下午 8時쯤.
兩親 近日 過飮酒 生活로 非正常 用心인양 조심스럽기도. ◎

〈1975년 6월 16일 월요일 晴, 曇〉(5. 7.)
아침放送 後 約 一時間 程度 보리 베고. 午後 放課 後 退廳하고서도 約 一時間 程度 베었고. 人夫는 男子 장정으로 一人만 얻었는데 父親께서도 거들으시고 하여 베는 것만은 끝낸 것.
父親께선 今日도 2次나 病患 發하여 辛苦 겪으시고…… 運身 不能, 流汗, 約 一時間 정도~ 某人 말에는 動脈硬化症이라고도. 藥酒家, 지방質 肉類 많이 먹는 사람에게 發生하는 病이라고. ⓒ

〈1975년 6월 17일 화요일 雨〉(5. 8.)
쏘나기는 아니나 부슬비 終日토록 내리고. 어제 베어 놓은 보리 때문에 걱정. 이렇게 되면 안베니만 못한 것.
어제부터 6學年 道德 授業 全擔. 흥미있게 잘 되었고. 諸般 帳簿도 着〃 整理 잘 되어가고.

모두가 謹酒하는 보람.
給料 受領했으나 控除分 많아서 家用에 難할 듯. ⓒ

〈1975년 6월 18일 수요일 曇, 晴〉(5. 9.)
學校일 어지간히 마친 後 玉山 거쳐 入淸. 청주 아이들한테 가서 갖고 간 菜蔬 봇다리 풀어주고. 杏이가 急히 만들은 사라다 맛있게 먹고.
淸州 아이들에 닭 一尾 사주고. 집엔 犬肉(개다리) 사온 것. 모처럼 보신탕 해먹은 것.
先伯母 忌祭에 參與. 모기 대단하여 井母 外 兄嫂 氏들 부엌에서 애많이 쓴 듯. ⓒ

〈1975년 6월 19일 목요일 晴〉(5. 10.)
父親께선 지난날에 베어 놓은 보리 순치신 後 午後엔 묶는 일 보시기에 勞力 많이 하신 것.
退廳 後 잠시 거들어 드리기도. 節酒 中이라서 食慾 당겨 食事 잘 하는 中이고. ⓒ

〈1975년 6월 20일 금요일 晴〉(5. 11.)
今日부터 3日 間(日曜日 包含) 2次 家庭實習하기로. 보리베기가 한창. 벤 집에선 탈곡도 着手했고.
人夫 一人 얻는 父親과 난 보리 걷고 나르기에 午前 中 바빴고. 点心 먹고선 경운機로 탈곡 作業했고. 母親도 內者도 終日토록 땀 흘리려 늦도록 애썼고. 實習期間이라서 보람있게 일한 것.
경운기는 東林 郭漢福 氏의 것. 삯은 보리 한 가마에 1말. 總 6가마니 수확. 일 끝내고 日暮頃에 냇물에 나기 沐浴하니 개운.
今日 溫度 30度 넘었을 것.

기다리던 노송 편지 어제 왔고. 無事하대서 多幸. ◎

〈1975년 6월 21일 토요일 曇, 晴〉(5. 12.)
食 前에 콩밭 손질. 황기밭도 조금 김매고. 朝食 後엔 全 家族(父, 母, 內者)과 함께 總動員하여 둑너머 밭에 콩 移植했고.
午後엔 入淸하여 청주 아이들(杏, 運) 잠간 만나고 흥업금고에 들려 現金 貸付 1萬 원 受領코 消化劑 等 物件 몇 가지 사 갖고 歸家. 건너房 壁紙도 1칸分 사온 것. ⓒ

〈1975년 6월 22일 일요일 晴〉(5. 13.)
이른 食 前에 黃芪밭 손질. 學校의 아침放送은 지금도 繼續.
江西 友信會 會合 있어 入淸. 어제 캔 감자 2말 程度 청주 아이들에게 갖다주고.
井母 入淸 예정은 家庭上 포기한 것. 보리 널어 말리는 데 勞力.
友信會는 江外面 앞 냇가(美湖川 下流)에서 했고.
歸淸하니 增若校 在任中인 貳男 魯絃이 왔고. 杏과 運은 제 오빠 본다고 增若校로 午前에 갔는데.
三男 魯明이 內外도 어제 청주에 왔다가 볼일 보고 今日 낮에 갔다는 것. 日暮頃에 집에 到着.
井母는 나머지 황기밭도 매어 치웠다고. 오늘은 '夏至'. ⓒ

〈1975년 6월 23일 월요일 曇, 가랑비〉(5. 14.)
洞里마다 보리 脫穀에 한창. 흐린 날씨에 가랑비 내려 보리일엔 큰 支障. 沓作엔 말르는 논 있고 田作에도 가뭄 들어 한편은 비를 기다리는 실정이기도.
退廳 後 황기밭에 비료(尿素) 주었고. ◎

〈1975년 6월 24일 화요일 가랑비〉(5. 15.)
거이 終日토록 가랑비(안개비?) 내렸던 것.
面內 機關長間 國家安保 協議會 있어 烏山行.
面長 外 各 機關마다 協議 案內 揭示.
三角電業會社 金社長으로부터 기관장 一同 衷心 厚待받았기도.
이른 食 前에 客室 장판 '푸대紙'로 매끈히 발랐고. 父親은 풀칠.
入淸하여 杏이 잠간 만나고. 東邦生命保險會社 忠北支社 들려 失效된 三件, 부활 節次 알아보기도.
夜間(21시~22시 半)엔 金溪里 새마을會館에 나가 一, 二, 三班(번말, 아그배, 안말) 住民 모아 놓고 時局講演과 農家所得增大 等 當面 問題에 對하여 强調했고……. 班常會 한 것. ◎

〈1975년 6월 25일 수요일 曇〉(5. 16.)
6.25事變 第25周年. 때는 30代 젊은 時節인데 이젠 中늙은이.
이른 食 前에 황기밭 손질. 오동나무도.
10時쯤에 6.25行事.
運動場 周圍 樹木에 벌레(망충이) 二化[13]된 幼蟲잡기 爲해 장대로 책상을 돋움하여 털다가 너머져 오른 손목 저찔르고. 궁둥이도 甚히 아픈 것. 뒤로 자빠졌으나 뒤통수가 안닸기를 天多幸.
몸 아프나 夕飯 後 曲水部落 가서 班常會에 臨席하여 助言 啓導했고. 밤 11時頃에 歸家.
客室 修理 오늘로 完了. 어제 午後엔 콩댐.[14] 오늘은 리스 칠한 것. ◎

〈1975년 6월 26일 목요일 曇〉(5. 17.)
今夜에도 部落에 나가 時局講演 等 班常會에 助言 協調코져 金城部落 갔었으나 住民들 고단하고 밤 極히 짧은 時節이라서 몇 사람 모이지 않아 簡單히 끝내고 歸家하니 밤 11時쯤 되었고.
어제 다친 손목 큰 差度는 없으나 더하지는 않아 그대로 풀릴 듯.
우리집 現在 모양 입구字 □形. - 北은 本채, 西는 광과 외양간, 南은 헛간인 채양, 東은 大門채…… 正南向 집. 子坐午向[15].
大門채 새 建物 새방에서 居處하시던 父母님은 사랑방 修理 完成되어 今日부터 다시 사랑房에서 居處하시고. 건너 새房도 장판가 반자하면 完成되는 것.
6日(顯忠日)부터 謹酒하여 21日째. 公私間 일 推進 잘 되고 食事 充分히 하는 中이어서 圓滿生活 中이고. 但 母親께서 每日 過飮하시는 中. 별 말씀은 없으나 완만하지는 못한 雰圍氣. 井母는 夏節期에 접어들자 밭일 勞力 많이 하는 편. 父親은 氣力 强健하신 편이나 前年보다 헐신 弱해지셨고 편찮으신 度數가 잦으신 現實이어서 걱정. ◎

---

13) 이화(二化): 곤충 따위가 일년에 두번 알을 까는 일.

14) 불린 콩을 갈아서 들기름 따위에 섞어 장판에 바르는 일. 장판이 오래가고 윤과 빛이 나도록 하기 위한 것이다.
15) 자좌오방(子坐午向): 자방을 등지고 오방(午方)을 향함. 정남향을 가리키는 말.

〈1975년 6월 27일 금요일 曇, 소나기, 曇〉(5. 18.)
아침 食 前결에 잠간과 点心時間 利用하여 건너 새방(大門채)의 도배(壁紙)와 장판 完了하여 밖갓채 工事도 大體로 끝난 셈.
井母 모처럼 入清에 봇짐(보리쌀 2말 및 채소) 自轉車로 烏尾까지 실어다 주고.
同窓 吳漢錫 親友 옥산서 만나 歡談했기도. 쏘나기로 因하여 歸家時間 늦어 집엔 日暮 卽後쯤 到着한 것. ○

〈1975년 6월 28일 토요일 曇, 晴〉(5. 19.)
放課 後에 職員 數人의 援助(助力)받아 便所行 通路 半쯤 세멘 콩크리트 工事했고.
日暮頃에 집둘레 雜草 많이 깎기도.
어제 淸州 간 井母 온다기에 솔목이까지 마중 갔었고.
井母 늦게 왔다고 父親께서 不美스런 甚한 말씀하셨기도. 井母는 몹시 不快 不安感으로 數時間 동안 內心으로 고민하며 홰내었던 것. 外表된 家庭 不和는 없었지만 不圓滿함에 고민되는 것. ©

〈1975년 6월 29일 일요일 曇〉(5. 20.)
人夫 2名 얻어서 父親은 두무샘 밭 김매고, 午前 中에 황기밭 손질하고선 텃밭의 가지와 수세미에 人糞 주었고.
点心 後 小魯里 가서 任鴻彬 親喪 當했음에 人事했고. 少魯서 直接 入淸하여 아이들 잠간 만나고선 쓰본 하나(1,500,-) 사고 '로오렉스' 時計 分解 掃除하고 청주用 마늘 1접 사주고 歸家하니 下午 9시 半頃 됐고, 自轉車로 純全이 집에서 淸州까지 往來한 것. 모처럼 자전거로 長距離 往來한 것.

今日도 家族間 溫和하지 못했던 모양. 누구나 理解 못하는 탓. ◎

〈1975년 6월 30일 월요일 曇, 晴, 曇〉(5. 21.)
去 土曜日에 하다 남은 學校 변소行 세멘 通路 工事 오늘도 몇 職員과 함께 勞力했고.
家庭은 老父母께서 井母에게 攻勢 있어 井母는 落淚하며 來校. 어찌 됐던 不和, 不美之事. 노망이란 말도 있지만 子息으로서, 또는 男便으로서 立場 極히 難하며 進退兩難. 日字 經過되는 대로 풀려 溫和되기를 바랄 뿐.
朝食 前에 두무샘 밭둑 10餘 m 깎고.
江外面 桑亭 妹 다녀가고. 父母님 드릴려고 狗肉 갖고 온 것. 孝心과 誠意에 深謝. 友愛도 있고 삽삽하고 약빠른 사람이기도. ◎

〈1975년 7월 1일 화요일 曇, 晴〉(5. 22.)
教育長旗 쟁탈 陸上경기 大會 淸州公設운동장에서 있어 全基賢 교사와 함께 兒童 數名 引率하여 갔던 것. 體力, 能力 不足으로 豫選에서 모두 脫落. 年中 꾸준한 指導 鍛錬이래야 하는 것.
文德校 尹校長과 함께 數處에서 濁酒一盃씩 나누고. 고단하여 쉬었다가 歸家하니 밤 11時쯤 되었고. ○

〈1975년 7월 2일 수요일 曇, 晴〉(5. 23.)
井母는 어제 오미 가서 들기름 짜 왔다고. 기름 約 4L 된다나.
每日 새벽 2, 3時면 잠 깨어 新聞 읽고 雜務 보는 것 例事로 되어 있어 今日 새벽도 3時에 起床하여 井母 고민하는 것 들으면서 몇 가지 일 보았고.

今日도 放課 後에 數人 職員과 함께 세멘 콩크리 工事했고. 豫定工事 完成된 턱(便所行 通路).
저물게 楊鍾漢 校長 來訪하여 貳女 魯姬 婚談한 것. 日 間 通知하기로 하고 作別. ⓒ

〈1975년 7월 3일 목요일 曇〉(5. 24.)
忠北道內 벽지校 어린이 綜合 技能 道大會 있어 入淸~開會式과 獨唱은 敎委 講堂에서. 陸上은 工高, 學力과 씨름은 舟城國校, 卓球는 學生탁구場에서. 本校에선 높이뛰기, 넓이뛰기, 독창, 學力고사에 參戰. 成績 보통. 특수 發揮者 없고.
佳佐 卞 校長, 용홍 金 校長한테 待接받기도.
母親은 江外面 桑亭 가시고~明日이 밖 査丈 一周忌. 香奠料[16] 장만하여 드렸고. 父親께선 明日 가신다고. ⓒ

〈1975년 7월 4일 금요일 晴〉(5. 25.)
校長會議에 參席. 場所는 玉山國民學校, 10時부터 15時까지. 育成會 再組織의 件을 비롯해 10餘 案件과 指示事項 많았고. 金溪校의 環境(조각) 等을 들어 紹介 찬사도 있었고.
會議 마치고 江外面 桑亭里 妹 家 宅에 가서 査丈 一周忌에 弔問했기도. 父親, 從兄, 再從兄도 오셨던 것. 自전거로 往來. ○

〈1975년 7월 5일 토요일 曇, 가랑비〉(5. 26.)
今日 午後부터 비 온다는 觀象臺 발표. 비 기다리는 중이고. 日暮 後부터 가랑비 내리기 시작.
兩親께선 장자꼴서 振榮 있는 곳에 가신다고 하였는데?……. ○

〈1975년 7월 6일 일요일 雨〉(5. 27.)
農家에서 몹시 기다리던 비 이른 새벽부터 부슬비로 내리고. 거이 終日토록 온 셈.
午前 中은 井母와 함께 건너방(大門채 房) 天井에 新聞紙 바르고.
부식物(호박, 고추, 배추) 若干 갖고 入淸. 姬 만나 李 氏 家(全義) 婚談했고. 과히 생각치 않는 편이어서 걱정되고.
노임은 서울 滯留 中이고, 運과 弼은 만나고, 杏은 圖書관에 갔다는 것. 日暮頃(雨中)에 歸家. ⓒ

〈1975년 7월 7일 월요일 曇, 晴〉(5. 28.)
어젯날까지 내린 비 우리 地方에는 알맞고. 南部 地方 特히 全羅道는 큰 장마로 財産과 人命 被害까지 있었다고.
今日도 職員 몇 사람과 함께 시멘트 工事하여 一部는 完結.
出他하셨던 老兩親 오시고. 沃川郡 靑城校 振榮한테까지 다녀오셨다고. 振榮으로부터 大門채의 大門經費에 보태라고 5,000원 보내왔으나 父親께 드릴 豫定. ◎

〈1975년 7월 8일 화요일 晴〉(5. 29.)
公務員 健康診斷 있어 入淸. 一班 擔任교사 6名과 함께. 忠北道醫療院에서 受檢. 健康狀況 大體로 正常이나 血壓이 높은 편(100-170)이며 心臟고동에 雜音이 있는 듯하다는 것. 前般 診斷時보다는 若干 낳은 편이나 옳은 診斷으로 信任되고.

16) 조의금, 부의금을 일컫는다.

敎育廳에 잠간 들려 管理課 鄭 課長과 學校일 打合했고.
서울 滯留中이던 3女 魯妊이 어제 왔다는 것. 서울 모두 無故하나 子婦(英信母)가 神經症으로 속이 아파 服藥 中이라고.
魯妊의 婚談 있던 仁川 있는 愼 氏 家로 두터워지는 듯~永登浦 사돈이 중매하는 중. 本人 노임만 應한다면 定할 생각 있고. 2女 魯姬도 數處에서 말 중이나 姬 自身이 아직 應答 없어 걱정되고. ⓒ

〈1975년 7월 9일 수요일 曇〉(6. 1.)
二班 擔任職員들 健康診斷 受檢次 入淸. 殘留된 半數員들이 全校生 擔當 어제와 같이 했고.
井母는 今日이 막동이 魯弼의 生日이라고 떡 좀 빚어갖고 入淸.
朴相雲 親知의 親喪에 人事次 梧倉面 盛才 다녀오기도.
部落(金溪里 全體) 總會 있어 마을會館에 가서 參席~新舊 里長 離就任 人事 있고(新 兪진우, 舊 郭漢虹). 金溪里서 他姓 里長 나오긴 有史 처음일 것. 兪君은 새마을指導者였고, 郭氏의 外孫. 面 所在地에서 面長, 支署長, 農村指導所長, 農協組合長도 왔고. 會議 終末 무렵에 努力과 團結하자고 力說했기도. ⓒ

〈1975년 7월 10일 목요일 曇, 雨〉(6. 2.)
아침결에 數時間 흐리더니 비 내리기 시작. 장마전선 來襲이란 中央관상대 發表도 있었긴 했지만.
去月 25日 作業 中 갑자기 너머진 影響을 받은 탓인지 左側 옆구리 및 갈비쪽이 몹시 아프고 뻐근하여 運身에 困難함을 느끼게 되더니 夕食 後 점점 甚해져 따급고 쓰라린 양 甚한 痛症을 느껴 4, 5時間 辛苦. 밤 12時 지나서야 甚한 痛症은 若干 가라앉았으나 무겁고 뻐근한 것은 如前. 생각에 肋膜炎인 듯? 생각 들기도. 明日 入淸 診察해 볼 생각 뿐.
어제 淸州 갔던 井母 비 맞으며 下午 5時 半頃 歸家했고. ⓒ

〈1975년 7월 11일 금요일 曇〉(6. 3.)
午前 中 學校行事 後 入淸하여 再生醫院에 들려 李再杓 先生한테 엊저녁에 痛症 겪은 이야기하고 診察 받았으나 推測했던 肋膜炎 기미는 없다며 肝 關係일지 모르니 過飮하지 말라는 말씀이었고.
청주 아이들한테 들렸더니 妊과 杏은 도배 반자하느라고 땀 흘려 애쓰며 作業 中이었고.
잔일 몇 가지 보고서 歸路에 玉山서 崔심철 親友 만나 歡談 나누기도. 집엔 9時 헐신 지나서 到着. ⓒ

〈1975년 7월 12일 토요일 曇, 晴〉(6. 4.)
左側 胸腹部 一部 아픈 症勢 아직 完全 가라앉지 않고.
第6學年의 道德授業 今日도 計劃대로 進行 잘된 셈.
退廳 後 約 2時間 동안 人糞풀이~고구마 밭, 들깨 모, 가을 菜蔬播種 豫定地 等에 쩐졌고. ◎

〈1975년 7월 13일 일요일 曇〉(6. 5.)
日曜日답게 家事에 努力했고~午前 中 井母와 함께. 두무샘 밭 손질(콩밭 풀뽑기, 오동나무 잎치기, 노린재 벌레잡기 등)하고. 日暮頃엔 도라지밭 풀 뽑고. 고구마 밭에 어제 인분 준 것 덮기도.
낮엔 墻東 가서 夏穀收買 狀況 보기도. 429가마 出荷됐다는 것. 장동 父兄 數名한테 待接받고 答接도 한 것. ○

〈1975년 7월 15일 화요일 晴〉(6. 7.)
學校 育成會 任員會 開催하여 새 指針대로 改編하는 데도 순탄치 못하기에 한마디 했기도. ×

〈1975년 7월 17일 목요일 晴〉(6. 9.)
제27回 제헌절. 國旗揭揚.
井母와 함께 上京. 큰 애들 집(청담동)에서 3女 魯妊과 婚談 있는 愼 氏 郎子 面會했기도. 사람은 진실해 보이나 얼굴이 若干 얽었음이 험. 피차 연분이면 成立되는 것. ※

〈1975년 7월 20일 일요일 晴〉(6. 12.)
日曜日인데 崔 교육장 來校. 새로 赴任한 鄭 管理課長 帶同코. 學校 造像 事業 및 一般 環境 둘러보고 간 것. 마침 만날 수 있었기에 對話엔 잘 된 것. ×

〈1975년 7월 22일 화요일 晴〉(6. 14.)
金溪里에서 石油 나는 곳(油田) 있다고 各種 新聞에 파다했다나. 지난 20日에 崔 교육장도 其 관련으로 確認次 왔던 것. 實은 新溪洞 우리집 건너 漢奉 집 마당에서 石油 냄새 나는 곳 있기는 하나 신빙성 없다는 說 洞里에선 자자한 것~옛(4, 50年 前)에 石油發動機 놓고 精米했던 자리라고. 또는 前 居住者가 石油통을 땅 파고 부었던 짓이 있었는지도 모른다는 것.
두 병에 石油含有水를 넣고 그 자리 흙을 한 덩이 파서 入淸하여 교육청에 가 崔 교육장에게 뵈이기도. 實上 油田이라면 大端할 것.
집자리 主人에겐 더 크고 넓게 파보도록 付託했기도. ※

〈1975년 7월 24일 목요일 曇, 雨〉(6. 16.)
第一學期 終業式 擧行~夏季 放學式…… 운동장에서.
職員 夫人들까지 招請하여 殺狗會[17]한 것. ※

〈1975년 7월 26일 토요일 晴, 曇〉(6. 18.)
近日 過飮으로 몸 極히 衰弱해져 食慾까지 감퇴되었고.
從兄, 再從兄과 함께 淸州行하는데 집에서 玉山까지의 步行에 가까스로 간 것.
南一校 김태호 敎師 妹婚에 人事次 入淸한 것이나 形便上 井母가 參席 인사했고.
母親께선 江外面 桑亭里 다녀오셨다고~出嫁한 姪女 魯先의 身上 故障으로 기별 있어 다녀오신 것. ×

〈1975년 7월 28일 월요일 曇, 雨〉(6. 20.)
새벽에 家親의 呼出 받고 客室에 나가 訓戒 받은 것~學校長으로서의 過飮하는 것 不當하며 學校 經營에 輿論 沸騰하니 特段의 燥心할 것을 骨子로 한 몇 가지를 말씀하신 것……. 至當한 訓戒임을 自認. 55歲의 子息인데 아껴주시는 걱정으로 생각할 땐 幸福하다고도 마음먹을 수 있는 일. 近者의 過飮을 反省 아니할

17) 살구회(殺狗會): 개를 잡아 고기를 회식하는 행사.

수 없는 것 甘受. 然이나 家庭 內 事情이 不正常인 것 內幕 있어 이것만이 앞으로도 큰 탈. 媤母는 子婦를 사랑하고 아껴야 하며, 子婦되는 者는 媤母를 극진히 섬겨야 하는데……. 우리 家庭의 形便 미묘하여 進退兩難인 中. 하여간 나만은 여러모로 謹愼할 餘地 있는 것.
學校는 今日부터 職員 共同硏修.
나의 處地 父親께 進言 上告하며 앞으로의 謹愼함을 말씀 드리기도. ◎

〈1975년 7월 29일 화요일 晴〉(6. 21.)
早朝에 步行으로 玉山까지. 어젯날의 비로 냇물 많아 하누재로 돌아간 것.
梧倉行~郡內 綜合 藝能發表大會 있어 本校에서도 3個種目에 兒童 4名 出場했고. 張 女敎師와 함께 간 것.
獨唱에 2學年 女 강진숙 꼬마는 豫選에 通過. 本選에서도 人氣 담뿍 받았던 것. 發表는 數日後에 한다고.
梧倉國校의 內外 環境 構成엔 감탄 아니할 수 없었던 것.
魯杏은 서울 제 오빠네 집 가고 魯弼은 집(金溪 本家)에 간 것. 妊은 아직 서울 滯留中이고.
藝能大會에 參席한 어린이 4名 덴고 歸校.
27日까지 연일 過飮했던 탓으로 온몸 극히 쇠약해져서 筆記하는 데도 손 떨려 쓰는 데 애먹은 것. 술의 反省할 餘地 많은 것.
비 끝의 무더위(32°)라서인지 낮 동안 땀 주체 못했고. ◎

〈1975년 7월 31일 목요일 曇, 가끔비〉(6. 23.)
形便上 오랜만에 玉山서 理髮했고.
入淸하여 魯妊, 魯杏의 住民登錄 手續에 거이 畢한 편~玉山 金溪서 淸州 實居所로 轉入하는 것.
道立醫療院에 들려 負傷으로 入院 中인 朴貞圭 問病. ◎

〈1975년 8월 1일 금요일 晴, 쏘나기〉(6. 24.)
이제 食慾 30日부터 돌아서 食事 잘 하고.
무더위 繼續으로 運身 때마다 땀 바가지. 學校 조회臺 移送作業에 애 많이 먹었고.
淸州서 5女 魯運이 오고. 31日에 淸州 왔던 惠信(魯明 女息) 母女는 오늘 갔다고……. 혜신이 感氣?로 청주 小兒科에 왔던 것. ◎

〈1975년 8월 2일 토요일 晴, 쏘나기〉(6.25.)
學校 共同硏修 오늘로 一段落. 어제하다 남은 朝會臺 移轉 作業 땀 흘리며 제자리에 옮겨졌고. 地方 鄕軍 數名 도움 받아 容易.
井母의 勞力으로 옥수수 多量 生產에 삶건 먹고 乾糖[18] 保管量도 相當量.
논에 잎말음病 생겨 父親께선 消毒하시고.
몸 가벼워져 公私 間의 일 推進 잘 되는 셈. ◎

〈1975년 8월 3일 일요일 晴〉(6. 26.)
學校의 아침 放送은 繼續 實施 中. 첫 째로 日氣豫報含.
새벽 1時에 起床하여 諸帳簿 記錄하기에 밤새운 셈.
아직 作業 經驗中 두엄되기(堆肥 積返)를 하여 본 적 없는 일을 果敢히 着手하였던 것. 老親 氣力을 생각하여 自力으로 해치우려는 心事인 것. 然이나 父親께서 보시고 기어히 合力

18) 말린 앵두

하시는 것. 父子間 無限히 땀 흘리며 勞力하여 꼭 2時間 걸려 마친 것(8시30分~10시30分). '하면 된다'는 信念.

10餘日 前에 父親께서 사 온 돼지새끼(5,700,-) 當日부터 먹지 않더니 공드린 보람 없이 죽었고. 아깝기에 內臟은 버리고 살찜은 발라 먹으려고 着手하였다가 큰 애 먹은 것. 多幸히 從兄께서 協助하기에 이루어진 것.

父親, 母親 오미장 다녀오시고. 井母도 들기름 짜려 다녀오고. 魯弼이도 따라갔다 온 것. 무더위~34°. ⓒ

〈1975년 8월 4일 월요일 晴〉(6. 27.)

校長會議 있어 早朝에 步行으로 玉山까지. 案件은 公務員 不條理 除去를 비롯한 數件 있으나 가든하여 모처럼 午前 中에 끝냈고.

3女 魯姙이 서울서 淸州로 와 있고. 그젖게 왔다고. 婚談 있어오던 仁川 居住 愼 氏에 마음 두기로 父女間 合意.

洞事務所에 들려 아이들 住民登錄 轉入 일 보고 日暮頃에 歸家. 氣溫은 오늘도 33°로 극히 무더웠고. ◎

〈1975년 8월 5일 화요일 曇〉(6. 28.)

李 校監 登校하여 造像 作業하는 데 같이 거들었고. 像 앞에서 記念 寫眞도 撮影. 郭文, 郭丁, 申 교사, 佑榮 君도.

많았던 옥수수 今日로 거이 없어진 셈.

運動은 그리 하지 않으나 比較的 强健한 편인 5男 막동이 魯弼이 감기인지 就寢頃부터 體溫 높은 듯.

1週日餘 謹酒 아직 繼續 中. 食慾 있어 過食하는 편.

潤身. 俊榮 兄 宅 招致에 기어이 1盃씩 했고. ⓒ

〈1975년 8월 6일 수요일 雨, 曇〉(6. 29.)

日出 前 새벽에 約 30分 間 暴雨. 午前 十一時까지 繼續 비 나우 내렸고.

아침결 入淸에 衣服 함씬 젖은 것. 교육廳 들려 俸給 明細書 提出과 檢討~防衛稅 처음으로 賦課되기에. 校長團 射擊訓練 任務 마치기도.

淸州市廳 들려 財務課 蔡球秉(評價係長) 主事 찾아 市營아파-트 入住 節次 알아보기도...... 貰房 同等 形式이기에 포기했고.

홍업금고에 가서 아수운데 쓰려고 2萬 원 貸付.

姪女(魯先) 사는 形便 알려고 賢都우체局 가보았고. 住宅이 마련없는 편이며 月前에 또 한번 事前 死胎로 곡경치룬 일 있어 健康狀態 문의했기도. 外模론 괜찮아 보이고. 服藥 中. 歸途에 尺山里 들려 當 査頓 만나보기도.

數日 前에 서울 갔던 杏이도 淸州 와 있고. 청주엔 姬, 姙, 杏 세 사람 있는 것.

下午 6時 半 버스로 청주 出發. 玉山부터는 步行으로.

賢都 다녀온 狀況 老兩親께 말씀 드렸고.

今夜도 10時 半頃에 學校 巡視. ◎

〈1975년 8월 7일 목요일 晴〉(7. 1.)

앞 담장(채양) 밑의 除草作業 및 두무샘밭의 梧桐나무 잎 따는 데 무더위에 땀 많이 흘리기도.

日暮頃엔 學校의 물고랑 메우기 作業에 勞力들 했고~佑榮, 申교사, 郭文교사와 함께. 李

校監은 先進地 視察次 영남지방으로 旅行中. 어둘 무렵에 淸州서 姃과 杏이 오고 청주엔 姬뿐. ◎

〈1975년 8월 8일 금요일 晴〉(7. 2.)[19]
오늘이 立秋……. 그래서인지 선들바람 終日 불었고.
午前 中은 數人 職員들과 함께 朝會臺 工事 作業했고.
沃川郡 增若學校에 가서 貳男 魯絃이 만나 부탁 두 가지 한 것. 結婚의 促求. 12日에 집에 올 일.
增若校 金희용 校長한테 厚待받기도. 學校 室外 環境 案內 받기도. 金 校長의 長久性과 積極性의 學校 經營엔 배울 바 많았기도. 12日에 올 것을 振榮한테까지 連絡하라고 일으고서 日暮경에 淸州 向發.
청주서 姬와 함께 夕食하고선 留. ⓒ

〈1975년 8월 9일 토요일 晴〉(7. 3.)
歸家 中 玉山서 親友 몇 사람 만나 歡談하기도.
玉山서 도배紙(內室用), 가을채소 씨앗, 농약(헵타) 等 사 갖고 온 것.
學校 조회대 工事 많이 진척됐고. ○

〈1975년 8월 10일 일요일 晴〉(7. 4.)
內室 아래 웃방 새 종이로 도배하는 데 姃이 勞力컸던 것. 杏, 運, 弼도 助力했고.
學校선 21회, 23회 同窓會 있어 參與……. 同窓會의 目的으로서 ① 情든 옛 親友 만나본다. ② 母校와 恩師님에 人事한다. ③ 새마을 精神으로 維新課業 수행을 다 같이 다짐한다를 强調했고 注意事項과 學校 現況을 말했던 것. 끝까지 無事했음을 多幸히 생각.
가을 채소 갈을 곳 從兄이 소로 갈았고. ○

〈1975년 8월 11일 월요일 晴〉(7. 5.)
日出 前에 父親과 가을채소 씨앗 드렸고. 청무우, 호배추, 京城배추, 宮重大根~텃밭 3골.
朝食 漢弘 氏 生辰이라고 待接받고.
姃은 入淸~今日中 上京해야 서울 家族들 明日에 집에 올 수 있대서. ○

〈1975년 8월 12일 화요일 晴〉(7, 6.)
중 강아지 2마리 중 한 마리 잡은 것~明日이 七夕일 뿐 아니라 補身湯의 뜻으로 奉親과 온 家族 會食코저.
學校 실습地에 호배추 若干 갈은 것.
서울서 큰 애 內外, 孫子(英信, 昌信)들 왔고. ○

〈1975년 8월 13일 수요일 晴〉(7. 7.)
새벽 1時쯤에 故 伯父님 忌祭 지낸 것. 서울 둘째 四寸 弼榮이도 參席.
어제 마련한 狗肉으로 肉湯 끓여 온 가족, 집안 食口들 맛있게 會食한 것. 午後에 振榮 內外, 魯明 內外도 온 것.
地方 行事론 백중인 듯.
서울서 온 孫子들 데리고 앞 시냇물에 가서 뛰어 놀며 沐浴. 마침 물 分量 적당했고 맑았고. ※

19) 일기장 윗부분에 "進(진)－拶(척)…… 나갈 척"이라 적혀있음.

〈1975년 8월 14일 목요일 晴〉(7. 8.)
家庭에선 明日用 飮食 만들기에 안식구들 땀 흘렸을 것. 貳男(絃)이도, 桑亭 妹 內外, 甥姪들 왔고. 온 집안 벅신한 셈. 學校에선 '새마을 교실' 開講한 것. ×

〈1975년 8월 15일 금요일 晴〉(7. 9.)
새벽에 起床. 안식구들 첫 새벽부터 반찬, 안주 等 마련하기에 분주. 內者(井母)는 거이 徹夜 程度로 勞力. 家親 生辰.
朝食에 金溪里 안팎 約 100名 程度 會食 待接한 듯.
光復節 30周年 慶祝日도 되고. 學校선 慶祝式 擧行.
거이 終日토록 來客 접대에 內者 및 子息들 애썼을 것.
서울 아이들, 絃, 상정 妹, 어제 왔던 姪女 先이 出發. 출발 땐 雰圍氣 그리 좋지 않았던 것. 特히 큰 애가 허례허비의 意를 표시한 듯.
난들 모르는 배 아니나 極老兩親의 處地 생각할 땐 不得已한 것. 然이나 昨今 過飮된 것과 음식 마련에 細深 心慮 不足된 것 또는 안食口들, 子息들 過勞되는 것은 항시 反省 아니할 수 없는 것. 母親 今次도 某種의 氣發하셨고. 大過 없었음이 天幸. 몸 많이 고단함을 또 느끼고. ※

〈1975년 8월 16일 토요일 晴〉(7. 10.)
어제의 일 大過는 없었으나 어딘가 상쾌치는 않은 氣分 약간. 몸도 고단하고 從兄이 付託事도 있어 玉山面사무소 잠간 들려 入淸. 청주 아이들 房에서 쉬기 시작.
日暮頃에 魯明 內外 來淸. 청주서 함께 留. 집에선 振榮 內外도 갔다는 것. ©

〈1975년 8월 17일 일요일 晴〉(7. 11.)
어제부터 또 몸 極度로 被困. 누어 있기만. 어데 아픈 데는 없고, 空想만, 무더위에 不快指數와 땀 흘려 몸은 함씬 젖졌고. 明 內外와 姬, 杏 誠心껏 몸 補身用 음식, 과일, 藥 等 마련하여 隋時 제공. 食慾 전혀 없어 밥은 못 먹고.
明 內外는 갓난이 惠信 없고 点心 때 出發~나의 健康 부탁하며 任地로.
日暮頃에 意外로 사위 趙泰彙 왔고. 滿醉되어 精神 없었고. 稧事 있어 왔든 듯. 제 親舊 몇 뉘어놓고 가는 것. ◎

〈1975년 8월 18일 월요일 晴, 曇〉(7. 12.)
姬와 杏이가 誠意껏 아침밥 끓여주나 不過 두어 숫가락. 繼續 눕기 始作. 姬가 마련한 "선풍기"로 몸 식혀주나 진땀은 如前.
사위 趙君은 日出 前에 精神차려 갔고……. 受講 中이라나.
점심 때쯤 歸家 豫定인데 井母 왔고~궁금해서 온 것. 飮食은 조금 잎맛 붙는 듯하여 冷緬 한 그릇 사 먹었고. 運이도 來淸.
음력 14日用 반찬거리 사 갖고 內外 저물게 집에 到着. 父親은 慰勞의 意로 對하시고. 母親은 默〃. ◎

〈1975년 8월 19일 화요일 曇, 소나기 2回〉(7. 13.)
막내 '魯弼'이 放學內 집에 있다가 21日 開學으로 入淸하는데 책 봇짐, 綠飼料 자루 있어 自轉車로 玉山까지 실어다주고 淸州까지 간 것.
明日用(肉類 若干, 두부, 명태, 가지 等) 몇 가

지 사서 막 뻐스 밤 10時 10分에 청주 出發. 비 맞으며 淸州서부터 집까지엔 온몸 함씬 젖었고. 밤 12時 半쯤에 着家. 老親께 牛肝 썰어드렸고.
誠意 있게도 弟(振榮)과 妹(桑亭) 집에 왔고. ◎

〈1975년 8월 20일 수요일 雨, 曇, 晴〉(7. 14.)
새벽 3時頃에 內外 일어나 飯饌 만들기에 비 맞으며 바쁘게 일 본 것. 부즈런한 桑亭 妹 勞力은 勿論. 母親 生辰.
집안 食口 全員 및 안老人 몇 분과 이웃婦人 數名 초대하여 20餘 名이 會食. 今朝는 조용히 잘 지낸 것.
장잣골 妹는 朝食 後 곧 갔고 振榮은 点心 먹고 간 것.
午後 5時頃에 德水 가는데 땀 無限이 흘렸고~ 鄭憲泰 親喪 있었대서 人事.
3, 4日 前부터 暴炎 極甚하여 거이 終日토록 34.5度.
모일(水落) 고속停留場에서 추럭 편승하여 玉山까지. 振榮이가 짐 싣고 갔던 自轉車 찾아 歸家하니 下午 8時 半쯤.
어제부터 食事는 正常. 술은 또 삼가는 中이고. ◎

〈1975년 8월 21일 목요일 晴〉(7. 15.)
第2學期로 開學. 事實上은 9月 1日부터이나 燃料節約 方針으로 10日쯤 앞당긴 것. 冬休는 10日쯤 放學日字 늘기로.
數日 前부터 生活正常化되어 職員, 兒童한테 眞心으로 生活 잘 하자고 指示.
点心 시간에 오미 살던 곽노순(龍山高) 弟喪 있어 金溪里 안골 가서 人事했고.
李仁魯 교감은 어서 서둘어야 할 造像 作業 今日부터 本格的으로 再着手했고. 傳達夫 佑榮君이 전적 뒷바라지 하고.
退廳時間 무렵에 全職員 데리고 新造 朝會臺 作業 約一時間 했고.
實習地에 파종했던 호배추씨 잘 안나서 再播種.
夜間 學校 巡視는 如前 實行中. 밤 10時~11時쯤. ◎

〈1975년 8월 22일 금요일 晴〉(7. 16.)
새벽 1時 半부터 쓰기 着手한 2種 帳簿 完全 整理하는 데 꼭 三時間 걸려서 4時 半에 끝냈고.
公務員 健康 二次檢診케 되어 入淸~道立醫療院에 가서 特殊 高血壓者 細密檢査였고. 今次의 二次檢診엔 結核者의 X레이와 高血壓者 二種이었고. 本校에선 3人이 該當.
敎育廳 들려 鄭 課長과 事務打合. 노행의 學資金 手續 一部. 忠北大學 가서도 杏의 後期 登錄節次 알아보기도.
청주 아이들과 夕食 함께 하고 저녁 8時 半 버스로 歸家한 것. ◎

〈1975년 8월 23일 토요일 晴〉(7. 17.)
날씨는 完然히 달라져 朝夕으로 선들바람 불어 가을 氣分.
朝會臺 作業으로 6學年 兒童들과 함께 시냇가에 手車 갖고 자갈 주워 運搬에 協力. 監督.
兩親께선 오미장 가셔서 돼지새끼 또 사오신 것. 前月달에 購入했던 것은 15日 만에 失敗했고.

日暮 後에 意外로 서울 큰 애(井) 왔고…… 애비 먹을 漢製 補藥 갖고 온 듯.
밤엔 新溪 안말 행여집 建立에 關한 協議會 있어 參席. ⓒ

〈1975년 8월 25일 월요일 晴〉(7. 19.)
玉山 거쳐 入淸할 豫定을 2, 3日 후 있을 行事로 미룬 것. ×

〈1975년 8월 26일 화요일 晴〉(7. 20.)
面內 機關長會議를 主管케 될 擔當 차례여서 經理係 郭文吉 교사 帶同하여 玉山行.
면 회의실에서 協議會 마치고 高速휴게소 食堂에서 晝食 접대. 經費 나우 났을 것.
회의 後 入淸하여 청주 아이들과 同宿. ※

〈1975년 8월 27일 수요일 晴〉(7. 21.)
청주서 첫 버스(通勤버스)로 登校하여 모레 있을 監査對象 帳簿 몇 가지 보았고. ※

〈1975년 8월 29일 금요일 晴〉(7. 23.)
郡교육청 職員(申 氏, 鄭 氏) 2名 監査次 來校. 李 校監, 서무 郭丁 교사, 經理 新舊(郭文, 申) 교사, 吳 교무 受監 對應에 努力 많이 했고.
点心 끝난 午後에 魯杏 登錄關係로 入淸. 청주서 留. ※

〈1975년 8월 30일 토요일 曇, 밤 1時 비〉(7. 24.)
몸 또 고단하나 魯杏 등록 今日까진 畢해야겠어서 用務順序 定하고 8時 차로 玉山 나가서 面에 들려 杏의 '호적초본' 떼고, 곧 청주 와서 교육청에 들러서 學資貸付 수속하고선 郡 農協에 急步로 가서 現金 6萬 원 受領했고. 마침 係員이 四男 魯松의 親友(김학현)君이어서 한결 速하고 順調로웠던 것. 고마웠기도.
忠北大學 本部로 急히 달려가 魯杏 만나 2期分 등록 마치니 후유-개운. 土요日 時間 가까스로 대 맞춘 것.
거뜬한 氣分에서 親友들 만났을 때 一盃했기도.
洞里 행상집 짓는 데 日暮頃에 가서(전자리 안말 종산) 協助 좀 했고. ※

〈1975년 8월 31일 일요일 曇, 雨, 晴〉(7. 25.)
數日 間의 繼續 과음으로 몸 極히 被困. 몸 이길 수 없어 고민도. ×

〈1975년 9월 1일 월요일 晴〉(7. 26.)
몸 극히 고단해도 6學年 道德授業했고.
謹酒의 마음 먹고 數日 間 生活環境을 바꿔보기로 決心하고선 李 교감, 南 교사, 內者, 兩親께 告하고 日暮頃에 佳樂里 後麓 聖德寺(住持 柳在石…… 再從妹夫) 가서 부처님께 절하고 柳住持님께 부탁하여 說法도 數時間 들었던 것.
성덕사에서 2, 3日 間 滯留 豫定을 形便上 먹었던 마음 變更하여 청주 아이들 곳으로 가고파 出發. 壯鉉군이 깜깜한 山길 案內해 주기에 고마웠고.
청주 着하니 밤 10時頃 된 것. 아이들(次女 姬, 3女 妊, 4女 杏)에게 온 趣旨 말하고 就寢. ⓒ

〈1975년 9월 2일 화요일 晴, 밤 1時 소나기〉(7. 27.)
食慾없어 食事 非正常. 누어서 休息하나 단잠 안 오고.

家庭에선 兩親, 內者 근심 걱정 中일 것.
各種 飮食 먹겠금 장만하여 주기에 3녀 妊이애 많이 쓰고.
點心 요기 後는 終日토록 新聞 읽어치웠고.
日暮頃에 家庭에서 井母 온 것. 보리쌀과 부식물 等 갖고.
밤 中에서 몸 若干 가라앉은 느낌. ◎

〈1975년 9월 3일 수요일 晴〉(7. 28.)
몸 개운치는 않으나 早起하여 '용화사'를 거쳐 牛巖山 중턱까지 登山의 뜻으로 다녀오기도.
午前 中엔 若干 떨리는 손을 억지하여 日記쓰기 等 帳簿 정리하기에 땀 흘린 것.
全國 郭氏 장학회에서 送金해 온 돈 찾아 끝째 5男 魯弼의 3/4分期 校納金 내기도.
下午 3時 車로 淸州를 떠나 玉山 거칠 때 佳佐 柳濟禮 氏 만나 不得已 待接하였으나 난 집념되어 잔 입에 대지도 않았던 것. 學校 들려 無事消息 알고 職員들과 잠시 談話 後 삼발내에 가서 沐浴. 日暮頃에 本家에 와서 兩親께 人事드리고 다녀 온 經위를 報告했고. 井母는 日暮後 집에 到着.
母親 말씀 父親께 또 과격했고~醉中이신 듯.
내안 堂叔 忌故 있어 祝과 지방 썼고. 밤 12時 지나야 祭禮 올릴 것. 井母는 初저녁에 가서 부엌일 거드는 듯. ◎

〈1975년 9월 4일 목요일 晴〉(7. 29.)
엊저녁 徹夜했던 것 – 내안 堂叔 기고 들어서.
요새 날씨 또 數日 間 무더워 30度를 상회하고. 終日토록 執務 또는 作業에 땀 나우 흘렸고.
前線에 가 있는 魯松이 10月1日 '國軍의 날' 行事로 '여의도' 廣場에서 교육받는 中이라는 소식 왔고. ◎

〈1975년 9월 5일 금요일 晴〉(7. 30.)
校長의 몸 健康狀態가 좋지 못하다고 全職員 一同이 念慮하여 닭과 人蔘 若干 사 보내 온 것으로 2, 3器 老親과 잘 먹은 편이나 고마운 한편 未安하며 體面이 안된 感 많기도.
玉山面의 上面 里洞통신망 電話 開通式이 있대서 玉山 갔다가 時間이 變更되어 餘裕 있기에 入淸하여 現金 마련해서 保險料 送金했고.
妊이 잠간 만나고 玉山 오니 道 奇 장학관 來校했다는 것. 兒童(5學年) 成績(學力)考査도 實施했고. 玉山서 一同 만나 晝食 같이 했고.
집엔 下午 8時頃에 歸家했고. ⓒ

〈1975년 9월 6일 토요일 晴〉(8. 1.)
첫 새벽부터 朝食 때까지 두무샘밭에 나가 콩 뽑았고. 父親도 나오셔서 같이 하신 것.
어제의 道敎委 장학관 視察 結果의 指摘事項에 對하여 우리의 한 일을 再反省하는 機會도 갖아본 것.
井母는 上京次 入淸~午後 2時에 本家에서 出發. 청주선 노임과 함께 갈 것이고……. 明日 서울 아이들과 같이 여의도 廣場으로 魯松이 面會한다고 가는 것.
午後에도 어둘 때까지 食 前에 콩 뽑고. ◎

〈1975년 9월 7일 일요일 晴〉(8. 2.)
早起하여 食 前後로 勞力 많이 했고~두무샘밭의 콩 뽑고, 집까지 지게로 運搬. 땀 많이 흘렸고.
너머 前佐里 山에 가서 벌초(금초)했고~치총

한 곳, 아우 云榮 묘.
沐浴 後 學校 잠간 들려서 淸州 갔고~아이들 잠간 만난 後 石內科 病院 가서 俊榮兄 만나 慰勞…… 그 아주머니가 入院 中. 담석症과 極한 低血壓으로 위중한 편.
歸路에 司倉洞 들려서 人事……. 부강 校監 鄭成澤 선생 親喪에. 本家에 到着한 것은 밤 9時 반頃 되고.
井母는 豫定대로 3女 노임과 함께 어제 上京했다고. 오늘 汝矣島광장에서 軍 교육중인 魯松 面會했을 것.
俊榮兄 말씀 듣고 內者의 貴함을 더욱 느껴보기도.
不得已 오늘은 술 좀 한 잔 들은 것. 습관 안되어야 하는데. ⓒ

〈1975년 9월 8일 월요일 晴〉(8. 3.)
날씨 나우 가무는 편이어서 밭곡(콩, 깨, 고추等) 많이 타는 중. 김장도 한낮엔 까라지고.
井母 혹엿이 올가하고 夕食 後 번말 냇가까지가 기다렸으나 안 오고.
요새 食事 正常化. 도리어 過食하는 편인 것. ◎

〈1975년 9월 9일 화요일 晴〉(8. 4.)
씨앗 採取에 여러 時間 勞力했고~결명차, 황기.
父親께선 사거리 農協分所 倉庫 짓는 데 가보시고. 母親께선 數日 前에 허리를 우연히 다치시어 담 결리신데 요새 朝夕 지으시느라고 수고 많으신 中이기도. 今朝엔 불 때 드렸고.
井母 서울서 왔고~下午 5時頃인 듯. 서울 아이들 無故하며 汝矣島광장에서 敎育받는 中인 魯松이 面會도 豫定대로 했다고. 큰 애 內外, 英信, 昌信도 갔었다고.
젊은 會長인 郭一相 만나 明日 있을 任員會에 對한 이야기 했기도…… 몰理解하는 任員 한두명으로 因해 괫심한 點 있기도. 忍 또 忍을 생각하며……. ◎

〈1975년 9월 10일 수요일 晴〉(8. 5.)
今日도 어제와 같이 결명자와 황기씨 받고. 學校 育成會 任員會가 午前 11時부터 校長室에서 있었던 것~秋季體育大會에 所要되는 經費 調達에 關한 것이 主點. 然이나 幹部任員의 아니꼬운 點에는 不快感 不禁이나 忍耐. 학교 일 되도록 하느라고 忍.
日暮 後 入淸하여 아이들과 이야기하고선 同宿. ⓒ

〈1975년 9월 11일 목요일 曇, 소나기, 曇〉(8. 6.)
敎員 家族 狀況 紹介한다고 忠淸日報社에서 要請 있어 寫眞과 記事 抄 一部 姬가 마련해갔고.
約束보다 時間 늦었으나 井母 來淸. 함께 公設운동장에 가서 求景~忠北 道內 市郡對抗 少年體育大會 있어 마스께임 보려는 것. 겨우 끝번인 淸女中 껏 본 것.
北一面 酒中里에 가서 鄭龍善 校長(西原校) 回甲宴에 人事했기도. 井母는 午後에 歸家.
道敎委 奇 奬學官 만나려 上廳하였으나 競技場 갔대서 相逢 不能. 今日도 청주서 아이들과 同宿. ⓒ

〈1975년 9월 12일 금요일 晴〉(8. 7.)
첫 새벽에 起床하여 두어時間 동안 '三國志'

小說 읽고. 日出 前에 용화寺 거쳐 牛巖山 중턱까지 다녀오고.
道教委 奇 장학官 만나 事務打合.
郡교육廳 가서도 崔 교육장, 新任 成 課長, 鄭 관리課長 만나서도 事務打合.
石 內科醫院에 가서 俊榮兄 內外분에 問病. 南宮 外科에 가서도 親戚 致兆 氏 入院 加療中의 問病人事했고.
歸校, 歸家하니 無事는 하나 數日 前에 타박性으로 辛苦하시는 母親 아직 쾌치 않으시고. 漢藥을 服用 中이시고.
日暮 後 호배추 몇 포기 모종하기도. ⓒ

〈1975년 9월 13일 토요일 晴〉(8. 8.)
學校일 마치고도 황기씨앗 採取하고 집에 와선 남새밭에 물 주기도. 근대밭, 초련먹을 채소밭, 당근밭.
黃昏時에 淸州 向發. 明日의 일 計劃하고 아이들과 同宿.
두무샘 밭에서 콩 15말 收穫. 今年 成績 비교적 괜찮다는 편. ⓒ

〈1975년 9월 14일 일요일 曇, 가랑비〉(8. 9.)
早朝 起床. 江內 인타체인지서 서울行 '동양고속' 타고 9時 半頃에 서울 着. 汝矣島 廣場 가서 訓練 中인 魯松 面會. 11時에 接受係에 面會 申請했고…… 2연대 2대대 4중대 1소대.
午後 2時쯤 面會 되고. 前般엔 제 母親, 서울 제 큰 兄들 家族 一同이 갔었다는 것. 4月에 休暇 왔을 때보다 얼굴의 살 빠진 듯. 下午 4時쯤에 큰 애 井도 飮食 해 갖고 온 것. 다시 3人이 먹었고. 松이 飮食 잘 먹기도.
4時 半쯤에 작별. 큰 애와 함께 乙支路까지 와서 下午 6時 發 속리高速버스로 난 淸州 와서 또 아이들과 同宿. 汝矣島에서 작별할 때 松은 섭섭한 態인 듯. ⓒ

〈1975년 9월 15일 월요일 雨〉(8. 10.)
새벽부터 주룩주룩 때로는 부슬비 終日토록 내렸고.
豫定했던 絃의 相面은 안된 것…… 絃을 오라고 편지 냈으나 아직 못받았는지 안오고. 食前에 增若校로 電話 걸었으나 線 고장이라서 通話 안된 것.
下午 3時부터 있는 校長會議에 參席. 제4회 道內 少年體典 反省과 秋夕 및 學校 운동회 조용히 잘 보내자는 것이 主案件.
玉山서 비 맞으며(노백이) 집에 오니 밤 9時 半. ◎

〈1975년 9월 16일 화요일 雨〉(8. 11.)
비는 어제에 이어 오늘 새벽 食 前까지도 주룩주룩 繼續. 부슬비, 가랑비 거이 終日토록 내린 셈. 앞냇물 벌창, 越川 不能, 이마도 今年 들어 가장 많이 흐르는 것일 것.
體育會 總練習日인데 施行 못하고. 날자 박두되어 몸 다는 중.
三從兄 根榮 氏 진갑이어서 집안 食口들 朝食 모두 번말 가서 했고. 난 点心만 가서 먹은 것.
텃밭의 채소(무우, 배추) 順調롭게 자라고. 今番 비에 더욱 달라지기도. 父親께서 공 많이 드리시기도. ⓒ

〈1975년 9월 17일 수요일 曇, 밤 한 때 비〉(8. 12.)
이른 새벽에서 모처럼 비 멎어 조용한 셈. 지나치게 가믄 끝에 지나치게 비 내린 것. 沙石

밭의 農作物은 거이 타버린 것. 밤중에 또 한 차례 비 왔고.
井母는 마늘 사러 淸州 가서 中 以下 物件 한 접에 900원씩 5접 사왔고. 秋夕 같이 세려고 3女 魯妊 데리고 오고.
父親께선 先祖山所 벌초하시느라고 저물게까지 勞力하시고.
受領한 給料 期末 手當(賞與金) 包含하여 10數萬 원 되나 여러 곳 갚고 支拂 豫定해보니 多額 支出임에 殘金 數萬 원밖에 안되는 셈. ⓒ

〈1975년 9월 18일 목요일 曇, 晴〉(8. 13.)
새벽(3時 半쯤)에 起床하여 各種 帳簿 정리 및 讀書에 밤새운 것. 今月 1日 以後 謹酒하여 食事 잘 하고 精神 맑은 셈.
날씨는 차차 개여 낮부턴 짜랑짜랑 볕 울렸고.
16日 豫定인 小體育會를 오늘 展開. 10時 50分에 시작하여 午後 3時 半에 끝난 것. 무용3, 덤부링, 곤봉체조 外는 연습 不足. 終禮시간에 檢討會까지 하여 約 1時間 半 걸렸고.
井母는 妊 데리고 두부 빚고 송편떡 만들 준비하기에 땀 흘리고.
父親께선 오미장 다녀오시는데 어제부터 過飮되시어 극히 고단하신 듯.
어제 受領한 給料(뽀-나스 包含)로 父親께 1萬 원 드린 것을 비롯해 幾萬 원 번쩍 나가고. ⓒ

〈1975년 9월 19일 금요일〉(8. 14.)
송편 만들 건진쌀(약간) 갖고 첫 새벽에 오미 갔다 온 것…… 製粉所에.
井母와 妊은 거이 終日토록 송편떡 빚는 等의 일보기에 바빴고.
學校 일 바쁜대로 대충 마치고 入淸하여 운동회에 所用되는 물건 사기도 맞추기도 한 것(찬조자에 줄 기념품으로 타올 250매, 무용用 레코오드 等).
杏도, 運도, 弼도 추석 세러 집에 오고. 청주엔 姬 뿐.
日暮頃에 큰 애 井과 靑城의 振榮도 오고.
'선데이 서울'에 우리 家庭 紹介하는 記事 나기도……. "럭키 세븐 家族萬歲 '한해 세번씩 여는 家族敎務會議' '아버지 校長 밑에 아들, 딸, 며느리 6名이 敎師' '보다 큰 재산은 가르치는 것. 「7父子 효자 훈장집」 이름나"라고 2面에 빡빡. 읽어보니 영예와 자랑에 앞서 책임감 더욱 느끼고. ⓒ

〈1975년 9월 20일 토요일 雨〉(8.15.)
秋夕 名節. 집안 食口들 比較的 많이 모여 茶禮 지냈고. 거이 終日토록 비 내려 구정구정도 했으며 明日의 學校行事(운동회) 문제로 걱정되는 것.
井과 妊이 出發하는데 함께 떠나 청주 가서 타올공업사에 어제 맞췄던 타올 250枚 찾아 오미까지 운반.
일수 大不吉. 現金 13,500원 紛失. 學校 타올 운반에 料金支拂 後 지갑 團束 잘못한 탓인 듯. 나 本人의 失手일 것. 억울感 不禁.
歸路에 오미서 李海性 死亡에 人事했고.
밤 9時 半쯤에 學校 거쳐 집에 왔으나 夕食하면서도 氣分 傷하여 밥맛 없고, 잠 들기 前까지 現金 物失에 고민과 傷心만. ⓒ

〈1975년 9월 21일 일요일 曇, 晴〉(8. 16.)
새벽 (3시반쯤)에 起床하여 날씨 보니 달빛

밝은 셈. 오늘의 學校行事 豫定대로 잘 進行되어야 할텐데 어떨른지.
어제의 物失 事故에 가슴 찐한 것 안풀리고…….(13,500,−)
日出 後부터 날씨 잘 개여 가을 體育大會 잘 지냈고. 自進 찬조금도 우수 했다나. 任員 數人 엉뚱한 用心이었으나 大過 없었던 것. 오후 3시 半에 끝내어 운동장도 개운이 치운하게 치웠고. ×

〈1975년 9월 22일 월요일 晴〉(8. 17.)
어제의 體育會로 今日은 休業.
任員들의 大會 끝 整理 未了로 다시 氣分 상쾌치 못했던 것. ×

〈1975년 9월 23일 화요일 晴〉(8. 18.)
早朝(日出 前)에 오미 가서 肉類 몇 斤 사오고.
臨時職員會 開催하여 體育大會에 關한 反省會 했고~訓練과 指導能力 差異로 種目에 따라 等差 생기는 것. 女兒들의 무용과 곤봉체조 및 짝체조 잘 된 것이 그의 標本인 것이라고.
秋夕 떡과 準備한 酒肉으로 職員接對로 慰勞의 뜻 이루고.
各種 체육用 물품 정리 團束에 注力한 것. ×

〈1975년 9월 26일 금요일 晴〉(8. 21.)
玉山面 민방위대 發隊式에 全職員과 함께 參加.
오미서 親知 數人과 情談하며 交盃했기도. ※

〈1975년 9월 27일 토요일 晴〉(8. 22.)
今日은 나우 바쁘게 일 본 것~모일 정류장 가서 東洋高速으로 天安까지. 天安市 교육청에 들려 無試驗 진학자 추첨 行事에 關한 書類 引受와 함께 留意事項을 듣고 한진고속으로 서울行.
서울 가선 舊 國會議事堂 앞 新聞會館에서 있는 族叔 漢益 氏 女婚에 人事했고. 族叔 內外분이 무척 반가워했던 것. 式了後 곧 廻路.
清州 와서 江西 友信會에 參席했을 땐 午後 7時 半쯤. 場所는 友信會長인 朴遇貞(동보식당) 宅이었고. 一同이 大歡迎하는 것. 9月21日字 '忠淸日報' 3面에 "스승의 가정 郭校長宅" 이란 記事 보았다고 모두가 박수 갈채. 會後 崔昌熙 교장과 一盃 더 했고.
청주 아이들한테 갔을 땐 밤 10時쯤 되었을 것……. 우리 가정, 신문에 난 것 이야기들로 또한 번 꽃피웠고. ※

〈1975년 9월 30일 화요일 晴〉(8. 25.)
校長會議에 參席. '學園內 副敎材에 따른 不條理 除去'가 會議 案件中 主案이었고…… 一線校엔 그리 關聯없는 일.
明日 行事 있어 늦은 車로 井母와 함께 서울行 – 청담동에 到着되었을 時는 밤 12時. 서울 아이들 깜짝 놀랠번한 일. 妊의 婚談 있었던 仁川 사는 愼家 집과는 결렬된 것 알았기도. ×

〈1975년 10월 1일 수요일 晴〉(8. 26.)
宗甲稧員 中 昌在의 子婚에 井母도 같이 參席. 길로 案內로 參女 妊이도. 式場은 明洞 로얄호텔 예식장이었고. 來客 많았기도. 去 27日도 그랬던 長官兄 義榮 氏의 歡談人事에 고마웠고.

第27周 '국군의 날'…… 아침결에 청담동에서 TV를 통해 觀覽했지만 市廳앞 廣場에 井母와 함께 가서 國軍들의 機械化 部隊와 步兵들의 壯嚴한 市街行進 보았기도……. 實際 現況 처음 보는 것.

陸軍步兵 徒步部隊의 늠늠하고 强壯한 行進隊列 속에 4男 魯松이가 끼어 있다는 것을 생각할 때 자랑과 感激의 눈물 핑 돌았기도. 歡迎과 求景의 人波는 形言할 수 없을 만큼 꽉 짜였고.

下午 5時 半車로 서울發. 청주 오니 槐山서 魯明 內外도 간난이 惠信이 데리고 와 있는 것. 혜신의 中耳炎 治療로 왔다고.

記者側 要請으로 한국日報社 청주支社에서 張記者와 大韓日報社의 崔記者로부터 우리 家庭 8名 교사 집에 對한 取材에 應하는 데 무려 2時間 동안 몸 괴로운 중 피로 더욱 왔던 것. ○

〈1975년 10월 2일 목요일 曇, 雨〉(8. 27.)

體育大會日 以後 계속 飮酒되어 몸 다시 피로. 食欲 감퇴.

청주서 數時間 쉬었다가 歸校.

井母도 比較的 일찍이 歸家.

外想 아닌 豫想外로 당겨 歸家에 兩親께서 의아하심에 魯妊의 約婚日 포기함을 말씀 드렸고. ⓒ

〈1975년 10월 3일 금요일 曇, 가랑비〉(8. 28.)

이나리 族叔 漢烈 氏의 生辰 招待로 朝食 待接 받았고.

連日의 降雨로 밭일, 벼베기作業 늦어져 큰 일이며 가을 논물에 農家에선 울상.

井母는 너댓말 메주 쑤어 갈무리에 終日토록 애썼고.

母親께선 某處에서 藥酒 過醉하시어 歸家 後 마음에 싸였던 회포 또 폭로하시며 井母를 꾸짖으시기 과하셨고. 理由 있으실 것이나 듣는 側에선 서운할 것.

날씨 不順하나 門 몇 짝 窓戶紙 바르기도.

오후 늦게 入淸하여 '한국일보'社에 들려 張記者 만나 要請한 사진 주었고. 아이들한테 잠간 들려 막 차로 歸家하니 밤 12時. ◎

〈1975년 10월 4일 토요일 가랑비〉(8. 29.)

終日토록 가랑비 나려 豫定했던 秋季 逍風 6日로 延期.

沃川 增若校에 있는 貳男 絃으로부터 喜消息. 제 婚事 문제로 明日 오후 2時까지 沃川으로 오라는 것. 昨日도 청주까지 다녀간 것. 此旨 兩親께 말씀 드리고 明日에 內外 同行키로 意向 모으고.

昨今 제 帳簿 정리에 밤잠도 얼마없이 일했기도. ⓒ

〈1975년 10월 5일 일요일 曇, 晴〉(9. 1.)

父親께선 人夫一人 얻어서 드무샘 밭에 堆肥 내는 데 助力하시고, 아침결에 발구[20] 얹으시다 兩 오금을 소에 밟히시어 어느 程度 負傷 당하시기도.

井母와 함께 淸州 거쳐 沃川 갔고. 옥천에 下午 3時 着, 絃 만나고. 絃과 婚談 있는 林 女교사(池灘校)의 父親 林在道 氏와도 만나 約婚

20) 소의 목에 얹어 매는 형태로 물건을 운반하는 데 쓰는 도구. 발고라고도 함.

키로 彼此 確言했고. 林閨秀 마음에 들기도. 滿足할 따름.
沃川 볼 일 다 마치고 直行 버스로 淸州 着했을 때는 밤 9時頃. 夕食하고선 出發. 玉山서 自轉車 찾아 집에 오니 밤 11時 半쯤 되고. 兩親께 經過之事 細〃히 報告 드리고 함께 기뻐한 것. ⓒ

〈1975년 10월 6일 월요일 晴, 曇〉(9. 2.)
去 土曜日에 實施되어야 할 秋季 逍風은 雨天으로 延期되어 今日 實施. 全校生 東林山 方面으로 갔던 것. 난 日直을 代直. 5男生 金君 一名이 으름 따려고 나무에 올라갔다가 잘못 떠러져 발목 한편을 甚히 다쳤다는 것. 安全指導에 十分 留意하라고 指示했건만 기어이 事故發生.
公文書 處理, 通話, 受話, 電通 處理, 벼 말린 것 갈무리 等 終日토록 바쁘게 일 본 것. 事故 난 兒童만이 딱한 일. 속히 낳기를 祈願.
어제 沃川서 갖고 온 오리 삶아서 老親께 奉養. 나도 먹고.
井母 청주서 일찍 떠나 12時에 歸家.
내안 堂叔母 生辰이어서 兩親께서도 再從집에서 朝飯 드신 것. ⓒ

〈1975년 10월 7일 화요일 雨, 曇〉(9. 3.)
새벽 3時頃부터 주룩주룩 내리는 비 數時間 繼續. 家庭에선 人夫 2名 얻어 벼 벨 豫定인데 걱정. 朝食 後에서 부슬비. 일무이고.
公私間 볼 일 있어 12時頃에 出校~昨日 부상當한 5年生 김만기君 기부스하여 退院하였으므로 病院 가는 것은 中止. 面에 들려 姪女 노선의 호적초본 2통 떼어 편지와 아울러 發送~혼인신고에 要하는 듯.
우체국에 가선 鄭海天 우체국장과 對談…… 通話料 문제와 電話器 移轉 문제를 論議한 것.
入淸하여선 교육청에 들려 事務連絡, 事務打合 몇 가지 豫定했던 것은 教育長과 管理課長이 없어 못했고.
아이들 집 잠간 다녀(杏만 만나고) 下午 5時 半 車로 청주發 귀가.
老母親께서 몸살 감기인지 身熱 있으시어 알으시고…… 感氣 약으로 마련해 드린 것. ⓒ

〈1975년 10월 8일 수요일 晴〉(9. 4.)
강감찬 將軍 祭享에 參禮~國仕里 九巖部落 뒷山, 忠賢祠. 初獻官[21] 潘 副郡守, 亞獻官[22] 沈泳輔, 終獻官[23] 郭春榮.
國仕서 歸路에 玉山學校 들려서 李永洙 校長과 時間餘 이야기.
歸校하니 또 事故 發生…… 5學年 男학생 楊君이 운동틀에 다쳐 左側 정갱이를 분질렀다고. 車 불러 淸州病院에 急히 갔다는 것.
急한 期限付 公文 만들어서 밤에 玉山 가선 막뻐스로 入淸. 보안의원 가서 醫師 말 들으니 기부쓰 治療하고 歸家했다는 것. 日字 걸리지만 完治된다고.
청주 아이들한테 가서 留. 집에선 벼 베고~人夫 2名. ⓒ

---

21) 초헌관(初獻官): 제사 때 첫 잔을 올리는 일을 맡은 제관.
22) 아헌관(亞獻官): 제사 때 두 번째 잔을 올리는 일을 맡은 제관.
23) 종헌관(終獻官): 제사 때 세 번째 마지막 잔을 올리는 일을 맡은 제관.

〈1975년 10월 9일 목요일 曇, 晴〉(9. 5.)
아침 食事 잘 하니 아이들이 좋아하고. 그처럼 기뻐하는 것을…….
'주간한국'에 또 우리 家庭 크게 記事 났고~"아들, 딸, 사위까지 선생님 家族" 동네서도 「선생집」…… 奉職햇수 總108年. 8名의 敎師 가족. 祖父 생신날엔 한자리에…… 저마다 자랑. 郭교장 1942年 첫 부임 외곬 35年. "孫子 代까지 가면 몇 名될지" 걱정. 農高 나온 2男 농사 싫다 敎大 가고. "弟子 크는 기쁨 敎師 아니곤 몰라" "한곳에 근무하는 게 할아버지 所望" 이라고.
한글 제529돌의 날. 집집마다 國旗揭揚.
歸校 後 申啓文 교사와 함께 德水가서 大負傷 당한 楊종걸君 위문…… 父兄들이 感謝하다고 人事.

〈1975년 10월 10일 금요일 晴, 曇〉(9. 6.)
●10月 9日字 '조선일보'에서…… ◇치질=수세미 1개, 석회 1돈중, 황황(璜黃) 1돈중을 가루로 만들어 돼지쓸개 1개와 계란 1개의 흰자위를 참기름 한 숟가락으로 개어 바르면 된다. 라고 記事. 준비되면 한 번 試用해 볼 일.
終業(午前 中) 後 全職員 玉山中學에 가서 敎育會 主催 玉山面內 各校 對抗 親睦體育大會에 參與. 玉山國校가 優勝.
第2期分 援護年金 25,200원 受領하여 父親께 드리고.
住民登錄證 갱신에 面에서 作成해 온 生年月日이 相違되었던 것.
맑겠다는 날씨 구름 끼어 비 올 우려 있고. ○

〈1975년 10월 11일 토요일 雨〉(9. 7.)
새벽부터 부슬비 내리고. 볏논의 벼 모두 몇 차례 흠씬 젖어 農家에선 집집마다 큰 걱정. 울상.
보리갈기 豫定했던 것 降雨로 延期되고. 비는 終日토록 내리고.
體育會日에 贊助한 150名에 人事狀 봉투쓰기에 바빴고. ⓒ

〈1975년 10월 12일 일요일 曇, 晴, 曇〉(9. 8.)
낮 동안 구름 벗어졌고. 日出 前後는 쌀랑쌀랑 했던 것.
父親께서 人夫들 얻어 보리 播種하는 데 午後 2時까지 나도 함께 勞力했고~보리 골 고르기와 덮는 일, 허리 나우 아팠기도.
面에 가서 住民登錄 갱신에 十 指紋 찍어 手續 다 한 것.
집에서 갖고 간 附食物 큰 가방 갖고 入淸하여 아이들에게 주곤 곧 歸家. 21時에 집에 到着.
母親은 數日 前부터 편찮으신 中. 食事 션찮이 하시고. ⓒ

〈1975년 10월 13일 월요일 晴〉(9. 9.)
學校 잠간 들려 사거리 나가서 農協 倉庫 짓는 것 求景했고.
家庭 內室에 揭示할 寫眞 3個 額子分 골라 붙여놓았고. 日暮頃엔 實習地, 텃밭의 배추에 葉綠肥로서 尿素肥料 약간을 물 타 주었고.
井母는 고구마 잎 줄거리 따기에 勞力.
들판의 베어놓은 벼들은 數차례 비 맞아 볏짚은 골아서 말 못되고 싹 난 것이 많다는 것. 이 後로나마 날씨 좋아야 할 터인데. ⓒ

〈1975년 10월 14일 화요일 晴〉(9. 10.)

어제 오늘 날씨 좋아 農家에선 일 많이 推進된 것.
어제부터 만졌던 寫眞額子 3個 揭示~家族편. 職場篇, 社會편. 몇 개 더 揭示할 豫定.
父親과 함께 아그배 논 벼 순치고(뒤집어 놓는 것).
井母의 들깨 일하는 것 거들고-도리깨 터는 일. 고구마도 같이 캐기도.
오늘 캔 고구마 한가방 갖고 入淸. 오미서 고추 댓斤 팔기도. 청주 가보니 서울 滯留中인 魯妊 아직 안오고. 19시 車로 歸家. ©

〈1975년 10월 15일 수요일 晴〉(9. 11.)
보리밭에 마세트(기음약)[24] 뿌릴려 했으나 父親의 만류로 中止~모래밭이며 풀이 심하지 않다고.
호죽에 문상(問喪) 갔다오고…… 林憲植 父親喪.
귀로에 水落里 다녀오고. 유원형, 이상균, 이병진, 이광섭, 이병태 만나고. ○

〈1975년 10월 16일 목요일 晴〉(9. 12.)
玉山中學체육회에 參席. 祝賀金도 내고.
入淸하여 아이들 만나고. 日 前에 캔 고구마 갖다준 것. ○

〈1975년 10월 17일 금요일 晴〉(9. 13.)
어제까지 4日 間 가정실습 마치고 學校生活 열어지고. 中央 연수원에 간 張 女교사 外 全員 出勤. 給料 受領. ○

〈1975년 10월 18일 토요일 晴〉(9. 14.)
淸州市 壽洞의 住民登錄證 更新事業이 오늘 實施되게 되어 井母는 淸州 다녀온 것. 井母, 姬, 妊, 杏, 運이가 淸州에 該當. ×

〈1975년 10월 21일 화요일 晴〉(9. 17.)
貸切버스로 서울 永登浦까지 간 것. 同派 族叔 漢述 氏 女婚 있어 오미서 60名 程度 대절버스로 간 것. 영등포 京苑예식장.
신길3동 사위 趙泰彙 집 가서 잠간 쉬는 동안 큰 애 魯井이도 連絡받고 왔던 것. 魯絃과 魯妊의 婚事關係를 相議하고 夕飯 後 청담동으로 歸家…… 絃한테는 제가 간다는 것. 仁川 사는 愼君은 25日에 청담동으로 온다는 것.
몸 大端히 고단하여 눕는 時間 아쉬웠던 것.
큰 딸애 집에서 留.
큰 애 말에 依하면 어제 魯松이가 休暇 왔다가 오늘 淸州 갔을 것이라고. ※
●18, 19, 20日의 3일 간 과음했던 것. 3쌍×일 것.

〈1975년 10월 22일 수요일 晴〉(9. 18.)
朝食 後 約 一時間 정도 査頓과도 이야기. 큰 딸애와도 이야기를 仁川 사는 愼 氏 家庭을 仔細히 들은 것. 一時 氣分 나빴던 것도 풀으라는 것과 妊에 對하여 相當히 깊은 好感을 갖고 있다고…….
孫子들 보고프기에 청담洞 가서 英信, 昌信 만나 約 2時間 程度 함께 놀다가 淸州 向發. 청주 와서 아이들과 同宿. ×

〈1975년 10월 23일 목요일 晴〉(9. 19.)
청주서 좀 쉬었다가 歸校……. 학교 家庭 모두

24) 제초제.

無事.
말 들은 대로 魯松은 집에 와 있는 中. 10日 間의 休暇라나. ×

〈1975년 10월 24일 금요일 晴〉(9. 20.)
國際연합日(유우엔日)이어서 休日. 休暇로 왔던 松이 入淸~上兵.
入淸하여 親知 李士榮 校長(淸州 南城校) 子婚에 人事.
姙에게 들렸더니 房을 社稷洞으로 새로 얻어 26日에 옮긴다는 것.
歸路에 玉山 고라리의 朴元圭 母親喪에 人事했고. ×

〈1975년 10월 25일 토요일 曇, 晴〉(9. 21.)
6學年 1日 旅行으로 出發하는데 새벽에 냇가까지 가서 전송. 6學年 擔任들의 권고로 內者도 갔고……. 버스 貸切 60名 乘 1日 6萬 원. 引率者는 李 校監, 吳, 郭文의 兩 擔任. '그들의 夫人'. 張 女교사. 코오스는 大田, 公州, 마곡寺, 扶餘, 論山 은진미륵, 유성溫泉.
殘餘 職員들이 午前 中으로 學校行事 마친 것. 南 교사와 함께 小魯 가서 辛奎大 回甲에 應對.
오후 8時~9時 사이에 歸校 豫定이던 6年生 旅行團이 밤 11時가 넘어도 아니와 마음 조려지며 답답했고. 밤 氣溫 大端히 찼고. 마중 나온 父兄 姉母들도 함께 고생. 12시 가까이 와서야 냇가까지 버스 到着. 數時間 늦었으나 全員 無事到着된 것만이 多幸한 것. 車의 不完全과 운전사의 不誠意로 늦었다나. 무려 5時間 정도 냇가에서 밤에 떨은 經驗 잊지 못할 일.
淸原郡 교육장 崔榮百 氏가 道교위 初等課長으로 옮긴다는 소식. ⓒ

〈1975년 10월 26일 일요일 晴, 曇〉(9. 22.)
긴급 校長회의 있대서 午後에 入淸. 下午 4時부터 교육청 회의실에서 있는 崔 교육장 離任式에 參席. 式後 送別宴도.
청주 아이들 房 옮긴대서 井母도 入淸했으나 形便上 28日로 延期했대서 日暮頃에 다시 歸家.
노송은 明日 上京한다는 것. 29日에 歸隊한다고.
下午 7時 半車로 떠나 집에 왔을 땐 9시 半쯤 되었고. ◎

〈1975년 10월 27일 월요일 曇, 가랑비〉(9. 23.)
早朝에 父親 理髮해 드리고. 안便所 퍼서 보리밭에 5바께쓰 졌고. 둑너머밭에.
去 20日에도 今日도 억지로 保險 들고…… 意思는 없으나 不得已한 事情에 떼지 못하고 加入한 것.
황기 캐기에 勞力. 特히 南 교사 애쓰고, 어제도 一部 캤다나. 數日 前에도 캤었고. 時勢는 택없이 暴落됐다고.
이 地方 벼 打作은 3分之2는 된 듯. 가을비 여러 번 왔기에 打作엔 늦은 편이면서 支障. ◎

〈1975년 10월 28일 화요일 曇, 가랑비〉(9. 24.)
오늘도 어제와 마찬가지로 아침 한 때 흐린 後 終日토록 가랑비 온 것.
新任 淸原郡 교육장 白圭鉉 교육장의 就任式 있어 出張~午前 10時.

청주 아이들 房 壽洞에서 社稷洞으로[25] 옮기게 되어 井母도 入淸. 손차(荷車)로 2回 운반에 애먹은 것. 運賃은 1,000원이나 뒷바라지에 一同 極히 流汗 勞力한 것(妊, 杏, 運, 井母와 함께). 첫 車의 짐이 中途에 무너져 큰 일 날뻔했고. 옮길 때마다 魯妊의 勞力은 表現難. 온 가족 가랑비 맞으며 2, 3次 往來에 옷도 버리고. 日暮頃쯤에 끝났고.
乾材藥房에 가서 '황기'값 알아보고 夕食 後 淸州 發. 집에 도착하였을 땐 밤 11時頃. 桑亭行 豫定은 不得已 못이뤘고.
父親은 江外面 桑亭 가시고~故 老 안사장 大祥에 人事次.
어제부터의 日氣不順에 未打作家 큰 걱정. ⓒ

〈1975년 10월 29일 수요일 曇, 晴〉(9. 25.)
어제 청주 아이들 房 옮기는 데 勞力次 갔던 內者 오고.
어제 江外面 桑亭里 큰 妹 家에 人事가셨던 父親도 저물게 오시고.
오늘 兵心 魯憲교사 집에서 全職員 厚待받은 것…… 어제 打作했다고…….
夜間엔 部落 總會 있어 參席~電化事業(電氣) 문제 있어 協議한 것. 多幸한 일. 現在 듣기론 內線工事費 1萬 원 程度. 外線 工事費 亦 1萬 원 程度 된다는 이야기. 但 30년 間의 融資條라는 것. ⓒ

〈1975년 10월 30일 목요일 晴〉(9. 26.)
朝食 前에 인분풀이 15통쯤 둑너머 보리밭에 쪄졌고.

25) 원문에 붉은색 색연필로 밑줄이 그어져 있다.

學校生活도 正常的으로 活動. 6學年의 授業, 公文處理, 쓰레기場 및 危險物 버리는 곳, 落葉 모디는 곳 等 마련과 손질.
아침 放送은 長期 中斷 狀態~받데리 故障으로 活用 不能. ⓒ

〈1975년 10월 31일 금요일 晴〉(9. 27.)
今朝도 早朝 日出 前에 人糞풀이~約 20통 푼 것. 사랑 便所 큰 독 完全히 퍼낸 것. 둑너머 밭 한자리 꼭 맞게 주었기도.
午前 中 活動 旺盛하였기도……. 6년의 道德 授業. 1年의 授業參觀. 쓰레기場 새로 깊이 파내 만들고.
午後엔 入淸하여 登廳하였으나 일 보고자(事務打協) 하는 相對편이 出張中이어서 用務 다 못 본 채 退廳.
새로 옮긴 청주 아이들한테(社稷洞) 들렸더니 去 28日에 修學旅行 갔던 막내 魯弼이 30日에 無事歸校했고. 청주 있는 아이들(姬, 妊, 杏, 運, 弼) 모두 다 잘 있는 중이어서 多幸.
첫 봄 추울 무렵에 서울서 가져온 쉰동이 강아지 生後 3日 만에 제 어미개가 죽어 방 안에서 우유로 공드려 살려 키운 것 今日 팔았고……. 서운하기 짝이 없으나 家庭的 問題로 구찮이 여겨지는 것 같아 不得已 팔아버린 것. 값도 제대로 받지도 못한 셈. 3,000원.
학교밭의 마늘 놓을 곳 파고 재 뿌리고 손질. ⓒ

〈1975년 11월 1일 토요일 晴〉(9. 28.)
아침결에 井母와 같이 學校밭에 마늘 3접 播種했고.
午前 中 作業으로 땀 흘리고…… 東北편 울타

리 및 비탈 물고랑 메우기에 勞力. 뽑아 놓았던 뒤 門柱 다시 세우기도.
入淸하여 數個處 잔일 보고 午後 5時부터 '동보식당'에서 江西友信會 나의 負擔主管차례 開催. 13名 中 11名 參席. 會議 中 閔某 會員으로부터 醉中 無謀한 不穩言辭로 분위기 험했던 것.
밤 9時頃에 서울 큰 애 井이 만나 相談. 井母도 오미서 고추 팠고 기름짠 後 入淸했던 것. 井은 沃川 가서 2男 絃 만나 結婚 문제 相議했다는 것. 日字 擇日에 豫定한 11月 30日에 施行하자고 權했다고. 絃과 閨秀側은 冬休 中을 말한 듯. 來週 中 절충하여 確定日字 통기한다나. ○

〈1975년 11월 2일 일요일 晴〉(9. 29.)
큰 애 井이가 補藥으로 '鹿角大補湯' 2제(40첩) 3萬 원에 지어오고…… 謹酒하면 健康에 異常없음을 말하며 만류하여도 굳이 藥짓고.
妊과 婚談 있던 仁川 사는 愼君 來淸…… 月前에 서운한 氣分 기친 것 意圖 아닌 짓에 잘못했다고 謝過 온 것. 양해해 주었고. 約婚 문제는 檢討後 기별하기로 했고. 약혼 豫定日~11. 23(음 10. 21).
社稷洞 房에 姬가 캬비넷 大型 27,000원에 購入 設置하기도.
밤 8時 버스로 나만이 出發. 집에 到着은 밤 10時頃. ○

〈1975년 11월 4일 화요일 晴〉(10. 2.)
墻東里 자명골 尹장섭君 집에 擔任인 郭魯憲 교사와 함께 가서 問病~數日 前에 學校 장글에서 놀다가 부삿[26]을 甚히 다쳤다는 것. 자명골 가호마다 심방했고. 5戶 中 4家戶가 兒童家庭↔晝食時間엔 夏榮 氏 宅에서 全職員 招待 있어 待接받았고.
職員 親睦會 主催로 앞앞이 닭 一尾씩 차지하였던 것.
집에선 母親께서 龍王?(요왕[27]) 위한다고 백설기 떡했고.[28] ○

〈1975년 11월 7일 금요일 晴〉(10. 5.)
点心時間에 郭丁在 교사와 一盃하면서 學校일 잘해보자고 當付했기도. 彼此 過飮하는 때 있으며 몸도 휘지기도 하여……. 음주家들의 志操는 過히 弱함을 자주 느끼면서도 지켜지지 않으니 탈. ※

〈1975년 11월 8일 토요일 晴〉(10. 6.)
學校 파한 後 入淸하여 江外 崔 校長 子婚에 人事(청주예식장).
3女 魯妊은 어제 서울 제 큰 오빠 집에 갔다는 것. ※

〈1975년 11월 9일 일요일 晴〉(10. 7.)
老母親 모시고 淸州 가서 아이들 집 잠간 들려 쉬었다가 히아신스예식장 가서 外再從弟 朴鍾大君의 結婚式에 參席했고.
淸州서 母親 모시고 歸家하니 막 日暮된 30分쯤 後인 午後 6時되고. 어젯날까지 數日 間 過飮에 몸 被困하고 뒷머리 아픈 때 많은 中이기

26) 남자의 두 다리 사이 살.
27) 우물에 사는 신령. 백설기로 제사를 지낸다.
28) 일기 상단에 "○11.5(10.3)…… 殷鍾 氏 子婚에 主禮 본 것. '청주예식장'에서."라고 적혀있음.

도. 苦痛 여러 차례 겪은 것. 父親께선 時享에 다니시고. ×

〈1975년 11월 10일 월요일 晴〉(10. 8.)
入淸하여 校長會議에 參席. 白 敎育長 赴任하고선 最初의 校長會議인 것. 庶政刷新에 不條理 除去와 雜賦金 團束 副敎材로 因한 副作用 얘기가 主案件이었고.
집에선 陰 10月 11日에 있을 時祀차례 飮食(祭物) 準備에 안에서들은 極히 바쁘게 일 보는 중이기도. ○

〈1975년 11월 11일 화요일 晴〉(10. 9.)
点心時間 利用하여 虎竹 姜村 가서 族叔 漢鶴氏에 人事한 것. 數日 前에 그의 夫人인 아주머니가 서울서 작고하여 虎竹에 葬禮를 모시고 그날 人事를 못했기에 오늘이 삼우여서 修人事한 것.
모레 時祀用 떡방아 빻는데 잠시 도와주기도.
청주서 제 母親하는 일 도우려고 3女 魯妊이 오고. 日暮 後엔 運과 弼이도 오고……. 明日에 大學入學 豫備考査에 제 學校가 考査場 된다고 쉰다는 것.
沃川郡 청성에선 季嫂도 오고. ⓒ

〈1975년 11월 12일 수요일 晴, 曇〉(10. 10.)
健康 卽 食慾 또 다시 回復되어 今朝食부터 正常으로 잘 먹고. 다만 뒷머리만이 若干 흐리한 듯함을 느끼는 것.
6學年 道德授業도 2個 班 다 遂行.
点心時間 利用하여 部落班에서 計量分配하는 麥作用 肥料 5個種額(7,200원 相當) 自轉車로 집에 運搬.
집에선 안 에서들 明日의 祭物 마련에 終日토록 애쓰고……. 母親, 井母, 3女 妊, 季嫂, 이웃婦人 數名.
父親께선 時享에 參禮次 墻東 다녀오시고.
둑너머 밭에 따랐다는 河川 使用 申告에 미흡한 點 있어 未畢.
밤엔 約 3時間 동안 밤(栗) 생미치기에 魯妊과 함께 애쓰고.
어제 왔던 運과 弼이 下午 4時頃에 入淸次 떠났다나. ◎

〈1975년 11월 13일 목요일 가랑비, 曇〉(10. 11.)
1時 半에 起床하여 몇 가지 일 보니 날 샜고……. 時祀 祝文(10, 11, 12代祖) 쓰고, 祭物 몇 가지 손질 等~간밤 거이 徹夜.
새벽에 가랑비 내려 念慮 되더니 낮 동안은 괜한 걱정 되었으나 終日토록 참아서 家庭 일인 先祖 時祀行事 無事 遂行되었을 것.
큰 마음과 計劃 품고 入淸 登廳하여 白 敎育長한테 學校 建物 現狀況 報告하며 本館 老朽 교실 完全 改築을 要求한 것. 金 施設係長한테도. 마침 鄭 管理課長은 有故로 자리에 없었고.
淸州서점에 들려 前月에 付託받았던 姜昌洙 先生의 著書 책자 5卷 引受.
'태양라사'에 가선 맞췄던 쓰본 찾고…… 쓰본 천은 年前에 本校에서 數年 間 같이 勤務했던 宋漢子 교사(지금은 서울)가 膳物로 夏節에 주었던 것. 裁縫料 2,000원.
社稷洞 아이들 곳에 잠간 들려 杏이가 지은 저녁 밥 먹고 19時 버스로 出發. 집에 오니 밤 9時쯤.
家庭에선 祭祀 行事는 無事히 치뤘다고. 母親

께서 醉中 某種의 말씀 있어 若干의 不安感 있었던 모양이나 별 것 아니었고. 今般의 큰 일에도 안식구들 많은 勞力에 애썼고. ◎

〈1975년 11월 14일 금요일 가랑비, 曇〉(10. 12.)
道 主催 六學年 學力考査 校監級 交換實施로 本校 李 校監은 虎竹校로, 虎竹 朴 校監이 本校로…… 採點 統計까지엔 밤 늦게에서 끝낸 것.
魯妊과 季嫂 出發하는데 自轉車로 몽단이까지 봇다리 갖다주기도.
金溪里에도 늦으나마 電化事業으로 電氣 架設한다는 것이어서 內線工事[29] 우리집에도 基本施設인 燈 3個 달겠금했고~안방, 사랑방, 부엌에 架設. 內線工事費 1萬 원. 入電까진 창창한 듯. ◎

〈1975년 11월 15일 토요일 曇, 비〉(10. 13.)
退廳 後 入淸. 時享 殘品 떡 若干 청주아이들한테 갖다주고. 밤엔 讀書 많이 했고 "韓國의 얼과 새 價値觀" 姜昌洙 著.
비는 거이 밤새도록 부슬부슬 내렸고. ◎

〈1975년 11월 16일 일요일 가랑비, 晴〉(10. 14.)
새벽부터 日出頃까지 부슬비 내리더니 午前 九時쯤부터 개여 終日토록 晴天 淸明 봄날 같았고.
9時 半부터 있는 金城 사는 在榮兄의 子婚에 히아신스 가보기도.
魯姬의 婚談 있는 곳에서 寫眞 要求하기에 姬한테 撮影토록 勸했고. 서울 산다는 郞者 林君의 사진은 왔고. 청주의 族姪 魯珍의 母親인 아주머니가 中媒하는 것. 郞子는 原子會社[電子회사]에 다닌다고. 漢陽大 卒이라나.
식전엔 西公園까지 다녀오는 아침 散步(運動) 했고.
요새 닳여먹는 鹿角大補湯 청주서도 아이들이 마련해주어 마시기도.
學校에 族叔되는 修身面 百子里 사는 漢一 氏 찾아왔기에 一盃 待接하고. 이야기와 一盃에 時間 많이 끄는 데에 진력 많이 나기도.
오후 3時 半쯤 金城 在榮 氏 집에 가서 子婚잔치의 떡국 한그릇 먹었던 것. 母親께서도 다녀오시고. ◎

〈1975년 11월 17일 월요일 晴〉(10. 15.)
6學年 道德授業 一時間 마친 後 面으로부터 連絡 있어 11時부터 있는 面內 機關長會議에 參席. 点心 接待는 酒造場.
井母는 父親과 함께 무우 뽑아 묻은 것.
어제 오늘의 날씨 봄과 같이 따뜻했고. ⓒ

〈1975년 11월 18일 화요일 晴〉(10. 16.)
再從兄嫂 氏(세거리) 生辰(진갑)이어서 家族 一同 그곳 가서 朝食.
入淸하여 교육청에 들려 鄭 管理課長에게 學校 特別施設 事業費 補助條로 豫算要求하였으나 惠澤받기 어려울 듯.
청주아이들한테 잠간 들러 저녁 먹고 卽時 歸家하니 밤 10時. ◎

〈1975년 11월 19일 수요일 晴〉(10. 17.)
母親께선 父親과 함께 大田 方面 가시고…… 작은 妹 蘭榮한테 궁거워 다닐러 가신 것. 明

29) 원문에 붉은색 색연필로 밑줄이 그어져 있다.

日은 賢都 姪女 魯先한테로 오신다고.
成歡邑 신방國校 在職 中인 再從 公榮이 喪偶했대서 再從兄 憲榮 氏와 從兄 浩榮 氏 어제 成歡 가시더니 오늘 저물도록 안오시고.
學校엔 郡 교육廳에서 金 技士 와서 老朽 建物 狀況 보고 撮影해 간 것. 本館 完成을 特히 간곡하게 付託하기도. ⓒ

〈1975년 11월 20일 목요일 晴〉(10. 18.)
氣溫 急降下. 日出 前 溫度 영하 4分. 그릇에 담겨진 물 처음으로 얼었고.
어제 大田方面으로 가신 老兩親께선 오늘은 賢都로 오셨을 것.
學校엔 羅 奬學士 와서 第4學年 학력고사 實施했고.
井母는 달랑무우 等 뽑아 다듬기도. 一般 무우는 數日 前에 뽑아 묻었던 것. ⓒ

〈1975년 11월 21일 금요일 晴, 曇, 한 때 가랑비〉(10. 18.)
짐 가방 淸州아이들한테 갖다주곤 直接 停留場에서 直行버스로 鎭川 가서 城大校 盧相福 교감 子婚에 人事. 場所는 아리랑 禮式場.
鄭 教育長 만나 歡談하고 午後 2時 半 버스로 淸州 와서 4女 노행이 잠간 만나 이야기하고 玉山 거쳐 집에 到着하니 午後 7時頃.
그적게 大田方面 가셨던 家親 낮에 오신 것. 母親께선 賢都 姪女(魯先)한테 계시다는 것. 數日 後에 오신다고.
昨年 春夏節에에 앓았던 兩脚의 가려움病, 昨秋부터 지금까지 우연히 가란더니 數日 前부터 氣味 나쁜 듯하더니 오늘 와선 나우 가려우니 또 걱정되기도. ⓒ

〈1975년 11월 22일 토요일 晴〉(10. 20.)
終日토록 淸明하였으나 바람은 나우 찼고. 日暮頃 氣溫 2度.
井母 上京에 9時 出發에 몽단이까지 짐 갖다주었고. 明日이 井母의 生日이라서 子女息들 몇 名이 서울 큰 애들 집으로 모이는 모양. 魯妊의 約婚 形式도 同時同席에서 있게 될 것.
난 明日 出發 豫定으로 放課 後(退廳 後)에 오미 가서 理髮했고. ⓒ

〈1975년 11월 23일 일요일 晴〉(10. 21.)
氣溫 急降下. 아침 溫度 영하 3도. 오늘이 小雪, 終日토록 寒風.
모일 停留場에서 10時 15分 東洋고속으로 上京. 청담洞엔 午後 一時 定刻에 到着.
오늘은 井母의 生日이며 魯妊의 約婚. 紘과 明오고. 淸州에선 姬와 杏이 오고. 永登浦에선 中媒인 사돈과 큰 딸 內外 온 것. 郞子側에서도 愼君의 慈親을 비롯해 男女間 10餘 名 오고. 큰 사위 司會로 約婚 形式 갖추었고. 一同 晝食에 큰 子婦 제반 準備 周旋으로 애 많이 썼을 것.
紘이는 約婚者 林閨秀와 함께 왔던 것. 洋服도 맞춘다고.
나만은 서울서 下午 7時 속리高速으로 떠나 淸州 거쳐 밤 10時 10分 버스로 玉山 와서 急步로 本家에 到着하니 밤 十一時쯤 되었고.
오늘 집에 오신다는 母親께선 안 오시고. ⓒ

〈1975년 11월 24일 월요일 晴〉(10. 22.)
오늘 아침도 추었고. 井母, 母親 出他 中이어서 直接 朝食 지었고.
父親께선 食事 不進. 藥酒만으로 거이 때를 에

우는 程度시고.
職場民防衛隊長 第一次教育 있어 12時에 入淸. 教官은 民防衛課 職員들. 場所는 舊 道立病院 자리(現 淸原郡보건소). 4時間 교육 받은 것. 下午 8時 半 버스로 집에 왔고.
井母는 杏과 함께 서울서 왔고~7시頃(午後)에 淸州 着했다나.
19日에 나드리 가셨던 母親 오늘 오시고……大德郡에 사는 작은 妹와 賢都 있는 姪女 집에 다녀오신 것.
배추 아직 못뽑아 얼은 듯 걱정 中. ◎

〈1975년 11월 25일 화요일 晴〉(10. 23.)
어제 서울서 淸州까지 왔던 井母 낮에 歸家했고.
李 校監의 教育勤續 30周年 行事하기 爲한 고민 커가기도. ◎

〈1975년 11월 26일 수요일 晴, 曇〉(10. 24.)
近日 生活 正常化 繼續~6學年의 道德授業. 夜間과 食 前에 學校 巡視, 公文書 處理, 容依端正, 職場 家庭일 忠實, 新聞 通讀 및 '새교육' 誌 等 讀書, 謹酒, 三時 食事 確保 等 快한 生活 中. 今朝도 새벽 3時부터 讀書, 記錄 등으로 밤 새운 것.
日出 前에 두무샘밭에 가서 黃芪 대공 베어오고.
6學年 도덕授業 3時간 마치고 入淸~가는 겸에 청주用 배추 몇 포기 갖다주기도.
郡교육廳 들려 學校林 分割登記된 것 오류되어 係員한테 舊 書類 찾아 內容 알아보기도. 教育長은 出張中이어서 計劃된 用務 못 다 본 것.

井母는 텃밭의 胡배추 뽑아 김장用으로 절구었고. 今年 배추 特異하게 잘 됐고. ⓒ

〈1975년 11월 27일 목요일 曇〉(10. 25.)
日出 前에 안便所의 人糞 퍼냈고.
學校 實習田에 栽培한 배추 約 70폭 뽑아 나르기도.
井母는 어제 절군 김장 배추 헝켜 씻는 데 終日토록 바쁜 듯.
父親께서 人蔘(水蔘) 2斤(4,000,-) 사서 다려먹으라고 건느시기도. 行商婦人 우리집에서 留했기에 사신 것.
어제 오늘의 날씨는 푹한 셈. ⓒ

〈1975년 11월 28일 금요일 가랑비, 曇〉(10. 26.)
入淸~登廳 겸에 청주 김장用 배추 2가방 갖고 간 것.
교육廳에 들렸으나 마침 교육장 出張中. 崔庶務係長으로부터 備品費 10餘萬 원 特配하게 됐다는 喜消息 있고.
집에선 井母가 김장 담기에 勞力했고.
앞 정강이 소양症 아직 가라앉지 않아 藥 購入했고. ◎

〈1975년 11월 29일 토요일 晴〉(10. 27.)
요새의 2, 3日 間의 날씨 푹했고. 午後에 접어들어 찬바람 생긴 것.
今朝도 出勤前에 청주用 김장배추 한가방 오미까지 自轉車로 얼핏 갖다 놓았다가 入淸時에 또 한 가방 加하여 2가방 運搬했던 것.
登廳 用務는 마침 教育長이 出他 中이란 連絡 받고 中止.
12時에 히아신스禮式場에서 있는 姪壻 吳炳

성 弟婚에 人事.
13時에 玉山校에서 面內 職場民防衛隊 一次 教育있게 되어 急기아 參參席. 職場마다 豫備軍 除外하곤 全員 參席.
母親께서 數日 前에 出他時 大田서 잘못하여 낙성하신 後 담 절리시다기에 의血 풀리는 漢藥 지어 다려드린 中 오늘 끝났고.
큰 애가 日 前에 지어준 鹿角大補湯 後 1제는 內外 먹는 중이고. ⓒ

〈1975년 11월 30일 일요일 晴〉(10. 28.)
오늘도 日出 前에 배추 한 가방 自轉車에 싣고 오미 停留場에 갖다놓고. 再次 또 한 가방 갖고 入淸하여 아이들 貰房집까지 運搬.
九巖校 崔校長 勤續 30周年 行事에 參席하려다가 時間 늦어 포기.
12時 半에 히아신스禮式場에서 있는 妻族 金기호 子婚에 人事.
魯絃의 兵籍확인서 作成 일로 兵務廳과 面에 들려보기도. ⓒ

〈1975년 12월 1일 월요일 晴, 曇〉(10. 29.)
學校일 急한대로 마치고 入淸하여 兵務廳에 들려 魯絃의 '兵籍確認證' 申請한 結果, 召集면제者는 面에서 한다기에 되짚아서 오미 와서 面의 係員한테 만들은 것. 다시 入淸하여 沃川서 온 魯絃 만나 書類 주었고.
結婚式(日字, 日時, 예식장, 房, 통지서, 主禮, 其他)에 對한 諸般事項 相議하고 밤 깊기에 청주 아이들과 함께 留宿.
約婚時에 上京했던 魯妊이 오늘 淸州에 오고. 서울 김장 담았다고. 魯姬도 婚談 있어 去 土曜日에 上京했다가 어제 왔다는 것.

今日도 배추 가방 2 갖고 간 것. 오늘로서 배추 運搬 다 된 것. ⓒ

〈1975년 12월 2일 화요일 晴, 曇〉(10. 30.)
푹한 날씨 數日 間 繼續. 오늘도 낮 동안은 봄날 같았고.
井母는 淸州 아이들 김장 해 주려고 낮에 入淸.
父親께선 派宗稧 있어 번말 다녀오시고. 母親도 다녀오신 것.
約 20餘 日을 謹酒하여 食事 잘 하고 精神 맑아 일 推進 잘 되는 셈이나 集念에 어느 程度 複雜함을 느껴지는 中이기도-絃의 結婚行事. 絃의 通禁 違反의 일. 새 教育長 初度巡視, 學校林 오류 登記 정정, 李 校監의 30周年 行事 計劃, 學校의 債務 등등으로 할 일 如山 같은 때문인 듯. ⓒ

〈1975년 12월 3일 수요일 晴〉(11. 1.)
今日도 봄 날씨를 방불케 따뜻했고.
6學年의 道德授業 興味있게 進行되었으며 챠아드 재손질 등 진력 없이 推進되었던 것.
老兩親께선 오미장에 가셔서 門間房 부엌의 솥을 更新購入해다가 걸으시고.
저녁엔 큰집에 가서 當査頓인 張 氏와 座談했기도. ⓒ

〈1975년 12월 4일 목요일 雨, 曇〉(11. 2.)
이른 새벽에 시작될 비는 午前 10時頃까지 여름비를 방불케 주룩주룩 왔던 것. 午後 가서야 若干 꺼끔했고[30].

---

30) 좀 뜸하다.

新任 白圭鉉 교육장 初度巡視次 成課長 帶同코 來校. 校內外 案內하여 說明. 學校 現況報告(챠드 부리핑)했고. 全職員 申告도. 訓示는 ① 學校長 中心의 學校 운영, ② 學力 提高, ③ 兒童의 特技伸張, ④ 教權 確立…服裝端正, 充實한 勤務~尊敬 받는 教育者가 되자는 것.
오미휴게소 食堂으로 가서 面內 校長團이 白 教育長, 成 課長에 合同 夕食 待接했고(玉山 李 校長, 玉山中學 尹 校長, 虎竹 申 校과 함께). 來客 歡送 後 夜深토록 座談하고 오미 下宿屋에서 留宿.
엊그제 淸州 갔던 井母는 청주用 김장 끝내고 오늘 늦게 歸家. ○

〈1975년 12월 5일 금요일 晴〉(11. 3.)
3個 校 校長 玉山서 出勤. 아침버스 없어 步行으로.
6年 道德 全擔했던 것. 1, 2班 모두 今日서 進度 마쳤고.
李 校監 집에서 珍味 酒類, 酒肴 갖아와 一同 잘 먹었고. ○

〈1975년 12월 6일 토요일 曇〉(11. 4.)
玉山面事務所와 淸州市 壽洞事務室에 가서 戶籍謄本, 住民登錄證謄本 等 떼었고~甲勤稅率 調定에 必要하다고 提出 要求 있어.
淸州 가는 겸에 쌀 1말 갖고 가기도.
絃한테 書信 오고…… 結婚日字는 12月21日 午後 1時 半. 大田市 현대예식장(대흥동 로타리 천주교 옆) '복실'이라고 連絡. 陰11月19日 되는 것.
얼마 前에 人事用務로 出他하였다가 通禁에 저촉되어 傷心되는 中이라기도.
井母는 近日에 속 아프다기에 藥 좀 사왔기도. ⓒ

〈1975년 12월 7일 일요일 曇, 晴〉(11. 5.)
淸州 가서 잔삭다리 일 잘 보고. 惠信의 호적 초본 갖고, 魯妊은 槐山郡 鯉潭行.
鎭川郡 鶴城校行을 中止. 林億喆 校長 行事에 祝電만 친 것.
歸路에 江內面 鶴天里 들려 沈義輔 교사 父親 回甲宴 招待에 人事했기도. 어제 오늘 날씨 쌀쌀한 편. ⓒ

〈1975년 12월 8일 월요일 曇〉(11. 6.)
道 主催 제4, 5學年의 學力考査 實施에 小魯朴 校監 왔고.
約束 있어 沃川行하여 下午 4時쯤에 到着~魯絃의 丈人될 林在道 査頓될 분 만나 結婚日 行事 節次에 關하여 相議했고. 밤에 絃과 林閨秀도 만난 것.
막 차로 淸州 와서 留. 모처럼 고량酒 나우 먹었던 것. 안주가 좋은 高級料理여서인지 過히 취지든 않아서 다행. ○

〈1975년 12월 9일 화요일 晴〉(11. 7.)
朝食 直後 直行버스로 大田 往來~大田 현대예식장 位置 확인했고. 當日 臾心 집도 보아둔 것.
道教委 初等教育課에 들려 奇장학관과 임係長에게 魯絃의 通禁에 걸렸었던 일 이야기했고. 國務總理 訓令에 依하여 懲戒委에서 다루게 된다는 것. 不利한 일일 것이라고. 一行 中 正直하게도 職責을 말한 것이 탓 된 것. 잘 되기를 바랄 뿐.

絃의 四柱 종이 等 몇 가지 사 갖고 歸校.
어제 치뤘던 4, 5學年의 考査成績 괜찮았다고. ⓒ

〈1975년 12월 10일 수요일 晴〉(11. 8.)
經理帳簿 檢閱에 數時間 주판 노았고.
井母 入清에 쌀 2말짜리 자루 自轉車로 玉山 停留所까지 실어다주었고.
墻東 가서 尹노찬 祖母喪에 人事했기도.
3日 前부터 날씨 몹시 차진 것. 21日 行事에 걱정되고. ⓒ

〈1975년 12월 11일 목요일 晴〉(11. 9.)
日出直前 氣溫 영하 6度. 겨울 들어 最高 추위. 終日토록 강취.
午後에 入清하여 홍업금고 들려 現金 5萬 원 借用했고~魯絃이 結婚 경비에 充當하려는 것.
어제 쌀 갖고 清州 갔던 井母 강추위에도 歸家.
日 前에 惠信의 호적초본 갖고 槐山郡 이담 갔던 魯妊이 엊그제 왔다면서 오늘 추어도 賢都 가고…… 姪女 魯先의 要請으로 간 것. ⓒ

〈1975년 12월 12일 금요일 晴〉(11. 10.)
오늘 아침 溫度 어제보다 더 내려 영하 8度였고.
書類作成에 엄두 못내어 께름하였던 學校林 오류등기 件에 關하여 着手한 것.
學校 防火施設 狀況 點檢에 虎竹 朴某 校監이 어제 來校하여 했다는 노릇 듣고 不快 및 괫심했기도.
次男 魯絃의 結婚式 청첩 發送에 몇 군데 準備 着手. ◎

〈1975년 12월 13일 토요일 晴〉(11. 11.)
오늘도 어제와 같은 추운 날씨 零下 8度6分.
學校일 거이 마치고 次男 魯絃의 四柱 써 갖고 入清. 曾坪 趙校長 母親喪에 人事했기도. 九巖, 娘城 閔재기 校長 근속 30周年 記念行事에 祝電. 沃川 絃한테 電話했고. 賢都 갔던 妊한테도 전화하였더니 歸清했다고.
絃은 볼 일 있어 來清하였다가 用務 마치는대로 곧 沃川 갔다는 것. 일를 말과 相議할 일 있는데 今日은 不能케 된 것. 明日이나 後 明日에 다시 來清할 豫定인 듯. 채단[31] 뜨는 데 보태라고 現金 15,000,- 두고 간 것.
正文堂 金 氏에 끌려 몇 군데 다니며 탁주 若干씩 마시기도.
首都體育社 들렸으나 主人 없어 對話 못했고. 尹君의 親切한 對함은 고맙기도. 內秀時節에 學校 다녔다는 것.
청주 아이들과 이야기 좀 하다가 같이 留宿. ⓒ

〈1975년 12월 14일 일요일 晴〉(11. 12.)
새벽 3時에 起床하여 案內狀 및 親緣戚 몇 군데에 편지 쓰기도.
族弟 晩榮 子婚에 人事. '京聖飯店'에서 來客 접대하는 것.
井母 청주 와서 姬와 함께 市內에 들어가 沃川 보낼 채단 끊었고.
'首都體育社' 金旺 發 社長한테 夕食 待接받기

31) 채단[采緞]: 혼인에 앞서 신랑집에서 신부집으로 보내는 예물.

도.
案內狀 거이 完結 짓고 井母와 함께 저물게서 歸家한 것. ○

〈1975년 12월 17일 수요일 晴〉(11. 15.)
入淸하여 致兆 氏 女婚에 人事.
絃의 結婚案內狀 발송할 것 完結. 絃은 어제 淸州 와서 채단 및 四柱 等 갖고 갔다고.
오미서 자전거鋪 金技手에 一盃 待接…… 日前에 결혼式 있대서. ×

〈1975년 12월 18일 목요일 晴〉(11. 16.)
學校선 卒業班인 제6學年의 最終 考査로 卒業試驗 實施했고.
天安 出張했고…… 學區內 德水部落 6學年의 中學無試驗 入學에 따른 關係學校長會議 있어서. 水落 정류場에서 東洋고속(일반고속)탔던 것. 歸校엔 時間 關係로 淸州로 돌아온 것.
오늘 날씨는 많이 풀렸고, 當分間 푹해야 할 텐데……. ○

〈1975년 12월 19일 금요일 曇, 雪, 曇〉(11. 17.)
낮 2時間 동안 눈 내렸고…… 첫 눈. 約 5㎝. 22日이 冬至인데 아마도 그 추위인 듯. 21日 絃 結婚式日에 날씨 좋아야 할 터인데.
井母는 入淸~21日에 大田 갖고 갈 떡, 안주 等 장만하려고 物資 좀 마련하여 간 것.
父親께선 四派大宗稧에 參席하시고.
母親께선 설 무렵에 쓸 酒類 빚기에 날씨 고르지 못한데 애쓰시기도.
잘 참아오던 飮酒, 14日 某種의 일로 傷心되어 마음 없이 마신 것이 버릇되어 어젯날까지 나우 했던 것. 오늘은 조심 좀 한 편이고. ⓒ

〈1975년 12월 20일 토요일 晴, 曇〉(11. 18.)
어제 내린 눈으로 아침날씨 쌀쌀함을 느끼고. 日出되면서 많이 풀려 푹함을 다행으로 생각하면서 終業式 擧行~明日부터 放學.
明日 行事로 늦게나마 淸州 가서 留.
井母, 妊, 杏, 運이 飮食 빚느라고 밤 늦게까지 勞力하는 것 - 인절미, 백흰떡, 기름튀김, 돼지고기 삶고.
괴산군 이담에서 노명 內外 오고. 밤중에 신랑 絃이도 와서 同宿. ⓒ

〈1975년 12월 21일 일요일 雪, 曇〉(11. 19.)
첫 새벽부터 日出 直前까지 눈 많이 내려 7㎝ 程度 쌓이고. 氣溫은 푹한 편.
1시 30분에 起床하여 돼지고기(10斤 정도) 썰고. 食 前에 떡고리, 고기산자, 뎀뿌라상자 꾸려놓았기도.
家族 一同 직행버스로 大田 간 것. 淸香園이란 中國 요리집에서 來賓 接待키로 定하여 갖고 간 飮食 다루는데 妊과 杏, 運이 勞力했을 터.
午後 一時 半부터 있을 2男 絃의 結婚禮式은 돌연이 事故 생겨 소 二時 지나서 擧行…… 絃이가 前者에 알았었다는 女性이 나타나 絃에게 마키롬을 뿌렸다는 바람에 충격 甚했고. 당황, 창피, 不美.
不幸 中 多幸으로 行方 몰라 초조感 속에 동동거리던 중 絃이 나타나 조용한 가운데 禮式 順成했으나 相對 林 氏 家 側에 미안하기 짝이 없었던 것.
來賓 모두 酒類와 点心만은 足히 待接했고.
一同 淸州까지 왔다가 큰 애 井과 함께 金溪 本家까지 택시로 와서 父母님께 人事 드렸고.
井은 도로 入淸.

心痛한 心情 누르면서 就寢. 호사다마(好事多魔)라더니……. ○

〈1975년 12월 22일 월요일 晴〉(11. 20.)
어제 있었던 일 생각하며 일찍이 起床. 紘의 內外의 幸福을 기원하면서.
이제 井, 紘, 明 成就하였으니 큰 所望 이뤄져서 큰 행복感 이뤄졌는 것.
아침결에 이나리 아주머니의 回甲에 잠간 들려 人事했고.
오미 가서 機關長會議에 參席하여 '사거리다리' 豫定地를 이동한다는 問題로부터 面 當局에 對하여 심히 말했던 것. ※

〈1975년 12월 23일 화요일 晴〉(11. 21.)
어제 入淸하여 청주 아이들과 함께 留했으나 오늘 行할 일로 머리 複雜했으나 교육청에서 가서 鄭 과장과 白 교육장에게 學校예산 要求에 對한 打協하였기도~結果 개운한 氣分으로 退廳했던 것.
直行버스로 大田 거쳐 沃川 가서 査頓 만나(林在道) 座談하며 一盃하였고.
21日에 新婚 旅行 갔던 魯紘 內外는 밤 9時頃? 왔기에 반갑게 만났던 것.
아이들 案內로 一流여관인 '금화여관'에서 宿泊한 것. ×

〈1975년 12월 24일 수요일 晴〉(11. 22.)
잠 잘 안와 새벽에 沐浴.
紘 夫婦 잠간 만나고서 日出 前에 沃川을 出發. ※

〈1975년 12월 27일 토요일 晴〉(11. 25.)
職場民防衛隊長 교육 있어 出張…… 場所는 江西校.
入淸하여 청주 아이들과 同宿.
집에 와 있던 杏이도 청주오고.
노현 結婚時에 祝儀金 보내온 名單 보고 謝禮人事狀 發送.
또 連日 飮酒에 몸 쇠약해지고 고단함을 느끼는 중. 맑은 정신으로 할 일 많은데 걱정되면서도 每日 不得已 過飮. ×

〈1975년 12월 28일 일요일 晴〉(11. 26.)
年賀狀 써서 發送하는 데 청주 아이들 助力 받고.
玉山校 安鍾烈 교사 母親喪에 人事햇고.
井母는 오미 가서 흰떡 만들고 調味料 기타 장흥정 나우 사서 집에 오고.
明日은 魯紘의 新婚夫婦 金溪 本家로 最初로 오게 되는 것. ×

〈1975년 12월 29일 월요일 晴〉(11. 27.)
淸州 가서 아이들 있는 방에서 기다리던 아이들 만난 것…… 井 夫婦, 紘 夫婦, 明 夫婦, 英信, 昌信, 惠信.
一同 物品 참겨서 택시로 金溪 本家에 저물게 온 것.
저물지만 폐백 드리는 形式으로 父母님을 爲始하여 집안 어른들께 첫 뵈임으로 둘째 子婦가 人事한 것. ×

〈1975년 12월 30일 화요일 晴〉(11. 28.)
집엔 振榮, 姪女 魯先 夫婦, 桑亭 妹, 모두 와서 온집안은 多人 數家族으로 법석. 明日이 生日이라고 모인 것. ×

〈1975년 12월 31일 수요일 晴〉(11. 29.)
새벽부터 반찬 만들기에 子婦들 女息들 분주했을 것. 음력 동짓달 금음이라서 나의 生日이라고 집안 食口들과 몇 분 招待하여 朝食 함께 했던 것.
物心身으로 勞力한 子息들한테 미안하고 고마울 따름.

- ○ 모모한 잔치 等으로 안식구들의 過勞케 됨은 너무나 딱한 일.
- ○ 生活 간소화, 儀禮 簡素化는 지켜야 할 일.
- ○ 장차 家長이 되었을 時엔 어떻게 어떻게 한다는 것을 생각하면서 오늘을 보내면서 75年을 넘겨야 할 터인데 生活信條에 躬行力이 弱한 自身을 원망하면서. 끝. ※

◎ 75年의 略記
不條理 제거를 爲한 政府方針의 施政만은 强한 表現이나 아직도 숨은 不條理는 많기도 할 것이고.
온 國民의 念願인 南北統一은 아직도 요원한 것 같아 탄식과 땅을 치고 울어도 시원치 않기에 北赤의 反省의 機會를 어떠한 힘으로 불어넣어야 할지.
水害와 旱害가 比較的 적었던 해이고.
家族은 올해도 늘었다지만 晩婚일지라도 次男 魯絃이가 結婚했기에 宿望의 하나 또 이룬 것.
조심해야겠다는 飮酒에 對해선 不得已한 경우로 過飮期 나우 있어 큰 反省 가고……. 때로는 月餘 間 謹酒하였기도 했지만. 가끔 뒷골 異常으로 苦痛 겪는 중이고.
生活家庭(世帶) 여러 곳 있지만 그대로 모면.
1. 金溪 本家 4人,
2. 서울큰 애 4人 家族,
3. 貳男 魯絃 2人,
4. 槐山 셋째 3名,
5. 淸州아이들 5名,
6. 아우 沃川 청성 2名.
以上 여섯군데의 살림 形便. 軍人 1名.
家族狀況 모두 21名
父 75세 貳孫(昌信) 5세.
貳女(姬) 화곡校
母 77세 貳男(絃) 증약校
參女(妊) 約婚
妻 56세 子婦(둘째)지탄校
四女(杏) 忠北大 1年
長男(井) 38세 옥수중
參男(明) 이담校
5女(운) 一信고 2年
큰 子婦(종암校)
子婦(셋째) 25세.
四男(松) 入隊中
長孫(英信) 6세.
孫女(惠信) 1세.
五男(필) 中2
弟 진영~청성校

1976년

계수 24세 以上

〈앞표지〉
日記帳
◦ 1976年(4309) 丙辰
金溪校在勤
◦ 1977년(4310) 丁巳

〈뒷표지〉
通信錄

〈1976년 1월 1일 목요일 晴〉(12. 1.)
新正. 1976年의 첫 날. 丙辰年. 檀紀 43 年. 날씨도 괜찮았고. 金溪里선 우리 당내 집안만이 陽曆過歲하는 편(其外 數家戶 있기는 하지만).
今年 설 따라 家族 많이 모인 것이 有名. 新婚한 貳男 魯絃 夫婦가 本家로 처음 와 있는 中이며 서울의 큰 애 全 家族(孫子 英信, 昌信 兄弟 特色), 槐山의 參男 魯明 夫婦(孫女 惠信도), 青城校의 振榮, 內室, 客室, 特室 모두 房마다 滿員. 豐富한 家庭. 多人 數家族. 나만이 누리는 幸福인 듯. 老兩親께서도 아직은 健在한 形便.
설 茶禮 午前 中에 마친 것…… 큰집, 再從兄집 두 집 뿐.
槐山 孫女 '惠信'의 첫 돐. 안에선 새벽부터 떡 빚느라고 법석이는 듯.
새해의 無事 幸福을 祈願하는 마음으로 해 넘기고. ○

〈1976년 1월 2일 금요일 晴〉(12. 2.)
絃 夫婦 沃川 간다고 出發. 5日 만에 집 떠나는 것. 淸州까지 姬와 함께 同行. 청주 가선 沃川 子婦는 姬와 같이 市場 일 보고.
明日에 쓸 飮食材料 사 갖고 ~~서울서 온 3女 魯妊과 함께~~[1] 無事 歸家. ○

〈1976년 1월 3일 토요일 晴〉(12. 3.)
宗親 同甲稧 第12回. 有司이기에 내집에서 開催. 全員(6名) 參席. 修稧 後 稧財 現金으로 約 4萬 원쯤. 晝食땐 洞里 有志 數名 招待하여 同席 會食했고.
今日用 料食 만들기에 서울 큰 子婦 새벽부터 큰 勞力. 近日 數日 間은 집안에서 每日 行事 있어 온 家族 분주했고. 今日 行事도 無事 經過. ×

〈1976년 1월 4일 일요일 晴〉(12. 4.)

1) 원문에 해당 부분에 줄이 그어져 있다.

서울, 槐山 아이들 가는 데 玉山까지 同行. 自轉車로 짐 싣고 가는 데 助力.
數日 間 법석이던 家內 外地家族 거이 가버려 한산. ×

〈1976년 1월 10일 토요일 晴〉(12. 10.)
昨夜에 눈 우수 내렸고. 食 前 溫度 영하 8度.
再從兄 憲榮 氏 回甲. 招請 來客 一時에 닥쳐 큰 混雜 이뤘고. 손님 接待 指揮에 從兄께서 큰 애 쓰셨고.
어제까지에 오래間 過飮 繼續되어 몸 둔해짐을 極히 느끼고. 今日은 조심. ○

〈1976년 1월 15일 목요일 晴〉(12. 15.)
職員硏修 第1日. 今明日 및 後明日까지 할 일 提示하고 볼 일 있어 入淸.
明日用 料食材料 나우 사 갖고 서울서 온 妊과 함께 歸家.
두릉 趙亮濬 子婚에 主禮. 히아신스禮式場. 11시 30분에.
朴正熙 大統領 年頭 記者會談에 驚異한 喜消息－浦項 迎日灣 附近 地下 1,500m에서 良質 石油 난다는 것. 昨年 12月初에 原油 솟았다고 ○

〈1976년 1월 16일 금요일 晴〉(12. 16.)
어제의 朴大統領 年頭 記者會見 內容 中 迎日灣 石油 문제로 各種 신문마다 全面記事 이뤘고. 온 國民, 放送 주야로 喜消息으로 떠들썩.
職員硏修 第2日~75公文書 分類 編綴에 注力.
今日 豫定의 學校 일 거이 마치고 職員 招待. 歲前에 紘 結婚. 55回의 生日(음 至月末日). 76年 설. 3日에 있었던 同甲稧 行事. 惠信의 첫 돐. 放學 中의 共同硏修로 因한 特別 努力의 意로 全職員 待接한 것.
酒類는 鎭川産 德山藥酒로 1斗, 酒肴는 約 萬원 程度의 購入 材料로. 3女 魯妊이가 서울서 사온 메초리 알 料理 等으로 特色 이뤘고. 料理 만들기에 妊이 큰 勞力한 것. 솜씨 發揮 잘 했고. 料理床 아마도 고장에선 最上인 느낌. 힘껏 量껏 實力껏. ×

〈1976년 1월 18일 일요일 晴〉(12. 18.)
井母와 姬 沃川 紘한테 가는데 自轉車로 오미까지 짐 실어다 주었고. 중간에 간장통이 깨져 새는 바람에 다시 歸家 준비 等으로 애먹기도.
紘의 새 살림하는 것 처음 보러 간 것.
玉山市場에서 몇 가지 物件 사 갖고 늦었으나 마 無事 歸家. ※

〈1976년 1월 19일 월요일 曇, 晴〉(12. 19.)
數日 前부터 날씨 몹시 추어진 것. 日出頃 氣溫 每日 영하 10度쯤.
장동리 曲水 尹秉哲 理事 母親喪에 人事. ×

〈1976년 1월 20일 화요일 晴, 曇〉(12. 20.)
職員共同硏修 마친 것. 가게房에서 濁酒 나우 나누고서 散會.
18日에 沃川 갔던 井母 오고. 沃川의 消息, 不安, 不快感 있고……. 去月 21日에 大田서 생긴 不美한 일의 當事者의 행투리가 尋常치 않다는 것. ※

〈1976년 1월 23일 금요일 雪, 晴〉(12. 23.)
새벽에 降雪. 12㎝쯤. 今冬에 最上의 積雪量.
어제 淸州 왔던 몸. 本家의 除雪을 念慮하면

서 井母의 服用할 '경옥고' 1병 5,700원에 購求하고 오미 와선 孔炭 400個 購入. 추럭으로 2,000원에 運搬. 炭代는 個當 40원씩.
大宗會에 잠간 參席. 場所는 俊榮兄 宅. 原州 및 서울 代表로 宗錫 氏 오고. 密直公 墓所 移葬 문제가 主案. 現 장소 아까움을 力說했고. ※

〈1976년 1월 24일 토요일 晴〉(12. 24.)
어제 쌓인 눈 氣溫 關係로 녹지 않았고. 今朝 溫度 영하 16度. 最降下. 然이나 낮부터 풀리기 시작한 것.
老兩親께선 全東 가신다고 出發. 작은 外叔의 막내딸(外四寸 妹) 結婚 있어 가신 것.
沃川서 絃으로부터 不意의 電話. 今日中으로 淸州서 만나자는 것.
學校일 대충 마치고 淸州 가서 絃 만난 것…… 不美한 靑山女子 件으로 고소 當하여 來週 月曜日에 沃川경찰서에 出頭하게 되었다고 ……. 근심되는 마음 不禁. 絃은 바로 歸 沃川.
淸州서 아이들과 同宿. 絃의 件으로 잠 못 이루고. 몸도 지극히 피곤. ×

〈1976년 1월 25일 일요일 晴〉(12. 25.)
午前 10時까지 就安. 淸州엔 姬, 妊, 運이 있는 中이고.
北一面 新安里 가서 弔問. 虎竹里 閔英植 氏 親喪 葬禮에 人事.
몸 極히 고단하여 청주 아이들 房에서 앓은 것. 뒷머리 아파서 鎭痛劑 藥 먹기도.
沃川 일 생각하며 不安感 잊지 못하면서 또 청주서 留한 것. ⓒ

〈1976년 1월 26일 월요일 晴〉(12. 26.)
午前 中 청주서 신음하다가 沃川 直行한 것. 下午 1時 半에 到着. 絃은 이미 20分前에 경찰서에 갔다는 것.
새 查頓 林在道로부터 經過之事 詳細히 듣고 같이 入署하여 絃 만났으나 驚異. 保호室에 연금 當한 것.
수사課長 高英洙 경위(江西面 池東人)와 取調係 史警查(江內面 猪山人)에 人事. 알고보니 알만한 處地어서 不幸 中 多幸이나 어찌할 수 없는 일.
沃川 '영남여관'이란 下流旅館에서 絃의 모습 生覺하며 뜬눈으로 밤새운 것. 事件이 앞으로 어찌될른지 不安感 無限했고. ⓒ

〈1976년 1월 27일 화요일 晴〉(12. 27.)
朝食 後 活動方向을 근심하며 사돈 林 氏와 長時間 對談.
絃의 勤務校 金 校長, 金 校監과도 근심중에 百方으로 相議했기도.
沃川郡 교육廳 가서 李彰洙 교육長, 申상호 學務課長과도 人事 및 相議.
엊저녁 밤에 增若校 金 校監 좀 만나려고 學校까지 往來할 때의 心情은 生前 잊지 못할 經驗 …… 몸 달고, 무섭고, 딱하고, 눈앞이 깜깜하고 등등.
茶房에서 林 查頓, 金 校長, 金 校監 해결策 方案에 苦心.
몇 분의 意見 모아 고소 取下案이 同一案.
'고소狀'은 "결혼빙자간음罪"로 되었다나. 初任校인 靑山校 시절에 下宿했던 집의 母女의 간계에 넘어 갔었다는 일. 갓나온 병아리 先生을 꾀어 넘어뜨린 일. 去年 12月 21日에 있었던 괴악한 人間들의 짓. 모두 분하기만 했던 것.
생각다 못해 子息들한테 電話로 連絡했고.
고소人側과 中間역활者…… 고소인 安영자. 靑山藥局 安哲浩, 고소인 오빠 安달원. 大月校 安경찬 교사, 안계순(伊院支署長).
고소取下 協商次 밤에 靑山갔고, 振榮도 갔고, 後에 急기야 서울서 한밤 中에 長男 魯井이도 靑山까지 달려온 것.
取下 협상에 30萬 원, 其後 80萬 원 線까지 論해 본 것. 밤새운 것.
當事者를 直接 만났기도. 괴악스러이 强한 女性임에 놀라울 程度. ◎

〈1976년 1월 28일 수요일 晴〉(12. 28.)
芝田旅館에서 早朝食하고 고소 取下일 未決된 채 井, 振과 함께 歸 沃川.
槐山의 魯明과 淸州 있는 魯姬도 달려오고.
署에선 永同支廳에서 서류 기각 當하여 今日도 다시 取調하여 書類發送했다나.
紘의 態度는 多幸히도 泰然態勢. 合意 결렬인데 겁먹을 것 없단다나.
終日토록 謀事後 再次 協商코져 井과 振榮이 또 靑山 갔고.
여러모로 생각 끝에 紘은 辭表 냈고…… 家族一同, 며누리, 林 査頓 熟意(숙議) 끝에.
紘과 子婦는 사표 않는다고 고집하였기도. ◎

〈1976년 1월 29일 목요일 晴〉(12. 29.)
어제 靑山 갔던 井과 振榮 낮까지 協商하다가 合意 안되어 下午 1時에 도라온 것.
今日도 署에선 기각된 서류 再取調하여 提出한 것.
100萬 원까지 協商 論한 것. 이제 斷念키로 했고.
밤 8時頃에 구속 令狀 내려왔다고 正式 감금當한 紘. 場面 생각하니 하눌이 무너지는 듯. 눈이 깜깜. 紘은 平素보다는 당황과 조급한 態度 또는 악이 났기도. 然이나 比較的 沈着했던 편.
밥맛 없고 一同 침울. 새 며누리가 딱하기도. 그러나 마음 넓게 써 너그러운 태도 表現에 감탄 아니할 수 없는 것. 그 속이 얼마나 아플가.
이제 無혐의로 나오게 힘쓰는 일로 一同 歸結. 落淚로 徹夜. ◎

〈1976년 1월 30일 금요일 晴〉(12. 30.)
28日에 온 姬는 제 새 올케의 助力에 착하게 힘쓰는 中. 신통하였고.
앞으로 움직일 일 相議하고 明과 姬만이 沃川에 남고 井은 서울로, 振榮은 任地로.
林 査頓과 熟議하고 本家에로 向發.
教職을 終結지은 形便의 紘을 생각하며 車內에서 남모르게 落淚. 청주 아이들 房도 아무도 없어 썰렁하고 섭섭한가 서글픈가 異常한 感감돌기도. 부엌 炭고래 淸掃하고 日暮頃에 오미着.
明日이 舊正이라서 奉親用 酒肉類 약간 사 갖고 저물게 本家着.
內者와 兩親께 紘의 狀況 告하며 속눈물.
沃川 생각만 하면서 徹夜. 學校는 多幸이 無事. ⓒ

〈1976년 1월 31일 토요일 晴〉(正. 1.)
陰曆 설. 우리 집안 몇 家戶는 陽曆 과세 했었고.

三從兄(根榮 氏) 집에 가서 차례에 參席.
水落 가서 李炳麟 사돈 만나 座談. 그네 堂姪 李창균 判事, 南原에 있다고.
家庭과 學校 단속하고 또 沃川行. 밤 9時頃에 到着.
明이 오늘서 沃川 發, 槐山 갔고. 井과 振榮이도 오늘 또 沃川 온 것.
유치장의 絃이 소식. 多幸이도 마음 단단하다는 것. ⓒ

〈1976년 2월 1일 일요일 晴〉(正. 2.)
아침결에 林 사돈 만나 人事와 할 일 論議했기도.
振榮이 任地로 갔고. 姬는 日暮頃에 淸州行.
큰 애 井과 같이 大田 가서 변호사 交涉. 過去 淸州地方法院長 지냈다는 金憲燮 변호사. 着手金 6萬 원. 情況 모두 이야기하고…… 明日에 沃川署와 永同支廳에 다녀오기로도 合意.
永同支廳長은 朴南用 檢査. 支院長은 金午燮 判事라고.
늦게 歸 沃川하여 林 사돈 만나 밤에 長時間 座談했고.
오늘도 大田의 볼 일 큰 애 井의 活躍相은 나의 더 말할 수 없는 幸이었고. ⓒ

〈1976년 2월 2일 월요일 晴〉(正. 3.)
어제 交涉한 大田의 金憲燮 변호사 沃川경찰서 와서 魯絃 만나 親告罪로 고발된 來歷 묻고 다시 歸大田. 事務長은 沈允輔.
井과 함께 署에서 絃의 情狀과 金老人 변호사의 活動狀況 보고서는 거이 失望했고. 結果를 보아야 하지만 변호할 氣力이 旺盛치 못할 것 같은 氣分. 永同까지 가겠다는 計劃도 中斷하기에 誠意도 不足한 듯한 氣分.
井은 淸州 갔고. 집에선 井母 沃川 와서 며누리 慰安과 明日의 絃 面會할 計劃.
밤엔 林 査頓 만나 一盃하면서 彼此 慰勞의 情談했고. ○

〈1976년 2월 3일 화요일 晴〉(正. 4.)
앞으로의 일 생각 때문에 잠 안올 것이나 昨夜에 林 査頓과 一盃한 바람에 눈 좀 붙이고 새벽에 起床하여 오늘 行事 생각한 것.
쪽지와 함께 열쇠 꾸러미 새 며누리에 傳해달라고 旅館主人 黃 氏에게 付託하고 첫 車(市內버스)로 大田 와서 直行으로 淸州 오니 8時 40分 된 것.
아이들 집에 들려 큰 애 魯井 잠간 만나고 玉山 와서 玉山校에서 있는 自然科 講習에 參席. 4學年 以上 擔任敎師와 學校長만이 受講케 된 것.
下午 4時에 강습 마치고 鄭海益 찾아 鄭明來 檢事 이야기 좀 묻고 들은 것. 現在 서울 城東區 支廳長으로 있고 45歲이며 權威 있다고. 그는 海益 氏의 조카. 絃의 立件된 內容 대충을 海益 氏에게 이야기했고. 모레쯤 어차피 上京한다는 것.
日暮 뒤 집에 到着하여 兩親께 그간의 狀況을 報告.
밤엔 學校 가서 南 敎師와 그의 來客 親戚을 待接했고. ○

〈1976년 2월 4일 수요일 曇, 晴〉(正. 5.)
새벽에 起床하여 鄭海益 氏에게 일러줄 草案 쪽지에 썼고. 오미 와선 2,000원 旅費도 주었던 것. 서울에 그의 조카인 鄭明來 檢事 있기에 實情을 傳하여 永同支廳에 付託 좀 하여 달라는 目的인 것.
自然科 實驗實習 講習은 午前 中으로 끝난 것.
機關長會議 있어 參席, 朴 면장의 件도.
絃은 永同으로 送致됐고. 큰 애 井이 同乘車하여 다녀왔고.
沃川으로 急히 달려가 오늘 이뤄진 狀況 長男 井이한테 仔細히 들은 것. ×

〈1976년 2월 5일 목요일 晴〉(正. 6.)
朝食 直後 永同 直行. 경찰서 수사과에 人事했기도. 이곳도 面會는 火, 金曜日이라고. 今日 面會 不能. 수사係長은 이영희.
永同郡廳에 들려 親舊(玉山校 同期同窓) 鄭經模 郡守 찾아 修人事. 不美하게 當해진 絃의 事件 이야기하며 永同支廳長에 實況 좀 부탁하여 달라고 말한 것. 鄭郡守의 事情으로 郡廳 評價係長 呂 氏 待接하는 点心 먹고 歸 沃川.
저녁 나절에 明 데리고 青山 가서 今般 事件 조종者인 安철호와 當事者 安영자 찾아 人間다운 行實과 良心, 앞으로의 順한 해결하는 마음 갖으라고 충고하고 歸 沃川. ※

〈1976년 2월 6일 금요일 晴〉(正. 7.)
大田 가서 金憲燮 변호사 찾아 시원찮은 이야기 좀 듣고 青山 여자의 書信 찾아 갖고 와서 內容을 가까스로 읽어보기도. 75. 7. 11日付 편지가 有力함을 把握.
一同(井母, 子婦, 노명, 振榮 모두 5名, 絃의 親友도 있었고) 永同가서 어느 정도 長時間 기다렸다가 絃을 面會…… 철창 生活 中인 絃의 面會 平生 잊을 수 없는 일. 만나니 할 말 별로 없고. "마음 굳게 먹으라"는 말밖에. 제들 內外는 굳은 握手하며 무엇인가 약속하는 듯. 먹을[2] 넣어주는 데도 가지각색.
鄭 군수에 電話 연락해 보니 형편상 아직 檢事와 對話 못하였다는 것.
守衛 中인 尹幸求 순경이 친절한 人事했고…… 오미 尹泰善의 子弟라고.
私食 넣어주는 집 찾아 再次 부탁하고 歸 沃川. ×

〈1976년 2월 7일 토요일 晴〉(正. 8.)
청주와 本家, 學校가 궁금하여 沃川서 点心 後 出發.
청주는 어젯날 本家 金溪서 와 있는 運과 弼이 뿐.
청주 볼일 얼핏 보고 玉山 거쳐 本家 와선 父母님께 狀況 報告 했고.
다행히 學校만은 無事하여 安心 됐고. 南 교사 친척과 함께 座談했던 去日을 이야기하면서 고단하기에 宿直室에서 留한 것. ※

〈1976년 2월 8일 일요일 晴〉(正. 9.)
老兩親께선 江外面 연제리 원 앞 당고모 回甲에 가신다고 아침결에 出發. 從兄 內外와 再從兄 內外도 同行.
玉山서 鄭海益 만나 서울 갔다온 消息 잘 듣고져 期待했으나 관심 적은 感 느껴지고. 청주 가선 鄭在愚 司法書士 만나 絃의 件 이야기하니 安心의 답변하기도.
청주 히아신스禮式場에서 있는 李鍾璨 子婚에 人事.
沃川 도착했을 땐 下午 5時 半쯤.

---

2) '먹을 것을'에서 '것을'이 빠진 듯하다.

井과 振榮과 相議하고 '고소장' 草案 만들어 보았고.
井은 下午 7時 半쯤 서울 向發. ※

〈1976년 2월 9일 월요일 晴〉(正. 10.)
엊저녁에 서울 向發한 큰 애 井이 새벽까지 到着 안된 듯 電話 와서 몹시 궁겁던 차 日出頃에 消息 들으니 時間 형편상 청주서 아이들과 留했다는 것이어서 安心.
永同行하여 鄭 郡守 만나 前日 件 問議하니 檢事와 直接 對話했다는 것……. 事實 調事 結果래야 안다는 것 – 當然之辭.
永同경찰서 수사과에(鳥致院人이라고) 고소 成立 여부를 問議하니 될만한 이야기라고 助言.
永同支廳에 가서 事件係長과 調査室長에 첫 人事하고 노현件 이야기하고서 告訴取下 方法만이 常策이라는 것……. 고소人(靑山여자)이 莫多하고도 無謀한 金錢을 要求하기에 큰 問題.
數日 間 繼續되는 傷心되는 마음 억제치 못하여 食事不進과 飮酒만으로의 生活 때문으로 몸 지칠대로 지쳐서 큰 일 날 것 같은 心情이고.
永同여관에서 約 一時間 누었다가 가까스로 起動하여 沃川 着.
永同 沃川間에 車內에서 發病~어지럽고, 頭痛 심하고, 온몸 떨리는 것.
明日이 長期休暇 마치고 開學하는 날이기에 無理해서라도 歸校하려 出發할 지음 甚한 寒熱에 不得已 뜻 이루지 못하고 沃川서 留.
沃川엔 日 前에 姬가 가고 지금은 姙이가 와 있는 중. 振榮이도 靑城 갔고. ⓒ

〈1976년 2월 10일 화요일 晴〉(正. 11.)
學校일 甚히 궁금히 여기며 起動하려 했으나 不能. 學校로 事由를 전화로 연락.
아침결에 林 査頓 찾아와 其間 경과와 앞으로의 일 相議하고. 사돈은 內外 永同 가서 絃 면회한다는 것.
맞告訴 제기한다는 것을 林 사돈은 한사코 만류하는 편…… 中間 역활자 넣어 절충하여 고소취하의 方法을 主張하는 것…… 理由는 多分이 理解되기도.
終日토록 누어서 傷心만. 죽, 약 먹어가며.
永同 다녀온 査婦人 이야기 듣기도.
絃의 正直한 서신에 依하여 下宿집 婦人 만나 人事와 이야기했기도.
日暮頃에 無理로 起動하여 井母와 함께 出發.
沃川엔 姙만이 남아 있어 집 지키게 되고.
大田서 金 변호사 찾아 充分한 이야기하곤 靑山 여자 書信 한 통 다시 돌려준 것.
저물게서 淸州 着하여 저녁 요기 약간 하고 留. ◎

〈1976년 2월 11일 수요일 晴〉(正. 12.)
몸은 아직 完快치 못하나 아침 첫 車 利用하여 歸校.
去 8日에 水落 兒童 3名이 高速버스 投石 事件 있대서 또 께름…… 禍不單行 그 말대로인가. 경찰에서 訓放 조치했다는 忠淸日報 記事 보았고. 內容이야 어찌됐던 不美한 일.
終日토록 公文 숙독. 帳簿 記載 등으로 몸 不正常~눈, 머리, 팔다리, 가슴 아프고. 全身 떨리는 증세 不完快.
12時 좀 지나서 井母도 歸家.
전자리 고개 미는 도쟈 工事 시작했다지만 형

편상 가보지 못했고. 家親께서 나무 좀 지고 오시다가 山비탈에서 낙성하여 右側 팔 심히 아프시다고. 雪上加霜. 우선 急한대로 옥토정기 발리드린 것. 파스는?
夕食 약간 하고 일찍 편히 쉬겠다고 就寢 자리에 누었으나 作心 不能. ⓒ

〈1976년 2월 12일 목요일 晴, 雨〉(正. 13.)
새벽 2時 直前에 잠깨어 日記帳 等 정리. 땀나고 기침 나는 것 如前. 頭痛도 別無 差度. 글 쓰는 손 역시 떨리는 편. 今日 計劃으로 머리 複雜한 편이기도.
今日도 어제와 같이 數日 間 싸였던 公文 決裁 및 處理에 바빴던 것. 下午 1時쯤에서 完了했고. 마음 개운하기도.
學校일 重要한 것 거이 보고 私事일 바쁜 일 보고선 沃川行…… 支署 양촌 閔순경 볼려 했으나 出他 中. 鄭海益은 만났고…… 閔 氏는 絃의 身上을 물었다기에. 鄭 氏는 鄭檢事 關聯 있어 말한 바 있었던 것.
面에 들려 新任 閔面長(舊面) 赴任 後론 처음 만났고.
閔面長은 江西面 龍井人. 郡에 오랫동안 있던 사람.
任書記에 杏, 運, 弼의 戶籍抄本 부탁하고 入淸. 杏이 만나고.
沃川 着했을 땐 19時 半쯤 됐고. 林 査頓 만나 1時間 半 程度 이야기했기도.
금구旅館에서 宿泊. ◎

〈1976년 2월 13일 금요일 雨, 曇〉(正. 14.)
엊저녁부터 내리는 부슬비 한나절까지 오락가락했고. 解凍하는 첫 봄비.
永同 가서 支廳 調査室에 들려 조사관에 絃의 件 問議했으나 別無신통. 合意보라는 눈치인 것. 어제까지 對質尋問(審問)도 마쳤다고. 궁거운 點 몇 가지 質疑했으나 그리 달가운 答辯도 아니었던 느낌.
永同경찰서에 가서 絃이 面會했고. 絃의 뜻은 靑山側 要求額이 少額으로 減된다면 合意하고 不然이면 그대로 밀고 나아가자는 것. 저의 良心만 믿는 사람인 듯.
林 사돈과 緬으로 衷心하고선 앞으로 展開될 일 相議 相約했기도.
大田 들려 金 변호사 뵙고 起訴까지의 일을 알아보기도 한 것.
時間관계로 청주 아이들한테도 못들리고 歸校. 學校無事.
오늘 작은 보름. 沃川 생각, 絃의 생각으로 만인지 딴 데 머리 안 써지고. ◎

〈1976년 2월 14일 토요일 曇, 晴〉(正. 15.)
貳女 姬의 生日. 井母는 떡 빚어서 청주 아이들用과 沃川用까지 마련한 것.
入淸하여 市民會館에서 있는 警察署 主催 "거리질서 확립" 行事에 參席.
沃川에 달려간 後 永同까지 갔고 - 午後 6時 도착. 서울의 큰 애도 왔고.
밤엔 林 査頓과 함께 明日 할 일을 相議했기도. ⓒ

〈1976년 2월 15일 일요일 晴〉(正. 16.)
큰 애 井은 林 査頓의 周旋으로 沃川의 反共聯盟에 있는 安局長과 靑山 가서 相對方과 만나 合意에 交涉하여 130萬 원에 告訴를 取下하도록 했고. 明日 完結 짓도록 한 것.

오래 간 속썩이던 끝이라서인지 마음에 安心과 시원하기도 했던 것. 但 분한 마음과 金錢 마련이 큰 걱정되는 것. 하여간 結末 짓는다는 點에서 큰 不幸 中 이제 安心의 感情 생기기도 하는 것. ○

〈1976년 2월 16일 월요일 가랑비〉(正. 17.)
今日은 終日토록 가랑비 네리고.
돈 장만하려고 朝食 後 淸州 와서 '홍업상호신용금고'에 와서 當務 李 課長한테 事務處理 方法을 심의 끝에 20萬 원條 給付로 整理하여 急히 沃川 달려간 것.
큰 애의 말 듣고 어제 上京했던 3女 魯妊도 제 큰 올케가 마련한 돈 20萬 원 갖고 急行으로 沃川 오고.
永同으로 택시로 달려가 相對者들 만나 돈 주고 證書 받은 것……1,300,000원整. 돈 세어 건닐 때 그 感想 非正常인 것. 어찌 다 表現할 것인가. 맺기 어려운 일.
永同支廳 調査室에 가서 告訴取下 手續됨을 確認했고.
絃을 今日 데리고 가고픈 마음 간절한데 時間上 明日 석방한다고.
그대로 沃川 와서 이야기 끝에 큰 애 井은 公務 形便上 上京한 것.
槐山의 明도 金錢 準備해 갖고 밤에 到着. 금구旅館에서 同宿.
明日의 일 생각하며 밤잠 못 이루고. 軍의 松한테 처음으로 이 實情 편지 쓴 것…… 잠이 오지 않기에. 허무맹랑함을 생각하며 밤 새운 것. ⓒ

〈1976년 2월 17일 화요일 曇〉(正. 18.)
어제 치룬 돈 1,300,000원을 생각할 때 뼈가 아프며 가슴이 떨리는 것. 相對方의 계교에 지나치게 解決되는 것이 분하기도. 바꿔놓고 생각할 餘地도 있지만.
돈 마련엔…… 큰 애 55萬 원, 振榮 20萬 원, 林 査頓 35萬 원, 내가 40萬 원. 計 1,500,000원 中 費用이 20萬 원. 取下費 1,300,000원이 든 것.
永同으로 林 査頓, 子婦, 魯明과 함께 4人이 갔었고.
거이 終日토록 기다리던 차 午後 4時 半쯤서 絃은 석방. 拘束된 몸 오갈 때와 出所 때의 感想 表現 다 못할 일.
永同서 食事 後 明은 歸 槐山…… 學校 職場 형편상 제 형 석방되는 것 못보고.
沃川行 前에 永同서 絃은 理髮, 沐浴. 巡警들과 一盃했기도.
沃川까지 데려다 주고선 淸州 向發했으나 형편상 大田서 留했고. ※

〈1976년 2월 18일 수요일 晴〉(正. 19.)
歸校, 歸家해선 兩親께 어제까지의 狀況 말씀 드렸고. ×

〈1976년 2월 19일 목요일 晴〉(正. 20.)
金溪校 제28回 卒業式 擧行…… 比較的 잘 行해진 듯.
卒業生 學父母 몇 분들이 全職員에게 한 잔 내기도. ※

〈1976년 2월 20일 금요일 晴〉(正. 21.)
玉山 가서 우체국에 들려 保險料 送金과 宗親

同甲稧金 通帳整理했고. 自立貯蓄[3] 完了分은 찾지는 못했고.
入淸하여 청주서 아이들과 同宿. ※

〈1976년 2월 21일 토요일 晴〉(正. 22.)
數日 間의 過飮에 또 몸 大端히 被困.
今日이 從兄 生日(6旬)이기에 저녁 待接하려고 肉類, 魚類 若干씩 사 갖고 와서 豫定대로 잘 된 것. ※

〈1976년 2월 24일 화요일 晴〉(正. 25.)
75學年度 修了式 擧行. 連日 飮酒로 몸 被勞했으나 잘 됐고. ×

〈1976년 2월 26일 목요일 晴〉(正. 27.)
李 校監과 함께 入淸하여 교육청에 들어가 學資貸付金 手續하고선 郡農協에 가서 100,000원 찾아서 魯杏의 76學年度 前期登錄하였고……. 마침 沃川서 魯絃이 왔기로 忠北大學까지 同伴하여 登錄節次에 複雜과 勞力을 덜었던 것.
노행 登錄金은 期成會費 半額(16,500원)을 免除하고 55,000원을 納付한 것.
絃이 職없어 困難하겠기에 5,000원整 주기도. ※

〈1976년 2월 28일 토요일 晴, 曇〉(正. 29.)
淸州서 意外로 서울 큰 애 井이 만나고. 金溪本家에까지 다녀왔다는 것. 잠시 이야기하고선 井은 上京.
큰 孫子 英信이 인제 正式으로 國校에 入學한다기에 入學記念金으로 15,000원整 큰 애 주었고…… 양복, 모자, 신, 가방 사라고. ×

〈1976년 3월 1일 월요일 晴〉(2. 1.)
어제 내린 비로 玉山~淸州行 버스 不通.
井母는 魯弼 데리고 入淸…… 옥산서 鳥致院行 타고 五松서 바꿔탔을 터.
오늘 三.一節. 金溪도 거이 집집마다 國旗 揭揚.
敎員들의 學年末 定期 異動發令이 數日 前에 發表 났고. 가장 궁겁던 沃川 子婦(林禮順) 忠州市 교육청 管內 中原郡 水上校로 發令이라고. 너무나 잘못된 것. 이래저래 損害만 난 것.
明, 振, 姬 모두 그 자리.
沃川事件 後 精神 못차려 飮酒生活로만 日過한 反省 아니할 수 없고. 아이들 該當교육청에 말 한마디 않고 지냈으니 잘못을 뉘우칠 수밖에. 하기야 人事 請託하지 말라는 것. 그렇지만 無誠意했었음을 크게 反省. ×

〈1976년 3월 2일 화요일 晴〉(2. 2.)
76學年度 始業式 擧行. 새 學年度의 學級擔任과 事務分掌 發表. 使用敎室도 決定.
本 金溪校는 職員異動 전혀 없었고, 昨年에도 그랬고. ○

〈1976년 3월 3일 수요일 晴〉(2. 3.)
學校일 대충 마치고 江外面 桑亭行~妹夫의 3寸喪에 人事갔던 것. 歸路에 五松서 親族 禹鍾氏와 親知 朴德圭의 情酒 數盃 待接받기도.
청주 아이들한테 들으니 沃川 絃 內外는 집 신

3) 정부는 1966년 4월부터 사치성 소비재 거래나 각종 인허가 때 강제로 일정액을 저축토록 하는 자립저축 제도를 실시했다.

고 어제 任地인 水上 갔다는 것. 저의 母親도 함께 갔다고. 큰 衣欌은 청주 아이들 房에 갖다 놓았고. 그 곳 房이 옹삭한 모양. 官運이랄까 운수가 없어서인지 딱하게 된 것일 것.
몸 몹시 고단하여 청주 아이들과 今夜도 同宿. ※

〈1976년 3월 4일 목요일 晴〉(2. 4.)
몸 고단할 때마다 女息들이 各種 飮食物 먹도록 마련해 줌은 언제나 한결 같고…… 우유, 사과, 茶, 唐根水 等. 子女息들의 하는 노릇으로 보아서는 禁酒해야 할 것인데 實踐 못해 탈.
몸 가까스로 움직여서 登校 執務.
昨夜에 번말 냇다리(활주로 철판) 40枚 도난 當했다는 것. 별 도적이 다 있고.
몸은 자꾸만 지쳐지는 듯. 食事 不正常. ※

〈1976년 3월 5일 금요일 晴〉(2. 5.)
新入生 入學式 擧行에 堂〃한 學校長 人事했고. 飮酒로 쇠약해진 마련해서는 강단만은 있는 모양.
育成會에서 支給되는 硏究手當 補助 받은 곁에 가게방에서 全職員 接待했고. 몸 고단해도 明日 갖고 上廳할 書類 만들었고. ※

〈1976년 3월 6일 토요일 晴〉(2. 6.)
書類 갖고 敎育廳 가서 事務打合. 入淸할 때 메주 한 가방 갖고 가고.
中原郡 노은면 水上 가 있는 絃의 內外 보고 싶어 午後에 忠州行. 忠州에 到着하였을 땐 下午 7時 半. 市內버스로 水上에 到着은 8時 50分頃.
밤이지만 絃 內外 사는 집 잘 찾았고…… 沃川서 살던 집, 房에 比해선 마련없는 房이고. 그래도 絃 內外는 不滿과 속상하는 表情 절대 안 내는 것…… 多幸.
만류하는 바람에 歸忠州 못하고 그것들 자는 房 한 옆에서 나란히 잔 것~子息들이니까 괜찮은 일인지.
絃의 夫婦 근실좋은 雰圍氣. 서로 慰勞慰安. 귀엽게 보여졌고. ×

〈1976년 3월 7일 일요일 晴〉(2. 7.)
새벽 첫 車로 水上을 떠날 豫定했으나 안됐고…… 絃의 內外가 만류도 하고 또 몸도 고단하여 아침 늦게까지 休息한 것.
朝食에 색다른 큰 반찬은 없지만 淨潔하게 있는 誠意 다해서 마련하여 待接하는 것. 食欲 잃은 中이지만 近日 中 가장 많이 먹은 것.
10時 버스로 함께 老穩까지. 그 애들은 敎會에 간다고.
忠州서 술 안마시고 歸 淸州. 청주 아이들 곳에서 下午 5時 半까지 休息.
奉親用 酒類 좀 사 갖고 집에 到着하였을 땐 下午 8時 半쯤.
水上 다녀온 內容을 兩親께 報告했고.
今日부터 當分間이라도 謹酒해야겠다고 또 마음 다짐했고. ◎

〈1976년 3월 8일 월요일 晴〉(2. 8.)
入淸 예정을 學校 事情에 依하여 中止하고 校內務에 終日토록 忠實한 것.
오랜만에 술 1滴도 안한 것.
醉中 自轉車에서 나우 負傷 當한 南 敎師 問病하면서도 反省 저절로 가고. ◎

〈1976년 3월 9일 화요일 晴〉(2. 9.)
몸 많이 개운해지고. 食事도 正常化.
登廳하여 事務打合~一正受講 該當職員의 일, 教室마루 修理 要求, 身上記錄카-드 問題 等 〃 數種.
藥局, 藥房을 심방하여 藥草 栽培에 關한 것 알아보기도.
援護廳 가서 원호課 吳 係長과도 이야기 나눠 보기도.
모처럼 만에 道교육회에 들리기도. 郭東寅 사무局長과도 座談하고.
壽洞事務所에 가서 청주 아이들 社稷洞으로 退去手續도 完了했고.
밤엔 族叔 漢弘 氏 淸州 移居에 洞人들 送別會 하는 데도 參席했고.
今日 일 많이 본 셈. 술 안마신 탓일 것. ◎

〈1976년 3월 10일 수요일 晴〉(2. 10.)
아침결엔 '뽀리똥'나무[보리수나무] 求하려고 2時間 以上 헤매어보기도. 井母가 삶아먹겠다기에 놀랜 데 먹는다고. 前에도 삶아먹은 적 있는 것.
今日도 昨日와 如히 勤務에 忠實했고~"生活記錄簿" 檢閱 等. ◎

〈1976년 3월 11일 목요일 曇, 가랑비〉(2. 11.)
日出 前에 學校 마늘밭에 施肥…… 복합비료 4合.
學校일 如前히 忠實히 잘 되고~職員 勤怠表도 自身 나름대로 만들기도.
職員 全員도 손이 맞게 和氣애애한 雰圍氣 속에서 일들 잘 하는 것. 學校 운영계획서도 거이 된 後 직원친목 排球를 가랑비 맞으면서도 施行한 것.
職員 數名은 '운영계획서' 編綴 完結하는 데 夜勤까지 했고.
上濁下不淨이라 했듯이 위가 맑아야 아랫물도 맑다는 것 맞는 것인지. ⓒ

〈1976년 3월 12일 금요일 曇, 晴〉(2. 12.)
새벽에 起床하여 通信錄 정리 等 일 많이 推進되었고.
午前 中만 學校勤務하고선 淸州 出張. 途中 玉山 單位농협에 들려 學校담장 工事費와 藥草(소엽) 種子에 關하여 알아본 것.
教育廳에 가선 舍宅 建築 발주와 가라앉은 교실마루 修理 및 其他에 關하여 打協한 것. 今日 일 順調로이 잘 보아 豫定時間內에 用務 끝낸 셈.
청주아이들 房 잠간 드려다보고 올 지음에 魯杏이 오고.
玉山서 俊兄 만나 同行. 집에는 下午 7時 半쯤 到着. ⓒ

〈1976년 3월 13일 토요일 晴〉(2. 13.)
日出 前에 오미까지 自轉車로 갔다온 것……
井母의 부탁으로 기름짤 材料(들깨, 고추씨) 및 청주 가져갈 배추김치 봇다리 갖다 놓은 것.
井母 청주 갔고…… 今日은 오미서 기름 짜는 일. 明日은 淸州用 醬 빚는다는 것.
學校 담장 工事費로 校長, 校監, 經理係 진지한 相議하기도. ⓒ

〈1976년 3월 14일 일요일 晴〉(2. 14.)
어제 아침 氣溫 急降下 영하 3度까지 더니 풀

려 今朝는 零上으로.
朝食 前後 家庭 일 나우 본 것…… 호박 구덩이 파고, 고주박이[4] 뽀개고, 炭재 處理, 토끼집 修理, 포도나무 손질 等.
청주 다녀오기도…… 청주 방안 再整備에 助力~沃川 子婦의 衣欌이 臨時 놓여 있어서. 노필 데리고 沐浴했고. 市場 가서 革帶를 비롯한 物品 몇 가지 사기도.
淸州 醬은 어제 빚었다는 것.
청주 아이들 다 만났고~姬, 杏, 運, 弼(妊은 서울 있는 중이고…… 英信 國校 入學에 當分間 帶同 保護하려고).
井母와 함께 淸州서 下午 6時 20分 車로 出發. 玉山부터 步行. 달은 밝았고. 月初에 도적에게 다리 뜯긴 번말 내 건느기엔 過히 차기도 했던 것. ◎

〈1976년 3월 15일 월요일 晴〉(2. 15.)
勤務 忠實은 如前 堅持. 圓滿한 분위기 속에서 全職員 活動 旺盛.
白圭鉉 교육장 學年初 巡視次 來校. 新任 李殷楫 學務課長도.
今日 点心은 井母가 學校로 갖고 왔기에 앉아서 먹은 것. 어제까진 往來. ⓒ

〈1976년 3월 16일 화요일 晴, 曇, 부슬비〉(2. 16.)
近日은 繼續 謹酒라 食事 잘하고 健康도 正常化. 今朝도 개운한 心身으로 새벽에 起床하여 炭불 갈아놓고. 新聞도 通讀.
차차 구름 끼더니 바람도 생겨 陰冷한 날씨로 變하고. 午後 6時부터 부슬비 내리었고. 밤 12時頃쯤에 그친 것.
6學年의 道德授業과 各 學年의 室內奬學指導로 授業 參觀도 今日부터 시작했고.
擔任이었던 郭文吉 교사를 帶同하여 水落 다녀왔고~今年에 卒業한 李○○ 어린이가(父兄 李炳周) 齒癌으로 死亡했대서 人事한 것.
食 前엔 토끼집 修理하여 햇볕 쬐는 곳으로 옮겨 놓기도.
텃밭 반골쯤 삽으로 파고. 상치를 비롯한 몇 가지의 春季 種子 뿌리기도. ⓒ

〈1976년 3월 17일 수요일 曇〉(2. 17.)
族叔 漢璇 氏 先祖 立石에 人事코져 안골 다녀오고.
下東林 曺규철 母親喪에도 人事.
今日의 今月分 俸給 受領에 一期末 手當(賞與金)도 包含되었던 것. ○

〈1976년 3월 18일 목요일 晴〉(2. 18.)
學校 빚으로 長期 걱정됐던 '담장' 56坪 料金 15萬 원整을 今日로서 完結 지우니 개운했고.
經理係 郭文吉 교사의 努力이 큰 것.
玉山농협 거쳐 入淸하여서는 청주아이들 雜經費와 運과 弼의 一期分 校納金 및 杏의 책값까지 合하여 6萬餘 원을 整理하니 이도 또한 개운했던 것.
族兄 夏榮 氏께서 70에 처음으로 孫子를 보아 祝賀하는 마음에서 '떡' 等 선물하였더니 고맙다는 人事 기쁘게 하는 것. ×

〈1976년 3월 19일 금요일 晴〉(2. 19.)
中始祖 密直公 "預"(24代祖) 字 先祖의 移葬

4) 땅에 박힌 채 썩은 소나무 그루터기. 베어지거나 부러진 나무 밑둥.

行事가 있게 되어 研究 見學코져 北二面 大栗里에 갔던 것. 일이 順調로이 進行되어 新墓地인 清州市 明巖池 위 藥水湯 山地까지 運柩되어 下棺 일까지 끝난 것.
遺物 약간 있으나 機待하던 마음과는 달랐던 것. 歸校하여 傳達했고. ※

〈1976년 3월 20일 토요일 晴〉(2. 20.)
學校일 급한대로 마치고 今日도 山城下 明巖堤 위 移葬工事 갔었던 것.
청주 아이들과 同宿케 되어 잠간 쉬려 할 지음 위경련이 일어나 토사광란으로 數時間 극한 苦痛을 當할 때 아이들이(姬, 杏, 運, 弼) 놀래고 겁이 났던지 울기도 했던 것. 弼이와 運이는 '아버지'를 부르며 기운차리라고 애원도. 아이들 넷은 數시간 동안 四肢와 온몸 주물으기에 땀 뺐고. 생각할수록 가엾으고 딱한 일.
夜深中에도 姬가 醫師(郭洛梧 醫博)를 引導해와 治療한 結果인지 差度 있어 잠 좀 이루기도.
낮에 某處에서 '굴' 먹었던 것이 걸렸던 모양인지? 過飮한 탓도 큰 原因일 것. ※

〈1976년 3월 21일 일요일 晴〉(2. 21.)
朝食은 못하였으나 우유 其他 영양價 있는 것으로 補充되어(아이들의 고신) 起動할 수 있어 工事 끝나는 날이기에 明巖堤 藥水場을 갔던 것.
봉분과 제절까지 일 마치고선 제향까지 올리고 一同 無事히 解散.
清州邑 出身인 郭應鍾 氏의 誠意에 墓所를 잘 定했다는 定評.
老兩親께선 振榮 있는 沃川郡 青城 向發하신 것.
清州 用務 마치고 늦게서 無事歸家했고. ⓒ

〈1976년 3월 22일 월요일 曇, 가랑비〉(2. 22.)
76 제1次 민방위교육이 있게 되어 全職員 玉山교육場까지 參席했고.
歸家途中 魯妊 만나 同行 잘했고. ⓒ

〈1976년 3월 23일 화요일 曇, 晴〉(2. 23.)
妊이는 出嫁 前에 볼 일과 다닐 곳 있다고 入清.
上廳하여 學校 교실 마루 修理 等 要求했기도. ○

〈1976년 3월 25일 목요일 晴〉(2. 25.)
去 21日에 나드리 갔다 오신다고 가셨던 老兩親께선 오늘 오시고.
井母는 형편상 오늘에서 上京. 오늘이 長男 노정의 生日이라고.
親知 張基虎 회갑에 招請 있어 佳樂里 들려오기도.
紘은 退職金 나온 것으로 제 동기간들 형제들이 저 때문에 빚진 것 갚으려고 몽탁 整理했다나. 일편 딱하기도. ※

〈1976년 3월 27일 토요일〉[5)]
樟南里 李 氏 家 結婚에 主禮 봤고.

〈1976년 3월 29일 월요일 晴〉(2. 29.)
清州 用務로 入清했다가 百子里 산다는 族叔

---

5) 일기 원문에는 3월 25일자 끝자락에 "○3月27日…" 과 함께 적혀 있다.

漢一 氏 만나 해장. 旅費없다고 要求하기에 주기도.
서울서 井母 와서 청주 아이들 房에서 잠시 談話. 消息듣기도.
杏이 시켜 社稷洞으로 住民登錄과 轉入申告도 畢. ×

〈1976년 3월 30일 화요일 晴〉(2. 30.)
機關장會議에 參席. 場所는 支署. 3個月 만에 있는 것. 몇 가지 氣分에 맞지 않는 條件 있어 나우 떠들어 댔기도.
學校엔 교육청에서 技士 와서 마루 修理 工事할 곳 踏査했다기도. ※

〈1976년 3월 31일 수요일 曇〉(3. 1.)
放課 後에 全職員 下東林 招待집 있어 가는데 난 學校 지켰고.
勤務服 맞추는 데 上衣만 했고…… 玉山 킹洋服店에서 族姪 '노형'君 와서. ※

〈1976년 4월 1일 목요일 晴〉(3. 2.)
며칠 간에 飮酒에 극히 被困. 食事 不進. 活動力 없고.
井母의 부탁으로 自轉車로 짐 무겁게 싣고 玉山까지 갔고~땀 많이 흘리며(製粉할 고추와 메주 等).
學校는 開校 제33周年 記念日.
淸州 아이들 房에 잠간 들려오기도. 絃의 편지 쪽지 보고 곧 玉山面에 들려 子婦의 호적초본 떼어 부쳤고.
玉山支署長 金 氏 만나 개운찮은 이야기 들어 봤기도……去 30日에 있었던 機關長회의에 있었던 일. 과찬했다는 것. 架橋事件에 어린이 陳情 등.
家庭에서 父親께서 감자 갈으시고.
學校에 報恩人 前職 梁亨基 氏 來訪~信用금고에 加入 要請次 온 것. ○

〈1976년 4월 2일 금요일 曇〉(3. 3.)
요새의 날씨 1週日餘를 陰冷한 氣溫으로 繼續, 今日 終日 떨었고.
모처럼 記錄業務 終日토록 보았고. 그러나 몸이 非正常이어서 쓰는 일 더디고. 筆力에 애 많이 먹었던 것.
父親께선 5代祖와 高祖의 寒食 차례 있어 曲水山 다녀오신 것.
밤 11時까지에 제 帳簿 정리에 애 먹은 것. ⓒ

〈1976년 4월 3일 토요일 晴〉(3. 4.)
午前 中에 入淸할 豫定이 형편상으로 放課 後(退廳)에 전격적으로 다녀온 것.
井母는 淸州 거쳐 姬와 함께 上京한 것~姙의 結婚 준비로…… 寢具 마련 等.
老兩親께선 오미장에 다녀오시고.
淸州 갔다 오는 길에 歡喜 權彛隆 回甲宴에 들려온 것. ⓒ

〈1976년 4월 4일 일요일 晴〉(3. 5.)
아침결의 氣溫은 0° 또는 0下 1.2°로 下降되어 살얼음은 얼지만 어제부터는 낮 氣溫이 14°, 15°까지 上昇되므로 따뜻한 봄 氣分이 되겠금 되었고.
아침부터 日暮頃까지 家庭에서 일한 것~파 놓았던 호박구덩이 16군데에 퇴비와 재 넣고. 오래 前부터 생각했던 뒤 생울타리 30餘 m 距離의 側柏木 전지했고…… 발돋움, 사다리에 올라 전지가위 소형 大形 톱으로 若 1m 50㎝ 높이로 剪枝한 것. 8時間 程度 所要되었고. 中間에 사다리 關係로 너머 떠러져 큰 일날 번했기도. 客室 테마루 바람벽과 天井의 거미줄과 먼지를 털어내기도 했고. 지난달(3월) 10日에 交尾시킨 암토끼 집 안에 짚을 썰어 넣었더니 금방 자리를 잡고 털까지 뽑아 새끼 낳을 채비를 하는 것이었고. 물을 몇 번이고 주어도 다 먹어버리는 것. 그러나 日暮時까지는 새끼 낳지 않았던 것.
老父母님께선 金城 族叔 漢準 氏 回甲宴에 다녀오시고.
어제 서울 간 井母는 豫定대로 妊의 이불 꾀매는 일 等으로 바빴을 것이고. ⓒ

〈1976년 4월 5일 월요일 晴〉(3. 6.)
새벽에 起床하여 新聞 通讀. 아침 活動은 固定 그대로 今朝도 如一…… 화로의 재쏟기, 부엌재 쳐내기와 炭재 버리기, 안팎의 마당 쓸기, 兩親用 요강 쏟기.
일찍이 入清하여 事前 準備 다 하고 11時 半에 女性會館에서 擧行되는 結婚式에 主禮 봤고…… 同職員인 南聖祐 교사의 子婚. 永雲洞 그의 自宅에서 点心.
貳男 絃의 內外 만났고, 子婦는 沃川 갔다 오는 길이고 絃은 청주서 留했다고. 下午 5時 半 車로 忠州行했고.
五男 弼의 成績表 보니 平均 90點. 571名 中 3位.
집에 到着했을 땐 下午 8時쯤. ○

〈1976년 4월 6일 화요일 晴〉(3. 7.)
3月分 一齊考查 實施에 午前 中 全職員 분주했고.
入清하여 교육청 管理課에 들려 學校 東便 교실의 마루 修理 促求했고. 法院 거쳐서 清原郡廳에 가선 學校林 '林野臺帳 謄本' 떼었고.
교육청 朴 장학사에 一盃 待接한다는 것이 閔校長, 朴 校長 만나 道교위 金奬學士까지 合席케 되어 一同 數時間 동안 歡談케 되어 豫定외로 經費, 時間 等 지나쳐 집엔 밤 12時頃 到着되었던 것. ×

〈1976년 4월 7일 수요일 晴〉(3. 8.)
學校일 正常化. 형편상 植木行事도 今日 했고.
5學年 道德授業에 注意 集中 안되어 2時間 동안 애 먹었고.
오래 前에 알았었던 金基泰(前職 형사) 來訪에 册子 샀기도.
郭丁在 교사의 態度 不圓滿에 홰 좀 났던 것.
3日에 上京한 井母 아직 안왔고. ○

〈1976년 4월 9일 금요일 晴〉(3. 10.)
入清하여 吳文錫 교무의 弟婚에 다녀왔고. 모두 大歡迎. ※

〈1976년 4월 10일 토요일 晴〉(3. 11.)
어제의 過飮에 입맛 없는 程度. 번연히 알면서도 不可能하니? ×

〈1976년 4월 12일 월요일 晴〉(3. 13.)
道 主催 安保 강연회…… 時局강연회 있다고 通知 왔기에 參席. 場所는 清州 中央극장. 3名의 講師 모두 高名 人士. ×

〈1976년 4월 14일 수요일 晴〉(3. 15.)

永登浦 趙起俊 査頓(큰 딸의 시부)의 回甲이라기에 갔더니 날짜를 잘못 보아 明日인데 하루 당겨 간 셈. 하여튼 人事는 된 것. 1時間 程度 歡談하고선 歸路. 갈 땐 誤算하여 江南서 下車했더니 차비만 相當 高額 허비했던 것.
잔치 뒷 周旋에 큰 딸애 크게 애쓸 터. ×

〈1976년 4월 17일 토요일 晴〉(3. 18.)
井母와 함께 入清-李仁魯 校監 姪女 結婚式에도 같이 參席. 今日 結婚式은 特色…… 美國人 男性과의 國際결혼이며 新婦는 啞者라는 것. 主禮 權 校長은 外國語로 번역도 하면서 主禮했고. ×

〈1976년 4월 20일 화요일 晴〉(3. 21.)
舟中 3學年 學父兄會에 參席하였고.
막동이 魯弼이가 三學年. 會議 趣旨는 進學校 決定 문제. 清州高等學校로 決定 지운 것.
노필의 成績(3月分) 571名 中 3位. 제 班(7班)에서는 1位. 平均이 90點. 특수하다고 칭찬. 年齡은 未達者인데. 擔任은 '이원희' 교사.
며칠 後에 出嫁할 3女 魯妊이 왔다가 數時間에 볼 일 다 마치고……. 仁川 동원예식장의 所在位置. 祖父母께 인사 等. 다시 入清. 곧 上京하여 제 큰 오빠네 집에 가 제반 일 본다는 것. ○

〈1976년 4월 21일 수요일 晴〉(3. 22.)
職員 中 酒態와 勤務不實者 몇 名 있어 終禮時間에 甚히 訓戒했고…… 上濁이면 下不淨이란 말과 같이 學校長인 내 自身을 먼저 탓할 따름일 것. ×

〈1976년 4월 22일 목요일 晴, 曇, 雨〉(3. 23.)
새벽에 요기 좀 하고선 入清…… 今日부터 明日까지 강습회 있어서.
道內 初等校長 393名. 舟城國校 강당.
제1日인 今日의 特題는 特講, 事例報告, 奬學方針 具現 等이 主였고. '望鄕의 동산'이란 映畫 또한 記憶에 남을 일.
몸 健康이 不正常인데다가 날씨 나우 더워서 終日토록 땀 흘렸고.
井母 下午 2時 車로 上京…… 전화로 알아보니 無事到着했다는 것.
父親께선 人夫 2名 마련하여 전좌에 月前에 해놨던 땔감 집으로 운반토록 하시고.
終講 後 오미 와서 모처럼 春秋服 맞추기도.
밤 되더니 비 내리기 始作. 가뭄이 繼續되었었으므로 農家에선 甘雨. 밤 새도록 내리는 것이었고.
땀 흘리며 자느라고 단잠 못 이룬 것. ⓒ

〈1976년 4월 23일 금요일 雨, 晴〉(3. 24.)
昨夜부터 내리던 비 아침 때까지 繼續되었고.
氣溫은 零度, 바람 세고 추었고.
校長研修 제2日……. 庶政刷新, 指示事項이 主. 閉會式 後 清原郡 西村校 어린이 農樂隊, 北一校 어린이 鼓笛隊도 記憶에 잊지 못할 特色이었고.
陸 교육감 厚意로 베푼 칵테일 파티 今般도 고마웠고.
오미 居住 崔○○ 親知와 前 虎竹校 申○○ 校長 件으로 長時間 中和 努力. 아이들과 25日에 있을 일에 對하여 이야기. 오미行 버스便 等으로 學校에 到着됐을 땐 밤 10時 半쯤이었고.

밤 새우다싶이 家計簿 整理~收入도 나우 되지만 낭비도 많았음을 아니 느낄 수 없었고. ◎

〈1976년 4월 24일 토요일 晴〉(3. 25.)
어제의 폭풍에 各處 피해 많다는 것…… 도시에선 세멘담이 너머가고. 農村에선 保溫 절충 모자리가 엉망이 되었다는 것. 지붕이 날은 곳도 있고. 强風은 오늘도 終日토록 불었고. 今日 피해도 이만저만 아닐 듯.
退廳 後 入淸해보니 4女 魯杏은 上京했고. 姬와 運은 明朝에 上京 豫定이라고. 그렇다면 청주엔 막동이 魯弼이만 남는 것. 自進하여 남는 것. 房 지키며 공부한다는 것. 신통한 마음으로 생각되기도.
歸路에 오미 "킹 양복점"에서 맞췄던 洋服 찾고 값 22,000원.
沐浴은 淸州서. 理髮은 玉山서 했고.
빚은 술로 老兩親 滿醉. 特히 母親. 習慣性 다시 나타내시어 가슴찢어지게 아픈 것 억제했기도. 밤 깊도록 父親께서 無限 속 썩여셨을 것. 母親의 하시는 性品도 完全 無理는 아니신 것.
今夜도 徹夜 程度로 雜務 等에 努力했고.
明日 있을 行事 생각으로도 잠 안오고. ◎

〈1976년 4월 25일 일요일 晴, 曇〉(3. 26.)
今日은 三女 魯妊의 結婚 出嫁日…… 새벽 2時에 하늘 별 보며 날씨 좋기를 빌었고. 개구리 소리 들으며 오늘 日記 첫 줄 쓴 것.
7時 10分의 一般高速으로 上京하려고 집에서 6時頃에 出發…… 從兄 內外, 再從兄嫂도 同行. 서울 着은 9時 半쯤.
청담洞 큰 애 집엔 안들리고 仁川 直行한 것.
午後 1時 半부터 仁川市 동원예식장에서 結婚式 擧行~20分 만에 圓滿히 끝났고. 通知書는 一切 發送하지 않았는데 親戚, 緣戚 多數왔고. 今般의 큰 일에도 서울 큰 애 夫婦가 큰 욕 봤으며 子女息들과 동기간 당내 친척의 德分에 큰 애로 없이 無事히 지낸 것.
李 교감과 함께 高速버스로 歸家했을 때는 밤 11時頃 되었고. 老兩親께 今日 狀況 報告하고 就寢했고. ×

〈1976년 4월 26일 월요일 晴〉(3. 27.)
吳 교무의 첫 硏究發表에 칭찬 많이 하였고. ×

〈1976년 4월 27일 수요일 曇〉(3. 28.)
淸原郡 교육청 閔用基 장학사 來校(定期視察)에 學校 實情과 學校長의 하는 일을 情 있게 말하고 일러주었던 것. ×

〈1976년 4월 28일 수요일 曇〉(3. 29.)
仁川서 3女 노임夫婦 예정대로 왔고. 結婚 후 처음 옷 것. 再行[6] 일체로 온 것. 밤 9時頃 到着. ×

〈1976년 4월 29일 목요일 晴〉(4. 1.)
學校선 봄 逍風 實施. 난 日直 보고.
仁川 아이들 오늘 간다는 것을 날씨 기타 형편상 明日로 연기.
午後엔 소풍 갔던 職員들을 집으로 초대하여

---

6) 재행(再行): 혼인한 뒤에 처음으로 신랑이 처가에 가는 것.

안주 약간 장만하여 술 한 잔 待接했던 것. 仁川 사위(신의재)와도 인사 겸 행사한 것이고. 近日 수일 동안 계속 飮酒에 또 식욕 좀 잃은 듯.
사위 愼君 갑자기 소화不良으로 밤새도록 辛苦한 듯. ※

〈1976년 4월 30일 금요일 雨, 曇〉(4. 2.)
사위 愼君 內外 仁川 저희들 本家로 간다고 出發했고. 井母도 淸州까지. ×

〈1976년 5월 5일 수요일 晴〉(4. 7.)
어린이날로 學校는 休業.
몸 大端히 고단하여 學校에서 거이 終日토록 쉬었고.
日暮頃에 井母와 함께 샘 排水똘 파고 바닥 콩크리했고. 父親도 協助. 明日에 完成할 豫定. ※

〈1976년 5월 6일 목요일 晴〉(4. 8.)
人夫 2名 얻어 보리밭에 골 타고 豆類 播種을 父親이 主管하신 것.
午前 中 약간의 일 보며 飮酒도 때때로. 삼발 高速大橋 밑의 野遊會하는 곳도 族叔 漢雄 氏 引誘로 잠간 가보기도.
午後엔 세멘 一包 더 求하여 어제 하던 샘똘 完成~朴貞圭의 기술. 父親과 父子도 助力했고.
母親은 陰 4月初八日(석가탄일)이라서 몽단이 聖德寺 구경 가시고.
學校에서 저녁에 歸家하니 몸 極度로 괴롭고. 過飮의 탓. ※

〈1976년 5월 7일 금요일 晴〉(4. 9.)
無理로 일찍 起床했으나 運身難. 그레도 早朝作業(活動)했고…… 사랑 화로 쏟는 일. 兩親共用 요강 쏟는 일. 토끼에 밥 주기. 마당 쓰는 일 等. 안 부엌의 재 쳐내는 일도.
終日토록 몸 무거워 活動 不能. 온몸과 손 떨려 글씨 제대로 못쓰고, 食事 못하고, 當分間 謹酒하기로 마음 먹었고.
어제 몽단이 절에 가셨던 母親께선 아침 일찍 오셨고. ◎

〈1976년 5월 8일 토요일 晴〉(4. 10.)
數日 동안 晴天日氣. 淸明한 날씨에 따뜻하기보다 더운 것.
今日은 學校에서 두 가지 큰 일이 있었고~ 1. 어버이날 行事로 愛鄕團 對抗 體育會 開催한 것. 姉母 약 80名 參集. 各種 음식 豊富히 갖고. 2. 學校뒷길 直線擴張에 안말 住民들 새마을 事業으로 動員作業했고. 住民들도 蒙利[7], 農路가 넓어지고 곧게 되기에 協調.
臾心 때부터 食慾 좀 당겨 우수 먹히는 中. ◎

〈1976년 5월 9일 일요일 晴〉(4. 11.)
溫床 고추 심으려는 計劃 틀렸고~肥料 뿌린 日字 작아서.
토끼장 청소, 마당 청소, 부자심기, 두무샘 밭 둘러보기 等. 토끼풀 뜯기 일로도 바쁘게 종일토록 활동한 것.
오후엔 入淸하여 아이들 房에 갔더니 막동이 魯弼이만 있었고.

---

7) 몽리(蒙利): 저수지 따위의 수리 시설로부터 물을 받음.

沐浴하여 몸 좀 풀고자 하였어도 如前 수전氣는 아직 있어 글씨 쓰기에 매우 거북하고 야숙하기도.
夕食 後 老親과 宗事 이야기 했던 것. ◎

〈1976년 5월 10일 월요일 晴, 曇〉(4. 12.)
点心時間에 栢峴 가서 弔問~佳佐校 時節에 친하게 지내던 金○○이 急患으로 死亡했대서.
8日에 作業한 곳 再손질에 李 校監과 몇 職員. 4年 以上의 兒童들 모두 애쓰고. 舊길의 흙 치우는 問題가 큰 일거리.
幹部 職員 某人의 不協和 態度엔 홰 아니 날 수 없는 일 있으나 참은 셈. ◎

〈1976년 5월 11일 화요일 雨, 曇〉(4. 13.)
5日째 謹酒로 食事正常化. 떨리던 손도 거이 平常化. 公私 間의 業務도 推進 잘 되고~이런 줄 알면서도 過飮하는 機會가 많으니 지각이 없는 것인지, 결단성이 없는 것인지. 앞으론 燥心할 일.
下午 3時쯤에 步行으로 淸州 向發…… 途中 面에 들려 前月에 出嫁한 3女 魯妊의 婚姻申告用 戶籍抄本 떼었고.
淸州 가선 홍업金庫에 들려 一金 壹萬 원 貸付.
물건 몇 가지 사고선 아이들 곳에 갔더니 아직 下校하지 않아 그대로 歸校. 새벽부터 내린 비로 밀보리 봄채소는 싱싱해지고…… 甘雨.
仁川으로 出嫁한 3女로부터 첫 편지 왔고. 읽으며 內外는 落涙…… 제 언니 동생의 일, 제 엄마의 지도. 저도 힘써 일하여 幸福한 家庭을 이룩해 볼 것이란 신통한 사연에 感激의 눈물. 부디 잘 살도록 天地神明께 祈願할 따름. ◎

〈1976년 5월 12일 수요일 曇, 晴〉(4. 14.)
生活 平素보다 充實~食 前에 井母와 함께 마늘밭에 殺蟲劑 藥 주고. 學校에서도 授業 6學年의 道德 2時間. 公文 여러 通 處理, 通信表 檢印, 整地作業.
退廳 後 家庭에 와선 돼지 외양친 것 堆肥場에 處理, 풀깎기 等 作業했고.
家族 一同은 낮에 溫床 고추苗 1,365本 植付하고. ◎

〈1976년 5월 13일 목요일 晴〉(4. 15.)
早朝 起床. 昨夜부터 새벽까지 記錄, 신문通讀 등으로 거이 徹夜.
學校 뒷턱 整地作業에 全職員도 勞力. ◎

〈1976년 5월 14일 금요일 晴〉(4. 16.)
午前 中만 學校內 일보고 12時 半에 淸州 向發. 쌀 若干과 附食物 좀 淸州 아이들 房에 갖다놓고선 虎竹校 楊校長과 함께 敎育廳 간 것…… 上京旅費 受領, 其外 몇 가지 事務打合. 自體 硏修에 對한 參考的인 이야기를 閔奬學士한테 듣기도.
計劃된 잔삭다리 일 보고선 歸校하니 職員들 退廳 무렵. ◎

〈1976년 5월 15일 토요일 晴, 曇〉(4. 17.)
새벽 3時에 起床하여 上京 準備했고.
아침결에 學校일 急한 대로 몇 가지 마치고선 서울 向發~水落 정류장에서 10時15分 一般 東洋高速 버스 타고 上京. 청담洞에 갔을 땐 午後 2時 다 되고.

큰 애 魯井 同伴하여 망우洞 가서 큰 査頓(金斗金)인 英信 外祖父 問病. 金査頓은 昨年부터 풍症으로 辛苦 中. 망우리서 夕食하고 청담洞 와서 留한 것.
英信, 昌信은 '한글' 거이 다 알아서 편지도 읽을 줄 알아 깜찍. ◎

〈1976년 5월 16일 일요일 晴〉(4. 18.)
下午 3時에 三淸洞 三淸舍 가서 '中央敎育研究院'에 入校 登錄하고 硏修服, 연수帽 받아 着用. 所屬을 第8期 初等校長班 第三內務班 제3分任 213號室 49번이였고. 勤勉, 自助, 協同, 創意班으로 四個班 編成中 '勤勉班'이였고.
213號室엔 忠北, 忠南, 全南, 慶南에서 各 1名씩 4人이었던 것. 一同은 團體生活로 突入. 夕食도 차례대로 秩序 있게 하는 것.
庭園, 廳舍, 敎官들의 示範된 生活, 內部施設 等 잘 되어 道場다운 雰圍氣. 밤 11時 넘어서야 就寢케 되는 것. ◎

〈1976년 5월 17일 월요일 晴〉(4. 19.)
5時 30分에 起床. 50分에 一同 集合~日朝點呼, 國旗 拜禮, 愛國歌齊唱(四節까지), 나의 信條.
6時에 驅[8]步로 三淸公園 돌기, 新世紀 體操[9], 아침淸掃, 洗手.
7時에 朝飯, 八時에 瞑想, 健全노래. 9時에 開會式 했고. 개회식에 文敎部 次官 參席.
午後 8時부터 分任討議…… 가장 時間이 많이 所要(엊저녁은 先祖妣 忌日). ◎

〈1976년 5월 18일 화요일 晴, 曇, 부슬비〉(4. 20.)
朝食 後 瞑想까진 어제와 똑같은 生活.
講義 內容은 庶政刷新, 維新 理念이 特色. ◎

〈1976년 5월 19일 수요일 晴〉(4. 21.)
研修 第4日째. 주간에 體育時間 時는 精神一轉하기 爲해 勤勉 對 自助班 對抗 줄다리기 競爭 있었고~우리 勤勉班이 진 것.
'韓國의 統一問題'에 對하여 文敎部 倫理교육擔當官 鄭用述 장학官이 講議했던 것.
分任討議에서 줄거리 잡기에 時間 所要 많았었고. ◎

〈1976년 5월 20일 목요일 曇〉(4. 22.)
現場 視察에 京畿道 廣州 '가나안'農軍學校 가본 것이 今日 研修에 特異했던 것.
梨大 朴俊熙 敎授가 '人間關係와 指導性'이란 題에 對하여 講議했고. ◎

〈1976년 5월 21일 금요일 晴〉(4. 23.)
'새마을敎育'에 對하여 特 都市새마을교육에 關하여 金鐘玉 奬學官이 강의했고. 分任討議 한 것 綜合發表까지 한 것. ◎

〈1976년 5월 22일 토요일 晴〉(4. 24.)
어언 1週日이 되어 今日이 研修 最終日.
午前 中 豫定研修 無事히 마치고 修了式 擧行. 晝食으로 團體 共同生活 끝나고 敎官들과 또는 研修生 同僚들과 헤어질 땐 어렸을 때의 卒

8) 원문엔 丘변에 足로 쓰여 있음.
9) 1970년에 개발돼 보급되기 시작한 맨손체조. 우리나라의 맨손체조는 1960년대에 '재건체조'로 시작해 1970년 '신세기체조'를 거쳐 1970년대 말부터 '국민체조' 또는 '국민보건체조'로 변화해갔다.

業 氣分이었고.
1週間 生活 反省컨대 우리나라가 處해 있는 現時點에서 總和團結하여 國家安保에 힘쓸 것과 새마을교육에 박차를 加할 일임에 젊은 기분으로 責務를 다 해야겠다는 마음 다시 覺悟할 것을 잊지 않을 것이며 飮酒生活에 心物身으로 고닯던 나로서 長期不飮이었으니 所得이 眞實로 많았던 것.
下午 2時 半 電鐵로 仁川市 朱安洞 3女 집 처음 가서 집안 狀況 본 것. 조용한 家庭환경과 一同이 和氣애애하여 보임에 多幸이고 기뻤던 것. ◎

〈1976년 5월 23일 일요일 晴〉(4. 25.)
朝食까지도 한 그릇 完全히 다 먹었고.
仁川서 十時에 出發. 사위(愼義宰)가 富平까지 배행.
청담洞 와서 孫子 英信, 昌信과 두어時間 놀다가 만든 떡과 点心 滿足히 먹고 淸州 向發~下午 5時 20分 속리고속.
청주서 아이들과 함께 留. ◎

〈1976년 5월 24일 월요일 晴〉(4. 26.)
淸原郡內에서 今般 硏修 마친 校長 一同이 十時에 모여 敎育廳에 들려 人事하고 헤어진 것.
金溪엔 下午 8時쯤 到着. 家庭, 學校 모두 無事. 然而나 老兩親께선 繼續되는 飮酒(過飮)에 어딘가 모르게 非正常이신 言意 있으신 것 같기도.
낮엔 淸州서 再從妹 入院 中이라서 問病~救世病院 205號室. 從兄 內外와 內者와 함께 人事하게 되었던 것. 患者는 六寸 누님 一榮…… 柳在石 妹兄. 맹장과 子宮혹을 手術했다는 것.
어제 丹陽 갔었다는 杏 오고.
外堂叔 朴振圭 氏도 위독하대서 井母와 같이 人事 갔기도. ◎

〈1976년 5월 25일 화요일 晴〉(4. 27.)
家庭에서도 早起하여 輕運動하기로 마음 먹고 5時 正刻에 앞들 堤防을 가볍게 驅步[10]하고 新世紀體操하니 約 20分 間 所要.
登校해선 硏修生活한 것 대충을 職員에게 紹介했고. 一週間에 學校로서도 바쁜 行事 數個事項 있었던 것 無事히 모두 完了하여 多幸이고.
老兩親께선 나드리 좀 가신다고 点心 後 淸州 가시고. ◎

〈1976년 5월 26일 수요일 晴〉(4. 28.)
가뭄 繼續으로 田穀에 피해 많을 듯. 沙石田의 밀보리 마르는 듯. 급작이 더워지기도. 3日 前부터 낮 最高氣溫 29度까지 오르기도.
高學年의 도덕授業도 順調로이 잘 했고. 밀렸던 公文處理도 完結.
点心은 郭文吉 교사 宅에서 職員 一同 待接받았고.
어제 淸州 가셨던 兩親 日暮頃에 歸家하시고 ~豫定하신 것보다 早期 歸家하신 것.
終會 끝내고 下午 6時 半에 淸州 向發. 下午 九時頃에 歸家. 明日이 5女 魯運의 生日이라고 菜蔬와 肉類 좀 사다주라고 內者 부탁이기에. 菜蔬는 집 터밭에 充分히 栽培되어 豊富히 먹는 中이고. ◎

---
10) 원문의 해당 부분에 붉은색 색연필로 밑줄이 그어져 있다.

〈1976년 5월 27일 목요일 晴〉(4. 29.)
民防衛隊員 教育이 있대서 全職員 2校時까지 마치고 江外校로 갔고. 나와 申教師만이 안간 것. 隊長과 豫備軍은 除外기 때문에.
日出 前에 보벼(陸稻)[11]밭에 人糞 주고~12골에 인분 8통.
5學年의 道德授業. 放課 後 作業(감자밭 김매기)도 잘 되고. ⓒ

〈1976년 5월 28일 금요일 晴〉(4. 30.)
서울 研修 後 歸家해서도 早起 早朝운동 繼續. 今朝도 4時 50分에 實行. 早起운동의 內容은 本洞 新溪앞들 堤防을 驅步로 一巡 後 新世紀 체조하는 것.
日出 前에 두무샘 밭 뚝의 아까시아 一株 베어 꽃송아리 따 말리도록 했고.
老兩親께선 芙江 藥水湯에 가신다고 朝飯 後 가셨고.
學校일 今日도 順調롭게 推進 잘 됐던 것.
날씨 長期 旱魃로 보리 잘 된 모래밭은 쉬기 시작~아깝게도. ◎

〈1976년 5월 29일 토요일 曇〉(5. 1.)
日出 前에 두무샘 梧桐나무밭에 尿素施肥 ~150株에 約 2 .
下東林서 招待 있어 다녀오고…… 東林 새마을 事業 竣功式이어서. 來賓 祝辭에 情熱的으로 말했던 것~'새마을精神, 東林의 자랑.'
下午 4時에 淸州 向發…… 玉山面에서 3女 姙의 戶籍抄本(婚姻申告用) 떼고. 킹洋服店에 옷값 殘金 完拂. 入淸하여선 아이들 만나 明日 일 말하고. 갖고 간 쌀 2말도 引渡. 잔삭다리 몇 가지 보고선 歸家. 밤 9時 半頃 着.
昨日에 芙江藥水湯 가셨던 老兩親께선 오늘 오시고…… 歸路에 江外面 桑亭里 妹 家에서 쉬셨다고.
서울 큰 査頓(金斗金…… 英信 外祖父) 別世 기별 왔고. 中旬에 가서 相逢한 것이 最後된 것. 明日 上京 人事 豫定. ◎

〈1976년 5월 30일 일요일 晴〉(5. 2.)
7時 15分 發 水落 간이停留場의 東洋一般高速버스 時間 대느라고 今朝의 諸般行事에 바빴던 것. 急步로 가서 30分 걸려 겨우 타서 多幸이었고.
청담洞 들려 큰 애가 써놓은 案內圖에 依하여 英信의 外家 잘 찾았기도(9團地에서 45번 버스로 東大門까지. 동대문에서 132번(131번도 可) 버스로 終點까지. 굽어 꺾인 福德房 앞으로 數戶 다음집). '망우동 終點'.
弔慰 人事 마치고 數時間 있다가 큰 애 內外의 말에 依하여 下午 四時 車로 淸州 왔고. 井母는 떡 좀 빚어갖고 姬와 함께 槐山 갔다는 것. 實은 망우洞 일만 아니었다면 同行할 豫定이었었고. 3男 魯明이 東仁校로 轉勤되어 移舍한 집 兼하여 보러 간 것.
淸州서 아이들과 함께 留. ◎

〈1976년 5월 31일 월요일 晴, 曇〉(5. 3.)
淸州서도 早起하여 西公園에 올라 걷기와 體操했고. 習慣化되려고.
12時 半 버스로 몽단이까지. 學校 無事, 面會議엔 李 校監이 代理參席했고.

11) 밭에 심는 벼. 밭벼

夕食 後 栢洞 가서 班常會[12]에 參席~밤 9時부터 11時까지. 이제부터 每月 末日은 班常會, 每月 初一日은 淸掃日. ◎

〈1976년 6월 1일 화요일 曇, 가랑비, 曇〉(5. 4.)
새벽 2時頃에 起床. 구름 짙게 끼었으나 비는 안 내리고. 밭穀 타서 한시 바삐 甘雨를 鶴首苦待 中. 6時쯤에 가랑비. 下午 1時까지 안개비, 가랑비 조금씩 오락가락. 나우 쏟아지기를 기다리고 있는데 그나마도 午後엔 멎고.
再從兄(憲榮 氏) 宅 모내기 作業한대서 点心을 그곳서 먹었고.
30日에 槐山 갔던 井母 오고~3男 魯明 이사 온 데 다녀온 것.
老兩親께선 近日에 飮酒로만 消日하시는 편. ◎

〈1976년 6월 2일 수요일 曇, 晴〉(5. 5.)
六學年 道德授業 마치고 佑榮君과 함께 入淸…… 교육廳 가서 事務打合(마루修理, 舍宅 발주, 생활기록부 用紙, 샘 工事 等). 몇 곳의 保險會社도 들러 일 보고. 學校用 밧데리도 암프用으로 購入.
日暮頃 歸校. 退廳하고선 텃밭길의 除草作業 했고. ◎

12) 1976년 4월30일 내무부는 정부 시책 홍보와 주민 친목을 명분으로 매월 말일을 '반상회의 날'로 지정해 이를 전국 시도에 내려보냈다. 5월31일 전국적으로 일제히 첫 반상회가 열렸다. 얼마 후 반상회 날짜는 매월 25일로 변경됐다. 1995년 10월25일 지방자치가 실시되면서부터는 지역실정에 맞게 자율적으로 운영하도록 하고 있다.

〈1976년 6월 3일 목요일 晴〉(5. 6.)
朝夕으로 一時間餘 씩 餘暇 善用으로 勞力하여 家庭 周圍의 除草作業. 텃밭의 作物 손질. 토끼풀 뜯어놓기. 淸掃作業 等으로 奔走한 일 보는 中. 今朝에도 20分 間의 早起 體操(運動) 後 토끼집 淸掃에 勞力한 것.
어미토끼 一尾가 4月에 7마리, 5月에 9마리 生産하여 順調로이 잘 크는 中.
3學年 女兒 尹○○ 어린이가 어제 廻轉塔에서 떠러져 팔을 甚히 다쳤다기에 擔任 南 主任 教師와 함께 墻東 尹車洙 父兄 집 가서 狀況도 보고 慰問했고~그 곳의 里長, 南교사의 한 짓 상쾌치 못한 노릇임을 느껴봤기도.
老兩親께선 오미장 다녀오시고. 父親께선 되는 대로 살다 죽자는 過히 감미로운 말씀이 아닌 言意를 하시기도. 用心이 달라져서인지? ⓒ

〈1976년 6월 4일 금요일 晴〉(5. 7.)
玉山面 機關長會議에 參席. 主管은 支署, 會議主案은 旱害 對策으로서 安全水利畓부터 移秧한다는 것을 비롯해 10餘 件. 會議費 經理도 決算.
學校에선 校內研究授業 있었고~5학년의 體育…… 郭丁 教師.
從兄들 모내기 일에 時間 좀 있다고 우리 텃논 一部 심기도. ○

〈1976년 6월 5일 토요일 曇, 晴〉(5. 8.)
今朝도 어지간히 活動한 셈~早起運動(驅步, 體操), 學校의 아침放送, 四距里 가서 일에 쓸 濁酒 1말 購入 運搬. 텃논에 못첨 늘어 놓는 일 等〃.

婦女 人夫 3名 얻어 텃논 移秧했고.
退廳하고선 밭뚝 풀 베고 人夫들과 함께 고추밭 附土作業했기도. ◎

〈1976년 6월 6일 일요일 晴〉(5. 9.)
고추 支柱木 一部 마련하여 2時間 程度 父親과 함께 다듬었고.
入淸하여 아이들 만나고. 교육청에도 잠간 들렸고. 病中의 작은 外堂叔 問病도.
下午 5時頃에 歸家하여 두무샘 밭뚝 雜草 깎았고.
밤 12時 지나서 伯母 忌祭 지냈기도. ◎

〈1976년 6월 7일 월요일 晴, 曇, 雨〉(5. 10.)
學校 앰쁘 箱子(캬비넽) 內部 및 겉 全體를 掃除. 말끔히 해서 개운.
臭心 時間 利用해서 오미 넘어가서 電波社 李技士한테 앰프 및 전축, 그의 비눌 取扱[13]方法을 仔細히 알아보았기도.
5, 6學年 어린이들은 모내기 일손 돕기로 앞들에 나가 作業했고.
午後 9時頃부터 부슬비 내리기 시작. 10時頃은 本格的 甘雨〃〃. ⓒ

〈1976년 6월 8일 화요일 雨, 曇〉(5. 11.)
1時 半에 起床, 부슬비 繼續 내리는 中이고.
帳簿整理, 新聞通讀 等 일보다가 날이 밝자 雨裝 걸치고 아그배 논 가보았고, 아직 물 不足.
내리던 비는 下午 1時頃까지 부슬비 또는 안개비로 오락가락했고.
天水 바래기 논들은 모내기 程度 안되어 더 오기를 기다리는 중. ⓒ

〈1976년 6월 9일 수요일 가끔 가랑비〉(5. 12.)
臭心 後 入淸－교육廳 들러 事務打合…… 우물 및 便所 增設, 교실마루 修理, 校長舍宅 移轉, 本館 改築 等.
東邦保險會社에도 잠간 들어가 拂入完了分 手續節次 알아보기도.
청주 아이들한테 消息 들으니 軍에 가 있는 四男 魯松이 休暇로 와서 現在 서울 제 큰 兄 집에 있다는 것. 今明間 歸鄕한다는 것.
농가에선 비 아직 나우 더 오기를 기다린는 중이고. ◎

〈1976년 6월 10일 목요일 曇〉(5. 13.)
비 더오기를 기다렸으나 今般도 이대로만 내리고 날 드는 듯 終日토록 흐리기만 했고. 아그배 宗畓 約 300坪을 심었어야만 개운한 것인데.
어제 오늘 間 고추 폭이에 支柱木 꽂고 짚으로 동여매는 일 거이 끝내기도.
軍에서 休暇 中으로 어제 淸州까지 왔다는 4男 魯松이 집에 왔고. 얼굴 깨이지 않은 듯 본바탕 그대로여서 多幸. 제 손으로 소고기도 사갖고 오고. ◎

〈1976년 6월 11일 금요일 曇〉(5. 14.)
구름은 여일 끼나 비는 내리지 않아 水利 困難畓의 모내기 때문에 걱정되기도. 앞들은 數三日 間에 거이 심겨져서 퍼런 들판으로 變했고.
魯松은 住民登錄證 更新의 일로 玉山面事務所에 다녀왔기도.

13) 원문에는 "扱取"아래에 앞뒤 바꾸기 교정부호 ' '가 그려져 있다.

아그배 논 揚水 計劃하여 보았으나 極難之事일 듯. 2, 3日 間 더 기다려 볼 일.
保險(東邦)料 一口座 拂入完了되었기에 還給手續했고. ◎

〈1976년 6월 12일 토요일 曇〉(5. 15.)
魯松은 떡 좀 빗은 것 갖고 淸州 갔다는 것.
晝食時間 틈 타서 小魯里 倉里行~郭根厚 親喪에 人事.
日暮頃 約 2時間 程度 둑너머밭 보리 베기도. ○

〈1976년 6월 13일 일요일 曇, 晴〉(5. 16.)
어제 淸州갔던 魯松이 일할려고 歸家~午後에 보리 베고.
水落 가서 李晳均 母親喪事에 人事하고 온 뒤 松과 함께 둑너머밭 보리 베어 끝냈고. 두무샘밭 보리는 明日 벨 豫定.
井母와 함께 고추밭 支柱木 세우기도.
아침결에 능사(뱀) 잡아 능사酒 만들어 큰 대문 앞(밖쪽)에 묻었고. ○

〈1976년 6월 14일 월요일 曇, 晴〉(5. 17.)
어제 왔던 弟 振榮과 休暇 온 魯松이 終日토록 보리베기에 勞力했고. 振榮은 臾心 後 歸任地한 것.
退廳 後 두무샘 밭 보리 묶는 데 勞力했고. 老兩親께서도 勞力. ⓒ

〈1976년 6월 15일 화요일 晴〉(5. 18.)
學校의 外部環境 많이 좋게 달라졌다고 職員會에서 칭찬했기도. 特히 外部 復道의 콩크리工事, 階段花壇의 손질과 고추밭 손질 잘 된 것을 들추면서.
人夫 一人 얻어 아그배 논 再深耕[14]. 어제 베어 놓은 보리 運搬.
경운기로 脫麥하여 보리 일 完了. 休暇 온 魯松이 助力 많이 잘 했고. 旱魃의 날씨로 結實不調로 相當 減量…… 兩쪽(둑너머, 두무샘) 밭 合 生産량이 겉보리 겨우 6叺(60말) 뿐. 肥料 값과 품값도 不足될 듯. ⓒ

〈1976년 6월 16일 수요일 晴, 曇〉(5. 19.)
機關長會議 있어 參席. 場所는 面會議室. 主案件은 玉山國校. 玉山中學 合同 硏究發表會에 他 地方 參集會員에 對한 歡迎行事였고.
入淸하여 倚子店, 樂器店 들려 物品代 알아보기도.
朝食 前엔 어제 털은 보리 6叺 내어 멍석에 펴 널기에 勞力했고. ⓒ

〈1976년 6월 17일 목요일 曇〉(5. 20.)
비는 올 듯하면서도 깐지게[15] 안오고.
今月 給料 受領에는 第二期末 手當(賞與金)을 包含. 諸般 控除코 255,000원.
家庭의 冷氣. 언제나 한 가지. 父親께서 醉酒中에 분노 大聲하신 것. 라디오 問題에 억측 좀 하신 것. 不滿足한 點도 있으시기야 하겠지만. 不安 中엔 無言主義가 좋을 것임을 또 느껴보기도. ○

〈1976년 6월 18일 금요일 曇〉(5. 21.)

14) 재심경(再深耕): 땅을 깊게 갊.
15) 깐지다: 성질이 까다로울 정도로 빈틈없고 야무지다.

學校兒童들의 아침 自習에 五, 六學年 道德授業을 다루었고. 各 1單元씩.
玉山國校 들려 環境造成 狀況 보고. 우체局에선 定額貯蓄 10萬 원整 3個月짜리 預金했기도. 第二期末 手當에서 할애한 것.
琅城面 호정리 가서 동서 申重休 母親喪에 人事. 처음 가본 곳.
淸州에서 잔삭다리 몇 가지 일보고 歸校하니 下午 8時 半쯤 되었던 것.
어제 老親께서 홧김에 부신 라디오 오미電波社에서 修繕했고. 計劃的인 먹은 마음이신지 早朝부터 飮酒하시어 冷〃하신 態 如前하신 중. 井母는 억울하다고 間〃 落淚. ⓒ

〈1976년 6월 19일 토요일 曇〉(5. 22.)
아그배 논에 揚水하려던 것 今日도 이루어지지 않았고. 구름은 자주 끼나 비는 좀처럼 오지 않아 天水 바래기 乾畓들은 揚水하기에 큰 勞力 중인 것.
明日 行事 豫定인 友信會 一日 逍風 문제는 家庭 內 不安 氣運으로 夫婦同伴 原則을 생각 끝에 井母는 안가기로 한 것. 일편 딱한 생각 들기도.
日暮頃에 玉山 내려가 殺蟲劑 農藥 1병 사다가 兩쪽(둑너머, 두무샘) 고추밭에 噴霧器로 消毒했고.
밤 9時에 出發하여 淸州 가서 아이들과 함께 留.
休暇 中인 魯松이 入淸. 明日은 제 셋째兄(魯明)한테 간다는 것…… 槐山. ⓒ

〈1976년 6월 20일 일요일 晴〉(5. 23.)
友信會員 一同 六時쯤부터 駐車場 앞에 모이기 시작하여 7時 正刻에 '대륙관광'버스로 一同 出發. 總 13名 中 夫婦同伴 會員 8名, 會員만이 參席한 사람 나와 朴遇貞, 完全 不參者 3人(崔昌熙, 김용기, 李春根) 一行 18名.
10時頃에 全北 井邑 內藏山 내장寺, 全南 白羊山 白羊寺를 보고. 全北 김제郡 母岳山의 金山寺 보고 잠시 쉬었다가 下午 4時 지나서 淸州 向發. 2時間 좀 지난 下午 6時 좀 지나서 淸州 着. 夕食을 會食하고 一行은 解散.
井母를 同伴치 못하게 되어 마음이 매우 찐-했고. 此後 機會를 다시 마련한다는 自慰로 終日토록 지낸 것.
집에 到着하였을 時는 밤 10時 半쯤. 電擊的 逍風이었던 것. ○

〈1976년 6월 21일 월요일 曇, 雨, 曇〉(5. 24.)
먼지 안날 程度로 비 조그마치 내렸고. 더 오기를 기다리는 중이고.
晝食時間에 虎竹 가서 樟南里 楊氏 家 葬禮에 人事했고. ○

〈1976년 6월 22일 화요일 雨, 曇〉(5. 25.)
첫 새벽에 부슬비 좀 약간 내리더니 또 멎어 엇답[16] 모내기 아직 不能.
玉山國校 玉山中學(道 指定硏究校) 合同發表會 있어 '일반회원' 資格으로 參與. 國校는 새마을 敎育, 中學은 生産 敎育이 主題. 中間活動에 國校는 '小鼓춤', 中學은 '民俗놀이'(民俗舞踊, 차전놀이) 잘 했고.
江外面 桑亭里 가서 査丈 大忌(妹夫 朴琮圭 父親)에 人事. 집엔 밤 11時쯤 到着. ⓒ

16) 엇논. 물이 모자란 논.

〈1976년 6월 23일 수요일 曇, 雨, 曇〉(5. 26.)
兒童 引率코 南一校에~第5回 實科 美術工作 技能大會 및 第3回 敎育長旗 쟁탈 글짓기大會에 兒童 4名 參席한 것. 郭魯憲 교사도 함께 갔고.
敎育廳에 兒童 4名 引繼~明日부터 2日 間 벽지校 어린이 技能大會 있게 된 것.
서울 갔던 魯松이 淸州에 와 있고. 次男 絃은 重裝備 교육 받는다고 어제 上京했다나. 中原郡 水上서 제 內外 잠시 作別하는데 落淚하였다는 말 들으니 가슴 아프고.
아그배 논에 揚水. 아침결에 數時間. 비닐 호-스 移用하여 揚水機 利用. 時間當 600원. 日暮頃에 비 내리기 시작. 부슬비.
明日 모내기 豫定이므로 반찬거리 사 갖고 歸家하니 밤 11時쯤 됐고. ⓒ

〈1976년 6월 24일 목요일 晴, 曇〉(5. 27.)
僻地校 學力 및 體能 競技大會가 있어 選手兒童들과 入淸. 引率교사는 郭丁 敎師, 兒童 5名. 學力과 藝能으로 舟城國校에서. 體能은 淸州機械工高에서 開催.
結果는 學力에서 秀等(양경숙), 200m에서 2等(윤병상). ○

〈1976년 6월 25일 금요일 曇〉(5. 28.)
벽지校 어린이들 道 主催로 顯忠祠 參拜 等 見學의 特惠行事에 金溪校에서 4名 다녀오는데 午後에 가서 引受 歸校. 家庭에선 아그배 宗畓 모내기. ×

〈1976년 6월 27일 일요일 晴〉(6. 1.)
休暇 왔던 4男 魯松이 歸隊한다고 어젯날 上京.
學校는 24日부터 今日까지 家庭實習 實施中.
비 안와 天水沓 모내기 準備로 이곳저곳서 揚水에 혈안 中이고.
今日이 5男 막동이(魯弼) 生日이라고 井母는 어제 入淸하여 떡도 若干 빚었고.
午後에 入淸하여 井母와 함께 市場에 나가 마늘 等 몇 가지 샀기도. ×

〈1976년 6월 29일 화요일 晴〉(6. 3.)
入淸-公設운동장에서 제3회 敎育長旗 쟁탈 陸上競技大會 있어 兒童 4名과 郭文 引率교사와 함께 간 것. 各 種目 豫選에선 成績 普通이었으나 入賞 어린이 없고. 鍊習不足. ※

〈1976년 6월 30일 수요일 晴, 曇〉(6. 4.)
末日이어서 全國的으로 班常會. 去月부터 實施케 된 것. 面 主催의 事前打合會에 李 校監 다녀오고. 臨時職員會 열고 午後에 全員 部落에 나간 것. ×

〈1976년 7월 1일 목요일 가랑비〉(6. 5.)
十餘 年來 드문 旱魃이라고. 보리 말라서 소출 極히 減少. 天水沓 신영揚水기로 품어 올려 모내기.
엊저녁에 구름 좀 끼더니 오늘은 가랑비. 그나마래도 모두 多幸으로 생각. ※

〈1976년 7월 3일 토요일 가랑비〉(6. 7.)
가랑비는 3日째 繼續. 밭 解渴은 겨우 된 셈.
校監 生日이라고 招待 있어 土曜日 行事 마치고 全職員 오미 보냈고. 난 守直.
約 10日 間의 飮酒에 몸 다시 휘진 것. 食事 못

하는 탓. 5月 7日부터 6月 23日까지 約 달 반은 謹酒했던 것인데. 어찌하다보니 志操없이 마시게 된 것. ○

〈1976년 7월 4일 일요일 가랑비, 曇〉(6. 8.)
日曜日이지만 學校에서 日暮토록 執務한 편. 몸도 고단하여 勞力하긴 어려웠고.
井母는 淸州行~보리쌀 좀 갖고.
2, 3日 間이 가랑비로 因하여 밭 해갈은 充分하고 乾畓엔 그레도 不足. 전자리 等 天水畓엔 今日도 揚水하여 모내기하는 듯. ◎

〈1976년 7월 5일 월요일 晴〉(6. 9.)
入淸하여 仁川으로 出嫁한 三女(妊)의 住民退去 申告했고-마치기까지에 날은 무더운데 班統長집 몇 차례 往來하는데 무척 애먹었던 것.
學校 公務로서도 援護廳, 교육廳, 옵세트社 等 들리느라고 땀 많이 흘렸고.
井母와 함께 市場 일 좀 보고 井母는 먼저 歸家. ◎

〈1976년 7월 6일 화요일 晴〉(6. 10.)
家庭에선 人夫 2名 사 갖고 두무샘 밭 매는 데 바빴던 것. 父親은 施肥, 井母는 밥 해 날으고.
点心時間에 잠간 作業狀況 보았고.
今日부터 食事 어느 程度 復舊. 몸은 나우 쇠약해진 편. ◎

〈1976년 7월 7일 수요일 晴〉(6. 11.)
兩親께선 沃川, 大田方面(振榮, 妹 家) 다녀오신다고 朝食 後 떠나시고…… 玉山 停留場까지 봇짐 自轉車로 運搬해 드렸고.
날씨는 2, 3日째 짜랑짜랑-29° 상회. 天水畓等 또 말으기 시작. ⓒ

〈1976년 7월 8일 목요일 晴〉(6. 12.)
家計簿 정리에 문의 몇 가지에 井母는 서운했던지 天性 그대로 言辭 不順하기에 解腸도 若干 한 氣分에서 朝食 때 夫婦間 不便한 일 있었고. 그러고 나니 일편 딱한 생각 들어가 慰勞의 氣色으로 對했기도. 먹은 맘 없고 뒤 물은 井母도 완화.
井母는 오미市場에 얼핏 다녀온 것…… 들기름 몇 홉 짜왔다는 것.
學校 파한 後 自轉車로 얼핏 오미 가서 고추用 農藥, 豚肉 一斤, 솥뚜껑 사 갖고 와서 夕飯하니 食慾 있어 많이 먹었기도.
어제 沃川 가신 兩親께선 無事히 가셨는지. 振榮한테 別無消息. ⓒ

〈1976년 7월 9일 금요일 曇, 가랑비〉(6. 13.)
기다리던 비 가랑비나마 내리기 始作했고.
數日 間의 謹酒에 食事 잘하며 公私 間의 일 推進 잘 되는 중.
家庭에선 井母도 돼지울 團束 等에 勞力 많이 한 듯. 난 退廳 後 돼지 오양도 쳐냈고, 井母는 토끼먹이(풀) 장 만에 每日 분주한 중일 것 …… 중토끼 15마리 되기에.
淸州 작은 外堂叔(朴振圭) 別世의 電話받고 入淸 豫定이 實行 안되어 未安感 있기도. ⓒ

〈1976년 7월 10일 토요일 曇〉(6. 14.)
今朝도 새벽 3時에 起床하여 日記 쓰기, 家計簿 整理 等 明晳하게 일 보고. 아침의 學校 放送 資料도 마련.
學校일 잠간 보고선 入淸하여 魯杏한테 잠간

들리고선 加德 간 것…… 어제 소식들은 작은 外堂叔의 葬禮가 今日이기에. 加德面 柿洞山은 淸州所在人 天主教人의 共同墓地란다고. 比較的 장례 일찍 끝내고 歸淸하여 人事 後 外6寸 朴鍾益 집에 同行하여 놀다가 無事 歸家.
母親께 明日 淸州 가시라고 말해 놓고선 若干 後悔하여 보기도-井母 入淸 豫定 있었기에.
날씨 오늘 가까스로 참았기도. 事實은 비 좀 더 와야 할 형편. ○

〈1976년 7월 11일 일요일 曇〉(6. 15.)
井母 入淸 豫定은 中斷되고 母親께서 淸州 가신 것. 뒤따라 淸州 가니 신통하게도 四女 魯杏이가 濁酒 사다가 제 祖母님께 待接하는 것. ×

〈1976년 7월 12일 월요일 晴〉(6. 16.)
어제 淸州 가신 母親께선 比較的 일찍 오신 편-外堂叔의 삼우 目的이셨는데 끝나는대로 곧 돌아오신 듯.
장마지겠다는 天候는 빗질기게도 비 안내리고 있고. ×

〈1976년 7월 16일 금요일 晴(早朝에만 가랑비)〉(6. 20.)
玉山面 堆肥 增産大會 있대서 오미 갔고. 어제까지에 過飮 繼續이었는지 오미까지 步行에 피로 莫甚했고.
大會 끝나고 機關長 一同이 새로 赴任한 崔支署과 함께 晝食했기도.
入淸하여 沃川 子婦(現在는 水上校 在任中) 만나고 産月이라서 몸 풀러 온 것. 마침 魯杏이가 放學 中이라서 벗되어 다행이고. 慰勞 이야기 좀 하고 歸家. ※

〈1976년 7월 17일 토요일 晴〉(6. 21.)
制憲節이라서 休務. 南 教師 外 몇 사람과 過飮되어 終日토록 宿直室에서 쉬었고. 오늘이 第28回 제헌절. 井母는 子婦 보러 淸州 갔고. ※

〈1976년 7월 18일 일요일 晴〉(6. 22.)
昨今 連休. 家庭일 좀 하여야 할 텐데 몸 고단하여 運身 不可能. 그래도 낮에 텃논에 農藥 소독했고…… 피곤하고 땀 無限히 흐르는데 無事 作業 完了. ○

〈1976년 7월 19일 월요일 晴〉(6. 23.)
어제 淸州서 전화…… 杏이가 제 母親 今明朝 오라고…… 子婦의 産氣가 있는 모양. 철 몰으는 杏이 혼자서 몸다는 것도 無理가 아닌 것.
井母는 明日 간다고 말하는 것.
어제부터 謹酒. 그래도 머리 띵하고 몸 좀 떨려 힘없이 걸어지는 중. ©

〈1976년 7월 20일 화요일 晴〉(6. 24.)
芙江國校에서 校長會議 있대서 早朝에 出發. 午前 6時 正刻에.
淸州 아이들 곳에 잠간 들려(쌀 1말 갖고) 市內버스로 芙江 到着하니 9時 채 못됐고. 1時間餘 後에 開會(10時 正刻).
프라스틱 工場도 見學. 今日 따라 會議時間 길어서 午後 六時 좀 넘어서 끝났고. 藩 學務局長의 말씀, 金孝東 강사의 國語醇化에 對한 講義, 芙江校 育成會長의 接待, 校長團 先進地 視察에 對한 協議 等이 있어 特色.

淸州에 오니 井母도 와 있고. 意外로 次男 魯絃도 와 있는 것.
絃은 退任 後 家庭에서 消日하다가 生覺다 못해 서울서 重裝備學院에 다닌다는 것. 제 兄宅에서 다닌다고. 3個月 間이라나. 將次 어찌 될 것인지?
함께 이야기 좀 하다가 모두가 留하기를 勸하기에 歸家함을 中止하고서 아이들과 함께 同宿한 것. 子婦는 아직 몸 안풀고.
四女 魯杏이가 朝夕으로 食事 準備하느라고 特 手苦 많은 듯. ◎

〈1976년 7월 21일 수요일 晴〉(6.25.)
어제 오늘 무더워 견디기 어려웠고. 낮 氣溫 30度를 넘었고.
오늘서 몸은 完全에 가까울 程度 풀려 食事 잘하고 일 推進 잘 되는 셈.
校長室에서의 執務時 땀 많이 흘려 런닝그 흠신 젖었기도.
全職員도 放學을 앞두고 考査 處理를 비롯하여 땀 흘리며 일하는 중. 郭某 敎師 하나만이 過飮生活로 큰 支障과 걱정꺼리. 今日도 나우 訓戒는 했지만 하우불{이}.[17] 나 亦 過飮하는 때 많으면서도……. ◎

〈1976년 7월 22일 목요일 曇, 晴〉(6. 26.)
새벽 2時 半에 起床하여 帳簿 정리 等 일 보고.
모처럼의 學校放送에서 農藥 뿌릴 時의 注意事項을 마치고선 돼지 오양도 쳐낸 것.
제5, 6學年의 前期用 道德單元 今日 完全히 마치고.
入淸하여 事務打合(本館 完築 문제를 비롯),三豊土建社(舍宅 建築)도 들리고.
청주 아이들 곳 들려 子婦와 魯杏이 만났고, 絃은 忠州서 豫備軍 訓練 마치고 오늘 歸淸한다는 것. 井母는 歸家.
淸州서 겪은 일 中 對人關係에 상쾌치 않은 印象 있는 點도 어느 구석에는 있었기도. 反面에 親切 叮寧[18]히 對하는 幹部도 있었는데.
오미市場 金某한테 投網 8발짜리 新品 1萬 원에 購入했고…… 最初로 투망 장만한 것이고, 使用法 全혀 모르고, 休暇時에 歸家하는 子息들에게 運動 삼아 쓰라고 마련한 것.
밤엔 部落 總會에 잠간 參席. 너머 전자리 길 닦는 問題가 主. ⓒ

〈1976년 7월 23일 금요일 가랑비, 曇〉(6. 27.)
內庭 淸掃 무렵(5時10分) 淸州에서 來電. 둘째 子婦 몸 풀었다고…… 今日 四時三十分. 女兒(이름 未定~追後……)라 된 것. 井母 朝食後 入淸.
學校는 全職員 終業式 準備에 땀 흘리며 늦도록 執務.
朝夕으로 요샌 家庭일에 勞力하고…… 今日도 집 둘레의 雜草 깎는 데 힘 썼고.
母親께서 兩親의 壽衣 만들 말씀에 나의 計劃 말씀 드렸고. ×

〈1976년 7월 24일 토요일 晴〉(6. 28.)

17) 하우불이(下愚不移): 어리석고 못난 사람의 버릇은 고치지 못함. 출처 〈논어〉 제17(양화)편 제3장(子曰 唯上知與下愚는 不移니라-가장 지혜로운 사람과 가장 어리석은 사람은 변하지 않는다).

18) 정녕(丁寧): 대하는 태도가 친절함. 정녕하다.

第一學期 終業式 擧行~原則은 明日이나 마침 日曜日이어서 今日 施行한 것.
下午 3時 半까지 學校 行事 다 마치고 入淸. 청주 아이들 곳 들려 井母와 함께 産婦人科 病院에 가서 産母 慰勞. 沃川서 査夫人도 오고. 紘이도 와 있는 中…… 訓練 마치고.
들으니 出産에 補助役 하느라고 姬와 杏이 無限히 땀 흘리며 떨며 놀래면서 애쓴 듯. 처음 보는 일이라서 더구나. 어른 하나 없는 中이어서 겪느라고 놀랬을 것.
友信會에 參席. 當番은 閔在基. 下午 6時부터 社稷洞 閔校長 집에서. 會則에 依해 3女 妊의 結婚祝儀金도 受領. 白米 一叺代 相當 2萬2阡원(4月 현재)整. 友信會 끝나고 會員 一同한테 茶 一盃씩 謝禮로 待接했고. 形便上 祝賀意도 늦은 것.
病院에서 産母 退院. 比較的 産母 幼兒 共히 健在한 편.
歸家할 豫定인 것을 紘의 晩留로 旅人宿에서 紘과 함께 宿泊했고. ⓒ

〈1976년 7월 25일 일요일 曇, 晴, 쏘나기〉(6. 29.)
教育廳, 市場用務 等 朝食 前에 보고 食事 後 歸家. 紘도 오늘 上京한다고.
두무샘 밭의 오동나무 밑잎 除去에 땀 많이 흘렸고~땀방울 눈으로 많이 들어가 쓰라리고. 옷은 함씬 젖은 것.
九代祖 위토로 因하여 再從兄(憲榮 氏) 所行이 不溫하다고 父親의 말씀에 大田 四從叔(漢武 氏)한테 宗會하자고 書信 發送했기도.
어제 왔던 5女 魯運이 下午 5時에 淸州 向發. 비 올 듯하기에 우산 갖고 몽단이까지 갖다 주었고.
오랜만에 相當量의 降雨-쏘내기. 約 1時間 程度 쏟아진 것. 아그배 논둑 2個所 왕창 나가 臨時的 막느라고 애 먹었고. 이 地域은 약비 온 것. ⓒ

〈1976년 7월 26일 월요일 晴〉(6. 30.)
오늘은 家庭의 잔일을 많이 했고~朝食 卽後에 父親 따라 논두랑 무너진 것 고치는 데 지게질. 채소 갈 곳의 除草. 처마밑 및 뒷똘의 흙 치기. 토끼풀 뜯기, 강낭콩 뽑고 따기, 쓸어진 옥수수 세우기, 씨할 상치 세우기, 돼지 오줌 치우기, 쑥갓 씨앗받기 等으로 終日토록 땀 흘리며 일한 것. ⓒ

〈1976년 7월 27일 화요일 晴, 소나기, 曇〉(7. 1.)
藝能實技大會가 內秀校에서 있게 되어 6時 半에 어린이 3名 데리고 出發…… 짓기, 그리기, 독창 各 一名. 청주-內秀 間은 무더위에 차 분벼 고생했고.
點心은 朴鍾奭 교사 宅에서 一同 待接받고. 食事는 '카레라이스', 안 먹은 학생도 있고.
청주 와선 井母와 함께 市場 보기도. 중간에 한 때 소나기 내린 것.
産母, 乳兒 比較的 健在한 편이어서 多幸이고. 歸家했을 땐 下午 8時頃. ○

〈1976년 7월 28일 수요일 晴〉(7. 2.)
今日은 午前 中은 家庭 일에 充實했고~內外 兩 便所의 人糞 完全히 퍼내어 菜蔬 갈 밭에 쩌졌고. 돼지 오양 치고, 토끼풀 採取 等. ○

〈1976년 7월 29일 목요일 晴〉(7. 3.)
校長團 先進地 視察에 8名 우리班은 淸州서 9

時에 出發케 되어 午前 5時 半에 집에서 出發한 것.
班員 7名(가좌, 유리, 가양, 동화, 금계, 현도, 운동) 중 현도와 유리는 事情에 依하여 同行不能케 되어 5名이 卞(가좌) 校長을 班長으로 9時 40分에 出發한 것.
一同은 大田까지 直行버스, 大邱까지 모처럼의 汽車, 慶州까지 高速버스, 택시 5,000,-에 契約하고 貸切로 慶州觀光 10個處를 구경한 것. 가장 印象 깊은 것 74년에 陵을 發掘한 天馬塚이었고. 새로 지은 博物館도 깨끗이 되어 감탄했고.
慶州行은 貸切버스가 아지고 高速으로. 慶州 구경 마치고 貸切 형식인 택시로 浦項 갔고. 이곳 最初로 보는 곳. 綜合製鐵工場의 수많은 굴뚝과 作業하는 큰 소리는 멀리 들렸고.
포항 송도 海水浴場 意外로 번화했고. 一行은 旅館(산호) 定하고 一盃 後 쉬었다가 適當한 時間에 就寢한 것. ⓒ

〈1976년 7월 30일 금요일 晴〉(7. 4.)
一同 아침 늦잠 달게 자는데 새벽 3時에 잠깬 後 밝을 때까지 잠 안와 야속했기도. 동트기 시작하여 바닷가(沿岸線)를 거닐며 시간 보냈기도.
날씨 清明하여 황홀한 日出 壯觀 구경했고.
午前엔 海水浴으로 時間 消費하고 点心 後 各己 會散.
点心 식사 반찬에서 걸렸는지 아랫배가 아프고 便所에 無限히 出入했고. 便이 아니고 물기만 쏟는 것. 포항서 慶州 거쳐 大邱까지 잘 왔고. 下午 7時 버스로 大田까지 오는 중 뒤가 急하여 참느라고 극히 땀 뺐던 것. 밤 9시 半쯤에 유성 着.
'아담여인숙'에 留하기로 한 것. 比較的 淨潔한 旅人宿이었고. ⓒ

〈1976년 7월 31일 토요일 晴〉(7. 5.)
새벽까지 물 설사 甚했기도. 藥 효과를 본 것인지 낮부터 조금 갈아앉은 듯.
유성온천 원탕에 가서 2次例 溫泉 沐浴했고.
찬 것과 날 음식을 當分間 참으라는 藥師의 말 듣고 終日토록 참은 것.
청주 와보니 井母는 어제 歸家했다고.
時間 前에 永登浦 큰 딸과 仁川 세째 왔있는 것. 저녁 요기 좀 하고 三女와 弼이와 함께 本家 왔고. 到着은 下午 9時 가까와서야 된 것. ◎

〈1976년 8월 3일 화요일 晴〉(7. 8.)
井母와 함께 入清하여 明日用 飮食 材料 사온 것. ×

〈1976년 8월 4일 수요일 晴〉(7. 9.)
父親의 生辰日. 76歲. 朝食 때 洞里분 招請 會食~新溪는 안팎 全員, 아랫말은 還甲 以上의 외정내, 栢洞도 同. 堂內 집안은 全員.
桑亭 妹, 懷德 妹 內外, 振榮 內外, 魯明 內外 왔었던 것. 서울 큰 애는 學校 事情으로 못오고 後日에 온다는 것.
今日 行事 無事하고 有意있게 지내어서 多幸이었고. ※

〈1976년 8월 7일 토요일 晴〉(7. 12.)
學校 舍宅 增築 責任者(業者) 來訪에 歡談, 情談했고. ※

〈1976년 8월 8일 일요일 晴〉(7. 13.)
明日 行事 等으로 井母와 함께 入淸…… 老兩親의 壽衣用 삼벼와 명주 끊고. 몇 가지 飮食材料 좀 산 것. ※

〈1976년 8월 9일 월요일 晴〉(7. 14.)
母親生辰日. 78歲. 朝食 招請 簡單히 한 것 …… 堂內 집안만 全員. 新溪만 極老人 할머니 몇 분과 이웃집 몇 집만 초청했던 것.
朝食 後에 兩親 및 할머니 여러분께 어제 떠온 壽衣감 보여드리기도. 삼벼는 普通이고 명주만은 高級이라는 父親의 말씀 맞는 말씀이었고. 壽衣는 懷德 妹를 除外코 三男妹가 協力하여 만들기로 母親의 말씀에 順從한 것. ×

〈1976년 8월 11일 수요일 晴〉(7. 16.)
서울서 큰 애 家族 一同 왔고.
앞 내에 쫓아가 孫子 英信 창신과 마음껏 물놀이 했기도.
큰 애에 投網 주어 생선 잡게도 하고. ×

〈1976년 8월 12일 목요일 晴, 소나기〉(7. 17.)
大田서 온 電話 內容을 兩親께 仰告하고 大田 간 것. 賢都로 出嫁한 姪女(魯先), 애기 出産에 또 順産치 못하여 入院. 病院은 은행동 방소아과, 애기는 家庭에서 낳았으나 不充分하여 진찰 後 入院했다는 것. 醫療유리箱 속에 넣어 養育中. 産母는 健全한 편. 老母親과 제 큰 姑母 좀 오도록 해달라는 것.
姪女와 이야기 좀 하고 돈 몇 푼 주고서 歸家.
近日 繼續 過飮으로 또 몸 쇠약해졌고. 歸家中 청주서 잠시 쉬었다가 집엔 늦게 到着…… 밤 10時쯤.
청주선 姬와 弼이 日暮頃에 만났고. 杏은 大學團 旅行 中. ◎

〈1976년 8월 13일 금요일 때때로 비〉(7. 18.)
早起하여 큰 애 井과 같이 채소 갈 곳 除草 등 손질에 땀 흘렸고.
學校는 職員 共同硏修 있어 全員 出勤.
學校 舍宅 增築 工事 있어 現場 監督에 連日 애쓰는 중이기도.
요새 날씨는 數日 前부터 하루 몇 차례씩 소나기 오는 중이고, 냇물 나우 불었기도. 오늘은 거이 終日토록 궂은 편. 豪雨注意 내리기도.
몸 좀 若干 낳아져 終日토록 忠實 執務한 것 …… 特히 公文書 處理.
어제의 大田 往來에도 類例없이 땀 흘렸는데 (온몸 衣服 함씬 젖은 것) 今日도 室內 執務에 無限 땀 흘린 것.
明日 일로 桑亭 妹와 弟 振榮 夫婦 왔고.
点心과 저녁食事 充足히 먹었고. 며칠이나 謹酒할른지?
家庭의 房이 複雜하겠기에 學校 가서 南 主任敎師와 同宿. ⓒ

〈1976년 8월 14일 토요일 雨〉(7. 19.)
새벽 二時에 起床. 學校 교무실에서 石油호롱불 밑에서 學校의 帳簿 整理 및 日記帳 整理. 家計簿 整理 等으로 날 새웠고.
밖엔 쏟아지는 빗소리와 천둥으로 소란하고. 오늘 집의 行事 順成될가 憂慮. 2日 間의 땀물로 눈(眼)은 쓰라리도록 아픈 中. '새벽 4시 半에 쓴 것.'

금년들어 가장 큰 장마비인 듯. 앞냇물 벌창.[19] 가옹차고도[20] 水位 높았고. 洪水 그대로이고. 앞들 모두 다 水門 닫았고. 今日은 한 때 暴雨 내리기도.

9時頃에 서울애들 出發에 水落 停留場까지 바래다 주었고. 새로 닦은 길이어서 빠져 엉망. 똘마다 물은 벌창. 英信, 昌信 진수렁에 빠지면서 진땀 뺀 것. 10時 車(동양고속…… 일반고속) 타고 無事 出發. 16시 消息에 依하여 無事到着.

집에선 洞里 아주머니들과 할머니 約 30名 모여 兩親의 壽衣 짓느라고 午後 3時頃까지 박신[21]했고. 平穩裡에 無事 完成. 井母와 桑亭 妹 酒類 및 食事 짓기에 無限 流汗. 兩親의 心情 기뻐하시는 듯.

四書五經 中 첫 째卷인 '論語'를 읽기 시작했고. ○

〈1976년 8월 15일 일요일 曇〉(7. 20.)

이른 아침에 토끼 한 마리 잡았고. 이어 日出前에 學校 나와 第31周年 光復節에 對하여 放送했고. 朝食 前엔 채소갈밭 再손질했던 것.

第31周年 光復節 慶祝式 擧行에 ① 光復의 뜻. ② 36年 間의 生活相. ③ 解放 기쁨과 國土 兩斷의 不運. ④ 統一에의 接近策…… 北傀의 野慾. ⑤ 故 陸女史의 저격과 격분. ⑥ 統一의 길만으로 努力할 뿐. 等을 말한 것.

振榮 夫婦와 桑亭 妹 갔고…… 大田(노선 入院 中) 거쳐 간다나. ⓒ

〈1976년 8월 16일 월요일 曇, 가랑비〉(7. 21.)

職員 共同硏修 第3日…… 資料室 손질이 主.

朝夕으로 家庭일 땀 흘리며 보았고…… 파, 당근 캐어 옮기고, 돼지 오양도 쳐내며, 안 변소 큰 변소로 퍼 옮기고, 집둘레 雜草깎기 等.

宗事問題로 父親께선 분개하시어 홰 내시기도~九代祖(도장산소) 위토[22]를 耕作해 오던 再從(憲榮 氏)이 個人名義(所有權)로 登記한다는 點에서. 宗孫인 金城 四從叔(漢昇, 漢武 氏…… 現在는 大田 居住)들과 집안에서 모여 宗中會 끝에 白米 39말(780坪의 半 390坪代)로 賣却, 代土로 金城 있는 垈地(漢武 氏 所有 700坪)를 購入토록 하고 結末지웠다는 것. ⓒ

〈1976년 8월 17일 화요일 晴〉(7. 22.)

學校의 職員共同硏修 今日로 마감했고. 오늘은 共同 愛校作業했고…… 堆肥場 손질, 排水路 二個所 만들고, 附土 二個所 等 全職員 三時間 동안 땀 흘리며 일한 것. 8月分 給料 受領.

집에선 人夫 1名 얻어 菜蔬 밭 갈고. 堆肥 옮겨 쌓는 일 等 요긴히 일한 것. 賃金은 1,200,-.

今日도 食 前 저녁으로 땀흘리며 일한 것~집둘레 풀깎기, 채소 갈곳 손질, 內外 庭園 除草 淸掃. 물고랑 난 곳 附土. 동부밭에 殺蟲劑 撒布 等.

19) 물이 넘쳐 흐름.

20) 가옹차다: 옹골차다의 충청도 사투리. 골차다와 옹차다의 합성어.

21) 박신박신: 사람이나 동물이 좁은 곳에 많이 모여 활발하게 움직이는 모양. 벅신벅신.

22) 위토(位土): 제사 비용을 마련하기 위해 경작하던 논밭. 사용목적에 따라 제사를 위한 제전(祭田)과 묘를 관리하기 위한 묘전(墓田)으로 나뉜다.

井母는 눈이 침침하다고 걱정. 날씨 더운 때 땀 흘리며 數차례의 家庭事 바쁜일(父親 生辰, 母親 生辰, 兩親의 壽衣마련 行事) 치루기에 부엌生活 고되게 한 탓인지도. 白髮에 染色한 處地. 事實上은 늙은 측인데 거이 終日토록 부엌 生活. ○

〈1976년 8월 18일 수요일 晴, 부슬비〉(7. 23.)
食 前에 父親 理髮하여 드리고. 9時부터 12時까지 菜蔬 播種에 땀 흘렸고~'진주 대평무우'와 '고농3호 배추'.
老兩親께서 오미장 다녀오시고. 井母는 고추따기에 땀 흘렸고.
돼지 나와 헤매는 데 다시 몰아 넣느라고 數時間 애먹었기도. ○

〈1976년 8월 21일 토요일 晴〉(7. 26.)
平生에 잊지 못할 깜짝 놀라는 편지가 온 것. 教大를 나와 教職에 7年 間 在職했던 貳女 '魯姬'가 辭表를 내고 修道次 떠났다는 것.
'아버지, 어머니, 할아버지, 할머니 부디 平和스럽게 지내라는 것. 아버지의 허락없이 辭表를 提出했다는 것. 기왕부터 마음먹었던 길. 훌륭한 스승따라 修道次 떠났다는 것. 修道하는 데 支障 있으니 찾지 말 것이며 1年에 1, 2차례 消息만은 알린다는 것 等.'
앞이 깜깜한 것인지, 하늘이 도는 것인지. 머리가 멍할 뿐. ⓒ

〈1976년 8월 22일 일요일 晴〉(7. 27.)
同窓會에 參席. 場所는 玉山 부용屋. 參席者는 朴完淳, 鄭在愚, 李炳億, 李振魯, 李興魯, 宋榮柱, 郭道榮, 申鉉武, 高寧權, 李晳均, 郭海榮, 郭尙榮 12名. 玉山小校 18回 卒業. 37年前 作別. 個〃人의 자랑도 했고.
病中인 周君 問病, 母校에 가서 發展相 보기도. 紀念品도 贈呈. ×

〈1976년 8월 23일 월요일 晴〉(7. 28.)
夏期 放學 마치고 오늘부터 開學.
開學式 마치고 全校 大清掃. 兒童 職員 全員 無事. ○

〈1976년 8월 24일 화요일 晴〉(7. 29.)
姬의 辭表 낸 것 잠시 保留해 달라고 槐山郡 교육廳으로 電話했기도. ×

〈1976년 8월 25일 수요일 晴〉(8. 1.)
上京하여 큰 애 內外한테 姬의 편지 보이기도. 큰 애 井도 意外의 일에 침착하면서도 착잡한 態度. ×

〈1976년 8월 26일 목요일 晴〉(8. 2.)
絃이 마침 清州 왔기에 姬 이야기했더니 非常한 覺悟로 姬 찾으러 나섰고. 修德寺를 비롯한 近方의 몇 개 寺刹로. ×

〈1976년 8월 28일 토요일 晴〉(8. 4.)
姬 問題로 淸州에 큰 애 井과 3男 明 오기도. ×

〈1976년 8월 29일 일요일 晴〉(8. 5.)
姬 찾으려 3日 前에 나섰던 貳男 絃 오고. 제들 3兄弟 진지한 討議하기도. 아비를 慰安하는 말들 많이 하기도. ※

〈1976년 8월 30일 월요일 晴〉(8. 5.)
紘이 會社에 就職되어 새벽에 出發. 沃川으로 간 것. ×

〈1976년 9월 5일 일요일 晴〉(8. 12.)
일구월심 생각에 잠겨 時間이 조용할 순간마다 눈물이 쏟아지는 이즈음 淸州 아이들로부터 消息 오기를 제 언니 姬는 불국사(佛國寺)에 있다는 것…… 杳 앞으로 부친 편지봉투 日附印이 '불국사'로 되어 있는 것을 發見한 것. 住所는 밝히지 않았고. ×

〈1976년 9월 7일 화요일 晴〉(8. 14.)
運動會 總演習~指導期間 數日 밖에 안 되는 것으로 보아선 比較的 괜찮은 편.
밤에 서울 큰 애 井이 오고. 靑城 있는 아우 振榮도 오고…… 明日이 秋夕.
참으려 하면서도 한가하거나 술이 취하면 姬 생각에 落淚. ※

〈1976년 9월 8일 수요일 曇〉(8.15.)
秋夕. 차례(茶禮) 後 마음 괴로워 낮잠 좀 이루기도.
큰 애 井과 아우 振榮은 省墓 後 午後에 各己 가고.
槐山 세째 魯明은 淸州까지만 왔다갔다는 消息 있고. ×

〈1976년 9월 9일 목요일 晴〉(8. 16.)
가을 體育大會 開催. 順調로운 進行. 例年에 比하여 種目數가 적어 일찍 끝났고~午後 3時 半頃.
蠶業農家에서 한창 바쁜 때여서인지 觀覽 極히 적었고. 그래도 贊助金만은 例年과 別差 없었다는 것. ○

〈1976년 9월 10일 금요일 晴〉(8. 17.)
魯姬 찾아보려고 井母와 함께 夫婦는 佛國寺를 目的地로 出發한 것.
今日은 時間 關係上 大田서 留한 것. 몸 고단했고. ○

〈1976년 9월 11일 토요일 曇〉(8. 18.)
起床하기 어려운 몸. 꼼짝하기 싫었고. 머리도 띵. 食欲 全혀 없어 朝食을 缺. 나 때문에 井母도 缺食. 포도 몇 알만 뗀 것.
다리 떨리고 온몸 흔들리는 것. 便所 往來도 極히 어려웠고. 뒤紙 使用에도 難할 程度로 손이 떨리는 것. 속이 울렁거려 까스명수, 바카스, 쌍화탕 먹어 보았으나 別無신통. 막걸리 1배 먹으려 하나 손으로 들지 못해 업드려 입으로 마셨고.
구역질이 甚하더니 약물, 막걸리, 우유 全部 吐해진 것.
井母의 勸誘는 淸州로 回路하자는 것.
體力과 現 형편으론 大無理인줄 알면서 初志一貫하려고 大邱行 버스에 올은 것. 發車 後 5分도 안되어 온몸 異常했고. 아픈 곳은 없으나 견디지 못하여 座不安席. 공연히 出發했다는 생각 뿐. 꼭 車內에서 죽을 것만 같았고. 손발이 차지며 꼼짝달싹 못할 지경.
井母가 주는 消化劑를 먹자 卽時 多量 吐. 衛生주머니에 가득. 吐한 주머니 갖고 大邱까지 바운 內者의 괴로웠던 일 平生에 잊지 못할 일. 車內에선 어서 大邱까지 가야 살겠다는 생각 뿐. 30分 間 달렸나 時間(時計) 보면 겨우

1分 經過.
가까스로 大邱 着. 똥물까지 吐한 後 旅館 찾아서 休息…… 11時부터 午後 4時까지. 飮食은 전혀 안 먹히고.
흔들리는 몸 無理돼도 慶州行 버스에 올은 것. 경주에 到着하니 强風. 灰色 옷에 머리 깎은 여승이 하나씩 둘씩 이곳 저곳에 오가는 것이 달리 보이고.
慶州서 불국사까지 到着 즉시 旅館에 드러 休息…… 누운 채 일어나기 싫고. 여관 名은 "불국사 여관". 旅館費 비쌌고. ◎

〈1976년 9월 12일 일요일 가랑비, 雨〉(8. 19.)
머리를 비롯한 온몸 運身 亦是 難했고. 朝食에 멱국만 한 두 숫가락. 비는 내려 豫定을 방해놓은 것.
어제보다는 조금 나은 듯한 몸으로 우산 받고 佛國寺 本寺를 一巡. 보살 몇 사람에게 問議했으나 姬의 行績은 전혀 否當. 落心 後 여러 사람들의 紹介로 花郞교육원 옆의 '보리사'(菩提寺) 가서 探問하여도 종적 모르고.
落心한 채 歸家하기로 마음 먹고 下山…… 女僧들의 말엔 慶州市內의 '홍륜사', 市外의 '연지암', '영지암'을 參考로 알아보라는 것.
우산 받았으나 비 맞으며 回路길. 大田 막 차를 가까스로 대어 밤中에 淸州 着. 이제 내 몸만은 살은 듯. ◎

〈1976년 9월 13일 월요일 曇〉(8. 20.)
淸州서 첫 車로 歸校. 다녀온 사연 老兩親께 告했고. ⓒ

〈1976년 9월 14일 화요일 晴〉(8. 21.)
姬의 생각에 落淚 繼續. 所在나 알았으면…… 눈을 사르르 감고 있는 모습, 제 동생들 돌보던 생각, 出勤길에 바쁜 거름 等. ×

〈1976년 9월 16일 목요일 晴〉(8. 23.)
第5回 少年體典에 出張. 淸州公設운동장…… 市內 中學生들의 카드섹선. 지정된 學校의 마스껨 等. 모두 다 보았으면의 아쉬운 생각. ⓒ

〈1976년 9월 17일 금요일 晴〉(8. 24.)
今日도 어제 行事에 잠시 出張. 歸校해선 狀況을 傳達.
家庭에선 人夫 3人 사서 나무 깎고. ×

〈1976년 9월 18일 일요일 晴〉(8. 26.)
井母와 함께 入淸하여 諸般 정리…… 外上分 返濟. 物品 購入. 아이들의 學費, 附食物. 其他 一切.
次男 絃이 와서 이야기하기도. ○

〈1976년 9월 24일 금요일 晴〉(윤8. 1.)
民防衛隊 隊長級 敎育에 參席. 場所는 玉山國校. 5時間.
職場민방위隊…… 校長, 校監. 地域민방위隊…… 里長, 副隊長. ×

〈1976년 9월 25일 토요일 晴〉(윤8. 2.)
班常會에 參席(金溪會館)하여 金溪 發展相을 칭찬했고. ×

〈1976년 9월 26일 일요일 晴〉(윤8. 3.)
家庭에선 콩 털기에 바쁜 일했고…… 兩親, 內者, 난 처음에 조금 거들고.

玉山中學 尹基東 校長 來訪에 歡談했고.
서울 있는 長男 魯井이 다녀가기도~동학사 가서 姬 있나 알아보고 오는 길이라고. 애비 근심 덜어주려는 것과 慰安의 目的으로 왔던 모양. 水落 정류場 통해 上京. ※

〈1976년 9월 27일 월요일 晴〉(윤8. 4.)
井母 入清…… 附食物 좀 갖다주려고. ×

〈1976년 9월 28일 화요일 晴, 曇〉(윤8. 5.)
玉山農協 主催로 會議(새마을協同圈 綜合開發 수립) 있어 參席. 玉山 單位組合 發展에 對하여 累代 組合長을 칭찬해 주었기도. 會議 後 機關長 一同 晝食 待接받은 後 入清.
四女 魯杏이 頭痛이 甚하다고 앓는 中. 主動되는 아이가 앓는 바람에 井母는 아이들 밥 지어 주느라고 歸家 못하는 形便. 杏 데리고 病院에도 다녀왔다고.
今日 行事에 過飮한 듯. 더욱이 '소주'를. 몸 大端히 고단하여 清州서 留. ※

〈1976년 9월 29일 수요일 晴〉(윤8. 6.)
運身 難이나 不得已 玉山 向發. 朝食은 勿論 못했고.
玉山中學 體育會 있어 參席. 面內 國民學校 學區 別로 나누어 地域社會 體育會가 이루어지는 形式이었고. 國民學校 別 對抗은 勿論. 本 金溪校는 全校生 動員했고.
地域 別 競技에는 兒童이나 成人이나 小魯地區가 優勢했고.
晝間에 왼편 젖가슴이 몹시 아파 겁났고~心臟에 어떠한 異常이 생긴 생각에 또 後悔. 志覺없이 過飮으로 苦痛 겪는 處地를 反省. 땀은 비오듯. 左胸은 뻐근하고. 玉山 동성藥局에 이야기하여 3回分 약 지었고.
歸家하여 清州 實情을 老兩親께 仰告했고. 午後 5時쯤 가슴 조금 낳은 듯? ⓒ

〈1976년 9월 30일 목요일 晴〉(윤8. 7.)
第六學年 1日 修學旅行 實施. 아침 7時에 出發. 職員도 全員 같이 가게 했고. 扶餘와 甲寺, 儒城 거쳐 오기로 한 것이 目的. 午後 10時에 無事歸校.
午後 2時부터 있는 校長會議에 出張…… 2學期 學校 운영方針이 主. 會議 案件 많아 午後 7時쯤에 끝났고.
李仁魯 校監의 道文化賞 '예술部' 추천 手續으로 午前 中은 바빴고~칼라 寫眞집. 道文化公報室 다니느라고. 接受는 되었고.
魯杏 데리고 病院에도 가 본 것(郭洛梧 內科)~氣管支가 좀 나빠졌다는 것.
井母와 함께 저물게 歸家. ◎

〈1976년 10월 1일 금요일 晴〉(윤8. 8.)
第28回 '國軍의 날' 今年 처음으로 公休日로 定해진 것.
새벽에 밀렸던 新聞通讀. 이른 食 前에 家內 大清掃. 午前 中엔 밤과 대추 떨기도. 연시(감)도 若干 따고.
午後에 入清…… 魯杏이 若干 差度 있고.
서울 重裝備學院에서 免許試驗 보라고 通知 왔고(絃에게). ◎

〈1976년 10월 2일 토요일 晴〉(윤8. 9.)
虎竹校 거쳐서 楊校長과 함께 清州 갔고. 白圭鉉 교육장 宅 찾아 人事~교육장 婦人이 重病

으로 入院 中. 엊그제 退院은 했다는 것.
井母는 서울서 온 絃의 關係通知書 갖고 入淸하고 곧 歸家.
淸州서 用務 마치고 日暮頃에 着家. 밤엔 班會에 나갔고…… 會議 案件은 '새마을 總閱[23)]' 對備. ◎

〈1976년 10월 3일 일요일 曇, 雨, 曇〉(윤8. 10.)
昨日부터 食事 良好. 今日도 끼니마다 한 그릇씩 다 먹고.
今日은 開天節~檀君紀元 4309年 되고.
人夫 6名 얻어 벼 베기 시작한 後 비 오기에 作業 中止했고.
絃에게 온 通知書 갖고 入淸(昨日)했던 井母는 어제 오늘 일 때문에 卽 歸家하여 반찬 만들기에 엊저녁 내 바빴는데 오늘 일 不得已 中止. 아침 밥도 多量 지어놓았다는 것.
雨中이지만 기별 있기에 絃의 호적등본 갖고 入淸. 絃은 沃川서 昨夜에 와서 청주서 쉬고 今朝에 忠州行 했다는 것.
杏은 많이 差度 있어 多幸.
族兄 俊榮 氏 치질 手術로 入院(申外科) 中이라서 問病했고. ◎

〈1976년 10월 4일 월요일〉(윤8. 11.)
運身하기 正常化되어 公私 間의 일 推進 잘 되는 중……. 얼마나 持續될른지?
어제 中止됐던 벼 베기 人夫 6名 오늘 고대로 와서 일했고. 兩편(텃논, 아그배논 合 約 500坪)의 논 일찍 베었고. 벼 조금 털기도. 밥 짓는 井母 애썼을 것. ◎

〈1976년 10월 5일 화요일 晴〉(윤8. 12.)
새벽 3時에 起床하여 帳簿 諸般 整理. 新聞 等 읽기로 徹夜했고.
今 明日 間에 새마을 總閱 있대서 家庭 周圍 淸掃作業에도 勞力했고.
5, 6學年의 道德授業과 授業參觀(室內獎學指導)도 어제부터 着手했고. 學校서 하는 諸帳簿도 整理 거이 끝낸 것. ◎

〈1976년 10월 6일 수요일 曇〉(윤8. 13.)
早起하여 새마을 總閱對備로 집둘레 淸掃하기에 食事前 2時間 동안 눈부신 活動했고.
午前 中은 道文化賞의 藝術部 推薦에 李仁魯 校監의 實績을 찬양한 書類를 作成했고. 午後 5時에 道本廳 文化公報室에 '業績證據書類' 追加 첨가하여 完全手續 마친 것. 當薦 如何는 모르나 學校長으로서 떳떳한 일 한 것.
淸州서 意外로 3男 魯明이 만났고~明日 實施되는 道單位 藝能發表大會에 音樂部(독창?) 어린이 몇 名 데리고 왔다는 것.
明한테 듣건데 姬가 서울 있다는 소문 들었다나. 절(寺) 繼統에 있지 않은 듯하다고. 몇 달 있으면 消息 있을 것이라고 3男 明은 애비를 慰勞하는 것. 그만치만 소식 들었어도 조금 마음 갈아 앉는 듯.
歸路에 申外科에 가서 俊榮兄 問病했고~手術後 經過 좋아서 情談 많이 하고 작별했고. ◎

〈1976년 10월 7일 목요일 晴, 曇〉(윤8. 14.)
食 前에 勞動 2時間~드무샘 밭의 쥬녀니콩 一部 뽑고. 밤콩 두 다발 自轉車로 2번 往來로 運搬했고. 사거리 가서 奉親用 濁酒 5升도 運搬.

23) 총열(總閱): 일제 검열.

臾心 後 入淸하여 道교육회 2層에 陳列된 '교육자료 전시회'를 觀覽.
교육청에 가서 事務打合…… 신사택의 스레트 故障과 電氣의 內部施設 안된 點. 學務課에서의 人事中 'ㅎㅗㅇ某 奬學士'의 달가운 答禮 없는 點에 不快感 많았고. 바쁜 일 하다보니 그렇게 되었으리라 諒解하면서도 사람을 가려서 人事 答禮하였으리라 생각할 땐 괫심하였던 것. 나의 人格 不足을 탓할 뿐인져. ◎

〈1976년 10월 8일 금요일 曇, 晴〉(윤8.15.)
正常 勤務 繼續. 今日도 六學年의 道德授業, 3學年의 授業參觀, 通信表를 비롯한 몇 가지의 帳簿도 檢閱.
午後 2時부터 있는 面內 校長會議에 參席. 場所는 玉山國校. 21日의 '警察의 날'을 期하여 奧地 경찰관 돕기 事業하자는 것이 主案~上部 指示에 依하여 行하여지는 것. 1人當 '밀가루' 1包씩 주자고 決議했고.
入淸하여 社稷洞事務所 들려 妊과 姬의 住民登錄 關係 알아보기도.
집에선 햇벼, 고추, 콩 等 멍석에 말리느라고 바빴던 듯. ◎

〈1976년 10월 9일 토요일 晴〉(윤8. 16.)
오늘 날씨 終日토록 따뜻해서 가을 거두기 일에 좋았던 것. 學校 實習畓 벼도 들판에서 경운기로 털었고. "一般 統一" 192坪에서 8叺 3말 소출.
사거리 農協分所에서 窓戶紙 15枚 사다가 客室 4枚, 內室 5枚의 門 발으기에 7時間 程度 勞力한 것(9시~16시). 헌종이 뜯기, 문살의 머지털기, 물톨의 때 닦기, 새 종이 발으기 等 나우 공이 들었던 것. 父親께서도 거들으시고. 學校 벼 터는 데도 助力. 佑榮君, 郭노, 郭丁 교사 많이 애썼고.
오늘로서 밤 터는 일 난 것. 分量은 얼마 되지도 않은 것인데 힘겨워서.
5女 魯運이 왔고. 女高 卒業班, 進學이 잘 이루어질른지? ◎

〈1976년 10월 10일 일요일 晴〉(윤8. 17.)
아침부터 內室의 장판 作業~부대紙(灰 푸대 종이) 18枚 所要. 井母가 풀칠 等 거들었고. 下午 2時쯤에 끝냈고. 콩댐은 밤에 井母가 했고. 淸州서 사온 리스는 明朝에 칠할 豫定.
저녁 나절에 끝째 딸 魯運이 入淸하는데 附食物 가방 갖고 同行. 歸路에 방에 발을 장판 리스 사오고. ◎

〈1976년 10월 11일 월요일 曇〉(윤8. 18.)
奉親用 濁酒 2升. 食 前에 사거리 가서 받아오고. 어제 발은 장판에 리스칠하기도.
學校는 가을逍風 實施했고. 全校生 國仕峯 方面으로 간 것~午後 4시에 모두 無事歸校.
殘留하여 日直을 代理하면서 執務에 終日 熱中했고…… 學級經營錄 檢閱과 個項別 評價했고. ◎

〈1976년 10월 12일 화요일 曇, 雨〉(윤8. 19.)
장판 修理된 안방에 책상, 책꽂이 等 淸掃 整備하여 차려놓기에 午前 中 바빴고.
學校는 우선 1段階로 오늘 하루만 家庭實習 實施한 것.
電通 왔기에 午後 2時쯤 入淸하여 用務 본 것~77年 受講 對象者 資料 作成이 主. 歸道에

俊兄 또 問病했고. 가랑비 내리기 시작하더니 밤부터 本格的. ◎

〈1976년 10월 13일 수요일 曇〉(윤8. 20.)

이른 食 前에 사거리 다녀온 것~奉親用 濁酒 3升 받아 오느라고.

今日도 授業과 室內奬學指導로 授業參觀하며 帳簿整理까지 한 것.

前에 타고 왔던 自轉車 返還하느라고 虎竹校 가서 楊校長에게 引渡.

어제 받은 電通公文 報告와 事務打協 事項 있어 下午 4時頃에 上廳. 교육청에서 用務 마치니 日暮되어 깜깜했고. 堂姪 魯錫이가 새 집 짓고 移舍한다기에 暮春洞(法院 뒤) 잠간 드려다 본 것. 老母親도 가셨고.

歸家하니 밤 9時쯤 됐고. ◎

〈1976년 10월 14일 목요일 晴〉(윤8. 21.)

室內環境 構成을 비롯한 當面問題 4, 5個項을 朝會時에 指示하고. 10時부터 있는 機關長會議에 參席. 場所는 面會議室. 案件은 벼베기와 보리갈기를 비롯한 10餘 個項을 協議한 것. 修王道路(修身-玉山)에 重機로 어제 着工했다는 消息. 起工式은 明日한다고.

집에선 老父親, 內者, 女人夫 一名이 찰벼 털기, 주녀니콩[24] 털기, 수수털기, 뒷갈머리 等으로 勞力 많이 했던 것. 어제 淸州 가신 母親은 아직 안오시고. ◎

〈1976년 10월 15일 금요일 晴〉(윤8. 22.)

日出 前에 學校 實習地 무우밭에 人糞 주고. 家庭 周圍 淸掃에도 勞力.

校內 執務 午前 中. 午後엔 오미에 全職員 가서 淸原郡 敎育會 主催 玉山面 內 各級校 敎職員 親睦排球大會에 參席한 것. 場所는 玉山國民學校 校庭. 13時~18時30分.

家庭에선 內者와 父親께서는 어제 일의 뒷갈무리에 終日 奔走했고.

13日에 淸州 가셨던 母親께선 오늘 낮에 오셨다고. 昨今 날씨 快晴. ◎

〈1976년 10월 16일 토요일 晴〉(윤8. 23.)

昨今의 날씨 따뜻하여 秋收 일에 最適. 벼 타작은 明日 한다는 것.

今朝도 무우밭에(알타리무우) 人糞 5, 6통 주었고.

10餘年前에 이곳 살던 돌파리醫員 以北人 김세균 來訪에 잠시 對談했고.

沃川 있는 貳男 絃한테 편지 오고. 부탁 있기에 退廳 즉시 面에 가서 제 戶籍謄本 一통 떼어 淸州 아이들 곳에 갖다 놓고 온 것. ⓒ

〈1976년 10월 17일 일요일 晴〉(윤8. 24.)

경운機 利用하여 打作했고~텃논 3石 12말. 아그배 논에선 5石 10말 秋收穫. 타작일 끝일의 아그배 논 벼 털 때의 助力에 까락 먼지 북더기로 온몸 드지버 쓴 程度였고. 父親께선 終日토록 勞力하셔 被困하실 것. ◎

〈1976년 10월 18일 월요일 晴〉(윤8. 25.)

繼續 勤務 正常化. 謹酒한 제도 約 3週日. 食事도 잘 하고. 도리어 過食하는 形便. 朝夕으로 家事의 잔일에도 많이 勞力하는 중이고.

昨日 打作의 後遺作業에 老兩親과 井母는 終

24) 콩나물콩.

日토록 勞力에 바빴던 것.
拱北校長 族兄 宗榮 氏 來訪에 歡談 좀 했고. ◎

〈1976년 10월 19일 화요일 晴〉(윤8. 26.)
食 前 作業으로 둑너머밭의 수숫대 뽑고. 家庭 淸掃 및 문풍지 발으기도.
郡敎育廳 洪永昌 장학사 定期視察次 來校. 午後에 왔기로 學習指導는 못보고. 室內環境과 帳簿만 본 것. 젊잖고 沈着함을 느꼈고.
家庭에선 老兩親과 井母는 벼 말리기와 북더기 일에 終日 勞力한 듯. ◎

〈1976년 10월 20일 수요일 曇, 晴〉(윤8. 27.)
明日의 '경찰의 날' 뜻으로 機關 間의 親睦과 紐帶를 强化한다는 精神으로 面內 5個 校에서 玉山支署 職員 全員에게 膳物과 兒童이 쓴 慰問文을 傳達하고 点心을 會食케 한 것.
이른 食 前에 오미 다녀오기도~石油 받고 奉親用 濁酒도 사오고.
오미 行事 끝나고선 入淸하여 外上物品代 갚고 온 것. 井母도 入淸~청주 아이들 쌀과 附食物 等 갖고. 井母는 淸州서 留. ⓒ

〈1976년 10월 21일 목요일 晴〉(윤8. 28.)
日常生活 如 一 平穩. 學校의 일 많이 推進되어 急한 事項 그리 없을 程度이고. 精神조차 낙관. 다만 職員 몇 사람의 充實한 授業 못해(안해) 不快感 禁치 못함이 유감.
食 前엔 짚단 져다 둑너머에 널도록 父親의 하시는 일 助力하고 고추의 支柱木 뽑아 묶어 간수. 退廳하고선 텃밭 둘레에 있는 해바라기 收穫했고. ◎

〈1976년 10월 22일 금요일 晴〉(윤8. 29.)
明日 行事로 學校 團束 等 徹底히 일 보고 入淸. 井母와 같이 市場에 나가 청주 아이들이 使用할 '電氣밥솥' 10人用 12,000원에 산 것.
井母는 몇 가지 장 흥정해 갖고 歸家. 淸州서 아이들과 留. ◎

〈1976년 10월 23일 토요일 曇, 가랑비, 曇〉(윤9. 1.)
道內 南部 市郡 國民學校長 會議에 參席…… 永同, 沃川, 報恩, 淸州, 淸原, 鎭川의 6個 市郡 校長 約 200名. 場所는 報恩 三山國民學校 講堂. 午前 9時 半부터 午後 5時 半까지. 主案은 奬學方針 具現과 敎師의 任務. 兒童 學力提高策이었고. 當校 室內環境과 授業도 參觀.
三山校는 35年 前 初任校이기에 印象, 追憶, 由緖 깊고 感慨했고.
淸州 와서 下午 7時 半 高速버스로 上京. 큰애 집에서 잤고. 금일 霜降. ◎

〈1976년 10월 24일 일요일 晴〉(9. 2.)
엊저녁과 朝食에 큰 子婦로부터 융숭한 待接받은 것은 언제나 한결 같고. 孫子 兄弟 英信, 昌信 充實함엔 볼수록 흡족.
13時에 있는 族兄 宗榮 氏 子婚禮式에 參席人事. 西大門 로타리 앞 제일예식場이었고. 式後 点心 待接받고 歸家 向發.
청주 아이들 주라고 큰 子婦가 마련해주는 '電氣 밥통'(전자 자아) 갖다가 杏이 주고. 補藥도 우리 內外 먹으라고 二種 주기에 받아갖고 온 것. 포도酒도 一升.
청주 着은 午後 5時. 집엔 8時쯤 到着. 집안 空氣 그저 그렇고.

금일은 유우엔 데{이}. 금년부터 公休日로는 아니되게 되고. ⓒ

〈1976년 10월 25일 월요일 晴〉(9. 3.)
氣溫 急降下 되어 今朝 日出 卽前 2度 2分. 節候로 霜降 지난 제 2日째 되는 것.
家庭엔 二人 人夫 사서 보리 播種. 學校 형편상 거들지 못했고. 老父親께서 終日토록 큰 勞力하셨고. 井母는 새벽부터 부엌生活과 밥 내어다 주기에 고됬던지 右側 뒤허리(담인지?) 절리다고 밤에 신음. ◎

〈1976년 10월 26일 화요일 晴〉(9. 4.)
이른 食 前에 사거리 나가서 奉親用 濁酒 小一斗 받아오고. 감도 좀 따고.
退廳 卽時(日暮 됐고) 電擊的으로 淸州갔다 온 것~5時 半에 出發하여 8時 半에 歸家…… 附食物(콩, 고구마) 갖다주고 온 것. ◎

〈1976년 10월 27일 수요일 晴, 曇, 雨〉(9. 5.)
24日 밤부터 서리. 고구마 싹, 고추잎 等 秋霜에 시들고. 감나무잎 우수수. 氣溫 零下 2度까지 急降下. 살얼음도 얼었고. 洞里마다 脫穀이 한창.
点心時間 利用하여 오미 얼핏 다녀온 것…… 洗濯할 옷 맡기고. 우체국엔 定期預金 內容 알아보고. 밀렸던 新聞 '朝鮮日報' 代도 完拂.
오미行 出發 時 어린이와 自轉車 부딛히게 되는 바람에 콧날 若干의 負傷 當했고. 多幸이 어린이 안다치기를 天幸.
오후 6時頃부터 부슬비 나리기 시작…… 收穫(벼 타작) 일에 支障. 가을 菜蔬로 봐서는 와야 할 비이고. ◎

〈1976년 10월 28일 목요일 가랑비, 雨, 曇〉(9. 6.)
1時에 起床하여 郵便物 整理. 新聞 通讀, 論語 읽기 等으로 시간 소비.
첫 새벽에 부슬비 내리더니 日出 直前쯤은 한동안 나우 내렸고. 脫穀은 不可能.
井母는 淸州 거쳐서 明日엔 杏과 함께 忠州 갈 豫定으로 午後 二時에 出發. 고구마, 쌀 等 若干씩 가지고 가는데 몽단이 乘車所까지 自轉車로 2번 運搬했고. 짐 때문에 同乘하여 淸州 갔고. 청주 아이들 아무도 못만난 채 卽時 돌아와 終會時間 댔던 것. ◎

〈1976년 10월 29일 금요일 晴〉(9. 7.)
日出 前 氣溫 零度. 살얼음 얼었고. 어제의 強風에 감잎 거이 떨어진 것. 엊저녁에 킨 곶감 60個 널었고.
27日부터 아침時間 利用하여 안팎 便所 人糞 퍼내어 둑너머 보리밭에 쪄져 今朝에 마친 것. 近 20통 들어 날은 것.
母親께선 早朝에 ○○種 飮料 빚기도. ◎

〈1976년 10월 30일 토요일 曇, 雨, 曇〉(9. 8.)
아침결에 잠잠하던 바람 晝間에 다시 強風 數時間. 点心 때 지내서 비도 내리고. 退校 後엔 父親과 함께 아그배 논 짚단 모더 쌓기에 努力.
今日이 忠州 아기 "새실"의 百日(次男 魯絃의 長女). 井母는 그곳에 있는 中.
文敎大法典에서 關係條文 書寫에 着手. ◎

〈1976년 10월 31일 일요일 晴〉(9. 9.)
田貞禮 先生님의 子婚 통지 있어 入淸하여 厚生예식장에 가서 人事했고. 井母와 市場에 나

가 物件 몇 가지 샀기도. 井母는 어제 '새실'의 百日이라서 中原郡 水上校 다녀온 것. 淸州 用務 다 마치고 江外面 桑亭里 가서 큰 妹夫의 堂叔喪에 人事했고. 歸家하니 午後 7時頃. 청주서 井母도 집에 왔고. ◎

〈1976년 11월 1일 월요일 晴〉(9. 10.)
食 前 일로 감 좀 따고. 理髮, 老親 이발도 해드리고.
忠顯寺(姜邯贊 將軍 祠堂) 秋季祭享에 請牒있어 國仕里 九岩 가서 參禮. 前, 現 郡守(姜泰鳳, 安榮國)도 왔고.
入淸하여 잔일 몇 가지 보기도.
밤엔 井母와 곶감 1접 程度 켜기도. 오늘 날씨 많이 풀렸기도.
일구월심, 보고프고 消息 알고펐든 魯姬 소식 왔고…… 住所를 밝히지 않고 편지한 것. 피봉의 日附印은 천안(天安)이고~마음 먹은 바대로 修道 修學中이라는 것. 겨울放學 中엔 뵈일 機會를 마련하겠다는 것 等 제 나름 安着된 것 같은 內容이어서 마음 좀 놓여지기도. ◎

〈1976년 11월 2일 화요일 晴〉(9. 11.)
吳 교무 弟婚 있어 職員 代表로 人事 다녀오고…… 鳥致院 중앙예식장.
入淸하여 教育廳 들려 事務打協. 公文찾기. 교육감 玉山方面 行次 소식 듣기도. 社稷洞事務所 들려 姬의 退去 신고 手續일 一部 보기도. 陸교육감 學校 無事히 다녀갔기도. ⓒ

〈1976년 11월 3일 수요일 曇, 雨〉(9. 12.)
日出 前에 오미 다녀온 것……. 기름 짤 들깨와 고추 빨 것 같다 놓은 것.
午前 行事 마치고 入淸~교육廳 들러 事務 打合…… 明日 있을 陸上競技 評價戰. 어제 教育監 視察狀況 報告 等.
井母는 오미 가서 고추 빻고 들기름도 짠 것. ◎

〈1976년 11월 4일 목요일 雨, 曇〉(9. 13.)
새벽 2時頃에 밤 소나기 約 10分 동안 甚히 쏟아졌고. 洞里마다 몇 家戶씩은 아직 탈곡 못하여 걱정될 일.
內秀中學校庭에서 陸上競技 評價戰 있대서 入淸하였으나 간밤의 비로 因하여 運動場 事情이 나빠 明日로 延期했다는 것.
道 公報室 들러 道文化賞 推薦者 選定 與否 確認해 보았고…… 書面審査中이라고~李仁魯 校監을 藝術 部門에 推薦한 바 있기에. ◎

〈1976년 11월 5일 금요일 曇, 晴〉(9. 14.)
감 따는 일 今朝에 마쳤고.
点心 後 井母는 入淸~明日에 賢都 다녀온다고. 姪女 魯先의 딸 100日이라고 오라고 가라고 하여. 井母 入淸에 봇다리 오미까지 自轉車로 실어다 주었고.
姬로부터 온 편지 前後 것을 老兩親 앞에서 朗讀해 드렸으나 不快한 말씀만 하시기에 도리어 不安하였기만. 一方的인 古考心에서인지 원망스럽기도. ◎

〈1976년 11월 6일 토요일 晴〉(9. 15.)
學校일 終了 直後 入淸. 아이들 房에서 잠시 쉬는 중 賢都갔던 井母 왔고.
井母와 함께 市場에 나가 몇 가지 물건 산 것…… 井母의 春秋用 코오트. 明日用 반찬거리.

청주房 찼기에 初저녁엔 바우기 어려웠으나 밤중엔 따뜻해졌고. ◎

〈1976년 11월 7일 일요일 晴〉(9. 16.)
첫 새벽(3時頃)부터 朝食 準備와 点心 도시락 마련에 井母는 바빴던 것.
6時 半에 一同은 京畿道 龍仁 向發…… 玉山面 機關長 20餘 名이 夫婦同伴하여 先進地 視察 兼 逍風次 떠난 것~龍仁의 '自然農園' 開發 規模 보고 여주 가서 世宗大王陵(英陵) 參拜. 神勒寺 求景하고선 歸路. 約 50名 一同 經費 一組當 8,000원씩. 下午 7時頃에 淸州 着. 全員 無事 到着. 自然농원과 驪州는 처음 가본 것. 淸州서 留. 고단하여 단잠으로 休眠. ○

〈1976년 11월 8일 월요일 晴〉(7. 17.)
첫 車로 出發. 登校. 學校無事. 老兩親께선 오미장 다녀오시고.
井母는 낮에 淸州서 歸家. 날씨는 3日째 따뜻하고. ◎

〈1976년 11월 9일 화요일 晴〉(9. 18.)
요새 날씨 봄철을 방불케 7日부터 따뜻하고.
第2次 安保情勢 報告會 있다고 초청했기에 參席~場所는 道廳 會議室. 午前 10時 正刻부터 였고. 新任知事(鄭宗澤 지사)로부터 經濟成長에 對하여, 中央情報部 忠北支部 情報課長으로부터 安保態勢에 關하여 스리이드를 通한 講演이 있었고. "祖國은 멀어도"라는 題目으로 映畫上映이 있었던 것. 12時 40分에 모두 마치고서 午찬會가 煙草제조창에서 있었고. 淸州市 淸原郡의 各級 機關長, 地域社會 指導者 有志 約 350名 程度.
姬의 住民 退去 手續用 寫眞 때문에 일 좀 보고. 貳男 絃의 戶籍謄本 떼어서 水上校로 보냈기도.
日暮頃에 鳥致院 가서 씨用 마늘 1접 사오기도 中品 2,500원 했고.
滿醉된 族弟 俸榮이 오미로부터 同行에 큰 애 먹었기도. ◎

〈1976년 11월 10일 수요일 曇〉(9. 19.)
食 前 作業으로 탄재(炭灰) 處理했고.
校長會議 있어 出張, 郡교육廳. 13時부터 17時까지. 藝能과 體能 伸張이 主案. ⓒ

〈1976년 11월 11일 목요일 曇〉(9. 20.)
今日 날씨 終日 陰冷했고. 朝食 前에 사거리 農協分所 가서 소금 1包 購入運搬한 것.
井母와 함께 學校밭에 마늘 2접 놓은 것. 殺蟲劑 농약 '다이야찌논'을 數日 前에 뿌렸고.
終會時에는 어제의 校長會議 事項을 約 50分間에 傳達했고. ◎

〈1976년 11월 12일 금요일 晴〉(9. 21.)
텃밭 한 구석에 試驗的으로 마늘 110톨 놓았고…… 土質上 안된다기에 해본 것.
井母는 오미 果樹園 崔관현 夫人 回甲 招請에 다녀오고.
午後에 入淸하여 檢察廳에 孫女 "새실"의 出生申告 過怠料 2,000원 納付. 歸路에 최관현 親知집 들러 待接 厚히 받고. 明日用(나무 運搬作業) 반찬거리 사오기도…… 魚物 等. ◎

〈1976년 11월 13일 토요일 가랑비, 曇, 가랑비〉(9. 22.)

새벽의 가랑비로 因해 今日 作業(燃料 칠월비[25] 運搬) 計劃 中止.
井母 入淸에 菜蔬 봇짐 오미까지 自轉車로 실어다주었고. 井母 入淸에 兩親께선 今日도 불유쾌한 눈치로 對하신 듯. 內者 不安感 속에 청주 간 것. ◎

〈1976년 11월 14일 일요일 가랑눈, 曇〉(9. 23.)
첫 새벽에 가랑눈 살짝 뿌렸고. 올 겨울 들어 첫 눈. 엊저녁부터 强風.
入淸하여 安鍾泰 子婚과 金聖九 子婚에 人事했고.
淸州에 紘이 왔기에 잠간 만났고. 別무없고 잠간 다니러 왔다는 것.
夫婦 午後 4時 半에 歸家. 밤엔 배추 뽑았고. ⓒ

〈1976년 11월 15일 월요일 晴〉(9. 24.)
日出頃 氣溫 영하 3度. 淸州地方은 영하 5度라고. 昨夜에 배추 뽑은 것 잘한 짓.
午後에 모처럼 아랫말 내려가 尋訪했기도 …… 3從兄 根榮 氏, 族兄 俊榮 氏, 大鍾 氏. ◎

〈1976년 11월 16일 화요일 曇〉(9. 25.)
人夫 3名 얻어 전좌리山에 해놨던 칠월나무 묶어 運搬하는 데 父親께서 終日토록 助力하셨고. 부엌에서 早朝食부터 晩夕飯까지 井母도 勞力 많이 했을 터. ○

〈1976년 11월 17일 수요일 雪, 曇〉(9. 26.)
今朝부터 日出 前에 전좌리山의 나뭇단 지게로 運搬하는 일(2往復)로 아침 運동 代行키로 마음 먹고 實踐.
終日토록 눈 온 것(10時부터 午後 4時 半까지). 約 20㎝ 積雪. 날은 푹했고. 大雪注意報 내렸기도…… 忠淸地方 內陸 및 山間 地方엔 最高 120㎝ 온다고도. ⓒ

〈1976년 11월 18일 목요일 晴〉(9. 27.)
終日토록 날씨 좋아서 어저 쌓인 눈 거이 다 녹았고.
海坪 李炳億 子婚에 人事하고 入淸. 교육廳 들려 校舍改築 및 其他 알아볼 것. 몇 가지 確認해 보았기도.
面(玉山)에도 들려 姬의 轉入申告 手續했고.
淸州 同仁齒科 趙醫師 招請 夕食을 같이했기도~前日 件 答接의 意로. ○

〈1976년 11월 19일 금요일 晴, 曇〉(9. 28.)
지극히 말 안듣고 學習 意慾이 없던 5學年도 어쩐지 오늘의 道德時間만은 比較的 조용한 편으로 지냈기에 多幸이었고.
敎育監에게 보낼 '결명자' 봉지 지어 마련했기도.
井母는 오늘 김장 담은 것. 日出 前 나무 運搬 作業 3日째 繼續. 하루 2짐 4단. ◎

〈1976년 11월 20일 토요일 曇〉(9. 29.)
車 事故로 死亡한 故 林鍾台 校長(外川校)의 永訣式에 參席. 그의 어린 子女들의 痛哭에 눈시울이 두터워졌고. 몇 사람의 弔辭에도 애처러웠던 것.
淸州 와선 尹洛鎬 校長과 얼려 모처럼 나우 술

25) 음력 칠월에 풋나무를 하여 잘 말린 땔나무.

마시고 객비[26]도 많이 난 것. 청주서 留. ×

〈1976년 11월 21일 일요일 晴〉(9. 30.)
舟城中學에 가서 魯弼 3年 7班 擔任 李元熙 先生 만나 進學希望校 清州高等學校로 決定 보고. 最終考査 成績 全學年 570名 中 6位 한 것. 平均 92點.
鎭川邑 '아리랑' 禮式場에서 있는 朴東淳 親友의 女婚에 參席 人事. 晝食 接待 잘 받고. 歸路에 車 事故 있어 自轉車 탄 某人 大負傷으로 死亡했을 것. 危險〃〃.
井母 清州 와서 청주用 김장 일에 着手했고.
槐山 魯明이 惠信 데리고 清州 다녀갔고. 집엔 下午 六時頃 到着. ○

〈1976년 11월 22일 월요일 曇, 雪, 曇〉(10. 1.)
母親께선 某○○ 빚느라고 食 前내 勞力 많이 하시고. (時祀 박두해서).
午前 11時頃부터 눈 내리기 시작하여 10餘 ㎝ 쌓였고. 氣溫은 푹한 편. ⓒ

〈1976년 11월 23일 화요일 晴〉(10. 2.)
朝食 前에 金城部落 가서 李 氏 家(故 李範忽) 葬禮에 人事했고.
点心을 族兄 夏榮 氏 宅에서 全職員 招待 있어 待接 잘 받은 것. (그 兄의 生辰).
청주에 김장해 주러 갔던 井母 어젯날 김장 빚는 것 마치고 歸家. 요새 아침 溫度 영하 4°.
今日의 學校生活도 順調로웠고~道德授業 實施, 授業參觀, 經營錄 檢閱 等. ⓒ

〈1976년 11월 24일 수요일 晴〉(10. 3.)
父親께서는 清州 上黨山 時祀에 다녀오시고~密直公 祭享.
点心時間에 玉山 가서 戶兵係 鄭麟來 親知 만나 魯姬의 轉入 申告 手續 및 印鑑手續을 付託한 것. 中學 尹校長과 面長도 만나 歡談했고. ○

〈1976년 11월 25일 목요일 曇, 가랑비〉(10. 4.)
晝間에 이르러 가랑비 오後 내내 내린 것.
午前 中 4時間 동안 全校 一齊考査 實施했고.
學校 파하고선 몇 職員은 班常會로 部落에 나갔기도. ○

〈1976년 11월 26일 금요일 가끔 눈(雪)〉(10. 5.)
井母는 간밤부터 메주 쑤기에 바빴고. 도구통에 찌어 뭉치기까지 거이 終日 걸렸을 것. ◎

〈1976년 11월 27일 토요일 曇〉(10. 6.)
오미에서 臨時機關長會議 있어 參席~小魯校 尹義鎭 校長 교육 勤續 30周年 祝賀宴 베풀은 것. 不條理 척결로 昨年末부터 公式的 行事는 못하게 된 것. ⓒ

〈1976년 11월 28일 일요일 晴〉(10. 7.)
清州 가서 朴鍾奭 教師의 弟婚에 主禮 섰고. 厚生예식장에서.
一家 郭時鍾 氏 回甲宴에도 가서 人事했기도. 그 집은 社稷洞에 있는 도립의료원 옆.
友信會〃員 鄭漢泳 女婚에도 人事했고. 그래도 今日은 2個所나 人事 못한 것. ○

〈1976년 12월 2일 목요일 晴〉(10. 11.)

---

26) 쓸데없는 곳에 드는 비용.

學校는 今日부터 3日 間 當局에서 主管하는 學力考査 實施에 今日은 六學年이고.
집에서 차리는 11, 10, 9代祖의 秋享 있었는데 끝 무렵에 잠간 參與했던 것. 祭物 준비에 母親과 井母가 無限 勞力했을 것. ×

〈1976년 12월 4일 토요일 晴〉(10. 13.)
族弟 俸榮 女婚에 人事하느라고 從兄嫂 氏와 함께 大田까지 다녀온 것. ※

〈1976년 12월 5일 일요일 曇〉(10. 14.)
어제 大田서 淸州 와선 아이들과 함께 留했고. 前日까지의 過飮으로 被困하기도.
沃川 있는 次男 紘이 忠州 가는 途中 청주 아이들 곳에 잠간 들렸기도. 제 母親 마침 청주와 있는 中이라서 만났기도.
槐山 가서 3男 明이 만나 姬의 年金 찾을 手續에 完了했기도. 764,000원이라나. ×

〈1976년 12월 8일 수요일 晴, 曇〉(10. 17.)
어젯날 눈 많이 내려서 通行者들 步行難. 버스 等 通行 두절된 것도 많다는 것.
校長회의에 參席. 體育 種目 推進이 主案이었고.
酒代 等 雜費로 經費 過多히 낭비했기도. ※

〈1976년 12월 11일 토요일 晴〉(10. 20.)
井母는 上京次 入淸. 明日이 生日이라서 子女息들이 招請하는 것. ×

〈1976년 12월 12일 일요일 晴〉(10. 21.)
서울 큰 애 집으로 通話해보니 井母는 어제 明과 함께 無事 到着했다는 것. 豫測대로 子女息들이 一同이 모여 제 母親을 中心으로 歡談하는 중이었고.
學校에서 나우 쉬었다가 돼지고기 나우 장만하여 奉親했기도. ※

〈1976년 12월 13일 월요일 晴〉(10. 22.)
民防衛隊 指導層 교육에 參席. 場所는 청주 연초제조창 講堂. 4時間 동안이었고. 집에서 오미까지 步行. 玉山서 청주까지의 車內. 13時부터 17時까지 聽講에 極限 괴로웠던 것. 온 몸이 못견디어 참기에 말할 수 없는 苦痛을 겪은 것. 죽지나 않을까?하는 程度까지 괴로웠고. 郭 內科에 가서 진찰과 內服藥까지 準備했기도.
서울서 淸州까지 井母 왔고. 아이들과 함께 留. 極度로 몸 괴로웠던 것. ©

〈1976년 12월 14일 화요일 晴〉(10. 23.)
요새 날씨 繼續 푹하여 數日 前에 내린 눈 철철 녹여 路面은 엉망진창.
父親께선 어젯날부터 感氣인지 편찮으신 편. 기침 나우 하시고. 藥 좀 잡수시나 別 差度 없으신 듯.
井母 청주에서 왔고. 奉親用 酒肉도 若干 가지고. 노필 淸高 應試 첫 날. ◎

〈1976년 12월 15일 수요일 晴, 曇〉(10. 24.)
어제 淸高 應試하는 막동이 魯弼한테 井母와 運이는 点心 갖다 주었다고. 試驗 잘 치루었다는 눈치도 있는 듯.
今日의 5學年 道德 授業 時間에도 注意散漫에 애 먹었던 것. 學習訓練 不足에서. 밤엔 金溪里 總會와 班常會 있어 參席…… 12月 行事,

里長의 辭表說, 사거리 다리를 通하는 새길닦기 等〃으로 밤 11時에 마친 것.
6月 16日에 만들어 묻었던 "능사주"[27] 8合[28] 파내어 奉親用으로 했고. ◎

〈1976년 12월 16일 목요일 曇〉(10. 25.)
食事 이제서 거이 正常化. 그레도 運筆엔 으든 한 편…… 若干 떨리기 때문.
教師 勤務評定 資料 作成에 年 間 評價하여 놓은 것 統計에 公正 期했고. ◎

〈1976년 12월 17일 금요일 曇, 晴〉(10. 26.)
昨夜는 밤 12時가 넘도록 묵은 新聞 通讀에 長時間 眼鏡 써서인지 今朝에 讀書코져 하니 눈알 아프고 눈꼽이 끼어 괴로웠고.
職員 勤務評定에 年 間 統計算出에 數時間 힘써 일했기도.
12月分 給料와 年末賞與金 合하여 381,500원이 되나 稅金 等 多額 控除하고선 實際 受領額은 166,000원밖에 안 되었고.
今日 날씨도 終日토록 溫和했던 것. ◎

〈1976년 12월 18일 토요일 曇, 가랑눈〉(10. 27.)
暴風. 가랑눈 等 날씨 不順하여 終業式 제대로 못한 셈. 뜻 아닌(玉山體育會) 行事에 參加케 되어 더욱 時間에 쫓겼고.
午後 2時(豫定은 11時)부터 玉山國校庭에서 面內 各 機關公務員들 모여 繼走, 蹴球 등 있었으나 눈보라치는 중이라서 行事 無理하게 進行되었던 것.
井母는 쌀 갖고 入清. 魯弼이 清高入試에 優秀成績으로 合格되었다는 喜消息. 200點 滿點에 195點이라고. 年齡 未達兒인데 맹낭한 일. 喜〃. ◎

〈1976년 12월 19일 일요일 晴〉(10. 28.)
入淸하여 井母와 함께 食堂에서 簡單한 点心 같이 하고 市場에 나가 3人分 韓服 안감 끊어 바느질 집에 주었고. 겉천은 둘째, 셋째의 結婚式 때 子婦들이 해온 것…… 父親用은 솜 넣기로 했고 나와 큰 애 것은 겹用으로 맞춘 것. 큰 애는 韓服이란 最初로 해 입어보는 것. 나도 모처럼.
父親의 藥用으로 닭과 銀杏(거담用) 若干 사다가 準備. 井母와 함께 19時에 歸家. ◎

〈1976년 12월 20일 월요일 晴〉(10. 29.)
朝夕 2時間씩 울 안 뒤와 客室 앞의 清潔作業에 勞力하여 깔끔하게 됐고.
엊그제와 어제 아침엔 食 前作業으로 人糞 퍼다가 둑너머 보리밭에 쪈졌기도 다 한 것.
去膽劑 藥으로 銀杏 닭 고아서 老父親께 드렸고. 父親께선 派宗稧에 다녀오시고.
清高 合格된 막동이 魯弼이 淸州서 오고. ◎

〈1976년 12월 21일 화요일 맑음, 曇〉(11. 1.)
韓電 玉山出張所 廳舍 竣工式에 參席. 요새 날씨 繼續 봄 날씨 같고. 松에 送册.
이성계(상,중,하) 금삼의 피(상,하) 시몬의 회상 식민지 운현궁의 봄 적도 취우 등 10권. ⓒ

〈1976년 12월 22일 수요일 雨, 曇〉(11. 2.)
새벽에 비 내리더니 日出頃에 멎고. 얼음판 만

27) 뱀술. 능사(능구렁이)로 만든 술.
28) 홉이라고 읽음. 양을 재는 단위.

들려고 텃논에 물 가두기도. ○

〈1976년 12월 23일 목요일 晴〉(11. 3.)
教育勤續 30周年 行事를 今年부터 合同하여 道교육회 主管으로만 마치게 되어 李 校監 該當되기에 李 校監 婦人 同伴하여 行事場에 參席했고. 記念式 마친 後 통닭집에 가서 一同 會食했던 것. ×

〈1976년 12월 26일 일요일 晴〉(11. 6.)
淸州서 '友信會' 있어 參席. 場所는 金容璣 교장 집. ※

〈1976년 12월 27일 월요일 晴〉(11. 7.)
어제부터 寒波 세어 강취. 25日까진 봄날 같이 푹했었고. ×

〈1976년 12월 29일 수요일 晴〉(11. 9.)
금일 氣溫도 영하 10度. 얼음 단단히 얼었고. 運이 豫試 合格. ×

〈1976년 12월 30일 목요일 晴〉(11. 10.)
機關長會議 있대서 參席. 面 회의실에서 있었고. 反省會가 主.
서울서 큰 애 井이가 英信, 昌信 데리고 왔고. 杏과 弼은 와 있는 中. ※

〈1976년 12월 31일 금요일 晴〉(11. 11.)
族叔 漢弼 氏 子婚에 付託에 依하여 몸 고단해도 主禮 섰던 것.
絃이 夫婦 '새실' 데리고 온 것. 槐山 있는 明이도 오고. 青城 있는 振榮 內外도 '파란'이 데리고 온 것. 여러 家族 모여 집안은 좋게 떠들석.
오늘로 76의 生活 마치는 셈. 家庭的으론 不運의 해였던 것…… 絃이 件으로 속 무척 썩였으며 姬로 因하여 눈물 많이 빼였기도. 松은 軍에 있는 중이고. 淸州서는 杏(忠北大 2年), 運(一信女高 3年…… 大入豫備고사 合格), 弼(舟城中 3年, 淸高 3位로 合格) 셋이 在學中인 것.
老兩親(父親 76, 母親 78) 氣力 旺盛하신 편. 但 家族間 和親이 不足인 것이 一大 유감인 것. 77 새해엔 親和되기를 바랄 뿐. 天地神明께 救援을 祈願하면서 새해를 기다릴 뿐져. ×

以上

1977년

＊ 77年 丁巳年. 단군기원 4310年.[1]

〈1977년 1월 1일 토요일 晴〉(11. 12.)
早朝 起床. 韓服으로 갈아 입고 老兩親께 歲拜 드렸고. 家族 一同 모두. 陽曆過歲로 從兄, 再從兄(憲榮 氏) 宅에 다니며 茶禮 지낸 것. ○

〈1977년 1월 2일 일요일 晴〉(11. 13.)
날씨는 맑으나 강취는 繼續. 영하 13度까지 내려갔고.
큰 애 井도 둘째 絃도 셋째 明도 出發. 孫의 英信, 昌信 취위에 玉山까지 걸어 가느라고 큰 苦生했을 것. 신통한 態度로 많이 달라졌기도. ×

〈1977년 1월 3일 월요일 晴〉(11. 14.)
宗親 同甲稧에 參席. 有司 大鍾 氏 집. 全員(6名) 參席.
玉山校 26回 同窓會 招請에도 參席. 30年 前의 弟子들. 25名 모였고. 반갑고 기쁘기에 飮酒 많이 했기도. 往來를 待接하는 車로 한 것.
振榮 夫婦는 오늘 가고. 마침 車 便 있어 玉山까지 같이 간 것. ※

〈1977년 1월 4일 화요일 晴〉(11. 15.)
몸 또 極히 쇠약해져 食事 못하는 중이고. 죽을 것만 같은 생각. 學校에서 終日 쉰 것. 井母는 午後에 淸州 가고. 淸州엔 運 하나 뿐.
저녁에서 겨우 두어 숫갈 食事했고. 밤새도록 신음에 杏과 弼? ◎

〈1977년 1월 5일 수요일 晴, 曇〉(11. 16.)
떨리는 몸과 흔들리는 머리 若干 가라앉은 듯하기에 用務 있어 入淸.
淸高 가서 李 校監斗鎬 校長 만나 1時間 정도 歡談했기도. 庶務課에서 育成會費 免除 手續하고 銀行에 가서 魯弼의 入學登錄 手續 마친 것.
淸原郡 교육청 가서 白教育長과 여러 職員 만나 새해 人事 나누기도.
井母와 함께 '홍업신용금고'에 가서 預金 委託~姬의 年金 나온 것. 76萬 원에 24萬 원 補充해서 壹百萬 원整 手續을 完了. 然이나 月 1.8%라는 低利여서 不滿足感 있고. 더 硏究해 볼 일.
반찬거리 좀 사 갖고 夫婦 歸家하는데 눈파람 좀 날렸기도. 下午 8時頃 到着. 杏과 弼이 반가워하기도. ◎

---

1) 원문에는 1976년 일기장과 한 묶음이며, 일기장 위 공백란에 해당 문구가 적혀 있다. "77년"에는 붉은색 색연필로 동그라미가 그려져 있다.

〈1977년 1월 6일 목요일 晴〉(11. 17.)
今日도 아침 온도 영하 13度. 日出 前에 學校 나가 放送 했고.
學校서 終日토록 執務. 公文書 처리와 帳簿 整理.
魯杏이 入淸. 老祖父母께 待接 誠意껏 하여서 신통하기도. ◎

〈1977년 1월 7일 금요일 晴〉(11. 18.)
昨夜 9時부터 4時 半頃까지 家庭에서 帳簿 정리~家計簿, 通信錄, 日記 等. 눈은 아픈데 잠은 아니오고. 氣分이 內心 상쾌치는 않은 셈. 철야.
玉山 가서 閔 面長 만나 金溪里〃長 選定에 關하여 協議하여 보았고.
入淸하여 淸原郡 農協에 20萬 원 定期預金했고(3個月).
어제 入淸한 노행 잘 갔고. 運은 學校 나갔다 온 것~明日이 卒業式이라나. ⓒ

〈1977년 1월 8일 토요일 晴〉(11. 19.)
날씨 오늘도 폭은한 편. 學校에서 終日 生活.
堂姪(노창) 혼사로 초저녁에 相議하기도. 父親은 宗事일로 오미 다녀오시고.
끝딸 運의 卒業式(一信女高)인데 못가봐서 終日토록 마음이 찐했고. ⓒ

〈1977년 1월 9일 일요일 晴, 曇〉(11. 20.)
入淸하여 金東儀 女혼에 人事. 北一面 가서 大吉校 崔在崇 교장 親喪에도 人事한 것.
어제 女高를 卒業한 5女 魯運을 慰勞키 爲해 杏과 함께 市場에 나가 兵心했기도. ○

〈1977년 1월 10일 월요일 雪, 曇, 晴〉(11. 21.)
새벽에 눈 내리어 5時 半頃 길 티웠고. 우수 싸인 것 날 푹해 午後에 다 녹고.
部落總會(里長 選出…… 兪振愚 留任)에 父親께서 參席하시고.
다락 속의 書籍類 모두 내어 바람 쐬이기에 日暮頃에 바빴던 것. ⓒ

〈1977년 1월 11일 화요일 晴〉(11. 22.)
어제 손질한 圖書 다시 제자리에 整頓 保管했고.
水落 李衡均 葬事에 人事한 後 오미 佳樂里 가서 安鍾烈 교사 母親 大忌에도 弔問한 것. 오늘도 날씨는 푹했던 것. ○

〈1977년 1월 12일 수요일 晴, 雪, 曇〉(11. 23.)
登校하여 終日토록 執務. 卒業式 앞두고 魯弼이 入淸. 가랑눈. ⓒ

〈1977년 1월 13일 목요일 晴〉(11. 24.)
간밤에도 눈 살짝 내리어 첫 새벽에 쓸었고.
日出 直前 氣溫 영하 9°.
學校는 今日부터 共同硏修. 全職員 出勤, 執務. 白교육장 다녀가고.
井母 入淸(午後)~明日 魯弼 中學 卒業式에 參席하려고. ⓒ

〈1977년 1월 14일 금요일 晴〉(11. 25.)
午前 中 執務하고 玉山中學 第5回 卒業式에 參席. 中學 行事 後 面에 가서 孫女 惠信의 生年月日 1年 틀린 것을 고치도록 부탁한 것.
水落 너머가 李炳虎 回甲에 招待 받아 歡談했기도.

魯弼 卒業式에 參席한 井母는 日暮頃에 오고, 弼이는 賞品으로 책상 時計 탔다고. ○

〈1977년 1월 15일 토요일 晴〉(11. 26.)
職員 共同硏修 第三日째의 作業으로 化學實驗했고.
어제 舟城中學 卒業한 막동이 5男 魯弼이 淸州서 왔고. 淸州市 敎育會長賞으로 '卓上時計' 받았고. 高校에 가서도 잘할 싹 엿보이어 多幸. ⓒ

〈1977년 1월 16일 일요일 晴〉(11. 27.)
食 前에 人糞 풀이. 아그배 논의 짚도 한짐 저오고. 朝食은 俊兄 집에서~그의 生日.
떡 좀 빚는다고 井母의 부탁으로 쌀 1말쯤 오미 갖다 빠아 오기도. 淸州 가선 '홍어'를 비롯하여 飯饌거리 몇 가지 若干 샀고.
淸州서 魯杏이 오고. 청주엔 魯運이 하나 뿐. 運이로 因한 딱한 눈물 흘렸고. 前期大學에 入試應試 못한 게 後悔되어서. 大入豫備考査에 合格도 하였는데, 제 意思에만 맡긴 것이 잘못. 많은 돈 들을까가 問題였음이 아비의 잘못. 용서 용서. ○

〈1977년 1월 17일 월요일 晴〉(11. 28.)
日記 記錄 順序 前後가 잘못된 것. 長期間 안 썼던 關係로 後日에 整理한 原由인 것.
明日이 나의 生日이라고 서울서 큰 애 오고, 忠州서 둘째 子婦 오기도.
日暮頃 오미 가서 국거리 좀 사 가지고 自轉車로 오다가 夢斷里에서 너머져 左側 가슴뼈 타박傷 입기도. ※

〈1977년 1월 18일 화요일 晴〉(11. 29.)
陰 至月 末日이 生日이지만 작은 달이어서 今日인 것.
飮食 장만할 意思 없으나 老兩親 때문에 不可避한 것. 날씨 추은 이때에 부엌에서 일하는 안사람들의 勞苦는 이만저만이 아닌 것.
朝食은 집안 食口와 同甲 宗親만을 招待 會食한 것. 다만 点心 때에 學校職員만은 招請 待接한 것. 마침 共同硏修期間이라서.
面內 機關長會議 있어 오미까지 다녀왔고. 實은 오늘 다친 듯? ※

〈1977년 1월 23일 일요일 晴〉(12. 5.)[2]
1週日 만에 日記 쓰는 것. 17日 以後 繼續 飮酒한 편.
堂姪 '魯昌'(서울 某會社 在職 中)이 結婚式이 淸州 제일 禮式場에서 있어 다녀온 것. 新婦는 道敎委 初等교육과 任奬學士(人事係長)의 女息.
新郎側 來賓은 少數이나 수곡洞 魯錫이네 집에서 接待했고.
몸은 괴로우나 從兄과 함께 늦게나마 歸家했던 것. ×

〈1977년 1월 27일 목요일 晴〉(12. 9.)
去 23日에 結婚한 堂姪 魯昌의 폐백을 今日 서울서 施行한다고 同行하자기에 單獨 上京. 水落 정류장에서 추럭으로 갔고. 큰 堂姪 魯奉 집 몰으므로 孫子들도 보고 싶어 청담동 큰 애

2) 1월 23일, 17일, 18일의 일기 기록 순서가 바뀌어 있다. 며칠 분 일기를 한꺼번에 쓰다 생긴 일로 추정된다.

집으로 가서 큰 애와 함께 갔던 것.
폐백 無事히 끝내고 上客[3]과 함께 歡談했고.
歸家 豫定을 큰 애 만류로 청담洞에 와서 留한 것. 큰 子婦의 誠意껏 待接으로 珍味로운 飮食 많이 먹기도. 醉中이라서 記憶 다 못하고.
셋째의(魯明) 孫女 '惠蘭'이 出生. ※

〈1977년 2월 7일 월요일 晴〉(12. 20.)
冬季 休暇(50日 間) 어제로 끝나고 今日 開學할 것이나 寒波로 因하여 休暇 3日 間 더 繼續토록 됐고.
李仁魯 校監의 敎育勤續 30周年 行事를 校內 行事만으로 끝내기로 合意되어 職員 負擔으로 衣類로 紀念品 贈呈한 것. 全職員 夫婦 全員 모여 㚲心을 같이 하며 慰勞했기도. ※

〈1977년 2월 8일 화요일 晴〉(12. 21.)
校長會議에 參席. 77學年度의 奬學 方針이 主案件.
어제까지의 繼續 過飮으로 몸 大端히 被困했으나 終日토록 無事히 바우기는 했고. ×

〈1977년 2월 10일 목요일 晴〉(12. 23.)
休暇 모두 마치고 開學.
兒童 退校 後 去 8日에 있었던 校長會議 傳達. ×

〈1977년 2월 11일 금요일 晴〉(12. 24.)
六學年 擔任 申啓文 教師와 함께 玉山中學에 갔고~新入生 實力考査를 實施케 되어서.
槐山 孫女(魯明의 2女) '惠蘭'의 出生申告 했고. ×

〈1977년 2월 13일 일요일 晴〉(12. 26.)
井母는 親庭 6寸 '金健鎬'의 結婚式에 參席코져 清州에 다녀왔고. ×

〈1977년 2월 15일 화요일 晴〉(12. 28.)
數日 前에 서울 갔던 魯運이 어제 清州에 왔다는 것.
魯運은 清州看護專門校를 應試한 바 있고. 첫 發表에 없어 落心하던 차 今日에 合格 通知 와서 통쾌. ×

〈1977년 2월 16일 수요일 晴〉(12. 29.)
本校(金溪校) 第29回 卒業式 擧行. 卒業生(59名)들 態度 端正했고. 在校生 代表론 5學年만이 參席.
繼續되는 過飮에 今日 行事에 念慮됐으나 强力한 精神과 沈着한 態度로서 無事히 圓滿히 잘 마쳤고. 式後 學父母들의 濁酒 勸酒에 今日도 多分量 마신 것.
當局 指示에 依하여 19日까지 또 休校케 된 것…… 寒波로 因한 일. 今日 氣溫 영하 13°. ※

〈1977년 2월 17일 목요일 晴〉(12. 30.)
寒波 亦是 繼續. 日出頃 氣溫 영하 14度. 休校令 잘 내린 것.
清州서 杏과 運이 오고.
어제까지의 過飮 餘毒으로 全身 떨리고. 知覺 없는 自身을 탓할 뿐.
仁川의 參女 '魯妊'이 順産 生男했다는 消息 있고. ○

3) 상객(上客): 귀빈을 일컫는 말.

〈1977년 2월 18일 금요일 晴〉(正. 1.)
今日은 舊正. 우리 집안 몇 家庭은 陽曆過歲하여 今日 行事엔 無關하나 洞內는 거이 陰曆과세.
三從(根榮 氏)들 집에 가서 祭祀는 지냈고. 전좌동의 省墓도. ○

〈1977년 2월 20일 일요일 晴〉(正. 3.)
어제의 19日까지 그렇게 춥던 零下 14度인 것이 今日 와선 水銀柱 쑥 올랐고. 하루 사이에 오늘 날씨 봄 氣分을 방불케 한 것. 낮엔 8度까지도.
玉山 가서 杏, 運, 弼의 戶籍抄本 떼는 일을 비롯 數種의 일 잘 보고 入淸. 答接用 魚物을 비롯하여 몇 가지 物件 샀기도.
四男 '魯松'이 除隊하여 淸州서 만난 것. 34個月의 軍生活. 無事했던 것만이 天幸. 天地神明께 感謝할 뿐. 인제 進路가 問題? 曾坪師團으로 申告와 除隊證 받으려고 下午 4時頃에 淸州에서 出發. 하여튼 반갑고 기쁜 일. 魯杏도 入淸.
明日 職員待接할 酒類 自轉車에 싣고 밤에 歸家하는데 땀 흘리기도. 쓰러질까 念慮되었으나 無事 집에 到着. ⓒ

〈1977년 2월 21일 월요일 晴〉(正. 4.)
새벽 3時에 起床하여 日記쓰기 等 雜務로 徹夜했고.
어제까지의 臨時 休校令에 依한 休校는 끝났고. 오늘부터 再開學. 過去는 잊고 이제부터라도 잘하여 때를 벗자고 職員會에서 當付.
玉山面 거쳐 入淸 登廳하여 人事 關係 事務 打合. 홍업금고에 들려 壹拾萬 원 貸付받기도 …… 杏, 運의 登錄金 補助키 爲해. 道 교육會에도 들리고.
어제 曾坪師團에 갔던 魯松이 日暮頃에 집에 왔고~祖父母께 人事 드린 것.
井母는 酒類, 酒肴 若干 장만하여 退廳 무렵에 學校 職員에 接待하느라고 手苦했고. 어제 푹했던 날씨 오늘 다시 寒波 甚하여 극히 추었고. ⓒ

〈1977년 2월 22일 화요일 晴〉(正. 5.)
四男 魯松이 쥐꼬리만치 받은 除隊費에서 소고기 若干과 김 한 톳 사 가지고 온 것으로 朝食 반찬 흐뭇하게 하여 老兩親께서도 감탄하셨고.
밤엔 金北 班會가 있어 栢洞 가서 里長 집에서 있는 班會에 參席. 會議 案件은 '사거리' 架橋 經費 염출이 主案件. 60萬 원을 40戶가 負擔해야 한다는 것. 1家戶에 15,000원의 平均 額數에, 3萬 원 補助로 充當케 喜捨한다고 最初로 自進 言約했고. 卽 2家戶分 負擔額이 되는 것. ◎

〈1977년 2월 23일 수요일 晴〉(正. 6.)
老父親께서 殘金 返還 件에 井母에 過言한 탓으로 不快感 不禁. 父母님만을 생각하는 나머지 內者를 輕視하는 나의 態度도 反省 아니할 수 없는 일. 然이나 그러한 生活 態度래야 家庭 溫和가 엿보이므로 不可避한 處地. 內者(井母)의 괴로움을 모르는 배도 아니면서 …….◎

〈1977년 2월 24일 목요일 晴〉(正. 7.)
어제의 日氣는 구름은 끼지 않았으나 黃沙風

으로 終日토록 空氣 뿌으었고.
76學年度 修了式 擧行. 口味 당겨 近日엔 食事 한 그릇씩 다 하고. ⓒ

〈1977년 2월 25일 금요일 晴〉(正. 8.)
近日엔 學校 放送 履行 中. 今日은 學年 末 休暇 中 새 學年度 공부 준비 잘 하라고.
松, 弼과 함께 入清. 弼은 高校 入學 準備로, 松은 豫備軍 大隊 볼 일 있고.
松과 같이 食堂에서 点心했고. 一線에 있을 때 面會 한 번 못했었고. 松의 服裝(洋服) 맞추고. 구두 및 넥타이 사기도. 松의 신사 洋服 처음 맞춘 것. ○

〈1977년 2월 26일 토요일 晴〉(正. 9.)
3日 前부터 날씨 확 풀려 봄 氣運. 最低 氣溫도 영하 없고.
陰城郡 無極國校 다녀오고(9時 出發~17時 歸清)~崔根東 校長의 功勞退任式 擧行에 參席한 것.
清州 와선 郭文, 申 교사와 함께 學校 운동機具 購入하는 데 보기도.
杏과 弼은 清州에, 運만이 집에 있고. 母親은 江外面 가시고. ○

〈1977년 2월 27일 일요일 晴〉(正. 10.)
昨日 江外面(桑亭, 萬水) 가신 母親께선 안오시고, 작은 妹 朴忠圭 다녀가고.
學校에서 別 하는 일 없이 해 넘긴 것~人事異動期라서 그러한 듯.
族叔 漢圭 氏(應榮 父親) 急死亡으로 人事. 夜間도 그곳서 보내고. ⓒ

〈1977년 2월 28일 월요일 晴〉(正. 11.)
初喪家(應榮집)에서 엊저녁부터 1時 半까지 밤정가한 것. 今朝食 前에도 가봤고.
松과 運이 入清~松은 槐山 제 형집까지 다녀온다는 것.
오미 가서 里長 會議에 機關長 案內 있어 參席했고~보리밭 管理가 主案件.
清州 가서 魯運의 登錄金 納付했고-清州看護專門學校 61,180원整 前期分.
17時 半 車로 清州 出發, 오미서 宋泰柱 同窓 만나 一盃 待接받았기도. 19時 半에 到着. ○

〈1977년 3월 1일 화요일 晴, 曇〉(正. 12.)
清州 가서 吳景錫 子婚, 俊榮 兄 女婚, 族弟 晩榮 女婚에 各〃 人事.
오미서 작은 妹夫 朴忠圭 만나 시달리기도. 술 좀 받아주고 食事 같이 했고. ○

〈1977년 3월 2일 수요일 雨, 曇〉(正. 13.)
日出 前後하여 모처럼 비 좀 내렸고. 어느 밭이나 보리는 거이 凍死되었으리라나.
77學年度 始業式 擧行. 學級 擔任과 分掌事務도 決定.
井母는 清州 가고~魯弼이 清州高等學校 入學式에 參席하려고.
轉勤 職員(吳文錫-江西校, 朴鐘奭-堤川 水山校, 張恩英-江西校) 送別會 했고. ○

〈1977년 3월 3일 목요일 晴〉(正. 14.)
今日 날씨는 나우 쌀쌀했고. 아침 氣溫 영하 4度. 終日토록 그대로이고, 바람세고.
어제 入清했던 井母(弼 入學式 參席次) 魯松과 함께 歸家.

집에선 正月 보름 떡 좀 빚고. 學校엔 新任 柳順姬 女敎師 着任. ○

〈1977년 3월 4일 금요일 曇, 雪〉(正. 15.)
날씨 또 다시 極한 寒波로 氣溫 急降下. 今日日出頃 溫度 영하 11度.
陰 正月 15日 대보름. 옛과 달라 보름 名節 氣分 그리 엿보이지 않고.
魯松은 入淸~맞춘 洋服도 찾을 겸. 공부도 淸州서 한다고. ⓒ

〈1977년 3월 5일 토요일 雪, 晴〉(正. 16.)
昨夜부터 내리는 눈(雪) 때때로 내려 約 5㎝ 쌓이고. 새벽에 2차례. 食 前에 1차례 쓸었고. 內外庭 쓸어 모딘 눈 完全히 쳐냈고. 죽가래[4]로 學校까지 길 티우기도. 운동장 길도.
入淸~교육청 가서 人事 〃務打合. 흥업金庫 가선 100臺 分 利子 2個月치 34,820원 받기도.
魯杏과 아파트村 가서 羅統長, 潘 氏 等 만나 入住 節次 알아보기도. 밤 9時쯤 집에 도착. ○

〈1977년 3월 6일 일요일 晴〉(正. 17.)
어제는 當局 指示에 依하여 休校~영하 11°로 急降下 寒波. 積雪로 休校令이 내린 것.
오늘도 入淸…… 一家 勳鐘 氏 子婚에 人事. 社稷아파트村 가서 羅統長 찾아 入住 手續 節次 자세히 알아 보았고. 權利金을 가외로 多額 내야 한다는 것. 아이들을 爲해 할 작정.

歸路에 德村 가서 鄭煥文君 親喪에 人事했고. ○

〈1977년 3월 7일 월요일 晴〉(正. 18.)
入淸 途中 小魯 들려서 任國彬 子婚 잔치에 人事. 任丁淳 先親 几筵[5]에도.
교육廳에 들러 人事 〃務打合. 管理課에 샘 增設도. 弼의 淸州高에 제출할 書類도. ○

〈1977년 3월 8일 화요일 曇, 晴〉(正. 19.)
學年初 첫 校長會議에 參席. 學力 提高가 主案이며 其外 10餘 案件 있었고.
井母는 배추김치(짠지) 얻은 것 청주 아이들 갖다주고 松과 함께 午後에 歸家했고.
社稷아파트 羅統長을 아침에 찾았으나 못 만나고 會議後에 만나 또 相議했기도. ⓒ

〈1977년 3월 9일 수요일 晴〉(正. 20.)
오미 가서 天水川 切開工事한다는 安城人 李장우 社長의 地方有志 및 面內 機關長 招請에 參席. 12年 前 沈 氏(在日교포)가 政府援助穀(밀가루)으로 着手하였다가 中斷된 일 있고. 關係하던 黃總務 아직 이곳 居住中. 7億 豫算. 6個月 豫定. 企業農業하겠다는 것. 122,000坪이라고. 술과 点心 待接 받았고. ○

〈1977년 3월 10일 목요일 晴〉(正. 21.)
僻地學校 對抗 陸上競技 郡大會가 있어 郭丁敎師와 選手兒童 5名 引率하여 出張한 것. 場所는 北一校. 尹상님 1人만이 入賞했고. ×

---

4) 넉가래. 곡식이나 눈 따위를 한 곳으로 밀어 모으는 데 쓰는 기구. 넓적한 나무판에 긴 자루를 달았다.

5) 궤연(几筵): 죽은 사람의 영궤(靈几)와 그에 딸린 모든 것을 차려 놓는 곳.

〈1977년 3월 11일 금요일 晴〉(正. 22.)
小魯人 知人 吳希錫 請託으로 其의 子婚에 主禮 보았고. 場所는 조치원 동원예식장이고. 無事進行되었기도.
淸州 가선 羅 統長 만나 司倉洞 아파아트 72萬 원에 단정하여 2萬 원 契約. ※

〈1977년 3월 12일 토요일 晴〉(正. 23.)
어제는 從兄의 回甲이었으나 서울 가서 食事하고 오신 程度라고.
父親께선 엊그제부터 목이 가리어 괴로우신 中. 편도선 藥 지어 드렸고. ×

〈1977년 3월 14일 월요일 晴〉(正. 25.)
職場民防衛隊 대표자 協議會에 參席. 場所는 玉山面長室. ×

〈1977년 3월 15일 화요일 晴〉(正. 26.)
農協과 아파트에 用務 있어 入淸하였다가 形便있어 用務 못보고.
몸 괴로워 淸州서 아이들과 留. ※

〈1977년 3월 16일 수요일 晴, 曇〉(正. 27.)
魯杏의 名義로 定期預金한 것 引出하여 '아파아트' 2棟 103號. 13坪짜리 양도 契約金으로 羅孝經 統長한테 20萬 원 건넜고.
괴롭고 口味없어 食事 못하는 中이고. ×

〈1977년 3월 17일 목요일 曇, 雨〉(正. 28.)
오랜만에 봄비 촉촉이 내렸고. 給料 및 賞與金 33萬 원 받았고. ×

〈1977년 3월 18일 금요일 曇, 晴〉(正. 29.)
早起하여 魯松과 父親 助力 받으면서 簡易 溫床 만들었고.
明日 上京 豫定(三從姪女 結婚)이 形便上 不能케 된 것.
學校 쑥세미 栽培 計劃으로 栢峴 가서 朴炳圭 指導員 만나 節次 알아보기도. ○

〈1977년 3월 19일 토요일 晴〉(正. 30.)
早朝 起床하여 토끼 一尾 잡았고. 食事는 어제부터 正常化. 모든 일 正常化.
職場民防衛隊 교육에 出席. 場所는 玉山國校. 9시부터 午後 1時까지이고. 教育內容은 精神교육…… "總和維新과 우리의 姿勢"의 題로 金대식 강사의 강연.
入淸하여 교육청 들러 일보고 明日 있을 搬移 준비했고. 井母도 來淸. 서울 큰 애 內外와 英信, 昌信도 오고.
日暮頃에 큰 애, 魯松, 魯運과 함께 아파트 2棟 103號室에 一部分 험한 곳에 도배紙 발으기도.
큰 애와 松이와 함께 103號室에서 留한 것. ○

〈1977년 3월 20일 일요일 晴〉(2. 1.)
司倉洞 사직아파트로 移舍. 10時쯤 搬移 끝낸 것. 2톤半 추럭 3,000원에. 싣고 떼고 드려놓는 데 큰 애와 松이가 없었더라면 어찌될 번하였는지 생각만 해도 까마득.
13坪 아파트에 72萬 5仟 원 들은 것.[6] 權利金 때문이라고.
일 다 마치고 큰 애 內外 아기들과 午後 5時半차로 上京. 今般에 큰 子婦도 過勞力한 것.

6) 원문에는 붉은색 볼펜으로 밑줄이 그어져 있다.

下午 7시 半차로 歸家. ○

〈1977년 3월 21일 월요일 晴〉(2. 2.)
点心時間 利用하여 虎竹里 柳大永 回甲 招請에 다니러 갔다가 柳相浩 夫人 回甲잔치에 參席케 되었던 것. ×

〈1977년 3월 22일 화요일 晴〉(2. 3.)
清州 갔다 오는 길에 玉山서 趙壽石과 去日에 麥酒했던 것 나우 갚으니 多額에 갈비 후이기도[7]. 奉親用 닭 一尾 사왔기도. ×

〈1977년 3월 23일 수요일 晴〉(2. 4.)
學校일 마친 後 入清~明日부터 沃川서 校長會議 있기에. ⓒ

〈1977년 3월 24일 목요일 晴, 曇〉(2. 5.)
清州에서 早朝 起床하여 直行버스로 大田 通해 沃川 着. 沃川이라면 1년餘 前에 魯絃 事件 있던 곳이라서 좋은 感想 아니며 지긋지긋한 생각 뿐.
校長會議는 沃川 三陽國校 강당에서 있었고 …… 南部 6個 市郡(永同, 沃川, 報恩, 清原, 清州, 鎭川) 國校長과 學務課長 約 200名. 今日은 示範校 成功事例 發表가 主였고.
今朝에 氣溫 急降下. 寒波 甚하여 기온 영하 4°. 눈파람도 날렸고.
清州로 올 計劃이 사돈 林在道의 酒類 接對로 안됐고.
元豊會社에 있는 貳男 絃과 함께 留한 것. ×

〈1977년 3월 25일 금요일 晴〉(2. 6.)
校長會議 第2日. 今日도 寒波는 繼續. 한겨울을 방불케 했고. 강당엔 急작이 煖爐 준비하여 태웠고.
今日은 學校 參觀. 영화, 方針 具現과 指示事項이 主였고.
會議 끝내고 査頓한테 人事 못한 채 清州 와서 아이들과 함께 留한 것. ○

〈1977년 3월 26일 토요일 晴〉(2. 7.)
清州서 留한 채 일 좀 보고선 米院校長 윤성희 子婚에 人事했고. ※

〈1977년 3월 27일 일요일 晴〉(2. 8.)
正中里 가서 再從兄嫂(泰文 母親) 氏 回甲宴에 參席 人事했고. 井母와 집안 兄嫂 氏들은 어제 왔었던 것. ※

〈1977년 3월 28일 월요일 晴〉(2. 9.)
親知 鄭麟來(面 戶兵係長) 子婚에 參席. 반가운 親知들 많이 만나 今日도 過飮했고. 술집에 가서도 나우 마신 듯? ※

〈1977년 3월 29일 화요일 晴〉(2. 10.)
18, 9日부터 痛症과 沓〃症을 甚히 느끼면서도 참아 견디기에만 애 썼던 魯杏은 道醫療院에서 肋膜炎으로 판단 내려 藥으로 다스리던 중 오늘 上京했다는 것.
큰 애가 서울서 治療해야 한다고 불러 올렸다니 友愛之心 두터운 일인 것. ×

〈1977년 3월 30일 수요일 晴〉(2. 11.)
4男 魯松이 清州서 와갖고 住民登錄證 面에서

7) 갈비(가) 휘다. 갈비뼈가 휠 정도로 책임이나 짐이 무겁다는 뜻.

찾았다는 것. ×

〈1977년 3월 31일 목요일 晴〉(2. 12.)
近日에 繼續 飮酒로 精神없이 生活하는 中인 듯. 今日도 入淸하여 제대로 일 못보고 또 過飮하여 뜻 없이 보낸 듯. ※

〈1977년 4월 5일 화요일 晴〉(2. 17.)
入淸하여 羅 統長 만나 아파트 運營方針 相議했고. ×

〈1977년 4월 6일 수요일 晴, 雨〉(2. 18.)
虎竹 朴丁淳 回甲宴에 請牒 있어 從兄과 같이 參席. 一家 宗鉉 氏 집도 들러 大歡하기에 今日도 過飮. ※

〈1977년 4월 7일 목요일 雨, 曇〉(2. 19.)
어제부터 오는 비 今朝에 그쳤으나 냇물 범람하여 여름장마를 방불케 했고. 번말내 돌무너미 工事한 것 거이 流失. 엊저녁은 越川도 不能.
三從兄(故 萬榮 氏)의 死甲[8]이 오늘이어서 집안 家族들 모여 祭祀 지내는 데 參席. 午後엔 全職員 招待하여 같이 參與.
職員들은 近日에 環境 構成에 過勞力하는 中. ※

〈1977년 4월 8일 금요일 晴〉(2. 20.)
몸 極히 被困. 그레도 6學年 道德授業 했고. 못견디어 終日토록 辛苦 말할 수 없었던 것. 큰 탈? 食事 못하고. 몸은 떨리며 口味 없어져 물만 마시고. 그레도 구역질 나고. ©

〈1977년 4월 9일 토요일 晴〉(2. 21.)
玉山서 새마을協議會 있어 機關長회의에 參席. 22日에 道民體育會 施行에 따른 事前會議가 되는 것.
入淸하여 아이들 잠간 만나고 '흥업금고'에 가서 急한 곳에 쓰려고 現金 좀 얻었고. 歸路에 魯運이가 지은 밥(夕飯) 若干 먹고 저물게 歸家. 밤 9時쯤 되었을 것. ◎

〈1977년 4월 10일 일요일 晴〉(2. 22.)
엊저녁엔 家計簿 整理로 거이 徹夜. 괴약한 잔꿈도 새벽엔 꾸었고.
새벽 5時 半부터 活動~재쳐내기, 인분풀이 若干, 面刀 等.
7時 20分 일반高速으로 水落 停留場에서 서울 向發. 目的은 두 가지. ① 12時에 永登浦 경원예식장에서 있는 族兄 夏榮 氏 女婚에 參席. ② 2時 半에 청담洞 가서 魯杏이 만나 病勢 알아본 것~天性대로 하는 말, 經過 좋다는 것. 아비 속 안색일랴는 것인 것.
큰 애 內外는 事情上의 出他로 못 만났고. 下午 5時 車로 出發하여 집엔 8時쯤 到着. 老親께 報告했고.
밤 12時 50分까지 일 보다가 就寢. 今夜는 잠이 잘 와야 할 텐데?
食事는 이제 正常化됐고. ◎

〈1977년 4월 11일 월요일 晴〉(2. 23.)
健康과 勤務 正常化. 井母는 明日 上京 豫定으로 송편 떡 若干 빚고.

8) 사갑(死甲): 돌아가신 분의 회갑.

老兩親께선 今日 特히 飮酒로 日過하신 듯. 밤엔 門前沓에서 개구리 소리 한창. ⓒ

〈1977년 4월 12일 화요일 雨, 曇〉(2. 24.)
거이 밤중서부터 내린 비는 日出頃까지 繼續되었고.
井母 上京次 入淸하는데 가방 하나 싣고 夢斷里고개까지 갖다준 것.
저녁(밤 9時쯤)에 서울로 전화하여 보니 無事히 到着되었다는 것. ⓒ

〈1977년 4월 13일 수요일 晴〉(2. 25.)
今日은 큰 애 魯井의 生日(39歲). 井母 어제 서울 갔고.
早朝에 둑너머 호박 구덩이에 두엄 넣고 學校 가서 아침 放送한 것.
從兄은 텃논에 苗板 作業으로 勞力 많이 했고.
老兩親께선 오미場 다녀오시고.
學校 實習地에 栽培할 計劃으로 下午 4時에 栢峴 가서 朴炳圭 집 찾아 '수세미' 씨 約 3L 얻어왔고. ⓒ

〈1977년 4월 14일 목요일 晴, 雨〉(2. 26.)
午前 中 學校일 中 6學年의 自然科 研究授業이 있었던 것이 特色.
入淸 途中 오미 吳技士 집 들러 鐵製 토끼집과 염소집 設計를 付託하고. 內德洞엔 저물게 찾아가 小魯校 金英會 校長 母親喪에 人事했고.
六距離에 있는 興國生命保險會社 들려 證券번호 01440~5號 15年 滿期分의 還給手續했고. 約 10日 後에 職場으로 送金한다는 것.
서울 갔던 井母 낮에 淸州까지 왔고. 다음 日曜日에 큰 애 井이가 形便 있어 來淸 豫定이라고 그날이래야 歸家한다는 것.
저녁 먹고 밤 9時 車로 淸州 發. 집에 到着 무렵은 소 11時頃이며 비 내리고. ⓒ

〈1977년 4월 15일 금요일 雨〉(2. 27.)
逍風 豫定인데 雨天 關係로 不得已 無期 延期.
금일의 비 終日토록 내리고.
午後 三時엔 全職員 特別作業~廊下 環境物의 손질, 거미줄 털기 等. 下午 七時까진 擔任敎室 환경造成에 努力했고…… 明日 不時 視察 있겠다는 連絡 왔대서.
某種의 연락으로 一片의 反省과 不安, 後悔, 不滿도 있지 않아 있기도……. ⓒ

〈1977년 4월 16일 토요일 雨, 晴〉(2. 28.)
새벽부터 數時間 동안 本道 敎育施策에 대한 具現事項을 研究하여 마련하니 마음이 개운했고. 學校에선 全校가 손님 맞이에 아침 淸掃에도 발끈했으나 손님 안온 것.
井母는 아직 淸州에 滯留 中. 明日의 用務로 歸家는 일러야 明日 저녁쯤. ○

〈1977년 4월 17일 일요일 曇, 一時雨〉(2. 29.)
10時까지 家庭의 잔일 좀 보고 入淸하여 文義中學 鄭德相 校長의 女婚에 人事.
史龍基 校長, 鄭龍喜 校長, 金基泰 親知와 함께 濁酒 놓고 歡談하기에 時間 많이 보냈고.
서울 큰 애 올 줄 알았던 것이 어느 形便인지 오지 않았고. 槐山의 셋째 魯明 全 家族 淸州까지 어제 왔다가 午後 5時에 歸 槐山.
午後 一時 비 내렸고. 날씨와 時間上 淸州서 留한 것. ○

〈1977년 4월 18일 월요일 때때로 비〉(3. 1.)
아침 첫 버스로 歸 玉山. 李 校監 집에서 一盃 하고 登校. 낮에 郡교육청, 朴 장학사 來校 定期視察. 學校 칭찬 많이 했고.
去 12日에 집 떠난 井母 淸州, 서울 다녀 一週만에 오늘 歸家. ○

〈1977년 4월 19일 화요일 晴〉(3. 2.)
面內 機關長회의에 參席. 新任 이기홍 支署長 전부터 아는 처지 또 만났고. ○

〈1977년 4월 20일 수요일 晴〉(3. 3.)
玉山面 國仕里 九巖洞 忠賢祠(姜邯贊 장군 사당) 祭享에 參禮.
쌀 한 말 갖고 청주 아이들한테 다녀오고. ×

〈1977년 4월 21일 목요일 晴〉(3. 4.)
學校 崔英旭 강사 正式 發令 나서 報恩郡으로 出發하는데 섭섭하여 落淚 작별.
族兄 喆榮 氏 回甲宴에 人事. 午後엔 德水 양시영 回甲宴에 초대 있어 다녀오고.
江外 桑亭 妹弟 要請으로 面에 가서 印鑑證明書 一통 떼어 주었고. ×

〈1977년 4월 22일 금요일 晴〉(3. 5.)
연정 큰 再從兄嫂 氏 어제 오셔서 같이 留하시고.
면단위 새마을 대잔치 체육대회에 面民 多數 모였고. 8種目에 긍한 競技種目 모두 進行 잘 되어 面內 成績. 金溪里가 三位(面內 總部落數25個里). ※

〈1977년 4월 24일 일요일 晴〉(3. 7.)
큰 애 要請으로 淸州 있는 魯松이 上京하여 큰 애가 집 옮기게 되어 서울驛까지 옮겨 놓은 家財(테레비, 책상, 냉장고, 라디오시계, 침구, 전기솟 等) 淸州驛까지 運搬하고 社稷아파트까지 옮기느라고 애 많이 쓴 것. ×

〈1977년 4월 25일 월요일 晴〉(3. 8.)
井母 入淸에 길 案內次 午後에 청주 아파트에서 같이 一同 〃宿. ×

〈1977년 4월 26일 화요일 晴〉(3. 9.)
井母와 함께 中原郡 노은면 水上里 가서 둘째 子婦 만났고. 장과 고치장 담굴 材料 갖고 간 것. 点心 食事 後 다시 歸淸했고. ×

〈1977년 4월 29일 금요일 曇, 晴〉(3. 12.)
어젯날 내린 비로 냇물 많아 天水川 高速橋 통하여 入淸~午後 3時부터 있는 校長會議에 參席. 案件은 主로 學務課 所管.
學校서는 봄 逍風 갔었고~全校生 환희리 方面 냇가로 갔다 온 것. ※

〈1977년 4월 30일 토요일 晴〉(3. 13.)
職場民防衛隊 敎育 있어 該當 全職員 午後에 江外國校 가서 4時間 받았고.
淸州 가선 몸 極히 괴로워서 用務 덜 본 채 청주 아이들 곳(아파트)에서 留. ※

〈1977년 5월 1일 일요일 雨〉(3. 14.)
피곤하여 運身難이어서 終日토록 魯松 自習工夫房에서 休息.
杏, 運, 弼 모두 우유, 쌍화차 等 아비 待接에 手苦 많이 했고.

윗층 便器 故障으로 아이들 놀램과 不安感 莫甚에 딱하기도~머리 위에서 大小便 섞인 汚物이 나우 쏟아지는 때 있기에 速히 고치라고. 그 곳 主人에게 促求 몇 차례 했고. 羅 統長한테도 促求하였고.
日暮頃 歸家 豫定이 모든 形便에 不能. 몸은 좀처럼 안풀리고, 술은 참았고. ⓒ

〈1977년 5월 2일 월요일 晴〉(3. 15.)
5時 40分에 가까스로 起床하여 羅統長 찾아 어제의 便所 문제 또 이야기하고.
6時 車로 出發. 玉山선 自轉車로 歸家. 學校 出勤했을 땐 8時 10分쯤.
몸 차차로 풀려 點心 食事 나우 했고. 佑榮君 담장일 하는 데도 거들고. 학교서 저물게까지 帳簿 정리. 집에 와서도 밤 12時 半이 넘도록 雜務에 몰두한 것.
저녁 식사 밥 한 그릇 完全히 다 먹었고. ⓒ

〈1977년 5월 3일 화요일 晴, 曇〉(3. 16.)
玉山 단위 農協 行事 있대서 잠간 參席 後 이장우 社長 德分에 便히 入淸.
教育廳 가서 鄭 施設係長한테 意外 반가운 消息 들었기도……宿願이던 本館 中 間의 極老朽교실 3개室 改築될 曙光 있는 듯~總長 尺數알려달라는 것. 좋은 氣分으로 歸校 中 親知 鄭海振 만나 一盃 彼此 나누며 情談하느라고 數時間 보낸 것.
井母도 淸州 갔고…… 附食物 等 갖고. 明日 歸家한다고.
밤엔 내안(川內) 堂叔母 危篤에 밤 11時까지 問病, 지켜보기도. ×

〈1977년 5월 4일 수요일 晴〉(3. 17.)
교육주간 行事 中 學父母를 모시고 鄕友班 對抗 陸上경기를 成年의 날인 6日로 實施키로 職員會에서 協議했기도. ○

〈1977년 5월 5일 목요일 晴〉(3. 18.)
제55회 어린이날. 學校는 休業했고. ×

〈1977년 5월 6일 금요일 晴〉(3. 19.)
오늘은 成年의 날. 鄕友班 경기 재미있게 進行된 것. 姉母 約 80名 왔고. 優勝은 金溪. 職員 晝食은 金溪 婦人會에서 誠意껏 차렸기도. ×

〈1977년 5월 18일 수요일 晴〉(4. 1.)
어제 받은 給料로 쌀 15말 팔았고. 斗(말)當 2,400원씩.
5월 7日부터 5月 17日까지 日記 記入 못했고. 그 간에 내안 堂叔母도 운명. ×

〈1977년 5월 19일 목요일 晴〉(4. 2.)
井母와 함께 入淸. 청주用 부식물 等 갖고.
서울서 가져온 掛鐘時計 修理하여 청주 아이들 있는 아파트 2~103호 대청壁에 걸어주었고. 井母는 아이들 먹을 채소 반찬 준비로 바쁘게 일.
큰 用務 대충 보고 술집(신선집)에서 過飮하였기도. ※

〈1977년 5월 20일 금요일 晴〉(4. 3.)
淸原郡內 僻地學校 12個 校 綜合藝能 實技大會가 北一校에서 있었고. 날씨 좋아 선수는 勿論 몽인 사람 모두 땀 흘렸고. 出張 職員은 郭丁, 郭노, 柳 女, 校長.

높이뛰기엔 一位 125㎝, 200m엔 3位~곽만호 양희백 各〃 入賞. ×

〈1977년 5월 21일 토요일 晴〉(4. 4.)
청주서 井母와 함께 서울 간 것. 청담동에서 잠실아파트로 옮긴 後론 처음 간 것. 120동 204호. 넓고 自由로웠던 청담洞 제 집을 정리하고 아파트로 옮겼음을 생각할 땐 어딘가 모르게 서글프고 서운한 感 있는 것. 10坪의 좁은 곳이나 內部 조밀하게 꾸미기는 했고.
孫子 두언놈 두발 自轉車 샀다고 자랑삼아 타기도. 그러나 아깝게도 큰 놈 自轉車를 商店 앞에서 순간에 잃어버린 것. 빵 좀 사주려 데리고 간 것이 큰 後悔. 아파트村을 數回 돌아보아도 눈에 안띄이니 복통할 노릇. 어른 짓이 아닐텐데 그 어느 父母가 받아드렸을까? 답답하기도……. 不安不快 無雙하나 밤 깊어 잠 들었던 모양. ※

〈1977년 5월 22일 일요일 晴〉(4. 5.)
큰 애 井은 제 母親 모시고 仁川 가고…… 3女 妊의 소생 重奐의 百日이라고.
朝食 後 큰 孫子 英信 보고 밖에 타고 다니는 어린 自轉車 잘 둘러보라 당부하고선 가슴 아픈 채 버스에 올라 歸 淸州. ×

〈1977년 5월 25일 수요일 晴〉(4. 8.)
오늘은 陰曆 四月 初八日. 釋迦誕日. 昨年부터 公休日로 되고. 今年이 佛紀 2521周年. 貳女 姬가 出家 佛弟子가 되어서인지 절(寺)에 가고 싶었고. 井母와 함께 學校의 南 主任교사 內外 同伴하여 龍子寺에 다녀온 것. ※

〈1977년 5월 28일 토요일 晴〉(4. 11.)
玉山中學校 鄭東烈 庶務課長 停年退任式에 參席. 形便上 宴會席엔 끝까지 안있었고.
午後 4時에 井母와 같이 쌀 갖고 入淸. 井母는 菜蔬 반찬 빚기에 努力하고.
午後 5時부터 있는 友信會 總會가 6時에 開會. 場所는 朴在龍 加德中 校長집(사직). 會長 立場이지만 컨데션이 나빠서인지 活發한 勇氣 다 못냈고.
歸家 豫定을 엄두 안나 淸州서 留했고. ◎

〈1977년 5월 29일 일요일 가끔 비〉(4. 12.)
부슬비 가끔 내리고. 井母와 함께 淸州 發. 井母는 오미서 便宜 있어 집으로 直行.
德村 가서 李龍宰 氏 찾아 魯杏의 病勢(肋膜炎) 이야기하고 8日分 먹을 藥 지었고. 중풍으로 辛苦 中인 親友 李榮宰를 問病. 비 若干 맞으며 歸家.
밤엔 老母親께서 過飮 醉中에 過度한 걱정하시기도. 母親의 性格을 용서 빌기도. ◎

〈1977년 5월 30일 월요일 晴〉(4. 13.)
早起하시던 兩親. 몸 괴로우신 듯. 家親께선 頭痛이 甚하시다기에 '사리돈' 藥 等 사다드리고. 母親께서도 늦게서지만 無事히 起床하신 것. ◎

〈1977년 6월 2일 목요일 雨, 曇, 晴〉(4. 16.)
어제는 거이 終日토록 부슬비 내리고. 오늘 새벽까지.
제6學年 50名 서울 方面으로 修學旅行인데 날씨 차차 좋아져 多幸. 水落停留場까지 가서 乘車 出發하는 것까지 보고 歸家. 他人 內外

의 自由로움을 보고 井母의 自由없는 處地에 한편 딱하기도. 然이나 不得已한 일. 떳떳하게 여길 일.
學校서 南 主任과 함께 午前 中 執務하다가 用務 있어 入清. 청주用 菜蔬 갖고 간 것. 松 만났고. 흥업金庫에 가서 100臺 利子 3個月分 54,300원 受領.
先祖妣 祭祀用 배, 사과 等 사 갖고 일찍이 歸家.
水落停留場에 後 8時에 가서 1時間쯤 기다려 旅行간 어린이들 無事 下車함을 보고 다행했고. 擔任 申 교사 勞苦를 치하. ○

〈1977년 6월 3일 금요일 曇〉(4. 17.)
學校는 어제부터 家庭實習 實施 中. 午前 十時頃까지 집 앞 雜草 깎고.
모내기 하는 집의 일 조금씩 도왔고~못줄잡기, 못첨 나르기, 심기…… 再從 憲榮 氏, 族姪 魯植, 族弟 長榮, 族兄 春榮 氏, 族兄 俊榮 氏宅의 것. ○

〈1977년 6월 4일 토요일 晴〉(4. 18.)
機關長회의 있어 오미 갔고. 모내기 支援 等 案件 數個項. 臾心 待接은 保健所에서 했고. 近日에 새로 온 醫師.
入清하여 청주아이들 만났고~5月分 아파트 居住 諸般料金 松이가 事務整理한 것 確認. 同關係서류 청주서 보게 되어 궁거웠던 것 풀리고(契約書, 領收證).
아그배 논 모내기 豫定은 몇 가지 事情으로 不能. 약간 不快했던 것.
밤엔 先祖妣 祭祀 지냈고. ⓒ

〈1977년 6월 5일 일요일 晴〉(4. 19.)
고추대 할 뽕나무 후리채[9] 몇 단 얻어다가 손질하기도.
청주서 松과 弼이 왔고~連休여서 집에 다닐러 온 것…… 今日 일요일, 明日은 顯忠日. ×

〈1977년 6월 6일 월요일 晴〉(4. 20.)
顯忠日 追念式에 參席~淸州西公園의 忠烈塔 앞. 遺族 많이 모였고.
奉親하려고 狗肉(개다리 하나) 若干 사왔기도. 松과 弼이 청주 갔고. ×

〈1977년 6월 7일 화요일 曇, 晴〉(4. 21.)
從兄嫂 氏 生辰이어서 집안 食口 一同 큰집에서 朝食 같이 했고.
6學年의 授業 및 3학년의 學習指導 參觀 等 학교 일 着實히 본 것. ○

〈1977년 6월 8일 수요일 晴〉(4. 22.)
午後에 6학년 動員 모내기 作業하는 곳 잠간 가보았고~輔榮 氏네 논, 토끼모리.
食事 거이 正常化. 學校일도 本格的.
아그배 논에 揚水 좀 할려고 밤 11時頃부터 들에서 실갱이하다 이루지 못했고. ⓒ

〈1977년 6월 9일 목요일 晴, 曇〉(4. 23.)
일군 3名 얻어 텃논 처음으로 모 심은 것. 他處, 앞들 모두 모내기 끝난 셈. 아그배 논만이 물이 없어 移秧 못하고. 族姪 魯東君이 揚水機 갖고 終日토록 애썼으나 故障으로 揚水 못했고. 數日 前에 잠시 물 事情 괜찮은 바 있었

9) 곤충 따위를 후려 사로잡는 데에 쓰는 물건.

지만 勞力 能力 不足으로 機會 노친 것. 제손으로 못하는 탓. 父親 氣力 昨年과도 판이하게 달라 勞力 못하시고. ○

〈1977년 6월 10일 금요일 曇〉(4. 24.)
나의 形便엔 비 오기를 바라는 中 구름이 終日토록 나우 끼었기에 希望을 걸었으나 비 내리지 않았고. 동네에 다 심고 몇 평 되지 않은 논. 그것도 宗畓 우리 것만 남은 것. 揚水도 極히 難한 地域 位置에 있어 몸 달기만 할 뿐.
退廳 後 日暮 前後에 井母와 함께 고추대(支柱) 꼽았기도. ⓒ

〈1977년 6월 11일 토요일 晴〉(4. 25.)
入淸하여 교육청에 들려 人事事務打合 後 奬學陣 一同 招待하여 靑松통닭집에서 晝食 같이 했고. ○

〈1977년 6월 12일 일요일 晴〉(4. 26.)
午後 4時까지 家庭에서 作業~井母와 함께 완두콩 뽑아다가 꼬토리 따고. 고추밭에 보호대 꼽기에 勞力한 것.
日暮頃에 入淸하여 청주 아이들 만나고 곧 歸家. 채소, 앵두 주고. ⓒ

〈1977년 6월 13일 월요일 晴〉(4. 27.)
아직 揚水 못하여 아그배 논 모내기 못하여 傷心 中. ○

〈1977년 6월 14일 화요일 晴〉(4. 28.)
晝夜로 揚水機 쫓아 다니다가(1週間) 今日에서 아그배 논 揚水되어 午後 5時에 모내기 끝냈고. 6學年生이 심은 것. ○

〈1977년 6월 15일 수요일 晴〉(4. 29.)
公務員 診斷檢査 있어 全職員과 함께 淸州가서 道立醫療院에 가서 受檢한 것. 무엇보다 血壓을 걱정했던 바 괜찮은 듯. 두 곳마다 70~140. 몸 조심, 飮食 조심 잘해야 할 텐데 行하지 못하여 탈. ×

〈1977년 6월 17일 금요일 晴〉(5. 1.)
今月 俸給엔 2/4分期(6月 末) 手當까지 支給받은 것. ×

〈1977년 6월 19일 일요일 晴〉(5. 3.)
入淸하여 玉山부터 淸州까지의 數處 外上分 갚고. 청주 아이들한테도 所要金 내어 나누어 준 것. ※

〈1977년 6월 20일 월요일 晴〉(5. 4.)
魯松이 上京~月前에 잃은 英信의 自轉車 사주라고 2萬 원도 갖고. ×

〈1977년 6월 21일 화요일 晴〉(5. 5.)
公的 用務 있어 入淸하였다가 아이들한테 들러 松이 만나 서울 消息 들었고. 英信用 자전거 안사기로 했다고 제 큰 兄이 2萬 원 그대로 도로 갖고 온 것. 一同이 無故하다고.
교육청에 들러 사무타합. 要請대로 本館 舊교실(老朽교실)의 現 모습의 寫眞도 提出. ○

〈1977년 6월 24일 금요일 晴〉(5. 8.)
道內 僻地學校 綜合技能大會에 가보려고 일찍 入淸. 陸上은 工高, 學力과 藝能은 舟城國校에서. 陸上에서 높이뛰기, 200m 本校에서는 탈락.

道醫療院에 入院 中인 3학년 김태영군(왼팔 꿈치 뼈다침)을 찾아보기도. ⓒ

〈1977년 6월 25일 토요일 晴〉(5. 9.)
族兄 故 定榮 氏 葬禮場에 잠간 다녀왔고(파락골).
내안(川內) 堂叔母 49日祭가 있다 하여 몽단이 聖德寺(柳在石 主持…… 당숙모 사위)까지 갔다가 日暮 後에 從兄과 함께 歸家.
밤 11時 半에 伯母 祭祀 지내는 데 參席. 단지 從兄弟 間 뿐이었고.
○ 6.25 난리 제27주년이 되어 學校에선 記念式 擧行. 그 시절의 아우생각?…… ⓒ

〈1977년 6월 26일 일요일 晴〉(5. 10.)
食 前 일로 어제와 마찬가지로 텃밭 보벼밭 김매기에 시간餘 땀 흘린 것.
井母와 함께 入淸. 서울서 큰 애도 왔고. 魯杏의 病 狀況이 近日에 若干 나빠진 것 같아서 朴藥房에 데리고 가서 診脈하고 漢藥 10첩 지은 것. 짓기는 했으나 제 손으로 다려먹기에 큰 苦難일 것. 家庭 형편상으로 겪는 일이랄까? 딱하기만 하지. 市場일 잠간 보고 井母와 함께 日暮頃에 집에 到着.
큰 애 井도 5時頃 車로 서울 向發.
새벽엔 아그배 논 말라 엉그름[10] 가서 3時間 정도 揚水한 것. 보기 드문 가므름에 논밭 곡식 형편없이 말라붙는 중. '비여 내리소서.' ◎

〈1977년 6월 27일 월요일 晴〉(5. 11.)
數日 間의 謹酒로 食事 正常化되고 밀렸던 帳簿 整理 거이 完了된 셈.
終會 時間엔 體育主任인 郭某 敎師의 無誠意를 나우 訓戒했고.
今日 溫度 33°까지 올라가 三伏더위를 방불케 했고. 런링그 하루 몇 차례씩 함씬 적셔지기도. 井母는 불볕 아래서도 마눌 캤고. ◎

〈1977년 6월 28일 화요일 晴〉(5. 12.)
食 前 勞力 많이 한 것. 고추밭 지시미[지심][11] 모두 치우고. 터의 호박 구덩이에 給水. 토끼 먹이풀 작만 等.
井母는 완두콩 販賣次 오미장 얼핏 다녀와서 學校 田에 심은 감자와 강낭콩 收穫. 退廳 저물게까지 나도 거들고.
老兩親께서도 오미장 가셔서 돼지새끼 사오시고. 白돼지 새끼 10,000원.
계속되는 가뭄에 각종 곡물 나날이 달라지게 타 붙으니 탈. 들엔 揚水機 소리 곳곳마다 한창. 氣溫 33°까지 上昇. ◎

〈1977년 6월 29일 수요일 晴, 曇〉(5. 13.)
今朝의 勞働 滿 1時間 걸려서 아그배 논 논두렁 풀 깎고(5.10~6.10).
朝會時에 今日 行事 職員에게 當付하고 月谷行. 敎育長旗 쟁탈 陸上경기 大會가 美湖中學에서 있게 되어 金溪校에서도 달리기 選手 5學年에서 5名 간 것. 練習 不足으로 모두 豫選에서 脫落.
집에서 갖고 간 쌀 1말 갖고 入淸. 松이만 만났고. 杏은 漢藥 제 손으로 닳여먹는 모양이라고. 처음으로 겪는 일이라 매우 難할 것 생각

10) 흙바닥이 말라 터져서 넓게 벌어진 금.

11) 잡초란 뜻의 사투리.

하니 딱한 일.
홍국保險會社 淸州營業所에 가서 5萬 원 滿期還給 手續하고 歸校하니 午後 6時頃. 明日은 視察次 某장학사 來校한다는 消息 있고. ◎

〈1977년 6월 30일 목요일 雨, 曇〉(5. 14.)
滿 한 달 極히 가믈던 끝에 새벽 1時 半頃 잠시 비 내리더니 日出頃까지 나우 내리고 낮에도 때때로 내리어 거이 終日토록 온 셈. 단비(甘雨) 모두 기뻐했고. 말라 붙던 고추, 담배, 참깨, 콩 모두가 새 活氣를 띤 듯.
井母는 急한 일(들깨 모종까지) 거이 마치고 청주 아이들이 궁금하다고 特히 杏이 먹을 漢藥 다림 等으로 午後에 淸州 갔고.
退廳 後 텃논 논두렁 풀 깎았고. ◎

〈1977년 7월 1일 금요일 曇, 晴〉(5. 15.)
어제 깎다 남은 텃논 논두렁 풀 早朝에 다 마치고.
學校일도 重大한 事業 잘 됐고~5학년 수세미 植付, 4학년 400m 꽃질 作業, 6학년 實習沓 김매기 等 마친 것.
밤엔 再堂叔 祭祀에 參席(번말 굴량두 아저씨 제사). ○

〈1977년 7월 2일 토요일 晴〉(5. 16.)
早朝에 둑너머 고추밭 한 굴 우거진 쇠비름 깨끗이 뽑아 치운 것.
退廳하곤 두무샘 밭 오동나무 밑의 콩밭 매어 내리기도. 요샌 數日 間 繼續하여 朝夕으로 家庭일에 많이 勞力하는 셈. ◎

〈1977년 7월 3일 일요일 晴〉(5. 17.)
井母와 함께 勞働 많이 한 것. 아침 일찍부터 午後 3時 半까지~그루 갈은 것…… 둑너머 밭에 거먹깨, 방콩, 각씨 동부, 열무우씨, 고무마 놓을 자리 다듬고. 두무샘 밭엔 녹두와 팥을 심은 것. 날씨는 무더워 옷을 땀으로 몇 차례 후질른 것.
日暮頃에 入淸하여 청주 아이들 잠간 만나고. 보안당 眼鏡店에 들려 깨진 안경 다시 맞춘 것. 亂視에 돋보기 7,000원의 염가로.
청주약국의 會長 郭漢鳳 氏 만나 永慕亭에 對한 錄音하여 놓은 것 들으니 반갑고 기뻤던 것. 下午 10時 半頃에 歸家 着. ◎

〈1977년 7월 4일 월요일 曇, 雨, 曇〉(5. 18.)
아침 일로 各處 인분 준 곳 덮고. 사거리 농협 分所에 가서 보리쌀 1叺 買入 운반. 1가마에 7,940원.
10時頃부터 소나기비 午後 3時頃까지 오락가락 여러차례 내리어 흡사 장마비를 연상케 했고. 井母는 들깨모로 終日토록 땀 흘린 듯. ○

〈1977년 7월 5일 화요일 晴, 曇〉(5. 19.)
食 前 作業으로 집 둘레의 풀 깎고. 아그배 논 둘러본 것.
井母는 學校밭에 깻모하고 두 곳의 논두렁에 콩모종했고.
退廳 後 入淸하여 청주아이들 잠간 만나고 寶眼堂에 가서 맞춰 놓은 眼鏡 찾아갔고 막 차(밤 10時)로 歸家 到着하니 11時 半. ⓒ

〈1977년 7월 6일 수요일 雨, 曇〉(5. 20.)
새벽 3時頃 約 30分 間 集中 暴雨. 午後 3時까지 산발的으로 비 내린 것. 앞 냇물 昨今 年中

엔 가장 많이 흐르는 洪水. 우리 地方에 아직 被害는 없고. 天水畓 모내기 오늘서 마쳐 이 地方 모내기는 이제 完了.
淸州서 魯松이 잠간 다녀갔다고……. 運搬할 짐 있으면 제가 갖고 간다는 것과 魯杏, 魯弼의 몸 아프다는 消息 傳하러 온 것. 忠州 '새실'이고 데었다는 소식.
退廳 後 8時 半까지 井母와 함께 고구마 싹 둑너머 밭에 심고. ⓒ

〈1977년 7월 7일 목요일 曇〉(5. 21.)
무더웠으나 終日토록 구름 끼어 지내기에 極難하지는 않았던 것.
學校엔 郡 교육청 洪永昌 장학사 와서 定期 장학지도 있었고.
井母는 終日토록 땀 흘리며 두무샘 밭의 콩밭 매었던 것~나도 出勤 前 1時間 半 동안과 退勤 後 1時間 半 콩밭 맸고. 땀으로 옷은 몇 차례 함신 젖고. ⓒ

〈1977년 7월 8일 금요일 雨, 曇〉(5. 22.)
午前 中은 때때로 비 내리고 午後엔 구름 낀 채 해 넘긴 것.
今日도 아칠결엔 約 2時間 半, 退校 後 2時間 程度 두무샘 밭 콩밭 맸고. 이제 넓은 콩밭 다 맨 것. 明朝부터는 참깨밭 맬 豫定. 날씨 어떠할런지. ⓒ

〈1977년 7월 9일 토요일 雨, 曇〉(5. 23.)
朝食 前 2時間 程度 비 맞으며 참깨밭 풀 뽑았고.
學校 파한 後 入淸하여 청주 아이들 만났고~노필의 몸살은 快하다고. 杏은 惡化된 様으로 시원치 않고. 내 월요에 엑스레이 또 한 번 찍어보기로 한 것. ⓒ

〈1977년 7월 10일 일요일 曇〉(5. 24.)
滿 한 달 동안 가뭄 끝에 단비 내리더니 장마로 變하여 1週 만에 今日만은 개였고.
井母와 함께 計劃대로 今日은 終日토록 勞働한 것…… 집 앞의 除草. 텃논 排水똘, 두무샘 밭(참깨밭) 김매기, 둑너머밭(고추밭)의 쇠비름 뽑기. 두무샘 밭 650坪은 품 2名이래야 되는 것을 數日 間 朝夕으로 한참씩 井母의 助力을 받아가며 김매어 오늘서는 完全히 한벌 끝마친 것. 땀은 많이 흘렸으나 개운하기 한량없고.
井母는 강낭콩 收穫과 들깨 모종으로 해 넘긴 것. 老兩親께선 오미 다녀오시고. ◎

〈1977년 7월 11일 월요일 曇, 晴〉(5. 25.)
朝會 마치고 公文 處理 後 江內面 태성리 거쳐 江外面 五松里 李永洙 교장 喪偶에 人事한 것. 入淸하여 族兄 俊榮 氏 新築 住宅 入住에 膳物 갖고 가서 人事.
청주 아이들 잠간 만나고(杏의 症勢) 歸家하여 日暮頃에 아그배논 논두렁 깎기도. ⓒ

〈1977년 7월 12일 화요일 雨〉(5. 26.)
日出 前부터 내리는 비 거이 終日토록 繼續되어 天水川 범람. 今年 들어 最多.
朝食 前엔 井母와 함께 파 모종했고. 四距離 가서 奉親用 濁酒도 사오고. 父親의 理髮도 해 드린 것. 退廳하고선 터의 除草作業~어둘 때까지. ⓒ

〈1977년 7월 13일 수요일 曇〉(5. 27.)
終日 흐렸으나 비는 안 왔고. 비는 20日께까지 온다는 中央관상대의 發表 있고.
6學年의 道德授業 1校時 마치고 入淸~교육청 가서 事務打合…… 人事〃務, 改築工事, 營林事業 等. 郡廳에 가서도 山林課 일 보고 學교林 地籍圖도 뗀 것.
歸路에 청주(아파트) 아이들 곳에 들렸고. 杏의 身樣 때문에 마음만 조릴 뿐.
老親께서는 오미 다녀오셨다고~再從兄(憲榮氏) 일로 印鑑증명 떼시려고. ⓒ

〈1977년 7월 14일 목요일 晴〉(5. 28.)
朝夕으로 約 2時間 程度씩 두무샘 밭의 콩 순쳐 今日 當日에 마친 것. 井母는 낮에 勞力.
만나지는 못했으나 江外面 桑亭里의 妹(才榮) 午後에 잠간 다녀갔다고…… 狗肉과 酒類 가지고 왔다는 것. 誠意에 感謝했고.
仁川 女息(3女)한테서 편지 왔고~外孫子(愼重奐)의 百日 紀念寫眞 同封해서. ⓒ

〈1977년 7월 15일 금요일 晴〉(5. 29.)
日出 前에 오미 거쳐 德村 다녀온 것~쌀 3되 製粉. 덕절 가선 李龍宰 氏한테 노행 服用할 藥 지은 것. 朝食 前에 아그배 논둑 豫定대로 다 깎고.
井母는 송편 떡 빚어갖고 入淸州 가고…… 明日(陰 6月 1日)이 弼의 生日이라고. ⓒ

〈1977년 7월 16일 토요일 晴〉(6. 1.)
맑은 날씨 數日 繼續 中. 今日도 勞力 많이 했고~朝夕의 집 일엔 텃논 둘레 풀깎기와 두무샘 밭 둘레 풀깎기. 낮엔 學校 校門 補完工事 助力.
今日은 맥동이(5男) 魯弼의 生日…… 淸州高校 一學年. 井母 어제 入淸. ⓒ

〈1977년 7월 17일 일요일 晴, 曇〉(6. 2.)
日出 前엔 울 안(뒷결) 除草 청소, 朝飯 後부터 12時까진 두무샘 밭 그루밭[12](녹두, 팥) 完全히 다 맨 것.
入淸하여 청주用 반찬거리 井母와 함께 사고 아이들 日用돈 주고서 夫婦 같이 歸家. ⓒ

〈1977년 7월 18일 월요일 晴, 曇〉(6. 3.)
日出 前에 논 둘러보고 사거리 가서 奉親用 탁주 몇 되 받아오고. 둑너머밭 2골 김매기도. 退廳 後엔 동부밭에 農藥(殺蟲劑…… 뜸 물약) 撒布했고. ◎

〈1977년 7월 19일 화요일 曇〉(6. 4.)
學校실습지에 심은 들깨밭 매고 골쳐 올리고, 텃밭 뚝 풀 깎고(저녁 일).
오늘 날씨 終日토록 흐렸고. 바람기 좀 있어 그리 무덥지는 안한 편.
5, 6學年 期末試驗, 어린이 消防隊 發隊式, 面鄭인來 來校에 사거리 가서 접대.
오랜만에 姬로부터 편지 오고. 寫眞 2次 同封해서. 住所는 안 밝히고. ⓒ

〈1977년 7월 20일 수요일 曇〉(6. 5.)
淸州 가서 바쁘게 일 본 것~興國會社 保險일(私). 淸原郡廳 가서 學校 公用地 및 雜種財産의 地積圖와 土地臺帳 謄本 떼는 일. 教育廳

12) 밀이나 보리를 베어 내고 다른 작물을 심은 밭.

가서 人事 〃務打合과 校舍 改築事業 問題 等 일보기에 땀 흘리며 뛴 程度. 아이들 곳도 들렸고. ◎

〈1977년 7월 21일 목요일 晴〉(6. 6.)
어린이들 蹴球 評價戰 있어 오미까지 갔었고…… 玉山國校:金溪國校.
오미行事 끝나고선 德村里 삼성굴 李龍宰 氏한테 가서 藥 求했고~仁川 사위한테 '무좀' 藥 부친 것. 杏의 藥도 또 지어 入淸하여 주고선 곧 歸家. ⓒ

〈1977년 7월 22일 금요일 曇, 晴〉(6. 7.)
어제 오늘 最高 氣溫 34度. 오늘은 中伏. 明日은 大暑.
李 校監 突然 發病(中風?)으로 登校치 못하여 궁금하여 退勤 後 급히 오미 달려가 問病. 왼편 팔과 다리가 불온하다는 것. 침 맞고 服藥 중이라고. ⓒ

〈1977년 7월 23일 토요일 晴〉(6. 8.)
둑너머 밭뚝 깎고 退廳 後엔 허드레 샘뚝도 깎은 것.
老親과 井母는 오미장 다녀오고~국수 눌으러 갔다가 분잡해서 못 이뤘다고.
學校는 終業式 擧行~明日부터 夏季放學. 今日 氣溫 34°.
姬한테서 편지 온 것…… 처음으로 住所 밝힌 것~忠南 瑞山郡 신창리 1번지 開心寺.[13] ⓒ

〈1977년 7월 24일 일요일 晴, 소나기〉(6. 9.)
放學 第1日. 今朝도 밭뚝 깎고. 여러날 가므는 셈. 또 밭作物 시들기 시작.
낮엔 學校에서 執務~休暇 中 職員 動態 一覽表 作成 揭示.
井母는 오미 가서 국수 눌러서 淸州 갖고 가고.
낮 무더위(찌는 듯) 중에 오미 가서 井母 일 좀 돕는 데 갑자기 쏘나기 한줄금 내렸기도.
自轉車에 국수 싣고 歸家하니 서울 아이들 一同(4名) 다 왔고~淸州 갔던 井母도 歸家. 夕飯 및 잠짜리 마련 等에 神經써 지더니 井母가 왔기에 다 解決. ⓒ

〈1977년 7월 25일 일요일 晴, 1時 쏘나기〉(6. 10.)
學校 實習地 가을 김장 菜蔬 播種할 곳에 除草 및 파기에 朝食 前 땀 많이 흘렸고.
東林里 '소롱골' 居住 朴화춘 喪偶 葬事에 人事.
어제 서울서 온 두 孫子 英信, 昌信은 앞내(天水川)에 가서 거이 終日 놀은 듯(水泳).
玉山 거쳐 淸州 다녀왔고…… 面 사무소, 住宅管理所, 청주 아이들 있는 곳 들렸고. ⓒ

〈1977년 7월 26일 화요일 晴, 雨〉(6. 11.)
오미 가서 姬의 住民登錄 手續(退去手續) 完了했고…… 瑞山郡 운산면 신창리 1번지.
入淸하여선 教育廳 들려 教室 改築의 事務打合했고. 興國生命保險 2號의 拂入 完了되어 還給金(68,300원) 受領~200원, 滿 15年 拂入. 納拂 總額 36,000원. 쏘나기 나우 오고. ⓒ

〈1977년 7월 27일 수요일 晴〉(6. 12.)
서울 아이들 가는데 水落 정류장까지 다녀오

13) 원문에는 붉은색 색연필로 밑줄이 그어져 있다.

고…… 10時50分차로 서울 向發.
申교사와 墻東里 다녀왔고. ○

〈1977년 7월 28일 목요일 晴〉(6. 13.)
校長會議에 參席. 休暇 中 生活이 主案. 午前中으로 마쳤고.
오후 4시부터 6時까지 民防衛隊 교육에 出席~場所는 江外國校 강당. ○

〈1977년 7월 29일 금요일 晴〉(6. 14.)
오늘 더위가 最高라고…… 낮 氣溫 36度. 요새 무더위 繼續 中.
梧倉校에 다녀왔고……. 어린이 藝能發表大會 있어.
어제 사 온 닭, 人蔘, 버섯으로 蔘鷄湯 다려 奉親하기도.
井母는 今日도 둑너머 밭 맨 것. ⓒ

〈1977년 7월 30일 토요일 晴〉(6. 15.)
午前엔 玉山面 機關長회의에 參席.
入淸하여 友信會 總會에 參席. 主管은 朴東淳 會員. 아파트에서 留한 것. 청주 아이들(松, 杏, 運) 모두 오늘 金溪 本家에 왔고. 弼은 前에 와 있는 中. ⓒ

〈1977년 7월 31일 일요일 晴〉(6. 16.)
繼續 또 가므는 中. 탈穀 또 따분하게 타는 중. 35.6度 계속.
早起 洗手하고 일찍 歸家. 두무샘 밭의 팥밭, 녹두밭 맸고.
松은 用務 있어 入淸…… 明日 豫備군 訓練있다는 것. ⓒ

〈1977년 8월 1일 월요일 晴〉(6. 17.)
불볕, 가뭄 繼續. 손질 잘 해 놓은 밭 곡식 모두 타 붙는 중……. 안타갑기만.
恩師 朴鐘元 先生님 逝去의 訃音 듣고 上京~城東區 君子洞 2-13호. 처음 가는 곳이지만 順調롭게 찾았고. 弔問 人事 마치고 時間上 歸淸州하니 밤 10時 半쯤. 淸州서 魯松과 함께 잔 것. 서울까지 갔지만 英, 昌信 못보고 와서 서운했고. ⓒ

〈1977년 8월 2일 화요일 晴, 소나기 若干〉(6. 18.)
早起하여 江內 인타체인지 거쳐 일반高速으로 水落서 下車.
낮에 10分 동안 소나기 내렸고. 적지만 그것만도 多幸. 松은 청주서 예비군 訓練. ⓒ

〈1977년 8월 3일 수요일 晴〉(6. 19.)
일부의 들깨밭. 고구말에 人糞 施肥.
入淸하여 교육청 들려 事務打合(人事事務, 建築事業 등). 서울相互信用金庫에 가서 積金 件 中途 解約하고 引出 7,700원. 12回 拂入 92,400원.
杏은 淸州 갔고. 井母는 오미 가서 콩 等 빻아 온 것.
槐山 아이들(明 夫婦, 혜신, 혜란) 오고. ⓒ

〈1977년 8월 4일 목요일 曇, 晴〉(6. 20.)
금일도 朝夕으로 家庭의 잔일 부즈런히 했고.
날씨 繼續 高溫. ○

〈1977년 8월 5일 금요일 晴〉(6. 21.)
玉山 거쳐 入淸……. 오미선 영농교육통지서(面 指導所) 주며 教材 協議 부탁도 했고.

청주 가선 槐山 아이들 줄 것 좀 샀기도. ○

〈1977년 8월 6일 토요일 晴, 曇〉(6. 22.)
槐山 아이들 出發에 玉山까지 갔던 것. 新松校 朴 校長 만나 要求대로 待接 융숭히 했고. 玉山中學 尹 校長으로부터 다시 대접 잘 받았던 것. 尹 校長의 妻男 李文濟, 李官濟 우연히 同席케 되어 오랜만에 만나는 親知어서 반가운 握手하며 잔 나누었기도. ※

〈1977년 8월 7일 일요일 雨, 曇〉(6. 23.)
새벽부터 쏟아지는 비 長時間 繼續되어 앞내 또 벌창히 흐르고. ×

〈1977년 8월 8일 월요일 曇, 晴〉(6. 24.)
忠南北에 어제 오늘 내린 비 相當한 듯. 特히 大田方面 대단하다는 發表…… 大田驛 前 銀杏洞 等 물바다라고. 人命, 家屋, 建物 等 財産 被害 많다고.
沃川 永同에도 被害 많다는 것. 大田 258㎜, 沃川 158㎜~220㎜의 降雨量을 放送. 人事次 사거리까지 온 玉山 韓電所長(徐 氏) 만났기도. ×

〈1977년 8월 9일 화요일 晴〉(6.25.)
學校 主管으로 "상설 새마을교실"에서 學區內 住民 50名 招請하여 營農교육을 實施. 指導 講師는 玉山面長, 仝 농촌指導所長, 金溪校長. 4時間 實施. 所長의 農藥施藥法論이 觀心 많았던 것. 㕕心을 국수로 마련하여 全員에 提供.
오후엔 오미 가서 韓電 徐 所長 轉出에 送別宴會 있어 參席. 數日 前에는 高速 玉山휴계소 가서 金學哲 집하장長의 송별연회가 있어 참석했던 일 있었기도. ×

〈1977년 8월 10일 수요일 晴〉(6. 26.)
校長會議 있어 參席~少年體典에 不正選手 없기가 主案件. ×

〈1977년 8월 11일 목요일 晴〉(6. 27.)
學校 實習地에 가을 김장用 채소씨앗 播種한 것. ×

〈1977년 8월 12일 금요일 晴〉(6. 28.)
校庭에선 學區 內 青年 體育會 있어 잠시 觀覽했기도. 優勝은 金溪서.
약속한대로 낮차로 김상희와 입청하여 교육청에 들어가 해체할 노후교실 1칸 賣渡契約 14만5천 원에 締結결했고. 撤去材木으로 김상희는 가옥 짓는다는 것. ×

〈1977년 8월 14일 일요일 晴〉(6. 30.)
日出 前에 텃밭 菜蔬밭에 씨앗 뿌렸고. 朝食後부턴 人夫(李갑순) 一人과 勞力…… 客室 便所 지붕과 豚舍 지붕을 "스레트"로 改葺한 것. 스레트 900원×7=6,300원. 人夫賃 1名分 1,500원. 계 7,800원 들은 것. 內室변소는 改築이 時急. ○

〈1977년 8월 15일 월요일 曇, 가랑비〉(7. 1.)
光復節 第32周年 慶祝日. 國旗 揭揚. 全校 登校케 하여 慶祝式 擧行. 愛校作業 2時間餘. 下東林 가서 孫재홍 母親喪에 人事.
賢都 姪女 生男했다고 電報 왔고(일주일 前이라나).

청주서 杏, 運, 弼이 집에 왔고. 청주 아파트엔 魯松만이 있는 셈. 가랑비 若干. ⓒ

〈1977년 8월 16일 화요일 가랑비, 曇〉(7. 2.)
첫 새벽부터 井母는 부엌에 들락날락 奔走한 편~炭불 보기와 밥짓기…… 玉山面 老人會 主催로 集團旅行에 同途하기 爲한 것. 새벽에 出發하여 午後 8時에 無事歸家. 安養貯水池(海水), 國立墓地(陸女史 墓 8.15) 參拜, TV 放送局, 顯忠祠 다녀왔다는 것.
日出 前後에 걸쳐 家庭堆肥 되우기(積返) 作業을 勇敢히 마친 것.
杏, 運, 弼이 이제서 겨우 自轉車 타기 배운 것.
아우 振榮(沃川郡 青城校) 오랜만에 오고. ⓒ

〈1977년 8월 17일 수요일 晴〉(7. 3.)
登校 午前 中 熱中執務. 俸給受領 後 入清~入廳하여 事務打合(南 교사 人事문제, 老朽教室 撤去 現況, 學校林 문제 等). ◎

〈1977년 8월 18일 목요일 晴〉(7. 4.)
井母와 함께 먼동트기 前부터 두무샘 밭 '참깨' 베어 세우는 作業 시작하여 12時 半까지 勞力. 作業 完了까지 땀 많이 흘린 것. 弼이도 끝판에 助力 잘했고.
振榮이 朝食 後 갔고. 父親 生辰 때 보태어 쓰라고 5,000원 놓고 간 것. ○

〈1977년 8월 19일 금요일 晴〉(7. 5.)
夏季放學 마치고 魯弼이 淸州 가고.
陰城邑 內 조약국 찾아가 魯杏의 藥 사온 것. 有名하다는 것이어서 찾아간 것.
서울 큰 애와 큰 사위 오고~開學 前에 다녀갈 뜻으로. "반갑고 기쁘고 놀랠 일의 喜消息 들은 것…… 開心寺를 거쳐 天安 새절로 찾아가 魯姬(在應)를 만나보고 오는 길이라나." 찾아 다녀오느라고 수고 많이 했을 터. ○

〈1977년 8월 20일 토요일 晴〉(7. 6.)
어제 왔던 만 애와 큰 사위(조태휘) 上京한 것. ○

〈1977년 8월 22일 월요일 晴〉(7. 8.)
29日 間의 여름방학 어제 끝나고 오늘 開學. 大過 없었음이 多幸. ×

〈1977년 8월 23일 화요일 晴〉(7. 9.)
父親 生辰. 年歲 77. 洞里 男女 여러 어른들 招待하여 朝食을 같이 했고.
學校일 끝나고 職員도 招待. 여러 손님 접촉에 오늘 또 醉했고. ※

〈1977년 8월 26일 금요일 晴〉(7. 12.)
校長회의에 參席 後 午後엔 職場民防衛隊 교육 있어 江外 다녀온 것. ※

〈1977년 8월 28일 일요일 晴〉(7. 14.)
母親 生辰. 年세 79. 집안 食口들만을 모시고 朝食했고.
아우 振榮 內外도 어제 오고. 桑亭 妹도 또 誠意있게 와서 수고 많이 한 것. ×

〈1977년 8월 29일 월요일 晴〉(7. 15.)
振榮 夫婦 가는데 井母는 아기(파란) 업고 玉山까지 다녀오는 데 手苦했고. ○

〈1977년 8월 31일 수요일 晴〉(7. 17.)
轉出하는 南聖祐 교사와 함께 淸州 가서 고기집에서 送別 接待한 것.
午後 6時부터 있는 白圭鉉 교육장 轉出에 '수정집'에서 送別會 있어 參席. 過飮되어 滿醉로 몸 大端히 괴로워 아이들 있는 아파트에서 속 많이 썩여 준 모양. 郭內科 의사 와서 手苦했다고. 미안했고. ※

〈1977년 9월 1일 목요일 晴〉(7. 18.)
新舊 교육장 離就任式에 參席. 新 교육장은 淸中校長인 沈鳳鎭 氏이고.
歸家해선 老親께 솔직한 所見 품했더니 怒하시기도~나이 먹어가는 큰 子婦의 立場과 處地도 참작하시라는 말씀 드린 것. ※

〈1977년 9월 4일 일요일 晴〉(7. 21.)
新任 鄭昌泳 교사 이삿짐 下車에 職員 動員하여 協助하기도. ※

〈1977년 9월 5일 월요일 晴, 曇〉(7. 22.)
人夫 一名 얻어 殺蟲劑 撒布하는데 協助에 어제까지의 過飮으로 極히 애먹은 것.
老親께선 月餘 前부터 氣力이 마련없어 行步에도 어려우신 듯. ×

〈1977년 9월 6일 화요일 雨, 曇〉(7. 23.)
새벽 2時頃부터 내리는 비 낮 11時頃까지 繼續……냇물 洪水로 또 큰 장마.
鄭 교사 이삿짐 形便上 露天에 놓은 것 함씬 젖어 困難했기도.
어제까지의 過飮으로 몸 극히 피로되어 運身에 큰 애먹었고. 또 後悔. ⓒ

〈1977년 9월 7일 수요일 晴〉(7. 24.)
孔炭 200장 購入한 것 마당에서 헛간까지 운반에 井母와 함께 數時間 동안 땀 많이 흘린 것. 우물 工事 때문에 夕食 때 井母는 크게 복잡했기도.
午後부터 몸 많이 풀리어 多幸. 食事도 若干하게 되고. 完全 不飮했고. ◎

〈1977년 9월 8일 목요일 晴〉(7. 25.)
食 前에 빨래샘 둘레의 돌과 자갈 整理로 2時間 半동안 勞力. 땀 많이 흘렸고.
入淸 途中 玉山校 잠간 들려 蹴球 훈련 상황 보고.
청주 가선 교육청 들려 교실 입찰, 學校林 오류등기 등 事務打合 보고. 佑榮君과 學校用 받데리 選擇 購入했고.
아파트 잠간 들려 아이들 좀 보고……魯松은 4日에 槐山서 왔다는 것. 1日에 제 셋째 兄 移舍하는 데 가서 助力했다는 것. ●어제 오늘 完全不飮. ◎

〈1977년 9월 9일 금요일 晴, 曇〉(7. 26.)
点心時間에 井母를 도와 참깨를 털기도. 금일도 學校일 많이 한 것.
父親께 大補湯 닳여 드리는 중. 井母는 豆類 거둬드리기에 每日 바쁜 中.
밤에도 12時頃까지 동부까기에 勞力했고. ◎

〈1977년 9월 10일 토요일 曇〉(7. 27.)
早朝 起床하여 食 前 勞力 많이 한 것~참깨조자리(참깻대)[14] 지게로 3往復하여 全量 집

14) 너저분한 물건이 한데 묶여 있는 것.

으로 搬入한 것.
退廳 後엔 아그배 논의 큰 풀 全部 뽑아내었고.
밤엔 十時 半까지 큰집 新築 家屋터 지다위하는 데 끝까지 助力했기도. ⓒ

〈1977년 9월 11일 일요일 曇〉(7. 28.)
井母와 함께 入淸하여 魯杏의 藥資(材) 마련한 것~호박에다 미꾸리 넣어 고아 먹는 것. 청주서 留할 豫定이었던 井母는 本家 형편상 함께 歸家한 것.
내안 堂叔의 祭祀 있어 參禮. ◎

〈1977년 9월 12일 월요일 雨, 曇〉(7. 29.)
父親의 身樣 마련없이 老衰하시어 行步 難이시던 中 昨夜부터 더 하시어 今日은 終日토록 누어 계시어 걱정. 아프신 데는 없으시다고. 頭痛만은 있으시다고.
새벽부터 내리는 부슬비 午後 2時까지 繼續. 가을비 넘쳐 또 걱정.
밤엔 12時頃까지 井母 하는 일 도왔고~동부 까는 일.
아우 振榮이 生男했다는 消息 있고. (後에 이름 라고 지은 것).[15] ◎

〈1977년 9월 13일 화요일 晴〉(8. 1.)
早朝에 茂盛한 들깨밭에 줄 띄어 떠바치기 作業했고.
本道 少年體典 있어 入淸~公設운동장에서 陸上. 球技 等 他種目은 他 경기장에서. 玉山 蹴球팀엔 本校 兒童 4名도 合流. 鎭川郡 학성校와 對決하여 敗한 것.
아파트 아이들 곳 거쳐 조금 쉰 後 歸家. 井母는 오미 잠간 다녀왔다는 것. ◎

〈1977년 9월 14일 수요일 曇, 晴〉(8. 2.)
人夫 2名 얻어 過冬 燃料 採取하는 데 전좌리 山 2번 다녀보았고.
極히 편찮으셨던 父親께선 差度 있으신지 山까지 몇 번 다니시기도. ⓒ

〈1977년 9월 15일 목요일 曇, 晴〉(8. 3.)
近日은 飮酒 아니하여 食事 잘 하고. 公私 間의 일도 推進 잘 되고.
學校서는 제68차 民防空訓練 實施~示範 訓練.
退廳하고는 두무샘 밭에 나가 마른콩 약간 뽑기도. ◎

〈1977년 9월 16일 금요일 晴〉(8. 4.)
朝夕으로 두무샘 밭의 콩 1다발씩 거두어 搬入했고.
今日도 人夫 2名 얻어 先代 山所 禁草. 午後엔 텃논 찰벼 베었고. ◎

〈1977년 9월 17일 토요일 晴〉(8. 5.)
今朝도 食 前作業으로 두무샘 밭의 콩 두다발 뽑아 自轉車로 나른 것.
學校일 마치고 淸州 가선 청주 아이들 비용난 것 주고. 市場에 나가 奉親用 狗肉(다리) 사고. 청주 아이들에겐 닭 한 마리.
意外로 서울 큰 애 만나 저물었지만 本家까지 同行. 可能하면 月 1回씩 집에 다녀갈 心算이라고. 魯松도 일 하려고 집에 오고. ◎

---
15) 이름 뒤에는 공백으로 남겨 두었다.

〈1977년 9월 18일 일요일 晴〉(8. 6.)
새벽부터 3夫子 지게 지고 두무샘 밭의 콩다발 搬入. 婦女 人夫 一人과 함께 家族 總動員하여 勞力~콩 打作 後 논, 밭 찰벼도 털은 것. 特히 큰 애 井과 四男 松이가 땀 흘려 勞力 많이 한 것. 콩 5말, 찰벼 30말. 午後에 큰 애 上京. ○

〈1977년 9월 19일 월요일 晴〉(8. 7.)
교육청 가서 사무 打協. 李 課長 親喪 當한데도 人事. ×

〈1977년 9월 20일 화요일 晴〉(8. 8.)
어제 淸州 外堂叔母께서 膳物로 주신 잉어를 人蔘 몇 뿌리 사서 고아 父親께 奉養. 외당모의 誠意에 感謝할 따름.
大田 작은 四從叔母 장례에 人事…… 葬地 金城 앞山. ×

〈1977년 9월 25일 일요일 晴〉(8. 13.)
沃川서 次男 絃이 肉類와 술 사 갖고 來家. 會社에서 無事히 잘 있었다고. ○

〈1977년 9월 27일 화요일 晴〉(8.15.)
今日은 秋夕. 再昨日에 왔던 絃은 어제 忠州로 가고.
父親은 용삼湯 잡수시는 중. 明日의 운동회로 바쁜 마음 중. ○

〈1977년 9월 28일 수요일 晴〉(8. 16.)
秋季 大運動會 開催. 날씨 좋아서 無事히 잘 지냈고. 觀覽客은 農家 形便上(벼베기 作業) 少數였으나 意外로 贊助金은 많았던 것. ×

〈1977년 10월 1일 토요일 晴〉(8. 20.)
夫婦同伴하여 全職員 旅行次 出發. 夜間行에서 貸切車 아니고 一般旅客 利用키로 한 것. 堤川驛에서의 乘車 後 數時間 동안 苦生은 平生 잊지 못할 일. 今日부터 連休(1日 국군의 날. 2日 일요일, 3일 개천절)로 觀光客 無數히 많았고. 우리 一行은 雪岳山을 目的地로 한 것. ×

〈1977년 10월 2일 일요일 晴〉(8. 21.)
설악산 올라가 흔들바위 있는 곳에서 井母는 쉬고 一同은 울산바위까지 다녀온 것. 一同은 이곳 最初로 와본다는 것. 記念 단단히 된 것. ×

〈1977년 10월 5일 수요일 晴〉(8. 23.)
長期旅行에 一同 無事 歸家함을 天幸으로 생각. 낙산寺, 속초, 경포대, 오죽헌, 설악산, 어린이大公園 等 구경 잘 한 셈. 10餘 萬의 人波 속에서 땀 많이 흘렸으나 기념 단단히 된 것. ×

〈1977년 10월 8일 토요일 晴〉(8. 26.)
서울서 큰 애 왔고. 반찬거리, 酒類, 肉類 사 갖고 온 것. 可能한 限 月 1回쯤은 다녀간다는 것.
學校 교실 改築(스라브 建物) 工事 着工했고. ○

〈1977년 10월 17일 월요일 晴〉(9. 5.)
夕食 後 밤에 벼 脫穀. 潤和 氏들 경운기로. 텃논과 아그배 논 合하여 20가마 收穫된 것. 밀양 23호. 4男 魯松이 數日 前에 淸州서 와서 家庭일 忠實히 하는 中. 今日 더욱 勞力 많이

한 것. ×

〈1977년 10월 20일 목요일 晴〉(9. 8.)
職場民防衛隊 교육 있어 該當職員과 함께 玉山國校에 다녀온 것. ※

〈1977년 10월 21일 금요일 晴〉(9. 9.)
今年 가을 지나치게 가믈어 보리갈기와 채소에 큰 타격. 단 벼 타작 등의 일엔 최적이라고.
校長會議 있어 入淸~體育 振興과 藝能교육 注力이 主案. ※

〈1977년 10월 22일 토요일 晴〉(9. 10.)
어제 會議 늦게(午後 6時 半)서 끝났기도 했지만 몸 괴로워서 청주 아이들 곳에서 留했고. 몸 極히 고단하여 起動 難. 온몸 떨리고. 食慾 전혀 없어졌고.
井母 청주 왔고. 市場에 같이 나가 장 좀 보고 선 누어 쉰 것. ×

〈1977년 10월 23일 일요일 晴〉(9. 11.)
거이 終日토록 누었다가 日暮頃에 歸家. 兩親께서 걱정되셨던 듯.
族弟 化榮 親喪에 人事. 밤정가 했고. 같은 爲親稧員. ◎

〈1977년 10월 24일 월요일 晴〉(9. 12.)
몸 흔들리고 피곤하나 校長회의 傳達 등 억지로 참고 지낸 것.
化榮 親喪에 葬禮 行事에도 參與했고. ◎

〈1977년 10월 26일 수요일 晴〉(9. 14.)
어제, 오늘 兩日 間 道內 初中高 校長 550名 職務硏修會 있어 出席. 場所는 淸州 中學 강당. 講師는 敎委 幹部들. 전달 연수회가 되는 것.
끝 時 間의 所感記錄에 손 몹시 떨려 끝마감에 苦役 치룬 것~不安感과 氣分이 大端히 상했던 것. 長期 過飮의 餘波이니 自我反省할 뿐.
掛鐘時計 사서 歸家. 12,000원 元價라고. 內室에 있던 것을 사랑방에 걸은 것. 이것도 아직 新品이고. 今日 산 것은 日字와 曜일이 나오는 것. ◎

〈1977년 10월 27일 목요일 晴〉(9. 15.)
兩親께서는 賢都 다녀오신다고 出發하시는데 택시 求하여 오미까지 모셔 드리고 온 것.
人夫 2名 사서 두무샘 밭에 보리 갈은 것. ◎

〈1977년 10월 28일 금요일 晴〉(9. 16.)
會合 있어 入淸~새마음 갖기 도민 궐기大會 및 구국여성단 시군결단大會에 參席. 場所는 忠北室內體育館. 參席人員 5,600名. 거이 女性. 男子란 淸州市內와 淸原郡內 校長團 뿐인듯. 朴 大統領 令愛 朴槿惠양도 臨席. 午後 3時 半에 大會 끝났고.
어제 賢都 姪女집에 가셨던 老兩親께선 오시고. ◎

〈1977년 10월 29일 토요일 晴〉(9. 17.)
日出 前에 돼지 오양치고.
入淸하여 川內 崔芝洛 女婚에 人事. 장소는 육거리예식장. ◎

〈1977년 10월 30일 일요일 雨, 曇, 晴〉(9. 18.)
새벽에 비 좀 若干 내렸고. 단비(甘雨). 채소

에 보리밭에 기다리던 비. 너무 적은 비.
오늘은 杏과 運이가 제 언니 姬 만난다고 開心寺 간다는 것.
家庭의 잔일 많이 했고~텃밭 똘 排球溝 치기. 앞뚝의 푸정깎기. 울 안 淸掃. 고추 支柱木 뽑기 等. ◎

〈1977년 10월 31일 월요일 晴〉(9. 19.)
杏과 運이 제 언니(姬) 있는 '개심사'에 어제 갔다가 오늘 왔다는 것. 그 意志 용감했고. 서로서로 눈물 나오는 것을 억지 참았다는 것. ⓒ

〈1977년 11월 1일 화요일 晴〉(9. 20.)
虎竹校 楊 校長 回甲宴에 招請 있어 방화리 다녀왔고. ○

〈1977년 11월 2일 수요일 晴〉(9. 21.)
井母 쌀 갖고 入淸. ○

〈1977년 11월 3일 목요일 晴〉(9. 22.)
어제 淸州 갔던 井母 歸家. 從兄 宅(큰집)은 어제부터 새 家役 시작했고. 꼭 지어야 할 形便~古家로 金溪서 第一. ×

〈1977년 11월 4일 금요일 晴〉(9. 23.)
玉山面 기관장 會議에 참석~自然保護에 對한 案件이 主案. 其他 數件. ×

〈1977년 11월 5일 토요일 晴〉(9. 24.)
"育林의 날" 行事로 早朝에 內秀 向發……記事 다 못하나 多彩로운 行事임이 記憶.
族弟 光榮의 弟 '아영'君의 結婚式에 主禮 보았고. ※

〈1977년 11월 10일 목요일 晴〉(9. 29.)
父親께선 突然 中風病이 發生[16]되어 눕게 되어 큰 걱정과 탈…… 左側 手足 못쓰시고. 言語 장애로 말씀 얼버물여 알아듣지 못하는 程度이니 얼마나 괴로우실가. ×

〈1977년 11월 12일 토요일 晴〉(10. 2.)
面內 機關長團 一同 夫婦同伴하여 江華島로 旅行. 然이나 井母는 父親 重患으로 안가 마음에 꺼린했으나 잘 한 일. 一同 無事히 다녀왔으나 滿醉가 유감. 歸路 中 서울 와선 잠실 아파트 와서 英, 昌信 만나고.
父親의 病勢 알리니 큰 애 井이가 同行하자고 淸州까지 오니 3男 明이도 와 있는 것.
청주서 一同 아이들과 함께 잔 것. ※

〈1977년 11월 13일 일요일 晴〉(10. 3.)
三 父子(井, 明) 早朝 金溪 向發~臥病 中인 祖父 보려고. 일찍이 집에 도착.
祖父를 慰安. 起動不能, 言語不通. 服藥 中이나 別無效果.
明은 不得已 槐山向發~惠信 데리고. 큰 애는 祖父 위로 위安하며 留했고.
徹夜하며 父親 護身에 勞力. ×

〈1977년 11월 14일 월요일 晴〉(10. 4.)
어제 入淸했던 井母는 賢都 가고~姪女 '魯先'의 소생 첫 男兒 아기의 百日이라고 간 것.
鍼 놓는 漢醫院 求하려고 出發하였으나 몸 極

16) 원문에는 붉은색 색연필로 밑줄이 그어져 있다.

히 고단하고 쇠약해져서 바우기 어려워 청주로 들어가 청주 아이들과 함께 留한 것. ×

〈1977년 11월 15일 화요일 晴〉(10. 5.)
出發時 父親 말씀 있었기에 鳥致院 방암이 가까스로 가서 여러 곳 探訪 끝에 崔漢醫員을 찾은 것. 年歲 72라고. 金溪 本家까지 모신 것. 父親 몸에 數十 대의 針을 놓고 다시 玉山까지 가서 漢藥 지은 것. ×

〈1977년 11월 16일 수요일 曇〉(10. 6.)
父親의 病勢 別差度 없고. 몸 극히 고단하여 謹酒心 다시 우러나기도. ◎

〈1977년 11월 17일 목요일 雨, 曇, 晴〉(10. 7.)
父親께서 부뜰을 방안줄 매기도. 부친 고신하시기에 母親께서 큰 곤역.
賢都서 姪女(先) 오고. 先이 우는데 따라 父親도 落淚.
俊榮兄 時祀에 갔다 오는 길에 들러 宗事 애기와 父親의 重患 얘기 나누기도. ◎

〈1977년 11월 18일 금요일 雨, 曇〉(10. 8.)
井母와 함께 오미장 가서 時祀 흥정하며 오는데 비 오고 바쁘고 하여 곡경 치룬 것. 購入物品은 “사과 배”, “감”, “막과자”, “민어”, “건태”, “생강”, “멸치”, “김”, “타시마”, “상어”, “자반”, “산자”, “약과”, “고기”, “횟간” 等 金額 17,000원. 강외 상정 큰 매부 다녀가고. ◎

〈1977년 11월 19일 토요일 가끔 비〉(10. 9.)
이제 食事 나우 하고. 食 前 저녁으로 인분푸리도 한 것. 學校의 잔일도 많이 했고.
父親의 병관에 엊저녁에 그대로 새운 정도여서 좀 고단한 편. 뉘우고 일으키고 약 10분마다 소변, 대변 완전히 받아내는 것. 父親 自身은 얼마나 괴로우실가. 딱한 일.
서울서 큰 애 井이 오고~18시경 옥천서 아우 振榮이 오고~20시경. 賢都서 姪壻(오병성) 오고~밤 12시경. ⓒ

〈1977년 11월 20일 일요일 가끔 비〉(10. 10.)
入淸하여 玉山 李永洙 교장 子婚. 陰城郡 馬鎬坤 교장 子婚, 族叔 漢圭 氏 女婚에 人事後 針術 좋다는 人士(盲人)를 찾기 爲하여 淸州市 6距離 몇 군데를 찾았으나 意思에 맞는 이가 없어서 此後로 다시 찾기로 歸 玉山하여 수소문해 보았으나 別無神通이었고.
井은 12시에 上京. 姪女 內外는 形便上 天安으로, 振榮은 아침결에 玉山까지 다녀오기도. 10시에 出發.
淸州선 松, 杏, 運이 와서 제 母親하는 일 힘껏 돕고 下午 7時 버스(사거리)로 入淸. 낮엔 井과 松은 전자리山 나무단도 지게 운반했다는 것.
井母는 祭物(時祀用)로 終日토록 極히 勞力하여 피로했을 터. ◎

〈1977년 11월 21일 월요일 가끔 비〉(10. 11.)
2時에 起床하여 밤(栗) 생미치기에 바빴고 오늘은 나의 집에서 時祀祭物 차린 것으로 奉事公(12代祖), 護軍(11代祖), 訓練僉正(10代祖)의 祭享 올리는 날. 비가 오락가락하여 困難했으나 無事히 지낸 것. 井母의 手苦 많았고.
父親의 病勢는 그턱 같으나 言語는 若干 낳아진 듯. 眼光도. 食事 좀 늘으시고. 어제 入淸했

던 松이 早朝에 왔고~終日토록 뒷바라지 하기에 勞力 잘 했고. ○

〈1977년 11월 22일 화요일 흐림〉(10. 12.)
오늘 日氣 바람 세고 나우 추었고. 4男 松은 전좌리山으로부터 지게로 나무단 져날라 終日토록 장정일 하였고. 품사려 하던 것인데 이로서 解決될 듯. 多幸.
父親의 病勢는 약간 差度 있을가? 食事를 하시는 것만이 낳으실 뿐인가? 左側 手足은 亦不穩. 言語장애는 조금 낳아졌으나 간신히 알아들을 程度.
族叔 漢弘 氏가 父親에 對하여 불측한 言辭를 하였다기에 책망하려고 건너가 보았으나 入淸하였다기에 참았으나 日暮頃에 한 일부러 찾아와 謝過하기에 풀은 것. 降者不殺[17]이란 말도 있기에. 舊情을 되찾자는 것으로. 日暮卽後 눈 살작 내렸고. ○

〈1977년 11월 23일 수요일 晴〉(10. 13.)
今朝도 魯松은 早 起床하여 전좌리山에 가서 나무 져 나르기 作業. 뒤이어 같이 운반. 朝食前에 完了. 큰 도움 봤고. 품 2名과 牛車 計劃이 이로서 完全 해결된 것.
井母와 松은 떡과 채소 약간 갖고 入淸~낮에.
放課 後에 喪家집에 人事~東林 金 氏 家, 墻東 金玉賢 父親喪.
父親의 病勢는 昨日과 비슷. 食事는 조금 낳아지신 듯.

17) 항자불살(降者不殺): 항복한 자는 죽이지 아니한다.

〈1977년 11월 24일 목요일 晴〉(10. 14.)
아침결에 從兄, 再從兄과 함께 몽단이 聖德寺에 가서 朝食한 것~聖德寺 住持 柳在石 氏(再從妹兄)의 6순이라고 招請 있어 간 것. 맛있게 많이 먹기도.
어제 淸州 갔던 井母 낮에 歸家.
大德郡 懷德面에 사는 虎溪 妹 夫婦 왔고~父親 病患 때문에. ⓒ

〈1977년 11월 25일 금요일 晴, 曇〉(10. 15.)
食 前에 人糞 푸리. 어제 왔던 작은 妹夫(朴忠圭) 內外 朝食 後 가고.
晝食 시간에 墻東 가서 全교무 親喪 葬禮에 人事하고 오미 가니 兒童들의 陸上평가戰은 이미 끝나고. 理髮 後 歸家. 밤엔 밤나무잎 긁어들이고 炭재 져다 버리기도.
日暮 後에 桑亭妹 父親用 담요 사 갖고 오고. ◎

〈1977년 11월 26일 토요일 晴〉(10. 16.)
食 前 作業으로 둑너머밭의 고추대 뽑은 것. 세운 채 말라 붉은 고추 더 따려고 이때까지.
온 家族의 朝食을 燕岐 再從兄님 宅에서 했고 ~再從兄嫂 氏의 生辰이라고.
學校의 아침 行事 마치고 入淸~밝은 사회 건설 JC강연회(충청북도 靑年會議所). 主題 "내일을 創造하는 靑年들의 오늘의 位置"에서 指導 理念과 維新課業의 題로 邊 國會議員의 講演에서 維新이란 ① 創造精神, ② 主人精神, ③ 統合精神이라고 力說한 것이 가장 머리에 남아 있는 것.
서울서 큰 애 井 內外와 英信, 昌信. 忠州서 紘 內外, 槐山서 明 內外와 惠信, 惠蘭이 金溪 本

家에 오고~12月 1日(陰 10月 21日)이 제 母親 生辰인데 明日의 日曜日로 앞당겨서 槐山 3男 魯明 집에서 저의들 동기 間 뫃여 待接하기로 했다는 것. 祖父의 病患으로 제 母親 집 떠나기 難함을 알고 祖父도 뵈일 겸 本家로 뫃이도록 했다는 것. ⓒ

〈1977년 11월 27일 일요일 雨, 曇〉(10. 17.)
朝食을 從兄과 再從兄 宅 家族 一同을 招致하여 會食한 것~井母 生日의 意로.
子息 3兄弟 家族 모두 제 職場 向發. 桑亭 妹도 가고.
虎竹 鄭延泳 親喪 葬禮에 人事~葬地(花山 앞山) 찾느라고 一時 괴로웠기도. 歸途에 水落 가서 鄭기호 찾아 前佐里 밭 小作料를 促求했고.
2, 3日 前부터 父親의 大便 받아내기에 어려웠기도. 언제 쾌하실른지? ⓒ

〈1977년 11월 28일 월요일 曇〉(10. 18.)
玉山校庭에서 있는 蹴球評價戰 좀 잠간 보고선 入淸. 아이들 곳 잠간 보고선 흥업金庫의 用務 보았고~井의 要請으로 委託한 것 引出하여 40萬 원 서울 보내기로 한 것.
教育廳 들려 學校林 分割된 것 私人 名義로 訂正함을 要請 또 했고. ⓒ

〈1977년 11월 29일 화요일 雪, 曇〉(10. 19.)
새벽부터 正午까지 가랑눈 내렸고. 今般이 第3次 내리는 눈. 約 3㎝.
學校 經營 追加 챠아드 作成에 거이 終日토록 일한 것.
食 前엔 水落가서 땅콩 1叺 값 15,000원 李○ ○ 君에 주었고. ⓒ

〈1977년 11월 30일 수요일 晴〉(10. 20.)
日出 前에 內外 나뭇간에 나무단 떼어 들인 것~묵은 솔가지나무.
松이 淸州서 朝食 前에 왔다가 제 母親과 함께 낮 뻐스로 入淸~井母는 청주用 김장 담그러 간 것. 松은 서울 간다고~제 큰 兄 移舍하는데 助力하려고…… 잠실 아파트 5단지 高層으로 옮긴다는 것.
午後 3時頃에 새로 온 沈鳳鎭 교육장 初度巡視次 來校에 學校 現況 說明했고.
退廳 後 金城 龍子寺 住持 李善浩 子婚에 招待 있어 다녀오기도. ⓒ

〈1977년 12월 1일 목요일 雪〉(10. 21.)
거이 終日토록 눈 내린 셈. 때로는 함박눈도. 4.5㎝ 積雪. 4번째 오는 눈.
어제 갔던 井母 청주서 歸家. 김장 담고 온 것.
松은 아침결에 上京했다는 것.
父親께서 뒤를 못보셔 애쓰시는 데 관장하기에 매우 애썼기도. ⓒ

〈1977년 12월 2일 금요일 曇, 晴〉(10. 22.)
學校일 午前 行事 마치고 오미 가서 煉炭 購入. 面에 가선 河川 使用料 納付와 住民登錄 등본 떼고. 入淸하여 眼鏡테 고치고. 구두도 修繕. 청주 家族들 住民登錄 謄本 떼기도(甲勤稅 調定에 必要하다는 것이어서). ⓒ

〈1977년 12월 3일 토요일 晴〉(10. 23.)
今朝도 두무샘 밭갓에 세워 놓은 수숫대 져왔고.

淸州서 큰 外叔母와 작은 外堂叔母 오시고~ 父親 病患 消息듣고 問病次 오신 것.
오미 가서 濁酒와 큰 닭 一尾 사왔고. 井母는 메주 쑤기에 새벽부터 바빴고.
밤에 振榮 오고. ⓒ

〈1977년 12월 4일 일요일 晴〉(10. 24.)
今朝도 수숫대 져 와서 이제 다 져온 것. 나머지는 뽕나무가지 쳐 놓은 것 뿐.
어제 오신 外叔母, 外堂叔母 모시고 택시로 入淸. 振榮도 井母도 함께.
金영명 장학사 妹婚에 人事. 內谷 朴義陽 교감 子婚에도. 妻6寸 昌鎬 子婚에는 井母와 같이 여성회관 예식장에 參席했고.
運이 목구멍 앓아 黃 이비인후科에 데리고 가서 진찰 治療. 인두염과 기관지염이라고.
鳥致院(舊 牛市場 近處, 대동고무신店 옆 세탁소 안집) 침술(鍼術) 女人 尋訪하여 父親 中風病勢 말하고 明日이나 後日에 모시고 가겠다는 言約했고 歸家. ⓒ

〈1977년 12월 5일 월요일 晴〉(10. 25.)
두무샘 밭뚝의 뽕나무단 저오고 건너방 문단속~쥐 못들어가게 하는 장치.
父親 모시고 鳥致院 某女性 침술院에 가서 침 맞으시고 모시고 歸家. 母親도 同行. ⓒ

〈1977년 12월 6일 화요일 晴〉(10. 26.)
제6學年 첫 시간 授業(도덕) 잘 했고. 새벽에 入淸하여 消息 들으니 서울 큰 애 移舍(高層아파트)는 했다고. 家庭 整理로 바쁜 듯. 도와주려고 갔던 松이 큰 일 마치고 왔으나 또 가서 助力해야 한다는 것(예비군 훈련도 있어서).
오늘도 申춘식 車로 조치원 가서 父親 침 맞으셨고. 오늘도 誠意껏 모셨고. 井母는 明日 영등포 査夫人 회갑에 간다는 것. ⓒ

〈1977년 12월 7일 수요일 晴〉(10. 27.)
井母는 上京코져 첫 車(몽단이) 7시 50분 차로 出發(영등포 사부인 회갑에 인사). 아침 車로(택시) 父親 모시고 어제와 같이 鳥致院 가서 鍼 맞으시고 歸家. 食事는 보통하시고. 起居는 不能. ○

〈1977년 12월 9일 금요일 晴〉(10. 29.)
어제 건너고 오늘 4차례 채 父親 모시고 鳥致院 가서 침 맞으신 것. ○

〈1977년 12월 11일 일요일 晴〉(11. 1.)
鳥致院 행복예식장에서 下午 1時에 있는 上東林 柳在勳 子婚에 主禮 섰고.
조치원 行事 마치는 卽時 入淸하여 작은 外堂叔母 子婚(外六寸)에도 參席 人事. ※

〈1977년 12월 12일 월요일 晴〉(11. 2.)
校長會議에 參席~冬季 休暇 實施 件이 主案件. ※

〈1977년 12월 22일 목요일 晴〉(11. 12.) (冬至)
終業式(放學式) 擧行~明日부터 새해 2月 9日까지 49日 間이 兒童들 放學.
豚肉 몇 斤 사다가 全職員 간단히 끝 行事 했던 것. ×

〈1977년 12월 24일 토요일 曇〉(11. 14.)
玉山 居住 權泰秀 母親 장례行事에 오미 가서

人事했고.
父親께서 '곰'(肉類) 要請하시기에 豚足과 牛肉 內臟 몇 斤 사오기도. 他人의 말에 依하면 中風엔 過食은 不可하다 하나 子息된 도리에 不得已 한 일.
父親 看病에 母親께서 極限 애쓰시는 중. 자주 쾌도 내시고. ○

〈1977년 12월 25일 일요일 雪〉(11. 15.)
日出 前부터 내리는 눈 거이 終日토록 온 셈. 5차례 째 온 눈 금번이 가장 多量. 6㎝쯤 積雪. 집마당에 쌓인 눈 치우기에 막동이 魯弼이가 큰 努力했고.
朝食은 족형 春榮 氏 宅에서. 그 분 生辰이 오늘이라고. ×

〈1977년 12월 26일 월요일 晴〉(11. 16.)
어제 내린 눈 오늘 많이 녹았고.
큰집 從兄님들 새 家屋으로 入住 안택하는 데 徹夜 參席. ※

〈1977년 12월 27일 화요일 晴〉(11. 17.)
간밤 새운 몸 極히 고단하나 梧倉面 두릉리 가서 趙義煥 父親喪에 人事했고. 葬地에 査頓 趙起俊과 사위 泰彙도 만난 것.
清州 와선 過飮 끝에 고단하여 아파트 청주 아이들과 함께 留한 것. ※

〈1977년 12월 28일 수요일 曇〉(11. 18.)
몸 極히 고단하여 起動 難이었고. 杏과 運의 誠意에 未安도 했고. 고맙기도.
가까스로 玉山 와선 學校 工事人과 同行 歸校~學校 無事했고.
井母는 오미 가서 설용 '흰떡' 해오고 弼이는 清州 다녀오고.
일주일 前에 서울 갔던 松이(제 큰 兄 移舍하는데 도우려) 어제 清州까지 오고.
右側눈에 充血 甚한 편…… 健康回復이면 自然 가라앉는다는 말도. ⓒ

〈1977년 12월 29일 목요일 雨〉(11. 19.)
거이 終日토록 가랑비. 鳥致院으로 돼지새끼 사러 간다는 井母 날씨로 中止.
午後부터 健康 若干 回復되는 듯. 点心과 夕食 나우 했고. ◎

〈1977년 12월 30일 금요일 曇, 가랑비〉(11. 20.)
엊저녁엔 돼지울 清掃와 안便所 퍼냈고. 今朝엔 나무 조기기[18]도.
入淸하여 설용 홍정도 한 것. 쌀도 1말 갖고 간 것. 어제의 비로 길이 險하여 오갈 때 自轉車 끌기에 큰 애썼기도.
弼은 책 산다고 入淸. 運은 清州서 오고. 井母는 집에서 두부 빚고.
沃川서 振榮 內外 오고. 父親의 病患 如日同況.
丁峯 李賢永 母親喪에도 人事했고. ○

〈1977년 12월 31일 토요일 曇, 가랑비〉(11. 21.)
새벽부터 부슬비 내리더니 거이 終日토록 온 셈.
洞里內에서 組織된 爲親稧 있어 參席~場所는 안말 全秀雄 집. 午前 11時부터 始作하여 午後 6時에 끝난 것. 点心 食事들 잘 했고. 稧員

18) 조기다. 마구 두들기거나 패다.

總 人員 27名. 客地人 除外하곤 全員 參席한 셈. 稧財는 白米 46말. 現金 22萬 원~總財 約 35萬 원 程度(第12回 總會).

○明年으로 누인 白米…… 大鐘 氏 10말, 泰榮 10말, 喆榮 氏 26말~計 46말. ㅇ現金 22萬 원은 잠시 保留~俊兄 保管(漢虹 氏와 相議한다고).

○稧員 名單(27名)

- 地方人-郭春榮, 郭漢虹, 郭漢雄, 郭漢先, 郭大鐘, 郭尙榮, 金相熙, 郭漢政, 全秀雄, 郭光榮, 郭漢旦, 郭漢錫, 郭邊榮, 郭漢豪, 郭捧榮, 郭魯樽, 郭俊榮, 郭武相, 郭壁榮, 郭時榮, 郭中榮, 郭化榮.
- 客地人-郭漢益, 郭宗榮, 郭漢弘, 郭漢業, 郭天兵.

今日로서 西紀 1977年 丁巳年을 맺고 明日부턴 78年을 戊午年을 맞는 것.

비 오고 길 險한데 子息들 모두 來歸家…… 서울서 큰 애 魯井 오고. 沃川서 둘째 魯絃 夫婦와 새실, 槐山서 셋째 魯明과 惠信이 온 것. 淸州 있던 4男 魯松과 5男 魯弼도. 五兄弟 모두 모인 것. 아랫방 큰 방에 갓뜩. 벅차고 기쁜 일. 요새 食事 끼니마다 한그릇씩 다 하는 중. 持續해야 할 텐데 의문? ◎

◎ 年中 略記와 反省

年事는 大豊. 年中 한발 甚했고. 한 때의 폭우로 永同 沃川 地方엔 大水害 입었기도. 밭곡으로 特殊作物 '완두콩' 많이 收穫. 水稻作도 坪數面積 마련으론 多量 收穫한 셈…… 約 500坪에서 벼 20叺.

客地 있는 子息들 모두 健康. 다만 4女 魯杏이가 肋膜炎으로 苦心했기도.

軍에 갔던 四男 魯松이도 無事 滿期 除隊.

막동이 五男 魯弼이 優秀成績으로 中學을 卒業. 淸州高等學校에 2位로 入試成績 合格…… 새한奬學生으로 選定되어 年中 장학금 6萬 원 받았고.

四女 魯運이 大入豫試에 合格…… 本人 希望에 依하여 看護專門學校에 入學. 昨年 8月에 出家했던 貳女 魯姬 瑞山郡 개심사[19]에서 無事修道 中이라나.

長男 魯井과 淸州 아이들 '아파트'로 옮겨 無事 住居.

不幸한 일로는 老父親이 11月에 突然 中風病發生[20]으로 左側 手足 못쓰시어 起動不能으로 臥病中. 不治일 듯? 當年 77歲인데.

나의 不忠實 生活 反省되고-學校 經營의 不忠實(한 때). 飮酒의 過多로 健康 不健全. 浪費와 精神難. 父母 妻子에 속 썩여주고…… 公私 生活에 精神 차리고 가다듬을 바 많음을 反省하지 않을 수 없음을 切感하면서.

以上.

---

19) 원문에는 붉은색 색연필로 밑줄이 그어져 있다.

20) 원문에는 붉은색 색연필로 밑줄이 그어져 있다.

1978년

〈앞표지〉
日記帳
○ 1978年(4311) 戊午 佛紀2522년
金溪校 在任
○ 1979年(4312) 己未
佳陽校로 轉任 79.9.1
○ 1980年(4313) 庚申(佛紀 2524)

〈뒷표지〉
通信錄

〈1978년 1월 1일 일요일 曇〉(11. 22.)[1]
새벽 3時에 起床. 戊午 새해 새 새벽.
어제 日記를 整理. 年中 略記와 反省 記錄도.
사랑房, 아랫房, 웃房 온 家族으로 滿員 골치 듯. 모두 잠자는 中. 마음 흐뭇하면서 幸福感. 責任을 느끼기도.
今年에도 無事함을 天地神明께 빌 뿐. 나의 生活 忠實에 있을 듯?
臥病中인 老親~ 불우 繼續일까? 回復이실까? 別世이실까?…….
어제 日記를 되새기면서 實踐 不可能일줄 생각하면서도 우선 새아침에 다져보는 것 ① 勤勉(公私生酒間) ② 飮酒謹愼(健康, 浪費) ③ 讀書(修養, 生活定立). 時計의 7時 종을 들으면서.
學校 잠간 다녀온 後 온 家族 모여 큰집(從兄宅)에서 있는 설 茶禮 行事한 것. 數日 前에 落成 入住한 새 家屋에서 처음 맞는 설 祭祀 지내는 感情도 뜯 깊다고 생각되는 것. 堂侄[姪] 4兄弟가 다 모였음도 기쁜 일이며 나의 子息 5兄弟도 全員 參與한 것도 처음일 듯. 再堂侄兄弟도 亦 그렇고. 祭官 처음으로 많은 느낌.
청주엔 魯杏 혼자 있대서 用務도 볼 겸 日暮頃에 向發.
杏이는 밤 늦도록 課題物인 手藝作業에 勞力하고 있고. ◎

〈1978년 1월 2일 월요일 曇, 雪, 曇〉(11. 23.)
새벽(밤중) 1時 半부터 新聞보기, 편지쓰기, 會議書類 읽기 等으로 6時頃까지 일 본 것. 잠간 눈 붙이고 7時 半頃에 本家 向發.
집에 와선 家族과 함께 朝食을 會食.
絃과 明은 朝食 後 어린 것들과 함께 떠났고~ 택시를 마련해주었고.
登校하여 日直 教師와 終日토록 執務.
四男 松은 어제부터 나무 잘라 뽀개기에 온갖 勞力하여 燃料 多量 장만하기도……. 力量이

1) 일기의 날짜 앞에 "78年(단군 紀元 4311年…… 戊午年"이라고 기록되어 있으며 아울러 음력날짜 앞에 "陰" 표기가 되어 있다.

比較的 强한 편. 一般 人夫 以上 效果 있게 勞力한 것.
老父親의 病患외 그대로. 삭신은 못 쓰시나 食事는 健康時節과 同一 程度.
日暮 後 잠시 동안 눈 내렸고. 今般이 6차례째. 約 1.5㎝. ◎

〈1978년 1월 3일 화요일 曇〉(11. 24.)
井母 오미장 가서 돼지새끼 21,000원에 사오고.
松은 아침부터 둑너머 가중나무[2] 2株 베어서 도막 자르기 作業으로 終日 流汗 勞力. 午前中까지 振榮이가 거드러 주었기도.
振榮 內外와 '波蘭' 男妹 12時頃하여 靑城 갔고.
宗親 同甲稧 定期會議 있어 參席~ 有司는 拱北校長인 宗榮兄. 場所는 '미평집'(오미飮食店). 大鐘 氏만이 不參. ⓒ

〈1978년 1월 4일 수요일 曇〉(11. 25.)
4男 松이는 이른 새벽부터 나무 뽀개기 作業으로 가즌 勞力했고 壯丁 일 한 것. 午後 2時까지에 豫定作業 마치고 入淸. 明日 제 큰 兄 집 간다고(當分間 집 지킨다고).
全職員 非常召集하여 始務式 形式 차렸고. 2時間 동안 職員會~新年辭, 새해人事, 78 奬學方針, 當面問題 示達 等. 敎務室 執務로 轉換, 右側眼 充血된 것 거이 가라앉았으나 井母가 어젯날 나뭇단 후리채에 亦 右側 눈을 찔려 充血 甚하고. 眼軟膏로 治療 中. ◎

2) 가죽나무라고도 한다.

〈1978년 1월 5일 목요일 雪, 曇〉(11. 26.)
새벽부터 때때로 내리는 눈 午後 2時까지. 날은 푹하여 今時〃〃 녹아 버리는 것.
광문을 비롯하여 몇 가지 잔삭다리 修理 修繕하였고.
運과 함께 入淸. 교육청 가서 새해 人事 交流. 事務打合도…… 舍宅 새 敎室 使用. 學校林 等. 홍업金庫에 가선 大形 카렌다 얻기도.
市場 와선 面刀機와 食料品 몇 가지 사곤 오미부터 步行으로 歸家. 午後 8時 半 着.
5男 淸高 1學年인 弼의 새한奬學金 나와 오미우체局에서 찾았고. 4/4分期分 15,000. ◎

〈1978년 1월 6일 금요일 曇, 晴〉(11. 27.)
食 前 作業으로 內外 便所의 人糞 퍼냈고~17통 둑너머 밭으로.
老父親께선 아직도 起動 못하시고. 食事만은 平素와 같으신 편. 관장해 오던 일은 近日 와선 완화되어 다행이나 今朝는 時間 內에 2次例나 뒤 보신 것. 父親 自身께서도 큰 걱정하시는 것. 안타까운 일.
登校하여 '冬季休暇 中 職員動態 一覽表' 만들어 揭示했기도.
서울서 아이들 여럿 왔고~永登浦 큰 딸 內外, 外孫子女 男妹. 큰 애 夫婦, 孫子 英, 昌信 兄弟.
大門間房 淸掃하고 불 뜻뜻이 때어 使用토록 했고.
큰 애가 精誠껏 마련해 온 所謂 '개소주' 먹기 始作했고~藥用으로. ◎

〈1978년 1월 7일 토요일 晴〉(11. 28.)
큰 애 井과 사위 泰彙는 앞둑과 둑너머에 있는

가죽나무 베어 잘라 뽀개느라 勞力했고.
玉山面 豫備軍 始務式 있대서 玉山國校 〃庭까지 갔고. 面에서 点心 接待.
仁川에서 3女 오고. 外孫子 重奐(生後 10個月) 업고. 沃川서 振榮 오고. 桑亭의 妹와 賢都의 姪女 오고. 外從孫 吳雄均(돐 지난 幼兒) 뎃고. ◎

〈1978년 1월 8일 일요일 曇, 가랑비〉(11. 29.)
陰至月 그믐. 生日. 30일 그믐이지만 今年 至月은 小月이라서 오늘인 것. 57回 生日.
집안 食口만이 모여 朝食을 會食. 点心 땐 同甲 1人. 職員 2人, 기타 1人과 一盃 會食. 아침결엔 상정 妹와 賢都 姪女 가고. 午後엔 永登浦 큰 女息 夫婦 간 것. ◎

〈1978년 1월 9일 월요일 曇〉(12. 1.)
새벽에 눈 쓸고. 學校 얼핏 다녀와 몇 가지 家庭 잔일 치우기도.
서울 큰 애 家族 一同과 槐山 家族(明) 一同, 振榮이 各〃 제집으로 가고. 仁川의 3女만이 殘留. 外孫子 '重奐'과 함께.
面內 機關長會議 있어 參席. 戊午年 첫 會議. 77決算도.
入淸하여 校東校 鄭海國 校長 回甲宴에 參席 人事했고. 歸家 時엔 甚한 寒波로 몹시 추워 苦痛 겪은 것. ◎

〈1978년 1월 10일 화요일 晴〉(12. 2.)
엊저녁부터 氣溫 急降下. 今朝 日出 前 氣溫 영하 7°.
食 前에 논의 짚단 한 짐 져나르고 庭園 淸掃.
上東林 가서 朴魯元 回甲宴 待接에 人事했고.
今夜도 父親 옆에서 留. ◎

〈1978년 1월 11일 수요일 曇〉(12. 3.)
今朝도 日出 前에 아그배 논의 집단 저오고 …… 2회 往復.
校監會議에 代理參席. 李 校監은 私事情 있어 出他 中. 會議 案件은 人事〃務 原則 一部(道)와 休暇 中 生活에 關한 것이 主. 17時 定刻에 散會. ◎

〈1978년 1월 12일 목요일 晴〉(12. 4.)
日出 前 勞力으로 今朝도 짚단 2짐 저오고. 잔일 몇 가지 치운 것.
玉山中學校 제6회 卒業式 擧行에 參席. 講堂 없어 露天(운동장)에서 施行. 昨年엔 酷寒이었으나 今日은 날씨 푹해서 多幸이었고.
入淸하여 1月分 友信會에 關한 連絡 取했고~ 鄭漢泳 幹事에게. 아파트 들렀더니 서울 갔던 魯松이 마침 와 있고. 明日 本家에 온다는 것.
日暮頃에 歸校. ◎

〈1978년 1월 13일 금요일 曇〉(12. 5.)
淸州서 松이 와서 가죽나무 잘라 뽀개는 일에 勞力했고. 이 일 마치는 대로 上京하여 제 큰兄 집 가서 學園에 다녀 檢定考試에 對備한다는 것.
食 前일 如一이며 今朝는 人糞풀이 8통까지.
낮엔 水落里 李宗均 친상에 人事 다녀와 오미장 가서 톱 아서 오기도. 井母도 오미 가서 티밥 티어오고. ◎

〈1978년 1월 14일 토요일 晴, 曇〉(12. 6.)
아침결에 가죽나무 베느라고 애쓰는 松이의

하는 일을 조금 거들어 주엇고. 人糞도 8통 퍼다가 둑너머 밭에 쪈졌고.
入淸하여 天主교회에서 있는 安一光 校長 子婚에 人事. 歸家하니 下午 5時. ◎

〈1978년 1월 15일 일요일 晴〉(12. 7.)
9시 20분 '일반고속버스~동양고속' 車로 井母와 함께 水落 정류장 가서 瑞山 向發. 開心寺 찾으려고. 날씨는 맑으나 매우 쌀쌀했고.
忠南 瑞山郡 雲山面 신창里 象王山 開心寺에 到着은 下午 2時 半쯤. 上座僧들 親切했고.
만나보고픈 次女 '魯姬' 뛰쳐나와 큰 소리로 '엄마' 하고 외치는 것. 서로이 어쩔 줄 몰으는 心情이었고. 房內로 案內 後 佛界式 拜禮하면서 姬는 눈이 붉어지는 듯 엿뵈었고. 夫婦는 姬를 爲하여 참았고. 姬도 참는 樣.
꼭 1年 半(18個月) 만에 보고픈 貳女 魯姬 만난 것[3]. 佛道學人들의 協助. 主持 스님과 스승 스님(師主~ 師僧)들의 親切한 총애로 잘 지낸다는 것. 어차피 出嫁한 몸 修道生活로 覺悟한 아이여서 도리어 慰勞했고. 개심사 主持는 密陽 朴 女史.
歸家 豫定을 깨뜨리고 開心寺에서 留. ◎

〈1978년 1월 16일 월요일 晴〉(12. 8.)
山寺에서 나와 井母는 그대로 뜬 눈으로 새우다시피 단잠 안 오고. 朝食은 '팥죽'으로……. 今日이 '세존 성도'日이라나. 절 사람들은 엊저녁 밤을 正坐勢로 當〃 새웠다나.
点心 後 天安 向發. 姬도 함께. 車 便 신창里서 해미까지 數分. 해미서 洪城 40分. 洪城서 禮山까지 亦 40分. 禮山서 20分 溫陽온천까지. 天安까지 또 20分 程度.
天安서 둘째 妻男 '泰鎬' 집에서 저녁 食事. 妻弟들 집에서 동서 만나 잠시간 情談. 장모도 뵙고. '연대庵' 主持와 姬(在應)의 師僧 시님 만나 人事 나누고 그 女僧들의 勸誘로 연대암에서 우리 夫婦 留한 것. 別味 飮食으로 厚待받았기도. ◎

〈1978년 1월 17일 화요일 晴〉(12. 9.)
'연대庵' 寺刹에서 朝食을 일찍 마치고 8時 發 '동양高速'으로 出發. 姬가 인타체인지까지 배행. 井母는 妻弟들 집 들려 情談하다가 午後에 歸家한다고. 집엔 9時頃 到着. 家族 一同 無事. 老父親의 病勢는 如前 그대로이시고.
學校는 昨日부터 全職員 登校. 共同硏修 中. 今日은 敎鞭物 製作 着手.
日暮頃에 入淸하여 故 崔昌熙 校長 靈前에 조상했고. (玉浦校長이며 友信會員이었음).
肉類 및 魚物 몇 가지 사고. 歸路에 아파트 잠간 들려 運과 弼이 만나고 歸家. 밤 10時 半쯤 到着. 運은 實習으로 昨日부터 道立醫療院에 나가고 있다는 것. 고되고 징그럽다고……. 弼이는 明日 本家로 온다는 것. 井母 天安서 下午에 出發하여 집엔 同 4時頃 到着. ◎

〈1978년 1월 18일 수요일 雪〉(12. 10.)
日出 前後에 가랑눈 甚히 내리더니 삽時間에 3 · 4㎝ 쌓였고. 日暮頃까지 거의 終日토록 눈보라 오락가락 휘날렸던 것.
松은 淸州 거쳐 明日 上京한다고 出發. 서울 가선 檢定考試 준비한다는 것…… 學園에 入學한다는 計劃. 魯弼이 淸州서 오고.

3) 원문에는 붉은색 색연필로 밑줄이 그어져 있다.

朝食은 再從兄 댁에서 한 것~ 再從兄님의 生日이어서.
父親께선 當分間은 順調롭게 뒤를 보시더니 또다시 今日은 관장한 것. ◎

〈1978년 1월 19일 목요일 가랑눈, 晴〉(12. 11.)
日出 前에 눈 若干 내리고. 食 前 作業으로 집[짚]단 1짐 지게로 搬入.
休暇 中 共同硏修 제4日째. 下午 3時에 入淸 …… 親族 時鐘 氏 찾아 中風患者에 뜨는 ( ) 方法 問議해 보았고. 관장用 注射器(관장機)도 購入.
10余日 前에 왔던 仁川딸(3女) 淸州로 가고. 仁川엔 모레 간다고. 松은 今日 上京. 이젠 집에는 막동이 弼이만 남아 讀書 中. 3日 前에 왔던 杏이도 仁川 제 언니와 함께 入淸. ◎

〈1978년 1월 20일 금요일 曇, 雪〉(12. 12.)
여러 차례의 내린 눈으로 今般이 가장 많이 내린 듯. 約 5.6㎝ 積雪.
짚 運搬, 客室 문풍지 補完. 數次例 除雪 等 집의 잔일 나우 치웠고. 學校는 共同硏修 5日째. 資料室 整備에 全職員 注力 活動. 금일은 大寒.
관장기 使用의 탓인지 父親께서 今日 用便은 比較的 順調로웠고. ◎

〈1978년 1월 21일 토요일 雪, 晴〉(12. 13.)
어제 쌓인 눈 위에 새벽에 내린 눈으로 8㎝ 積雪. 날씨도 매우 차고.
學校는 一週 間의 共同硏修 오늘 午前 中으로 모두 마치고 當直만이 勤務.
入淸하여 아파트에 잠간 들렸다가 槐山行. 3男 明의 집에 到着은 下午 18時 半. 전세집으로 100万 원이란 高額이지만 家屋은 좋았고. 모두 無故. 만류에 留했고. ◎

〈1978년 1월 22일 일요일 晴〉(12. 14.)
槐山서 朝食하고 淸州 오니 10時 半. 청주 槐山間 直行버스로 70分 所要.
仁川 女息(3女)과 함께 '속리산 고속'으로 上京. 江南터미널서 作別. 잠실行 24호 버스로 高層아파트 5단지 516棟 12層10號 큰 애 사는 곳 容易롭게 찾았고. 서울도 모두 無故. 松은 學園 登錄 잠시 保留키로 했다는 것. 産業方面으로 考慮한다고.
点心을 下午 4時쯤 먹고 同 5時 20分 車로 出發. 江南터미널까지 松이가 배행. 청주 아파트에 잠시 들리고. 집에 到着은 下午 12時 半께. 오미서부턴 步行. 今日의 最低溫度 영하 8度. 大寒 추위 단단히 하는 셈. 積雪 寒波. ◎

〈1978년 1월 23일 월요일 晴, 曇〉(12. 15.)
오늘 날씨 많이 풀려 싸힌 눈 나우 녹았고.
午前 中 執務 午後엔 小宗稧에 參與. 稧는 우리 사랑房에서 施行. ◎

〈1978년 1월 24일 화요일 晴〉(12. 16.)
今日도 날씨 푹하여 눈 많이 녹인 것.
아침부터 大廳의 古本 책꽂이 말끔히 淸掃하여 문간房으로 옮겨 整理.
杏이 服用할 '용설난' 생집 낸 것 갖고 入淸. 沐浴. 水蔘, 草烏[4] 等 사 갖고 歸家했을 땐 밤

4) 초오(草烏)는 바꽃의 덩이뿌리를 한房에서 이르는 말이다. 독성이 많은 약재로 甚腹痛, 관절통에 쓴다.

10時 半頃. 杏이가 만든 '料理…… 약식~ 藥食' 맛있게 먹기도. ⓒ

〈1978년 1월 25일 수요일 晴〉(12. 17.)
今日도 봄 날씨를 방불케 따뜻하여 눈녹고 땅 풀려 길바닥 곤죽되었던 것.
從兄과 同行하여 鳥致院 大成 石物工場 가서 石物 一組 또 맞춘 것. 先祖考妣 것은 父親께서 負擔. 伯父母님 것은 從弟 弼榮이가 負擔한다는 것. 一組에 11万 원씩. 上石, 望柱石, 中臺石 一切, 활개石, 채일石 包含. 運賃도 負擔. 再從兄도 意思 있어 參見하였고. 연기군 西面 성제리 가서 族姪 魯益 回甲에도 人事. 19時에 歸家. ⓒ

〈1978년 1월 26일 목요일 가끔 가랑비〉(12. 18.)
机上위 잔삭다리 整理 좀 하고 大門 비나장[5] 새로 만들어 놓아 낌었고.
晝間에 學校 좀 다녀와선 이제까지의 寫眞 數百枚 種別로 나누어 놓았고…… 學校篇, 家族篇, 觀光篇, 社會篇, 其他 等 5等別로 區分하여 놓은 것. 自家 寫眞帖을 만들려고 厚紙도 購求해다 놓았고. 日暮 後부터 날씨 强風으로 변하고. ◎

〈1978년 1월 27일 금요일 晴〉(12. 19.)
校長會議 있어 入淸. 弼이도 入淸하여 同仁齒科 가서 蟲齒 治療 받은 것.
今日 會議는 78獎學方針 具現 計劃과 區內 人事管理 行政이 主. 淸州서 留. ◎

〈1978년 1월 28일 토요일 晴〉(12. 20.)
早朝에 '동양 일반고속'으로 天安行~ 桑亭 妹弟의 妹婚 있어 천일禮式場에서 參席. 또 急히 淸州 와선 親知 鄭世模 子婚에 청주예식장 가서도 人事.
下午 5時부터는 六.三食堂에서 友信會 總會 있었고. 12名 中 9名 參席. 食代 主管次例 當하여 全擔한 것. 總經費 14,600원. 淸州서 魯弼과 또 留. ⓒ

〈1978년 1월 29일 일요일 晴〉(12. 21.)
淸州서 아이들과 함께 朝食. 直行버스로 大田 경유 沃川行~ 孫女 "새실" 母女 만나고. 查頓 林 氏 만나 數時間 情談. 絃은 못 만나고. 晝食後 歸淸. 沃川 아이들은 查頓이 洋屋집으로 새로 지은 집서 居住中. 淸州 거쳐 歸家하니 19時 半쯤. ⓒ

〈1978년 1월 30일 월요일 曇, 가랑눈〉(12. 22.)
井母가 어제 해놓은 솔가지 3짐 전자리 가서 食 前에 져오고.
入淸하여 교육廳 가서 事務打合~ 改築, 學校林, 學力提高 公文 等.
弼이 淸州서 오고. 歸家 時 强風에 寒波, 눈보라에 날씨 사나움에 괴로웠고. ○

〈1978년 1월 31일 화요일 曇, 눈〉(12. 23.)
'玉山信用協同組合' 第五次 總會 있다고 招請 있어 參席~ 융숭한 点心 待接 받고. 膳物로 '타올'도 받았고. 午後에 눈 두 차례나 내리기도. 금일 日出 前 氣溫 영하 13°. 今般의 겨울

모양이 까마귀 머리 같다 해서 오두(烏頭)라고도 한다.
5) 암줄과 수줄을 결합하는 나무 기둥.

들어 最低氣溫. 어제 오늘 寒波 最高라고. ⓒ

〈1978년 2월 1일 수요일 曇, 雪〉(12. 24.)
요새는 거의 날마다 눈 내리는 셈. 今日도 두 차례 若干씩 降雪. 氣溫도 아침에 영하 13°.
小魯 가서 金泰安君 母親 還甲宴 招請에 參席.
魯弼은 入淸~齒牙 治療차 간 것. ⓒ

〈1978년 2월 2일 목요일 曇〉(12. 25.)
새벽에 눈(雪) 쓸고. 日出 前後와 日暮頃에 생솔가지 1짐씩 베어왔고.
'人脈千年' 新聞帖 端正히 만들었고…… 淸州郭氏 篇. 蓮潭 郭預 先生.
어제 淸州 갔던 魯弼이 왔고. 오늘도 영하 10度 以下 氣溫. ⓒ

〈1978년 2월 3일 금요일 晴〉(12. 26.)
族弟 沙榮의 學校林과 關聯되는 林野 件으로 入淸하여 前校長 馬鎬坤과 面談했고. 山主인도 同席. 교육청 가서도 寄附採納 與否 等 알아보기도.
井母 오미가서 흰떡 若干 빚기 等 장 보고 온 것. 父親께선 今日도 관장으로 뒤보신 것. ⓒ

〈1978년 2월 4일 토요일 晴〉(12. 27.)
今朝도 氣溫 零下 10度 以下. 7時 半에 自轉車로 오미 가는데 손끝이 깨어지는 듯.
淸原郡 初中校 교장, 교감, 主任교사 連席會議 參席. 場所는 江外國校. 參集 人員 300名. 77學年度 郡敎育實績 報告와 78學年度 敎育計劃 報告가 主. 臨席官은 南光鉉 學務局長. 敎育者의 矜持. 교육자의 使命感. 實績注意에 對한 訓示 있었고. 下午 3時 半쯤 끝나고. 同 6時頃 집에 到着.
서울 있던 四男 魯松 오고~ 生産事業에 注力키로 마음 먹었다는 것…… 家畜?특수作物?
○

〈1978년 2월 5일 일요일 晴〉(12. 28.)
魯松은 나무 한 짐 베어 온 後 大門間房 천장(반자) 바르고.
弔問次 虎竹 姜圭東, 佳佐 李容九 집 다녀오고. 佳佐선 柳哲相, 柳在河 親知 만나 歡談했고. 酒肉 待接받기도. 日暮頃 歸家.
父親께선 체하셨는지 어제부터 묽은 便 자주 누으시고. ⓒ

〈1978년 2월 6일 월요일 晴, 曇〉(12. 29.)
어제부터 날씨 풀려 오늘은 언땅 많이 녹았고.
松은 오늘도 땔감 두어짐 하고. 오미장 보고 오기도. 陰曆 섣달그믐 장 되는 셈.
淸州서 弼과 運이 오고. ⓒ

〈1978년 2월 7일 화요일 晴, 曇〉(1. 1.)
舊正. 우리 큰집은 新定으로 설 세었고. 再從兄(憲榮) 宅은 오늘 朔食(上食)과 茶禮 지내어 모두 參席. 金溪里만도 거의 舊正인 오늘 차례 지내는 形便.
이웃에서 갖고 온 飮食 탓인지 午後부터 父親은 설사(물변) 자주 누시는 편. ⓒ

〈1978년 2월 8일 수요일 曇〉(1. 2.)
松은 오늘도 朝夕으로 땔감 한 짐씩 해왔고~ 낮엔 淸州 가서 洞事務所에 제 住民登錄 手續한 것. 弼은 長期放學 마치고 淸州 가고…… 明日부터 登校라나.

밤엔 鄭昌泳 主任敎師 來訪에 長時間 歡談~ 生業문제, 그의 父親 回甲문제 等. ○

〈1978년 2월 9일 목요일 曇, 雨〉(1. 3.)
아침결에 가랑비 오기 始作하더니 거의 終日토록 내린 것. 얼은 땅 풀리기 시작.
49日 間 긴 放學 오늘로서 마치는 것. 大過 없이 지낸 셈. 위로 3兄弟 子息들 사는 곳 찾아보고. 더우기 山寺로 出嫁한 次女 魯姬(在應) 있는 開心寺도 가본 것. ◎

〈1978년 2월 10일 금요일 曇〉(1. 4.)
開學. 어제 낮부터 今日 새벽까지 부슬비 내려 道路 엉망. 開學式 各 교실에서 擧行. 大淸掃 後 職員會~ 77 反省과 78 運營計劃에 關하여. 父親의 感氣 甚하여 기침 많으신 편. ⓒ

〈1978년 2월 11일 토요일 晴〉(1. 5.)
松은 今日도 朝夕으로 땔감 한 짐씩 해 온 것.
運 入淸.
幹部 職員 몇 은 敎育運營計劃書 草案 잡느라고 바쁘게 일 보고. ⓒ

〈1978년 2월 12일 일요일 晴, 曇〉(1. 6.)
入淸~ 佳佐 卞 校長 子婚에 人事. 청주 아이들(아파트) 곳에도 들렀고.
父親 感氣약과 우유, 사과를 비롯하여 몇 가지 物品 사 갖고 저물게서야 歸家.
近日엔 父親께선 夜間에도 뒤 보시는 것. 母親 괴롬 많으시고. ⓒ

〈1978년 2월 13일 월요일 晴〉(1. 7.)
玉山國民學校 제56회 卒業式 있어 參席. 今朝도 早朝에 學校放送~ 開學하던 10日부터. ○

〈1978년 2월 14일 화요일 晴〉(1. 8.)
氣溫 急降下. 오늘 아침 영하 6度. 明朝는 영하 10度 以下가 된다는 것.
虎竹國民學校 卒業式에 參席. 제7회 졸업식. 前番 금계校 在任時 同 分校로 開校.
終禮時에 어제 오늘의 兩校 卒業式 狀況을 紹介 傳達했고.
松이 淸州 다녀왔다고~ 헌册子 賣却하고 새 圖書 購入次. ⓒ

〈1978년 2월 15일 수요일 晴〉(1. 9.)
제30회 卒業式 擧行. 忠孝교육을 부르짖는 이때이기에 '反共어린이 이승복과 孝子 정재수君' 이야기로 校長 訓話를 한 것. ○

〈1978년 2월 20일 월요일 晴〉(1. 14.)
地域 別 蹴球 評價戰 있어 玉山 다녀왔고. ×

〈1978년 2월 24일 월요일 晴〉(1. 14.)
제반 業務 마친 後 77學年度 修了式 擧行. ×

〈1978년 2월 28일 화요일 雪, 曇〉(1. 22.)
從兄의 진갑. 回甲잔치를 오늘 行하는 것. 갑자기 날씨가 惡化되어 主客 모두 큰 苦生한 것. 飮食은 多量 장만한 듯. 심부름 하는 집안 아이들 終日토록 큰 애 먹었고. 춥고 미끄럽고. 無事히는 너머간 셈. 豫約할 수 없는 일이지만 나는 이런 짓 안 할 작정…… 안 食口들 大苦生. 집안 및 緣戚들에게 폐. 一時 金錢 多額 들고. 親知 來客들에게 폐. 儀禮簡素化란 말 그대로. ×

〈1978년 3월 2일 목요일 晴〉(1. 24.)
第78學年度 始業式 1學級 增設에 職員도 1名 늘었고.
主任敎師 任命에 골치 좀 아팠던 것. 職員 組織만은 强化된 셈. ×

〈1978년 3월 11일 토요일 晴〉(2. 3.)
從兄과 함께 鳥致院 石物店에 가서 狀況을 再次 본 다음 拱北國校 찾아가 族兄인 校長 宗榮氏에게 石物에 새길 글씨를 부탁.
祖父 石物엔 '通德郎 淸州 郭公 義鍾之墓, 乙坐 配恭人 全州 李氏 合室'이라 했고. 옆면에 小字로 '宗孫 浩榮, 次子 潤萬, 孫 尙榮, 曾孫 魯奉'이라 한 것. 伯父前 石物에는 '學生 淸州 郭公 潤敦之墓 甲坐 配孺人 順天 朴氏 合室'이라 한 것. 小字로는 嗣子 浩榮, 子 弼榮, 宗孫 魯奉, 子 夢榮'이라 한 것. 다시 鳥致院 가서 刻字 잘해 달라고 부탁하고 歸家. ×

〈1978년 3월 23일 목요일 晴〉(2. 15.)
道內 初中高校長 硏修會 있어 出張 受講. 場所는 淸中講堂. 158番. 總 人員 600名. 奬學方針 具現策이 主. ◎

〈1978년 3월 24일 금요일 晴〉(2. 16.)
硏修 제2日째. 庶政刷新이 主. ○

〈1978년 4월 1일 토요일 晴〉(2. 24.)
明日 行事로 鳥致院 가서 大成 石物工場 가서 深刻을 부탁하고 淸州 와서 잔일 좀 보고서 아이들과 함께 留한 것.
學校는 開校 記念日이어서 休業. ×

〈1978년 4월 2일 일요일 晴〉(2. 25.)
몸 매우 고단하지만 日出 前 起床하여 鳥致院 石物工場 갔고. 刻字工 未完了로 마음 大端히 초조했고. 家庭엔 洞人 많이 모여 機待中일 것이어서.
刻字 12時頃 完了. 추럭으로 2틀 싣고 달린 것. 時間 늦어서 家庭에선 야단법석. 無事到着. 山所 앞까지 洞人들 힘으로 運石 順調.
立石 完了[6]는 午後 4時. 參集 人員 男女老少 約 100名에게 記念타올 1枚씩과 담배 1갑씩 分配했고~ 나 혼자만이 負擔(全擔)한 것.
從兄 집에서 마련한 酒類와 点心 食事도 푸짐했고.
臥病에 계신 父親께서 現場 報告픈 心情 오죽할까 생각하니 가슴 아프고.
끝까지 無事完了 多幸. 天地神明께 感謝드릴 뿐.
附記…… 행사 및 經費 負擔 內譯
○ 祖父母 石物 11万9仟 원…… 父親께서 全擔
○ 伯父母 石物 〃 …… 從弟(弼榮) 〃
○ 食事 酒類 一切 10万 원 程度…… 從兄(浩榮) 〃
○ 記念品 雜費 一切 12万 원…… 本人(尙榮) 〃 ※

〈1978년 4월 3일 월요일 晴〉(2. 26.)
學校 행사 마치고 烏山2區 李豊世 母親 回甲宴 招待에 갔다온 것. ※

〈1978년 4월 4일 화요일 晴〉(2. 27.)

6) 원문에는 붉은색 색연필로 밑줄이 그어져 있다.

職場民防衛隊 교육에 全職員 參席. 場所는 玉山國校.
連日 過飮에 몸 고단한 듯. ×

〈1978년 4월 10일 월요일 晴〉(3. 3.)
텃밭에 井母와 魯松의 勞力으로 땅콩과 감자 놓았고. 午後엔 둑너머밭 一部에 땅콩 심은 것. 도와주지 못한 것을 미안히 생각할 뿐. ×

〈1978년 4월 14일 금요일 晴〉(3. 7.)
校長會議에 參席. 學力 提高와 藝體能 行事가 主案件. ×

〈1978년 4월 15일 토요일 晴〉(3. 8.)
井母와 魯松의 勞力으로 두무샘 밭에 땅콩 긴 두골 심었고.
보리는 날 가므러 형편 없다는 것. 近者 飮酒生活로 家事에 無誠意. ※

〈1978년 4월 16일 일요일 晴〉(3. 9.)
새벽(1時 半頃…… 밤중)에 잠 깨니 精神이 아찔. 아픈 곳 뒷골과 가슴(뼈) 큰 일났음을 느끼고. 胃腸 內 故障임을 절실히 느끼고 後悔莫及. 全身은 떨리고 진땀. 食慾은 全혀 없고. 內者와 子息들에 큰 罪 과오.
自身이 배를 만져보기도. 痛症 나우 느끼고. 위궤양? 過去 手術받던 再從弟(海榮) 생각이 떠오르기도. 立會했던 그 當時를 생각만 하여도 눈이 깜깜. 全身이 저리하며 쥐가 나기도. "이렇게도 사람이 지감[7]이 없어서야." 이러다가 죽으면 어찌되나 복잡한 생각~ 臥病 中인 老父母, 井母, 學業中인 3男妹, 뒷치다꺼리할 큰 애 井.
"이번에 살아나기만 하면……"
井母는 청주 아이들 때문에 入淸하였다가 午後 일찍이 오고. 몸 때문에 어서 오기를 고대했던 것. 母親께선 終日토록 먹을 음식 마련에 애쓰시는 듯. 흰죽, 팥죽 억지로라도 먹으려 하나 먹혀지지 않고.
終日토록 누어 있었고. 얼굴과 눈갓이 부숙부숙함을 느끼기도.
몸달은 생각 갖으면서 다시 밤을 맞이한 것.◎

〈1978년 4월 17일 월요일 晴〉(3. 10.)
땀만 흘리며 잠을 이루지 못했지만 고단함을 참고 起床하니 머리 묵직. 缺勤? 遲參?이 생각저 생각 하다가 勇氣 냈고. 쓰러져도 學校에서.
出勤 잘 했고(時間 前에). 職員 朝會, 兒童 朝會 責任있게 마쳤기도. 6學年 道德授業도 責任 다한 것.
교육청에서 朴 장학사 來校하여 定期視察 있어 겹드린 고난을 참고 이겨낸 것. 日暮頃에 조금 생기(生氣)가 나는 듯 느껴져 살 듯. ◎

〈1978년 4월 18일 화요일 晴〉(3. 11.)
學校선 운동틀 '느림봉[늘임봉]'[8] 設置作業에 若干 助力 및 指揮했기도.
午後엔 오미 거쳐 淸州까지 다녀온 것~ 各處外上分 支拂 完了한 것.
点心 때부터 食慾 당겨 나우 먹기 시작. ◎

7) 지감(智鑒): 사물을 깨달아 아는 능력.

8) 타고 올라갈 수 있게 만든 틀에다 철봉 따위를 세운 운동 기구.

〈1978년 4월 19일 수요일 晴〉(3. 12.)
点心時間 利用하여 李 校監과 함께 墻東 가서 里長 尹虎洙 親喪에 人事. 亡人은 우리네의 同窓. 未亡人 말에 依하면 '소주'를 連日 過飮했다는 것. 臥病한 적 없고 과음 後 급작이 死亡했다는 것. 과음하는 나 自身 또 한 번 충격받은 것. 꼭이 조심해야 할 일.
退廳 後엔 烏山市場 가서 族姪 故 魯壽의 子 在春君 結婚式이 오늘이어서 人事했고. 오늘은 4.19 學生義擧記念日. ◎

〈1978년 4월 20일 목요일 晴〉(3. 13.)
今日도 点心時間 利用하여 몽단이 聖德寺 주지 柳在石(再從妹兄) 氏 回甲宴에 人事. 放課後엔 栢洞部落 族兄 相榮 氏 回甲宴 招待에도 人事. ◎

〈1978년 4월 21일 금요일 晴〉(3. 14.)
제1學年 이예후(年齡未達者) 어린이가 高速 모일停留場에서 놀다가 大負傷 當했다는 消息 듣고 경악. 過去 投石事件도 있었고 하여 더욱. 다친 어린이가 于先 딱하고, 둘째는 事件이 惡化 안 될른지가 問題. 李 校監과 함께 모일 어린이집 가서 狀況 알아보고 李 校監과 擔任 柳 女교사는 天安 제1병원에 갔고. 金 教務는 教育廳 가서 형편을 口頭報告했고. 오늘도 무던히 속 썩인 것. ◎

〈1978년 4월 22일 토요일 晴〉(3. 15.)
어제 알았던 어린이 負傷 事件. 들더니보다는 若干 安心되는 듯했고.
제2회 忠北 새마을 大잔치行事가 玉山國校庭에서 있어 面內 各 部落民들 多數參集하여 大盛況 이루었던 것. 競技 數個種目, 婦女會員들의 國民가요 等.
午後 3時間 동안 觀覽하고 入清하여 過去 同職員이었던 沈義輔 교사의 結婚式場에 參席했고.
四男 노송이 曾坪師團에서 1주간 訓練 마치고 歸淸. ◎

〈1978년 4월 23일 일요일 晴〉(3. 16.)
從兄님의 助力 받아 父親을 손차(手車…… 니아까)로 모시고 전좌리 너머 祖父母 山所와 伯父母 山所의 立石한 現況을 뵈어 드린 것…… 父親께서도 省墓를 願하시기도 했고. 父親께선 墓前에서 坐勢로 再拜하시며 落淚하시기도. 往來에 從兄弟 間 땀 많이 흘렸고.
낮엔 잔일 좀 보다가 江外面 五松里 가서 族長 尙鐘 氏 回甲宴 招待에 人事했고. 井母는 入淸하여 볼 일 본 後 松과 함께 日暮 後 歸家~ 忠大 卒業班 4女 魯杏이 生活館 實習 中 姉母 초빙 있어 다녀오게 된 것. ◎

〈1978년 4월 24일 월요일 晴, 曇〉(3. 17.)
한 동안 벼르던 송아지[9] 오늘 사온 것. 井母와 同行하여 鳥致院 牛市場에 가서 산 것. 栢洞 사는 族弟 昌榮의 紹介. 어미 밑 송아지 가장 어린 것. 205,000원. 昌榮君이 끌고 오느라고 애먹었을 것. 謝禮條로 後待도 했고. 長期間 비었던 외양간에서 모처럼 오랜만에 송아지 "엄메에" 나고, 기쁜 일. ◎

〈1978년 4월 25일 화요일 晴〉(3. 18.)

9) 원문에는 붉은색 색연필로 밑줄이 그어져 있다.

날씨 너무 가므러 큰 일. 앞 냇물 完全히 끊어져 말랐고~ 今年 같은 가므름 보기 드믈고. 모래밭의 밀보리 패지 못하고 타 붙는 형편.
어제 사온 송아지 기르기에 松과 井母는 誠意 다하는 중.
明日은 내안 堂叔母 大忌 상식日이어서 저녁에 井母와 함께 再從兄 宅에 다녀오고. ◎

〈1978년 4월 26일 수요일 晴〉(3. 19.)
1주일 前부터 每朝 日出 前에 두엄 2짐씩 져다가 아그배 논에 백인 것. 今朝도 履行. 謹酒 한 제 꼭 10日 되고. 食事 3끼니마다 完全히 다 먹는 것. 2月 20日 以後 4月 15日까지(55日 間)은 每日 飮酒한 턱. 過飮하는 날도 많아 日記조차 못 쓴 날 많았고. 酒代도 나우 났던 것. 몸도 많이 해쳐지기도.
堂叔母 大忌의 아침 상식에 參與하고. 出勤 前에 돼지 외양 쳐냈고.
午後 5時頃에 올리는 내안 堂叔母 大忌上食에 參與. 來客 接待하는 데도 努力했고. 松이 부즈런히 심부름하는 데 애썼고. ◎

〈1978년 4월 27일 목요일 晴〉(3. 20.)
堂叔母 大祥 늦은 새벽(4時頃)에 지내고. 상주, 복인 모두 탈상한 것. 山에까지 같이 갔다 왔고. 今般 기회에 再從兄(點榮) 만날줄 알았더니 不參. 오랜만에 再從弟 公榮(성환읍 신방국교 교감)은 만나 반가웠고. 목골 再從妹 內外도.
24日에 購買한 송아지 거두기에 松과 井母는 至極한 誠意 다하는 중이고.
10余 日째 謹酒하여 食事 一日 3끼 한 그릇씩 다 먹는 중이나 手전氣(손이 떨려)가 가시지 않아 글씨 쓰는 데 큰 애먹어 큰 탈. 맞는 藥이 있을른지?
몸 많이 가든해져서 公私間 일 가든히 잘 보는 중이고. ◎

〈1978년 4월 28일 금요일 曇, 가랑비, 晴〉(3. 21.)
甚한 가뭄에 모든 作物이 타붙는 이즈음 구름 끼어 가랑비 올 때 비 쏟아지기를 바라는 데 가랑비조차도 若干 나리고선 개인 바람에 또 들 落心.
兒童들 陸上평가戰과 健全歌謠 경연大會가 있어 오미(玉山國校, 玉山中學)다녀왔고. 朝食 前에 學校 감자밭에 인분 22바께스 퍼다 쪄진 것.
母親께서 近日 父親 病 看護에 지치시고 過飮酒하신 탓인지 点心食事 後부터 몸살로 누어 계시기에 夕食 後 오미 가서 父親用 우유와 몸살 解熱劑로 洋藥과 漢藥을 지어 온 것. 밤 10시 반에 歸家. ◎

〈1978년 4월 29일 토요일 晴〉(3. 22.)
새벽 3時 半에 어제 지어온 湯藥 짜서 老母親께 드리고 新聞通讀과 雜記錄 等으로 고대로 밤 새운 것.
食 前 일로 논에 두엄 1짐 져다 백이고, 호박 구덩이, 참외 심은 곳, 외 심은 곳, 고구마씨 놓은 곳에 如露[10]로 물 주고서 비닐종이로 덮은 것. 안 변소 인분도 푸고.

---

10) 일본 한자어. じょろ(조로)라고 발음한다. 물조리(물뿌리개)란 뜻으로, 같은 뜻의 포르투갈어 'jorro'에서 차음한 말이다. 일제 강점기 시절에 보급된 생활도구의 일본식 명칭이, 해방 이후에도 장기간 통용된 사례다.

登校 直前에 老父親 관장하여 뒤 뵈어 드리기도.
退廳 後 午後 六時부터 있는 友信會 總會에도 參席. 場所는 '청주극장' 옆의 '신성관'이란 中華요리집. 會長責 期間 滿了되어서 自然 사퇴. 今般 會長은 郡山林組合長인 閔哲植. 副會長엔 閔在基, 總務는 留任 鄭漢泳.
歸家 途中 社稷아파트 들려 아이들 잠간 보고. 집에 到着은 밤 11時쯤. ◎

〈1978년 4월 30일 일요일 晴, 曇〉(3. 23.)
食 前부터 11時 半頃까지 잔일 많이 했고~논에 두엄, 퇴비장 손질, 완두콩밭 손질, 밭뚝의 落葉 긁기, 뒷결 풀뽑기 等.
入淸하여 통지 온 곳에 人事~ 佳佐 楊校長 子婚, 水落 柳源赫 女婚.
고추장 빚은 것 갖고 入淸한 井母와 함께 歸家.
烏山 李면로 母親喪에도 弔問. 水落 가서 李炳泰 子婚 잔치 招待에도 다녀왔고. 日暮頃에 가랑비 약간 오는 둥 마는 둥 程度. ○

〈1978년 5월 1일 월요일 晴〉(3. 24.)
特別 早期하여 집안 일 약간 치우고선 日出 前에 오미 내려가 父親用 '마호병'[11] 새로운 것으로 다시 사온 것. 昨夜에 母親께서 잘못하여 쓰러뜨려 깨졌기에 卽時 復舊해 드린 것.
24日에 購買한 송아지 今日 처음으로 밖(마당)에 끄어다 매어보기도.
父母님 '寫眞' 大廳으로 옮겨 揭示한 件으로 집안 좀 시끄러웠기도.

11) 마호(魔法)병. 일본 한자어다. 보온병이란 뜻이다.

退廳 後 아그배 논에 져다 백인 두엄 몇 짐 펴기도. 독사풀도 베기도. ◎

〈1978년 5월 2일 화요일 晴〉(3. 25.)
아침운동 兼 作業으로 堆肥 한 짐 져내고 아그배 논의 수멍[12] 앞 모래흙 돋힌 곳 파내기에 1時間 半 동안 땀 흘려 일했고.
退廳 後엔 채소밭과 마늘밭에 給水했기도. ◎

〈1978년 5월 3일 수요일 晴〉(3. 26.)
朝食 前에 아그배논의 두엄 폈고. 今朝도 1時間 가량은 수멍앞의 흙 파낸 것.
井母는 淸原郡 各級學校長 夫人會에 參席하고 午後 6時쯤 歸家.
안 便所 改築用 부록크 찍을 모래 3車(경운기) 실어왔고. 車當 700원.
点心時間 利用하여 李 校監과 함께 夢斷里 가서 德村 李龍宰 母親 葬禮式에 人事. ◎

〈1978년 5월 4일 목요일 晴〉(3. 27.)
魯松과 함께 아그배논 흙고르기 作業을 日出 前後하여 땀 흘려 勞働했고.
學校는 逍風~ 全校生 앞냇가 白沙場에서 놀았다는 것. 無事歸家했다고.
入淸하여 水落 사돈 李炳麟 子婚에 人事~ 淸州 厚生社예식장 . 11時30分.
午前行事 이대로 마치고 午後 2時부터 郡內 各級 學校長會議가 교육청 會議室에서 있어 參席. 어제의 校長夫人會議 內容과 統一主體國民會議代議員選擧에 關한 일. 其他 事務連

12) 논에 물을 대거나 빼기 위하여 둑이나 방축 따위의 밑으로 뚫어 놓은 구멍.

絡 몇 가지로 比較的 今日 會議 일찍 끝난 셈. 父親 要請으로 狗肉 사왔고~ 업전과 內臟. 그렇잖아도 計劃中이었었는데. ◎

〈1978년 5월 5일 금요일 晴〉(3. 28.)

今朝도 朝食 前에 松과 함께 아그배 논 흙고르기 作業에 勞力 많이 했고. 손차(手車…… 니아까)로 25車 파 실어내고. 논두렁 附土用으로.

人夫 1名 사서 부록크 찍기도~ 세멘 3包 150장 찍은 것. 手數料 枚當 10원씩 支拂.

松은 부록크 찍는 데 助力도 하고 生울타리 側柏本 强剪枝에 終日 勞力한 것. 孔炭 200枚 搬入한 것. 헛간에 쌓느라고 井母와 함께 애썼기도.

10時頃에 入淸次 出發. 途中에 德村서 案內狀 왔기에 河東 鄭氏 文節 影堂 들려 春季 享祀에 잠간 參席. 淸州 가선 家用 雜物品 산 것. 오미 와서도 炭購入 等 몇 가지 잔일 보고 집에 오니 下午 7時 半. 금일은 56회 어린이날. ⓒ

〈1978년 5월 6일 토요일 晴〉(3. 29.)

日出 前에 오미 다녀오고…… 債金 邊濟, 外上物品 代金 支拂 等으로. 學校일 끝내고는 청주 아이들한테 다녀오고…… 5女 魯運이 看護實習次 明日에 上京한다는 것. 誠心病院으로 配置됐다는 것. 10週 間이라나. 제 큰 오빠 宅에서 다닌다는 것. 沐浴 後 밤 10時頃에 집에 到着. 松은 뒤 生울타리 측백木 剪枝 어제 오늘로 마친 것. 제 母親과 함께 땅콩 밭과 마늘밭, 채소밭, 찍은 부록크에 물주고. 돼지, 송아지 거두기에도 誠意 다하고 있는 중. ◎

〈1978년 5월 7일 일요일 晴〉(4. 1.)

금일 날씨 몹시 더웠고~ 낮 氣溫 23°. 그러나 밤 氣溫은 反對. 今朝도 서리 하얗게 앉았고. 강낭콩 等 서리에 많이 죽기도.

今朝도 松과 함께 아그배 논 흙고르기 作業에 勞力하여 一段落 지운 것.

松이 淸州 다녀왔고~ 魯運이 看護 實習 교육받기 위하여 午後 3時에 上京하는데 旅費와 其他 周旋에 助力하고 出發하는 것 보고 온 것.

今日도 잔일 많이 했고…… 논 흙고르기, 부록크에 물주기, 剪枝한 나무 處理, 枯死된 梧東木 베기, 마늘밭 물주기 等으로 終日 勞働한 셈. ◎

〈1978년 5월 8일 월요일 晴〉(4. 2.)

새벽에(2時) 起床하여 新聞報道에 依한 '고운 이름 자랑'하기 行事에 孫女 '새실[13]'을 추천. 書類作成 發送키로 한 것.

◎ 새실로 짓게 된 동기 설명서

1. 한글 전용을 숭상하는 뜻(내용 생략).

2. 새[14]의 풀이 맏딸, 맏이로 출생한 어린이. 처음 보는 새 어린이. 새나라 새일꾼이 생겼다. 새봄 맞이한 듯한 생각. 새롭게 기르자는 심정. 새촘동이 새애기 정성껏 기르자. 다음 새로 낳는 새 애기는 새 사나이.

실[15]의 풀이 여자의 뜻. 여자가 지키는 방을

---

13) 원문에는 붉은색 색연필로 밑줄이 그어져 있다.

14) 원문에는 붉은색 색연필로 동그랗게 점이 그려져 있다. 이후 문단에서 맏딸과 맏이의 '맏'과 함께 새 어린이, 새나라 등 '새'자에는 밑줄이 그어져 있다.

15) 원문에는 붉은색 색연필로 동그랗게 점이 그려져 있다.

안방 내실. 객실을 내조하는 내실. 장차 크면 실내부인이 될 새실.
施賞式은 5月 28日. 松이가 낮에 오미 가서 호적초본 떼어 첨부 發送했고.
제6회 '어버이'날 行事로 鄕友班 體育大會 開催. 學父母 約 160名 參集 觀覽했고. 成績은 一位 東林, 二位 水落, 三位 墻東, 善行兒童 九名 表彰. 교육장, 교육회장 表彰도 있었고. 地域社會에 寄與한 一般人 表彰으로는 東林 郭漢福 氏에게 授與했고.
職員들 点心은 昨年과 같이 金溪里 婦女會에서 提供. 맛있게 먹은 것. 德水, 東林 姉母들한테 珍味 飮食도 待接받았던 것. 今日 行事 말 그대로 有終의 美를 거둔 셈.
今日도 朝夕으로 勞力~ 아침엔 논 손질. 저녁에 作物에 給水. ⓒ

〈1978년 5월 9일 화요일 曇晴〉(4. 3.)
早朝부터 안개 짙고 비 올 듯 하더니 차차 개여 또 失望. 農作物 모두 타 붙는 程度. 앞내도 完全 乾川. 모자리판 말은 곳도 많고.
江西面 龍井里 앞산에까지 가서 故 이영락 硏究士 葬禮式에 人事했고.
入淸하여 '홍업金庫에 가서 50万 원 利子 130日分치 47,600원 찾아 곧 歸校.
學校일 마치고선 돌과 자갈 주었고. ⓒ

〈1978년 5월 10일 수요일 晴〉(4. 4.)
朝夕으로 家內 잔일로 時間 바빴고~ 松이가 剪枝해논 측백木 가지 處理. 재 져다가 두무샘 밭에 배기고. 父親 理髮, 마늘밭 및 菜蔬 밭에 給水 等.
井母와 松은 燃料用 솔잎 긁어모으기에 땀 흘렸고. ◎

〈1978년 5월 11일 목요일 晴〉(4. 5.)
今朝도 井母와 함께 마늘밭과 채소밭에 給水와 施肥했고. 退校 後엔 日暮頃에 오미 다녀오고~ 明日이 四男 魯松의 生日이라고 반찬 좀 사오라기에 닭 1尾와 魚物 若干. 채소도 조금 샀고. ◎

〈1978년 5월 12일 금요일 晴〉(4. 6.)
이른 아침(午前 5時)에 사거리 나가 어제 사 놓은 안 便所 지붕用 스레트 2枚 져왔고. 짐이 過重하여 집까지 到着에 큰 애 먹었던 것.
郡內 僻地校 12個 校의 綜合技能大會 있어 選手 兒童 14名 引率. 出戰 種目(學力, 體能, 藝能) 거의 入賞. 優位 種目 많아 金溪校 實力을 發揮, 誇示한 턱.
從兄과 함께 下午 四時 半 東洋 일반高速으로 上京. 今年엔 先祖考 忌祭를 形便上 서울 큰 堂姪 집에서 지내게 된 것. 城東區 구의洞. 連絡이 되어 큰 애 井도 오고. 서둘러 10時 半(밤)에 지낸 것. 井이 勸告로 '잠실' 가서 看護교육 中인 5女 魯運과 同宿.
英, 昌信이 곤히 자기에 明朝에 보기로 한 것. ◎

〈1978년 5월 13일 토 晴〉(4. 7.)[16]
早朝食하고 첫 車 6時 半 동양高速으로 歸校하니 아침 9時쯤이었고.
退校 後는 炭재 處理와 菜蔬밭에 물주기에 井

16) 원문의 날짜 끝에 "금일 最高온도 28°"라고 기록되어 있다.

母와 함께 勞力했고.
밤 9時頃 모처럼 末弟 振榮이 왔고~ 姪女 '파란'이 되리고 온 것. ◎

〈1978년 5월 14일 일요일 晴〉(4. 8.)
안 변소 基礎用 돌과 자갈 蒐集. 學校의 아침 放送도 數日 前부터 繼續 中.
井母와 함께 入淸하여 청주 아이들(杏과 弼) 狀況 보고 용화사(龍華寺) 올라가 사월초파일(四月初八日) 光景을 求景. 出嫁한 姬(在應)을 생각하며 佛前에 기도. 午後엔 明岩藥水場에 가서 觀光. 관광客에 依하여 密直公 墓所의 잔디 많이 헐었고. 井母의 苦心을 慰勞하는 뜻으로 두곳 같이 觀光하고 衆心도 함께 모처럼 했고. 채소와 魚物 좀 사 갖고 歸家하니 午後 7時쯤.
어제 왔던 沃川 靑城의 振榮 갔고. 佛紀 2522年○

〈1978년 5월 15일 월요일 晴〉(4. 9.)
食 前에 두엄 1짐 논에 내고. 放送은 如一 계속.
母親은 某處에서 飮酒하시고 父親께 과격한 말씀하시기에 進言하였더니 서운하신 모양. '나라에 忠誠 父母님께 孝道'란 口號 다시 생각할 땐 어떠할른지? ○

〈1978년 5월 18일 목요일 晴〉(4. 12.)
全基賢 교사한테 洋蜂 1箱(9枚群) 39,000원에 購買하고. 數年 前에 3箱까지 養蜂 經驗 있으나 誠意와 技術 不足으로 失敗했던 것. 弱群 一箱은 佳佐 柳在河 氏 집에 있는 中인데……? 今般은 마침 4男 松이가 집에 있는 中이어서 管理되리라는 생각에서 마련한 것. ×

〈1978년 5월 22일 월요일 晴〉(4. 16.)
面內 機關長會議에 參席~ 한해 對策. 모내기 支援 等 論議. ×

〈1978년 5월 26일 금요일 晴〉(4. 20.)
面主管(郡支援)으로 敬老잔치가 本校(金溪校)에서 벌어져 분주하고 법석했던 것. 忠孝에 對하여 몇 마디 이야기했기도. ※

〈1978년 5월 27일(4. 17.) 토요일 晴〉
大田있는 同派之親 아우 二榮이 來訪, 歡談했고.
孫女 '새실'의 '고운 이름 자랑'으로 서울大學校 국어운동學生會로부터 명일 28日에 學生會館으로 초청장 왔고. 去 8일에 서류作成 發送한 바 있었기는 하나 시간과 몸 고단하여 參席 못할 듯. ×

〈1978년 6월 1일 목요일 晴〉(4. 26.)
10余日 前부터 모내기 作業이 始作되었으나 가뭄이 甚하여 높은 자리와 洑水 안 닿는 데는 아직 깜깜. 5月 다 가고 원호의 달. 모내기 마치는 달인 6月이 시작. 비는 언제 내릴른지 궁금. 몸 달기도. 下旬부터 또 飮酒. ×

〈1978년 6월 6일 화요일 晴〉(5. 1.)
顯忠日이어서 學校는 쉬고, 入淸하여 西公園 忠顯塔에 갔더니 時間 못대어 분향 못했고. ×

〈1978년 6월 8일 목요일 晴〉(5. 3.)
농번기 家庭實習 實施. 10日까지. 11日은 日

曜日이어서 事實上 4日 間의 가정실습이 되는 셈. ×

〈1978년 6월 9일 금요일 雨〉(5. 5.)
族兄 夏榮 氏 別世. 同 爲親稧員이어서 訃書쓰기 等 協助했고. ×

〈1978년 6월 10일 토요일 雨〉(5. 5.)
기다리던 비 내려 온 農民들 기뻐하고. 數個月만에 비 보는 것. ×

〈1978년 6월 11일 일요일 曇, 雨〉(5. 6.)
故 夏榮 氏 葬禮式에 參與. 墓所는 파라꼴. ×

〈1978년 6월 12일 월요일 晴〉(5. 7.)
아그배 논에 揚水~ 3時間 半. 時間當 600원씩 支拂. ×

〈1978년 6월 13일 화요일 晴〉(5. 8.)
아그배논 모내기~ 260坪…… 學校 6學年 兒童이 自進 作業. ×

〈1978년 6월 16일 금요일 曇, 晴〉(5. 11.)
텃논 모내기~ 婦人 인부 2名과 家族이 作業 …… 今日로서 移秧作業 完了. ×

〈1978년 6월 18일 일요일 晴〉(5. 13.)
淸原郡 沈鳳鎭 교육장 回甲宴에 參席 人事.
이 地域 宿願宿望이던 電氣 點火 첫 날[17]. (金溪, 東林, 墻東…… 이로서 最終으로 끝맺어 玉山面은 完了). ×

17) 원문에는 붉은색 색연필로 밑줄이 그어져 있다.

〈1978년 6월 21일 수요일 晴〉(5. 16.)
軍, 官, 民 合同 民防衛隊 示範 訓練이 있어 芙江行~ 프라스틱 工場에서 施行. 示範 그대로인 익힌 訓練임을 느꼈기도. 歸路에 부강약수場에 들려 몇 컵 떠 마시기도. ○

〈1978년 6월 22일 목요일 曇〉(5. 17.)
道內 僻地校 綜合技能大會 있어 淸州 出張~ 學力部, 藝能部, 體育部. 南교사의 꾸준한 指導力의 德으로 實績 좋았고. 午後엔 全職員도 參觀. ○

〈1978년 6월 25일 일요일 曇, 雨〉(5. 20.)
6.25 사변日…… 28주년. 비 많이 내렸고…… 가위 集中暴雨(忠北).
入淸하여 桃源校 尹락용 校長 女婚에 淸州예식장 가서 參席 人事. ○

〈1978년 6월 29일 목요일 曇〉(5. 24.)
家庭에 '三星테레비[18] 이코오노 14인치' 처음으로 架設~ 族弟 仁相의 店鋪에서. 金溪里만도 數十 臺 된다는 것. 老兩親 視聽하시라고 사랑방에 設置한 것. ×

〈1978년 6월 30일 금요일 雨〉(5. 25.)
數個月 間 지독히 가물더니 오랜만에 이 地方 비 내리기 시작. 今日 거의 終日토록 큰 비 내린 것. ※

〈1978년 7월 2일(5. 27.) 일요일 雨, 曇〉
故 趙炳學 氏 삼우제에 弔慰 人事~ 喪主 趙武

18) 원문에는 붉은색 색연필로 밑줄이 그어져 있다.

行. 墓所 샛골. 葬禮日에 事情 있어 人事 못했기에 오늘 한 것.
母親께서 某處에 가셔서 過飮 後 臥病 中인 父親께 過多하신 酒酊 中 몇 가지 進言했기도. 井母한테 過行過言하시기도. 井母 일편 딱하기도. 母親의 性情 알기도 하지만.
數時間 傷心 끝에 소주인줄 誤認하고 마신 것이 앗차 '모기약 킬라'. 이웃집 몇 분들의 强한 勸告로 井母와 함께 淸州 吳病院에 갔던 것. 속은 아무런 자극 없어 入淸 않을려는 心事였는데. 토해지지도 않고.
注射 몇 대와 닝게루 1병 數時間 만에(19시~24시 30분) 自進退院. 病院側에서는 2, 3日間 入院하라는 것. 3日 間 服用할 藥 지어 갖고 아파트에 와서 아이들과 함께 留. 今日 總經費 26,000원.
새벽 무렵에 小便이 안나와 2, 3時間 동안 苦痛 겪고 큰 걱정된 것. ×

〈1978년 7월 3일 월요일 曇, 晴〉(5. 28.)
어제보다 몸 極히 被困. 起動不能. 歸校 豫定 不可能. 終日토록 누어서 고민만. 井母는 点心 때쯤 歸家했고.
집에선 老兩親께서 大端히 궁겁게 생각하시며 걱정 중이실 것. 學校에서도.
全身 떨리고. 몇 끼 굶었어도 食慾 없고. ◎

〈1978년 7월 4일 화요일 晴〉(5. 29.)
無理해서 억지 起動하여 첫 버스로 歸校. 기운(氣力) 전혀 없고. 職員, 父母님께 人事. 그럭저럭 忍耐하여 終日 無事히 지냈고.
鄭 교사와 魯憲 교사의 勸誘로 삼발앞 "여기소"에 가서 沐浴. 적당한 생선 잡아주기에 치리, 피라미 等 초고추장 회로 10여 마리 맛있게 먹었고. ◎

〈1978년 7월 5일 수요일 晴, 소나기〉(6. 1.)
아침결에 父親 관장하여 大便. 便의 分量 상당히 많았고.
小魯里 崔聖宗 母親喪 葬禮에 族兄 俊榮 氏와 함께 点心時間 利用 다녀온 것. 날씨 무더워 땀 無限히 흘렸던 것.
点心은 국밥으로 數日 만에 한 그릇 다한 것~ 葬地에서.
午後 4時頃 '소나기' 約 30分 間 호되게 쏟아지기도. ◎

〈1978년 7월 6일 목요일 雨〉(6. 2.)
제2代 統一主體國民會議 代議員 總會 있고 第9代 大統領 選擧하는 날이고. 單一 立候補 朴正熙 大統領이 當選.
退廳 後 밭 김매기도. 近日엔 連日 松 母子는 每日 무더위 中에서도 밭일에 진땀 흘리며 勞力. ◎

〈1978년 7월 7일 금요일 雨, 曇〉(6. 3.)
새벽 1時頃부터 數時間 동안 폭우. 말라붙었던 各處의 똘 물이 콸콸 내려 흐르고. 6月 10日頃부턴 장마비인 듯. 새벽 내내 번개 천둥 무서울 程度 요란했던 것. 냇물 벅차게 흘러 洪水 연상. ◎

〈1978년 7월 8일 토요일 曇, 晴〉(6. 4.)
退廳 後 作業服 차려 입고 두무샘 밭에 나가 참깨밭 김매기에 땀 흘리며 勞力. 井母와 松이는 아침부터 勞力하고.

서울서 큰 애 井이 해 있어 와 가지고 밭에서 제 母親 도와 같이 勞力하기도.
族弟 寅相이 取扱하는 冷藏庫 入荷. 杏이 教生(玉山中) 마치고 入清. ◎

〈1978년 7월 9일 일요일 曇, 雨〉(6. 5.)
日曜 勞力 모처럼 땀 흘리며 했고~ 텃밭 排水溝 치기, 둑너머 참깨밭 김매기. 井은 松과 함께 勞力 後 어제 入荷된 냉장고 設置[19] 作業에 애썼고.
午後 2時 發(고속, 水落정류장) 車로 서울 向發에 急기야 소나기 비 集中 暴雨로 큰 애 井이 乘車 前에 함씬 노백이 했을 것. 도란스 安置工事에 조밀히 잘 했고. ◎

〈1978년 7월 10일 월요일 晴, 曇〉(6. 6.)
오늘도 井母와 松이는 終日토록 밭 김매기에 流汗 勞力. ◎

〈1978년 7월 11일 화요일 曇〉(6. 7.)
江外校까지 出張했고~ 藝能大會에 女兒 2名 書藝班에 出場한 것. 柳 女教師가 引率. 他校 어린이 솜씨와 比較할 수 없을만큼 未洽. 行事 마치고 入淸하여 杏 만났고.
市場에 나가 父親用 '불개미藥' 한 제 購求. 井母의 消化劑藥, 其他 數種의 物品 사 갖고 늦게 歸家…… 밤 10時 半頃. ◎

〈1978년 7월 12일 수요일 雨, 曇〉(6. 8.)
새벽부(터) 降雨. 번개와 천둥 甚했고. 午後 1時쯤에서 비 멎었고.
學校行事 거의 마치고 午後 5時쯤 職員 一同과 함께 오미 다녀온 것~ 李 교감 生日에 招待 있대서. 飮酒는 안 했지만 시원한 夏節 飮食 많이 먹었고.
父親께 드릴 '불개미'藥 第2次로 빚어 넣었고.
今般의 장마 올해 들어 가장 큰 장마~ 이 地域은 아직 큰 被害는 없어 多幸. 비는 長期的으로 내릴 모양. ◎

〈1978년 7월 13일 목요일 曇, 雨〉(6. 9.)
食 前 早朝에 논두렁 풀 깎고. 낮과 밤엔 帳簿 整理에 몰두 努力.
退廳 後 텃논 갈개[20] 둑 復舊 作業에 애써 勞力한 것. 日暮頃에 降雨. ◎

〈1978년 7월 14일 금요일 晴, 曇〉(6. 10.)
今朝도 논둑 풀 깎고. 退廳하고선 아그배 논에 農藥(훼나진…… 흰잎마름病, 殺蟲劑) 살포에 流汗 勞力.
井母와 松은 每日 밭 풀뽑기에 땀 흘리며 勞力中이고. ◎

〈1978년 7월 15일 토요일 曇〉(6. 11.)
校長會議 8時 半부터라서 6時에 淸州 向發. 時間余裕 있기에 아파트에 잠간 들렸고. 杏이한테 上, 下衣 다려입기도.
會議 骨子는 1學期 反省과 2學期 교육計劃이 主案. 27個 事項 示達. 회의는 下午 1時에 마친 것. 點心은 교육장이 一同 제공.
市場에서 몇 가지 물건 사 갖고 歸家. '충청일

19) 원문에는 붉은색 색연필로 밑줄이 그어져 있다.

20) 갈개는 땅에 괸 물을 빠지게 하거나 땅의 경계를 표시하기 위하여 얕게 판 작은 도랑을 뜻한다.

보' 購讀[21].
日暮頃에 아그배 논에 農藥(도열病 방제…… 粉製) 뿌렸고. ◎

〈1978년 7월 17일 월요일 雨, 曇, 雨〉(6. 13.)
비는 終日토록 오락가락 부슬비로 내리는 것. 어제 오늘 連休~ 日曜日, 公休日(오늘 制憲節 30주년). 2日 間 두무샘 밭 除草作業으로 極한 勞力~ 井母도, 松이도. 비 올 땐 같이 우산 받고 풀 뽑은 것. 오늘로서 두무샘 밭 거칠은 풀만은 一段落 지운 셈. ◎

〈1978년 7월 18일 화요일 雨〉(6. 14.)
父親의 理髮. 오늘의 관장엔 애 먹은 것. 大便 안나와 無限 애쓰시는 것 안씨로와 손가락으로 후벼냈고. 相當量 나오고.
酒氣있는 藥인데 比較的 좋아하시는 편. (불개미藥에 소주 부어 울궈냄).
今日로서 밀렸던 諸帳簿 거의 整理된 셈.
食事는 5日 点心부터 한그릇씩 다 하는 中. 禁酒도 16日째. ◎

〈1978년 7월 19일 수요일 雨, 曇〉(6. 15.)
새벽 2時부터 40分 間 暴雨. 앞내 天水川 범남. 양편 펀던[22]까지 개웅차 흐르고. 비는 아직도 繼續 내림勢. 무덥고 구름 끼고.
近日은 學校 일도 充實~ 授業 實施. 室內 장학지도 施行. 公文書 處理 철저. 所持帳簿 卽時 整理 等.
今朝는 老父親 理髮, 울 안 除草作業. 退廳 後 日暮頃엔 토끼풀 뜯은 後 텃논 둘레 갈개 뚝 손질과 排水 똘 다시 친 것. 아침엔 三從兄 朔望에 참석. ◎

〈1978년 7월 20일 목요일 曇〉(6. 16.)
午前 行事 마치고 入清~ 흥업金庫 가서 滿了된 積立金 256,500원 受領. 교육廳 가서 事務打合…… 老朽 舍宅, 電氣 引込, 샘, 學校林 等. 3人 奬學士(金, 蘇, 權)와 함께 一飮하고 夕食. 酒代 빗쌌고.
아파트 가서 아이들 만난 것…… 서울 가서 實習 마치고 온 魯運이, 淸高 2年 弼이. 杏이는 어제 上京했다고. 막 車로 오미 와서 自轉車로 집에 오니 밤 11時 半頃. ⓒ

〈1978년 7월 21일 금요일 晴〉(6. 17.)
近日(連日) 兩位분께선 言爭 비슷한 雰圍氣이더니 今朝도 氣分 妙한 말씀들이 오가고 하시는 듯. "學校는 終業式 준비로 바쁘고"
낮에부터 身樣 괴로우신 듯 吐하시기도. 午後 四時부턴 가슴 몹시 뛰고. 時間 갈수록 탈진하시어 눈 감으시고 말씀 全혀 못하시며 이마에 땀 많이 흘리시고. 母親과 함께 온몸 만져드렸으나 別無效果. 日暮頃에 운명하신 것. 酉時. 20時. 1900년 陰 7月 9日 生. 78歲로 一生 마치신 것[23]. 哀悼之心 無限. 哀告 〃〃.
族叔 漢虹 氏와 學校 鄭昌泳 교사 訃書 쓰기에 徹夜. 철야 곡했고. ◎

〈1978년 7월 22일 토요일 晴〉(6. 18.)
早朝에 訃書 發送~ 郵送한 것. 訃書는 約 400

21) 원문에는 붉은색 색연필로 밑줄이 그어져 있다.
22) 펀펀한 들.
23) 원문에는 붉은색 색연필로 밑줄이 그어져 있다.

枚 程度. 당황하고 정황 중이어서 못 다 낸 것. 700枚 所要될 것인데.

長期 장마 끝마친 듯. 큰 일 當하자 日氣만은 맑아져 多幸. 電話 電報한 곳 동기 間, 子息들 아침부터 오기 始作.

밤 9時에 염습 잡수시고. 낮엔 돼지 30貫짜리 잡도록 했고.

사돈 林在道 다녀가고 吳병성(賢都)은 留. "學校는 今日 放學式". ◎

〈1978년 7월 23일 일요일 晴〉(6. 19.)

父親 別世하시던 날부터 날씨는 개어서 多幸이나 酷暑. 32.3度.

明日 葬禮式日의 点心은 닭국으로 待接하기로 決定코 準備. 四男 魯松이 壯丁이기도 하지만 洞里로, 사거리로 오미 等 하루에도 數次 例式 뛰는 일 많은 中.

곡聲 그치지 않도록 家族들 연달아 痛哭. ◎

〈1978년 7월 24일 월요일 晴〉(6. 20.)

새벽 4時頃에 소내기 퍼부었고…… 今日 行事(葬禮式)로 큰 속 썩이겠다고 傷心되더니 日出 直前부터 晴明되어 다행이었고.

9時 定刻에 發靷祭. 葬地는 전자리(前佐洞), 數年에 치총[24]했던 곳. 宗山.

坐向[25]은 坤坐尾向[26]이라나. 날씨 몹시 뜨거워 弔客들 큰 苦勞 겪은 것. 現場 食事 準備로 일 보는 안악네 몇 분들 땀 많이 흘리며 極限 苦勞.

沈鳳鎭 교육장. 安章憲 郡교육會長도 다녀갔고. 坐向 再確認 申坐寅向[27].

무덥기도 하지만 山役들 부즈런히 일하여 11時에 下棺. 봉분祭, 12時 半에 지냈고.

아버님을 永〃 잃은 것. 痛哭한들 소용없고. 老母親께서 無限 외로운 心情이실 것. 禁酒한 제 22日째이나 喪事를 當하여서인지 머리가 멍하여 정신이 희미함을 느껴지기도. 根兄 곤 坐癸向. 海榮 未坐丑向. 弼榮 巳坐亥向이래야(現 巽坐乾向).

祭廳[28](궤원)은 南方 門간房에 모셨고.

弔客 總 約 400名. 經費 約 70万 원. 賻儀 85万 원쯤. ◎

〈1978년 7월 25일 화요일 晴〉(6. 21.)

三男 노명과 次男 絃이들 제 職場으로 갔고. 姪女 현도 先이도 가고.

今日도 終日토록 弔客들 다녀간 것. 드문드문이지만 더위에 彼此 어려운 일 겪는 것. 더위는 繼續 낮 氣溫 35度. ◎

〈1978년 7월 26일 수요일 晴〉(6. .22.)

삼우제(　) 올렸고.

아침결에 長子 井이 夫婦 英, 昌信. 永登浦 큰 딸과 희환이 서울 向發.

낮엔 장자洞 큰 누이 가고. ◎

24) 치총(置塚): 묏자리를 잡아 표적을 묻어서 무덤 모양으로 만들어 둔 것.

25) 좌향(坐向): 묏자리나 집터 따위의 등진 방위에서 정면으로 바라보이는 방향.

26) 원문에는 붉은색 색연필로 가위표가 그어져 있다. 잘못 적었음을 뜻한다.

27) 신좌인향(申坐寅向)은 申方을 등지고 寅方을 바라보고 앉은 자리이다. 이 부문을 붉은색 색연필로 둘러쳤다.

28) 제청(祭廳): 제사를 지내기 위해 마련한 곳.

〈1978년 7월 27일 목요일 晴〉(6. 23.)
今日도 弔客 다녀가고. 날씨는 繼續 무더위. 34°. 오늘 中伏.
어질러진 집안 살림 器具類, 淸掃 等으로 今日도 바쁘게 움직인 것.
아그배 논에 農藥(稻熱病 防除~ 가스가민 粉製).
(淸州서 杏이 오고. 井母는 오미장 다녀오고.) …… 7. 28日 분인데 誤記. ◎

〈1978년 7월 28일 금요일 晴〉(6. 24.)
今朝도 日出 前에 亡父 山所에 다녀온 것.
食 前부터 시작한 作業(堆肥 옮겨 쌓기……積返……두엄 앙구기[29]) 12時쯤에서 끝냈고. 單 혼자 重勞動한 셈.
淸州서 杏이 오고. 松은 淸州까지 다녀오고. 井母는 오미장에 갔다 온 것.
해 거의 가서 송아지 꼴 한 다발 베어온 後 텃논에 농약…… 도열病 防除약.
온몸에 땀띠로 싸여 있는 중. 더울 때에는 몹씨 따갑기도. ◎

〈1978년 7월 29일 토요일 晴〉(6.25.)
入淸하여 産業視察團 一陣 七名 集會에 參席. (賢都, 石城, 金溪, 大吉, 文德, 가양, 용흥)
豫定은 江陵, 雪岳 方面. 8月 1日 出發. 但 先路 變更할 수도 있고. 日程도 變更할 수도 있다는 것. 家庭形便도 參酌(家族同伴 等).
노오타이 및 쓰본 等 夏服과 도배紙 사 갖고 歸家하니 下午 7時쯤. ○

29) 흙을 보드랍게 하여 고르게 까는 것.

〈1978년 7월 30일 일요일 晴〉(6. 26.)
첫 새벽에 비 若干 내렸으나 멎은 後부터 終日토록 맑고 무더운 날씨였고.
通知에 依하여 淸州 서울茶房에 10時에 到着~ '友信會' 會員 12名 全員 모였고. 旣定대로 第一期 消風 施行~ 槐山 괴강(槐江)으로 간 것. 沐浴, 생선湯으로 別味.
午後 6時 半에 淸州 着. 아파트 잠간 들려 運과 弼 만나고 물건 몇 가지 사고선 歸家하니 밤 10時.
조치원 사시는 六寸兄嫂 氏(큰 재종 형수씨 …… 연정 아주머니) 人事次 오셨고. 井母도 淸州까지 다녀온 것. ⓒ

〈1978년 7월 31일 월요일 晴〉(6. 27.)
아침에 큰 再從兄嫂 氏와 함께 上食 올리고.
賻儀하신 분들에게 發送할 謝禮 人事狀 마련.
入淸하여 잔삭다리(비닐장판, 松의 上衣 등) 일 보고 歸家하니 8시(午後)頃.
午前에 모일部落 故 정헌무 葬禮에 弔問했고. ⓒ

〈1978년 8월 1일 화요일 晴〉(6. 28.)
教育廳 主催 郡內 校長團 産業次 旅行에 一組一班으로 8人組 出發(魯山~ 安貞憲, 立東~ 閔殷植, 金溪~郭尙榮, 玉浦~卞文洙, 玉山~李殷楫, 內谷~朴丙圭, 由里~金容璣, 大吉~李長遠)
江華島로 달려 '傳燈寺와 江華邑의 고려 宮地를 探訪한 것.
서울 南山 밑의 河東旅館에서 留. ○

〈1978년 8월 2일 수요일 晴〉(6. 29.)

朝食 後 全員 自由見學키로 解散~ 玉山校 李校長과 함께 龍仁 民俗村 求景했고.
下午 4時쯤에 清州로 왔고. 休養次 청주서 留. ×

〈1978년 8월 3일 목요일 晴〉(6. 30.)
明日 行事(亡父의 첫 朔望奠)로 낮에 歸家. 日暮頃에 玉山 가서 祭典(奠)物 몇 가지와 農藥사 왔고. ○

〈1978년 8월 4일 금요일 晴〉(7. 1.)
34.5度의 高溫 日氣 반달쯤 繼續. 밭곡 타붙고, 논바닥도 엉그럼.
텃논과 아그배 논에 農藥 뿌리고…… 흰잎마름病약과 휘나진 주었고.
杏이는 清州 갔고. 明日 이담校 奉事로 卒業班者들 모두 奉事活動하는 것 慰勞하는 意에서 다녀오기로 됐다나.
양편의 콩밭 무더위로 繼續되는 가무름으로 콩, 깨, 땅콩 等 말라 시들어 또 寒害 甚히 입는 것. 늦었지만 지금이라도 비 내려야 할 텐데. ⓒ

〈1978년 8월 5일 토요일 曇, 晴〉(7. 2.)
食 前에 밖마당 갓의 풀 뽑고. 學校 가선 公文處理 좀 하다가 入清하여 郡 교육청 가서 事務打合…… 科學 工作 技能大會에 나가는 地名된 兒童에 對한 問題點 있어서. 사직아파트 잠간 들려 집에 오니 해넘어갔고. ○

〈1978년 8월 6일 일요일 晴, 曇〉(7. 3.)
昨夜부터 今朝까지 長期間 밀렸던 公文書 處理 매듭진 것.
松과 함께 하루 終日 안방(內室) 칸반의 도배 반자에 땀 흘려 일하여 完了했고.
工作技能大會에 나갈 5學年 男 윤병범이 出他하고 아직 歸家하지 않아 무던히 속썩이는 중이고. 明朝에 오겠다는 答電은 왔지만……. ◎

〈1978년 8월 7일 월요일 晴, 曇〉(7. 4.)
弔客(賻儀客, 電賻儀 包含)들에게 人事狀 發送 준비로 食 前 내내 松과 함께 바쁘게 일 본 것~ 겉봉表裏에 住所 姓名 쓰기, 속 넣기, 封하기, 우표 붙이기, 우편번호 쓰기.
學校 가선 '休暇 中 職員 動態 一覽表' 再作成 揭示로 무더위에 애썼던 것.
마음에 甚히 꺼려했던 工作技能大會에 나갈 5年生 尹병범君의 問題~午後 3時쯤에 完全 解決되어 시원한 氣分.
午後 5時에 玉山 거쳐 清州까지 다녀오는데 同 8時 半에 歸家~人事狀 發送. 中白설탕 1包 購入 운반. 卓上用 스탠드 購入. 殺蟲劑, 무좀藥 等 購入. ◎

〈1978년 8월 8일 화요일 曇, 雨〉(7. 5.)
첫 새벽 1時 50分쯤에 비 내리는 듯하여 다행이더니 別無신통.
道內 科學工作技能大會에 兒童 一名 指名되어 出張케 되어 擔任 郭魯憲 교사와 함께 清州 舟城國校까지 出張. 金鎭吉 교무도 왔고. 作品 入賞 못했고. 題目은 5學年 찰흙工作에서 '운동하는 사람'.
午前 9時頃부터 다시 비 내리기 시작하더니 부슬부슬 거의 終日토록 온 셈. 田作物에 큰 도움. 말은 논에도 다행. 많이 늦은 셈.
歸路에 가을 菜蔬 씨앗 사 갖고 온 것. ⓒ

〈1978년 8월 9일 수요일 曇, 晴〉(7. 6.)
今日도 가랑비 내리는 듯하다가 개었고.
終日토록 안 변소(草지붕) 解體作業으로 땀 흘리며 勞力했고~ 부록크로 改築할 豫定으로. 松은 馬草(바랭이풀…… 송아지 먹이) 마련으로 數日 前부터 勞力 中. 여러 짐 깎아다 말리는 중이고.
밤 12時 半에 先伯父祭 지내는 데 松과 함께 參祀했기도. ⓒ

〈1978년 8월 10일 목요일 晴〉(7. 7.)
오늘은 七夕. 上食 올리고. 大田서 큰 四從叔 父子 오시어 弔問하시는 것.
午後 四時에 井母와 함께 學校밭에 가을 김장 菜蔬 씨앗 드린 것.
沃川 青城서 季嫂와 姪兒 男妹 오고. ⓒ

〈1978년 8월 11일 금요일 晴〉(7. 8.)
食 前부터 안 便所 改築의 基礎工事로 松과 함께 勞力 많이 하여 기초만은 끝낸 것.
玉山 거쳐 入清하여 明日(先考生辰)에 쓸 祭尊物 사 갖고 歸家.
서울서 長子 井과 桑亭 큰 妹 오고. ○

〈1978년 8월 12일 토요일 晴〉(7. 9.)
先考 生辰日이어서 上食祭尊하였고. 本洞 몇 분 초빙하여 濁酒 待接했기도. 栢峴서 金 氏 3人 弔問 다녀가고.
佳佐校 楊鐘漢 교장 親喪에 方華里까지 가서 問喪한 것.
井과 松이가 直接 안 便所 改築에 부록크 쌓아 올렸고. 振榮도 거들은 것.
밤 9時頃에 沃川서 次男 紘 夫婦와 새실 男妹 데리고 온 것. ⓒ

〈1978년 8월 13일 일요일 曇, 雨〉(7. 10.)
터밭 一部에 除草하고 서울 배추 播種했고.
둘째애 夫婦 下午 4時 차로 忠州行. 井母는 清州 갔고.
개심寺 갔던 杏, 登山 갔었다는 運 같이 집에 왔고. ○

〈1978년 8월 14일 월요일 曇〉(7. 11.)
休暇 中 職員 共同硏修 제1日. 全職員 出勤 執務. ○

〈1978년 8월 15일 화요일 晴〉(7. 12.)
全校生. 全職員 登校. 光復節 慶祝式 擧行. 食事 힘껏 했고. ○

〈1978년 8월 17일 목요일 晴〉(7. 14.)
母親 生辰. 當80歲. 아직까진 氣力 좋으신 편.
朝食 때 집안 食口들과 本洞 할머니 몇 분 招請하여 會食했고. ○

〈1978년 8월 18일 금요일 晴〉(7. 15.)
清州 出張하여 上廳~ 學校일 몇 가지 事務打合한 것. ×

〈1978년 8월 21일 월요일 晴〉(7. 15.)
어제까지 29日 間의 夏季放學 마치고 오늘 開學式 擧行.
올해의 夏休 中엔 私的으로 不幸한 일을 當했던 것~ 父親 葬禮式 있었기에. 職員 兒童은 全員 無事. ×

〈1978년 8월 26일 토요일 晴〉(7. 23.)
서울서 悲報~ 從嫂 氏가 作故햇다고…… 從弟 弼榮이 喪妻한 것.
從兄님과 함께 學校 가서 各處로 電話 電報했고. 葬禮는 明日로. ×

〈1978년 8월 27일 일요일 晴〉(7. 24.)
故 從嫂 氏 영구차 午前 10時頃에 到着. 큰 애 井도 같이 왔고. 葬地는 前左洞 宗山 先祖考 墓下. 葬禮 無事 施行.
濁酒 一切(6斗)와 電信料 等 雜費는 내가 負擔했고.
喪主 等 서울 家族들 장례 後 모두 歸京. 하여튼 50余 歲로 平生 마친 딱한 일. ※

〈1978년 8월 31일 목요일 晴〉(7. 28.)
面內 機關長會議에 參席. 밤엔 내안 堂叔 忌祭 있었는데 不淨하다고 參祀는 아니하고 飮福에만 參與. ※

〈1978년 9월 5일 화요일 晴〉(8. 3.)
校長會議 있어 淸州 出張~ 保安교육이 主案. ※

〈1978년 9월 12일 화요일 晴〉(8. 10.)
學校는 運動會의 總練習. 意外로 全種目 訓練 잘 됐고. 手苦들 한 것.
總練習 마친 後 개(犬) 한마리 잡아 통째 全職員에게 個人的으로 待接했고~ 삶고 안주 마련에 井母가 많이 手苦했기도. 經費는 21,000원쯤. ×

〈1978년 9월 14일 목요일 晴〉(8. 12.)
職場민방위隊 교육 왔대서 玉山行. 몸은 몹시 고단했으나 가까스로 바웠고.
近日 繼續 飮酒에 食事 제대로 못하는 중이고. ×

〈1978년 9월 15일 금요일 晴〉(8. 13.)
臨時校長會議에 參席. 秋夕 앞둔 會議. 亦 保安교육이 主.
會議 마치고 某 酒店에서 過飮. 이 惡習 버려야 할 텐데? ※

〈1978년 9월 17일 일요일 晴〉(8.15.)
秋夕. 早朝에 起床하여 朔望奠 祭物 준비 陳設에 애썼고.
昨夜에 서울서 큰 애 井, 沃川서 둘째 絃, 槐山서 셋째 明, 沃川서 弟 振榮 왔고. 祭祀는 삭망 먼저, 다음에 큰집. 끝으로 연기再從兄 집 順이었고.
제사 모두 끝난 다음 아버님 墓所 다녀왔고.
낮에 各處에서 온 아이들 모두 제각기 歸家.
今日도 여러 차례 來客으로 바빴던 것. ×

〈1978년 9월 18일 월요일 曇, 雨〉(8. 16.)
秋季 운동회. 進行 잘 되었고. 秩序도 정연. 觀覽客數보통이나 比較的 贊助는 많은 편.
晝食 時間부터 不幸히도 비가 네려 不得已 大會 中止한 것. ×

〈1978년 9월 20일 수요일 晴〉(8. 18.)
운동회 再開. 大會日에 雨天으로 施行 못했던 것 6個 種目 모두 잘 마쳤고. 今日 施行한 種目이 모두 볼만한 것일 뿐. 進行, 秩序, 活氣에 기뻐서 落淚도 했고. 觀覽客은 數人 뿐. 午前

中으로 끝났고.
終了 後 處理도 잘 됐고. 今日은 終日토록 날씨 좋았고. ※

〈1978년 9월 21일 목요일 晴〉(8. 19.)
近者 繼續 飮酒로 食慾 없어 食事 못한 탓으로 몸 또 해쳐져 極히 쇠약해진 것. 몸 떨리고, 行步도 不正常. 숫갈질 못할 정도. 終日토록 누었으나 고민만.
健康회복 不能感. 今日의 苦痛은 平生 못 잊을 듯. 죽을 것만 같았고. ◎

〈1978년 9월 22일 금요일 晴〉(8. 20.)
어제보다는 若干 나은 듯 하기에 出勤 執務. 가까스로 바운 것. 그래도 할 일은 終日토록 다 한 것. ◎

〈1978년 9월 23일 토요일 晴〉(8. 21.)
公文書 50余 通 〃讀, 決裁, 附記 等 處理하기에 3時間 동안 애먹었고.
公的 行事로선 '自然保護' 作業으로 職員 兒童들 學校內, 周邊, 進入路, 高速道路 近處까지에 淸掃作業 하느라고 勞力에 注力했던 것.
井母와 松은 오미장 가서 돼지새끼 37,000원에 사와 團束中 튀어나와 다라나 온 동네를 헤매어 찾아 부뜰려고 무려 6時間 동안이나 땀 흘리며 헤매던 中 日暮 直後 發見되어 一家 族叔되는 분의 도움을 받아 多幸히 부짭게 되어 후유하였던 것. ◎

〈1978년 9월 24일 일요일 晴〉(8. 22.)
이제 食慾 좀 당겨 나우 食事하는 편. 깊은 反省 또다시 들었고.
松과 함께 終日토록 아그배논의 찰벼단 지게로 져 나르느라고 無限히 애먹었던 것. 벼도 형편없이 죽은 것인데. 8번씩 往來. 어깨가 부셔지는 듯했고. 온몸 피로는 勿論이고. 松이가 딱하게 보였고.
井母는 用務 있어 淸州 다녀왔고. ◎

〈1978년 9월 25일 월요일 晴〉(8. 23.)
學校에서 終日토록 充實히 일 보며 家庭生覺 많이 한 것~ 家庭에선 魯松 母子 단둘이서 찰벼 打作할 것이어서. 分量이 많지는 않은 것이지만.
學校 파한 後 곧 歸家해보니 打作은 이미 끝냈고. 뒷갈무리만 남은 것. 3人이 밤 8時頃까지 勞力하여 뒷처리 거의 끝냈고, 낮일에 老母親께서도 協助 많이 하신 듯.
班常會에 參席하여 1. 意見과 부탁으로 集會時間 지키자는 것. 2. 金溪의 새마을 事業이 現在는 先進的이라는 것. 3. 謝禮人事로 學校 운동회에 協助한 點과 私的 人事로 先親 葬禮時에 物心身 3面으로 手苦한 點. 끝으로 天水川 무넘기 다리工事에 세멘 50包값[30]으로 現金 5万 원을 喜捨[31]하겠다는 것을 宣言한 것. ◎

〈1978년 9월 26일 화요일 晴, 曇〉(8. 24.)
堆肥場, 소각장 손질에 거의 終日토록 勞力한 셈. 땀도 많이 흘렸고.
家庭에선 松이 母子가 어제 打作한 북더기[32]

30) 원문에는 붉은색 색연필로 밑줄이 그어져 있다.
31) 원문에는 붉은색 색연필로 밑줄이 그어져 있다.
32) 북데기의 잘못된 말로 짚이나 풀 따위가 함부로 뒤섞여서 엉클어진 뭉텅이, 벼나 밀 따위의 낟알을 털

處理에 流汗 勞力했고.
밤엔 3人 家族이 밤송이 한가마니 발라 알밤 5되 가량 나왔고. ⓒ

〈1978년 9월 27일 수요일 晴〉(8. 25.)
6學年의 道德授業했고. 4學年 國語 授業 參觀. 公文書 10通 〃讀 處理 等 바쁘고 充實한 執務한 것.
點心時間 利用하여 栢峴 가서 金慶煥 親喪에 人事 다녀온 것.
退廳 後 사거리 나가 理髮하고 오니 밤 9時頃. 職員 夫婦 同伴旅行에 10月 1日 밤 出發 豫定에 井母나 다녀오도록 마음 먹었던 것. 10月 2日이 陰 9月 1日이므로 朔望奠[33] 行事 있어 井母 自身이 旅行을 포기. 한편 딱한 생각도. ◎

〈1978년 9월 28일 목요일 晴, 雨, 晴〉(8. 26.)
緊急 교장會議 있어 出張~8시 30分……中央情報部 忠北支部에서 청원군 교육청 保安監查를 實施케 된 것.
챠드 부리핑만으로 校長회의는 끝난 것. 午前 11時. 청주서 留. ◎

〈1978년 9월 29일 금요일 晴〉(8. 27.)
後期 研修會에 出張. 南部地區(鎭川, 淸州, 淸原, 報恩, 沃川, 永同) 初中校長 235名. 場所는 報恩 三山國校 강당.
장학方針 具現과 學校 經營報告가 主. 楊校長과 금산식당서 留. ◎

〈1978년 9월 30일 토요일 晴〉(8. 28.)
研修 제2日…… 忠北大 교수의 特講과 重點施策 反省이 主. 午前 中으로 연수회 閉會. 永同郡 朴 교장에게 폐 끼쳤고.
俗離山 法住寺 가서 一巡. 福泉庵까지 다녀온 것.
淸州서 아이들과 留. 友信會 總會 있었고…… 權五星 담당. ◎

〈1978년 10월 1일 일요일 晴〉(8. 29.)
午前 11時까지 家庭일 보고서 陰城行. 음성 蘇伊國校監 李振魯 親知의 교육근속 30주년 記念行事 있어 參席한 것.
李 교감은 玉山普校 同期同窓. 祝辭 한마디 했기도.
淸州 와선 李仁魯 교감과 맥주 나우 마시기도. 杏이가 만든 2쪽 병풍 2万 원에 찾은 것.
職員 一同 夫婦 同伴 밤 11時 汽車로 조치원서 南海 홍島 向發. 四組 8名은 形便 있어 못가고. 明日이 陰 9月 1日이어서 朔望奠 있어 井母도 못간 것.
청주서 아이들과 留. ×

〈1978년 10월 2일 월요일 晴〉(9. 1.)
첫 버스로 歸家했으나(午前 7時 半) 朔望奠 이미 지냈고……松이와 從兄께서.
장동 全基賢 교사 母親喪 葬禮에 인사 다녀왔고.
松이가 베어 놓은 텃논벼 日暮時까지 묶어내어 텃밭에 널고. ○

〈1978년 10월 3일 화요일 晴〉(9. 2.)
오늘은 開天節. 檀君 紀元 4311年. 國旗揭揚

때 나오는 짚 부스러기 같은 찌꺼기들을 뜻한다.
33) 삭망전(朔望奠): 매월 초하루와 보름날에 음식을 올리고 곡을 하는 것.

했고.
11時 30分까지 벼 벤 것 묶어내어 세우기 作業에 勞力. 松이 혼자서 午後 7時까지 다 베고. 今年은 松이 혼자 양쪽(아그배논, 텃논) 논의 벼 다 벤 것.
13時에 있는 加德校 安一光 교장 子婚에 人事~場所는 청주히아신스예식장. 낮에 淸州 갔다와서도 午前에 하던 作業 繼續했고.
天安 사는 작은 妻男 金光鎬 인사次 다녀갔다는 것. ◎

〈1978년 10월 4일 수요일 曇, 雨, 曇〉(9. 3.)
食 前부터 日暮頃까지 終日토록 勞働~ 텃논 松이가 베어놓은 벼 논바닥 물 때문에 밖으로 옮겨야 하기에 나는 묶고, 松은 지게로 져내어 텃밭에 세우는 일. 作業 中 午後 四時頃엔 소나기도 맞았고. 午後 6時쯤까지에 完全히 져내 세운 것.
具 氏와 前職 金校長, 집까지 찾아와 圖書 强賣에 애 먹었기도.
井母는 鳥致院 장에 가서 돼지새끼 한마리 28,000원에 사왔고.
南海 홍島로 旅行갔던(10. 1) 職員 家族들 밤 11時 半에 全員 無事到着.
5月에 購入했던 10매군 벌통 昨日밤에 紛失[34](도둑맞은 것). ◎

〈1978년 10월 5일 목요일 晴〉(9. 4.)
今日도 食 前부터 終日토록 勞力한 것~午前中엔 집 안팎의 淸掃作業으로 奔走했고. 午後엔 땅콩(落花生) 캐기 作業으로 松이와 함께 해 넘긴 것. ◎

〈1978년 10월 6일 금요일 晴〉(9. 5.)
食 前에 드무샘 밭의 들깨 베고.
學校는 어제까지 家庭實習 마치고 다시 開學.
午後에 入淸하여 홍업금고에 一金 5万 원 借用…… 무넘기橋 喜捨用.
밤엔 松 母子와 함께 땅콩 따기에 같이 勞力. ◎

〈1978년 10월 7일 토요일 晴〉(9. 6.)
금계리 天水川橋(무넘기) 工事用으로 '시멘트' 50包 喜捨(現金 5万 원을 里長 郭中榮에게 건니고).
点心 시간에 井母와 함께 天安行~ 이질녀( ) 結婚式場에 參席~同壻 郭慶淳의 四女. 禮式後 처남 金光鎬의 案內로 晝食 충분히 잘 했고.
天安 정류장에서 車 便 圓滑치 못하여 2시간 程度 待機하였다가 乘車하여 집에 到着하였을 때는 밤 8時. 저녁 6時 21分에 忠南 洪城邑에 中强震(4~5强度).
청주서 杏과 弼이 와서 松이가 캐어낸 땅콩 딴 것. ◎

〈1978년 10월 8일 일요일 晴〉(9. 7.)
10時 半에 있는 南二校 閔桑植 교감 子婚에 人事次 청주 다녀와서는 滿 5時間 동안 日暮後에 어둠침침할 때까지 아그배 논 벼 걷어 묶은 것~$\frac{2}{3}$程度 걷운 것.
杏과 弼은 어제 왔고, 運은 오늘 와서 제 母親과 함께 松이가 캐놓은 땅콩 따기에 總動員 勞力했고. 中間에 弼이는 用務 있다 하여 청주

34) 원문에는 붉은색 색연필로 밑줄이 그어져 있다.

(淸高)에 다녀왔고. ◎

〈1978년 10월 9일 월요일 晴,가랑비, 晴〉(9. 8.)

終日토록 온 家族 勞動~井母, 松, 運, 弼은 두무샘 밭 땅콩 캐어따기 作業. 午後엔 松이와 함께 아그배 논 벼 完全히 다 묶어 거둬 쌓은 것. 日暮頃 脫穀 豫定이 가랑비로 因해 좌절된 것.

행, 운, 필은 午後 5時에 淸州 向發. 오늘은 '한글날' 532회(돌). ◎

〈1978년 10월 10일 화요일 晴〉(9. 9.)

食 前 作業으로 드무샘밭의 "수수"(빗목수수) 잘라오고. 松이와 방콩도 運搬.

松이와 井母는 발틀機械로 수수, 방콩, 들깨 若干 털기로 終日 勞力한 듯.

아그배논 벼 脫穀은 今日도 不能.

開心寺 '姬'로부터 20번째 편지 오고.

族兄 春榮 氏와 相議하여 卒哭祭[35]를 10月 15日(음 9月 14日)에 지내기로 한 것. 3個月 만의 强日[36]이며 日曜日이라는 뜻에서. ◎

〈1978년 10월 11일 수요일 晴〉(9. 10.)

早朝 日出 前 作業으로 學校 實習田에 심었던 들깨 3짐 져왔고.

아그배 논 벼 脫穀 推進에 奔走했기도. 午後 2時頃에 施行된 것~病蟲害 많이 입어 收穫 꼭 半減…… 밀양 23호. 昨年엔 12叺인데 今年엔 7叺 程度. 落心.

九月 末 一齊考査에 形便上 五學年을 考査 監督 2時間 했고.

先考 卒哭祭를 15日(음 9月로14日)로 定하게 되어 아이들에게 편지냈고…… 振榮. 큰 妹, 작은 妹, 井, 絃, 明, 姪女. ◎

〈1978년 10월 12일 목요일 晴〉(9. 11.)

今朝도 作業~두무샘 밭의 들깨와 주녀니콩 뽑아 지게로 搬入~3번 往復.

學校엔 郡 교육청 權成浩 장학사 와서 定期奬學指導 있어서 바빴고.

井母와 松이는 고구마 캐고 들깨 털기에 終日 勞力했고. 첫 서리(霜)[37] 간밤 甚했고.

淸州서 漢弘 氏 來訪(學校로)에 不得已 答接하느라고 一飮. ○

〈1978년 10월 13일 금요일 晴〉(9. 12.)

어제 뽑아온 콩나물콩 松이와 함께 발틀기계로 食 前에 털은 것. 콩대 1짐.

点心時間 利用하여 오미 가서 母親用 眼藥 사고. 父親 名義로 나오는 年金 後半期分(54,600원) 受領 手續에 不得已 '死亡申告'했고.

井母는 午前 中에 오미장 가서 卒哭祭에 쓸 物品 몇 가지 사온 것.

松은 큰집(從兄들) 脫穀일에 終日토록 勞力協助하였고…… 過勞에 딱한 일. 學校엔 낮에 郡교육청 李東圭 學務課長 다녀갔고. ◎

35) 졸곡제(卒哭祭): 죽은 지 석 달 뒤에 지내는 제사.

36) 강일(剛日)의 잘못된 표기. 강일은 일진(日辰)의 천간(天干)이 갑(甲), 병(丙), 무(戊), 경(庚), 임(壬)인 날이다. 이날은 양(陽)에 해당(該當)하는 날이므로 바깥일은 이날에 하는 것이 좋다고 한다. 반대말은 유일(柔日)이다.

37) 원문에는 붉은색 색연필로 밑줄이 그어져 있다.

〈1978년 10월 14일 토요일 晴〉(9. 13.)
食前 일로 아그배 논의 짚단 주어 뫃아 쌓고.
學校는 秋季 逍風 實施~目的地 東林山. 10時 半에 出發. 下午 4時에 全員 無事 歸校, 歸家.
全職員 兒童引率했기에 學校長이 떳떳이 日直했고.
井母는 從兄嫂 氏와 함께 明日의 祭物用 떡 빚음을 비롯하여 바쁘게 일 본 것. 松은 텃밭에 세웠던 볏단 헤쳐 말리는 作業에 勞力. 떡가루 일로 오미도 다녀왔다는 것.
下午 4時에 淸州 向發~ 콩나물과 고사리를 비롯하여 祭用 物品 購入하여 歸家하니 밤 9時 半.
沃川서 振榮, 絃 왔고. 江外 桑亭 妹 夫婦도 밤에 온 것. ◎

〈1978년 10월 15일 일요일 晴〉(9. 14.)
卒哭祭[38]~ 운명하신 날로부터 3個月 前後 數日 間의 綱日(剛日)로 지내라는 族兄 春榮 氏 말씀에 依하여 今朝에 올리는 것.
堂內(堂內) 집안 食口 一同 모여 午前 7時에 祭奠 올렸고. 祭禮後 몇 애들 데리고 山所도 다녀온 것.
아침결에 賢都 姪女 先과 大田 작은妹 夫婦 왔고.
入淸하여 芙江校 金圭會 교장 子婚에 人事……牛岩洞 "서울예식장".
어제 오늘 各地에서 온 아이들과 緣戚 午後에 모두 各己 갔고.
밤엔 本洞人 招請해 酒類 等 힘껏 待接하기도. ⓒ

〈1978년 10월 16일 월요일 晴, 曇〉(9. 15.)
陰 보름이어서 朔望奠 올렸고. 從兄은 形便 있어 不參.
學校 일로는 民防衛 示範訓練 豫定이 明日로 延期되어 今日은 練習하여 본 것. 待避所는 今般부터 綠陰期는 校庭 樹木下(프라다나스)로 定했고. 兒童中의 係員들도 敏活히 움직이도록 特別指導했고.
下午 5時에 앞 냇가로 全職員 나가 가을 철렵하기도. 밥 짓고 생선 물고기로 국 끓여 別味로 夕食한 셈. 백사장에서 보름달 떠오를 때까지 歡談하며 安休息한 것.
밤 8時 半부터 同 12時 半까지 重勞働한 것~ 텃밭에 널려 있는 볏단 지게로 마당까지 옮겨 쌓은 것. 10단씩 39回, 390단. 낮엔 松이가 많이 옮겼었고. 보름달빛과 전등으로 밝아 夜間作業에 支障 안느꼈고. 被勞도 안 느낀 것. ◎

〈1978년 10월 17일화요일 晴〉(9. 16.)
郡교육청 金榮明 장학사 來校~不時 視察. 까닭 不明. 氣分 少했고. 明日에 道, 郡 奬學士 또 確認次 來校할 것이라는 것. 學級經營錄(敎育記錄) 完記 못한 것만은 弱點. 金장학사와 오미까지 同行하여 晝食을 함께 했고.
下午 4時에 歸校하여 全職員 合心 協同하여 學校 안팎의 整備에 再着手. 夕食도 會食하고 夜勤도 한 것. 某人의 視察報告의 誤報에서의 原因인지? ◎

〈1978년 10월 18일 수요일 晴〉(9. 17.)
새벽엔 井母와 같이 곶감 케었고. 문간채 지붕 위에 놓아 말리기로.
道敎委 柳煥相 奬學士 來校 視察~現況 報告

38) 원문에는 붉은색 색연필로 밑줄이 그어져 있다.

(챠드 부리핀)했고. 學校 안팎 巡視, 各 計劃書 實績 檢閱.
學校 行事 마치고 來客과 함께 오미 가서 一盃하고 夕食을 會食. ⓒ

〈1978년 10월 19일 목요일 晴〉(9. 18.)
午前 9時부터 있는 새농민大會에 請牒 있어 參席~場所는 玉山 농협會議室. 77,78 財政 狀況 報告가 主. 記念 타올과 点心 待接 받았고.
絃의 會社用 書類作成과(各 證明書) 醫療保險制 手續用으로 玉山面, 淸州洞事務所 등 들러 住民登錄등본 떼기도.
數日 間 周旋해오던 텃논 脫穀 日暮 直後 가까스로 마쳤고(午後 6.20~7.00). 生産量 8叺. 今年 벼 總生産量 14叺……病蟲害로 昨年보다 6가마니 減. ⓒ

〈1978년 10월 20일 금요일 晴〉(9. 19.)
昨夜 打作한 후렴인 북더기 處理. 井母와 松은 북더기 출이기에 終日 勞力.
明日 "警察의 날" 記念으로 面內 校長 5名이 會合하여 膳物購求 玉山支署 職員에 傳達했고.
下午 3時부터 있는 쎄미나(講演會)에 參席~密直公(22代) 蓮潭의 業績에 對한 講演, 金鍾武 文博. 場所는 청주예식장. 淸州藥局 漢鳳氏로부터 厚待받았고(夕飯).
再從嫂(海榮 配, 豊川 任氏) 別世. 玉山서 밤 11時 50分까지 있다가 귀가. ⓒ

〈1978년 11월 9일 목요일 晴〉(10. 9.)
井母와 松은 오미장 가서 時祀 홍정 듬뿍해 왔고. ×

〈1978년 11월 10일 금요일 晴〉(10. 10.)
井母는 明日의 時祀用 祭物準備로 終日토록 無限히 바빴고. 이웃집 夫人 몇 분과 從兄嫂氏, 再從兄嫂 氏 와서 도와주었고.
祝文 쓰고 밤(栗) 생미치기에 밤 깊도록 일 본 것. ○

〈1978년 11월 11일 토요일 曇, 晴〉(10. 11.)
12代(奉事公), 11代(護軍公), 10代(訓練檢正) 時祀物 整備로 從兄과 함께 첫 새벽부터 勞力했고.
學校일 파한 다음 전좌동 山에 가서 助力. 參祀. 四男 魯松이 今日도 終日토록 짐질에 極限 애쓴 것. 봉송, 몫은 집에 와서 놓아 나누었고. ×

〈1978년 11월 15일 수요일 晴〉(10. 15.)
燕岐郡 南面 高亭里 再從妹(李鎭熙) 回甲에 다녀왔기도……井母도 從兄嫂, 再從兄嫂 勸誘로 함께 다녀온 것. 從兄과 再從兄도. ※

〈1978년 11월 18일 토요일 晴〉(10. 18.)
李 校監 長子 結婚 있어 井母와 함께 人事次 同行……서울, 貸切車. 상제라서 入場은 않고 밖에서 잠간 섰다가 夫婦는 잠실行.
맏 애 井과 이야기하다가 深夜에 就寢. ※

〈1978년 12월 1일 금요일 晴〉(11. 2.)
江外面 正中里 가서 竹天 當叔 祭祀 지냈고. 모처럼이어서 피차 반가웠고. 고기와 正宗酒도 사다 祭酒로 드리기도. ※

〈1978년 12월 12일 화요일 晴〉(11. 13.)

제10代 國會議員 選擧日……玉山面의 第2投票所는 우리 金溪校. 臨時公休로 休校. 本投票區는 82% 투표率이었다나. 立候補者는 民主共和黨 閔璣植, 新民黨 李敏雨, 無所屬 朴鶴來, 統一黨 金顯秀. ※

〈1978년 12월 13일 수요일 晴〉(11. 14.)
國會議員選擧에 徹夜 開票 結果 發表에 統一黨 金顯秀 候補 當選 確定. ×

〈1978년 12월 14일 목요일 晴〉(11. 15.)
近日 過飮으로 또다시 몸 괴롭고. 자감力 없는 탓. ○

〈1978년 12월 15일 금요일 晴〉(11. 16.)
老母親께서 大醉 中 낮부터 甚히 몸부림 치신 듯. 밤새도록 慰勞慰安 말씀 드렸기도. 때로는 落淚도 하시고. 先考 생각도 하시며…….
깜빡 잠이 들었던 것으로 生覺 드는데 아마도 卒倒하였던 모양. 松과 井母는 내 몸 주무르기에 애쓴 듯. 입에서 피 若干 나왔다나. 약간 거품까지도.
精神 돌아 눈떠보니 방 안. 사랑방에선 老母親의 서러운 군소리 音聲. 몇 차례 慰勞 말씀 드리다가 또 잠 들었고.
잠 깬 다음 입안 혀(舌) 끝이 異常했고. 痛症은 없으나 까실까실하고 感覺 없고. 온몸 뼈마디 아픔을 느낀 것. ◎

〈1978년 12월 16일 토요일 晴〉(11. 17.)
昨夜부터 몸 몹씨 괴로웠던 것~온몸 뼈마디 아팠고(起居에 困難 느낀 것). 혀(舌)끝의 感觸이 둔한 것…… 깔끌깔끌하기도.
막동이 5男 魯弼(淸高 2年生) 모처럼 집에 왔고.
明日 上京하겠기 謹愼하려나 이미 몸 아파 걱정되는 중. ◎

〈1978년 12월 17일(11. 18.) 일요일 晴〉◎
몸 不健全하나 極力 勇氣 發揮하여 井母와 함께 서울 向發~午前 8時頃. 松이가 모일 停留場까지 짐 갖다 주고. 잠실 아파트 到着할 땐 午後 1時頃.
鐘路區 新門路 1街 25번지 '大韓教育會館' 8層 事務室에 가 登錄할 땐 午後 3時. 忠北 淸原郡 教職 親知 數名 만났고.
큰 女息 內外, 仁川 女息 內外 아파트로 參集. 歡談하고 함께 留한 것. ◎

〈1978년 12월 18일 월요일 晴〉(11. 19.)
大韓教聯 主催 제26回 教育功勞者 表彰式場에 入場. 午前 9時 半 年功賞 該當者 忠北 23名淸原 3名, 全國 406名, 37年 以上 勤續者. 場所는 世宗文化會館(舊 國會議事堂), 受賞者番號 177號.
첫 層 受賞者와 教鍊의 代議員, 2層엔 警察樂隊와 一般教職員, 3層엔 家族席. 우람한 受賞式 마치니 午前 11時 半쯤.
大韓교련會長 表彰장, 文教部長官 表彰狀, 大統領 下賜 金뺏지, 民主共和黨에서의 '로오렉스' 萬年筆 1双의 記念品 받고. 晝食은 大韓교련과 忠北 교육會에서 合作 提供했고.
맏 애 井이는 때 맞추어 카메라 購入하여 여러 장 記念撮影에 바빴고.
잠실 아파트 거쳐 長子 井의 引誘로 '이비인후과' 病院에 가서 입안 狀況 보이고 治療後 藥

도 지었고. 나의 不注意로 子息들까지 物心으로 큰 폐. 또다시 反省할余地 크고. 神經過敏에서 생겼다고…….
井母와 함께 서울 江南터미널서 承發車할 때는 午後 6時 15分. 淸州 거쳐 집에 到着은 밤 10時頃. 無事히 다녀온 것은 多幸이나?……. ◎

〈1978년 12월 19일 화요일 晴〉(11. 20.)
私的 帳簿整理로 거의 徹夜.
입안 혀 異常 別差度 없이 如前. 고민 苦心되고. ◎

〈1978년 12월 21일 목요일 晴〉(11. 22.)
교육廳 가서 서울 다녀온 人事~沈교육장 마침 出張中.
아파트 거쳐(杏, 弼 보고. 運은 서울서 實習中) 歸家. 職員들 待接하려고 맥주와 正宗 사 갖고 오는데 짐 무거워 애 먹었던 것.
郭 內科에서 입안 혀 보이고 淸州藥局에서 藥 '하이본'과 비타민 사 갖고 온 것……榮養不足에 神經痛 系統의 病이라나. 安心하라고는……. ◎

〈1978년 12월 22일 금요일 晴〉(11. 23.)
昨日 사 갖고 온 酒類. 家庭에서 기른 落花生을 안주로 終禮 後 맛있게 接待했고. 全職員 고맙다고 謝禮하는 것.
입안 病勢 別無差度 걱정 中. 밤엔 井母와 땅콩 깠고. ○

〈1978년 12월 23일 토요일 晴〉(11. 24.)
2, 3日 前부터 氣溫 急降下. 每日 아침 영하 9° 堅持.
새벽 3時 半에 起床하여 帳簿 整理~家計簿, 日記帳, 其他.
今日은 終業式(放學式). 職員朝會, 大淸掃, 放學式, 學級 行事(통신표, 課題物, 擔任訓話), 下校, 職員協議會, 慰勞會, 退廳의 順으로 日程 보낸 것.
日暮頃에 從兄님과 함께 水落 査頓 李炳隣 집 초청 있어 다녀왔고. ◎

〈1978년 12월 24일 일요일 晴〉(11. 25.)
새벽 3時에 起床하여 청와대 朴正熙 大統領閣下 및 大韓교육회관 敎鍊會長 앞으로 感謝文 썼고. "第26回 敎育功勞者 表彰式 擧行"에 對한 謝禮의 뜻으로.
오미 居住 寫眞技士 柳東萬 女婚 통지 있어 人事~鳥致院 행복예식장 가서.
玉浦校 卞文洙 校長 교육勤續 30周年 行事 있대서 入淸 參席. 新盛屋이란 中國料理 집, 그의 門下生 主催. 來客에 飮食 待接하는 것이었고.
月前에 眼鏡 紛失, 보안당에 가서 다시 맞춘 것. 老眼에 亂視, 돋보기로 合成한 것. 값은 17,000원. 前 물건보다 倍 以上 값 올랐고. 집엔 20時頃에 到着.
明日은 크리스마스. 敎會마다 불 밝게 켜고 찬송가 一色. ⓒ

〈1978년 12월 25일 월요일 晴, 曇〉(11. 26.)
昨日부터 早朝에 보리밭에 人糞 풀이 5통씩. 今朝도 日出 前에 施行했고.
15日부터 苦痛 느끼는 口腔(舌)은 服藥(하이본) 中이나 아직 큰 差度 못보고.

淸州 육거리 동원禮式場에 가서 族兄 宗榮 氏 女婚에 人事.
어제 맞췄던 眼鏡 찾았고. 代金도 完拂. 日暮頃에 歸家. 모처럼 궤원방에 불 땠고~門前 堤防의 가랑잎 긁어다가. ⓒ

〈1978년 12월 26일 화요일 晴〉(11. 27.)
今朝도 如前 인분풀이. 저녁엔 落葉 긁고.
朝食은 族兄(同甲) 俊榮씨 宅에서~ 그니의 生日이라고 招待 있어서.
冬季 休暇 中 共同硏修 제1日. 今日은 帳簿整理의 날.
退廳 무렵에도 全職員 招待 있어서 俊榮 氏 宅을 또 다녀온 것. ◎

〈1978년 12월 27일 수요일 曇, 가랑비〉(11. 28.)
數日 間의 아침 溫度 영하 8, 9度를 上廻하더니 어제부터 急上昇하여 영하 1度, 今日은 0度. 새벽부터 구름 끼더니 10時부터 가랑비 내리는 것. 거의 終日토록 온 셈.
今日은 우리나라 '第9代 朴正熙 大統領 就任式'. 서울 將忠體育館서 擧行. TV로 中繼放送 잘 보고 들은 것. 臨時公休日.
魯松은 제 큰 兄 要請으로 上京했고. 代身 소죽 쑤느라고 長時間 불 때기도.
登校(日出 前)하니 昨夜 11時 10分쯤 교육청에서 保安監事班 왔었다는 것. ◎

〈1978년 12월 28일 목요일 晴〉(11. 29.)
날씨는 오늘도 폭온. 아침 氣溫 영度. 아침 소죽 쑤기에 時間 걸렸고. 70分.
面內 機關長會議 있어 參席. 秋穀出荷 賣上 件 外 5種과 各 機關別로 陳述. 玉山中學 卒業式은 79. 1. 12日이라고. 國校는 2月 15日 以後. 17時에 歸家.
서울 맏 애 井 夫婦와 英, 昌信 오고. 中原서 둘째 子婦 '새실' 데리고 오고. 槐山 셋째 子婦 惠信 兄弟도. 仁川 셋째 女息은 外孫子 '重煥'이 델고 온 것. 밤엔 沃川서 弟 振榮 夫婦 '파란'이 男妹 데리고 와 집안은 房마다 滿員. 기쁜 일. ◎

〈1978년 12월 29일 금요일 晴〉(11. 30.)
陰 至月 末日은 58回 맞는 生日~今日이 至月 末日. 날씨는 맑으나 매우 쌀쌀했고.
서울 맏 夫婦가 모든 食料理 만들어 가지고 와서 終日토록 푸짐하게 먹게 된 것. 朝食 집안 食口 一同과 宗親 同甲 몇 분을 招請하여 會食했고.
午後엔 登校 執務 職員 一同 招請하여 待接했고. 子婦 3人과 女息 둘이 거의 終日토록 부엌에서 勞力 手苦 많이 한 것.
玉山老人會에서 面內 機關長 招請 있어 오미 市場 '호죽집'까지 다녀왔기도~衷心 待接 받은 것. 彼此 흉금을 타놓고 歡談과 意見交換하자는 뜻이라고. ◎

〈1978년 12월 30일 토요일 晴〉(12. 1.)
아침 영하 10도. 음력 섣달 초하루 朔望典 일찍 擧行. 집안 食口 모두 會食.
學校 職員 全員 登校 共同硏修 第五日째. 各己 熱心히 했을 터.
금기아 登廳하여 年末人事로 體面 가렸기도.
今日은 公務員들 終務式 있는 날.
槐山서 3男 明이 오고 5男 弼이는 入淸. 밤 11時쯤에 次男 紘이도 오고. ◎

〈1978년 12월 31일 일요일 晴〉(12. 2.)

本洞 27人 爲親稧에 參席. 場所는 金相熙 집. 稧財 약 46万 원쯤. 任員改善에 係長에 郭時榮, 副係長에 郭棒榮, 總務엔 郭俊榮, 郭漢弘. 今次(末年) 有司는.

日暮頃에 桑亭 妹와 姪女(賢都) 오고.

밤엔 四男 松의 周旋으로 온 家族 娛樂으로 윷놀이 했고. ◎

○ 年中略記와 反省

今年 〃事 凶作~初期에 날 가물었고. 出穗 後 病蟲害 甚했고. '魯豊'이란 品種 選擇을 잘못한 탓이라나(政府側 奬勵品이었는데?)

私事 家庭 內容도 一生 中 一大 不幸變事 있었고~77년(昨年) 11月에 中風病이 發하여 苦生하시던 老父親께서 9個月 後인 今年 七月에 世上을 뜨신 것. 哀悼之心 不禁. 享年 78歲를 一기로. 後로 老母親의 서러운 表現은 記事로 表示 難. 其外 家族 普通 健康히 지냈던 편이나 過飮으로 不正常인 때 몇 차례 있음을 反省 아니할 수 없고. 以上.

필 자

이정덕
전북대학교 인문과학대학 고고문화인류학과 교수

소순열
전북대학교 농업생명과학대학 농업경제학과 교수

남춘호
전북대학교 사회과학대학 사회학과 교수

임경택
전북대학교 인문과학대학 일본학과 교수

문만용
전북대학교 한국과학문명학 연구소 교수

진명숙
전북대학교 고고문화인류학과 BK21+사업단 연구원

박광성
중국 중앙민족대학 민족학 및 사회학 교수

곽노필
한겨레신문 선임기자

이성호
전북대 SSK 개인기록과압축근대 연구단 전임연구원

손현주
전북대 SSK 개인기록과압축근대 연구단 전임연구원

이태훈
전북대학교 대학원 사회학과 박사 수료

김예찬
전북대학교 대학원 고고문화인류학과 박사 수료

이정훈
전북대학교 대학원 고고문화인류학과 박사과정

박성훈
전북대학교 대학원 농업경제학과 석사

유승환
전북대학교 대학원 사회학과 석사

김형준
전북대학교 대학원 사회학과 석사과정

금계일기 3 전북대 개인기록 총서 12

초판 인쇄 | 2017년 6월 16일
초판 발행 | 2017년 6월 16일

(편)저자 이정덕 · 소순열 · 남춘호 · 임경택 · 문만용 · 진명숙 · 박광성 · 곽노필
이성호 · 손현주 · 이태훈 · 김예찬 · 이정훈 · 박성훈 · 유승환 · 김형준

책임편집 윤수경

발 행 처 도서출판 지식과교양
등록번호 제 2010-19호
주 소 서울시 도봉구 쌍문1동 423-43 백상 102호
전 화 (02) 900-4520 (대표) / 편집부 (02) 996-0041
팩 스 (02) 996-0043
전자우편 kncbook@hanmail.net

ISBN 978-89-6764-080-4 93810 **정가** 42,000원